D1734876

Fantasy

Herausgegeben von Friedel Wahren

Von GUY GAVRIEL KAY erschienen
im WILHELM HEYNE VERLAG:

in der Reihe
HARDCOVER BELLETRISTIK:

Die Löwen von Al-Rassan · 43/37

in der
HEYNE ALLGEMEINEN REIHE:

Ein Lied für Arbonne · 01/9951

in der Reihe
HEYNE SCIENCE FICTION & FANTASY:

Tigana: Der Fluch · 06/5291
Tigana: Der Hofnarr · 06/5292

Die Reise nach Sarantium

1. *Das Komplott* · 06/9141
2. *Das Mosaik* · 06/9142
3. *Der Neunte Wagenlenker* · 06/9165
4. *Herr aller Herrscher* · 06/9166

GUY GAVRIEL KAY

Herr aller
HERRSCHER

Die Reise nach Sarantium

VIERTER ROMAN

Deutsche Erstausgabe

WILHELM HEYNE VERLAG
MÜNCHEN

HEYNE SCIENCE FICTION & FANTASY
06/9166

Titel der Originalausgabe
LORD OF EMPERORS
THE SARANTINE MOSAIC
BOOK II
2. Teil

Übersetzung aus dem kanadischen Englisch von
Irene Holicki
Das Umschlagbild malte Germain-Jean Drouais
Den Rahmen malte Donato

Umwelthinweis:
Dieses Buch wurde auf chlor- und
säurefreiem Papier gedruckt.

Deutsche Erstausgabe 4/2002
Redaktion: Friedel Wahren
Copyright © 2000 by Guy Gavriel Kay
Erstausgabe bei VIKING, Penguin Books Canada Ltd, Toronto
Copyright © 2002 der deutschsprachigen Ausgabe
by Wilhelm Heyne Verlag GmbH & Co. KG, München
Printed in Germany 2002
http://www.heyne.de
Umschlaggestaltung: Nele Schütz Design, München
Technische Betreuung: M. Spinola
Satz: Schaber Satz- und Datentechnik, Wels
Druck und Bindung: Nørhaven Paperback A/S, Dänemark

ISBN 3-453-19634-1

INHALT

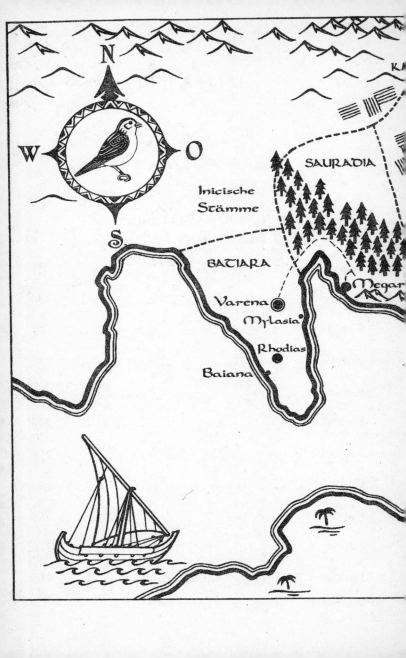

Teil IV

Der Reise nach Sarantium

HERR ALLER HERRSCHER

KAPITEL I

Alle Menschen träumten im Dunkeln. Doch meist verschwanden die nächtlichen Bilder mit dem Sonnenaufgang oder, wenn sie den Schläfer wach rüttelten, schon vorher. Träume enthielten Wünsche, Warnungen oder Prophezeiungen. Sie waren Geschenk gütiger oder Fluch böser Mächte, denn dass die Sterblichen ihre Welt mit Mächten teilten, die sie nicht verstehen, wusste jeder – in welchen Glauben er auch hineingeboren war.

So mancher verdiente in der Stadt oder auf dem Lande sein Brot damit, den Menschen die Bedeutung ihrer Visionen zu erklären. Da und dort betrachtete man gewisse Träume als Erinnerungen an eine andere Welt als diejenige, in der Träumer und Traumdeuter lebten und starben, freilich wurden solche Anschauungen von den meisten Religionen als schwärzeste Ketzerei verdammt.

Doch als sich in jenem Jahr der Winter dem Frühling zuneigte, wurden viele Menschen von Träumen heimgesucht, die sie nie vergessen sollten.

Eine mondlose Nacht im Spätwinter. Tief im Süden, an einer Wasserstelle in Ammuz, wo sich die Karawanenwege kreuzten, unweit der Grenze zu Soriyya – auch wenn sich die vom Wind vorangetriebenen Wanderdünen nie an Grenzen hielten, die der Mensch gezogen

11

hatte – erwachte ein Mann, ein Händler und Stammesführer, in seinem Zelt, kleidete sich an und trat hinaus ins Dunkel.

Er schritt vorbei an den Zelten, wo seine Frauen und Kinder, seine Brüder mit ihren Frauen und Kindern schliefen, und erreichte, noch halb im Schlaf, aber von einer seltsamen Unruhe erfüllt, den Rand der Oase, wo das Grün versickerte im endlosen Sand.

Da blieb er stehen unter dem weiten Himmelsgewölbe. So viele Sterne leuchteten dort oben hoch über den Menschen und der Welt, dass es ihm mit einem Mal unmöglich schien, ihre Zahl zu erfassen. Ohne ersichtlichen Grund begann sein Herz schneller zu schlagen. Eben hatte er noch in tiefem Schlaf gelegen. Er musste erst überlegen, wie er hierher kam und was er hier wollte. Ach ja, ein Traum. Er hatte einen Traum gehabt.

Wieder blickte er auf. Es war eine laue Nacht, in der der Frühling mit all seinen Verheißungen zu erahnen war. Bald kam der Sommer: die glühende Sonne, die alles verbrannte, die Sehnsucht nach Wasser, die Gebete um Wasser. Ein lindes Lüftchen erhob sich, wirbelte durch die samtige Dunkelheit und strich ihm kühl und erfrischend über das Gesicht. Hinter sich hörte er die Kamele, die Ziegen und die Pferde. Groß waren seine Herden; das Glück war ihm hold.

Er drehte sich um und entdeckte ganz in der Nähe einen Jungen, einen von den Kamelhirten: Er hielt Wache, denn mondlose Nächte waren gefährlich. Der Junge hieß Tarif, ein Name, der wegen des Gesprächs, das nun folgte, so dauerhaft im Gedächtnis bleiben sollte, dass ihn selbst Chronisten noch ungeborener Generationen kannten.

Der Händler holte tief Atem und zog sich das weiße Gewand zurecht. Dann winkte er den Jungen heran und erteilte ihm mit wohl erwogenen Worten folgende Anweisungen. Er solle in das Zelt gehen, in dem Musafa schlief, der Vollbruder des Händlers, und diesen wecken. Nachdem er sich für die Störung entschuldigt habe, solle er ihm mitteilen, dass er, der Händler, seinem Bruder Musafa mit dem Aufgang der Sonne das Kommando über und die Verantwortung für sein Volk übertrage. Insbesondere solle sich Musafa im Namen seines abwesenden Bruders und zu dessen Andenken um dessen Frauen und Kinder annehmen.

»Wohin geht Ihr, Herr?«, fragte Tarif. Ein paar Worte nur, die ihn unsterblich machten. Hunderttausend Kinder sollten in den kommenden Jahren seinen Namen tragen.

»In die Wüste«, sagte der Mann. Sein Name war Ashar ibn Ashar. »Vielleicht für längere Zeit.«

Er berührte die Stirn des Jungen mit dem Finger, dann wandte er sich ab von ihm, von den Palmen, den nächtlichen Blumen und dem Wasser, von den Zelten, den Tieren und allem, was sein Volk besaß, und ging allein fort unter den Sternen.

Wie viele es sind, dachte er wieder. Wie konnten es so viele sein? Was mochte es *bedeuten,* dass es so viele Sterne gab? Sein Herz war so voll von ihrem Anblick wie eine Kürbisflasche mit Wasser. Eigentlich hätte er gern ein Gebet gesprochen, doch etwas hielt ihn davon ab. Er fasste den Entschluss, stattdessen zu schweigen: sich dem zu öffnen, was um ihn und über ihm lag, sich aber nicht aufzudrängen. Dann nahm er eine Falte seines Gewandes und zog sie sich über den Mund.

Er blieb sehr lange fort, man hatte ihn schon für tot gehalten, und als er endlich zurückkehrte zu seinem Volk, hatte er sich sehr verändert.

Und nicht lange danach veränderte sich auch die Welt.

Es war das dritte Mal, dass Shaski in diesem Winter von zu Hause fortlief. Man fand man ihn auf der Straße, die von Kerakek nach Westen führte. Er ging langsam, aber entschlossen und trug ein Bündel, das viel zu groß für ihn war.

Der Soldat von der Festung, der ihn von seinem Patrouillengang mit zurückbrachte, bot den beiden Müttern lachend an, dem Jungen eine ordentliche Tracht Prügel zu verabreichen. Offensichtlich fehle ihm die väterliche Hand.

Die beiden verstörten Frauen lehnten hastig ab, bestritten aber nicht, dass Shaski nun wirklich Strafe verdient habe. Einmal auszureißen, sei vielleicht ein Abenteuer, aber dreimal gehe zu weit. Sie versicherten dem Soldaten, selbst entsprechende Maßnahmen ergreifen zu wollen, und entschuldigten sich noch einmal für die entstandenen Unannehmlichkeiten.

Keine Ursache, sagte der Mann, und das war ehrlich gemeint. Es war Winter, und dank eines teuer erkauften Friedens herrschte Ruhe an der langen Grenze von Ammuz und Soriyya bis hinauf nach Moskav im eisigen Norden. In der Garnison von Kerakek langweilte man sich. Selbst mit Trinkgelagen und Glücksspielen konnte man sich an einem so hoffnungslos weltabgeschiedenen Ort nicht ewig unterhalten. Man durfte nicht einmal in die Wüste reiten und Nomaden jagen oder sich in einem ihrer Lager die eine oder andere Frau suchen. Die Wüstenstämme waren wichtig für Bassania, das hatte man den Soldaten bis zum Überdruss klar gemacht. Offenbar noch wichtiger als die eigenen Leute. Und der Sold verspätete sich wieder einmal.

Die jüngere der beiden Frauen, ein hübsches Ding mit schwarzen Augen, war im Moment ganz außer sich. Der Mann war wie gesagt abwesend. Unter diesen Umständen wäre ein zweiter Besuch durchaus angebracht gewesen, nur um sich zu vergewissern, dass alles in Ordnung war. Vielleicht brachte er dem Jungen irgendein Spielzeug mit. Mit der Zeit lernte man, womit man auf junge Mütter Eindruck machte.

Shaski stand zwischen seinen beiden Müttern in dem kleinen Vorgarten hinter dem Zaun und schaute mit versteinerter Miene zu dem Mann auf dem Pferd auf. Am Morgen auf der Straße hatte ihn der Soldat lachend an den Füßen gepackt und so lange mit dem Kopf nach unten gehalten, bis Shaski schwindlig wurde und er ihm verriet, wo er wohnte. Jetzt sollte er sich auch noch bedanken. Er gehorchte, mit tonloser Stimme. Dann zog der Soldat ab, aber vorher lächelte er seine Mutter Jarita in einer Weise an, die Shaski gar nicht gefiel.

Bei dem Verhör, dem ihn die Mütter anschließend im Hause unterzogen – die üblichen Fragen, verbunden mit kräftigem Schütteln und vielen Tränen (seitens der Frauen, er weinte natürlich nicht) –, hatte er nur wiederholt, was er ihnen schon bei beim ersten und beim zweiten Mal erklärt hatte: Er wolle zu seinem Vater. Er habe immer wieder Träume. Sein Vater brauche sie. Sie müssten dahin gehen, wo sein Vater sei.

»Weißt du, wie *weit* das ist?«, schrie ihn seine Mutter Katyun mit überschnappender Stimme an. Das war eigentlich das Schlimmste: Sie war sonst nicht aus der Ruhe zu bringen. Er mochte es ganz und gar nicht, wenn sie sich so aufregte. Außerdem war es eine schwierige Frage. Er wusste tatsächlich nicht so genau, wie weit sein Vater weg war.

»Ich hatte Kleider mitgenommen«, sagte er und deutete auf das Bündel auf dem Boden. »Und das zweite warme Wams, das du mir gemacht hast. Und ein paar Äpfel. Und mein Messer, falls ich bösen Menschen begegne.«

»Perun beschütze uns!«, rief seine Mutter Jarita und wischte sich die Augen. »Was sollen wir nur tun? Der Junge ist noch nicht einmal acht Jahre alt!«

Wieso spielt das denn eine Rolle?, dachte Shaski.

Seine Mutter Katyun kniete sich vor ihm auf den Teppich und fasste ihn an beiden Händen. »Shaski, mein kleiner Liebling, glaub mir doch. Es ist zu weit. Wir haben keine fliegenden Wesen, die uns tragen könnten, und wir kennen auch keine Zaubersprüche, um uns dorthin zu versetzen.«

»Dann gehen wir eben zu Fuß.«

»Das *können* wir nicht, Shaski, nicht in dieser Welt.« Sie ließ seine Hände nicht los. »Er kann uns jetzt nicht brauchen. Er muss dem König der Könige helfen, in einer Stadt, die weit im Westen liegt. Im Sommer treffen wir uns mit ihm in Kabadh. Dann siehst du ihn wieder.«

Sie verstanden immer noch nicht. Seltsam, dass erwachsene Menschen manchmal so schwer von Begriff sein konnten, obwohl sie doch angeblich so viel klüger waren als die Kinder und einem das auch immer wieder vorhielten.

»Bis zum Sommer ist es zu lang«, sagte er, »und nach Kabadh dürfen wir nicht gehen. Das müssen wir Vater sagen. Und wenn es zu Fuß zu weit ist, dann nehmen wir eben Pferde. Oder Maultiere. Vater hat ein Maultier. Ich kann auch auf einem reiten. Das können wir alle. Die Kleine müsst ihr eben abwechselnd halten.«

»Die Kleine halten?«, rief seine Mutter Jarita. »Im heiligen Namen der Göttin, willst du uns denn *alle* in diesen Wahnsinn hineinziehen?«

Shaski sah sie an. »Das sagte ich doch schon.«

Also wirklich. Diese Mütter. Hörten sie denn niemals zu? Glaubten sie etwa, er *wollte* sich ganz allein auf den Weg machen? Obwohl er nicht einmal wusste, wohin? Nur, dass sein Vater die Stadt auf der Straße verlassen hatte, die auch er genommen hatte, und dass der Ort, wo er jetzt war, Sarantum hieß oder so ähnlich und sehr weit weg lag. Das sagten alle immer wieder. Er hatte schon verstanden, dass er nicht unbedingt bis zum Abend dort wäre und womöglich allein durch die Dunkelheit gehen müsste, und das gefiel ihm nicht, denn im Dunkeln kamen die Träume.

Es wurde still. Seine Mutter Jarita trocknete sich langsam die Augen. Seine Mutter Katyun sah ihn merkwürdig an. Sie hatte sogar seine Hände losgelassen. »Shaski«, bat sie endlich, »sag mir, warum wir nicht nach Kabadh gehen dürfen.«

Die Frage hatte sie ihm noch nie gestellt.

Als er seinen Müttern erklärte, was es mit seinen Träumen auf sich hatte und dass er gewisse Dinge *spürte*, machte er erstmals die Erfahrung, dass andere Menschen solche Ahnungen nicht hatten. Er fand es verwirrend, dass seine Mütter den Drang, von hier fortzugehen, und das andere – die schwarze Wolke, die über ihm hing, so oft sie den Namen *Kabadh* aussprachen – nicht nur nicht teilten, sondern nicht einmal verstehen konnten.

Shaski merkte, dass er ihnen Angst machte, und das erschreckte ihn. Als er endlich fertig war und die starren Mienen sah, verzog er das Gesicht, rieb sich mit den Fäustchen die Augen und fing an zu weinen. »Es – es tut mir Leid«, schluchzte er. »Dass – dass ich weggelaufen bin. Es tut mir Leid.«

Als Katyun ihren Sohn in Tränen sah – ihren Sohn, der niemals weinte –, begriff sie endlich, dass hier eine starke Kraft wirkte, auch wenn sie selbst sie nicht fassen konnte. War am Ende gar die Göttin Anahita nach Kerakek gekommen, in diese unbedeutende kleine Festungsstadt am Rand der Wüste, und hatte Shaghir, ihren geliebten kleinen Shaski, mit dem Finger berührt? Ein Mensch, den die Göttin berührte, war gezeichnet. Das wusste jeder.

»Perun beschütze uns alle«, murmelte Jarita. »Möge Azal dieses Haus nie betreten.«

Doch wenn Shaski auch nur ein wahres Wort gesagt hatte, dann war das Unglück schon geschehen. Dann war Kerakek dem Widersacher bekannt. Und auch Kabadh. Eine Wolke, ein Schatten, hatte Shaski gesagt. Woher wusste ein Kind von solchen Schatten? Und Rustem, ihr Mann, brauchte sie alle im Westen. Eigentlich mehr im Norden als im Westen. Bei den Ungläubigen in Sarantium, die einen brennenden Gott in der Sonne verehrten. Was niemand, der die Wüste kannte, jemals gut heißen konnte.

Katyun holte tief Atem. Irgendwo war hier eine Falle verborgen, zu verführerisch, zu gefährlich war der Plan. Sie wollte nicht nach Kabadh. Sie hatte *nie* in diese Stadt gewollt. Wie sollte sie an einem Hof überleben? Unter all den Frauen dort? Sie zitterte schon bei dem Gedanken daran, ihr Magen rebellierte, sie konnte nachts nicht einschlafen oder hatte böse Träume, Schatten ganz eigener Art.

Sie sah Jarita an. Die Jüngere hatte ihren tiefen Kummer so tapfer verborgen, als sie hörte, dass Rustem in eine höhere Kaste aufgenommen werden und einen Ruf an den Hof erhalten solle. Obwohl dieser Ruf bedeutete, dass man für sie einen anderen Gatten und ein anderes Heim und für Inissa, die kleine Issa, einen anderen Vater suchen musste.

Jarita hatte etwas getan, was Katyun selbst wohl nicht über sich gebracht hätte. Sie hatte Rustem, ihren geliebten Gatten, in dem Glauben abreisen lassen, dass sie sich in die Veränderung füge, sich sogar darüber *freue*. Nur um ihm das Herz nicht schwer zu machen, nachdem er Nachrichten von so großer Tragweite erhalten hatte.

Was taten die Frauen nicht alles in Peruns Namen.

Jarita freute sich *nicht*. Es zerriss ihr das Herz. Katyun wusste es. Sie hörte sie ja schluchzen in der Nacht, wenn beide Frauen in dem kleinen Haus wach lagen. Rustem hätte sie durchschauen müssen, aber Männer – auch kluge Männer – übersahen so manches. Außerdem er war vollauf beschäftigt gewesen, zuerst mit der Behandlung des Königs und dann mit dem Aufstieg in eine andere Kaste und mit der Reise in den Westen. Er hatte glauben *wollen*, was Jarita ihm vorspielte, und deshalb hatte er auch daran geglaubt. Sich dem König der Könige zu widersetzen, wäre ohnehin nicht infrage gekommen.

Katyun schaute von Shaski zu Jarita. Rustem hatte ihr in der Nacht vor seiner Abreise erklärt, er verlasse sich auf sie, von nun an müsse sie für die Familie denken. Sogar die Studenten hatten sich andere Lehrer gesucht und waren fort. Nun stand sie ganz allein da, mit dieser Entscheidung wie mit allem anderen.

Nebenan erwachte die Kleine, die in der Holzwiege am Feuer ihren Mittagsschlaf gehalten hatte, und begann zu weinen.

Kerakek. Kabadh. Der Schatten des Schwarzen Azal. Der Finger der Göttin. Shaskis … *Ahnungen*. Die späte Einsicht, dass er schon immer … anders gewesen war als andere Kinder, die sie kannten. Sie hatte es gesehen, aber sie hatte es nicht sehen wollen. Vielleicht genauso, wie Rustem die Augen vor Jaritas wahren Gefühlen verschlossen hatte: weil er glauben wollte, dass sie glücklich war, mochte dies auch seinen Stolz verletzen. Die arme Jarita, sie war so zart, so schön. Manchmal fand man Blumen in der Wüste, aber sie blühten nur an wenigen Stellen und niemals lange.

Sarantium. Man sagte, die Stadt sei noch größer als Kabadh. Katyun biss sich auf die Lippen.

Sie umarmte Shaski, dann schickte sie ihn in die Küche. Die Köchin solle ihm etwas zu essen geben. Er hatte noch nicht gefrühstückt, denn er hatte sich im Dunkeln aus dem Haus geschlichen, als alle noch schliefen. Jarita ging, noch immer so bleich wie eine Priesterin in der Nacht der Heiligen Flamme, zu ihrem Kind.

Katyun blieb allein zurück und dachte angestrengt

nach. Dann rief sie einen Diener, schickte ihn zur Festung und ließ den Garnisonskommandanten bitten, sie doch mit einem Besuch zu beehren, sobald seine Zeit es erlaube.

Langeweile. Der Eindruck, ungerecht behandelt worden zu sein. Ein Frieden, mit Gold erkauft. In diesem Winter kam alles zusammen. Vinaszh, Sohn des Vinaszh, war verbittert.

Er hatte sich in Kerakek noch nie gelangweilt. Er liebte die Wüste und den Süden: Hier kannte er sich aus, das war die Welt seiner Kindheit. Er freute sich, wenn die Nomaden auf ihren Kamelen zu Besuch kamen, besuchte sie in ihren Zelten und trank Palmwein mit ihnen. Geduldig ertrug er die langen Pausen im Gespräch, die bedächtigen Gesten, die Art, wie sie mit Worten so sorgfältig umgingen wie mit dem Wasser. Die Wüstenbewohner spielten hier eine wichtige Rolle, sie waren der Puffer gegen die Sarantiner, sie waren die Handelspartner, die über die uralten Karawanenwege Gewürze und Gold aus dem sagenumwobenen tiefen Süden brachten. Und sie stellten die Vorhut in jedem Krieg.

Natürlich waren einige der Wüstenwanderer auch mit Sarantium verbündet und trieben dort Handel … deshalb kam es besonders darauf an, alle jene Stämme bei Laune zu halten, die auf Bassanias Seite standen. Die Soldaten verstanden das nicht immer, aber Vinaszh war in Qandir aufgewachsen, das noch weiter im Süden lag: Ihm waren die feinen Abstufungen im Verhalten der Bevölkerung von Ammuz und Soriyya und der Nomaden nicht fremd. Jedenfalls weniger fremd als den meisten Menschen, denn niemand konnte für sich in Anspruch nehmen, die Wüstenbewohner ganz zu durchschauen.

Er hatte sich nie in Träumen von einer wichtigeren Stellung, einer bedeutenderen Rolle verloren. Er war

Garnisonskommandant in einer Welt, die er hinreichend verstand, und bis vor kurzem war er mit diesem Leben zufrieden gewesen.

Doch dann war zu Beginn des Winters der Hof nach Kerakek gekommen und zu einem großen Teil – einschließlich des Königs selbst – geblieben, bis eine gewisse Pfeilwunde verheilt war und die Wogen nach den (nur zum Teil verdienten) Todesurteilen für Prinzen und königliche Gemahlinnen sich wieder geglättet hatten.

Vinaszh hatte die Geschehnisse an jenem Schreckenstag in ganz beträchtlichem Maße beeinflusst, und als Shirvan und der Hof wieder abgezogen waren, stellte er fest, dass er ein anderer geworden war. Die Festung erschien ihm leer. Trostlos und öde. Die Stadt war wie eh und je ... ein Haufen staubiger Hütten, wo nichts passierte. Und ständig blies der Wind aus der Wüste. Er schlief unruhig und träumte viel.

Der Seelenfrieden des Festungskommandanten Vinaszh war erschüttert. Der Winter erschien ihm wie ein unendlicher Abgrund, quälend langsam vergingen Tag um Tag, Nacht um Nacht. Der Sand, der ihn in seinem ganzen bisherigen Leben nie gestört hatte, fiel ihm nun unentwegt und überall auf. Ständig drang er durch Fensterritzen und Türen, knirschte zwischen den Zähnen, kroch in die Kleider, in Haar und Bart, in jede Hautfalte und in die ... Gedanken.

Er begann, schon zu früh am Tag zu viel zu trinken. Und er war klug genug, um die Gefahr zu erkennen.

Als daher der Diener des Arztes den gewundenen Pfad und die Treppen zur Festung heraufgestiegen kam und die Bitte übermittelte, der Kommandant möge den Angehörigen einen Besuch abstatten, sobald es seine Zeit erlaube, da fiel es Vinaszh aus allen diesen Gründen nicht schwer, die Zeit auf der Stelle zu erübrigen.

Er hatte nicht die leiseste Ahnung, was die Frauen von ihm wollten. Aber der Besuch verhieß Abwechslung, ein neues Element im dumpfen Alltagstrott. Das genügte. Seit der Abreise des Arztes war einige Zeit vergangen. Vinaszh glaubte sich zu erinnern, dass er einige Tage in Sarnica hatte verbringen wollen. Wenn er sich dort nicht allzu lange aufgehalten hatte, war er womöglich schon in Sarantium eingetroffen. Und seine Frauen waren hübsch. Alle beide.

Er schickte den Diener mit einer Münze zurück und ließ ausrichten, er werde noch am gleichen Tag von seinem Hügel hinabsteigen. Es kostete nicht viel Überwindung, sich entgegenkommend zu zeigen, wenn ein solches Ansinnen von der Familie eines Mannes kam, der vom König der Könige persönlich an den Hof berufen worden war und, welch unvorstellbare Ehre, in eine höhere Kaste aufgenommen werden sollte.

Vinaszh, Sohn des Vinaszh, hatte man natürlich nirgendwohin berufen, und man hatte ihn weder befördert noch mit Ehren überhäuft. Eigentlich war gar nichts geschehen. Bei Hof hatte es keinen Menschen gekümmert, *wer* an jenem Schreckenstag zu Anfang des Winters in jener erlauchten Gesellschaft auf den Gedanken gekommen war, in das Geschehen einzugreifen und – trotz nicht unerheblicher Gefahr für Leib und Leben – den Vorschlag zu machen, einen ansässigen Heiler an das Bett des Königs zu rufen. Und wer anschließend dem Arzt behilflich gewesen war *und* einen mordlustigen Prinzen mit dessen eigener Klinge getötet hatte.

Vinaszh war sogar schon der Verdacht gekommen, man wolle ihn bestrafen – so ungerecht das auch gewesen wäre –, weil er den Dolch geworfen hatte, der dem verräterischen Sohn Einhalt gebot.

Möglich wäre es gewesen. Niemand hatte etwas dergleichen gesagt, niemand hatte überhaupt mit ihm gesprochen, aber ein Mann wie etwa der rundliche, gerissene Wesir mochte durchaus der Ansicht sein, wer nach einer solchen Tat weiterleben dürfe, sei ohnehin schon reich genug belohnt. Vinaszh hatte einen Prinzen getötet. Blut vom Blut des Großkönigs. Er hatte in Gegenwart des Königs, des heiligen Bruders der Sonne und der beiden Monde, einen Dolch geschleudert. Ja, gewiss, das wollte er auch gar nicht bestreiten, aber man hatte ihm immerhin *befohlen*, auf der Hut zu sein, als Murash in das Krankenzimmer zurückkehrte. Er hatte lediglich seine Pflicht getan, und das in letzter Konsequenz.

Sollte er, von aller Welt vergessen, hier in der Wüste versauern, nur weil er seinem König das Leben gerettet hatte?

Dergleichen kam vor. Die Welt Peruns und der Göttin war nicht gerade ein Ort, wo jeder nach Verdienst belohnt wurde. Und Azal der Widersacher sorgte dafür, dass dies auch so bleiben würde bis ans Ende der Zeit.

Vinaszh war Soldat. Er wusste, wie die Wirklichkeit aussah. Das Heer war zerfressen von Ungerechtigkeit und Korruption. Und Zivilisten – parfümierte, verwöhnte Höflinge oder schlaue, scheinheilige Ratgeber – mochten durchaus Gründe haben, einfachen, ehrlichen Soldaten Steine in den Weg zu legen. Das war der Lauf der Welt. Wobei es nicht einfacher zu ertragen war, wenn man die Vorgänge durchschaute.

Sein Vater hatte nie gewollt, dass er Soldat wurde. Wäre er als Händler in Qandir geblieben, nichts dergleichen wäre je in sein Leben getreten.

Er hätte es für selbstverständlich gehalten, Sand im Weinbecher und im Bett zu haben.

Menschen verändern sich, dachte Vinaszh, so einfach ist das – und so kompliziert. Und jetzt sah es so aus, als habe er sich verändert. Irgendetwas passierte, ein großes oder kleines Ereignis, vielleicht verging auch nur die Zeit – und eines Morgens wachte man auf und war ein anderer. Wahrscheinlich war auch Murash zu irgendeiner Zeit ganz zufrieden gewesen, bassanidischer Prinz und Sohn eines mächtigen Vaters zu sein.

Schwierige Überlegungen für einen Soldaten. Er hätte lieber im Feld gestanden und einem Feind ins Auge gesehen. Aber es gab keinen Feind, er hatte nichts zu tun, und der Wind hörte nicht auf zu wehen. Sogar in diesem Moment hatte er Sand in seinem Becher, in seinem Wein.

Seine Tat hätte Anerkennung verdient. Das wäre nur recht und billig gewesen.

Bald nach Mittag ritt er den Hügel hinab zum Haus des Arztes. Die beiden Frauen empfingen ihn im vorderen Wohnraum mit der Feuerstelle. Die jüngere mit den pechschwarzen Augen war wirklich ganz reizend. Die ältere trat sicherer auf und machte sich zur Wortführerin. Sie sprach mit bescheiden gesenkter Stimme, doch was sie zu sagen hatte, lenkte Vinaszh sofort von seinen eigenen Problemen ab.

Schicksal, Zufall, Bestimmung? Peruns Hand? Wer wollte das sagen? Die schlichte Wahrheit lautete, dass der Soldat, Sohn eines Händlers aus Qandir und zur fraglichen Zeit Kommandant der Garnison zu Kerakek, der Geschichte, die ihm die Frau an jenem Winternachmittag erzählte, nur allzu bereitwillig Glauben schenkte. Jedermann wusste, dass die Welt für gewöhnliche Menschen nicht zu fassen war. Und hier im Süden, so nahe bei den Wüstenvölkern mit ihren geheimnisvollen Stammesriten, waren solche Berichte nichts Ungewöhnliches.

Irgendwann verlangte er, den Jungen zu sehen, und man ließ ihn holen. Vinaszh stellte ihm einige Fragen, dann schickte man ihn wieder hinaus. Ein ernstes Kind, das bereitwillig Antwort gab. Er sei zurzeit am glücklichsten, bemerkte eine der Frauen fast verlegen, wenn er sich in den leeren Behandlungsräumen seines Vaters aufhalten dürfe. Sie ließen ihn dort spielen. Vinaszh fragte, wie alt der Junge sei. Fast acht Jahre, teilte man ihm mit.

Der Kommandant lehnte den angebotenen Wein ab und trank stattdessen einen Becher Kräutertee, während er noch einmal durchging, was er erfahren hatte. Bei den Nomaden gab es viele Geschichten über Menschen wie dieses Kind, sie hatten in ihren Sprachen sogar eigene Namen dafür. Schon Vinaszhs Amme hatte ihm von solchen ›Träumern‹ erzählt, und einmal hatte er auf einer Wüstenreise mit seinem Vater selbst einen gesehen: nur ganz kurz und nur, weil eine Zeltklappe zu langsam zugefallen war. Ein beleibter, schlaffer Mann unter lauter hageren Menschen. Kein einziges Haar auf dem Kopf. Tiefe, parallele Narben auf beiden Wangen.

So kam es, dass er sich der Geschichte der Frau nicht einfach verweigerte, sondern sie aufmerksam zuhörte. Wobei ihm nicht klar war, warum man ihm das alles erzählte. Also fragte er, was man eigentlich von ihm erwarte. Und man sagte es ihm.

Zunächst war er so erschrocken, dass er laut auflachte, doch dann verstummte er und schaute von einer Mutter zur anderen. Feierliche, stille Gesichter. Sie meinten es ernst. Sie meinten es wirklich ernst. Er hörte ein Geräusch. Der Kleine war an der Tür. Er war doch nicht in die Behandlungsräume gegangen. Ein Kind, das gern die Erwachsenen belauschte. Vinaszh war auch so gewesen. Shaski zeigte sich, als man ihn rief, und blieb wartend neben dem Perlenvorhang stehen. Vinaszh sah ihn fest an.

Dann wandte er sich wieder der älteren der beiden Mütter, der Wortführerin, zu und erklärte ihr so behutsam wie möglich, was sie verlange, komme überhaupt nicht infrage.

»Wieso denn nicht?«, fragte die junge Hübsche unerwartet. »Ihr führt doch manchmal auch Händlerkarawanen nach Westen.«

Das stimmte tatsächlich. Vinaszh war ein ehrlicher

Mann und brachte es nicht über sich, zwei so reizvolle Frauen zu belügen, die ihn so erwartungsvoll ansahen.

Wieder sah er den Jungen an, der immer noch wartend in der Tür stand. Die Stille war zermürbend. Plötzlich fragte sich Vinaszh selbst: Wieso eigentlich nicht? *Wieso* kam es nicht infrage, ihnen eine Eskorte zu stellen? Es verstieß gegen kein Gesetz, wenn zwei Frauen ihrem Gemahl auf einer Reise folgen wollten. Sollte der Mann am Ende wütend auf sie sein, dann war das ihre Sache. Nicht die seine und nicht die der Eskorte. Vinaszh ging davon aus, dass der Arzt seinen Frauen genügend Mittel zurückgelassen hatte und sie die Kosten einer solchen Reise bestreiten konnten. Wenn die Familie erst am Hof in Kabadh war, spielte Geld ohnehin keine Rolle mehr. Vielleicht wäre es ganz nützlich, sie in seiner Schuld zu haben. Wenn schon niemand sonst das Gefühl hatte, Vinaszh irgendetwas schuldig zu sein. Der Kommandant vermied es, die Stirn in Falten zu ziehen. Er trank einen Schluck Tee, dann beging er den Fehler, noch einmal den Jungen anzusehen. Dieser ernste, abwartende Blick, mit dem er ihn beobachtete. Kinder. Es wäre sicher besser, der Junge würde draußen spielen.

Unter normalen Umständen, überlegte Vinaszh, hätte er an die ganze Sache keinen weiteren Gedanken verschwendet. Aber dieser Winter war nicht ... normal.

Und das blinde Vertrauen in den Augen des Jungen machte ihn nachdenklich, vor allem, wenn er es mit seiner eigenen Gemütsverfassung in letzter Zeit verglich. Er war in Gefahr, den Ruf zu vertrinken, den er sich im Lauf der Jahre mühsam aufgebaut hatte. Verbitterung konnte einen Menschen zerstören. Ein Kind vielleicht auch? Wieder trank er einen Schluck Tee. Die Frauen beobachteten ihn. Der Junge beobachtete ihn ebenfalls.

Als Kommandant der Garnison war er befugt, Soldaten als Begleiter für zivile Gruppen abzustellen. In Friedenszeiten kamen solche Aufträge gewöhnlich von Händlern, die mit ihren Waren über die Grenze wollten, denn Frieden bedeutete natürlich nicht, dass die Straßen sicher waren. Gewöhnlich mussten die Händler für eine militärische Eskorte bezahlen, aber das war nicht immer so. Manchmal hatte ein Kommandant auch besondere Gründe, um seine Soldaten über die Grenze zu schicken, zum Beispiel, wenn die Männer unruhig waren und Beschäftigung brauchten, wenn neue Soldaten auf die Probe gestellt oder andere, die zu lange auf zu engem Raum zusammen gewesen waren, getrennt werden mussten, um Spannungen abzubauen. Hatte er nicht auch Nishik mit dem Heiler nach Sarantium geschickt?

Der Kommandant von Kerakek wusste nicht – dafür gab es keine Veranlassung –, wie mit der jüngeren Frau und der Tochter verfahren werden sollte. Sonst hätte er womöglich anders gehandelt.

Stattdessen fällte er eine Entscheidung. Genauer gesagt, er machte seine Entscheidung rückgängig. Schnell und präzise, wie es sich für einen Mann in seiner Stellung gehörte, traf er eine Wahl, die jeder Außenstehende für eine Riesentorheit gehalten hätte. Als er sie den beiden Frauen mitteilte, brachen sie in Tränen aus. Der Junge weinte nicht. Der Junge ging weg. Gleich darauf hörten sie ihn in den Behandlungsräumen seines Vaters rumoren.

»Perun behüte uns. Er ist schon beim Packen«, schluchzte die jüngere Mutter.

Die Torheit des Kommandanten Vinaszh, Sohn des Vinaszh, blieb nicht ohne Folgen. Bevor die Woche noch zu Ende war, brachen zwei Frauen, zwei Kinder, ein Garnisonskommandant (das war schließlich der *Sinn* der Sache, und seinem noch unerfahrenen Stellvertreter konnte es nicht schaden, für eine Weile die Verantwortung zu übernehmen) und drei ausgewählte Soldaten in

Staub und Wind auf, um über die Straße, die zur Grenze von Amoria führte, nach Sarantium zu reisen.

Wie alle Reisenden konnte auch Rustem der Heiler nicht ahnen, was hinter ihm geschah. Als seine Familie sich aufmachte, um ihm zu folgen, befand er sich noch in Sarnica, um Manuskripte zu kaufen und Vorlesungen zu halten. Er sollte die Stadt erst eine Woche später verlassen. Die Seinen waren also nicht allzu weit hinter ihm.

Laut Vinaszhs Plan sollten die vier Soldaten die Frauen und Kinder nach Nordwesten begleiten und sich nebenbei diskret in Amoria umsehen. Hatte man den Heiler erst eingeholt, dann war es seine Aufgabe, sich um seine Familie zu kümmern und sie nach Kabadh zu bringen, wenn die Zeit kam. Aufgabe der Frauen war es andererseits zu erklären, wo sie so plötzlich herkamen. Die erste Begegnung könnte durchaus amüsant zu beobachten sein, dachte Vinaszh, während er auf der Straße nach Westen ritt. Es war sonderbar, seit er sich entschlossen hatte, Kerakek zu verlassen, ging es ihm schlagartig besser. Die Frauen des Heilers, das Kind, die Bitte um Geleitschutz – es war wie ein Geschenk des Himmels gewesen.

An sich wollten er und seine drei Männer nur mit der kleinen Gesellschaft nach Norden ziehen und dann wieder umkehren, aber eine Reise, auch eine Reise im Winter, war viel verlockender, als in Wind und Sand in der leeren Festung herumzusitzen. Man brauchte *Beschäftigung,* wenn die Tage immer kürzer wurden und die Stimmungen immer düsterer.

Nach seiner Rückkehr würde er einen schriftlichen Bericht nach Kabadh schicken, in dem alles aufgeführt war, was sie beobachtet hatten. Mit den richtigen Formulierungen ließ sich die Reise beinahe als Routineunternehmen darstellen. Ob er den Jungen erwähnen wollte, konnte er später entscheiden. Das hatte keine Eile. Aus der Tatsache, dass Menschen mit solchen Gaben existierten, ließ sich nicht zwangsläufig ableiten, dass dieser kleine Shaghir, Sohn des Rustem, zu ihnen gehörte. Bisher war Vinaszh noch nicht davon überzeugt. Wenn das Kind allerdings nicht war, wofür seine Mutter es hielt, dann stürzten sie sich alle nur deshalb in dieses winterliche Abenteuer, weil ein kleiner Junge Sehnsucht nach seinem Vater hatte und deshalb schlecht träumte. Doch darüber machte man sich vorerst am besten keine Gedanken.

Das fiel ihm nicht weiter schwer. Das unstete Wanderleben weckte schlummernde Gefühle in der Brust des Kommandanten. Manche Menschen fürchteten die großen Weiten, die Strapazen des Reisens. Zu ihnen gehörte er nicht. Der Tag des Aufbruchs war so mild, als ruhe der Segen Peruns und der Göttin auf dem Unternehmen. Vinaszh war glücklich.

Noch glücklicher war Shaski.

Erst einige Zeit später, als sie sich schon Sarantium näherten, sollte seine Stimmung umschlagen. Er war ein schweigsames Kind, aber er sang oft vor sich hin, beim Gehen oder auch bei Nacht, um sein Schwesterchen in den Schlaf zu wiegen. Etwa eine Woche nördlich von Sarnica hörte er damit auf. Und bald darauf verstummte er ganz. Er wurde immer blasser, etwas quälte ihn, obwohl ihm keine Klage über die Lippen kam. Und als sie wenige Tage später endlich Deapolis am Südufer der berühmten Meerenge erreichten, sahen sie jenseits des Wassers Flammen und schwarzen Rauch zum Himmel steigen.

Shirvan der Große, König der Könige, Bruder der Sonne und der beiden Monde, war wieder in Kabadh in seinem prächtigen Palast über den berühmten hängenden Gärten, die bis zum Fluss hinabführten. Künstliche

Wasserfälle plätscherten zwischen den Blumen den Hang hinunter, und da und dort wuchsen Bäume von oben nach unten. In diesem Winter lag der König öfter als sonst bei seinen Frauen oder seinen Lieblingskonkubinen, denn er war unruhig und schlief schlecht, obwohl ihm seine Heiler unzählige Tränke und Pülverchen verabreichten und die Priester am Kopf- und am Fußende seines Bettes beschwörende Gesänge anstimmten, bevor er sich zur Ruhe begab.

Das ging schon seit längerem so.

Genauer gesagt, jede Nacht seit seiner Rückkehr aus dem Süden, wo er nur knapp dem Tod entronnen war. Man tuschelte – wenn auch nie in Gegenwart des Großkönigs selbst –, nach überstandener Gefahr seien böse Träume vor Morgengrauen keine Seltenheit, eher eine nachhaltige Erinnerung daran, dass man beinahe Azal dem Widersacher begegnet wäre, dass man sozusagen von seinen schwarzen Schwingen gestreift worden war.

Doch dann erwachte Shirvan eines Morgens und setzte sich auf. Sein Oberkörper war nackt, über dem Schlüsselbein leuchtete rot die frische Narbe. Er starrte ins Leere und sprach laut zwei Sätze. Die junge Frau an seiner Seite sprang zitternd aus dem Bett und kniete, nackt wie einst, als sie eingetreten war in die Welt, wo Perun und Azal ihren ewigen Kampf ausfochten, auf dem dicken Teppich nieder.

Die beiden Männer, die auch dann die Ehrenwache im königlichen Schlafgemach hielten, wenn der König eine Frau beschlief, knieten ebenfalls nieder, ohne das wohlgeformte, nackte Mädchen auf dem Teppich eines Blickes zu würdigen. Sie hatten gelernt, solche Szenen zu übersehen und über alles, was sie sonst noch sahen und hörten, Stillschweigen zu bewahren. Zumindest über das meiste.

Der Blick des Königs der Könige sei an jenem Morgen

kalt wie Eisen gewesen, sollte einer der beiden später bewundernd erzählen: hart und tödlich wie das Schwert des Gerichts. Und seine Stimme habe geklungen wie die des Richters, der nach dem Tod das Leben der Menschen beurteile. So viel glaubte man verraten zu dürfen.

Die Worte, die Shirvan sprach und die er wiederholte, als seine hastig zusammengerufenen Berater sich im Nebenraum versammelt hatten, lauteten: »Das können wir nicht zulassen. Wir ziehen in den Krieg.«

Ist eine Entscheidung, der man lange ausgewichen ist, mit der man gerungen hat, die tiefe Ängste auslöste und einem den Schlaf raubte, erst gefallen, dann erscheint sie einem oft ganz selbstverständlich. Im Rückblick ist man erstaunt, ja bestürzt über das lange Zögern und fragt sich, wie man einen so klaren, auf der Hand liegenden Entschluss so lange vor sich herschieben konnte.

So erging es dem König der Könige an jenem Morgen. Für seine Berater, die nicht von schweren Winterträumen verfolgt wurden, musste die Sache freilich erst in eine Sprache übersetzt werden, die sie verstanden. Natürlich hätte man ihnen auch ohne Erklärung einfach sagen können, was sie zu tun hatten, aber Shirvan war schon lange genug an der Macht, um zu wissen, dass die meisten Menschen mehr leisteten, wenn sie gewisse Sachverhalte auch eingesehen hatten.

Im Grunde waren es zwei Fakten, die zum Krieg zwangen, und ein drittes Element, das es notwendig machte, ihn selbst zu führen.

Erstens: Die Sarantiner bauten Schiffe. Viele Schiffe. Im Westen tätige Händler und Spione (oft ein und dieselben Männer) meldeten dies seit Beginn des Herbstes. Die Werften von Sarantium und Deapolis hallten wider vom Lärm der Hämmer und Sägen. Das Hämmern war bis in Shirvans finstere Träume zu hören.

Zweitens: Die Königin der Antae befand sich in Sarantium. Ein lebendes Werkzeug in Valerius' Hand. Ein Hammer anderer Art. Niemand hatte ihm sagen können, wie der Kaiser *das* angestellt hatte (und Perun wusste, dass Shirvan für den feindlichen Herrscher ebenso viel Respekt wie Hass empfand). Auf jeden Fall war sie in der Stadt.

Beides zusammen wies für jeden, der die Zeichen zu deuten verstand, auf eine Invasion im Westen hin. Wer konnte jetzt noch die Augen davor verschließen, dass die großen Summen Goldes, die inzwischen schon zweimal aus Sarantiums Schatzkammern in Bassanias Staatssäckel geflossen waren, für Ruhe an der Ostgrenze sorgen sollten, wenn Valerius sein Heer nach Westen schickte?

Shirvan hatte das Geld natürlich genommen. Und seine Unterschrift und sein Siegel unter den so genannten Immerwährenden Frieden gesetzt. Er hatte Probleme an der eigenen Grenze im Nordosten, und auch ihm fiel es schwer, sein aufsässiges Heer zu besolden. Welchem Herrscher wäre es anders ergangen?

Jetzt brauchte der König der Könige keine Traumdeuter mehr, um sich seine Nachtmahre erklären zu lassen. Die Scharlatane hätten ihm womöglich einzureden versucht, das Hämmern, die Feuersbrünste und die innere Unruhe seien Folgen der Pfeilwunde und des Gifts in seiner Schulter. Aber er wusste es besser.

Das tödlichste Gift hatte nämlich nicht am Pfeil seines Sohnes gehaftet, sondern lauerte noch im Hinterhalt: Die Gefahr bestand in der Macht, die Sarantium besäße, wenn ihm Batiara in die Hände fiele. Und das war nicht auszuschließen. Es konnte dazu kommen. Lange Zeit hätte er sich fast *gewünscht*, die Sarantiner wären nach Westen gezogen, weil er geglaubt hatte, sie könnten niemals Erfolg haben. Jetzt glaubte er das nicht mehr.

Das verlorene Stammland des sarantinischen Imperiums war fruchtbar und reich – warum wären die Antae sonst dort eingewandert? Wenn der goldene Strategos, der verhasste Leontes, diese Fülle in Valerius' Schatzkammern bringen konnte, wenn er seinem Kaiser Reichtum und Sicherheit im Westen verschaffte, wenn Sauradia keine Truppen mehr band, dann …

Wie viel bedrängter musste sich dann ein Herrscher fühlen, der auf Kabadhs Thron saß?

Er durfte eine solche Entwicklung nicht zulassen, denn sie war wie Gift, wie ein verheerendes, ein tödliches Gift.

Einige der Anwesenden hatten wohl sehnsüchtig darauf gehofft, Shirvan werde einen Teil des sarantinischen Geldes an Moskav weitergeben, um damit den Sommer über für Unruhen in Sarantiums Norden zu sorgen. Dann hätte Valerius einen Teil seiner Truppen zurückhalten müssen, und das hätte das Invasionsheer geschwächt.

Doch das war nur eine eitle Hoffnung. Ebenso gut konnten Moskavs pelzgekleidete Barbaren das Geld nehmen und über Mihrbor mit seinen hölzernen Mauern herfallen, und das lag in Bassania. Sie griffen an, wenn sie sich langweilten, wo sie wollten und sobald sie Schwäche witterten. Begriffe wie Ehre und Anstand waren den wilden Nordländern fremd. Sie fühlten sich zu sicher in ihrem weiten, unwirtlichen Land. Ob man sie bestach oder sich mit ihnen verbündete, war für sie einerlei.

Nein, wenn Valerius aufgehalten werden sollte, musste Bassania das schon selbst tun. Auch Shirvan hatte hier keinerlei Skrupel. Kein Herrscher, der sein Land wirklich liebte und schützte, durfte sich von einer Kleinigkeit wie dem Immerwährenden Friedensvertrag beirren lassen.

Wenn eine Entscheidung gefallen war, pflegte Shirvan von Bassania keine Zeit mit kleinlichen Zweifeln zu vergeuden.

Eine Ausrede ließ sich finden. Eine fingierte Grenzverletzung im Norden. Ein sarantinischer Überfall von Asen her. Man konnte ein paar Angehörige der eigenen Priesterkaste töten und einen kleinen Tempel verbrennen und dann behaupten, es seien die Westländer gewesen; sie hätten den Friedensschwur gebrochen. Das Übliche.

Asen, das ein halbes Dutzend Mal niedergebrannt, geplündert und hin- und her verkauft worden war, wäre wieder einmal das nächstliegende Ziel. Aber Shirvan war damit nicht zufrieden, er hatte einen neuen Plan.

»Zieht weiter nach Westen«, sagte der König der Könige mit seiner tiefen, kalten Stimme und sah erst Robazes und dann die anderen Generäle an. »Asen zählt nicht. Es ist nur eine Tauschmünze. Wir müssen Valerius *zwingen*, ein Heer zu schicken. Und deshalb zieht Ihr diesmal gleich nach Eubulus. Hungert die Stadt aus und zerstört sie. Und bringt mir, was an Schätzen in ihren Mauern lagert.«

Alles schwieg. Wenn der König der Könige sprach, herrschte immer Schweigen, aber diesmal war es anders. In keinem der Kriege mit Valerius und vor ihm mit seinem Onkel und vor diesem mit Apius war Eubulus jemals erobert oder auch nur belagert worden. Das Gleiche galt für Mihrbor, die eigene große Stadt im Norden. Bisher hatten Sarantium und Bassania ausschließlich um Gold gekämpft. Man hatte von Norden oder von Süden die Grenze überschritten, um zu plündern, Lösegeld zu erpressen, um die leeren Staatskassen zu füllen und seine Soldaten zu bezahlen. Größere Städte waren nie erobert oder gar zerstört worden.

Shirvan schaute von einem seiner Generäle zum anderen. Er wusste, dass er sie zwang, die gewohnten

Bahnen zu verlassen – und das war bei Soldaten immer ein Risiko. Wie erwartet erfasste Robazes als Erster, worum es ging.

»Vergesst nicht«, sagte er, »wenn sie tatsächlich nach Batiara ziehen, steht Leontes im Westen. Er kann Euch nicht in Eubulus empfangen. Und wenn wir seinem Invasionsheer genügend Soldaten entziehen, weil sie stattdessen im Norden gegen Euch kämpfen müssen, wird er im Westen scheitern. Vielleicht … fällt er auch.« Letzteres sagte er sehr langsam, um es eindringen zu lassen. Die Generäle mussten begreifen.

Leontes würde im Westen stehen. Ihre Geißel. Das allzu grelle Schreckensbild in *ihren* Träumen, golden wie die Sonne, die man in Sarantium verehrte. Bassanias Feldherren sahen sich an. Angst und Erregung erfüllten jetzt den Raum, langsam dämmerte Verständnis auf, eine erste Ahnung dessen, was möglich war.

Etwas später weitete sich der Blick. Ein solcher Bruch des Friedens brächte alle Bassaniden in den westlichen Ländern – Händler die meisten, auch ein paar andere – in höchste Gefahr. Aber das war immer so, wenn ein Krieg ausbrach, und es beträfe ohnehin nicht allzu viele Bürger des Landes. Solche Überlegungen durften keine Rolle spielen. Jeder Händler wusste, dass er sich in Gefahr begab, wenn er nach Westen (oder auch nach Osten, nach Ispahani) zog. Deshalb verlangten sie auch so horrende Preise für die Waren, die sie mitbrachten. Auf diese Weise machten sie ihr Vermögen.

Shirvan beendete mit einem Wink die Audienz, und alle sanken in die Knie. Die Versammlung löste sich auf. Doch ein Mann wagte noch, das Wort zu ergreifen: Mazendar der Wesir, der dazu in Anwesenheit seines Königs immer das Recht hatte. Der rundliche kleine Mann, dessen Stimme ebenso hell und trocken war wie die des Königs ernst und tief, hatte zwei kleinere Vorschläge zu machen.

Der erste betraf den Zeitplan. »Erhabener König, sollten wir angreifen, *bevor* sie nach Westen segeln?«

Shirvans Augen wurden schmal. »Das wäre eine Möglichkeit«, sagte er. Und wartete.

»Gewiss, Ehrwürdigster«, murmelte Mazendar. »Ich glaube, den ersten Schimmer Eurer erhabenen Pläne zu erfassen. Es wäre eine Möglichkeit, wir könnten aber auch warten, bis sie auf dem Weg nach Westen sind, um *erst dann* die Grenze nach Eubulus zu überschreiten. Leontes wird von schnellen Schiffen verfolgt, die ihm in heller Panik die schlimme Kunde bringen. Vielleicht erhält er zugleich den Befehl, einen Teil seiner Flotte nach Hause zu schicken. Der Rest wird sich schutzlos fühlen und den Mut verlieren. Vielleicht drängt er aber auch weiter, doch dann sitzt ihm die Angst ihm Nacken, was wir hinter seinem Rücken anrichten. Und Sarantium wird sich völlig nackt vorkommen. Was zieht der König der Könige vor – diese Taktik oder die andere? Seine Ratgeber harren des Lichts seiner Weisheit.«

Mazendar war der Einzige, dessen Vorschläge man sich anhören sollte. Robazes konnte kämpfen und ein Heer führen, aber Mazendar hatte Verstand. Shirvan sagte ernst: »Wir brauchen Zeit, um unser Heer im Norden zu versammeln. Wir werden die Ereignisse im Westen abwarten und dementsprechend entscheiden.«

»Wie groß soll das Heer sein?« Die Soldatenfrage kam natürlich von Robazes. Shirvan nannte eine Zahl. Der General war verblüfft. So viele Männer hatten sie noch nie entsandt.

Shirvans Miene blieb grimmig und hart. So sollten die Menschen das Antlitz des Königs der Könige sehen, so sollten sie es im Gedächtnis behalten und anderen davon berichten. Valerius von Sarantium war nicht der einzige Herrscher, der große Heere in die Welt hinaus schicken konnte. Wieder sah der König Mazendar an. Er hatte von zwei Vorschlägen gesprochen.

Der zweite betraf die Königin der Antae in Sarantium.

Der König hörte zu und nickte langsam mit dem Kopf. Geruhte huldvoll zu erklären, der Vorschlag sei sinnvoll. Gab seine Einwilligung.

Die Männer verließen den Saal. Die Ereignisse kamen ins Rollen. Noch am gleichen Tag wurden bei Einbruch der Dunkelheit die ersten Signalfeuer entzündet und schickten ihre Flammenbotschaften von einer Hügelkuppe zum nächsten Festungsturm und weiter zur Hügelkuppe dahinter, überall dorthin, wo es nötig war.

Der König der Könige beriet sich lange mit Mazendar, Robazes und den Unterfeldherren sowie mit den Beamten seiner Schatzmeisterei. Den Nachmittag verbrachte er im Gebet vor dem Heiligen Feuer im Palast. Als das Essen aufgetragen wurde und er sich auf die Liege legte, fühlte er sich fiebrig und krank. Er sprach natürlich mit niemandem darüber, aber plötzlich fiel ihm – reichlich spät – der überraschend fähige Heiler ein, der im Sommer nach Kabadh kommen sollte. Er hatte ihn bis zu seiner Aufnahme in die nächsthöhere Kaste vorübergehend nach Sarantium abkommandiert. Der Mann hatte scharfe Augen, der König hatte nach einer sinnvollen Verwendung für ihn gesucht. Nützliche Männer auch nutzbringend einzusetzen, war die Pflicht eines Königs.

Shirvan nippte an einer Schale mit grünem Tee und schüttelte den Kopf. Doch als ihm dabei schwindlig wurde, hörte er wieder auf. Der Arzt war sicher schon nach Westen aufgebrochen. Nach Sarantium. Bedauerlich, dass er sich gerade jetzt in der Stadt aufhielt.

Es war nicht zu ändern. Gesundheit und Glück eines Herrschers mussten hinter dem Wohl seines Volkes zurückstehen. Die Königswürde war mit gewissen Lasten verbunden und der König der Könige kannte jede Einzelne davon. Manchmal hatten persönliche Wünsche hintan zu stehen. Außerdem *musste* es mehr als einen tüchtigen Arzt in Bassania geben. Er beschloss, Mazendar zu einer gründlichen Suchaktion zu veranlassen ... das hatte er eigentlich noch nie getan.

Aber man wurde älter und konnte sich weniger auf seine Gesundheit verlassen. Azal lauerte mit schwarzen Schwingen. Perun und die Göttin warteten darauf, alle Menschen zu richten. Aber man brauchte nicht ... vor der Zeit zu ihnen zu eilen.

Als das Festmahl zu Ende war und er sich in seine Privatgemächer zurückzog, kam ihm ein Einfall. Obwohl sein Kopf immer noch schmerzte, schickte er nach Mazendar. Der Wesir erschien sofort. Er antwortete auf jeden Ruf so schnell, dass Shirvan manchmal den Eindruck hatte, sein Leben bestehe darin, hinter der Tür zu warten.

Der König erinnerte seinen Wesir zunächst an seinen Vorschlag vom Vormittag bezüglich der Königin der Antae. Dann erinnerte er ihn an jenen Heiler aus dem Süden, der jetzt in Sarantium weilte oder bald dort eintreffen werde. Den Namen des Mannes hatte er vergessen, doch das spielte keine Rolle: Mazendar wusste ihn sicher. Der Wesir, bei weitem der hellste Kopf unter seinen Beratern, lächelte und strich sich langsam sein Bärtchen.

»Der König ist wahrhaft ein Bruder der Herren der Schöpfung«, sagte er. »Seine Auge ist scharf wie das Auge des Adlers, seine Gedanken sind so tief wie das Meer. Ich werde unverzüglich die entsprechenden Anweisungen geben.«

Shirvan nickte, dann rieb er sich die Stirn und ließ endlich doch seine Leibärzte rufen. Großes Vertrauen hatte er zu keinem von ihnen, schließlich hatte er schon die drei vermeintlich besten wegen ihrer Unfähigkeit in

Kerakek töten lassen. Aber die am Hof Verbliebenen sollten doch wohl in der Lage sein, irgendeinen Absud zu brauen, der seine Kopfschmerzen lindern und ihm Schlaf bringen konnte.

Das konnten sie tatsächlich. Der König der Könige träumte nicht in dieser Nacht – zum ersten Mal seit langem.

KAPITEL II

Im Winter, wenn in Sarantiums gewaltigem Hippodrom Ruhe herrschte, verlagerten sich die Rivalitäten
der Zirkusparteien auf die Theater. Tänzer, Schauspie-
ler, Gaukler und Possenreißer wetteiferten miteinander, und die Parteigänger, für die im Zuschauerraum
eigene Abschnitte vorgesehen waren, taten sich mit
immer kunstvolleren Beifallschören oder (lautstarken)
Missfallensbekundungen hervor. Diese ›spontanen‹
Publikumsäußerungen erforderten bisweilen recht
aufwendige Proben. Wer einem Dirigenten zu folgen
wusste, bereit war, sich in seiner Freizeit stundenlang
drillen zu lassen, und eine gute Stimme besaß, konnte
sich als Sprechchorist einen guten Platz bei den Vorstellungen verdienen und wurde bevorzugt zu den
Festmählern und anderen gesellschaftlichen Ereignissen der Parteien eingeladen. An Bewerbern herrschte
kein Mangel.

Man hielt die Blauen und Grünen in den Theatern
ebenso streng getrennt wie im Hippodrom. Sie standen,
möglichst weit voneinander entfernt, zu beiden Seiten
des halbrunden Zuschauerraums. So viel gesunden
Menschenverstand besaß selbst die Stadtpräfektur.
Obendrein hatte der Kaiserliche Bezirk mehr als deutlich zu verstehen gegeben, dass bei gewalttätigen Ex-

zessen die Theater für den ganzen Winter geschlossen würden. Eine schlimme Drohung, die – jedenfalls meistens – ausreichte, um ein gewisses Maß an Anstand zu sichern.

Die einzigen Sitzplätze vorn in der Mitte waren für den Hof, hochrangige Staatsgäste sowie hohe Offiziere des Heeres reserviert. Dahinter schlossen sich Stehplätze für Zuschauer ohne Parteizugehörigkeit an, die nach Gildenposition oder militärischem Dienstgrad vergeben wurden. Hier fand man auch die Kuriere der Kaiserlichen Post. Danach kamen die gewöhnlichen Soldaten, Matrosen und Bürger und in dieser (für den Geschmack so manchen eifernden Priesters allzu) aufgeklärten Zeit auch die Kindath in ihren blauen Gewändern und silbernen Mützen. Gelegentlich brachte man den einen oder anderen bassanidischen oder heidnischen Händler aus Karch oder Moskav, der sehen wollte, was hier passierte, in den hintersten Reihen unter.

Die Priester gingen selbst natürlich niemals ins Theater. Schließlich traten die Frauen dort manchmal fast nackt auf. Und bei den Nordländern musste man vorsichtig sein: Sie waren manchmal allzu hingerissen von den Mädchen und sorgten damit auf andere Art für Unruhe.

Während die Ersten Tänzerinnen – Shirin und Tychus für die Grünen, Clarus und Elaïna für die Blauen – ein- bis zweimal wöchentlich eine Vorstellung gaben, die Musikmeister die Beifallskundgebungen organisierten und die jüngeren Parteianhänger sich in verräucherten Kneipen und Schänken gegenseitig so lange provozierten, bis es zu Prügeleien kam, bereiteten sich beide gegnerischen Parteiführer den ganzen Winter über offensiv auf den Frühling und die Veranstaltungen vor, auf die es wirklich ankam in Sarantium.

Denn dass die Wagenrennen der Mittelpunkt des städtischen Lebens waren, wusste jedermann.

Tatsächlich gab es auch im Winter eine Menge zu tun. Aus den Provinzen wurden neue Wagenlenker angeworben, andere wurden aus verschiedenen Gründen entlassen oder fortgeschickt oder mussten sich einer Zusatzausbildung unterziehen. So übten etwa die jüngeren Fahrer immer und immer wieder, wie man aus einem Wagen stürzte oder bei Bedarf das ganze Gespann zu Fall brachte. Pferde wurden begutachtet, ausgemustert, gestriegelt und bewegt. Mittelsmänner wurden ausgeschickt, um neue Tiere zu kaufen. Die Chiromanten der Parteien dachten sich immer neue magische Attacken und Abwehrzauber aus (und hatten ein Auge auf geeignete Todesfälle und frische Gräber außerhalb der Stadtmauern).

Hin und wieder trafen sich die beiden Anführer in einer neutralen Schenke oder einem Badehaus, um bei stark gewässertem Wein mit Bedacht über das eine oder andere Tauschgeschäft zu verhandeln. Gewöhnlich ging es dabei um die zweitrangigen Farben – die Roten und die Weißen –, denn keiner der Anführer wollte das Risiko eingehen, bei einem solchen Handel allzu offensichtlich den Kürzeren zu ziehen.

So kam es, dass der junge Taras von den Roten einige Zeit nach Ende seiner ersten Saison in der Stadt eines Morgens nach dem Gottesdienst vom Faktionarius der Grünen in barschem Ton gesagt bekam, man habe ihn gegen ein rechtes Außenpferd und zwei Fässer sarnicischen Weins den Blauen und Weißen überlassen. Er solle noch am gleichen Vormittag seine Sachen packen und sich zum Blauen-Hof begeben.

Der Faktionarius war nicht unfreundlich, nur kurz angebunden und absolut sachlich. Bevor Taras noch vollends begriffen hatte, was diese Mitteilung bedeutete, hatte er sich bereits abgewandt und sprach mit irgendjemand anderem über eine neue Fuhre Leder aus Arimonda. Taras stolperte benommen aus dem überfüllten Besprechungsraum. Niemand sah ihm in die Augen.

Natürlich war Taras noch nicht lange bei der Partei und nur für die Roten gefahren, außerdem war er von Natur aus schüchtern und deshalb sicher nicht allzu bekannt im Hof. Trotzdem fand er – er war noch sehr jung und nicht an die rauen Sitten in der Stadt gewöhnt –, seine ehemaligen Kameraden hätten etwas weniger Begeisterung zeigen können, als die Nachricht von dem Handel die Festhalle und den großen Schlaftrakt erreichte. Es war nicht angenehm, alle *jubeln* zu hören.

Zugegeben, das Pferd galt als ausgezeichnet, aber Taras war ein Mensch, ein Wagenlenker, er hatte mit diesen Männern in einem Raum geschlafen und an einem Tisch gegessen, und er hatte in dieser schwierigen, gefährlichen Umgebung fern von zu Hause ein Jahr lang sein Bestes gegeben. Er konnte nicht leugnen, dass es ihn kränkte, wie man seinen Abschied feierte.

Zwei von den Betreuern, ein Unterkoch, mit dem er gelegentlich in eine Schenke gegangen war, und einer von den anderen roten Fahrern waren die Einzigen, die wenigstens vorbeikamen, um ihm Glück zu wünschen, als er seine Sachen packte. Gerechterweise musste er zugeben, dass Crescens, der bullige Erste, immerhin von seinem Becher aufschaute, als Taras mit seinen Sachen die überfüllte Festhalle durchquerte, und ihm sogar noch einen scherzhaften Abschiedsgruß hinterher rief.

Aber der Mann konnte sich noch immer nicht merken, wie Taras richtig hieß.

Draußen regnete es. Taras zog sich die Mütze tiefer in die Stirn und stellte den Kragen hoch, als er durch den Hof ging. Erst jetzt fiel ihm ein, dass er vergessen hatte, das Allheilmittel seiner Mutter mitzunehmen. Nun würde er zu allem Unglück womöglich auch noch krank.

Ein Pferd. Man hatte ihn für ein *Pferd* verhökert. Er hatte ein flaues Gefühl im Magen. Seine Familie war so stolz gewesen, als vor einem Jahr der Vertreter der Grünen nach Megarium kam, um ihn in die große Stadt zu holen. »Wenn du dir Mühe gibst, ist alles möglich«, hatte der Mann gesagt.

Am Tor des Grünen-Hofs trat einer der Wächter aus der Hütte, schloss ihm auf, winkte ihm lässig zu und beeilte sich, wieder ins Trockene zu kommen. Vielleicht wussten die Torwächter noch nicht, was geschehen war. Taras sagte nichts. Draußen in der Gasse standen zwei junge Burschen in blauer Tunika im Regen.

»Bist du Taras?«, fragte der eine mit vollem Mund. Er hatte einen Fleischspieß in der Hand.

Taras nickte.

»Dann können wir gehen. Wir bringen dich hin.« Der Junge warf den Rest des Spießes in den Rinnstein, der bis obenhin voll Wasser war.

Meine Eskorte, dachte Taras. Zwei Gassenbengel. Sehr schmeichelhaft.

»Zum Blauen-Hof finde ich auch selbst«, murmelte er. Seine Wangen brannten, vor seinen Augen drehte sich alles. Er wollte allein sein. Wollte niemanden ansehen. Wie sollte er das seiner Mutter beibringen? Schon bei der Vorstellung, einen solchen Brief einem Schreiber diktieren zu müssen, krampfte sich sein Herz schmerzhaft zusammen.

Einer der Jungen stapfte mit ihm durch die Pfützen, der zweite verschwand nach einer Weile im Regengrau, wahrscheinlich war es ihm zu langweilig geworden oder er fror. Also nur *ein* Gassenbengel. Man holte den berühmten Wagenlenker, den man soeben gegen ein Pferd und ein Fass Wein erstanden hatte, wirklich im Triumph heim.

Am Tor zum Blauen-Hof – seiner neuen Heimat, auch wenn er sich das noch kaum vorstellen konnte – musste

Taras zweimal seinen Namen nennen und erst des Langen und Breiten erklären, er sei Wagenlenker, und man habe ihn … neu angeworben. Die Wächter musterten ihn skeptisch.

Der Junge, der Taras hergebracht hatte, spuckte aus. »Verdammt, schließt endlich auf. Es regnet, und was er sagt, hat schon seine Richtigkeit.«

In dieser Reihenfolge, dachte Taras niedergeschlagen. Das Wasser tropfte ihm von der Mütze und rann ihm in den Kragen. Nur zögernd wurden die eisernen Tore geöffnet. Natürlich kein Wort der Begrüßung. Die Wächter glaubten ihm nicht einmal, dass er Wagenlenker war. Der Platz dahinter – er sah fast genauso aus wie bei den Grünen – lag nass und leer unter dem kalten grauen Morgenhimmel.

»Du schläfst in diesem Trakt«, sagte der Junge und deutete nach rechts. »Welches Bett du hast, weiß ich nicht. Astorgus sagt, du sollst dein Zeug abstellen und zu ihm kommen. Er ist beim Essen. Die Festhalle ist dort drüben.« Damit schlurfte er durch den Schlamm davon, ohne sich noch einmal umzusehen.

Taras trug seine Sachen zu dem Gebäude, das man ihm gezeigt hatte. Eine lang gestreckte, niedrige Schlafbaracke, auch sie kaum anders als das Dormitorium, wo er im vergangenen Jahr geschlafen hatte. Einige Diener waren beim Aufräumen, sie machten die Betten und sammelten Kleidungstücke auf. Einer schaute gleichgültig herüber, als Taras in der Tür erschien. Taras wollte schon fragen, welches Bett für ihn bestimmt sei, aber das erschien ihm doch allzu demütigend. Das Bett konnte warten. Er stellte sein nasses Gepäck neben die Tür.

»Behaltet mir die Sachen im Auge!«, rief er in, wie er hoffte, gebieterischem Ton. »Ich schlafe hier.«

Er schüttelte die nasse Mütze aus, setzte sie wieder auf und ging. Vorsichtig den tiefsten Pfützen ausweichend, überquerte er ein zweites Mal den Platz und strebte dem Gebäude zu, das ihm der Junge gezeigt hatte und wo sich angeblich Astorgus befand, der Faktionarius.

Taras betrat einen kleinen, aber ansprechend gestalteten Vorraum. Die Doppeltüren in die eigentliche Halle waren geschlossen. Dahinter war so früh an diesem grauen, verregneten Morgen noch alles still. Er sah sich um. Alle vier Wände zeigten Mosaiken von großen Wagenlenkern – natürlich nur Blauen – aus der Vergangenheit. Ruhmreiche Gestalten. Taras kannte sie alle. Jeder junge Fahrer kannte sie; es waren die Helden ihrer Träume.

Wenn du dir Mühe gibst, ist alles möglich.

Taras fühlte sich fehl am Platz. Zwischen den beiden Türen, die in den eigentlichen Speisesaal führten, saß ein Mann zwischen zwei wärmenden Feuern auf einem hohen Stuhl an einem Pult und schrieb im Schein einer Lampe. Jetzt sah er auf und zog eine Augenbraue hoch.

»Bist wohl nass geworden?«, bemerkte er.

»Im Regen wird man nun einmal nass«, gab Taras schroff zurück. »Ich bin Taras von den … Ich bin Taras von Megarium. Neuer Fahrer. Für die Weißen.«

»Tatsächlich?«, fragte der Mann. »Hab schon von dir gehört.« Wenigstens *einer*, der mich kennt, dachte Taras. Der Mann musterte ihn von Kopf bis Fuß, aber er lachte nicht, er schmunzelte nicht einmal. »Astorgus ist drin. Lass deine Mütze hier und geh hinein.«

Taras suchte nach einem Platz für die Mütze.

»Gib sie her.« Der Schreiber – oder was er auch sein mochte – fasste die nasse Mütze mit zwei Fingern wie einen stinkenden Fisch und warf sie auf eine Bank hinter dem Pult. Dann wischte er sich die Finger an seinem Gewand ab und beugte sich wieder über seine Arbeit. Taras seufzte, strich sich das Haar aus der Stirn, öffnete die schwere Eichentür zur Festhalle … und erstarrte.

Vor ihm lag ein riesiger, hell erleuchteter Raum. Alle Tische waren voll besetzt. Ein gewaltiger Aufschrei, ohrenbetäubend wie ein Vulkanausbruch, zerriss jäh die Morgenstille und brachte die Dachbalken zum Erzittern. Taras stand wie angewurzelt auf der Schwelle, das Herz schlug ihm bis zum Hals. Alle sprangen auf, Männer wie Frauen prosteten ihm mit Bechern und Weinkrügen zu und riefen seinen Namen. Der Jubel war so laut, als solle man ihn noch eine halbe Welt entfernt in Megarium hören, wo seine Mutter lebte.

Taras war wie vor den Kopf geschlagen. Verzweifelt suchte er den Sinn des Geschehens zu erfassen.

Ein kräftiger Mann mit vielen Narben warf seinen Becher so heftig auf den Boden, dass er mehrfach abprallte und der restliche Wein nach allen Seiten spritzte, und kam quer durch den Saal auf Taras zu. »Beim Bart des bartlosen Jad!«, schrie der gefeierte Astorgus, Führer aller Blauen. »Verdammt, ich kann es noch gar nicht *glauben*, dass diese Schwachköpfe dich haben gehen lassen! Ha! *Haha!* Willkommen, Taras von Megarium, wir sind stolz, dich bei uns zu haben!« Er schloss den jungen Mann in die Arme und drückte ihn an sich, als wolle er ihm sämtliche Rippen brechen, dann trat er zurück und strahlte ihn an.

Der Lärm hielt unvermindert an. Taras sah, wie Scortius – der große Scortius – ihm mit breitem Grinsen zutrank. Die beiden Gassenbengel, die ihn abgeholt hatten, standen lachend in einer Ecke und pfiffen schrill auf den Fingern. Und jetzt kamen hinter ihm der Schreiber und einer der Torwächter herein und schlugen ihm freundschaftlich auf den Rücken.

Taras merkte, dass ihm der Mund offen stand, und schloss ihn. Ein junges Mädchen, eine Tänzerin, trat zu ihm, reichte ihm einen Becher Wein und küsste ihn auf beide Wangen. Taras musste krampfhaft schlucken. Er schaute zögernd auf den Becher nieder, dann trank er dem ganzen Saal damit zu und leerte ihn mit einem Zug. Damit erntete er einen weiteren Beifallssturm und Pfiffe von allen Seiten. Sie riefen immer noch seinen Namen.

Plötzlich fürchtete er, in Tränen auszubrechen.

Er konzentrierte sich auf Astorgus. Bemühte sich, äußerlich ruhig zu erscheinen. Räusperte sich. »Das ... das ist eine stürmische Begrüßung für einen neuen Fahrer der Weißen«, sagte er.

»Der Weißen? Der verdammten *Weißen*? Ich liebe meine Weißen wie ein Vater sein jüngstes Kind, aber du gehörst nicht zu ihnen, Junge. Du fährst von jetzt an für die Blauen. Als *Zweiter* hinter Scortius. Deshalb wirst du so gefeiert!«

Taras hielt mit hastigem Zwinkern die Tränen zurück und nahm sich vor, möglichst bald eine Kapelle aufzusuchen. Irgendjemandem musste er Dank sagen, und Jad war dafür sicher die richtige Adresse.

Am zweiten Tag der Rennsaison stand Taras in seiner Quadriga hinter der Startbarriere und bändigte die unruhigen Pferde. Die Frühlingssonne strahlte auf die tobende Menge im Hippodrom herab. Taras spürte nicht die geringste Neigung, die Gebete oder die Kerzen wieder zurückzunehmen, mit denen er vor einigen Monaten dem Gott gedankt hatte, obwohl er vor den nächsten Stunden entsetzliche Angst hatte. Was er vorhatte, überstieg bei weitem seine Fähigkeiten, und das setzte ihn gewaltig unter Druck.

Inzwischen wusste er genau, was Astorgus und Scortius bewogen hatte, ihn mit List und Tücke zu den Blauen zu holen. Der Zweite Fahrer war in den vergangenen zwei Jahren Rulanius gewesen, ein Mann aus Sarnica (wie so viele von den Wagenlenkern), aber er war untragbar geworden. Er überschätzte sich und trank in Folge dessen viel zu viel.

Der Zweite Fahrer für eine Partei, in der Scortius den Silberhelm trug, hatte im Wesentlichen taktische Anforderungen zu erfüllen. Er sollte keine Rennen *gewinnen* (oder allenfalls die weniger bedeutenden, an denen die beiden Anführer nicht teilnahmen), sondern hatte sicherzustellen, dass der Erste der eigenen Partei durch nichts am Sieg gehindert wurde.

Zu dieser Taktik gehörten (raffinierte) Blockaden, bei denen man entweder eine Bahn besetzte und den grünen Gegner zwang, in den Wendungen weiter auszuholen, oder langsamer wurde und damit den Hintermann bremste oder in einem genau berechneten Moment abrupt zurückfiel, damit eine Lücke entstand, durch die der Anführer nach innen durchbrechen konnte. Manchmal führte man sogar im entscheidenden Moment eine Kollision herbei – was allerdings mit beträchtlichen Risiken verbunden war. Man musste wachsam sein, stets auf der Hut, bereit, Prellungen und Blutergüsse hinzunehmen, jederzeit aufnahmefähig für die verschlüsselten Anweisungen, die einem Scortius in voller Fahrt zuschrie, und man musste sich im tiefsten Innern damit abgefunden haben, stets im Schatten des Anführers zu stehen. Der Jubel galt nie einem selbst.

Rulanius war das immer schwerer gefallen.

Im Laufe der letzten Saison hatte sich das mit zunehmender Deutlichkeit gezeigt. Allerdings besaß er zu viel Erfahrung, als dass man ihn einfach hätte fortschicken können. Auch durfte ein Faktionarius nicht nur an Sarantium denken. So hatte man entschieden, ihn nach Norden zu versetzen, nach Eubulus, in die zweitgrößte Stadt des Reiches. Dort konnte er in einem kleineren Hippodrom als Erster fahren. Man mochte die Maßnahme als Degradierung oder als Beförderung betrachten, auf jeden Fall war er damit aus dem Weg geräumt. Was das Trinken anging, hatte man ihn jedoch nachdrücklich verwarnt. Männer, die nicht den ganzen Vormittag, den ganzen Nachmittag mit allen Sinnen voll bei der Sache waren, hatten auf der Bahn nichts zu suchen. Der Neunte Wagenlenker war allezeit nahe.

Durch die Lösung dieses Problems war freilich eine Lücke entstanden. Der derzeitige Dritte Fahrer für die Blauen war ein älterer Mann, der mehr als zufrieden war mit seiner Position. Er fuhr in den weniger wichtigen Rennen und hielt dort Rulanius gelegentlich den Rücken frei. Doch Astorgus hatte kurzerhand erklärt, er sei den taktischen Anforderungen und den häufigen Stürzen bei der Auseinandersetzung mit Crescens von den Grünen und der eigenen aggressiven Nummer Zwei auf Dauer nicht gewachsen.

Nun hätte man einen Fahrer aus einer der kleineren Städte befördern oder anwerben können, aber es gab auch einen anderen Weg. Und für den hatte man sich entschieden.

Taras hatte die Blauen während jenes denkwürdigen Rennens am allerletzten Tag des vergangenen Jahres offenbar nachhaltig beeindruckt. Er selbst hatte geglaubt, kläglich versagt zu haben, als ihm Scortius nach seinem fulminanten Start den Wind aus den Segeln nahm, indem er rasant hinter ihm nach innen zog, doch die Blauen betrachteten diesen Start als glanzvolle Leistung, die nur durch eine geniale Aktion durchkreuzt worden war. Danach war Taras in diesem Rennen auch noch als Zweiter durchs Ziel gegangen, ein Meisterstück mit einem Gespann, das er nicht allzu gut kannte und bei jenem Ausbruch aus der Bahn heillos überfordert hatte.

Man zog diskrete Erkundigungen nach seinem Werdegang ein und gelangte nach längeren internen Beratungen zu der Entscheidung, er sei der geeignete Mann für den Zweiten Fahrer. Anstatt unter dieser Rolle zu leiden, würde er sie mit Begeisterung übernehmen. Für die Zuschauer wäre er besonders wegen seiner Jugend attraktiv. Astorgus witterte eine Möglichkeit, einen phantastischen Coup für die Blauen zu landen.

So hatte er einen Tausch angeregt. Das Pferd war, wie Taras erfahren hatte, ein wertvolles Tier gewesen. Crescens hatte es sofort als rechtes Außenpferd für sein Gespann reklamiert. Damit war er als Gegner noch gefährlicher geworden, und das war den Blauen auch bewusst.

Taras empfand dieses Wissen als zusätzliche Belastung – trotz der herzlichen Begrüßung und obwohl ihn Astorgus – der zu seiner Zeit immerhin die meisten Siege der Welt eingefahren hatte –, in eine harte taktische Schule genommen hatte.

Aber diese Unsicherheit, die Verantwortung, die ihn von Anfang an bedrückt hatten, waren nichts im Vergleich zu dem, was er jetzt empfand, als die Wagen zur Parade vor den Nachmittagsrennen am zweiten Tag der neuen Saison auf die Hippodrombahn hinausfuhren.

Die Schulung im Winter hatte kaum noch etwas zu bedeuten, alle taktischen Erörterungen waren akademisch geworden. Er fuhr nicht als Zweiter. Er hatte links außen den großartigen, den legendären Servator vor sich und daneben die drei anderen Pferde des Führungsgespanns. Er trug den Silberhelm. Er fuhr den Ersten Wagen der Blauen.

Scortius war eine Woche vor Beginn der Rennsaison verschwunden. Seither war er wie vom Erdboden verschluckt.

Der Eröffnungstag war brutal gewesen, vernichtend. Taras war vom Vierten Fahrer für die verachteten Roten zum Träger des Silberhelms für die mächtigen Blauen aufgestiegen, hatte die große Parade angeführt und sich dann vor achtzigtausend Menschen, die noch nie von ihm gehört hatten, mit Crescens herumgeschlagen. Zwischen den Rennen hatte er sich zweimal übergeben müssen. Er hatte sich das Gesicht gewaschen, während ihm Astorgus mit leidenschaftlichen Worten Mut zusprach, und war wieder hinausgegangen auf diese Bahn, um sich abermals das Herz brechen zu lassen.

Es war ihm gelungen, bei sechs Rennen viermal den zweiten Platz zu belegen und bei den vier Rennen, die er heute Morgen gefahren hatte, dreimal. Crescens von den Grünen, der strotzend vor Selbstbewusstsein und Angriffslust sein hervorragendes rechtes Außenpferd vorführte, hatte am Eröffnungstag sieben und heute Morgen weitere vier Rennen gewonnen. Elf Siege in eineinhalb Renntagen! Die Grünen waren in einem wahren Glücksrausch. Wer käme schon auf den Gedanken, von ungleichen Voraussetzungen zu sprechen, wenn eine Saison so glänzend begann?

Noch immer wusste niemand, wo Scortius steckte. Und wenn es jemand wusste, dann verriet er es nicht.

Taras war kopfüber ins Wasser geworfen worden und strampelte nun aus Leibeskräften, um nicht zu ertrinken.

Tatsächlich *gab* es eine Reihe von Personen, die über Scortius' Verbleib Bescheid wussten, aber es waren weniger, als man gedacht hätte. Verschwiegenheit war die erste Forderung an den Senatsältesten gewesen, als der auf die dringende Bitte des Wagenlenkers hin sein eigenes kleines Haus aufsuchte. An sich hätte es in dieser Situation verschiedene Alternativen gegeben, dachte Bonosus, aber der Verletzte hatte so felsenfest auf Geheimhaltung bestanden, dass jedes weitere Wort vergeblich war. Folglich waren Astorgus und Bonosus die einzigen maßgeblichen Persönlichkeiten, die wussten, wo Scortius sich im Moment aufhielt. Der vor kurzem eingetroffene (und zum Glück sehr fähige) bassanidische Arzt war natürlich ebenfalls eingeweiht, desgleichen das Hausgesinde. Letzteres war von geradezu legendärer Diskretion, und auch der Arzt

würde das Vertrauen eines Patienten wohl kaum ent-
täuschen.

Nicht bekannt war dem Senator, dass sein eigener
Sohn über das höchst ungewöhnliche Ereignis informiert – und sogar wesentlich daran beteiligt gewesen
war. Und er wusste nicht, dass eine andere Person folgende Zeilen erhalten sollte:

> *Ihr seid offensichtlich eine gefährliche Person, und Eure
> Straße birgt mehr Risiken, als ich gedacht hätte. Noch wer-
> de ich wohl nicht zum Gott eingehen, um dort Klage zu
> führen, und so werden unsere gescheiterten Verhandlun-
> gen vorerst unter uns bleiben. Es könnte sich freilich als
> nötig erweisen, sie irgendwann wieder aufzunehmen.*

Eine zweite Nachricht von derselben Hand wurde
Astorgus anvertraut und durch einen Botenjungen der
Blauen ins Haus von Plautus Bonosus gebracht, aber
nicht dem Senator selbst ausgehändigt. Sie lautete:

> *Ich hoffe, Euch eines Tages selbst schildern zu können, in
> welche Unannehmlichkeiten mich Eure nächtliche Fami-
> lienkonferenz vor einigen Tagen gestürzt hat.*

Die Frau, die das las, lächelte nicht. Sie verbrannte
das Briefchen in ihrem Kamin.

Die Stadtpräfektur wurde vertraulich unterrichtet,
dass der Wagenlenker zwar am Leben, aber bei einem
Stelldichein, über das er nichts verlauten lassen wolle,
schwer verletzt worden sei. Dergleichen war keine Seltenheit. Man sah keinen Anlass, sich weiter damit zu
beschäftigen. Außerdem hatte man wenig später ohnehin genug zu tun, um für Ordnung auf den Straßen
zu sorgen: Die Anhänger der Blauen, tief betroffen vom
Verschwinden ihres Helden und der für die Grünen so
spektakulären Eröffnung der Rennsaison, waren gereizt

und angriffslustig. Nach dem ersten Renntag hatte man mehr Verletzte und Tote zu beklagen als gewöhnlich, doch alles in allem war die Stimmung in Sarantium – dank der vielen Soldaten, die sich jetzt in der Stadt aufhielten – eher von gespannter Erwartung als von aktiver Gewalttätigkeit geprägt.

Aber die Saat für Unruhen war gelegt. Wenn der gefeiertste Wagenlenker des ganzes Reiches einfach verschwand, musste man mit ernsten Konsequenzen rechnen. Die Exkubitoren wurden in Alarmbereitschaft versetzt. Vielleicht würden sie noch gebraucht.

Das waren nur die Nachwehen. Als in der fraglichen Nacht ein schwer verletzter Mann, der kaum noch stehen konnte, sich aber höflich für die Störung entschuldigte, an die Tür von Plautus Bonosus' Stadthaus klopfte, hatten sich, jedenfalls für Rustem von Kerakek, ganz andere Probleme gestellt.

Er hatte befürchtet, den Mann nicht retten zu können, und war insgeheim froh gewesen, in Sarantium zu sein und nicht zu Hause: Hätte er dort die Behandlung übernommen, man hätte ihn für den Tod des Wagenlenkers haftbar gemacht und ihn zu einer Geldbuße, wenn nicht gar zum Tode verurteilt. Der Mann war eine Persönlichkeit des öffentlichen Lebens. Ihm fiel kein Bassanide von vergleichbarem Ansehen ein, aber die fassungslosen Gesichter des Hausverwalters oder des mordlustigen Senatorensprösslings, als sie ihm halfen, den Mann namens Scortius auf einen Tisch zu legen, waren nicht zu übersehen gewesen.

Der Mann hatte eine schwere Stichverletzung – die Klinge war tief eingedrungen und dann schräg nach oben gerissen worden. Damit nicht genug, waren auf derselben Seite drei oder vier Rippen gebrochen, was das Schließen der Wunde und das Stillen der starken Blutung sehr erschwerte. Der Patient litt unter Atemnot – das war zu erwarten gewesen. Möglicherweise war unter den Rippen die Lunge kollabiert. Das konnte, musste aber nicht tödlich sein. Rustem hörte mit Erstaunen, dass der Wagenlenker mit diesen Verletzungen noch zu Fuß durch die halbe Stadt gegangen war. Aufmerksam beobachtete er die Atmung des Mannes auf dem Tisch. Sie war entsetzlich flach. Es war, als lasse der Wagenlenker den Schmerz erst jetzt an sich heran.

Rustem machte sich ans Werk. Ein Beruhigungsmittel aus seiner Reisetasche, Handtücher, heißes Wasser, reines Linnen, ein Schwamm mit Essig zum Auswaschen der Wunde (eine schmerzhafte Prozedur), eine erste Wundauflage aus Küchenkräutern, die von den Dienern nach seinen Anweisungen gemischt und gekocht werden mussten: Sobald sich Rustem im Schein der herbeigeholten Laternen in seine Arbeit vertiefen konnte, waren die Folgen vergessen. Zweimal schrie der Wagenlenker auf, zum ersten Mal wegen des Essigs (gewöhnlich hätte Rustem Wein genommen, der zwar milder, aber nicht so wirksam war, aber er hielt diesen Mann für fähig, den Schmerz zu ertragen) und dann – inzwischen lief ihm der Schweiß in Strömen über das Gesicht – als Rustem das Umfeld der Wunde abtastete, um festzustellen, wo die Rippen gebrochen und wie tief die Fragmente nach innen gedrungen waren. Danach gab Scortius keinen Laut mehr von sich, aber er atmete sehr schnell. Das Beruhigungsmittel brachte vielleicht Linderung, aber das Bewusstsein verlor er nie.

Irgendwann brachte Rustem die Blutung mit Verbandmull zum Stillstand. Danach entfernte er vorsichtig die Kompresse (zumindest insoweit hielt er sich an Galinus' Methode) und führte ein Röhrchen ein, um Wundsekret abzuleiten. Auch das war sicher sehr schmerzhaft. Ein gleichmäßiger Strom blutfarbener Flüssigkeit trat aus, mehr, als Rustem lieb war. Der Mann bewegte sich nicht einmal. Irgendwann verringerte sich die Menge. Rustem sah sich die Spieße und

Nadeln an, die man ihm aus der Küche gebracht hatte – andere Fibulae hatte er nicht. Er beschloss, die Wunde vorerst offen zu lassen. Bei dieser Sekretmenge war vielleicht noch eine Drainage erforderlich. Und er musste die Lungen, die Atmung beobachten.

Er legte die Packung auf, die in der Küche rasch zusammengerührt worden war (gute Arbeit, stellte er fest, die Konsistenz war genau richtig), und befestigte sie lose mit Linnenstreifen. Das musste vorerst genügen. Später brauchte er besseres Material, am liebsten nahm er für Verbände dieser Art Zinnober – in kleinen Mengen, denn im Übermaß angewendet, konnte der Stoff giftig sein. Er musste im Laufe des Vormittags versuchen, geeignete Ingredienzen zu finden.

Auch Drainageröhrchen waren knapp. Die Rippen brauchten mehr Halt, aber die Wunde musste in den ersten Tagen leicht erreichbar sein, um beobachtet werden zu können. Merovius' berühmtes Quartett von Gefahrensignalen: *Rot und geschwollen, heiß und schmerzhaft* gehörte zu den ersten Dingen, die jeder Arzt lernte, ob im Osten oder im Westen.

Sie trugen den Wagenlenker auf der Tischplatte nach oben. Dabei begann die Wunde wieder zu bluten, aber das war nicht anders zu erwarten. Rustem mischte eine größere Menge seines üblichen Beruhigungsmittels und setzte sich ans Bett, bis der Patient eingeschlafen war.

Unmittelbar vorher – die Augen waren ihm bereits zugefallen – versuchte der Wagenlenker leise mit flacher, gleichgültiger Stimme so etwas wie eine Erklärung abzugeben: »Sie hatte nämlich eine vertrauliche Unterredung mit ihrer Familie.«

Es war nicht ungewöhnlich, dass Menschen Unsinn redeten, wenn sie unter Beruhigungsmitteln standen. Rustem übertrug einem der Diener die Krankenwache und schärfte ihm ein, ihn bei der kleinsten Wendung zum Schlechteren sofort zu rufen. Dann ging er zu Bett.

Elita erwartete ihn bereits – er hatte ihr befohlen, in seinem Zimmer zu schlafen. Das Bett war von ihrem Körper angenehm warm. Er schlief sofort ein. Auch das gehörte zu den vielen Dingen, die ein Heiler können musste.

Als er am nächsten Morgen erwachte, war das Mädchen nicht mehr da, aber sie hatte das Feuer geschürt und ein Becken mit Wasser zum Wärmen an den Kamin gestellt. Daneben lag frische Wäsche. Seine Kleidung hing, ebenfalls vor dem Feuer, an einem Ständer. Rustem blieb liegen, bis er sich über die Himmelsrichtungen klar geworden war, dann machte er die erste Bewegung mit dem rechten Arm in Richtung Osten und murmelte leise den Namen der Göttin.

Jemand klopfte an die Tür. Dreimal. Das erste Geräusch von Bedeutung. Art und Zahl waren günstige Vorzeichen für den kommenden Tag. Auf Rustems Aufforderung hin trat der Hausverwalter ein. Der Mann wirkte unruhig, verstört. Kein Wunder nach den Ereignissen der vergangenen Nacht.

Aber das war es offensichtlich nicht allein.

Wie es schien, warteten unten bereits die ersten Patienten. Eine ganze Reihe sogar, darunter Personen von Rang. Nach der Hochzeit gestern hatte sich mit Windeseile in der ganzen Stadt herumgesprochen, dass ein bassanidischer Heiler und Lehrer eingetroffen war und vorübergehend im Stadthaus des Senatsältesten Wohnung bezogen hatte. Die jungen Parteigänger aus dem Hippodrom mochten in trunkenem Zustand alle Fremden aufs Übelste beschimpfen, aber wer krank war an Körper und Seele, hatte eine ganz andere Einstellung zum geheimen Wissen des Ostens.

Rustem hatte an eine solche Entwicklung nicht im Traum gedacht, aber sie kam ihm nicht ungelegen. Vielleicht erwies sie sich sogar als nützlich. Er setzte sich im

Bett auf, strich sich den Bart und überlegte kurz. Dann befahl er dem Hausverwalter – der seit der vergangenen Nacht sehr viel mehr Respekt zeigte –, die Patienten für den Nachmittag zu bestellen. Außerdem solle er sie ganz offen darauf vorbereiten, dass Rustem Behandlungen nur gegen hohes Honorar übernehme. Man mochte ihn ruhig für einen schäbigen Bassaniden halten, der nur aus Geldgier in der Stadt war.

Was er brauchte, waren vornehme oder reiche Patienten. Die solche Honorare bezahlen konnten. Personen, die vielleicht über wichtige Dinge Bescheid wussten. Die Menschen vertrauten sich ihren Ärzten an, das war überall auf der Welt so, und er war schließlich mit einem bestimmten Auftrag hier. Rustem erkundigte sich nach dem Verletzten, und der Hausverwalter meldete, er schlafe noch. Der Arzt gab Anweisung, in regelmäßigen Abständen nach dem Mann zu sehen und ihm – diskret – zu melden, wenn er erwachte. Niemand solle erfahren, dass er sich im Haus aufhielt. Rustem musste ein Lächeln unterdrücken, als ihm wieder einfiel, wie die Ankunft eines einfachen Athleten, der an irgendwelchen Zirkusspielen teilnahm, den sonst so griesgrämigen, pedantischen Verwalter völlig aus der Fassung gebracht hatte.

»Jad von der heiligen Sonne!«, hatte er gerufen und mit der Hand ein religiöses Zeichen gemacht, als man dem Wagenlenker über die Schwelle half. Sein Ton ließ erahnen, dass er die angerufene Gottheit nicht nur beschworen, sondern tatsächlich *gesehen* hatte.

Sarantium verehrt Heilige Männer und Wagenlenker. Ein altes Sprichwort. Und es schien sich zu bewahrheiten. Wie amüsant.

Nachdem Rustem sich gewaschen und angekleidet und eine leichte Morgenmahlzeit zu sich genommen hatte, beauftragte er das Gesinde, zwei von den Zimmern im Erdgeschoss als Untersuchungsräume herzurichten und einige Besorgungen zu erledigen. Der Hausverwalter erwies sich als tüchtig und nervenstark. Bonosus' Leute mochten Spitzel sein, aber sie waren gut geschult, und als die Sonne an diesem wohltuend lauen Frühlingstag im Mittag stand, hatte Rustem eine funktionsfähige Praxis und die nötigen Gerätschaften zur Verfügung. Er weihte die beiden Räume feierlich ein, indem er mit dem linken Fuß voran über die Schwelle trat und dabei ein Gebet an Perun und die Göttin sprach. Dann verneigte er sich nach allen vier Himmelsrichtungen, beginnend mit dem Osten, sah sich um und erklärte sich zufrieden.

Kurz vor Mittag war der Sohn des Senators, der junge Mann, der den Athleten vergangene Nacht zu ihnen gebracht hatte, mit gräulichfahlem Gesicht und sichtlich verängstigt wieder aufgetaucht. Wahrscheinlich hatte er die ganze Nacht kein Auge zugetan. Rustem hatte ihn kurzerhand losgeschickt, um Verbandmaterial und andere Hilfsmittel für die Wundversorgung zu besorgen. Der Junge musste beschäftigt werden. Der Heiler hatte tatsächlich fast vergessen, dass derselbe Junge gestern Morgen seinen Diener Nishik getötet hatte. Die Verhältnisse änderten sich sehr rasch in dieser Stadt.

Der Bursche war dankbar, aber noch nicht beruhigt. »Äh, eine Frage …? Mein Vater braucht doch nicht zu erfahren, dass ich es war, der … ihn zu Euch gebracht hat? Bitte?«

Das hatte er schon vergangene Nacht gesagt. Offenbar war er ohne Erlaubnis unterwegs gewesen. Natürlich: Er hatte ja am Morgen einen Menschen getötet. Rustem hatte schon beim ersten Mal genickt und tat es auch jetzt wieder. Das Netz von Heimlichkeiten wurde immer dichter, aber das mochte auch sein Gutes haben. Immer mehr Menschen standen in seiner Schuld. Der Tag ließ sich nicht schlecht an.

Mit der Zeit würde er einen oder zwei Studenten annehmen, um den Schein zu wahren und sich das nötige Ansehen zu verschaffen, aber das hatte keine Eile. Fürs Erste verpasste er Elita eine lange dunkelgrüne Tunika und wies sie an, die Patienten in den hinteren Raum zu führen, wenn sie an der Reihe waren. Die anderen sollten im zweiten Zimmer warten. Wenn es sich um eine weibliche Patientin handle, habe sie bei ihm zu bleiben. Heiler waren oft Zielscheibe wilder Verdächtigungen, und wenn keine Studenten greifbar waren, musste zumindest eine zweite Frau anwesend sein. Eine unerlässliche Vorsichtsmaßnahme.

Kurz nach Mittag teilte ihm der Hausverwalter mit, inzwischen warteten mehr als zwanzig Personen vor der Tür auf der Straße – einige hätten auch ihre Diener geschickt. Aus der Nachbarschaft seien bereits Beschwerden eingegangen. Dies sei eine vornehme Gegend.

Rustem schickte den Mann sofort zu allen Anwohnern und ließ sich entschuldigen, dann nahm er die Namen der Wartenden auf und begrenzte die Zahl der Patienten auf sechs pro Tag. Das war unumgänglich, wenn er alles andere erledigen wollte, was er sich hier vorgenommen hatte. Einen ganz gewöhnlichen grauen Star zu stechen, wäre wahrhaftig Zeitvergeudung. Immerhin arbeitete er nach den Verfahren des Merovius von Trakesia, und die waren doch sicher auch hier im Westen bekannt.

Elita kam ins Zimmer geeilt. Die grüne Tunika stand ihr gut zu Gesicht, und sie wirkte nicht mehr ganz so schüchtern. Der Mann im oberen Stockwerk sei aufgewacht. Rustem ging sofort hinauf und betrat den Raum mit dem linken Fuß zuerst.

Sein Patient saß aufrecht, von Kissen gestützt, in seinem Bett. Er war sehr bleich, aber seine Augen waren klar, und er atmete auch nicht mehr so flach.

»Heiler, ich habe Euch zu danken. Ich muss in fünf

Tagen so weit wiederhergestellt sein, dass ich ein Wagenrennen fahren kann«, sagte er ohne Einleitung. »Schlimmstenfalls in zwölf Tagen. Könnt Ihr das schaffen?«

»Ein Wagenrennen fahren? Ganz sicher nicht«, scherzte Rustem und trat näher, um seinen Patienten gründlicher zu untersuchen. Für einen Mann, der noch in der Nacht zuvor dem Tode nahe gewesen war, wirkte er erstaunlich lebhaft. Bei genauerer Betrachtung war die Atmung nicht ganz so gut, wie er es sich gewünscht hätte. Kein Wunder.

Einen Augenblick später lächelte der Patient wehmütig und sagte nach kurzem Zögern: »Das war dann wohl eine verdeckte Mahnung, mich in Geduld zu üben?«

Er hatte eine tiefe, ausgerissene Stichwunde, die um ein Haar einen *Maramata*-Punkt getroffen und damit seinem Leben ein Ende bereitet hätte. Dann hatte er in dieselben Rippen, zwischen die das Messer eingedrungen war, einen Tritt bekommen. Das musste unerträglich schmerzhaft gewesen sein, und es bestand durchaus die Möglichkeit, dass seine Lunge nicht mehr am Brustkorb anlag, wie es sich gehörte, sondern in sich zusammengefallen war.

Für Rustem grenzte es an ein Wunder, dass der Mann danach tatsächlich noch zu Fuß bis zu seinem Haus gegangen war. Wie hatte er es nur geschafft, genügend Luft zu bekommen, und wieso war er nicht ohnmächtig geworden? Gewiss, Athleten hatten eine hohe Schmerztoleranz, trotzdem …

Rustem fasste nach dem linken Handgelenk seines Patienten und zählte die Pulsschläge. »Habt Ihr heute Morgen uriniert?«

»Ich habe das Bett nicht verlassen.«

»Das sollt Ihr auch nicht. Auf dem Tisch steht eine Flasche.«

Der Mann verzog das Gesicht. »Ich kann doch sicher …«

»Ihr könnt ganz sicher nicht, andernfalls lege ich die Behandlung nieder. So viel ich weiß, hat Eure Rennorganisation eigene Heiler. Ich habe nichts dagegen, sie benachrichtigen und Euch mit einer Sänfte zu ihnen bringen zu lassen.« Mit manchen Patienten musste man so verfahren. Der Puls war annehmbar, aber etwas unruhig.

Der Mann namens Scortius blinzelte überrascht. »Ihr seid gewöhnt, Euren Willen durchzusetzen, wie?« Er wollte sich aufrichten, brach aber den Versuch ab, als ihm vor Schmerz die Luft wegblieb.

Rustem schüttelte den Kopf und sagte sehr ruhig und bedächtig: »Euer Galinus lehrte hier im Westen, dass zu jeder Krankheit drei Elemente gehören: die Krankheit, der Patient und der Arzt. Ich will gern glauben, dass Ihr stärker seid als die meisten Menschen. Aber Ihr seid nur ein Element, und Eure Verletzung ist sehr schwer. Eure ganze linke Seite ist … instabil. Ich kann die Rippen erst richtig verbinden, wenn ich sicher bin, dass die Stichwunde gut heilt und Eure Atmung nicht beeinträchtigt ist. Ob ich gewöhnt bin, meinen Willen durchzusetzen? Nicht unbedingt. Welcher Mensch könnte das von sich behaupten? Aber bei der Behandlung eines Patienten muss der Arzt das letzte Wort haben.« Er mäßigte seinen Ton noch weiter. »Ihr wisst doch, dass man uns in Bassania zu einer Geldstrafe oder sogar zum Tode verurteilen kann, wenn ein Patient stirbt, dessen Behandlung wir übernommen haben.« Auch persönliche Geständnisse taten manchmal ihre Wirkung.

Der Wagenlenker zögerte kurz, dann nickte er. Er war nicht besonders groß, sah aber auffallend gut aus. Rustem hatte letzte Nacht die Narben gesehen, die seinen Körper wie ein Netz überzogen. Seiner Haut- und Haarfarbe nach kam er aus dem Süden. Aus den weiten

Wüsten, die auch Rustem nicht fremd waren. Ein hartes Land, das harte Männer hervorbrachte.

»Ich hatte es vergessen. Ihr seid weit weg von Eurer Heimat, nicht wahr?«

Rustem zuckte die Achseln. »Verletzungen und Krankheiten gleichen sich überall.«

»Aber die Umstände nicht. Ich möchte Euch wirklich keine Schwierigkeiten machen, aber ich kann im Augenblick unmöglich in den Hof meiner Partei zurückkehren, um mich tausend Fragen zu stellen. Und ich *muss* zu den Rennen. Das Hippodrom öffnet in fünf Tagen, und wir erleben gerade … unruhige Zeiten.«

»Das mag alles sein, aber ich schwöre bei meinen und Euren Göttern, dass es auf der ganzen Welt keinen Arzt gibt, der Euch dies erlauben oder Euch so weit wiederherstellen könnte.« Er hielt inne. »Es sei denn, Ihr wollt einfach in einen Wagen steigen und auf der Bahn am Blutverlust sterben oder weil Eure gebrochenen Rippen nach innen dringen und Ihr nicht mehr atmen könnt. Ein Heldentod? Haltet Ihr das für erstrebenswert?«

Der Mann schüttelte etwas zu energisch den Kopf, zuckte zusammen und legte die Hand an die Seite. Dann fluchte er mit Inbrunst, wobei er nicht nur seine Gottheit lästerte, sondern auch den umstrittenen Sohn des Jadditengottes.

»Dann eine Woche später? Am zweiten Renntag?«

»Ihr werdet zwanzig bis dreißig Tage das Bett hüten müssen, Wagenlenker, dieses oder ein anderes, dann könnt Ihr die ersten vorsichtigen Geh- und Bewegungsversuche wagen. Es sind nicht nur die Rippen. Ihr wisst doch, dass Ihr auch eine Stichverletzung habt.«

»Und ob ich das weiß. Sie schmerzt höllisch.«

»Und sie muss sauber verheilen, sonst gibt es eine Entzündung mit eventuell tödlichen Absonderungen. Der Verband muss zwei Wochen lang jeden zweiten Tag überprüft und gewechselt, und es müssen frische

Wundauflagen aufgebracht werden, die durch neue Blutungen in ihrer Wirkung beeinträchtigt würden. Ich muss auf jeden Fall noch einmal Wundsekret ableiten – ich habe die Wunde noch nicht einmal geschlossen und werde damit auch noch mehrere Tage warten. Ihr habt noch sehr schlimme Zeiten vor Euch.«

Der Bursche sah ihn aufmerksam an. Bei manchen Menschen war Ehrlichkeit die beste Taktik. Rustem hielt inne. »Ich bin mir der Bedeutung der Spiele in Eurem Hippodrom durchaus bewusst, aber Ihr werdet vor dem Sommer nicht daran teilnehmen können, und an Eurer Stelle würde ich mich rasch damit abfinden. Angenommen, Ihr hättet Euch bei einem Sturz verletzt? Ein Beinbruch vielleicht? Wäre das nicht das Gleiche?«

Der Wagenlenker schloss die Augen. »Nicht ganz, aber ich verstehe, was Ihr sagen wollt.« Wieder sah er Rustem an. Seine Augen waren wirklich erfreulich klar. »Ich sollte wirklich mehr Dankbarkeit zeigen. Ich hatte Euch mitten in der Nacht und ohne jede Vorwarnung überfallen. Und doch bin ich noch am Leben.« Er grinste spöttisch. »Und kann schwierig sein. Seid also bedankt. Wärt Ihr wohl so freundlich, mir Schreibpapier bringen zu lassen und dem Hausverwalter zu sagen, er möge Senator Bonosus durch einen geheimen Boten davon in Kenntnis setzen, dass ich hier bin?«

Ein höflicher Mann. Ganz anders als die Ringer, Akrobaten oder Kunstreiter, die Rustem von zu Hause kannte.

Der Patient produzierte folgsam eine Urinprobe. Rustem stellte erwartungsgemäß eine Rotfärbung fest, die aber in ihrer Intensität nicht beunruhigend war. Er mischte noch eine Dosis seines Beruhigungsmittels, die der Wagenlenker widerspruchslos schluckte. Dann drainierte der Heiler die Wunde und begutachtete mit großer Sorgfalt Flüssigkeitsmenge und Farbe. Noch bestand kein Anlass zu allzu großer Beunruhigung.

Menschen wie dieser Mann, die regelmäßig Schmerzen zu ertragen haben, wissen, was ihr Körper verlangt, dachte Rustem. Er wechselte den Verband und sah sich die Verkrustungen in der Umgebung der Wunde genau an. Noch immer trat frisches Blut aus, allerdings nur in geringen Mengen. Er gestattete sich ein Fünkchen Befriedigung. Aber noch lag ein weiter Weg vor ihm.

Rustem ging hinunter. Seine Patienten warteten. Genau sechs, wie er es angeordnet hatte. Heute hatte man einfach die sechs ersten eingelassen; aber er musste so bald wie möglich ein geeigneteres System entwickeln. Die ersten Vorzeichen am Morgen hatten sich bewahrheitet, selbst hier unter den ungläubigen Jadditen. Die Entwicklung war *durchaus* erfreulich.

An diesem Nachmittag untersuchte er als Ersten einen Händler, dem ein Tumor den Magen zerfraß. Der Mann war dem Tode nahe, und Rustem war völlig machtlos. Er konnte ihm nicht einmal seine übliche Mixtur gegen starke Schmerzen anbieten, denn er hatte sie nicht mitgebracht und kannte hier auch niemanden, den er mit der Zubereitung eines privaten Rezepts hätte betrauen können. Auch das musste in den nächsten Tagen erledigt werden. Hier konnte sich der Sohn des Senators nützlich machen und die Aufgaben des Dieners übernehmen, den er getötet hatte. Das wäre ausgleichende Gerechtigkeit im besten Sinne.

Rustem sah den hageren, abgezehrten Händler an und sprach voll Bedauern die Worte: Nicht messen will ich mich mit diesem Feind. Dann erklärte er, warum man in Bassania so verfuhr. Der Mann nahm es ruhig auf. Er hatte wohl nichts anderes erwartet. Der Tod sah ihm schon aus den Augen. Man gewöhnte sich daran und doch wieder nicht. Der Schwarze Azal führte einen ständigen Kampf gegen die Lebenden in der Welt, die Perun geschaffen hatte. Der Heiler war nur ein kleiner Soldat im endlosen Krieg der beiden Überirdischen.

Als Nächste kam jedoch eine parfümierte, dezent geschminkte Dame vom Hof, die offenbar nur wissen wollte, wie er aussah. Ihr Diener hatte sich bereits vor Sonnenaufgang angestellt, um ihr den Platz freizuhalten.

Dergleichen war keine Seltenheit, besonders, wenn ein Arzt neu in eine Stadt kam. Gelangweilte Aristokraten suchten nach Abwechslung. Die Dame kicherte und schwatzte während der gesamten Untersuchung, obwohl Elita anwesend war. Biss sich auf die Unterlippe und sah ihn unter halb gesenkten Lidern an, als er ihr parfümiertes Handgelenk nahm, um ihr den Puls zu fühlen. Erwähnte eine Hochzeit am Vortag – dieselbe, die auch Rustem besucht hatte. Schien pikiert zu sein, dass man sie nicht eingeladen hatte. Ärgerte sich offenbar noch mehr, als er ihr erklärte, er könne kein Leiden finden, das sein Eingreifen erfordere. Ein weiterer Besuch sei überflüssig.

Nach ihr kamen zwei Frauen – die eine sichtlich wohlhabend, die andere aus eher einfachen Verhältnissen –, die über Kinderlosigkeit klagten. Auch das war normal, wenn ein neuer Heiler an einen Ort kam. Man hörte nie auf, nach jemandem zu suchen, der *helfen* konnte. Rustem vergewisserte sich, dass die zweite Frau den Verwalter hatte bezahlen können, dann untersuchte er eine nach der anderen in Elitas Anwesenheit, so wie es die Ärzte in Ispahani taten (aber niemals in Bassania, wo es den Heilern verboten war, eine unbekleidete Frau zu behandeln). Die Frauen ließen die Prozedur ungerührt über sich ergehen, aber Elita wurde schon beim Zusehen glühend rot. Rustem ging routinemäßig vor, stellte seine üblichen Fragen und kam – in beiden Fällen rasch – zu einem Ergebnis. Keine der Frauen schien überrascht, das war in solchen Fällen oft der Fall, aber nur eine war in der Lage, seine Worte tröstlich zu finden.

Als Nächstes diagnostizierte er – wie nicht anders zu erwarten – zwei Fälle von grauem Star und stach ihn mit seinen eigenen Instrumenten. Er ließ sich für Untersuchung und Operation bezahlen und verlangte obendrein eine bewusst überhöhte Summe für Hausbesuche, die er erst noch machen wollte.

Im Laufe dieses Nachmittags hörte er jede Menge Klatsch und erfuhr sehr viel mehr über die bevorstehende Saison im Hippodrom, als er eigentlich wissen wollte. Blaue und Grüne, Blaue und Grüne. Scortius und Crescens. Selbst der Sterbende hatte die beiden Wagenlenker erwähnt. In Rustems Augen litten die Sarantiner unter einer schweren Form von Massenhysterie.

Einmal huschte Elita hinaus, kam wieder zurück und berichtete leise, der Mann im oberen Stockwerk, von dem so viel die Rede war, sei wieder eingeschlafen. Rustem malte sich kurz aus, wie die Leute reagieren würden, wenn sie wüssten, dass er hier war.

Man hatte ihm viel erzählt, aber nichts von Belang. Das wird sich ändern, dachte Rustem. Alle Menschen vertrauten sich ihren Ärzten an. Diese Behandlungen waren seine große Chance. Er ging sogar so weit, dass er Elita zulächelte und ihr ein Lob für ihre Arbeit aussprach. Sie errötete wieder und schaute zu Boden. Als der letzte Patient ging und Rustem die Behandlungsräume verließ, war er recht zufrieden.

Draußen wartete eine zweiköpfige Abordnung der Heilergilde.

Seine Stimmung schlug sofort um.

Beide Männer verliehen gesten- und wortreich ihrer Empörung darüber Ausdruck, dass ein Fremder so ohne weiteres in einem Privathaus in Sarantium als Heiler praktizierte, ohne der Gilde vorher seine Aufwartung gemacht und eine entsprechende Genehmigung eingeholt zu haben. Da er – nach außen hin – nur in die Stadt gekommen war, um Vorlesungen zu halten, Fachwissen aufzunehmen, Manuskripte zu kaufen und sich mit seinen westlichen Kollegen auszutauschen, musste er mit schwer wiegenden Folgen rechnen.

Rustem hätte sich ohrfeigen können für dieses peinliche Versehen. Er berief sich auf seine Unerfahrenheit und entschuldigte sich in aller Form … er stamme aus einer Kleinstadt, habe keine *Ahnung* von den vielfältigen Verflechtungen in einer Weltstadt wie Sarantium, es sei keineswegs seine Absicht gewesen, jemanden vor den Kopf zu stoßen oder sich gegen die herrschenden Sitten aufzulehnen. Die Patienten hätten sich eingefunden, ohne dass er ein Wort von seiner Ankunft habe verlauten lassen. Der Hausverwalter könne das bestätigen. Sein Eid – der gleiche, wie er hier im Westen in der Tradition des großen Galinus geleistet werde – *verpflichte* ihn zur Hilfeleistung. Es sei ihm eine *Ehre,* sich bei der Gilde vorzustellen. Sofort, wenn das genehm sei. Natürlich werde er keinen einzigen Patienten mehr annehmen, wenn man das verlange. Er gebe sich ganz und gar in ihre Hände. Nebenbei bemerkt, vielleicht würden seine erlauchten Besucher ihn heute Abend gern zum Senatsältesten begleiten, wo er zum Essen geladen sei?

Die letzte Bemerkung machte mehr Eindruck als alles andere. Das Angebot wurde natürlich abgelehnt, aber es wurde ebenso vermerkt wie die Tatsache, wo er wohnte. In wessen Haus. Er hatte offenbar Beziehungen zu einflussreichen Persönlichkeiten. Vielleicht wäre es doch ratsam, ihn nicht zu verärgern.

Im Grunde war es zum Lachen. Die Menschen waren doch überall auf der Welt gleich.

Rustem geleitete die beiden sarantinischen Ärzte zur Tür. Versprach ihnen, sich morgen am späten Vormittag am Sitz der Heilergilde einzufinden. Bat die erfahrenen Kollegen um Hilfe in allen dort auftauchenden Fragen. Verneigte sich. Äußerte noch einmal seine Zerknirschung und bekundete seine Dankbarkeit für den Besuch. Freute sich schon darauf, von ihren Kenntnissen zu profitieren. Verneigte sich noch einmal.

Der Hausverwalter schloss mit ausdrucksloser Miene die Tür. In einem jähen Anfall von Übermut zwinkerte Rustem ihm zu.

Dann ging er nach oben, um sich den Bart nachzufärben (der regelmäßige Pflege erforderte) und sich umzukleiden, bevor er zu dem Essen im Haus des Senators ging. Der Patient hatte Bonosus gebeten, ihn zu besuchen. Wahrscheinlich würde der Senator der Bitte entsprechen. Rustem hatte inzwischen eine etwas bessere Vorstellung von der Bedeutung des Verletzten, der nebenan schlief. *Heilige Männer und Wagenlenker.* Vielleicht könnte man heute Abend bei Tisch das Thema Krieg ansprechen? Nein, entschied er. Zu früh. Er war eben erst angekommen, der Frühling hatte kaum begonnen. So schnell war man sicher nicht einmal in Sarantium. Außer bei den Wagenrennen.

Ganz Sarantium – sogar die Sterbenden – hatte nichts anderes im Kopf als diese Rennen. Ein leichtsinniges Volk? Rustem schüttelte den Kopf: Übereilte Urteile waren meist falsch. Immerhin beschloss er, das Hippodrom zu besuchen wie einen Patienten. Schließlich hatte er vom König der Könige den Auftrag erhalten, die Sarantiner zu beobachten, und musste seiner neuen Rolle gerecht werden.

Unvermittelt drängte sich ihm die Frage auf, ob Shaski wohl Pferde liebte. Er wusste es nicht, stellte er fest, und da er so weit weg war, konnte er ihn auch nicht fragen.

Die Freude an diesem Nachmittag war ihm für eine Weile verdorben.

Als der Senator gegen Abend kam, beeindruckte er durch würdevolle Entschlossenheit. Er nahm die Veränderungen in den unteren Räumen kommentarlos zur

Kenntnis, hörte sich Rustems Bericht über die vergangene Nacht an (der Junge wurde wie versprochen nicht erwähnt), betrat sodann Scortius' Zimmer und schloss die Tür fest hinter sich.

Rustem hatte ihn gebeten, den Besuch nicht zu lange auszudehnen, und Bonosus hielt sich daran und kam schon kurze Zeit später wieder heraus. Natürlich verlor er kein Wort darüber, was drinnen besprochen worden war. Er bestieg mit seinem Gast seine Sänfte und ließ sich zu seinem Stadthaus tragen. Beim Essen wirkte er seltsam geistesabwesend.

Dennoch herrschte eine sehr kultivierte Atmosphäre. Die Gäste wurden von den reizenden Töchtern des Senators empfangen und mit Wein bewirtet: Es handelte sich offensichtlich um Kinder einer früheren Frau, die jetzige Gattin war viel zu jung, um ihre Mutter zu sein. Die beiden Mädchen zogen sich zurück, bevor man sich zu Tische legte.

Rustem kannte solche Einladungen natürlich eher aus seiner Zeit in Ispahani als von daheim. In Kerakek gab es keine Häuser, wo den ganzen Abend lang leise Musik gespielt wurde und hinter jeder Liege bestens geschulte Diener standen und dem Gast jeden Wunsch von den Augen ablasen. Die Gattin des Senators sorgte mit sicherem Gespür dafür, dass Rustem und die anderen Gäste, ein bassanidischer Seidenhändler (welch liebenswürdige Geste!) und zwei sarantinische Adlige mit ihren Frauen, sich wohl fühlten. Sie und die beiden anderen Frauen, alle sehr elegant, selbstbewusst und unbefangen, beteiligten sich allerdings sehr viel lebhafter an der Unterhaltung, als es die Frauen in Ispahani bei solchen Anlässen zu tun pflegten. Sie stellten ihm viele Fragen über seine Ausbildung und seine Familie und lockten ihn aus der Reserve, indem sie sich nach seinen Abenteuern in ispahanischen Ländern erkundigten. Man hatte hier offensichtlich eine große Schwäche für die Geheimnisse des fernen Ostens und schwelgte in Spekulationen über Magie und Fabelwesen. Rustems dramatische Ankunft in Sarantium am Tag zuvor wurde diskret ausgespart; immerhin war der Sohn des Senators – der sich im Übrigen nicht blicken ließ – für das Drama verantwortlich.

Bald wurde offenbar, dass niemand von den nicht minder dramatischen nächtlichen Ereignissen wusste, in deren Mittelpunkt der Wagenlenker stand. Bonosus sagte nichts. Und Rustem wollte das Thema von sich aus nicht ansprechen.

Ein Heiler hatte gewisse Verpflichtungen gegenüber seinem Patienten.

Am nächsten Morgen zog Rustem sein bestes Gewand an, nahm seinen Stab zur Hand und ließ sich, versehen mit einem Empfehlungsschreiben, das ihm der Senator beim letzten Becher Wein des Abends überreicht hatte, von einem der Hausdiener zur Heilergilde führen.

Nachdem er sich mit angemessenen Worten und vielen Verbeugungen vorgestellt hatte, sah er sich freundlich aufgenommen. Man hatte Frieden, und er war hier immerhin unter Angehörigen seines eigenen Standes. Er hatte nicht vor, so lange zu bleiben, dass man sich von ihm bedroht fühlen musste, und vielleicht erwies er sich sogar als nützlich. Es wurde vereinbart, dass er in zwei Wochen hier in der Gildenhalle eine Vorlesung halten solle. Man genehmigte ihm rückwirkend die Behandlung jener sechs Patienten am Vortag in seinen provisorischen Ordinationsräumen und nannte ihm zwei kräuterkundige Apotheker, die Arzneimischungen exakt nach Vorschrift herstellten. Die Studentenfrage wurde vertagt (vielleicht klang das eine Spur zu sehr nach Sesshaftigkeit?), aber Rustem hatte sich ohnehin vorgenommen, damit noch zu warten, bis der Wagenlenker sein Haus verlassen konnte.

Und so brachte er – schneller als erwartet – Ordnung in sein Leben, in seine Tage. Inzwischen brach in Sarantium der Frühling aus. Rustem lud den bassanidischen Händler vom Abend zuvor in ein öffentliches Badehaus ein und brachte, ohne dass etwas offen ausgesprochen worden wäre, nur durch einen geschickten Austausch von verschlüsselten Anspielungen in Erfahrung, dass der Mann Verbindung zu Kurieren hatte, die nach Kabadh reisten.

Wenige Tage später traf aus Kabadh eine Botschaft ein, die vieles veränderte.

Die Botschaft wurde durch einen dritten Bassaniden überbracht. Als der Verwalter meldete, unter den Vormittagspatienten befinde sich ein Landsmann von Rustem, hatte der Heiler zunächst angenommen, es handle sich um einen Kaufmann aus dem Osten, der sich von einem in der Heilkunst seiner Heimat erfahrenen Arzt behandeln lassen wolle. Der Mann war sein dritter Patient an diesem Tag.

Er war unauffällig gekleidet, sein Bart sorgfältig gepflegt. Als er eintrat, sah Rustem ihn fragend an und erkundigte sich in seiner Muttersprache nach seinem Befinden. Anstelle einer Antwort zog der Patient ein Pergament unter seinem Gewand hervor und überreichte es dem Heiler.

Es trug kein amtliches Siegel, das ihn hätte warnen können.

Rustem öffnete das Schreiben, setzte sich und las. Er spürte, wie er blass wurde. Der vermeintliche Patient beobachtete ihn scharf. Rustem las zu Ende, dann schaute er auf.

Das Sprechen fiel ihm schwer. Er räusperte sich. »Ihr ... wisst, was hier steht?«

Der Mann nickte. »Verbrennt es sofort«, sagte er. Eine kultivierte Stimme.

Ein Kohlebecken stand im Raum, denn morgens war

es noch frisch. Rustem stand auf, legte das Pergament in die Flammen und wartete, bis es zerfallen war.

Dann wandte er sich wieder dem Mann aus Kabadh zu. »Ich war ... ich dachte, ich sei nur als Beobachter hier.«

Der Mann zuckte die Achseln. »Die Umstände haben sich geändert«, sagte er und erhob sich. »Ich danke Euch für Eure Bemühungen. Sie werden sicherlich ... Abhilfe schaffen.« Damit ging er.

Rustem stand lange wie erstarrt, dann fiel ihm ein, dass Plautus Bonosus' Diener mit großer Wahrscheinlichkeit über sein Verhalten Bericht erstatteten. Er nahm sich zusammen und zwang sich, in den Alltag zurückzukehren. Aber alles war anders geworden.

Ein Heiler war durch seinen Eid verpflichtet, sich um die Heilung der Kranken zu bemühen und gegen Azal zu kämpfen, sooft der Widersacher den sterblichen Leib der Menschen bedrängte.

Doch soeben hatte sein König, der Bruder der Sonne und der beiden Monde, von ihm verlangt, zum Mörder zu werden.

Niemand durfte merken, wie aufgewühlt er war. Er konzentrierte sich auf seine Arbeit. Im Laufe des Vormittags gelangte er zu der Überzeugung, dass er wohl kaum eine Möglichkeit finden würde, diesen Auftrag auszuführen. Folglich konnte man ihm auch nicht vorwerfen, wenn er scheiterte. Damit würde er sich bei seiner Rückkehr nach Bassania verteidigen.

Genauer gesagt, gelangte er *beinahe* zu dieser Überzeugung.

Er hatte den König der Könige in Kerakek erlebt. Und er konnte nicht behaupten, Shirvan der Große habe auch nur die geringste Nachsicht gezeigt, wenn jemand sich darauf berief, bei der Ausführung seiner Befehle auf ... Hindernisse gestoßen zu sein.

Er behandelte die letzten Patienten, die an diesem

Vormittag in Plautus Bonosus' kleines Haus gekommen waren, dann ging er nach oben. Der Zeitpunkt war gekommen, die Wunde des Wagenlenkers zu schließen. Inzwischen hatte er sich auch richtige Fibulae mit Klammern für die Wundränder besorgt. Er legte die Naht. Reine Routine, es gelang wie von selbst. Am besten war, dass er dabei nicht nachzudenken brauchte.

Er achtete auch weiterhin auf das Austreten von grünem Eiter und war erleichtert, als er nichts fand. Er ließ der Wunde einige Tage Zeit zu heilen, dann hielt er es fast für angebracht, einen festeren Rippenverband anzulegen. Der Patient hatte sich allen Anweisungen gefügt, war aber verständlicherweise unruhig. Rustem wusste aus Erfahrung, dass es für körperlich aktive Menschen nur schwer erträglich war, bettlägerig zu sein, und da der Wagenlenker seinen Aufenthaltsort so streng geheim hielt, konnte er nicht einmal regelmäßig Besuch empfangen.

Bonosus war zweimal gekommen, angeblich, um seinen bassanidischen Gast zu besuchen, und einmal stand im Dunkeln ein vermummter Mann vor der Tür, der sich als Astorgus vorstellte und offensichtlich eine wichtige Rolle in der Organisation der Blauen spielte. Die Ergebnisse des ersten Renntages waren wohl alles andere als erfreulich gewesen. Rustem erkundigte sich nicht weiter, aber er bemerkte, dass sein Patient sehr erregt war, und mischte ihm ein etwas stärkeres Beruhigungsmittel für die Nacht. Auf solche Dinge war er vorbereitet.

Nicht gefasst war er freilich darauf, eines Morgens in der zweiten Woche, nachdem der Wagenlenker mitten in der Nacht vor seinem Haus gestanden hatte, dessen Zimmer leer und mit offenem Fenster vorzufinden.

Unter der Urinflasche lag ein zusammengefaltetes Stück Papier. *Ihr müsst ins Hippodrom kommen,* stand darauf. *Ihr habt Euch etwas Abwechslung verdient.*

Die Flasche hatte der Patient noch brav gefüllt. Rustem runzelte die Stirn und vergewisserte sich mit einem raschen Blick davon, dass die Farbe des Urins zufriedenstellend war. Dann trat er ans Fenster. Dicht davor stand ein Baum. Die dicken Äste waren unter den noch jungen Blättern deutlich zu erkennen. Ein Mann, der gut in Form war, konnte leicht aus dem Fenster auf den Baum steigen und so den Boden erreichen. Ein Mann mit gebrochenen und ungenügend bandagierten Rippen und einer tiefen, noch nicht verheilten Stichwunde ...

Rustem senkte den Blick. Auf dem Fenstersims war Blut.

Unten führte eine dünne Blutspur durch den kleinen Hof zur Mauer an der Straße. Unversehens packte den Heiler die Wut. Er blickte zum Himmel auf. Alle Heilkunst hatte ihre Grenzen, Perun und die Göttin wussten es. Er schüttelte den Kopf. Dann stellte er fest, dass es ein schöner Morgen war.

Er beschloss, zuerst seine Patienten abzufertigen und anschließend zu den Nachmittagsrennen ins Hippodrom zu gehen. *Ihr habt Euch etwas Abwechslung verdient.* Er schickte einen Diener zum Senatsältesten und ließ anfragen, ob Bonosus ihm behilflich sein könne, dort Zutritt zu erhalten.

Natürlich verriet er damit eine unglaubliche Naivität, aber einem Fremden konnte man das in Sarantium verzeihen.

Plautus Bonosus befinde sich bereits im Hippodrom, in der Kathisma, der Kaiserlichen Loge, berichtete der Diener bei seiner Rückkehr. Der Kaiser gedenke nur bei den Vormittagsrennen persönlich anwesend zu sein, mittags werde er sich in den Palast zurückziehen, wo wichtige Staatsgeschäfte auf ihn warteten. Der Senatsälteste solle den ganzen Tag über im Hippodrom bleiben, um ihn zu vertreten.

Wichtige Staatsgeschäfte. Das Geschrei und das Ge-hämmer im Hafen drangen bis hierher zu den Mauern.

Dort wurden Schiffe gebaut, die bald in See stechen sollten. Angeblich hatte man hier und in Deapolis jen-seits der Meerenge zehntausend Fußsoldaten und Rei-ter zusammengezogen. Noch einmal so viele sollten sich in Megarium im Westen versammeln. Das hatte Rustem vor wenigen Tagen von einem Patienten erfah-ren. Das Reich stand an der Schwelle zum Krieg. Man plante eine Invasion von unbeschreiblicher Dramatik. Doch noch war keine entsprechende Erklärung erfolgt.

Irgendwo in der Stadt gab es eine Frau, die Rustem auf Befehl seines Königs töten sollte. Sie hatte ihren eigenen Tagesrhythmus.

Im Hippodrom wohnten achtzigtausend Sarantiner den Wagenrennen bei. Vielleicht ist sie ebenfalls dort, dachte Rustem.

KAPITEL III

Crispin befand sich in einer Stimmung, die er nur schwer hätte beschreiben können. Er stand unter der Kuppel und wollte gerade mit den Bildern seiner Töchter anfangen, als die Kaiserin von Sarantium kam und ihn abholte, um ihm die Delphine zwischen den Inseln in der Meerenge zu zeigen.

Pardos, der neben ihm auf dem hohen Gerüst arbeitete, berührte ihn am Arm und zeigte nach unten. Crispin erkannte Alixana und begriff die unausgesprochene Forderung, die sich mit ihrer Anwesenheit verband. Er sah kurz zu Ilandra empor, die – ein Teil dieser heiligen Stätte und ihres Bilderreichtums – von der Kuppel auf ihn herunterschaute, dann auf die leere Fläche daneben, wo er in liebevollem Gedenken seine beiden Mädchen aus Glas und Licht neu erstehen lassen wollte. Eine Wiedergeburt strebte er an, ähnlich wie Zoticus, der seinen geraubten Seelen mithilfe der Alchimie die Gestalt von künstlichen Vögeln verliehen hatte.

Denn was wäre dies anderes als Alchimie in anderer Form – oder der Versuch dazu?

Pardos stand am Geländer, sah Crispin ungeduldig an und schaute wieder hinab. Sein Lehrling – inzwischen sein Partner – war noch keine zwei Wochen in der Stadt, wusste aber schon sehr genau, was es bedeutete,

77

wenn unten auf dem Marmorboden eine Kaiserin wartete.

Crispin war im Winter zweimal zusammen mit dem Architekten Artibasos zu einem großen Festbankett in den Attenin-Palast geladen worden, aber persönlich hatte er mit Alixana seit dem letzten Herbst nicht mehr gesprochen. Sie hatte schon einmal dort unten gestanden, fast an der gleichen Stelle wie jetzt, und sich angesehen, was mit der Kuppel geschah. Er erinnerte sich noch gut, wie er damals zu ihr, zu allen anderen hinabgestiegen war.

Sein Herz schlug schneller, das war nicht zu leugnen. Er wischte sich Gips und Kalk von den Händen, so gut es möglich war, und tupfte sich mit dem Tuch in seinem Gürtel das Blut ab, wo er sich in den Finger geschnitten hatte. Das Tuch warf er anschließend weg. Pardos durfte ihm sogar die Tunika glatt ziehen und abklopfen, doch als der Jüngere auf sein Haar deutete, schob er ihn beiseite

Auf dem Weg nach unten hielt er auf der Leiter kurz inne und fuhr sich selbst mit der Hand durch das Haar. Wobei er bezweifelte, ob das etwas nützte.

Offenbar war es vergeblich gewesen. Die mit schlichter Eleganz gekleidete Kaiserin von Sarantium – sie trug eine lange blaue Tunika mit goldenem Gürtel, darüber einen Porphyr-Mantel, der ihr bis zu den Knien reichte, und außer Ringen und Ohrringen keinen Schmuck – lächelte ihn belustigt an. Als er vor ihr niederkniete, streckte sie die Hand aus und brachte sein viel geschmähtes rotes Haar in eine etwas annehmbarere Form.

»Der Wind auf dem Meer wird meine Bemühungen natürlich wieder zunichte machen«, murmelte sie mit ihrer unvergesslichen Stimme.

Auf ihren Wink hin erhob sich Crispin. »Wieso auf dem Meer?«, fragte er.

Und so erfuhr er, dass ihr die Delphine, von denen sie ihm vor einem halben Jahr in seiner ersten Nacht im Palast erzählt hatte, noch immer im Kopf herumspukten. Sie drehte sich um und ging gelassenen Schrittes an zwanzig auf den Knien liegenden Gesellen und Handlangern vorbei. Crispin folgte ihr. Er war erregt und spürte eine undeutliche Bedrohung – wie immer, wenn er sich in der Nähe dieser Frau befand.

Draußen warteten Männer in der Livree der Kaiserlichen Garde. In der Sänfte, die er mit der Kaiserin von Sarantium bestieg, lag sogar ein Mantel für ihn. Dann ging alles Schlag auf Schlag. Die Sänfte wurde angehoben und setzte sich in Bewegung, und die Kaiserin erklärte ihm nüchtern und ganz und gar pragmatisch, wenn er für sie Delphine darstellen sollte, müsse er zumindest einmal gesehen haben, wie sie aus dem Meer sprangen. Die Vorhänge der Sänfte waren geschlossen. Sie schenkte ihm ein zuckersüßes Lächeln. Crispin wollte es erwidern, aber es gelang ihm nicht. Ihr Duft hing schwer und warm zwischen den Polstern.

Wenig später glitt Crispin auf einer langen, schnittigen Kaiserlichen Jacht durch das Gedränge im Hafen, der erfüllt war vom Lärm der Schiffsbauer und der Arbeiter, die Fässer und Kisten aus- und einluden. Erst weit draußen wurde es ruhiger, und ein reiner Wind füllte die weiß-purpurnen Segel.

Alixana stand an der Reling und schaute zurück. Hinter dem Hafenbecken erhob sich Sarantium. Kuppeln und Türme und die ineinander verschachtelten Holz- und Steinhäuser glänzten in der Sonne. Jetzt war noch etwas zu hören: Im Hippodrom fuhren die Streitwagen. Crispin sah nach dem Stand der Sonne. Wahrscheinlich war man inzwischen beim sechsten oder siebenten Rennen angelangt, bald war Mittagspause, und dann folgten die Nachmittagsrennen. Gestern Abend war Scortius von den Blauen immer noch verschollen gewesen.

Sein Verschwinden beschäftigte die Stadt nicht weniger als der bevorstehende Krieg.

Unsicher trat Crispin hinter die Kaiserin. Er war an sich kein Freund von Schiffen, aber die Jacht glitt, von fähigen Händen gesteuert, ruhig durch das Wasser, und der Wind wehte noch nicht allzu stark. Sie waren die einzigen Fahrgäste. Entschlossen drängte er alle Gedanken an sein Gerüst, an seine Töchter, an die Anforderungen, für die *er* sich an diesem Tag gewappnet hatte, in den Hintergrund.

Ohne sich umzudrehen, sagte Alixana: »Habt Ihr nach Varena geschrieben, um Eure Freunde, Eure Angehörigen zu warnen? Vor dem, was kommt?«

Es sah so aus, als solle er heute vor ganz andere Anforderungen gestellt werden.

Er erinnerte sich: Sie pflegte diese Offenheit als Waffe einzusetzen. Er schluckte. Wozu leugnen? »Ich habe zwei Briefe abgeschickt, einen an meine Mutter, den anderen an meinen besten Freund ... aber was nützt das schon? Sie wissen auch so, dass Unheil droht.«

»Natürlich. Deshalb hat Euch Eure reizende junge Königin ja auch mit einer Botschaft zu uns geschickt, um dann persönlich zu folgen. Was sagt *sie* denn zu ... alledem?« Die Kaiserin deutete auf die vielen Schiffe hinter ihnen im Hafen. Am Himmel sammelten sich die Möwen über dem Kielwasser der Jacht.

»Ich habe keine Ahnung«, erklärte Crispin wahrheitsgemäß. »Eigentlich müsstet Ihr das viel besser wissen als ich, Dreifach Erhabene.«

Sie sah über die Schulter und lächelte. »Kommt an die Reling, da könnt Ihr besser sehen. Oder wird Euch übel, wenn Ihr auf die Wellen hinabschaut? Ich hätte vorher fragen sollen ...«

Er schüttelte den Kopf, trat entschlossen vor und stellte sich neben sie. Weiß schäumte das Wasser um die Schiffswände. Die Sonne stand hoch am Himmel, der

Gischt funkelte und schillerte in allen Regenbogenfarben. Über ihm ein Knall. Er schaute auf. Ein Segel bauschte sich im Wind. Sie wurden schneller. Crispin umfasste die Reling mit beiden Händen.

Alixana murmelte: »Ich nehme doch an, Ihr habt sie gewarnt. In Euren Briefen.«

Ohne seine Verbitterung zu verbergen, sagte er: »Welche Rolle spielt es schon, ob ich jemanden warne oder nicht? Majestät, was könnten gewöhnliche Sterbliche schon gegen eine Invasion tun? Meine Briefe gingen nicht an mächtige Personen, die Einfluss auf den Lauf der Welt hätten, sondern an meine Mutter und meinen besten Freund.«

Wieder sah sie ihn schweigend an. Sie hatte sich die Kapuze über den Kopf gezogen. Das schwarze Haar wurde von einem goldenen Netz zusammengehalten. Die strenge Frisur betonte ihre Gesichtszüge, die hohen Backenknochen, die makellose Haut, die riesigen schwarzen Augen. Plötzlich fiel ihm die künstliche Rose ein, die er in ihren Gemächern gesehen hatte. Sie hatte ihn um etwas gebeten, das von Dauer sei, die goldene Rose symbolisiere die Vergänglichkeit des Schönen, ein Mosaik verweise auf die Ewigkeit. Sein Handwerk strebe nach Beständigkeit.

Er musste an das langsam verfallende Jad-Bildnis in der sauradischen Kapelle am Rande des Aldwood denken, an die Tessellae, die im trüben Licht zu Boden rieselten.

Sie sagte: »Der Lauf der Welt lässt sich auf verschiedenste Weise … beeinflussen, Caius Crispus. Der Kaiser hofft sogar, dass solche Briefe abgeschickt wurden. Deshalb meine Frage. Er meint, bei der rhodianischen Stammbevölkerung könnte unser Eingreifen in Anbetracht der chaotischen Zustände in Varena am Ende gar erwünscht sein. Und da wir im Namen Eurer Königin kommen, besteht eine gewisse Hoffnung, dass viele von den Antae auf Widerstand verzichten. Er möchte, dass man in Batiara Zeit hat, sich Gedanken über mögliche ... Reaktionen zu machen.«

Plötzlich fiel ihm auf, dass sie redete, als wäre die Kriegserklärung bereits erfolgt. Doch dies war nicht der Fall. Crispin sah sie an; in seinem Innern brodelte es. »Ich verstehe. Auch die Briefe an die Lieben zu Hause sind also Teil des großen Plans.«

Sie wich seinem Blick nicht aus. »Warum auch nicht? Das ist seine Art. Muss er im Unrecht sein, nur weil wir nicht fähig sind, so weit vorauszudenken wie er? Der Kaiser versucht, die Welt, wie wir sie kennen, zu verändern. Ist es ein Verbrechen, für ein so gewaltiges Vorhaben alles in die Waagschale zu werfen, was man nur werfen kann?«

Crispin schüttelte den Kopf und schaute wieder auf das Meer hinaus. »Ich hatte Euch schon vor einem halben Jahr gesagt, Hoheit, ich bin ein einfacher Handwerker, nicht mehr. Wie soll ich auf solche Fragen antworten?«

»Ich habe Euch nicht um eine Antwort gebeten«, bemerkte sie freundlich. Crispin schoss das Blut in die Wangen. Sie zögerte. Schaute ihrerseits auf die Wellen hinaus. Sagte schließlich steif: »Die offizielle Kriegserklärung ist für den heutigen Nachmittag vorgesehen. Der Mandator wird sie im Hippodrom nach dem letzten Rennen des Tages verlesen. Geplant sind ein Einmarsch in Batiara im Namen von Königin Gisel, die Rückeroberung von Rhodias und die Wiedervereinigung des Imperiums. Klingt das nicht großartig?«

Crispin fröstelte trotz der warmen Frühlingssonne, dann wurde ihm so heiß, als hätte man ihn mit einem Brandeisen berührt. Er schloss die Augen. Eine Schreckensvision stieg vor ihm auf: eine Feuersbrunst, die durch Varena raste und die Holzhäuser verschlang wie einen Scheiterhaufen aus dürrem Reisig.

Gewusst hatten sie es alle, aber …

Aber die Stimme der Frau an seiner Seite hatte einen skeptischen Unterton, und die gleiche Skepsis sah er auch in ihrem Profil unter der dunklen Kapuze. Wieder schluckte er und fragte: »Großartig? Wieso habe ich den Eindruck, dass Ihr ganz anders darüber denkt?«

Keine sichtbare Reaktion, obwohl er sehr genau darauf achtete. Sie sagte: »Weil ich es Euch zeige, Caius Crispus. Obwohl ich, wenn ich ganz ehrlich bin, nicht weiß, warum ich das tue. Ich gestehe, dass Ihr … Seht!«

Sie vollendete den Satz nicht.

Sondern brach ab und streckte die Hand aus. Er dachte noch, dass sie vor allem Schauspielerin sei, dann riss er die Augen weit auf. Ein Schwarm Delphine brach durch die Meeresoberfläche, durchschnitt sie wie mit einem Messer. Er sah die Körper, vollendet gerundet wie eine Kuppel, mit dem Schiff um die Wette durch das aufgewühlte Wasser schießen. Ein halbes Dutzend Tiere, die nacheinander auftauchten wie in einem Ballett, erst eins, dann zwei und nach einer Pause der nächste elegante, ja triumphale Sprung, die nächste Wasserfontäne.

Verspielt wie … Kinder? Grazil wie Tänzer, wie die Tänzerin an seiner Seite. Träger der toten Seelen, des ertrunkenen Heladikos, nachdem er mit seinem brennenden Sonnenwagen ins Meer gestürzt war. Widersprüchlich und rätselhaft. Lachen und Finsternis. Anmut und Tod. Sie wollte ihre Räume mit Delphinen schmücken.

Lange sahen sie dem Schauspiel zu, doch irgendwann waren die Delphine verschwunden, und die wogende See lag glatt und ungeteilt vor ihnen und verbarg wie immer, was sich unter ihrer Oberfläche befand.

»Sie halten gern Abstand zu der Insel«, sagte die Kaiserin Alixana und schaute nach vorn zum Bug.

Auch Crispin drehte sich um. »Welche Insel?«, fragte er.

Vor ihnen war Land zu sehen, überraschend nahe, dicht bewaldet mit dunklen Nadelbäumen. Ein steiniger Strand, ein hölzerner Bootssteg, zwei wartende Männer in kaiserlicher Livree. Sonst weit und breit kein Mensch. Ringsum kreischten die Möwen.

»Ich hatte noch einen weiteren Grund für diese Ausfahrt heute Morgen«, sagte die Frau an seiner Seite. Jetzt lächelte sie nicht mehr. Sie hatte die Kapuze tiefer in die Stirn gezogen. »Der Kaiser sieht es nicht gern, wenn ich hierher komme. Er hält es für … Unrecht. Aber ich möchte einen Besuch machen, bevor das Heer in See sticht. Eine … Vorsichtsmaßnahme. Ihr und die Delphine musstet mir heute als Vorwand dienen. Ich dachte, ich könnte Euch vertrauen, Caius Crispus. Seid Ihr mir sehr böse?«

Sie wartete natürlich keine Antwort ab und verriet ihm nur so viel, wie sie für nötig hielt. Abgezählte Körnchen aus dem sorgsam gehüteten Schatz ihres Wissens. Valerius und Alixana. Er wollte ihr eigentlich böse sein, aber etwas in ihrem Verhalten und die Stimmung, aus der sie ihn herausgerissen hatte, hinderten ihn daran. Sie hatte geglaubt, ihm vertrauen zu können, aber sie hatte nicht gesagt, *warum* sie ihm vertrauen wollte.

Und er würde nicht fragen. Sie hatte sich ohnehin bereits abgewandt und war auf die andere Seite des Schiffs gegangen, wo die Besatzung das Anlegemanöver vorbereitete.

Er folgte ihr. Wieder schlug sein Herz zu schnell, das Bild des brennenden Varena überschnitt sich mit den Erinnerungen, die er heute Morgen wachgerufen hatte, um sie in Mosaikform zu bringen. Zwei Mädchen in der Blüte ihrer Jugend, Teil der Welt, die der Gott geschaffen hatte. Ihre Jugend und ihr Tod. Dorthin war er unterwegs gewesen. Und jetzt sah er dieses trügerisch sanfte, ruhige Blau des Meeres und des Himmels vor sich, die dunkelgrünen Bäume im Sonnenschein. *Ihr und die Delphine musstet mir heute als Vorwand dienen.*

Wofür?

Sie spürten es kaum, als die Jacht anlegte. Nur das Klatschen der Wellen, die Schreie der Vögel am Himmel waren zu hören. Eine Rampe wurde herabgelassen, man entrollte einen roten Teppich für die Kaiserin. Die Form musste gewahrt bleiben: Sie war, die sie war. Das durfte man nie vergessen. Niemand sollte sie für etwas anderes halten.

Sie schritten über die Rampe an Land. Vier Soldaten folgten in geringem Abstand. Crispin warf einen Blick über die Schulter und sah, dass sie bewaffnet waren.

Die Kaiserin schaute nicht zurück. Sie betrat einen Pfad, der vom Strand mit seinen runden weißen Steinen zu den Kiefern führte. Bald drang kein Sonnenstrahl mehr durch die dichten Äste. Crispin fröstelte und zog seinen Mantel fester um sich.

Hier gab es keinen Gott, auch kein göttliches Emblem, kein Symbol, keine Inkarnation. Nur eine sterbliche Frau, nicht sehr groß, aber hoch aufgerichtet, die ihn über Kiefernnadeln und durch Kieferndüfte führte. Nach kurzer Zeit – die Insel war nur klein – waren Pfad und Wald zu Ende, und vor Crispin lag eine Lichtung mit mehreren Gebäuden. Ein Haus, drei oder vier kleinere Hütten, eine winzige Kapelle, über deren Tür eine Sonnenscheibe eingeritzt war. Die Kaiserin trat aus dem Wald ins Freie und blieb nach wenigen Schritten vor den Häusern stehen, die die Menschen hier errichtet hatten. Als Crispin sie eingeholt hatte, wandte sie sich ihm zu.

»Ich sage so etwas nicht gern«, begann sie, »aber Ihr solltet wissen, dass ich Euch töten lasse, wenn Ihr jemandem erzählt, was Ihr hier seht.«

Crispin ballte die Fäuste. Nun übermannte ihn doch der Zorn. Auch er war, der er war und was der Gott und die Trauer aus ihm gemacht hatten.

»Ihr widersprecht Euch selbst, Dreifach Erhabene.«

»Inwiefern?« Das klang schrill. Er spürte, dass sie unter Druck stand, seit sie diese Lichtung betreten hatten. Er wusste nicht warum, er verstand nichts von alledem, aber das war ihm gleichgültig. Er hatte diesen Tag auf seinem Gerüst verbringen wollen, allein mit den Erinnerungen an seine Töchter.

»Ihr sagtet eben, Ihr hieltet mich für vertrauenswürdig. Doch das ist offenbar nicht wahr. Warum lasst Ihr mich dann nicht auf dem Schiff zurück? Kaiserin, warum bin ich hier, warum werde ich bedroht? Warum *bin* ich eine Bedrohung? Welche Rolle habt Ihr mir zugedacht?«

Sie sah ihn schweigend an. Sie war sehr bleich geworden. Die Exkubitoren waren diskret am Waldrand zurückgeblieben. Doch jetzt tauchten an den Türen der kleineren Häuser andere Soldaten auf. Vier waren es, und sie trugen die Livree der Stadtpräfektur. Um das große Haus herum zeigte sich niemand. Rauch stieg aus den Schornsteinen und zog davon.

»Ich weiß es nicht«, sagte die Kaiserin Alixana endlich und sah mit starrem Blick zu ihm auf. »Eine gute Frage, aber ich habe keine Antwort. Ich weiß nur, dass ich … nicht mehr gern hierher komme. Er macht mir Angst, ich habe schlimme Träume. Das ist einer der Gründe, warum Petrus … warum der Kaiser nicht will, dass ich ihn besuche.«

Die Stille auf der Lichtung, die Stille über diesem großen Haus, das ganz allein stand, hatte etwas Unheimliches. Crispin sah, dass alle Läden geschlossen waren. Kein Sonnenstrahl konnte ins Innere dringen.

»Wer in Jads Namen wohnt hier?«, fragte er. Er sprach etwas zu laut, seine Stimme rieb sich knirschend an dieser lauernden Stille.

Alixanas schwarze Augen waren noch größer geworden. »Jad hat dabei nicht viel zu melden«, sagte sie.

»Hier wohnt Daleinus. Stylianes Bruder. Der älteste Sohn.«

Rustem wollte es nicht wahrhaben, aber seine beiden Frauen und alle seine Lehrer bezeichneten ihn (manchmal mit einem Lächeln) als eigensinnigen Starrkopf, denn was er sich einmal in den Kopf gesetzt hatte, war ihm nur schwer wieder auszureden.

Als daher Plautus Bonosus' Diener in das Haus an den Mauern zurückkehrte und meldete, der Senator befinde sich bereits mit den anderen Zuschauern im Hippodrom und könne ihm nicht behilflich sein, da zuckte Rustem zunächst nur die Achseln und beschloss, an der Vorlesung zu arbeiten, die er in Kürze halten sollte. Doch bald schon legte er das Manuskript ungeduldig beiseite, zog seine Stiefel an, warf sich einen Mantel über und begab sich in Begleitung von zwei Gardisten selbst zu Bonosus' Haus.

Die Leere auf den Straßen war geradezu unheimlich. Viele Schaufenster waren mit Brettern verschlagen, die Märkte wie ausgestorben, Schenken und Garküchen verlassen. Aus der Ferne hörte Rustem ein stetiges dumpfes Tosen, das immer wieder stark anschwoll. Wenn man nicht wüsste, was es ist, könnte man es beängstigend finden, dachte er. Er wusste es und fand es immer noch beängstigend.

Er wollte diese Rennen jetzt unbedingt miterleben. Er musste wissen, was sein Patient trieb. Er fühlte sogar eine gewisse Verpflichtung, dort anwesend zu sein. Wenn dieser jadditische Wagenlenker sich umbringen wollte – und in einem gewissen Stadium konnte ihn kein Heiler mehr daran hindern –, dann wollte Rustem zumindest wissen, wie er das anstellte. Immerhin war er im Westen, um diese Menschen verstehen zu lernen. Zumindest war er in dem Glauben *gekommen,* dies sei seine Aufgabe. An seinen neuen Auftrag wollte er gar nicht denken. Er hegte die leise Hoffnung, die ganze Sache werde sich aus irgendeinem Grund … in Luft auflösen.

Es war natürlich unmöglich, als bassanidischer Besucher einfach ins Hippodrom zu gehen und Einlass zu begehren. Die Heilergilde wäre ihm vielleicht behilflich gewesen, wenn er sich rechtzeitig an sie gewandt hätte, aber Rustem hatte nun wirklich nicht ahnen können, dass sein Patient, eine Blutspur hinter sich herziehend, über einen Baum und die Hofmauer aus seinem Krankenzimmer entweichen würde.

In solchen Fällen musste man auf stärkere persönliche Kontakte zurückgreifen. Deshalb war Rustem nun auf dem Weg zu Cleander.

Der Junge hatte ihm selbst erzählt, dass ihn Bonosus zur Strafe für den Zwischenfall, bei dem Nishik ums Leben gekommen war, für die ersten fünf Renntage der Saison unter Hausarrest gestellt hatte. Man konnte trefflich darüber streiten, ob der Verzicht auf fünf Tage Unterhaltung gleichzusetzen war mit dem Tod eines Menschen (selbst eines ausländischen Dieners), aber die Frage bewegte Rustem heute kaum.

Heute wollte er Cleanders Mutter überreden, sich über die Anweisungen ihres Gemahls hinwegzusetzen. Aus Fußnoten in den Schriften der westlichen Heiler war ihm bekannt, dass im alten Rhodias der Wille eines Mannes für Frauen und Kinder absolut bindend gewesen war, selbst wenn es um Leben und Tod ging. Früher konnte ein Vater seinen Sohn wegen einfachen Ungehorsams vom Staat hinrichten lassen.

Der Westen hatte diese Haltung vorübergehend für moralische Größe gehalten und geglaubt, mit derart vorbildlicher Disziplin und unbeirrbarer Rechtschaffenheit ließen sich Weltreiche schmieden. Rustem unterstellte jedoch, dass im modernen Sarantium unter Valerius und der Kaiserin Alixana die Frauen im Hause etwas mehr zu sagen hatten. Und wie sehr sich der Junge für seine

Zirkuspartei und für die Wagenrennen begeisterte, hatte er ja selbst erlebt. Wenn jemand wusste, wie man – zumindest für den Nachmittag, die Vormittagsrennen mochten inzwischen so gut wie gelaufen sein – ins Hippodrom gelangen konnte, dann Cleander. Aber dazu brauchte er die Einwilligung seiner Stiefmutter.

Als Rustem an der Tür erschien, meldete ihn der Verwalter des Senators sofort seiner Herrin. Thenaïs Sistina empfing den Gast mit gewohnter Souveränität. Sie saß, kühl und elegant, im Damenzimmer und legte mit liebenswürdigem Lächeln Feder und Papier beiseite. Rustem schloss daraus, dass sie des Lesens und Schreibens kundig war.

Er entschuldigte sich für die Störung, verlor ein paar Worte über die milde Witterung und erklärte dann, er wolle die Rennen besuchen.

Diesmal zeigte sie sich überrascht, ein kurzer Lidschlag nur, ein flackernder Blick. »Tatsächlich?«, murmelte sie. »Ich hätte nicht gedacht, dass Ihr den Spielen etwas abgewinnen könntet. Mich zieht es nicht ins Hippodrom, wie ich gestehen muss. Es ist mir dort zu laut und zu schmutzig, und auf den Tribünen kommt es oft zu Handgreiflichkeiten.«

»Das klingt nicht gerade verlockend«, stimmte Rustem zu.

»Aber das Ganze hat wohl etwas von einem Spektakel. Nun, ich werde meinem Gemahl ausrichten, dass Ihr ihn am nächsten Renntag zu begleiten wünscht ... also in ein bis zwei Wochen, falls ich das System richtig verstanden habe.«

Rustem schüttelte den Kopf. »Eigentlich wollte ich heute Nachmittag hingehen.«

Thenaïs Sistina machte ein betrübtes Gesicht. »Ich weiß nicht, wie ich meinen Gemahl noch rechtzeitig benachrichtigen könnte. Er befindet sich mit dem kaiserlichen Gefolge in der Kathisma.«

»Das ist mir bekannt. Ich dachte, vielleicht könnte Cleander …? Ihr würdet mir wirklich einen großen Gefallen erweisen.«

Die Frau des Senators sah ihn lange an. »Warum gerade heute und so dringend, wenn ich fragen darf?«

Nun musste er wohl einen Vertrauensbruch begehen. Doch in Anbetracht des offenen Krankenzimmerfensters und der Tatsache, dass es sich hier um Bonosus' Frau handelte und Bonosus ohnehin eingeweiht war, fühlte Rustem sich dazu berechtigt. Der Heiler des Wagenlenkers sollte tatsächlich zur Hand sein. Niemand wusste über die Verletzungen des Patienten so genau Bescheid wie er. Man könnte es sogar als Pflichtvergessenheit auslegen, wenn er nicht alles unternähme, um ins Hippodrom zu gelangen.

So erklärte er der Frau des Senatsältesten Plautus Bonosus unter dem Siegel der Verschwiegenheit, sein Patient Scortius von Soriyya habe gegen seinen medizinischen Rat sein Bett im Stadthaus des Senators verlassen, wo er sich seit längerem von verschiedenen Verletzungen erholt habe. Wenn man bedenke, dass heute Rennen stattfänden, könne man leicht erschließen, warum er so gehandelt habe und wo er vermutlich zu finden sei.

Die Frau zeigte keinerlei Reaktion. Ganz Sarantium mochte über den Verschollenen reden, aber sie wusste entweder bereits von ihrem Gatten, wo er sich befand, oder das Schicksal eines Wagenlenkers war ihr vollkommen gleichgültig. Immerhin rief sie ihren Stiefsohn.

Wenig später stand Cleander mit trotzigem Gesicht in der Tür. Rustem hatte schon befürchtet, der Junge habe sich über den väterlichen Befehl hinweggesetzt und das Haus verlassen, aber offenbar war Bonosus' Sohn nach zwei gewalttätigen Zwischenfällen an einem Tag so weit zur Besinnung gekommen, dass er seinem Vater vorerst gehorchte.

Cleanders Stiefmutter entlockte dem errötenden Jungen mit wenigen, aber beeindruckend präzisen Fragen nicht nur das Eingeständnis, dass er den Wagenlenker zu nachtschlafender Zeit zu Rustem gebracht hatte, sondern auch, woher und unter welchen Umständen. Einen so kühnen logischen Sprung hätte Rustem ihr nicht zugetraut.

Der Junge wand sich natürlich vor Verlegenheit, aber schließlich war es in diesem Fall *nicht* Rustem, der ihn verraten hatte. Er hatte nicht einmal von dem Überfall vor dem Haus der Tänzerin *gewusst*. Er hatte nicht nach dem Hergang gefragt, es war ihm gleichgültig gewesen.

Diese Frau besaß eben einen erschreckend scharfen Verstand. Das lag wohl an ihrer unerschütterlichen Selbstbeherrschung, die ihr erlaubte, stets Distanz zu halten. Wer seine Gefühle nach Bedarf mäßigen und beherrschen und die Welt mit kaltem Blick betrachten konnte, besaß die besten Voraussetzungen, um jeden Sachverhalt mit dieser Klarheit zu durchdenken. Natürlich mochte genau diese Kälte auch ein Grund dafür sein, dass der Ehemann in seinem zweiten Haus in einem weit entfernten Stadtteil eine Truhe mit gewissen Utensilien stehen hatte. Doch im Großen und Ganzen konnte Rustem der Frau des Senators seinen Respekt nicht versagen. Als Arzt war er selbst stets bemüht, seine Denkprozesse streng zu strukturieren.

Dennoch, wer hätte dies von einer Frau erwartet?

Als Nächstes überraschte sie Rustem mit dem Entschluss, sich mit den Männern ins Hippodrom zu begeben.

Cleanders Verlegenheit schlug um in sprachlose Begeisterung – das überschäumende Temperament der Jugend! –, als er begriff, dass seine Stiefmutter ihren Pflichten als Gastgeberin und Rustems mehrfach beschworener ärztlicher Verantwortung Vorrang einräumte und es auf sich nahm, einen Teil seiner Strafe aufzuheben. Sie werde die beiden Männer begleiten, sagte sie, um sicherzustellen, dass Cleander sich gut benehme und rechtzeitig nach Hause komme, und um dem Arzt behilflich zu sein, sollte sich dies als nötig erweisen. Das Hippodrom sei für Fremde manchmal nicht ungefährlich.

Cleander solle mit dem Verwalter vorausgehen. Falls Kosten anfielen, könne er sich auf seine Mutter berufen. Er solle sämtliche wenn auch noch so zweifelhaften Verbindungen im und um das Hippodrom spielen lassen, über die er ohne Zweifel verfüge, um für die Rennen nach der Mittagspause annehmbare Sitzplätze zu beschaffen – *keine* Stehplätze und auf keinen Fall in dem Abschnitt, wo sich Anhänger der Zirkusparteien oder andere Personen aufhielten, deren Benehmen Anstoß erregen könnte. Und er dürfe unter keinen Umständen Grün tragen. Ob Cleander verstanden habe?

Cleander hatte verstanden.

Dürfe sie Rustem von Kerakek dann zu einem leichten Mittagsmahl einladen, während sich Cleander um die Sitzplätze und andere Formalitäten kümmere?

Rustem nahm gern an.

Sie würden in aller Ruhe essen, danach müsse sie sich umziehen, um sich in der Öffentlichkeit zeigen zu können, sagte sie, schob ihr Schreibzeug von sich und erhob sich von ihrem Hocker. Sie zeigte sich der Situation vollkommen gewachsen, ihr Benehmen war tadellos, sie traf präzise und vernünftige Entscheidungen. So stellte er sich die legendären rhodianischen Matronen aus jenem goldenen Zeitalter vor, bevor das Reich in Dekadenz verfiel und schließlich stürzte.

Er überlegte plötzlich – eine Frage, die ihn erschütterte –, ob auch Katyun oder Jarita dieses Selbstbewusstsein, diese Kompetenz hätten entwickeln können, wenn sie in einer anderen Welt aufgewachsen wären. In Ispahani gab es solche Frauen nicht, von Bassania ganz zu schweigen. Selbst die von aller Welt abgeschiedenen

Gemahlinnen des Königs der Könige mit ihren Palastintrigen waren damit nicht zu vergleichen. Dann kam ihm sein Töchterchen in den Sinn – und er verbot sich weitergehende Spekulationen. Inissa war für ihn verloren, sie musste seinem großen Glück geopfert werden.

Perun und Anahita lenkten die Welt, der Kampf gegen Azal nahm nie ein Ende. Kein Mensch konnte sagen, wohin ihn seine Schritte führen mochten. Himmelsgaben durfte man nicht ausschlagen, auch wenn sie ihren Preis hatten. Manche Geschenke bekam man kein zweites Mal. Er musste sich Issa und ihre Mutter aus dem Kopf schlagen.

Aber an Shaski und Katyun durfte er denken, denn sie würde er schon bald in Kabadh wiedersehen. *Wenn die Göttin will,* fügte er im Geist hastig hinzu und schaute dabei nach Osten. Man hatte ihm befohlen, in dieser Stadt jemanden zu töten. Womöglich waren an die Himmelsgaben jetzt gewisse Bedingungen geknüpft.

Plautus Bonosus' Frau sah ihn mit hochgezogenen Augenbrauen an. Aber sie war zu höflich, um eine Bemerkung zu machen.

Rustem erklärte stockend: »Meine Religion ... der Osten ... ich wollte ein Unglück abwehren. Ich hatte einen verwegenen Gedanken.«

»Ach so«, sagte Thenaïs Sistina, als sei ihr alles sonnenklar. »Das geht uns hin und wieder allen so.« Damit verließ sie den Raum, und er folgte ihr.

In der Kathisma war eine Schar von herausgeputzten Höflingen eifrig damit beschäftigt, die ihnen zugedachte Rolle zu spielen. Auf Gesius' ausdrücklichen Wunsch waren viele der dekorativeren Bewohner des Kaiserlichen Bezirks an diesem Vormittag in prächtiger, farbenfroher Kleidung und mit glitzerndem Schmuck zur Stelle.

Es gelang ihnen, sich zu amüsieren und zugleich –

mühelos und routiniert – die Abwesenheit der Kaiserin, des Obersten Strategos, des Kämmerers und des Magisters der Kaiserlichen Behörden zu verschleiern, indem sie das Geschehen auf der Bahn mit Reaktionen begleiteten, die nicht zu übersehen und zu überhören waren. Sie übertönten auch den nicht abreißenden Strom von leisen Diktaten, mit denen der Kaiser die Schreiber in Atem hielt, die von den Tribünen aus unsichtbar an der vorderen Brüstung der Loge kauerten.

Valerius hatte das weiße Tuch fallen lassen, um das Rennen zu eröffnen, und mit uralter majestätischer Gebärde den Jubel seines Volkes entgegengenommen. Dann hatte er sich auf seinem Polstersessel niedergelassen und unverzüglich mit der Arbeit begonnen, ohne die Rennen und den Lärm zu beachten. So oft ihm der erfahrene Mandator diskret eine entsprechende Aufforderung zuraunte, stand er auf und grüßte den Wagenlenker, der gerade seine Siegesrunde fuhr. An diesem Vormittag war das meist Crescens von den Grünen gewesen, doch das fiel dem Kaiser nicht auf, oder es war ihm gleichgültig.

Das Mosaik an der Decke der Kathisma stellte Saranios dar, der die Stadt gegründet und ihr seinen Namen gegeben hatte. Er fuhr eine Quadriga und trug nicht die goldene Krone, sondern den Lorbeerkranz des siegreichen Wagenlenkers. Eine ganze Kette von Symbolen, in der jedes einzelne Glied von großer Ausdruckskraft war: Jad in seinem Sonnenwagen, der Kaiser als sterblicher Diener und symbolischer Vertreter des Gottes auf Erden und die Wagenlenker auf der Sandbahn des Hippodroms als Lieblinge des Volkes. Aber, dachte Bonosus, der derzeit letzte Kaiser in der langen Kette hat sich aus diesem starken Verbund … gelöst.

Zumindest versuchte er es. Doch das Volk holte ihn immer wieder zurück. Sogar an diesem Tag war er immerhin zu den Wagenrennen gekommen. Bonosus hatte eine eigene Theorie darüber entwickelt, was die Anziehungskraft der Rennen ausmachte, und war bereit, jeden damit zu langweilen, ob er sie hören wollte oder nicht. Im Grunde, so seine Argumentation, stellte das Hippodrom den Ausgleich zum strengen Zeremoniell im Kaiserlichen Bezirk dar. Das höfische Leben war ganz und gar von Ritualen bestimmt und so berechenbar, wie es auf dieser Welt nur möglich war. Alles war einem strengen Protokoll unterworfen, angefangen vom ersten Gruß an den Kaiser, wenn er (von welchen Personen und in welchem Turnus?) geweckt wurde, über die Reihenfolge, in der die Lampen im Audienzsaal angezündet wurden, bis hin zur Parade der Besucher, die ihm am ersten Tag des neuen Jahres ihre Geschenke überreichten. Ein starres, exakt dokumentiertes System von Worten und Gebärden, sattsam bekannt, tausendmal geprobt, unveränderlich.

Genau das Gegenteil gelte für das Hippodrom, pflegte Bonosus fortzufahren und dann die Achseln zu zucken ... als verstehe sich der Rest seines Gedankenganges nun wirklich von selbst. Im Hippodrom war alles ungewiss. Das Unbekannte bestimmte, wie er gern schloss, ... sein Wesen.

Während Bonosus an diesem Vormittag mit den anderen schwatzte und jubelte, war er insgeheim stolz auf seine distanzierte Sicht der Dinge. Doch so übersättigt er auch sein mochte, an diesem Tag spürte er eine Erregung, die er nicht völlig beherrschen konnte, und das hatte nichts mit der Ungewissheit bei Pferderennen zu tun, nicht einmal mit den jüngeren Fahrern unten auf der Bahn.

Er hatte Valerius noch nie so erlebt.

Der Kaiser stand immer unter Spannung, wenn er sich mit Staatsgeschäften befasste, und er war immer gereizt und zerstreut, wenn er sich gezwungen sah, das Hippodrom zu besuchen, doch heute Morgen war seine

Konzentration noch verbissener als sonst, und der nicht abreißende Strom von Diktaten und Anweisungen, den er mit leiser Stimme über seinen Schreibern ausgoss – zwei Mann, die sich abwechselten, um mithalten zu können –, hatte einen drängenden Rhythmus, ein Tempo, das den Senatsältesten ebenso mitriss wie das Hämmern der Pferdehufe und das Dröhnen der Streitwagen auf der Bahn.

Unten auf der Sandbahn fuhren die Grünen wie schon vor einer Woche einen Sieg nach dem anderen ein. Scortius von den Blauen glänzte nach wie vor durch Abwesenheit, und Bonosus war einer von den wenigen Menschen in der Stadt, die wussten, wo er sich aufhielt und dass es noch Wochen dauern würde, bis er wieder im Hippodrom auftreten konnte. Der Mann hatte auf Geheimhaltung bestanden, und sein Ansehen in Sarantium war so groß, dass man auf seine Wünsche einging.

Wahrscheinlich steckt eine Frau dahinter, dachte der Senator – bei Scortius lag dieser Verdacht durchaus nahe. Bonosus hatte nichts dagegen, dass der Wagenlenker bis zu seiner Genesung sein kleines Zweithaus benützte. Er genoss es, mit nur wenigen anderen in ein Geheimnis eingeweiht zu sein. Schließlich hatte man als Senatsältester kein *wirklich* bedeutendes Amt. Und für seine speziellen Vergnügungen stand das Haus ohnehin nicht mehr zur Verfügung, seit der knochentrockene bassanidische Heiler dort wohnte. Das wiederum hatte er Cleander zu verdanken. Der Junge war ein Problem, mit dem er sich in Kürze befassen musste. Barbarische Haartracht und ausgefallene Kleidung als Ausdruck der Parteizugehörigkeit waren eine Sache, aber auf offener Straße einen Menschen zu ermorden, das ging nun doch zu weit.

Die Zirkusparteien konnten heute zu einer Gefahr werden. Ob Valerius sich dessen bewusst war? Die Grünen waren außer sich vor Begeisterung, die Blauen schämten sich und fieberten vor Ungeduld. Er nahm sich vor, doch ein ernstes Wort mit Scortius zu reden, vielleicht noch heute Abend. Möglicherweise musste der Schutz der Privatsphäre zugunsten von Ruhe und Ordnung in der Stadt zurücktreten, besonders jetzt, an der Schwelle so weltbewegender Ereignisse. Wenn beide Parteien wüssten, dass der Mann in Sicherheit war und zu einem noch zu benennenden Zeitpunkt zurückkommen würde, könnte das die Spannungen etwas entschärfen.

Davon abgesehen konnte Bonosus den Jungen, der als Erster für die Blauen fuhr, nur bedauern. Er hatte eindeutig das Zeug zum Wagenlenker, es fehlte ihm weder an Mut noch an Instinkt, aber soweit Bonosus sehen konnte – und nach so vielen Jahren als Zuschauer sollte er sich, das walte der Gott, wahrhaftig einen Blick erworben haben für das Geschehen auf der Bahn – hatte er mit drei Problemen zu kämpfen.

Das erste Problem war Crescens von den Grünen. Der Muskelprotz aus Sarnica strotzte nur so vor Selbstbewusstsein. Er hatte ein volles Jahr Zeit gehabt, sich in Sarantium einzuleben, er hatte sein neues Gespann vollkommen in der Hand, und er war ein Mann, von dem die desorganisierten Blauen keine Gnade zu erwarten hatten.

Dieser Mangel an Organisation war das zweite Problem. Nicht genug damit, dass der Junge – er hieß Taras und war offenbar Sauradier – noch nie als Erster gefahren war, er kannte nicht einmal die Pferde des Führungsgespanns. Servator war sicherlich ein großartiger Hengst, aber jedes Pferd brauchte einen Lenker, der wusste, was er ihm abverlangen konnte. Außerdem bekam der junge Taras als Träger des Silberhelms keine ausreichende Unterstützung, denn eigentlich war *er* zum Zweiten Fahrer ausgebildet worden, und *dieses* Gespann hätte er auch gekannt.

Unter diesen Umständen hatte der stellvertretende Führer der Blauen schon viel geleistet, indem er dreimal aggressive und ausgezeichnet koordinierte Attacken der beiden grünen Fahrer abgewehrt und den zweiten Platz belegt hatte. Jad allein wusste, wie die Stimmung wäre, wenn die Grünen ein- oder gar zweimal einen Doppelsieg errungen hätten. Belegte eine Partei den ersten *und* den zweiten Platz, so war das Anlass für ausgelassene Feiern bei den Gewinnern – während die Verlierer in dumpfe Verzweiflung verfielen. Doch das konnte noch kommen, der Tag war noch nicht zu Ende. Der Führer der Blauen mochte jung und ausdauernd sein, aber die Gegenseite konnte ihn zermürben, und Bonosus rechnete damit, dass ihr dies im Laufe des Nachmittags auch gelingen würde. An jedem anderen Tag hätte er die eine oder andere Wette nicht verschmäht.

Da unten trieb alles, um es bildlich auszudrücken, auf ein gewaltiges Blutbad zu. Es entsprach Bonosus' Wesensart, das Geschehen auf der Bahn als ironische Vorwegnahme der kaiserlichen Kriegserklärung zu deuten, die am Ende des Tages erfolgen sollte.

Das letzte Vormittagsrennen ging zu Ende – wie üblich eine banale, chaotische Hetzjagd zwischen Roten und Weißen mit zweispännigen Bigen. Der Erste Fahrer der Weißen ging aus dem gewohnt schmutzigen Zweikampf als Sieger hervor und wurde dafür von Blauen und Weißen mit einem (in Bonosus' Ohren mehr als künstlichen) Jubel gefeiert, wie er ihn sicher so noch nie erlebt hatte. Auch wenn er vielleicht überrascht war, seine Siegesrunde genoss er ganz offensichtlich.

Der Kaiser unterbrach auf den leisen Hinweis des Mandators sein Diktat, erhob sich und grüßte den Mann, der in diesem Moment unter ihm vorbeifuhr, mit einer knappen Bewegung. Dann wandte er sich zum Gehen. Ein Exkubitor hatte bereits die Tür an der Rückwand der Kathisma entriegelt. Gleich würde Valerius durch den Verbindungskorridor in den Kaiserlichen Bezirk zurückkehren, um vor der Proklamation am Nachmittag letzte Konsultationen zu führen: Zuerst erwarteten ihn im Attenin-Palast der Kämmerer, der Magister der Kaiserlichen Behörden und der Quaestor des Schatzamtes, dann würde er durch den alten Tunnel unter den Kaiserlichen Gärten in den Traversit-Palast wechseln, um dort Leontes und die Generäle zu treffen. Das Schema war allgemein bekannt. Manch einer – wie etwa Bonosus – glaubte inzwischen auch die Denkweise zu verstehen, die hinter der räumlichen Trennung der Berater stand. Wobei es immer gefährlich war zu glauben, man verstehe die Denkweise dieses Kaisers. Alles erhob sich und trat ehrerbietig zur Seite. Valerius blieb bei Bonosus stehen.

»Ihr müsst uns am Nachmittag vertreten, Senator. Falls nichts Unvorhergesehenes dazwischenkommt, sind wir mit den anderen vor dem letzten Rennen wieder hier.« Er beugte sich vor. »Und veranlasst den Stadtpräfekten herauszufinden, wo Scortius sich aufhält. Der Zeitpunkt ist für solche Eskapaden denkbar schlecht gewählt, meint Ihr nicht auch? Wir hätten uns vielleicht schon früher damit befassen sollen.«

Dem Mann entgeht wirklich nichts, dachte Bonosus.

»Ich weiß, wo er ist«, sagte er leise. Er hatte keine Skrupel, sein Versprechen zu brechen. Immerhin stand er vor dem Kaiser.

Valerius verzog keine Miene. »Gut. Informiert den Stadtpräfekten und berichtet uns später darüber.«

Und während der weiße Fahrer seine letzte Runde beendete und achtzigtausend Menschen begeistert zusahen oder allmählich aufstanden, sich streckten und sich auf ihr Mittagsmahl und einen Becher Wein freuten, verließ der Kaiser das überfüllte Hippodrom, das schon so viele das Schicksal des Reiches prägende Proklamationen und Ereignisse erlebt hatte.

Noch bevor Valerius durch die geöffnete Tür trat, begann er, sich der Prunkgewänder zu entledigen, die er in der Öffentlichkeit tragen musste.

Die Diener trugen Erfrischungen auf und richteten sie auf großen Tafeln zu beiden Seiten und auf kleinen runden Beistelltischen neben den Sitzen an. Einige der Höflinge in der Kathisma kehrten lieber in ihre Paläste zurück und speisten dort, die Jüngeren gingen sogar in die Stadt und stürzten sich in den Trubel, der in den Schenken herrschte, aber bei so schönem Wetter wie heute war auch ein Mittagsmahl in der Kaiserlichen Loge nicht zu verachten.

Bonosus stellte überrascht fest, dass er sowohl Hunger als auch Durst verspürte. Er streckte die Beine aus – jetzt hatte er dafür genügend Platz –, hob den Becher und ließ ihn mit Wein füllen.

Schon die nächste Mahlzeit, dachte er mit einem Mal, werde ich als Senator eines Reiches einnehmen, das sich im Krieg befindet. Nicht in einem der üblichen Frühlingsscharmützel, sondern in einem richtigen Krieg. Die Rückeroberung von Rhodias, von der Valerius schon so lange träumte.

Wahrhaftig eine sehr erregende Vorstellung. Sie löste die verschiedensten … Empfindungen aus. Bonosus wünschte sich plötzlich, sein kleines Haus nahe der Stadtmauern wäre heute Nacht nicht von einem bassanidischen Heiler und einem verletzten Wagenlenker besetzt. Manchmal war es kein reines Vergnügen, Gäste zu haben.

»Zunächst hatte man ihm gestattet, sich auf das Landgut der Daleinoi zurückzuziehen. Auf diese Insel – die schon lange als Gefängnisinsel dient – wurde er erst gebracht, nachdem er versucht hatte, den ersten Valerius im Bad ermorden zu lassen.«

Crispin sah die Kaiserin an. Sie waren allein auf der

Lichtung. Die Exkubitoren standen hinter ihnen am Waldrand, vier Gardisten warteten vor den Türen der kleineren Hütten. Das größere Haus war dunkel, die Tür von außen verriegelt, alle Fensterläden geschlossen, obwohl die Sonne noch nicht allzu grell schien. Crispin kostete es Überwindung, das Haus auch nur anzusehen. Es wirkte so bedrückend auf ihn, als laste etwas Schweres darauf. Hier inmitten des Kiefernhains war der Wind kaum noch zu spüren.

»Ich dachte, auf solche Verbrechen stehe die Todesstrafe«, sagte er.

»Das wäre auch richtig gewesen«, gab Alixana zurück.

Er sah sie wieder an. Sie hatte das Haus nicht aus den Augen gelassen.

»Aber Petrus, damals der Ratgeber seines Onkels, war dagegen. Man müsse die Daleinoi und ihre Anhänger mit Vorsicht behandeln. Der Kaiser hörte auf ihn. Das tat er meistens. So wurde Lecanus hierher gebracht. Bestraft, aber nicht hingerichtet. Tertius, der jüngste Sohn, war noch ein Kind. Er durfte auf dem Landgut bleiben und später die Verwaltung des Familienvermögens übernehmen. Styliane gestattete man, in der Stadt zu leben, und als sie älter wurde, holte man sie an den Hof. Sie durfte sogar hierher kommen, um ihren Bruder zu besuchen, allerdings nur unter Aufsicht. Doch Lecanus hörte auch hier auf der Insel nicht auf, immer neue Anschläge zu ersinnen, und versuchte so oft, Styliane mit hineinzuziehen, bis man die Besuche irgendwann unterband.« Alixana hielt inne. »Ich hatte dafür gesorgt. Man hatte die beiden auf meinen Befehl schon vorher heimlich überwacht. Nun bewog ich den Kaiser, sie nicht mehr herkommen zu lassen. Das war kurz vor ihrer Eheschließung.«

»Dann kommt jetzt niemand mehr hierher?« Crispin sah von den Hütten und dem größeren Haus Rauch aufsteigen, dünne Fäden, die bis zu den Baumkronen senkrecht blieben und dann vom Wind verweht wurden.

»Doch«, sagte Alixana. »Ich. Wenn man das so sagen kann. Ihr werdet schon sehen.«

»Und wenn ich jemandem davon erzähle, lasst Ihr mich töten. Ich weiß.«

Jetzt sah sie zu ihm auf. Sie stand noch immer unter Druck, er konnte es spüren. »Und Ihr habt mir Eure Meinung dazu sehr deutlich gesagt. Lasst es gut sein, Crispin. Ihr habt mein Vertrauen. Sonst wärt Ihr nicht hier.«

Es war das erste Mal, dass sie die vertrauliche Form seines Namens gebrauchte.

Sie ging weiter, bevor er Gelegenheit fand, etwas zu erwidern. Ihm wäre ohnehin nichts eingefallen.

Einer der vier Gardisten trat mit einer tiefen Verbeugung zur Tür des großen Hauses und entfernte den Riegel. Die Tür schwang lautlos nach außen auf. Dahinter war es fast dunkel. Der Gardist trat ein und zündete erst eine, dann zwei Lampen an. Allmählich wurde es hell. Ein zweiter Mann folgte dem ersten. Auf der Schwelle räusperte er sich laut.

»Seid Ihr angekleidet, Daleinus? Ihr habt Besuch.«

Von drinnen war ein unartikulierter Laut zu hören, fast wie das Schnauben eines Tieres. Der zweite Gardist ging ohne ein Wort hinein und stieß die Holzläden an zwei eisenvergitterten Fenstern auf, um Licht und Luft ins Innere dringen zu lassen. Dann kamen beide Gardisten wieder heraus.

Die Kaiserin nickte ihnen zu. Sie verneigten sich abermals und kehrten zu den Hütten zurück. Jetzt war, soweit Crispin sehen konnte, niemand mehr in Hörweite. Alixana sah ihn kurz an, dann straffte sie die Schultern wie eine Schauspielerin vor dem Betreten der Bühne und betrat das Haus.

Crispin folgte ihr schweigend. Der sonnige Tag blieb

hinter ihm zurück. Etwas schnürte ihm die Brust zu. Sein Herz pochte wie ein Hammer. Er hätte nicht sagen können, warum. Das alles ging ihn doch kaum etwas an. Aber er musste an Styliane denken, an die letzte Nacht mit ihr, daran, *wie* er sie erlebt hatte. Und er versuchte sich zu erinnern, wie Flavius Daleinus an dem Tag, an dem der erste Valerius zum Kaiser von Sarantium ausgerufen wurde, ums Leben gekommen war.

Gleich hinter dem Eingang blieb er stehen. Ein großer Wohnraum mit zwei Türen; eine führte ihm gegenüber in ein Schlafzimmer, die andere ging nach rechts ab in einen Raum, den er nicht sehen konnte. Links ein offener Kamin. Ansonsten zwei Stühle, ein Sofa an der hinteren Wand, eine Bank, ein Tisch, eine verschlossene Truhe. An den Wänden hing nichts, nicht einmal eine Sonnenscheibe. Das seltsame Schnauben waren die Atemzüge eines Menschen.

Als sich Crispins Augen allmählich an das Halbdunkel gewöhnten, sah er, dass sich auf dem Sofa etwas bewegte. Jemand, der dort gelegen hatte, setzte sich nun auf und wandte sich ihnen zu. So erblickte Crispin zum ersten Mal den Menschen, der hier lebte – gefangen in diesem Haus, auf dieser Insel, in seinem eigenen Körper. Jetzt kam die Erinnerung, und zugleich überfiel ihn ein so heftiger Abscheu, dass ihm fast übel wurde. Er lehnte sich neben der Tür gegen die Wand und hielt sich unwillkürlich die Hand vor das Gesicht.

Das Sarantinische Feuer richtete seine Opfer entsetzlich zu, selbst wenn sie überlebten.

Der Vater war getötet worden. Ein Vetter ebenfalls, Crispin entsann sich dunkel. Lecanus Daleinus hatte überlebt. Falls hier von Leben die Rede sein konnte. Wenn Crispin den Blinden ansah, das von den Flammen verwüstete Gesicht, die vernarbten und verstümmelten Hände, wenn er sich den verbrannten Körper unter der schlichten Tunika vorstellte, dann musste er sich fragen, wie und warum dieser Mann noch hier war, welchen Sinn er darin sah, was, welches Ziel, welches Verlangen ihn bisher abgehalten haben mochte, seinem Dasein ein Ende zu setzen. Frömmigkeit war es wohl kaum. Der Gott war hier nicht gegenwärtig. Kein irgendwie gearteter Gott.

Dann fiel ihm Alixanas Geschichte wieder ein, und er glaubte zu verstehen. Hass konnte ein Ziel sein, Rache ein Verlangen. Eine Gottheit fast.

Der Brechreiz drohte übermächtig zu werden. Er schloss die Augen.

Und im gleichen Moment hörte er Styliane Daleina, vom Aussehen ihres Bruders völlig unberührt, mit eisig beherrschter Stimme neben sich sagen: »Dein Geruch ist abstoßend, Bruder. Er erfüllt den ganzen Raum. Ich weiß, dass man dir Wasser und ein Becken gibt. Hast du nicht einmal mehr so viel Selbstachtung, beides auch zu benützen?«

Crispin fiel die Kinnlade herunter. Er riss die Augen auf und fuhr herum.

Neben ihm stand, hoch aufgerichtet, um möglichst groß zu wirken, die Kaiserin von Sarantium. Sie war es, die gesprochen hatte. Stimme, Tonfall, Ausdrucksweise waren erschreckend genau getroffen, zum Verwechseln ähnlich. Jetzt fuhr sie fort: »Wie oft soll ich es dir noch sagen? Du bist ein Daleinus. Auch wenn es sonst niemand sieht oder weiß, *du* musst dir dessen bewusst sein, sonst bringst du Schande über unsere Familie.«

Die grässliche Fratze auf dem Sofa verzerrte sich. Was die verbrannten Züge auszudrücken suchten, war nicht zu erkennen. An Stelle der Augen klafften nur schwarze Löcher. Die Nase war ein verkohlter Fleck, aus dem bei jedem Atemzug des Mannes ein pfeifendes Geräusch drang. Crispin schluckte, aber er blieb stumm.

»Tut ... mir Leid ... Schwester«, sagte der Blinde. Er sprach undeutlich und stockend, aber man konnte die

Worte verstehen. »Ich … enttäusche … dich, liebe … Schwester. Gleich muss ich … weinen.«

»Du kannst nicht weinen. Aber du kannst veranlassen, dass dieses Haus gesäubert und gelüftet wird, und das erwarte ich auch von dir.« Hätten Crispins Augen ihn nicht eines Besseren belehrt, er hätte bei Jad und allen heiligen Blutzeugen geschworen, Styliane sei hier, arrogant, verächtlich, von messerscharfer Intelligenz und brennendem Stolz. *Die Schauspielerin* war eine ihrer Bezeichnungen für Alixana gewesen.

Jetzt wusste er, warum die Kaiserin hierher kam und warum sie so unter Druck stand, wenn sie es tat.

Ich möchte einen Besuch machen, bevor das Heer in See sticht.

Sie fürchtete sich vor diesem Mann. Unterdrückte nur Valerius' wegen ihre Angst und fuhr auf die Insel, um auszukundschaften, was er anfing mit dem Leben, das man ihm geschenkt hatte. Doch dieser augenlose, nasenlose Krüppel war allein, von aller Welt verlassen, nicht einmal seine Schwester besuchte ihn mehr – nur diese unheimlich vollkommene Styliane-Kopie, die versuchte, ihm ein Geständnis zu entlocken. War dieser Mensch auch heute noch zu fürchten, oder war er nur eine alte Schuld aus längst vergangener Zeit, die ihrer Seele keine Ruhe ließ?

Von der unerträglich abstoßenden Gestalt auf dem Sofa kam ein Geräusch. Der Mann lachte, aber das begriff Crispin nicht sofort. Es knirschte, als ginge jemand über Glasscherben.

»Komm, Schwester«, sagte Lecanus Daleinus, einst Erbe einer uralten Adelsfamilie von unermesslichem Reichtum. »Keine … Zeit! Zieh dich aus! Ich will dich … anfassen! Rasch!«

Wieder schloss Crispin die Augen.

»*Sehr schön!*«, ertönte eine dritte Stimme. Er erschrak. Die Stimme war in seinem Kopf. »*Das hasst sie.*

Sie weiß nicht, was sie davon halten soll. Aber sie ist nicht allein. Ein Rotschopf ist bei ihr. Keine Ahnung, wer er ist. Du widerst ihn an. Ihm graut vor dir! Die Hure mustert ihn jetzt.«

Crispin kam sich vor wie auf einem schwankenden Schiff, das von einer heftigen Welle getroffen wurde. Hinter dem Rücken presste er fest die Hände an die Wand. Sah sich angsterfüllt um.

»Ich weiß auch nicht, warum sie ausgerechnet heute gekommen ist! Wie sollte ich denn? Nur nicht aus der Fassung bringen lassen. Vielleicht ist sie nur ungeduldig. Vielleicht ...«

Alixana lachte laut auf. Wieder klang es beängstigend echt. Doch es war das Lachen einer anderen. Crispin sah Styliane in seinem Zimmer stehen, hörte ihren leisen, zynischen Spott. Genau wie jetzt eben. »Du bist abscheulich«, sagte die Kaiserin. »Aber du legst es darauf an. Eine Karikatur deiner selbst willst du sein, eine Figur aus einer billigen Pantomime. Hast du mir nicht mehr zu bieten, hast du keinen größeren Wunsch in deiner ewigen Nacht, als mich zu befingern?«

»Was *könnte* ich dir denn bieten, geliebte Schwester? Gemahlin des Obersten Strategos. Hat er dich denn zufrieden gestellt ... letzte Nacht? In *deiner* ewigen Nacht? Oder ein anderer? Oh, sag es mir! Sag es mir doch!« Heiser quälte sich die Stimme durch den pfeifenden Atem, als müsse jeder Laut aus den Tiefen der Erde durch einen halb verschütteten, vielfach gewundenen Tunnel heraufgepresst werden.

»Gut!«, drang es aus der Stille der Zwischenwelt wieder an Crispins Ohr. *»Ich glaube, ich habe Recht! Sie will dich nur kontrollieren. Wegen des bevorstehenden Krieges. Zufall, nichts sonst. Sie macht sich Sorgen. Du würdest dich freuen – sie sieht verheerend aus, wie von Sklaven vergewaltigt. Uralt!«*

Wieder kämpfte Crispin gegen den Würgereiz an. Er

rührte sich nicht von der Stelle und bemühte sich, möglichst flach zu atmen, obwohl seine Gegenwart an sich kein Geheimnis mehr war. In seinem Kopf ging alles wild durcheinander. Ein Gedanke löste sich aus dem Chaos: Woher wussten dieser Mann und sein Geschöpf hier auf der Insel von der Kriegsgefahr?

Das ging nicht mit rechten Dingen zu. Einen Vogel wie diesen hatte er noch nie gehört. Die innere Stimme war ganz anders als die von Zoticus' Geschöpfen. Diese Vogelseele sprach mit der Stimme einer harten, verbitterten Frau und mit einem Akzent aus den Ländern jenseits Bassanias: aus Ispahani oder Ajbar oder noch ferneren Reichen, deren Namen er nicht kannte. Der Vogel war dunkel und so klein wie Linon, aber sonst hatte er keinerlei Ähnlichkeit mit ihr.

Er erinnerte sich, dass die Daleinoi ihr Vermögen einem Monopol auf den Gewürzhandel mit dem Osten verdankten. Wieder sah er den Mann auf dem Sofa an, diese grauenhaft entstellte Missgestalt. Und wieder stieg die Frage in ihm auf: Wieso ist er noch am Leben?

Die Antwort war immer noch die gleiche, und jetzt bekam er es mit der Angst zu tun.

»*Ich weiß*«, antwortete der Vogel unvermittelt auf eine unhörbare Frage. »*Ich weiß! Ich weiß! Ich weiß!*« Und jetzt loderte Jubel so wild wie eine Feuersbrunst aus der tiefen, heiseren Stimme.

»Ich finde das alles sehr unerfreulich«, bemerkte die Kaiserin mit Stylianes eisiger Schärfe, »und ich sehe keinen Anlass, deine schmutzigen Wünsche zu befriedigen. Meine eigenen sind mir wichtiger, Bruder. Aber ich wollte dich fragen, ob du irgendetwas brauchst … Mach schnell.« Die letzten Worte sprach sie mit Nachdruck. »Du erinnerst dich vielleicht, lieber Bruder, dass man uns nie sehr lange allein lässt.«

»Natürlich … erinnere ich mich. Deshalb bist du ja so grausam … und immer noch … angekleidet. Komm näher, Schwesterchen … und erzähl. *Erzähl* mir … wie er dich … letzte Nacht genommen hat!«

Crispin schüttelte sich vor Ekel, als er sah, wie sich der Krüppel mit seiner knotigen Krallenhand unter die Tunika und zwischen die Beine fasste. Das stumme Gelächter des Vogels aus dem Osten gellte ihm in den Ohren.

»Denk an deinen Vater«, mahnte Alixana. »Und an deine Vorfahren. Wenn das alles ist, was du noch willst, Bruder, bleibe ich künftig fern. Überleg es dir, Lecanus. Ich habe dich schon beim letzten Mal gewarnt. Ich mache jetzt einen Spaziergang im Sonnenschein und nehme auf der Insel eine Mahlzeit ein. Bevor das Schiff wieder ablegt, komme ich noch einmal zu dir. Hast du dein Benehmen bis dahin nicht geändert, dann werde ich künftig keine Zeit mehr für diese Besuche finden. Dann komme ich nicht mehr.«

»Oh! Oh!«, keuchte der Mann auf dem Sofa. »Ich bin untröstlich! Ich bin … meiner geliebten Schwester zu nahe getreten. Diesem schönen … unschuldigen Kind.«

Crispin sah, wie sich Alixana auf die Unterlippe biss und den Krüppel durchdringend ansah. Sie kann es nicht wissen, dachte er. Sie konnte nicht wissen, warum ihre brillante Vorstellung die beabsichtigte Wirkung so völlig verfehlte. Aber sie spürte, dass Lecanus sie durchschaute, dass er nur mit ihr spielte, und vielleicht war das der Grund, warum sie diesen Raum so sehr fürchtete. Und warum sie trotzdem immer wieder kam.

Ohne ein weiteres Wort verließ sie den Raum und das Haus, hoch erhobenen Hauptes und mit gestrafften Schultern, wie sie es betreten hatte. Ganz Schauspielerin, ganz Kaiserin, stolz wie eine Göttin des antiken Pantheons, die nichts von ihren Gefühlen verriet, wenn man nicht sehr genau hinsah.

Crispin folgte ihr. Das Gelächter des Vogels lärmte immer noch durch sein Bewusstsein. Und als er in den

Sonnenschein hinaustrat und für einen Moment geblendet die Augen schloss, vernahm er noch: »*Ich will dabei sein! Lecanus, komm, wir müssen dabei sein!*«

Die Antwort konnte er natürlich nicht hören.

»Styliane hat ihm nie Befriedigung verschafft, falls Ihr Euch das gefragt haben solltet. Sie ist auf ihre Art verdorben, aber so weit ist sie nie gegangen.«

Crispin fragte sich, wie viel von einer gewissen Nacht vor nicht allzu langer Zeit bekannt sein mochte, schob aber den Gedanken beiseite. Sie befanden sich auf der Südseite der Insel und schauten über das Wasser nach Deapolis hinüber. Die Exkubitoren hatten sie durch den Wald begleitet, vorbei an einer zweiten Lichtung mit einer weiteren Gruppe von Hütten und Häusern, die aber alle leer standen. Offenbar hatten hier früher ebenfalls Gefangene gehaust. Jetzt hatte Lecanus Daleinus mit seiner Hand voll Bewacher die Insel für sich allein.

Die Sonne hatte ihren höchsten Punkt bereits überschritten. Im Hippodrom würden bald die ersten Nachmittagsrennen starten, falls es nicht schon so weit war. Der Tag neigte sich unaufhaltsam der Kriegserklärung entgegen. Crispin verstand, dass die Kaiserin nur etwas Zeit verstreichen lassen wollte, bevor sie in das Haus auf der Lichtung zurückkehrte, um nachzusehen, ob sich dort etwas verändert hatte.

Er wusste, dass sich nichts ändern würde. Er wusste allerdings nicht, ob er ihr dies offenbaren sollte. Er müsste so vieles verraten: Zoticus, Shirin und ihren Vogel, seine eigene Intimsphäre, seine Gabe, sein Geheimnis. Linon. Andererseits waren ihm die letzten stummen Worte des Geschöpfs aus dem Osten, das deutliche Gefahrensignal, das sie enthielten, noch allzu gegenwärtig.

Er hatte wenig Appetit. Als sie sich zum Essen niederließen, stocherte er lustlos in Fischpasteten und Oliven herum. Trank seinen Wein. Gut gewässert. Die Kaiserin war sehr schweigsam, seit sie die Lichtung verlassen hatten. Als sie den Strand erreichten, hatte sie sogar allein einen kurzen Spaziergang gemacht, ein purpurner Fleck auf den Steinen, in einigem Abstand gefolgt von zweien ihrer Soldaten. Crispin hatte sich auf einem Streifen Gras zwischen Bäumen und Strand niedergelassen und den Wechsel des Lichts auf dem Meer beobachtet. Grün, blau, blaugrün, grau.

Nach einer Weile war sie zurückgekommen, hatte abgewinkt, als er sich erheben wollte, und selbst elegant auf einem Seidentuch Platz genommen, das man für sie ausgebreitet hatte. Die Speisen wurden auf einem zweiten Tuch angerichtet. Es war ein idyllisches Fleckchen, der Inbegriff des erwachenden Frühlings, ein Ort, an dem die Seele hätte Frieden finden können.

Nach einer Weile sagte Crispin: »Ihr hattet sie also zusammen beobachtet. Styliane und ... ihren Bruder.«

Auch die Kaiserin aß nicht. Sie nickte. »Natürlich. Ich musste sie doch studieren. Wenn ich sie spielen wollte, musste ich wissen, was ich mit ihm reden sollte und wie.« Sie sah ihn an.

So gesehen lag es auf der Hand. Die Schauspielerin, die ihre Rolle lernte. Crispin schaute wieder auf das Meer hinaus. Deapolis war deutlich zu erkennen. Im Hafen lagen mehr Schiffe als sonst. Die Flotte, die das Heer nach Westen bringen sollte, in seine Heimat. Er hatte seine Mutter, Martinian und Carissa gewarnt. Doch die Warnung war sinnlos. Was sollten sie tun? Er war von einer dumpfen Angst erfüllt, die von der Erinnerung an den Vogel in dem dunklen Haus noch verstärkt wurde.

»Und Ihr tut das alles ...«, sagte er, »Ihr kommt hierher, weil ...«

»Weil Valerius sich weigert, ihn töten zu lassen. Ich habe daran gedacht, es trotzdem zu tun. Ihn zu ermorden. Aber der Kaiser legt großen Wert darauf, Gnade zu zeigen gegenüber einer Familie ... die so schwer getroffen wurde, als jene ... Unbekannten Flavius verbrannten. Deshalb komme ich hierher und gebe diese ... Vorstellungen. Und ich erfahre nichts. Wenn ich Lecanus glauben darf, ist er ein gebrochener Mann, moralisch verkommen und ohne Ziel.« Sie hielt inne. »Aber ich kann es nicht lassen.«

»Warum will er ihn nicht töten? Es muss sich doch so viel Hass angesammelt haben. Ich *weiß*, dass die Familie glaubt, der Brandanschlag ... sei vom Kaiser ... befohlen worden.« Er hätte nie erwartet, dass er diese Frage jemals stellen würde, schon gar nicht an die Kaiserin von Sarantium. Und nicht mit dieser schrecklichen inneren Überzeugung, dass es eigentlich *nötig* gewesen wäre, diesen Mann zu töten. Vielleicht sogar eine Gnade. Er sehnte sich auf sein Gerüst zurück, in schwindelnde Höhen, zu den glänzenden Glas- und Steinwürfeln, zu seinen Erinnerungen und seinen Töchtern.

Um jemanden zu trauern, war leichter als dies. Der Gedanke kam ihm ganz plötzlich. Eine bittere Wahrheit.

Alixana schwieg lange. Er wartete. Ihr Parfüm stieg ihm in die Nase. Er stutzte, doch dann sagte er sich, dass Lecanus nichts über die besondere Bedeutung dieses Duftes wissen konnte. Er war schon zu lange isoliert. Nein, das war es nicht allein: Der Mann hatte auch keine Nase mehr. Das hatte die Kaiserin sicherlich bedacht. Crispin überlief ein Schauer. Sie sah es. Wandte den Blick ab.

Endlich sagte sie: »Ihr könnt Euch nicht vorstellen, wie es in Sarantium zuging, als Apius im Sterben lag.«

»Gewiss nicht«, sagte Crispin.

»Er ließ seine eigenen Neffen blenden und hielt sie hier gefangen.« Ihre Stimme klang matt, wie tot. So hatte er sie noch nie gehört. »Es gab keinen Erben. Flavius Daleinus benahm sich schon *Monate* vor Apius' Tod wie ein Kaiser auf Abruf. Empfing Höflinge auf seinem Landgut und sogar in seinem Stadtpalais, in einem eigenen Audienzraum. Sein Sessel stand auf einem roten Teppich. Einige fielen sogar vor ihm auf die Knie.«

Crispin schwieg.

»Petrus ... hielt Daleinus für einen schlechten, ja, einen gefährlichen Kaiser. Aus vielerlei Gründen.« Die schwarzen Augen musterten ihn forschend. Und Crispin erkannte, was ihn so aus dem Gleichgewicht brachte. Wenn sie nicht als Kaiserin auftrat, die unermesslich hoch über ihm stand, sondern ihn als Frau ansah, als Mensch mit ihm sprach, war er völlig hilflos.

»Also verhalf er stattdessen seinem Onkel auf den Thron«, sagte er. »Das weiß ich. Das ist allgemein bekannt.«

Sie sah ihn immer noch an. »So ist es. Und Flavius Daleinus starb auf der Straße vor seinem Haus durch Sarantinisches Feuer. Er trug ... den Porphyr. Er war auf dem Weg zum Senat, Crispin.«

Carullus hatte erzählt, dass Flavius' Kleidung restlos verbrannt sei, aber die Gerüchte über den Purpursaum waren nicht verstummt. Jetzt, viele Jahre später, saß Crispin am Strand dieser Insel und hatte keinen Zweifel, dass die Kaiserin die Wahrheit sprach.

Er holte tief Atem und sagte: »Ich kann dazu nichts sagen, Hoheit. Ich weiß nicht, was ich hier soll, warum Ihr mir das alles erzählt. Ich müsste Euch Dreifach Erhabene nennen und vor Euch knien.«

Das entlockte ihr zum ersten Mal ein schwaches Lächeln. »Ganz recht, Handwerker. Das hatte ich fast vergessen. Beides habt Ihr schon seit längerem nicht mehr getan, nicht wahr?«

»Ich habe keine Ahnung, wie ich mich ... verhalten soll.«

Sie zuckte die Achseln. In ihren Augen blitzte noch immer der Spott, doch ihre Stimme klang ernst. »Wie könnt Ihr denn auch? Ich bin ungerecht und launisch, belaste Euch mit Geheimnissen, nötige Euch die Illusion von Intimität auf. Dabei genügt ein Wort von mir an die Soldaten, und Ihr werdet auf der Stelle getötet und verscharrt. Wie könnt Ihr also wissen, wie Ihr Euch verhalten sollt?«

Sie streckte die Hand nach einer entkernten Olive aus. »Auch das könnt Ihr natürlich nicht wissen, aber das verkommene Wrack, das wir eben sahen, war der Beste von allen. Klug, tapfer, gut aussehend, ein Bild von einem Mann. Er reiste selbst viele Male mit den Gewürzkarawanen nach Bassania und noch weiter, um möglichst viel über den Osten in Erfahrung zu bringen. Was das Feuer aus ihm gemacht hat, schmerzt mich viel mehr als der Tod seines Vaters. Er hätte sterben sollen, anstatt … so … weiterzuleben.«

Wieder nahm Crispin seinen Mut zusammen. »Warum mit Feuer? Warum auf diese Weise?«

Alixana sah ihn fest an. Er spürte ihren Mut … und ahnte gleichzeitig, dass sie ihm diesen Mut *absichtlich* zeigte, dass sie ihre Gründe hatte, sich so vor ihm zu präsentieren. Er war verwirrt, verängstigt, spürte immer wieder die Vielschichtigkeit dieser Frau, die verschiedenen Strömungen, die sie in sich vereinigte. Er fröstelte. Bevor sie noch antwortete, tat ihm die Frage schon Leid.

Sie sagte: »Ein Reich braucht Symbole. Ein neuer Kaiser braucht starke Symbole. Er braucht einen Augenblick, der alles verändert, einen Augenblick, in dem die Stimme des Gottes in aller Klarheit zu vernehmen ist. Am gleichen Tag, an dem Valerius I. im Hippodrom zum Kaiser ausgerufen wurde, ging Flavius Daleinus im Purpur auf die Straße und wollte den Goldenen Thron an sich reißen, als sei das sein gutes Recht. Er starb eines schrecklichen Todes, als hätte Jad einen Blitz auf ihn geschleudert, um ihn für seine Vermessenheit zu bestrafen. Das blieb unvergesslich.« Ihr Blick ließ ihn nicht los. »Wäre er von einem unbekannten Soldaten in einer dunklen Gasse erstochen worden, es wäre nicht das Gleiche gewesen.«

Crispin starrte sie wie gebannt an. Welch glasklarer politischer Verstand hinter so viel Schönheit! Er öffnete den Mund, brachte aber kein Wort heraus. Sie sah es und lächelte wieder. »Ihr wolltet mir eben noch einmal erklären«, bemerkte die Kaiserin Alixana, »Ihr wäret nur ein einfacher Handwerker und wolltet mit alledem nichts zu tun haben. Habe ich Recht, Caius Crispus?«

Er schloss den Mund wieder. Nahm einen tiefen, zittrigen Atemzug. Manchmal irrte sie auch, und dies war ein solcher Moment. Sein Herz pochte, in seinen Ohren war ein seltsames Rauschen. Er hörte sich sagen: »Ihr könnt den Mann in diesem Haus nicht täuschen, Hoheit, auch wenn er blind ist. Er besitzt ein magisches Geschöpf, das sehen kann und unhörbar zu ihm spricht. Ein Wesen aus der Zwischenwelt. Er weiß, dass Ihr es seid und nicht seine Schwester, Kaiserin.«

Sie wurde bleich. Das würde er nie vergessen. Bleich wie ein Leichentuch. Wie die Stoffbinden, in die man die Toten wickelte, bevor man sie begrub. Sie stand so unvermittelt auf, dass sie fast gestürzt wäre. Das erste Mal, dass er sie bei einer ungeschickten Bewegung beobachtete.

Auch er rappelte sich hastig auf. In seinem Kopf rauschte es wie eine Brandung, wie ein Sturm. Er sagte: »Er hat den Vogel gefragt – das Geschöpf ist ein Vogel –, warum Ihr heute gekommen seid … ausgerechnet heute. Die beiden einigten sich darauf, dass es sich um einen Zufall handle. Ihr machtet Euch nur Sorgen. Und dann sagte der Vogel, er … er wolle dabei sein bei … wenn irgendetwas geschehe.«

»Oh, teuerster Jad«, sagte die Kaiserin von Sarantium. Ihre herrliche Stimme klirrte, als zerspränge ein

Teller auf den Steinen. Dann stöhnte sie: »Oh, mein Liebster.«

Sie drehte sich um und ging, rannte fast zurück zu dem Pfad, der durch die Bäume führte. Crispin folgte ihr. Die Exkubitoren waren aufmerksam geworden, sobald sie sich erhoben hatte, und kamen ihnen nach. Einer lief voraus, um den Weg zu sichern.

Niemand sprach ein Wort. Sie erreichten die Lichtung. Dort war es so still wie zuvor, und der Rauch stieg auf wie zuvor. Nichts regte sich.

Aber die Tür zu Lecanus Daleinus' Gefängnis stand offen, und auf dem Boden lagen zwei tote Gardisten.

Alixana stand wie erstarrt in der windstillen Luft, im Boden verwurzelt wie eine von den Kiefern. Ihr Gesicht war von Qualen zerrissen wie ein Baum, in den ein Blitz eingefahren war. Legenden aus alter Zeit erzählten von Frauen, von Waldgeistern, die in Bäume verwandelt wurden. Daran musste Crispin jetzt denken. Auch ihm war die Brust wie zugeschnürt, und das Rauschen in seinen Ohren hatte nicht aufgehört.

Einer der Exkubitoren stieß einen Fluch aus und brach damit den Bann. Alle vier rannten mit gezückten Schwertern über den freien Platz und knieten paarweise neben den Toten nieder. Crispin war es, der auf das stille, unverriegelte Haus zuging – die beiden Männer waren von hinten mit einem Schwert erschlagen worden – und es ein zweites Mal betrat.

Die Lampen waren fort, der Wohnraum war leer. Er ging rasch nach hinten, dann durchsuchte er die seitlich angebaute Küche. Niemand da. In den Wohnraum zurückgekehrt, schaute er auf das Fenstersims neben der Tür. Auch der Vogel war verschwunden.

Crispin trat wieder in den trügerisch sanften Sonnenschein hinaus. Die Kaiserin stand allein und immer noch wie angewurzelt am Waldrand. *Gefährlich*, dachte er noch, und im gleichen Augenblick stand bei dem Toten, der ihm am nächsten war, einer der beiden Exkubitoren auf und trat hinter seinen Kameraden. Das Schwert hielt er noch in der Hand. Der zweite Mann kniete vor dem toten Gardisten und untersuchte die Leiche. Das Schwert hob sich, das blanke Metall blitzte in der Sonne.

»*Nein!*«, schrie Crispin.

Der Mann auf den Knien war ein Exkubitor, und die Angehörigen der Kaiserlichen Garde waren die besten Soldaten im ganzen Reich. Er schaute nicht auf und drehte sich nicht um. Das wäre sein Tod gewesen. Stattdessen warf er sich zur Seite und rollte über die flache Klinge seines eigenen Schwertes hart ab. Die Klinge, die von hinten auf ihn herabsauste, fuhr in den Körper des bereits toten Gardisten. Der Angreifer stieß einen lästerlichen Fluch aus, riss sein Schwert aus dem Leichnam und wandte sich dem anderen Soldaten – dem Anführer des Quartetts – zu. Der war jetzt ebenfalls aufgestanden und hatte sein Schwert erhoben.

Die Kaiserin stand immer noch allein.

Die beiden Exkubitoren umkreisten sich langsam, mit breit gegrätschten Beinen, um einen festen Stand zu haben, und ließen sich dabei nicht aus den Augen. In der Mitte der Lichtung waren jetzt auch die letzten zwei Soldaten auf den Beinen, aber sie standen unter Schock und waren wie erstarrt.

Der Tod hatte Einzug gehalten. Und die Gefahr war noch nicht vorbei.

Caius Crispus von Varena, der in der Welt lebte und der Welt gehörte, schickte rasch ein stummes Gebet an den Gott seiner Väter, nahm drei Schritte Anlauf und rammte mit aller Kraft, die er aufbringen konnte, dem Soldaten vor sich die Schulter in den verlängerten Rücken. Dem Mann blieb die Luft weg, sein Kopf flog nach hinten, er spreizte hilflos die Arme, und das Schwert entfiel seinen kraftlosen Fingern.

Crispin stürzte mit ihm, auf ihn, rollte sich rasch zur Seite und stemmte sich hoch. Gerade noch rechtzeitig, um zu sehen, wie der Mann, dem er das Leben gerettet hatte, den anderen, der noch auf dem Boden lag, kurzerhand mit einem Schwertstoß in den Rücken tötete.

Der Exkubitor warf Crispin einen fragenden Blick zu, dann fuhr er herum und rannte mit der noch blutigen Klinge auf die Kaiserin zu. Crispin kämpfte sich mühsam zum Stehen hoch und sah ihm mit pochendem Herzen nach. Alixana stand reglos wie ein Opferlamm auf der Lichtung und erwartete ihr Schicksal.

Der Soldat blieb vor ihr stehen und drehte sich um, bereit, seine Kaiserin zu verteidigen.

Crispin entfuhr ein heiseres Röcheln. Neben ihm lagen zwei tote Männer auf der Lichtung. Er rannte stolpernd auf Alixana zu. Sie war immer noch kreidebleich.

Die beiden anderen Exkubitoren kamen rasch nach. Auch sie hatten die Schwerter gezückt, das Entsetzen stand ihnen ins Gesicht geschrieben. Der Anführer, der vor der Kaiserin stand, erwartete sie. Sein Kopf, seine Augen waren ständig in Bewegung, suchten die Lichtung, die Schatten unter den Kiefern ab.

»Schwert in die Scheide!«, schnarrte er. »In Formation! Marsch!«

Gehorsam stellten sich die Männer nebeneinander. Er baute sich vor ihnen auf. Sah erst den einen, dann den anderen grimmig an.

Und stieß dann dem zweiten Mann sein blutiges Schwert in den Bauch.

Crispin keuchte erschrocken auf und ballte die Fäuste.

Der Anführer der Exkubitoren wartete, bis sein Opfer am Boden lag, dann wandte er sich wieder der Kaiserin zu.

Alixana stand immer noch am gleichen Fleck. Ihre Stimme war so völlig tonlos, dass sie kaum noch menschlich war, als sie fragte: »War er auch gekauft, Mariscus?«

»Hoheit« sagte der Mann, »ich konnte nicht sicher sein. Für Nerius lege ich die Hand ins Feuer.« Er wies auf den letzten Mann. Dann sah er Crispin forschend an. »Ihr vertraut dem Rhodianer?«, fragte er.

»Ich vertraue dem Rhodianer«, sagte Alixana von Sarantium. Kein Fünkchen Leben in ihrem Gesicht, ihrer Stimme. »Ich glaube, Ihr verdankt ihm sein Leben.«

Der Soldat ging darauf nicht ein. »Ich weiß nicht, was auf dieser Insel vorgeht, Hoheit«, sagte er. »Aber Ihr seid hier nicht sicher.«

Alixana lachte. Auch dieses Lachen sollte Crispin nie mehr vergessen.

»O ja, ich weiß«, sagte sie. »Ich weiß. Ich bin hier nicht sicher. Aber jetzt ist es zu spät.« Sie schloss die Augen. Crispin sah, dass ihre Hände schlaff herabhingen. Er selbst öffnete und schloss fortwährend die Fäuste, ein äußeres Zeichen des Aufruhrs, der in seinem Innern tobte. »Viel zu spät ist mir jetzt alles klar geworden. Ich wette, heute ist der Tag der Ablösung für die Gardisten des Stadtpräfekten. Wahrscheinlich waren sie schon hier und beobachteten uns, als wir am späten Vormittag die Insel anliefen. Dann warteten sie, bis wir die Lichtung verlassen hatten.«

Crispin und die beiden Soldaten sahen sie an.

»Zwei Tote liegen hier«, sagte Alixana. »Also waren zwei von den Männern des Präfekten gekauft. Die vier neuen, die in ihrem kleinen Boot ankamen, natürlich auch, sonst wäre die Sache ja aussichtslos gewesen. Und zwei von den Exkubitoren, meint Ihr.« Ein Zucken lief über ihr Gesicht, einen Augenblick nur. Dann saß die Maske wieder fest. »Er muss abgelegt haben, sobald wir weggingen. Wahrscheinlich haben sie schon vor einiger Zeit die Stadt erreicht.«

Keiner der drei Männer sprach ein Wort. Crispin tat

das Herz weh. Das waren *nicht* seine Leute. Sarantium war nicht seine Stadt auf Jads Erde, aber er verstand, was sie sagen wollte. Die Welt war im Begriff, sich zu verändern. Hatte sich vielleicht bereits verändert.

Alixana schlug die Augen auf. Sah ihn an. »Er hat etwas, das ihm ... die Augen ersetzt?« Kein Vorwurf in ihrer Stimme. *Nichts.* Hätte er es ihr sofort gesagt ...

Er nickte. Die beiden Soldaten schauten verständnislos drein. Aber sie spielten keine Rolle. Nur auf diese Frau kam es an. Wie sehr, das wurde ihm klar, als er sie jetzt vor sich sah. Sie schaute an ihm vorbei und zu den beiden Toten vor dem Haus des Gefangenen hinüber.

Dann wandte sie allen den Rücken zu, den Männern bei ihr wie den Toten auf der Lichtung, und blickte nach Norden. Die Schultern waren wie immer straff zurückgenommen, den Kopf hielt sie ein wenig erhoben, wie um über die hohen Kiefern, über die Meerenge mit ihren Delphinen und Schiffen und weißen Wogenkämmen, über den Hafen, die Stadtmauern und die Bronzetore, über Gegenwart und Vergangenheit, die Welt und die Zwischenwelt hinaus zu sehen.

»Ich glaube«, sagte Alixana von Sarantium, »es könnte sogar schon vorüber sein.«

Sie wandte sich wieder ihrem Begleiter zu. Ihre Augen waren trocken.

»Ich habe Euch in Lebensgefahr gebracht, Rhodianer. Das tut mir Leid. Ihr müsst allein mit der Kaiserlichen Jacht zurückfahren. Vielleicht wird man Euch schon bei der Landung unangenehme Fragen stellen, aber wahrscheinlich erst später, erst heute Abend. Dass Ihr mit mir zusammen wart, bevor ich verschwand, ist inzwischen sicher bekannt.«

»Hoheit?«, sagte er. »Woher wollt Ihr *wissen*, was geschehen ist?« Er hielt inne, schluckte hart. »Er ist der klügste Mensch auf Erden.« Erst jetzt drang ihr letztes Wort in sein Bewusstsein, und er fragte: »Verschwand?«

Sie sah ihn an. »Ihr habt Recht, ich kann es nicht mit Sicherheit wissen. Aber wenn eine bestimmte Entwicklung eingetreten ist, bedeutet dies das Ende des Reiches, wie wir es kennen, und dann wird man nach mir suchen. Das wäre mir gleichgültig, aber …« Wieder schloss sie die Augen. »Aber ich habe noch … das eine oder andere zu tun. Vorher darf man mich nicht finden. Mariscus wird mich zurückbringen – es gibt auf dieser Insel sicher auch kleine Boote –, und danach verschwinde ich.«

Sie hielt inne, um Atem zu holen. »Man hätte ihn töten sollen, ich habe es immer gewusst«, sagte sie. Und dann: »Crispin, Caius Crispus, wenn ich Recht habe, kann Euch Gesius jetzt nicht mehr schützen.« Nur ein Narr hätte das Zucken um ihren Mund mit einem Lächeln verwechselt. »Ihr müsst Euch an Styliane halten. Sie könnte Euch decken. Ich glaube, sie empfindet viel für Euch.«

Er konnte sich nicht vorstellen, woher sie das wusste. Aber solche Fragen hatten längst jede Bedeutung verloren. »Und Ihr, Hoheit?«, fragte er.

Ein Hauch von Spott. »Ihr wollt wissen, was *ich* für Euch empfinde, Rhodianer?«

Er biss sich auf die Unterlippe. »Nein, nein. Hoheit, was wollt Ihr tun? Darf ich … dürfen wir Euch nicht helfen?«

Sie schüttelte den Kopf. »Nicht Ihr und auch niemand sonst. Wenn meine Vermutung richtig ist, habe ich vor meinem Tod noch eine Pflicht zu erfüllen. Dann mag das Ende kommen.« Sie sah Crispin an. Sie stand ganz nahe bei ihm und war doch weit weg, fast in einer anderen Welt. »Sagt mir, als Eure Frau damals starb … wie konntet Ihr weiterleben?«

Er setzte zum Sprechen an, schloss den Mund wieder, ohne geantwortet zu haben. Sie wandte sich ab. Gemeinsam gingen sie durch den Wald und kehrten zum

Meer zurück. Als sie den steinigen Strand der Insel erreichten, brachte er noch immer kein Wort hervor. Stumm musste er zusehen, wie sie ihren Purpurumhang öffnete und fallen ließ, wie sie die Brosche hinterher warf, die ihn gehalten hatte, wie sie über die weißen Steine davonging. Der Mann namens Mariscus folgte ihr. Crispin sah ihnen nach, bis er sie nicht mehr sehen konnte.

Wie konntet Ihr weiterleben?

Er wusste keine Antwort, auch dann nicht, als er mit dem letzten Exkubitor das Schiff erreichte und die Matrosen auf den schroffen Befehl des Soldaten den Anker lichteten, um nach Sarantium zurückzusegeln.

Der Mantel der Kaiserin und die goldene Brosche blieben auf der Insel zurück. Dort lagen sie noch, als am Abend die Sterne aufgingen und die beiden Monde.

KAPITEL IV

Wie sich zeigte, hatte Cleander seine Aufgabe glänzend gelöst.

Sie saßen nicht im riesigen Tribünenabschnitt der grünen Parteianhänger – das hatte seine Mutter ausdrücklich verboten –, aber der Junge hatte inzwischen offenbar so gute Beziehungen zum Hippodrom-Personal,
dass er ausgezeichnete Sitze weit unten und nahe der
Startlinie bekommen hatte. Einige der wohlhabenderen
Besucher vom Vormittag gedachten den Nachmittag offenbar nicht mehr im Hippodrom zu verbringen. Auf
diese Weise hatte Cleander drei Plätze ergattert, von denen aus sie nicht nur die sperrige Startbarriere und die
vielen Ehrenmale entlang der Spina gut im Blick hatten,
sondern sogar den überdachten Innenraum einsehen
konnten, wo Gaukler und Wagenlenker bereits auf das
Signal zur Nachmittagsparade warteten. Hinter ihnen
befand sich, wie Cleander eifrig erklärte, ein zweiter
Ausgang, durch den man die riesigen Hallen unter den
Tribünen verlassen konnte – das so genannte ›Todestor‹.

Der Junge – er trug eine unauffällige, von einem breiten Ledergürtel gehaltene Tunika in Braun und Gold
und hatte sich das lange Barbarenhaar streng nach hinten gebürstet – ließ es sich nicht nehmen, seiner Stiefmutter und dem Heiler, dessen Diener er zwei Wochen

zuvor getötet hatte, das Geschehen bis ins Einzelne zu erläutern. Er war aufgeregt und glücklich. Und unglaublich jung, dachte Rustem, dem die Ironie der Situation durchaus bewusst war.

Thenaïs war bereits von einem halben Dutzend Männer und Frauen im näheren Umkreis begrüßt worden und hatte Rustem in gebührender Form vorgestellt. Niemand fragte, warum sie nicht bei ihrem Gemahl in der Kathisma saß. In diesem Teil des Hippodroms befanden sich nur wohlerzogene, gut gekleidete Besucher. Oben auf den Stehplätzen mochten Geschrei und Gedränge herrschen, hier unten hielt man sich vornehm zurück.

Wenn auch vielleicht nur so lange, bis die Pferde wieder laufen, dachte Rustem. Er konstatierte mit fachmännischem Interesse auch bei sich selbst eine gewisse Erregung, die seine Objektivität zu untergraben drohte. Die Begeisterung der Menge – er war im Leben noch nie unter so vielen Menschen gewesen – war zweifellos ansteckend.

Eine Trompete wurde geblasen. »Da sind sie«, sagte Cleander, der auf der anderen Seite seiner Mutter saß. »Die Grünen haben einen *großartigen* Gaukler, du wirst ihn gleich sehen, er kommt unmittelbar hinter dem Pferd des Hippodrom-Präfekten.«

»Kein Wort über die Parteien«, sagte Thenaïs leise, ohne den Eingang zur Rennbahn aus den Augen zu lassen. Tatsächlich erschien dort soeben ein Reiter.

»Aber *nein*«, beteuerte der Junge. »Mutter … ich will dir doch nur alles zeigen.«

Doch nun wurde es schwierig, sein eigenes Wort zu verstehen, denn die Menge brach wie aus einem Munde in ein lautstarkes Begrüßungsgeschrei aus. Es klang wie das Brüllen einer Bestie.

Dem Vorreiter folgte eine grellbunte Artistentruppe. Der Gaukler, den Cleander erwähnt hatte, jonglierte mit brennenden Stöckchen. Ihm schlossen sich, zuerst in Blau und Grün, danach in Rot und Weiß, Tänzerinnen an, die tollkühne Luftsprünge und Saltos vollführten und Rad schlugen. Eine ging auf den Händen und hatte die Schultern so unnatürlich verdreht, dass Rustem erschrak. Wenn sie vierzig wäre, würde sie ohne Schmerzen keinen Becher mehr heben können. Ein Akrobat musste den Kopf einziehen, um nicht an die Tunneldecke zu stoßen. Er ging auf hohen Stelzen und war damit nicht nur so groß wie ein Riese, sondern schaffte es auch noch, mit den langen Stangen zu tanzen. Bei seinem Auftritt schwoll der Beifall noch weiter an, er war eindeutig ein besonderer Liebling des Publikums. Spielleute mit Trommeln, Flöten und Becken zogen vorbei. Eine neue Schar von Tänzerinnen kam dahergelaufen, kreuz und quer durcheinander, mit langen bunten Stoffbändern in den Händen, die durch den Wind und die Bewegung durch die Luft gewirbelt wurden. Der Wind fuhr ihnen auch unter die sparsam bemessenen Kostüme. In Bassania hätte man die Frauen gesteinigt, wenn sie fast nackt in der Öffentlichkeit aufgetreten wären.

Dahinter erschienen die Streitwagen.

»Da ist Crescens! Der Held der Grünen!«, schrie Cleander und zeigte auf einen Mann mit silbernem Helm. Das Verbot seiner Mutter war vergessen. Er hielt inne. »Und neben ihm fährt der junge Taras. Für die Blauen. Wieder im Ersten Wagen.« Ein rascher Blick zu Rustem. »Scortius ist nicht da.«

»Was?«, fragte ein rotblonder Mann mit hochrotem Kopf, der hinter Thenaïs saß, und beugte sich so weit nach vorn, dass er sie streifte. Cleanders Mutter rückte zur Seite, um ihm Platz zu machen, während sie gleichmütig beobachtete, wie links von ihnen die Streitwagenparade den breiten Tunnel verließen. »Wieso hättest du ihn denn erwartet, Junge? Obwohl niemand die leiseste *Ahnung* hat, wo er ist?«

Cleander hielt zum Glück den Mund. Offenbar verfügte der Junge doch noch über einen Rest von Vernunft. Hinter den beiden Führungswagen rollten nun rasch die anderen heraus. Weiter vorn sprangen und purzelten die Akrobaten über die lange Gerade auf die Kathisma zu. Wer dort saß, war nicht zu erkennen, aber Rustem wusste, dass sich Plautus Bonosus unter der erlauchten Gesellschaft in der überdachten Loge befand. Der Junge hatte ihm vorhin noch unerwartet stolz erklärt, dass in Abwesenheit des Kaisers manchmal sein Vater das weiße Tuch fallen lasse, um die Spiele zu eröffnen.

Die letzten Wagen, die den Tunnel verließen, waren mit Fahrern besetzt, die rote oder weiße Tuniken über ihrem Lederzeug trugen. Der Vorreiter und die ersten Tänzerinnen hatten jetzt die Gegenbahn hinter den Ehrenmalen erreicht und würden durch ein zweites Tor ausziehen, sobald sie auch dort die Plätze und Tribünen passiert hatten.

»Ich glaube«, sagte Thenaïs Sistina, »die Sonne wird mir etwas zu viel. Werden hinter diesem Tor vielleicht Erfrischungen verkauft?« Sie zeigte auf den Eingang, durch den die Pferde gekommen waren.

»O ja«, sagte Cleander. »Drinnen gibt es Stände mit Speisen und Getränken. Aber du musst erst nach oben und dann die Treppe hinunter. Vor dem Prozessionstor steht ein Gardist, da kommst du nicht durch.«

»Tatsächlich«, sagte seine Mutter. »Ich sehe ihn. Aber ich denke, für mich wird er eine Ausnahme machen. Wer würde einer Frau schon diesen langen Weg zumuten?«

»Nein, Mutter, das kann er nicht, und du kannst auf keinen Fall allein gehen. Wir sind hier im Hippodrom.«

»Vielen Dank für deine Fürsorge, Cleander. Natürlich treibt sich hier viel … undiszipliniertes Volk herum.« Sie verzog keine Miene, aber dem Jungen schoss das Blut in die Wangen. »Ich habe nicht vor, den gleichen Weg wie alle diese Pferde zu nehmen, und ich denke nicht daran, allein zu gehen. Der Heiler ist sicher so freundlich …?«

Rustem stand sofort auf und griff nach seinem Gehstock, obwohl ihm die Bitte weniger gelegen kam, als er sich eingestehen wollte. Jetzt versäumte er womöglich den Start. »Selbstverständlich«, murmelte er. »Ist Euch nicht wohl?«

»Ich brauche nur ein wenig Schatten und etwas Kühles zu trinken«, sagte Thenaïs. »Cleander, du bleibst hier und benimmst dich anständig. Wir sind bald wieder da.« Sie erhob sich, trat an Rustem vorbei auf den Gang hinaus und bog zwei Stufen tiefer in eine schmale Gasse zwischen der ersten Sitzreihe und der Bande ein, die Bahn und Zuschauertribünen voneinander trennte. Dabei zog sie sich die Kapuze über den Kopf, um ihr Gesicht zu verbergen.

Rustem folgte ihr mit dem Stock in der Hand. Niemand kümmerte sich um sie. Er sah, dass überall im Hippodrom ein reges Kommen und Gehen herrschte. Manche Zuschauer nahmen ihre Plätze ein, andere strebten den Erfrischungsbuden oder den Latrinen zu. Die lärmende Prozession, die unten vorbeimarschierte, zog alle Blicke auf sich. Der Weg endete wenige Stufen tiefer an einer niedrigen Pforte gleich neben dem großen Prozessionstor. Rustem wartete in diskretem Abstand, während die Gattin des Senators den Wärter ansprach, der dort postiert war.

Das anfangs schroffe, abweisende Gesicht wurde bei Thenaïs' Worten rasch freundlicher. Nachdem sich der Mann mit raschem Blick vergewissert hatte, dass niemand in der Nähe war, öffnete er ihr das Pförtchen zu dem Tunnel, der unter die Tribünen führte. Rustem folgte ihr und steckte dem Mann im Vorbeigehen eine Münze zu.

Erst als sich Rustem – vorsichtig den Hinterlassenschaften der Pferde ausweichend – dem Tunnelende näherte, sah er den Mann, der allein in der matten Helligkeit des Lichthofes stand. Er trug das Lederzeug eines Wagenlenkers und darüber eine blaue Tunika.

Die Frau war gleich hinter dem Türchen stehen geblieben und wartete auf den Heiler. Ohne die schützende Kapuze abzunehmen, sagte sie leise: »Ihr hattet Recht. Euer Patient, unser unangemeldeter Hausgast, ist tatsächlich hier. Lasst mich doch bitte einen Augenblick mit ihm allein.«

Ohne eine Antwort abzuwarten, ging sie auf den Mann im Lichthof zu. Zwei Bahnwarte in gelber Tracht standen unweit der kleinen Pforte, wo Rustem angehalten hatte. Sie waren im Begriff gewesen, die breiten, hohen Prozessionstore zu schließen. Doch so, wie sie Scortius anstarrten, hatten sie das wohl völlig vergessen.

Sonst hatte ihn bisher noch niemand bemerkt. Er hatte wohl hier im Schatten gewartet, bis die Wagen hinausgerollt waren. Von dem großen Lichthof zweigten drei große und ein halbes Dutzend kleinerer Gänge ab. Das Innere des Hippodroms war wie eine riesige Höhle, die mehr Menschen aufnehmen konnte, als Kerakek Bewohner hatte. Rustem wusste, dass viele Menschen in den Behausungen entlang der Korridore ihr ganzes Leben verbrachten. Außerdem gab es hier Stallungen, Geschäfte, Garküchen und Kneipen, Ärzte, Huren, Chiromanten und Kapellen. Eine eigene Stadt inmitten des großen Sarantium. Und dieser riesige Lichthof war gewöhnlich ein beliebter Treffpunkt, der widerhallte vom Lärm der Menge. Schon in wenigen Augenblicken, wenn die Gaukler durch die Gänge auf der anderen Seite von der Parade zurückkehrten, herrschte hier sicher wieder reger Betrieb.

Doch im Moment war der Raum fast verlassen. Wenn man aus der grellen Sonne kam, wirkte er düster und verstaubt. Rustem sah die Gattin des Senators auf den

Wagenlenker zugehen. Sie streifte sich die Kapuze ab. Scortius drehte – erst im letzten Augenblick – den Kopf und erkannte sie. Rustem bemerkte, wie sich seine Haltung, sein Benehmen jäh veränderten, und dabei wurde ihm so manches klar.

Scharfe Augen waren für einen guten Arzt unerlässlich. Gerade wegen dieser Fähigkeit hatte ihn der König der Könige ja nach Sarantium geschickt.

Er hatte eine Reihe von Möglichkeiten in Betracht gezogen, nicht zuletzt, dass er zusammenbrechen könnte, bevor er das Hippodrom erreichte, aber auf den Gedanken, dass Thenaïs in der gähnenden Leere des Prozessionshofs auftauchen würde, wäre er im Traum nicht gekommen.

Die beiden Wärter an den Toren hatten ihn sofort erkannt, als er, nachdem die letzten Wagen hinausgefahren waren, aus einem der Wohnkorridore gekommen war. Er hatte die beiden völlig verdutzten Männer sofort für sich gewonnen, indem er den Finger auf den Mund legte. Wenn sie diese Geschichte heute Abend in ihrer Kneipe erzählten, würde man sie bis in die frühen Morgenstunden hinein freihalten. Und noch viele weitere Nächte lang.

Er wartete nur auf den richtigen Moment, um vor das Publikum zu treten. Er konnte heute – bestenfalls – ein Rennen schaffen, aber sein Auftritt musste von durchschlagender Wirkung sein, um die Blauen zu ermutigen, die Wogen der Unruhe zu glätten und Crescens und den anderen eine Warnung zukommen zu lassen.

Und um seinen eigenen Stolz zu befriedigen. Er *musste* wieder Rennen fahren, musste alle daran erinnern, dass mit Scortius noch zu rechnen war – wie viele Siege die Grünen zu Beginn der Saison auch einfahren mochten –, dass sich nichts geändert hatte.

Falls das denn stimmte.

Vielleicht hatte er einen Fehler gemacht. Er konnte nicht mehr umhin, das einzugestehen. Obwohl er langsam gegangen war, hatte ihn der weite Weg von Bonosus' Haus an den Mauern bis hierher unglaublich angestrengt. Irgendwann hatte sich auch die Wunde wieder geöffnet. Er hatte es erst bemerkt, als das Blut durch seine Tunika gedrungen war. Jetzt litt er unter Atemnot, und wenn er versuchte, mehr Luft in seine Lungen zu saugen, hatte er große Schmerzen. Es wäre besser gewesen, sich eine Sänfte zu bestellen oder von Astorgus schicken zu lassen, aber er hatte dem Faktionarius ja nicht einmal gesagt, was er vorhatte. Dickköpfigkeit hatte schon immer ihren Preis gehabt – warum sollte das jetzt anders sein? Die Ankunft zum ersten Rennen des Nachmittags, sein Auftritt, bei dem er zu Fuß über die Bahn zur Startlinie gehen wollte, das war ganz allein seine Sache. Niemand in Sarantium hatte davon gewusst.

Das hatte er jedenfalls gedacht, bis er Thenaïs im diffusen Licht auf sich zukommen sah. Sein Herz schlug hart gegen die gebrochenen Rippen. Sie ging *nie* ins Hippodrom. Wenn sie hier war, dann um nach ihm zu suchen, und er hatte keine Ahnung, wie …

Dann entdeckte er den Bassaniden hinter ihr, graubärtig, schlank, mit diesem albernen Stock, den er nur trug, um würdevoller auszusehen. Und in diesem Augenblick fluchte Scortius von Soriyya unhörbar, aber aus tiefster Seele.

Jetzt war ihm alles klar. Der verdammte Heiler hatte sich eingebildet, als Arzt für seinen Patienten verantwortlich zu sein. Hatte das leere Bett gesehen, den Schluss gezogen, dass Renntag war, einen Weg gefunden, ins Hippodrom zu gelangen und dann …

Er fluchte wieder, diesmal wie ein Soldat in einer Kneipe, hörbar, aber mit gedämpfter Stimme.

Dann war der Kerl natürlich zu Bonosus gegangen.

Oder vielmehr zu Cleander. Dem sein Vater verboten hatte, in diesem Frühling die Rennen zu besuchen – das hatte er ihnen selbst erzählt. Daraus folgte, dass die beiden sich an Thenaïs hatten wenden müssen. Und daraus wiederum …

Sie blieb dicht vor ihm stehen. Ihr vertrauter Duft stieg ihm in die Nase. Er sah sie an, und unter ihrem klaren Blick wurde ihm die Kehle eng. Sie wirkte kühl, unerschütterlich – doch die Wucht ihres Zorns traf ihn wie ein Schwall heißer Luft aus einem Backofen.

»Ganz Sarantium«, murmelte sie, »wird über Eure Heilung jubeln, Wagenlenker.«

Sie waren allein in dem riesigen Raum. Für kurze Zeit nur. Sobald die Parade zu Ende war, würden die anderen lärmend durch die Tunnel strömen.

»Es ist mir eine Ehre, dies zuerst aus Eurem Munde zu hören«, sagte er. »Ich hoffe, Ihr habt meine Nachricht erhalten.«

»Es war *sehr* aufmerksam von Euch, mir zu schreiben«, sagte sie. Ihre spröde Förmlichkeit traf ihn mehr als alle Worte. »Ich möchte mich natürlich vielmals entschuldigen, dass ich in jener Nacht für eine Weile mit meiner Familie zusammen war, als Ihr meiner Gesellschaft so … dringend bedurftet.« Sie hielt kurz inne. »Oder vielleicht eher der Gesellschaft der nächstbesten Frau, die dem berühmten Wagenlenker ihren Körper anbot?«

»Thenaïs«, sagte er nur.

Und verstummte. Erst jetzt sah er, dass sie in der rechten Hand ein Messer hielt. Und nun begriff er endlich, was der eigentliche Zweck dieses Treffens war. Er schloss die Augen. Wer so lebte wie er, musste immer mit einer solchen Möglichkeit rechnen.

»Ja?«, fragte sie so ruhig, so unbeteiligt wie immer. »Ich dachte, jemand hätte mich gerufen.«

Er sah sie an. Er erinnerte sich nicht an die Namen, ja nicht einmal an die Zahl der Frauen, die im Lauf der

Jahre seine Nächte geteilt hatten. Im Lauf so vieler Jahre. Keine Einzige hatte ihn so in Verwirrung gestürzt, wie diese Frau es immer noch tat. Mit einem Mal fühlte er sich alt und müde. Seine Wunde schmerzte. Genauso alt und müde hatte er sich in der Nacht gefühlt, als er sie hatte aufsuchen wollen. Damals hatte ihm im Nachtwind der Arm wehgetan.

»Das war ich«, sagte er leise. »Ich habe dich gerufen. Wie in den meisten Nächten, Thenaïs.«

»Tatsächlich? Das wird die Frau, die gerade bei dir liegt, sicher sehr erheitern«, gab sie zurück.

Die beiden Torwärter schauten herüber. Der eine glotzte noch immer mit offenem Mund. Eigentlich war es zum Lachen. Der verdammte Heiler hielt den gebotenen Höflichkeitsabstand exakt ein. Das Licht war so schwach, dass wahrscheinlich keiner von den dreien den Dolch bemerkt hatte.

Scortius sagte: »Ich hatte Shirin von den Grünen aufgesucht, um ihr ein Angebot von Astorgus zu unterbreiten.«

»Ach ja? Wollte *er* vielleicht mit ihr schlafen?«

»Das war nicht sehr geschmackvoll.«

Ihre Augen sprühten Blitze. Er zuckte zurück. Dieser Blick zeigte ihm von Neuem, wie hemmungslos wütend sie war.

Eine Frau, die sich ihr Leben lang hinter der Maske absoluter, durch nichts zu erschütternder Selbstbeherrschung verschanzt hatte: Was geschah mit einem solchen Menschen, wenn diese Maske zerbrach? Scortius nahm einen allzu tiefen Atemzug, wie ein Messer fuhr ihm der Schmerz in die Rippen. »Er wollte sie diskret auffordern, zu den Blauen überzuwechseln«, sagte er. »Ich hatte versprochen, dem Angebot mit meiner Stimme zusätzliches Gewicht zu verleihen.«

»Mit deiner Stimme«, sagte sie. Dieses Glitzern in ihren Augen hatte er noch nie gesehen. »Nur mit deiner

Stimme? Mitten in der Nacht. Nur deshalb bist du in ihr Schlafzimmer eingestiegen? Sehr … überzeugend.«

»Es ist die Wahrheit«, sagte er.

»Was du nicht sagst. Hast du nun mit ihr geschlafen?«

Sie hatte kein Recht, ihn das zu fragen. Nun musste er eine Frau verraten, die Herz und Verstand besaß und mit der er gemeinsame Freuden erlebt hatte.

Doch er kam gar nicht auf den Gedanken, die Antwort zu verweigern oder zu lügen. »Ja«, sagte er. »Es war nicht geplant.«

»Aha. Es war nicht geplant.« Das Messer lag reglos in ihrer Hand.

»Wo bist du verletzt?«, fragte sie.

Aus einem der Tunnel waren jetzt Geräusche zu hören. Die ersten Tänzerinnen hatten die Bahn verlassen. Durch das Prozessionstor hinter ihr sah er, wie die acht Wagen des ersten Rennens wendeten und auf die gestaffelte Startlinie zufuhren.

In diesem Moment fand er, er habe eigentlich doch genug aus seinem Leben gemacht. In den Augen dieser Frau stand ein so tiefer Schmerz, und er hatte ihn verursacht – ein ungerechter Vorwurf vielleicht, aber seit wann war das Leben gerecht? Warum also sollte er nicht an diesem Ort den Tod finden, durch ihre Hand? Er hatte nie erwartet, ein hohes Alter zu erreichen.

»Auf der linken Seite«, sagte er. »Eine Stichwunde, umgeben von gebrochenen Rippen.«

Einst, vor sehr langer Zeit hatte er nur den einzigen Wunsch gehabt, Wagenrennen zu fahren.

Sie nickte und nagte nachdenklich an der Unterlippe. Eine einzelne Falte hatte sich in ihre Stirn gegraben. »Das ist Pech für dich. Ich habe ein Messer.«

»Das habe ich gesehen.«

»Wenn ich dir vor dem Tod noch sehr, sehr wehtun wollte …?«

»Müsstest du hierhin stechen«, sagte er und zeigte ihr die Stelle. Die Wunde war ohnehin schon aufgebrochen, die blaue Tunika war blutdurchtränkt.

Sie sah ihn an. »Du möchtest sterben?«

Er überlegte. »Nicht unbedingt, nein. Aber ich möchte auch nicht weiterleben, wenn ich dir damit solchen Kummer bereite.«

Jetzt nahm sie einen tiefen Atemzug. Mut, Schmerz und eine Form von … Wahnsinn. Wieder dieses wilde, noch nie gesehene Glitzern in ihren Augen. »Du denkst doch nicht, dass ich dir einen großen Vorsprung ließe?«

Abermals schloss er die Augen, öffnete sie wieder. »Thenaïs, das alles ist … so ungerecht. Aber tu, was du willst, ich bin bereit.«

Das Messer bewegte sich immer noch nicht. »Du hättest eben lügen sollen. Als ich dir die Frage stellte.«

Er war noch ganz klein gewesen, als ihn sein Vater zum ersten Mal auf einen Hengst setzte. Sie hatten ihn hinaufheben müssen, und als er auf dem breiten Pferderücken saß, standen seine Beinchen fast waagrecht ab. Alle hatten gelacht. Doch als sich das Tier beruhigte, sobald es die Hand des Kindes spürte, waren sie jäh verstummt. In Soriyya war das gewesen. Weit weg. Seither war viel Zeit vergangen.

Ein ganzes Leben. Er schüttelte den Kopf. »Du hättest nicht fragen sollen«, sagte er. Es war die Wahrheit, er wollte nicht lügen.

Nun hob sie das Messer. Er sah ihr fest in die Augen, wich nicht zurück vor dem, was nun – so schrecklich – zum Vorschein kam, als die Selbstsicherheit zusammenbrach, an der sie ein ganzes Leben lang gearbeitet hatte.

Und weil er das tat, weil er fast ertrank in ihrem Blick, weil er sich so völlig verfangen hatte in ihr und in seinen Erinnerungen, dass er nicht einmal spürte, wie die kleine Hand mit hartem Ruck das Messer nach oben riss, deshalb sah er auch den Mann nicht, der raschen

Schrittes von hinten kam und, die Bewegung mit seinem Körper verdeckend, ihre Hand ergriff.

Eine kurze Drehung. Das Messer fiel zu Boden.

Thenaïs entfuhr ein erschrockenes Wimmern, dann gab sie keinen Laut mehr von sich.

»Gnädigste«, sagte Crescens von den Grünen, »ich bitte um Vergebung.«

Sie sah ihn an. Scortius sah ihn an. Drei Menschen allein in einem riesigen, düsteren Raum. »Kein Mann auf dieser Welt ist wert, was diese Tat für euch bedeuten würde«, sagte Crescens. »Ich bitte Euch, setzt die Kapuze wieder auf. Bald kommen viele Leute hierher. Wenn er Euch zu nahe getreten ist, werden wir das unter uns regeln.«

Scortius sollte nie vergessen, wie schlagartig sich Thenaïs' Gesicht veränderte. Die Tür, die ihm einen Blick auf das Fieber in ihrer Seele gestattet hatte, wurde zugeschlagen, sobald sie den Wagenlenker der Grünen ansah. Er hatte schnell reagiert, hart zugepackt. Ihr Handgelenk musste ihr Schmerzen bereiten, aber nicht einmal das zeigte sie.

»Ein Missverständnis«, murmelte sie. Brachte sogar ein Lächeln zustande. Ein höfisches Lächeln, teilnahmslos und leer. Rasselnd krachte das Eisengitter ihrer Selbstbeherrschung herunter. Scortius fröstelte, als er es sah, als er hörte, wie ihre Stimme sich veränderte. Sein Puls raste. Eben hatte er noch geglaubt …

Sie zog sich die Kapuze über den Kopf. »Mein ungeratener Stiefsohn hatte offenbar die Hand im Spiel, als unser gemeinsamer Freund verletzt wurde«, sagte sie. »Er hat meinem Gemahl seine Version der Geschichte erzählt, aber wir glauben ihm nicht. Der Senator ist natürlich außer sich vor Zorn, doch bevor wir den Jungen bestrafen, wollte ich von Scortius persönlich hören, wie sich die Sache abgespielt hatte. Er wurde nämlich mit einem Messer bedroht und angeblich auch verwundet.«

Barer Unsinn. Leere Worte, um irgendetwas zu sagen. Eine Geschichte, die keiner genaueren Überprüfung standhalten konnte, es sei denn, man *wollte* sie glauben. Crescens von den Grünen mochte ein Raufbold sein, der auf der Bahn, in den Schenken und im Grünen-Hof den starken Mann herauskehrte, und er war erst seit einem Jahr in Sarantium, aber er war als Erster Fahrer der Grünen inzwischen auch bei Hofe empfangen worden und hatte einen Winter in den vornehmen Kreisen verbracht, in denen nur die Spitzenfahrer der Parteien Aufnahme fanden. Dabei hat sicher auch er das eine oder andere Schlafgemach von innen gesehen, dachte Scortius.

Der Mann wusste, was hier vorging und wie er sich zu verhalten hatte.

Er entschuldigte sich sofort und mit aufrichtiger Zerknirschung – aber er fasste sich kurz, denn jetzt wurde der Lärm in den südlichen Tunneln lauter. »Ihr müsst mir gestatten«, sagte Crescens, »Euch bald meine Aufwartung zu machen, um Euch das volle Ausmaß meines Bedauerns kundzutun. Ich habe mich benommen wie ein ungebildeter Hinterwäldler. Ich schäme mich.« Er schaute an ihr vorbei. »Jetzt muss ich zurück auf die Bahn, und auch Euch möchte ich dringend empfehlen, Euch mit Eurem Begleiter zu entfernen. Dies ist gleich kein geeigneter Aufenthaltsort mehr für eine Dame.«

Hinter der Biegung des größten Tunnels waren Räderrollen und ausgelassenes Gelächter zu hören. Scortius hatte nichts gesagt, sich nicht einmal bewegt. Das Messer lag auf dem Boden. Jetzt bückte er sich vorsichtig und hob es mit der rechten Hand auf. Gab es Thenaïs zurück. Berührte dabei ihre Finger.

Ihr Lächeln war so dünn wie die eisige Haut auf einem Fluss im Norden nach dem ersten Frost. »Danke«, sagte sie. »Ich danke Euch beiden.« Sie sah über die

Schulter. Der bassanidische Heiler hatte sich während der ganzen Szene nicht von der Stelle gerührt. Jetzt trat er vor. Würdevoll wie eh und je.

Zuerst sah er Scortius an. Seinen Schützling. »Ihr begreift doch, dass Eure Anwesenheit hier … unsere Beziehung verändert?«

»O ja«, sagte Scortius. »Es tut mir sehr Leid.«

Sein Arzt nickte. »Mit diesem Feinde«, sagte der Bassanide, »will ich mich nicht messen.« Das klang barsch und unwiderruflich.

»Ich verstehe«, sagte Scortius. »Ich danke Euch für alles, was Ihr bisher für mich getan habt.«

Der Arzt wandte sich an Thenaïs. »Wollen wir gehen? Ihr spracht doch vorhin von einem kühlen Trunk?«

»Ganz recht«, sagte sie. »Vielen Dank.« Sie sah den Bassaniden so nachdenklich an, als müsse sie eine neue Information verarbeiten, dann drehte sie sich noch einmal zu Scortius um. »Ich erwarte, dass Ihr dieses Rennen gewinnt«, murmelte sie. »Wie ich von meinem Sohn höre, hat unser teurer Crescens in Eurer Abwesenheit genügend Siege eingefahren.«

Damit machte sie kehrt und ging mit dem Heiler auf die Treppe zum oberen Stockwerk zu, wo sich die amtlich zugelassenen Buden und Stände befanden.

Die beiden Wagenlenker blieben allein zurück und sahen sich an.

»Was meinte er damit?« Crescens deutete mit dem Kinn auf den Arzt.

»Er hat jede Verantwortung abgelehnt, falls ich mich selbst umbringe.«

»Ach so.«

»Das ist in Bassania so üblich. Du wolltest pissen gehen?«

Der grüne Fahrer nickte. »Wie immer nach dem Mittagessen.«

»Ich weiß.«

»Wollte dir eigentlich nur guten Tag sagen. Dann habe ich das Messer gesehen. Du blutest.«

»Ich weiß.«

»Bist du … tatsächlich wieder da?«

Scortius zögerte. »Wahrscheinlich noch nicht. Aber meine Wunden heilen schnell. Jedenfalls bisher.«

Crescens lächelte säuerlich. »Bisher war das bei uns allen so.« Jetzt war er es, der zögerte. Die anderen würden jeden Moment auftauchen. Sie wussten es beide. »Sie hätte dir nichts anhaben können, wenn du es nicht wolltest.«

»Ja, nun, das ist … Sag mal, wie macht sich denn dein neues Außenpferd?«

Crescens sah ihn kurz an, dann akzeptierte er den Themenwechsel und nickte. »Nicht schlecht. Euer junger Fahrer …«

»Taras.«

»Taras. Der Dreckskerl hat das Zeug zum Wagenlenker. Ist mir letztes Jahr noch nicht aufgefallen.« Ein wölfisches Grinsen. »Aber in diesem Frühling breche ich ihm das Herz.«

»Das hättest du wohl gern?«

Das Lächeln des grünen Fahrers vertiefte sich. »Du wolltest einen großartigen Auftritt nur für dich, was? Der Held kehrt heim und schreitet ganz allein über die Bahn? Bei Heladikos, welch eine Szene!«

Scortius lächelte wehmütig. »Ich hatte daran gedacht.«

In Wirklichkeit dachte er an die Frau, erstaunliche Bilder, die sich mit Kindheitserinnerungen verwoben und mit dem, was er empfunden hatte, als er ihr, unmittelbar bevor sie das Messer hob, in die Augen schaute. *Du hättest lügen sollen.* Er war bereit gewesen, sie zustechen zu lassen. Crescens hatte Recht. Eine Stimmung nicht von dieser Welt, ein Zustand, den diese unheimlich glitzernden Augen im staubigen Halbdunkel heraufbe-

schworen hatten. Schon gleich darauf war ihm alles vor-
gekommen wie ein Traum. Aber ein Traum, der ihn
wohl nie wieder loslassen würde.

»Ich fürchte«, sagte Crescens, »ich kann dir diesen
Auftritt nicht zugestehen. Es tut mir Leid. Ich habe dir
dein verdammtes Leben gerettet. Eine Kleinigkeit für
mich. Aber ich kann dir keine triumphale Rückkehr ermöglichen, das kommt nicht infrage. Die Moral der
Grünen würde darunter leiden.«

Jetzt war ein Lächeln angesagt. Man war wieder im
Hippodrom. In dieser eigenen kleinen Welt. »Das sehe
ich ein. Dann gehen wir eben zusammen.«

Und so machten sie sich gemeinsam auf den Weg, als
die ersten Tänzerinnen aus dem linken Tunnel auftauchten.

»Übrigens vielen Dank«, fügte Scortius hinzu, als
sie sich den gelb gekleideten Wärtern an den Toren
näherten.

Ich erwarte, dass Ihr dieses Rennen gewinnt, hatte sie gesagt. Nachdem der Arzt für den Fall, dass er sich selbst
tötete, in aller Form jegliche Verantwortung abgelehnt
hatte. Sie war mit einem Messer unter die Tribünen gekommen. Sie war mit einem Messer ins Hippodrom gekommen. Sie wusste genau, was sie sagte. *Du denkst
doch nicht, dass ich dir einen großen Vorsprung ließe?* Schon
lange, bevor er sie näher kennen lernte, hatte er vermu-
tet, dass sich unter ihrer viel gerühmten Zurückhaltung
etwas ganz Außergewöhnliches verberge. Später war er
vermessen genug gewesen, sich einzubilden, er hätte es
gefunden und eingegrenzt. Doch er hatte sich geirrt. Es
war längst nicht alles. Hätte er das wissen müssen?

»Vielen Dank? Wofür?«, fragte Crescens. »Hier ist es
langweilig ohne dich. Gegen Kinder zu gewinnen,
macht keinen Spaß. Was aber nicht heißt, dass ich von
jetzt an zu verlieren gedenke.«

Und als sie an den beiden Wärtern vorbeigingen,

kurz bevor sie gemeinsam auf den hellen Sand hinaustraten, um sich vor achtzigtausend Menschen zu zeigen, rammte er dem Verletzten ohne jede Vorwarnung den Ellbogen in die linke Seite.

Scortius keuchte auf und taumelte. Die Welt drehte sich, er sah es wie durch einen roten Nebel.

»Oh! Tut mir Leid!«, rief Crescens. »Alles in Ordnung?«

Scortius hatte sich vornübergebeugt und hielt sich die Seite. Sie standen unmittelbar vor dem Eingang. In ein bis zwei Schritten wären sie zu sehen. Ein Zittern durchlief ihn. Mit übermenschlicher Anstrengung richtete er sich auf und ging weiter, nur sein Wille gab ihm die Kraft. Er rang noch verzweifelt nach Atem, als er wie im Fieber die ersten Schreie aus der Zuschauermenge hörte.

Dann begann es. Der Lärm schwoll an und rollte wie eine Welle die erste Gerade entlang. Sie riefen seinen Namen. Crescens war an seiner Seite, aber Crescens hatte sich verschätzt, denn man hörte nur einen Namen, immer und immer wieder. Die Menge heulte wie ein Tier. Scortius zwang sich zu atmen, um das Bewusstsein nicht zu verlieren, er zwang sich weiterzugehen, sich nicht noch einmal zusammenzukrümmen, nicht die Hand auf die Wunde zu legen.

»Ich bin ein schrecklicher Rüpel«, lachte Crescens neben ihm und winkte der Menge zu, als habe er seinen Gegner wie ein Held aus den alten Sagen von den Toten zurückgeholt. »Bei Heladikos, man kann nicht anders sagen.«

Scortius wollte ihn umbringen, und zugleich wollte er laut lachen vor Glück. Das Lachen hätte wahrscheinlich *ihn* umgebracht. Er war ins Hippodrom zurückgekehrt. In seine kleine Welt. Er war draußen auf der Bahn. Vor ihm waren die Pferde. Ob er wohl so weit gehen konnte?

Irgendwie würde er es schaffen.

Und in diesem Moment, als sich weiter vorn die Fahrer umdrehten und ihn anstarrten und er sich die Gespanne und ihre Startpositionen ansah, ganz besonders ein Gespann, da kam ihm, flink wie ein Pferd, wie ein Himmelsgeschenk, eine Idee. Und nun lächelte er tatsächlich und zeigte die Zähne, obwohl er kaum wusste, wie er atmen sollte. Crescens ist nicht der einzige Wolf hier auf der Bahn, dachte er. Bei Heladikos, er würde es ihnen zeigen.

»Gib Acht«, sagte er zu dem anderen Wagenlenker, zu sich selbst, zu dem Jungen, der einst in Soriyya auf dem Hengst gesessen hatte, zu allen Menschen, zum Gott und seinem Sohn, zur ganzen Welt. Crescens streifte ihn von der Seite mit einem raschen Blick. Durch den roten Nebel, die stechenden Schmerzen bemerkte Scortius triumphierend die plötzliche Unruhe in den Zügen seines Gegners.

Er war Scortius. Er war immer noch Scortius. Ihm *gehörte* das Hippodrom. Hier errichtete man Statuen zu seinen Ehren. Was anderswo geschah, im Dunkeln, wenn die Sonne unter der Welt war, hier zählte es nicht.

»Gib Acht«, sagte er noch einmal.

Während die beiden Wagenlenker ihren Tunnel verlassen, steuert etwas weiter westlich der Kaiser von Sarantium seinen eigenen Tunnel an, der unter den Gärten des Kaiserlichen Bezirks einen Palast mit dem anderen verbindet. Er ist damit beschäftigt, die letzten Vorbereitungen für einen Krieg zu treffen, an den er denkt, seit er damals seinem Onkel auf den Goldenen Thron verhalf.

Das Reich war einst heil und wurde gespalten, dann ging die Hälfte davon verloren. So wie man ein Kind verliert. Oder besser einen Vater. Er hat keine Kinder. Sein Vater starb, als er noch sehr klein war. Hat ihn das beeinflusst? Damals? Oder jetzt? Obwohl er längst erwachsen ist, allmählich alt wird und unter dem heiligen Jad Nationen gestaltet?

Aliana glaubt es oder stellt sich zumindest diese Frage. Ihn hat sie eines Abends vor nicht allzu langer Zeit damit konfrontiert. Riskierte er nur deshalb so viel, wollte er der Welt nur deshalb ein so deutliches, unauslöschliches Siegel aufprägen, weil es keinen Erben gab, für den er das bereits Vorhandene hätte bewahren können?

Er weiß es nicht. Aber er *glaubt* es auch nicht. Er träumt schon so lange von Rhodias – Träume, in denen Getrenntes wieder vereint wird. Durch seine Hand. Vielleicht weiß er zu viel über die Vergangenheit. Während einer kurzen blutigen Übergangszeit hatte es einst drei Kaiser gegeben, dann über eine längere Phase von etlichen Jahren einen hier und einen in Rhodias, und als schließlich der Westen vollends abfiel und zusammenbrach, blieb nur noch einer übrig, und der saß hier in der von Saranios gegründeten Stadt.

Ein Zustand, den er als Unrecht empfindet. Muss das nicht jeder, der die glorreiche Vergangenheit kennt?

Doch das, denkt er, während er so rasch durch das Untergeschoss des Attenin-Palastes schreitet, dass sein höfisches Gefolge Mühe hat, mit ihm Schritt zu halten, ist eine rhetorische Frage. Natürlich gibt es Menschen, die sich in der Vergangenheit nicht weniger gut auskennen als er und dennoch anderer Meinung sind. Und es gibt Menschen – wie etwa seine Frau – die den Osten, die Welt der Gegenwart unter Jads Herrschaft für die glorreichere halten.

Von denen herrscht freilich keiner über Sarantium, auch Aliana nicht. Der Herrscher ist nur er. Er hat sein Reich bis an diese Schwelle geführt, er hält die Fäden in der Hand, und er weiß sehr genau, was an Elementen mit im Spiel ist. Er rechnet mit einem Erfolg. Wie gewöhnlich.

Er hat den Tunnel erreicht. Die zwei behelmten Exkubitoren nehmen Haltung an. Als er nickt, schließt der eine rasch die Tür auf und öffnet sie. Hinter Valerius verneigen sich der Kämmerer, der Magister der Kaiserlichen Behörden und der Quaestor des Kaiserlichen Schatzamtes, der seinen Aufgaben so wenig gewachsen ist. Sie hat er hier im Attenin-Palast bei einem kurzen Mittagsmahl abgefertigt. Hat Befehle erteilt und sich Berichte angehört.

Er wartet auf eine ganz bestimmte Nachricht aus dem Nordosten, aber die ist noch nicht gekommen. Der König der Könige hat ihn doch tatsächlich enttäuscht.

Er hatte sich darauf verlassen, dass Shirvan von Bassania in Calysium angreifen und damit den *zweiten* Teil des großen Projekts in Gang setzen würde. Der Teil, von dem niemand weiß und von dem allenfalls Aliana, vielleicht auch der ausnehmend scharfsinnige Gesius etwas ahnen.

Doch bisher wurde noch nichts von einer Grenzverletzung gemeldet. Dabei hat er ihnen nun wirklich genügend Hinweise auf seine Absichten gegeben. Sogar der Zeitplan wäre zu erraten gewesen. Shirvan hätte längst ein Heer über die Grenze schicken und den gekauften Frieden brechen müssen, um den Vorstoß nach Westen zu behindern.

Nun muss er mit Leontes und den Generälen anders verfahren. Das Problem ist nicht unüberwindlich, aber es hätte sich auf elegantere Weise lösen lassen, wenn ein bassanidischer Angriff bereits erfolgt wäre und ihn scheinbar gezwungen hätte, einen Teil der Truppen abzuziehen, bevor die Flotte in See stach.

Schließlich verfolgt er nicht nur ein einziges Ziel.

Man könnte fast von einem Charakterfehler sprechen. Er hat *immer* mehr als nur ein Ziel, in allem, was er tut, sind verschiedenste Absichten verwoben. Selbst dieser lang erwartete Krieg zur Rückeroberung des Westens steht nicht ganz für sich allein.

Aliana würde ihn verstehen, sie würde sich sogar amüsieren. Aber sie ist gegen diesen Krieg, und es macht ihnen beiden das Leben leichter – findet zumindest er –, wenn er nicht darüber spricht. Vermutlich weiß sie auch so, was er plant. Jedenfalls sind ihm ihre Ängste bekannt und auch, woher sie kommen. Sie belasten ihn.

Er kann ganz ehrlich und ohne Hintergedanken sagen, dass er sie mehr liebt als seinen Gott und dass er sie mindestens ebenso sehr braucht.

An der geöffneten Tür hält er kurz inne. Vor ihm flackern die Fackeln in der Zugluft. Shirvan hat noch nicht angegriffen. Ein Jammer. Jetzt muss er sich am anderen Ende mit den Soldaten herumstreiten. Er weiß schon, was er sagen wird. Leontes' Stolz auf seine militärischen Fähigkeiten ist zugleich seine größte Stärke und seine größte Schwäche, und der Kaiser hat beschlossen, dem Jüngeren eine Lektion zu erteilen, bevor er bestimmte weitere Schritte unternimmt. Der unbändige Stolz muss gezügelt, der religiöse Eifer gedämpft werden.

Auch darüber hat er sich seine Gedanken gemacht. Natürlich hat er das. Er hat keine Kinder, und die Nachfolge muss geregelt werden.

Er dreht sich kurz zu seinen Beratern um, die jetzt auf den Knien liegen, dann betritt er den Tunnel – wie immer allein. Schon bevor die Tür ganz zugefallen ist, wenden sie sich zum Gehen; sie haben einen arbeitsreichen Nachmittag vor sich, bevor man sich beim letzten Wagenrennen in der Kathisma versammelt, um dem Hippodrom und der Welt zu verkünden, dass Sarantium nach Rhodias zieht. Hinter ihm wird die Tür geschlossen und versperrt.

Er geht über den Mosaikfußboden, denkt an die längst verstorbenen Kaiser, auf deren Spuren er wandelt, hält stumme Zwiesprache mit ihnen und genießt die Stille, die ach so seltene Einsamkeit, die er in diesem langen, gewundenen Korridor zwischen verschiedenen Palästen und verschiedenen Menschen findet. Hier flackern die Fackeln nicht, Be- und Entlüftung sind sorgfältig gesteuert. Er empfindet die Einsamkeit als großes Glück. Er ist Jads sterblicher Diener und Stellvertreter, das scharfe Auge der Welt ruht auf seinem Leben, nur hier kann er jemals allein sein. Selbst bei Nacht wachen Gardisten in seinen Räumen, und wenn er bei der Kaiserin ist, halten sich Hofdamen in ihren Gemächern auf. Er würde gern im Tunnel verweilen, aber auch am anderen Ende gibt es viel zu tun, und die Zeit läuft. Auf diesen Tag wartet er, seit … seit ihn sein Onkel, der überzeugte Soldat, nach Süden holte?

Eine übertriebene Behauptung, die aber doch ein Körnchen Wahrheit enthält.

Sein Schritt ist rasch wie immer. Er hat schon eine längere Strecke zurückgelegt und etliche von den Fackeln passiert, die in regelmäßigen Abständen in den Eisenhaltern an der Steinmauer stecken, als er in dieser köstlichen Stille hört, wie hinter ihm ein schwerer Schlüssel im Schloss gedreht wird. Dann öffnet sich eine Tür und andere Schritte nahen. Sie haben es nicht eilig.

Und damit verändert sich die Welt.

Das tut sie natürlich in jedem Augenblick, aber es gibt … verschiedene Grade von Veränderung.

Fünfzig verschiedene Gedanken schießen ihm durch den Kopf, bevor er den nächsten Schritt tut. Der erste und der letzte gelten Aliana. Dazwischen erfasst er, was hier geschieht. Er war immer berühmt – und gefürchtet – für seinen wachen Verstand, auf den er sein Leben lang schamlos stolz gewesen ist. Aber hier versagen aller Scharfsinn, alle Geistesgegenwart. Er geht weiter, kaum schneller als vorher.

Der Tunnel windet sich in Form eines S für Saranios – eine Spielerei der Erbauer – tief unter den Gärten, fern vom Tageslicht durch die Erde. Um Hilfe zu rufen wäre hier vergeblich, und er wird nicht nahe genug an eine der beiden Türen herankommen, um in einem der Paläste gehört zu werden. Laufen wäre ebenfalls sinnlos, denn die Verfolger in seinem Rücken lassen sich viel Zeit, und das bedeutet natürlich, dass auch vor ihm Menschen sind.

Sie müssen den Tunnel betreten haben, bevor die Soldaten, die ihn im anderen Palast erwarten, vor der Tür Posten bezogen hatten. Vielleicht warten sie schon lange hier unter der Erde. Vielleicht ... haben sie auch dieselbe Tür genommen wie er und sind von dort ans andere Ende gegangen? Wäre das einfacher gewesen? Sie hätten nur zwei Gardisten zu bestechen brauchen. Er überlegt. Ja, er erinnert sich an die Gesichter der beiden Exkubitoren an der Tür. Sie waren ihm nicht fremd. Seine eigenen Männer. Das lässt einen Schluss zu ... und der ist nicht günstig. Zorn erfüllt den Kaiser, Neugier und, überraschend schmerzhaft, eine tiefe Trauer.

Als Taras die rasch anschwellenden und sich explosionsartig ausbreitenden Lärmwogen hörte und sich umsah, überfiel ihn eine so gewaltige Erleichterung, wie er sie in seinem ganzen Leben noch nicht empfunden hatte.

Er war gerettet, begnadigt, befreit von der Verantwortung, die ihn niedergedrückt hatte wie eine allzu schwere, aber ungeheuer wichtige Bürde, die er nicht einfach ablegen konnte.

In diesem selbst für Hippodrom-Verhältnisse überwältigenden Lärm kam Scortius auf ihn zu und lächelte.

Aus dem Augenwinkel sah Taras, wie auch Astorgus angelaufen kam, das bärbeißige, kantige Gesicht von tiefen Sorgenfalten gezeichnet. Scortius erreichte ihn zuerst. Taras wickelte sich hastig die Zügel vom Oberkörper, stieg aus dem Ersten Wagen und legte den Silberhelm ab. Zu spät erkannte er, dass sich der andere trotz seines Lächelns kaum aufrecht halten konnte und dass ihm das Atmen schwer fiel. Und dann sah er das Blut.

»Na, wie geht's? Schwieriger Vormittag, was?«, fragte Scortius freundlich, ohne nach dem Helm zu greifen.

Taras räusperte sich. »Ich … habe nicht gut abgeschnitten. Ich kann anscheinend …«

Astorgus war jetzt ebenfalls herangekommen. »Er hat sich glänzend behauptet«, sagte er. »Verdammt, was willst du hier?«

Scortius lächelte ihn an. »Gute Frage. Keine befriedigende Antwort. Hört zu, ihr beiden. Ein Rennen schaffe ich – vielleicht. Daraus müssen wir etwas machen. Taras, du bleibst im Ersten Wagen. Ich fahre als Zweiter. Wir werden dieses Rennen gewinnen und Crescens gegen die Bande schmettern oder in die Spina schleudern oder ihn in sein eigenes, geräumiges Arschloch stopfen. Verstanden?«

Er war also nicht gerettet. Oder vielleicht doch, nur anders, als er gedacht hatte.

»Ich … bleibe Erster?«, murmelte Taras.

»Du musst. Ich weiß nicht, ob ich sieben Runden durchhalte.«

»Verdammt. Weiß dein Arzt, dass du hier bist?«, fragte Astorgus.

»Du wirst es nicht für möglich halten, ja.«

»Was? Er … hat es dir erlaubt?«

»Natürlich nicht. Er hat die Behandlung niedergelegt. Er will keine Verantwortung übernehmen, wenn ich hier draußen den Geist aufgebe.«

»*Großartig!*«, sagte Astorgus. »Dann bleibt sie also an mir hängen?«

Scortius versuchte zu lachen. Fasste sich unwillkürlich an die Seite. Taras sah den Bahnwart herüberkommen. Gewöhnlich durfte wegen irgendwelcher Absprachen in letzter Minute der Start nicht verzögert werden, aber der Bahnwart war ein alter Hase und wusste, dass er es hier mit einem ungewöhnlichen Fall zu tun hatte. Die Zuschauer grölten noch immer. Sie mussten ohnehin erst ruhiger werden, bevor das Rennen beginnen konnte.

»Willkommen, Wagenlenker!«, rief er munter. »Fährst du das Rennen mit?«

»Ja«, sagte Scortius. »Wie geht's deiner Frau, Darvos?«

Der Bahnwart lächelte. »Besser, danke. Der Junge setzt aus?«

»Der Junge fährt den Ersten Wagen«, sagte Scortius. »Ich nehme den Zweiten. Isanthus setzt aus. Astorgus, kannst du das regeln? Und sag den Betreuern, sie sollen die Zügel der Außenpferde so umhängen, wie ich es gern habe.«

Der Bahnwart nickte und wandte sich ab, um dem Starter Bescheid zu geben. Astorgus rührte sich nicht von der Stelle und starrte Scortius unverwandt an.

»Willst du das wirklich?«, fragte er. »Lohnt sich das? Ein einziges Rennen?«

»Ein wichtiges Rennen«, sagte der Verletzte. »Aus mehreren Gründen. Du kennst sie nicht alle.« Er lächelte schmal, diesmal blieben seine Augen ernst. Astorgus zögerte noch einen Herzschlag lang, dann nickte er langsam und ging auf den Zweiten Wagen der Blauen zu. Scortius wandte sich wieder an Taras.

»Also. Es geht los. Zwei Dinge zuvor«, sagte der Stolz der Blauen leise. »Erstens, Servator ist das beste Außenpferd im ganzen Reich, aber du musst ihn fordern. Sonst ist er eitel und faul. Wird gern langsamer und betrachtet sich unsere Statuen. Schrei ihn an.« Er lächelte. »Hat lange gedauert, bis ich dahinter kam, was ich aus ihm herausholen kann. Wenn er die Innenseite hält, nimmst du die Wendungen schneller, als du es je für möglich hieltest – bis du es ein paarmal gemacht hast. Am Start musst du hellwach sein. Weißt du noch, wie er die drei anderen dazu bringen kann, mit ihm scharf einzuscheren?«

Taras erinnerte sich. Das hatte er erst vergangenen Herbst erlebt. Er nickte, konzentrierte sich. Das war wichtig, das war sein Beruf. »Wann gebe ich ihm die Peitsche?«

»Wenn du an eine Wendung kommst. Schlag ihn von rechts. Und brüll weiter seinen Namen. Er hört zu. Konzentrier dich nur auf Servator – er nimmt dir die drei anderen ab.«

Taras nickte.

»Und achte während des Rennens auf mich.« Scortius fasste sich wieder an die Seite, stieß einen Fluch aus und atmete ganz flach. »Du bist aus Megarium? Sprichst du inicisch?«

»Ein paar Worte. Wie jeder dort.«

»Gut. Wenn es nötig ist, schreie ich dir in dieser Sprache etwas zu.«

»Wo hast du Inicisch …«

Der Ältere verzog spöttisch das Gesicht. »Eine Frau. Wer sonst brächte uns alle wichtigen Dinge des Lebens bei?«

Taras lachte gequält. Sein Mund war trocken. Die Menge veranstaltete wirklich einen unglaublichen Lärm. Immer noch war das ganze Hippodrom auf den Beinen. »Du sagtest … zwei Dinge?«

»Richtig. Hör gut zu. Wir wollten dich bei den Blauen haben, weil ich wusste, dass du bald so gut wie jeder andere hier bist oder noch besser. Man hat dich ungerechterweise in eine verdammt unangenehme Situation gebracht, du hattest mit dem Gespann noch nie gearbeitet und musstest dich gegen Crescens und seinen Zweiten behaupten. Wenn du glaubst, du hättest versagt, dann bist du ein verdammter Narr, und ich sollte dir eins über den Schädel geben, aber das tut mir zu weh. Du hast dich phantastisch geschlagen, und das weiß jeder, der Augen im Kopf hat, du sauradischer Hinterwäldler.«

Wenn man an einem feuchten Wintertag in einer Schenke heißen Würzwein trank, durchlief einen eine ganz eigenartig wohlige Wärme. Diese Worte bewirkten das Gleiche. Taras unterdrückte seine Rührung, so gut er konnte, und sagte: »Ich *weiß*, dass ich phantastisch bin. Höchste Zeit, dass du zurückkommst und mir hilfst.«

Scortius stieß ein bellendes Lachen aus und zuckte vor Schmerz zusammen. »Braver Junge«, sagte er. »Du startest auf Bahn Fünf, ich auf Bahn Zwei?« Taras nickte. »Gut. Wenn du an die Linie kommst, hast du Platz zum Einscheren. Achte auf mich, hab Vertrauen zu Servator und überlass Crescens mir.« Er grinste, aber es war nur eine verkrampfte Grimasse.

Taras schaute zu dem muskulösen Ersten der Grünen hinüber, der sich gerade auf der sechsten Bahn die Zügel um den Oberkörper band.

»Natürlich. Das ist schließlich deine Aufgabe«, sagte er. »Hoffentlich erfüllst du sie auch.«

Wieder grinste Scortius, dann nahm er Taras den silbernen Paradehelm aus den Händen, reichte ihn dem Betreuer, der neben ihnen stand, und nahm dafür den verbeulten ledernen Rennhelm in Empfang. Den setzte er Taras eigenhändig auf, als wäre er dessen Stallbursche. Die Menge raste. Sie wurden natürlich beobachtet, das Publikum studierte jede ihrer Bewegungen so aufmerksam wie ein Chiromant die Eingeweide seiner Opfertiere oder die Sterne.

Taras spürte, wie ihm die Tränen in die Augen stiegen. »Geht es dir auch wirklich gut?«, fragte er. Scortius' Tunika war mit Blut durchtränkt.

»Es wird alles großartig laufen«, sagte Scortius. »Vorausgesetzt, man wirft mich nicht dafür ins Gefängnis, dass ich Crescens dem Erdboden gleichmache.«

Er trat zu den Pferden, kraulte Servator den Kopf und flüsterte ihm etwas ins Ohr, dann wandte er sich ab und strebte quer über die Bahn dem Zweiten Wagen der Blauen zu. Isanthus war bereits ausgestiegen – er schien ebenso erleichtert wie Taras kurz zuvor –, und die Betreuer hantierten hastig mit den Zügeln, um sie nach Scortius' allgemein bekannten Wünschen umzuhängen.

Scortius stieg noch nicht ein. Er blieb bei den vier Pferden stehen, streichelte jedes Einzelne und flüsterte ihm etwas ins Ohr. Die Tiere mussten schließlich wissen, dass sie einen anderen Fahrer bekamen. Taras sah, dass er den Hengsten nur die rechte Seite und die rechte Hand zuwandte, damit sie das Blut nicht sahen.

Taras stieg wieder in seinen Wagen und band sich ein zweites Mal die Zügel um den Körper. Der junge Betreuer reichte den Silberhelm an einen Stallburschen weiter und eilte herbei, um ihm zu helfen. Er schwitzte vor Aufregung. Die Pferde waren unruhig. Sie hatten ihren gewohnten Fahrer gesehen, aber jetzt stand er nicht hinter ihnen. Taras griff nach der Peitsche, steckte sie aber zunächst noch neben sich in den Halter. Dann holte er tief Atem.

»Hört zu, ihr dummen, fetten Ackergäule«, erklärte er dem berühmtesten Renngespann der Welt in den sanften, beruhigenden Tönen, die er immer anschlug, wenn er mit Pferden sprach. »Wenn ihr mir diesmal nicht ein verdammt gutes Rennen liefert, bringe ich euch persönlich zum Schlachter. Habt ihr mich verstanden?«

Es war ein erhebendes Gefühl, so etwas sagen zu können. Weil man sich sicher war.

Nun folgte ein Rennen, das lange Zeit in Erinnerung blieb. Obwohl sich noch an diesem Tag und unmittelbar danach die Ereignisse überstürzten, sollte das erste Nachmittagsrennen des zweiten Renntages in diesem Jahr zur Legende werden. Ein Abgesandter von Moskav, der im Gefolge des Großfürsten nach Sarantium gereist und den Winter über zu langwierigen Zollverhandlungen in der Stadt zurückgeblieben war, besuchte das Rennen und hielt es in seinem Tagebuch fest – und dieses Dokument sollte wie durch ein Wunder einhundertfünfzig Jahre und drei Feuersbrünste in drei verschiedenen Städten überdauern.

Für manche Hippodrom-Besucher waren die Rennen an diesem Tag wichtiger als so welterschütternde Ereignisse wie Krieg, Machtwechsel und Umwälzungen in Fragen des heiligen Glaubens. Noch Jahrzehnte später erinnert sich der Lehrling, dass der Krieg genau an dem Tag erklärt wurde, als das Zimmermädchen endlich mit ihm auf den Dachboden ging. Wenn nach langem Warten ein gesundes Kind geboren wird, beeindruckt das die Eltern mehr als der Bericht über ein Invasionsheer an der Grenze oder die Einweihung eines Heiligtums. Die Unruhe, die den Bauern drängt, noch vor dem ersten Frost die Ernte einzubringen, ist stärker als alle Empfindungen beim Tod eines Königs. Ein Kolikanfall drängt die schwerwiegendsten Proklamationen der heiligen Patriarchen in den Hintergrund. Die großen Ereignisse einer Epoche sind für die Zeitgenossen nur Kulissen, vor denen sich das sehr viel spannendere Drama ihres eigenen Lebens abspielt. Wie könnte es auch anders sein?

Und so klammerten sich viele der Männer und Frauen im Hippodrom (auch einige, die gar nicht dort gewesen waren, obwohl sie dies später behaupten sollten) an irgendein persönliches Bild, das sie mit dem eigentlichen Geschehen verbanden. Dabei konnte es sich um ganz verschiedene Dinge und Momente handeln. Wie könnte es auch anders sein, ist doch die Seele wie ein Saitenspiel, das sich nicht nur auf eine Art zum Klingen bringen lässt?

Carullus der Soldat, einst Tribun der Vierten Sauradischen, dann für kurze Zeit Chiliarch der Zweiten Calysischen Reiterlegion, war jüngst – ohne sich jemals im Norden gemeldet zu haben und aus Gründen, die ihm bislang noch unerfindlich waren – zur Leibwache des Obersten Strategos Leontes versetzt worden und erhielt seinen (stattlichen) Sold aus der Privatschatulle des Strategos.

Aus diesem Grund war er noch in der Stadt und saß mit seiner Frau im Hippodrom auf den Tribünen im Abschnitt für Offiziere der Kaiserlichen Armee. Er hatte sich damit abgefunden, dass in seiner derzeitigen Position ein Sitz- oder Stehplatz bei den Anhängern der Grünen nicht mehr standesgemäß war. Von den Offizieren ringsum ging eine fast greifbare Spannung aus, die aber nur wenig mit den Rennen zu tun hatte. Jedermann wusste, dass heute noch eine wichtige Ankündigung bevorstand. Worum es dabei ginge, war nicht schwer zu erraten. Leontes war noch nicht in der Kathisma, und auch der Kaiser war am Nachmittag nicht mehr erschienen, aber der Nachmittag war noch lang.

Carullus sah seine Frau an. Kasia besuchte zum ersten Mal ein Rennen, und die vielen Menschen waren ihr noch immer nicht geheuer. Hier im neutralen Offiziersabschnitt ging es sicher sehr viel ruhiger zu als auf den Stehplätzen der Grünen, dennoch machte er sich Sorgen. Er hoffte, dass sie sich amüsierte, und wollte sicherstellen, dass sie das denkwürdige Ereignis am Ende dieses Tages nicht versäumte. Er selbst war seit dem Morgen im Hippodrom, aber Kasia hatte er erst in der Mittagspause zu Hause abgeholt: Einen ganzen Tag in diesem Trubel konnte er ihr nicht zumuten. Trotz seiner Hoffnungen war ihm bewusst, dass sie nur seinetwegen hier war, ein Zugeständnis an seine Begeisterung für die Wagenrennen.

Er konnte es kaum fassen, dass eine Frau dazu bereit war.

Offiziere wurden in der Stadt bevorzugt behandelt, besonders, wenn sie dem Stab des Strategos angehörten. Carullus hatte ausgezeichnete Plätze bekommen, fast in der Mitte der Eröffnungsgeraden und ziemlich nahe an der Bande, sodass sich die Masse der Zuschauer hinter und oberhalb von ihnen befand. Kasia konnte sich also auf die Pferde und die Fahrer konzentrieren. Das sollte eigentlich günstig für sie sein.

Da sie so dicht an der Bahn saßen und die äußeren Quadrigen dank der gestaffelten Startpositionen weit vorn standen, konnten sie die äußeren drei Gespanne ganz aus der Nähe betrachten. Crescens von den Grünen startete auf Bahn Sechs. Carullus zeigte ihn seiner Frau, erinnerte sie daran, dass der Wagenlenker Gast auf ihrer Hochzeit gewesen war, und machte noch einen Scherz, als der Erste Fahrer der Grünen kurz vor dem Start unter den Tribünen verschwand und sein Gespann den Betreuern überließ. Kasia lächelte ein wenig; einer der Offiziere lachte laut auf.

Carullus nahm sich streng an die Kandare – obwohl er vor Begeisterung ganz außer sich war –, um seiner jungen Frau nicht unentwegt *alles* zu erklären, was vorging. Dass Scortius vermisst wurde, war ihr bekannt. Ganz Sarantium redete von nichts anderem. Inzwischen wusste er jedoch, dass seine Stimme sie ebenso sehr beruhigte wie seine Gegenwart, und so hatte er ihr (für seine Verhältnisse) kurz erzählt, wie es dazu gekommen war, dass man das rechte Außenpferd in Crescens' Quadriga gegen den jungen Fahrer eingetauscht hatte, der jetzt auf Bahn Fünf stand und den Silberhelm für die Blauen trug. Dazu hatte er ihr natürlich erklären müssen, was es mit rechten Außenpferden auf sich hatte, was wiederum zu den linken Pferden führte und danach ...

Einiges davon hatte ihr Interesse erregt, wenn auch nicht so, wie er erwartet hätte. Zum Beispiel wollte sie mehr über den Jungen wissen und wieso er denn mit oder ohne sein Einverständnis von einer Partei an die andere verkauft werden könne. Carullus hatte ihr erklärt, dass ihn schließlich niemand *zwinge*, Wagenrennen zu fahren oder gar in Sarantium zu bleiben, aber irgendwie spürte er, dass das nicht die richtige Antwort auf ihre Frage war. Daraufhin hatte er das Thema gewechselt und sie auf die verschiedenen Ehrenmale an der Spina jenseits der Bahn aufmerksam gemacht.

Als das Gebrüll einsetzte, wandte er sich rasch dem Tunnel zu, und als er Scortius und Crescens gemeinsam auf die Bahn kommen sah, blieb ihm vor Staunen der Mund offen stehen.

Verschiedene Menschen sehen und erinnern sich an verschiedene Dinge, auch wenn sie alle in dieselbe Richtung schauen. Carullus war Soldat, seit er den Kinderschuhen entwachsen war. Sobald er sah, wie Scortius sich bewegte, zog er daraus seine Schlüsse, noch bevor die beiden Männer näher kamen und er das Blut auf der linken Seite des Mannes bemerkte. Die Erkenntnis legte über alles, was er sonst noch sah und empfand, als das Rennen begann, und über alles, woran er sich später erinnern sollte, einen roten Schleier, sie prägte diesen Nachmittag von Anfang an, noch ehe vieles andere bekannt wurde.

Kasia bemerkte davon gar nichts. Sie beobachtete – ganz aus der Nähe – den vierschrötigen Mann in Grün, der jetzt seinen Wagen wieder bestieg. Ja, er war tatsächlich auf ihrer Hochzeit gewesen: strotzend vor Selbstbewusstsein hatte er einen Kreis von Gästen um sich geschart, und alle hatten gelacht, so wie die Menschen über die Scherze eines wichtigen Mannes zu lachen pflegen, ob sie nun komisch sind oder nicht.

Crescens von den Grünen stehe auf dem Gipfel seiner Laufbahn, hatte ihr Carullus erklärt (er hatte ihr so vieles erklärt an diesem Nachmittag). In Scortius' Abwesenheit habe er vergangene Woche und heute Vormittag jedes wichtige Rennen gewonnen. Der Mann fahre einen rauschenden Sieg nach dem anderen ein, und die Grünen kosteten ihren Triumph weidlich aus.

Vor diesem Hintergrund fand Kasia es bemerkenswert, wie deutlich sie seine Angst erkennen konnte.

Er stand dicht unter ihr in seinem Wagen und band sich mit System die langen Zügel um den Oberkörper. Auch davon hatte Carullus gesprochen. Aber der grüne Fahrer schaute immer wieder nach hinten, wo etwas weiter links jetzt auch sein Begleiter, dieser Scortius, einen Wagen bestieg. Er stand näher an der Stelle mit all den Statuen. Kasia hätte gern gewusst, ob auch die anderen die Unruhe des Grünen bemerkten. Vielleicht war sie nach jenem Jahr bei Morax für solche Dinge besonders empfänglich. Ob das immer so bleiben würde?

»Heiliger Jad in der Sonne, er fährt als Zweiter!«, hauchte Carullus. Es klang so verzückt wie ein Gebet, und als sie zu ihm hinübersah, war sein Gesicht zur Maske erstarrt, als hätte er Schmerzen.

Sie war so fasziniert, dass sie nachfragte, und er erklärte ihr auch dies. Doch diesmal hatte er es eilig, denn als endlich jeder Fahrer seine Zügel da festgebunden hatte, wo sie offenbar hingehörten, zogen sich die Betreuer an die Innen- oder Außenseite der Bahn zurück, und die gelb gekleideten Bahnwarte folgten ihrem Beispiel; der Senatsälteste in der Kathisma ließ ein weißes Tuch fallen, eine einzige Trompete blies einen einzigen Ton, und an einem Ende der Spina kippte ein silbernes Seepferdchen um. Das Rennen begann.

Und wirbelte eine Menge Staub auf.

Cleander Bonosus hörte an diesem Tag auf, ein Grüner zu sein. Nicht, dass er zur anderen Farbe gewechselt wäre, nein, wie er später oft erzählen sollte – unter anderem in einer denkwürdigen Rede bei einem Mordprozess –, war es eher so, als sei er in diesem Frühjahr während des ersten Nachmittagsrennens am zweiten Hippodromtag der Saison schlagartig über jede Parteizugehörigkeit hinausgewachsen.

Vielleicht sogar schon vor dem Rennen, als er nämlich den Mann, den seine Freunde in einer dunklen Straße mit Messerstichen und Fußtritten traktiert hatten, den Mann, dem sein Arzt – Cleander hatte es mit eigenen Ohren gehört – bis zum Sommer Schonung verordnet hatte, als er also diesen Mann auf die Bahn treten und den *Zweiten* Wagen der Blauen besteigen sah. Er nahm nicht den Silberhelm, der ihm von Rechts wegen zustand.

Oder noch früher. Denn Cleander hatte seine Mutter gesucht und deshalb in den Tunnel geschaut, anstatt die Wagenlenker zu bewundern, die ihre Positionen auf der Startbahn einnahmen. Sein Platz war so weit unten und so nahe am Eingang, dass er – vielleicht als Einziger von achtzigtausend Zuschauern – tatsächlich beobachten konnte, wie Crescens von den Grünen jemandem den Ellbogen in die Seite rammte, bevor die beiden Männer ins Tageslicht traten. Erst dann hatte er erkannt, wer dieser Jemand war.

Das würde er nie vergessen. Sein Herz hatte wild zu pochen angefangen und bis zum Start nicht wieder damit aufgehört. Das Rennen begann genau in dem Moment, als seine Mutter und der Arzt auf ihre Plätze zurückkehrten. Cleander streifte sie nur mit einem flüchtigen Blick. Beide wirkten ungewöhnlich angespannt, aber er hatte keine Zeit, sich darüber Gedanken zu machen. Unten lief ein Rennen, und Scortius war wieder da.

Das Seepferdchen kippte. An der gestaffelten Startlinie rasten acht Quadrigen los und strebten der weißen
Markierung zu, wo sie ihre Bahnen verlassen und ihre
wilden Manöver beginnen konnten.

Instinkt, Gewohnheit, Ausstrahlung – warum auch
immer, Cleanders Blick ruhte jedenfalls auf Crescens,
als der Erste der Grünen auf Bahn Sechs auf sein Gespann einpeitschte. Keine gute Startposition, aber der
junge Anführer der Blauen war nur auf Bahn Fünf, es
kam also nicht allzu sehr darauf an. Scortius fuhr viel
weiter vorn auf der zweiten Bahn, aber mit einem
schwächeren Gespann. Wie es dazu gekommen war,
konnte Cleander nicht begreifen. Der Zweite Fahrer der
Grünen hatte die Innenbahn und würde versuchen, sie
so lange zu halten, bis Crescens sich vorarbeiten konnte.

Das wäre bei dieser Ausgangslage die übliche Strategie gewesen.

Doch diesmal würde Crescens wohl sehr lange brauchen. Taras von den Blauen kam mit seinem Gespann
mindestens ebenso schnell weg. Crescens konnte an der
Markierung nicht einscheren, ohne ihn zu rammen oder
seinen eigenen Wagen umzuwerfen. Die beiden Ersten
Gespanne mussten gemeinsam nach innen driften, danach konnten die Grünen wie schon den ganzen Vormittag gemeinsam den blauen Fahrer behindern. Das
Rennen ging über sieben Runden, sie hatten also ausreichend Zeit.

Allerdings wusste jeder, wie ungeheuer wichtig der
Start war. Ein Rennen konnte schon in der ersten Runde
gelaufen sein. Und diesmal fuhr Scortius mit.

Cleander wandte sich dem Zweiten Gespann der
Blauen zu und konnte sich nicht mehr losreißen. Scortius hatte brillant auf Tuch und Trompete reagiert und
einen grandiosen Start hingelegt. Jetzt peitschte er bereits wie wild auf seine Pferde ein. Er war förmlich von
der Startlinie weggeschossen und hatte den Grünen an

der Bande sofort hinter sich gelassen. Womöglich konnte er sogar einscheren und die Innenbahn besetzen, sobald sie die weiße Markierung erreichten. Aber es würde eng werden.

»Wo ist er?«, fragte seine Stiefmutter.

»Bahn Zwei«, keuchte Cleander und deutete mit dem Finger, ohne den Blick abzuwenden. Erst später fiel ihm auf, dass weder sie noch er einen Namen genannt hatten. »Er fährt den Zweiten Wagen, nicht den Ersten! Pass auf, gleich hält er auf die Bande zu.«

Die Pferde hatten die Marke erreicht. Scortius hielt nicht auf die Bande zu.

Stattdessen ging er nach *außen* und bog weit vor den langsameren Quadrigen der Weißen und Roten auf Bahn Drei und Vier scharf nach rechts ab. Die beiden nützten die unerwartete Lücke und drosselten für einen Moment ihre Geschwindigkeit, um hinter ihm nach innen zu drängen.

Später sollte Cleander verstehen, dass dies ein Teil des Plans gewesen sein musste. Sie mussten langsamer werden, um nach links zu ziehen, und dadurch entstand Spielraum. Und Spielraum war immer das Wesentliche. Im Rückblick erschienen Cleander die donnernden, am Start eng zusammengedrängten Wagen mit ihren wirbelnden Rädern, die zweiunddreißig dahinfliegenden Pferde, die peitschenden, mit aller Kraft gegenhaltendenden Männer wie hölzerne Spielzeugfiguren, die ein kleiner Junge auf dem Boden seines Zimmers aufbaut, um Hippodrom zu spielen. Und Scortius manipulierte sie alle wie dieser Junge seine Figuren. Er war wie ein Gott.

»*Achtung!*«, rief eine Stimme von hinten. Und aus gutem Grund. Die beiden blauen Quadrigen waren jetzt auf Kollisionskurs, der Junge im Ersten Wagen zog erwartungsgemäß nach innen, und Crescens war dicht neben ihm. Scortius kam den beiden schräg entgegen, er fuhr in die falsche Richtung, *weg* von der Bande. Cleander sah, dass Scortius den Mund weit aufgerissen hatte und in das unbegreifliche Chaos aus Staub und Geschwindigkeit hineinbrüllte.

Und plötzlich war es nicht mehr unbegreiflich, denn jetzt geschah ein Wunder. Alles klärte sich, wenn man genug von der Sache verstand und soweit Klarheit im brodelnden Sumpf des menschlichen Lebens möglich war.

Als Cleander sehr viel später seine Erinnerungen ordnete, tastete er sich vorsichtig am Bogen seiner Gefühle entlang zurück und kam schließlich zu der Erkenntnis, dass eigentlich *dies* der Moment war, in dem die Treue zu einer Partei an Bedeutung verlor und durch einen Wunsch ersetzt wurde, der ihn sein ganzes Leben lang begleiten sollte, den Wunsch nämlich, noch einmal ein Schauspiel zu erleben, das dieses Höchstmaß an Können, Eleganz und Mut in sich vereinigte, von welcher Farbe diese Glanzleistung auch vollbracht werden mochte. Man könnte sagen, seine Kindheit sei in dem Moment zu Ende gegangen, als Scortius nach außen fuhr anstatt nach innen.

Ähnlich wie Kasia, die auf gleicher Höhe etwas weiter vorn saß, sah Cleanders Stiefmutter anfangs nur ein rasendes Durcheinander aus Staub und Bewegung. Das Chaos in ihrem Innern war so stark, dass sie es nicht von den turbulenten Geschehnissen ringsum zu trennen vermochte. Ihr war übel, und sie fürchtete, sich übergeben zu müssen. Welche Blamage hier in aller Öffentlichkeit! Am liebsten hätte sie den bassanidischen Heiler an ihrer Seite verflucht. Nur seinetwegen war sie überhaupt hierher gekommen, und dann hatte er im Halbdunkel unter den Tribünen ... vielleicht ... mehr gesehen, als er sollte.

Wehe, er sagt auch nur ein einziges Wort, dachte Thenaïs. Wehe, er wagt es, sich nach meinem Befinden zu erkundigen. Dann würde sie ... Nein, sie *wusste* nicht, was sie dann tun würde.

Und damit befand sie sich auf erschreckend unbekanntem Terrain, sie, die sonst in jeder Lebenslage wusste, was zu tun war. Er sagte nichts. Ein Glück. Den albernen Stock dicht neben sich gestellt – eine Marotte, genauso schlimm wie der gefärbte Bart –, starrte er so gebannt wie alle anderen auf die Bahn. Nur dazu waren sie schließlich alle hier, nicht wahr? Alle außer ihr selbst vielleicht.

Ich erwarte, dass Ihr dieses Rennen gewinnt, hatte sie gesagt. In diesem seltsam fahlen Licht unter den Tribünen. Nachdem sie versucht hatte, ihn zu töten. Keine Ahnung, warum sie das gesagt hatte, es war ihr einfach entfahren, aus ihr herausgebrochen. So etwas passierte ihr sonst *nie*.

In den Kapellen des Heiligen Jad wurde mahnend verkündet, die Dämonen aus der Zwischenwelt lägen stets auf der Lauer, und wenn sie in einen sterblichen Mann, eine Frau einführen, würde derjenige ein anderer, als er war und jemals gewesen war. Das Messer war wieder unter ihrem Umhang verborgen. Er hatte es ihr zurückgegeben. Sie fröstelte in der heißen Sonne.

Der Arzt sah zu ihr herüber. Sagte aber nichts. Ein Glück. Wandte sich wieder der Rennbahn zu.

»Wo ist er?«, fragte sie Cleander. Er streckte die Hand aus und rief, ohne den Blick von dem heillosen Durcheinander zu wenden: »Er fährt den Zweiten Wagen, nicht den Ersten!«

Natürlich hatte das irgendetwas zu bedeuten, aber sie hatte keine Ahnung, was. Und inwiefern es etwas mit ihr zu tun hatte und mit ihrer Forderung, das Rennen zu gewinnen.

Rustem entdeckte seinen Patienten, sobald er sich wieder gesetzt hatte und die Trompete ertönte. Von da an beobachtete er ihn. Sah, wie er trotz seiner verletzten Seite mit der linken Hand vier Rennpferde lenkte, während er mit der rechten die Peitsche führte, und wie er sich auf der schwankenden, hüpfenden Plattform des Wagens unglaublich weit vorbeugte. Sah auch, wie Scortius den Körper scharf nach rechts neigte, und hatte fast den Eindruck, als *zöge* der Wagenlenker mit seinem lädierten Körper über den wirbelnden, sich drehenden Rädern sein Gespann, wohin er es haben wollte.

Der Anblick rührte ihn auf unerklärliche Weise. Eigentlich, dachte er, war das blitzende Messer, das ich unter den Tribünen zu Boden habe fallen sehen, ganz unnötig.

Der Mann wollte sich vor aller Augen selbst umbringen.

Er war selbst einmal berühmt gewesen, einer der berühmten Wagenlenker, die in diesem Hippodrom je eine Quadriga gefahren hatten.

Drei Statuen hatte man ihm an der Spina errichtet, eine davon aus Silber. Als er sich zur Ruhe setzte, musste ihn der erste Kaiser Valerius – der Onkel des jetzigen Herrschers – zweimal zurückholen, weil das Hippodrom-Publikum so gebieterisch nach ihm verlangte. Als er zum dritten – und letzten – Mal die Bahn verließ, hatte man ihn mit einer Prozession vom Hippodrom-Forum bis zu den Landmauern geehrt, und auf der ganzen Strecke hatten die Menschen in mehreren Reihen hintereinander die Straßen gesäumt. Die Stadtpräfektur hatte zweihunderttausend Seelen gemeldet.

Astorgus von den Blauen (ein ehemaliger Grüner) litt unter keiner falschen Bescheidenheit. Er brauchte sich seiner Zeit auf dieser Bahn nicht zu schämen. Zwei Jahrzehnte lang hatte er gegen eine lange Reihe von Herausforderern und gegen den Neunten Wagenlenker gekämpft und gesiegt und immer wieder gesiegt.

Der allerletzte dieser jungen Herausforderer – seinetwegen war Astorgus damals ausgeschieden – fuhr jetzt den Zweiten Wagen. Er hatte mehrere Rippenbrüche und eine offene Wunde, und er war nicht mehr jung. Astorgus der Faktionarius – ein Mann von schonungsloser Offenheit, mit Narben übersät, ungeheuer bewandert in allem, was mit Wagenrennen zu tun hatte, und berühmt für seine eiserne Beherrschung – begriff von allen, die diese ersten Augenblicke des Rennens sahen, als Erster, was vorging. Er erfasste mit einem einzigen Blick acht Quadrigen, Geschwindigkeiten, Winkel, Fahrer und Möglichkeiten und schickte ein inbrünstiges Stoßgebet an den verbotenen, verketzerten, unentbehrlichen Gottessohn Heladikos.

Er stand beim Start wie gewöhnlich außen im unteren Drittel der langen Geraden, hinter der Kreidemarkierung, in einer Nische für die Bahnwarte zwischen der Außenbande und der an dieser Stelle etwas zurückgesetzten ersten Sitzreihe. So musste er den Eindruck haben, Scortius komme geradewegs auf ihn zu, als er diesen beispiellos absurden Schwenk nach außen machte, anstatt die innere Bande anzusteuern.

Er hörte, wie der Stolz der Blauen (ein Titel, den er selbst einmal getragen hatte) das donnernde Getöse überschrie, und war ihm nahe genug, um herauszuhören, dass er inicische Worte gebrauchte. Diese Sprache beherrschten hier nur einige wenige, darunter Astorgus selbst und vermutlich auch der junge Taras aus Megarium. Astorgus sah, wie der Junge den Kopf kurz nach links drehte und sofort reagierte, obwohl er keinen Moment Zeit zum Überlegen bekam. Großartig! Astorgus unterbrach sein Gebet und hielt den Atem an.

Jetzt schrie der Junge – den Namen Servator – und peitschte brutal von rechts auf das Pferd ein. Das alles in einer wahnwitzigen, halsbrecherischen Geschwindigkeit, mörderisch nahe am Start, wo sich ohnehin alles drängte, inmitten von zweiunddreißig tobenden Hengsten.

Exakt im gleichen Moment, mit dem gleichen Herzschlag, so dicht nebeneinander, dass man zwischen den Rädern der beiden Wagen kein Streifchen Boden mehr sehen konnte, warfen sich Scortius und der junge Taras nach links und nahmen Gespann und Wagen mit. Der Lärm war ohrenbetäubend, der Staub zum Ersticken.

Und durch den Staub sah Astorgus direkt vor sich – eine Privatvorstellung zu seinem ganz persönlichen Vergnügen (wie ein Adliger, der für einen Abend eine Tanztruppe engagiert hatte) –, was dann geschah. Er sah es mit Erschütterung, tief bewegt, mit ehrfürchtiger Scheu, denn bei allem, was ihm da draußen je gelungen war – und das war nicht wenig, dafür bürgten zweihunderttausend Menschen, die einst aus Leibeskräften seinen Namen geschrien hatten –, selbst in seiner besten Zeit, auf dem Gipfel seines Ruhmes wäre ihm nicht *eingefallen*, was Scortius soeben ausgeführt hatte.

Taras fuhr nach innen, Scortius nach außen. Geradewegs aufeinander zu. Als der Junge heftig nach links riss, zog Servator, dieses Prachtpferd, die drei anderen quer über die Bahn. Es war *genau* das gleiche Manöver, an das sich das Hippodrompublikum noch vom letzten Herbstrennen erinnerte, als Scortius den jungen Taras auf diese Weise ausgespielt hatte. Und das war – oh, ja! – Bestandteil dieser eleganten, dieser perfekten Strategie, die alles in den Schatten stellte. Ein bekanntes Motiv, in einem neuen Zusammenhang verwendet.

Scortius riss seine Pferde im kritischen Moment ebenso abrupt nach links – sonst wären die beiden Wagen Kleinholz gewesen, die Tiere aufwiehernd gegeneinander geprallt und die Fahrer durch die Luft geflogen und zerschmettert zu Boden gestürzt. Sein Gespann schwenkte mit schlitternden Rädern herum, raste abermals nach außen und richtete sich mit erschreckender

Präzision genau neben Crescens und seinem Grünen-Gespann wieder gerade. In voller Fahrt.

Inzwischen waren die Quadrigen auf der dritten und vierten Bahn weiter nach innen geschert.

Natürlich. Als Scortius vom Start wegraste und nach außen schwenkte, hatte er ihnen Platz geschaffen. Sie waren langsamer geworden, hatten die unerwartete Gelegenheit genützt – und damit Taras geradezu die Palasttore geöffnet, sodass er, als er seinerseits den rasanten Schwenk nach links machte und sein Gespann wieder geradestellte, vor sich und nahe der Bande wie durch ein Wunder freie Bahn sah.

Er befand sich dicht hinter der Nummer Zwei der Grünen. Und dann – wieder setzte der Junge die Peitsche ein – war er *neben* ihr, ging unter der Kathisma in die erste Wendung, nahm den weiteren Weg aber mit dem besseren Gespann, beugte sich immer noch nach links, schrie den Namen seines prachtvollen Leitpferdes, ließ Servator ganz dicht an das Grünen-Gespann heran, und als sie aus der Wendung kamen, war er *vorbei*. Nichts und niemand waren mehr vor ihm auf der entscheidenden Spur der Gegenbahn … das Rennen war auf einer einzigen Geraden entschieden worden.

Astorgus weinte. Er war so tief bewegt, als stünde er in einem Heiligtum, denn er hatte eben die vollkommenste Leistung gesehen, die je ein Mensch vollbracht hatte: ein Kunstwerk wie eine Vase, ein Schmuckstück, ein Gedicht, ein Mosaik, ein Wandbehang, ein goldenes Armband oder ein edelsteinbesetzter, künstlicher Vogel.

Zugleich wusste er, dass *dieses* Werk den Augenblick seiner Entstehung nicht überdauern konnte. Es konnte nur hinterher beredet werden, von Menschen mit mehr oder weniger zuverlässigem Gedächtnis, die es gesehen, nur halb gesehen oder gar nicht gesehen hatten, deren Blick getrübt war durch Erinnerungen, eigene

Wünsche oder Unwissenheit, und damit war es wie in Wasser geschrieben oder in Sand.

Es war unendlich wichtig, und im nächsten Moment zählte es nicht mehr. Oder wurde die Wirkung dieser Kunstform womöglich noch *vertieft* durch ihre Unbeständigkeit, die ihr innewohnende Vergänglichkeit? Das ›Wie gewonnen, so zerronnen‹? In diesem Augenblick, dachte Astorgus und umklammerte mit seinen kräftigen Händen die hölzerne Balustrade – in diesem lupenreinen Diamanten von einem Augenblick –, waren die beiden Wagenlenker, der Junge und sein genialer Mentor, die Herren der Welt auf der Erde des Gottes, Herren aller Herrscher und aller fehlbaren, unvollkommenen Menschen. Doch eines Tages würden auch sie scheitern und sterben, und nichts würde zurückbleiben. Wie gewonnen, so zerronnen.

In der Kaiserlichen Loge stand Plautus Bonosus auf, als die beiden ersten Wagen heranrasten und gemeinsam in die Wendung gingen. Das Geschehen ergriff ihn auf eine ganz ungewohnte Weise, die ihn selbst überraschte und sogar verlegen machte, bis er bemerkte, dass auch von den anderen überzüchteten, sonst so abgestumpften Höflingen in der Kathisma ein halbes Dutzend aufgesprungen war. Er wechselte einen wortlosen Blick mit dem Kaiserlichen Stallmeister und wandte sich wieder der Bahn zu.

Das feudale Deckengewölbe der Kathisma war mit einem Mosaik geschmückt, das Saranios als Wagenlenker in einer Quadriga darstellte, den Siegerkranz auf dem Haupt. Unten auf der Bahn schrie der mutige Junge, der für die Blauen fuhr und vergangene Woche und heute Vormittag völlig überfordert gewesen war, wie ein Barbar auf seine Pferde ein und peitschte sie noch in der Kathisma-Wendung am Zweiten Wagen der Grünen vorbei.

So etwas kam vor, aber nicht oft, es war möglich, aber nicht leicht, und jeder – zumindest jeder, der sich auf der Rennbahn auskannte – war sich bewusst, wie riskant ein solches Manöver war und welches Können es verlangte. Bonosus machte große Augen. Der junge Taras war nicht mehr überfordert und hatte alle Scheu abgelegt.

Und er war nicht mehr hinter oder neben dem Grünen-Gespann.

Er hatte auf Bahn Fünf begonnen. Aus der ersten Wendung kam er mit einer halben und dann einer ganzen Länge Vorsprung, und auf der langen Gegengeraden lenkte er Servator so weich wie Seide aus dem Osten an die Bande.

Bonosus wandte sich unwillkürlich noch einmal der anderen Seite zu, um Scortius und Crescens zu beobachten. Sie kamen Seite an Seite an die Wendung, aber auf dem äußersten Teil der Bahn, denn Scortius ließ seinen Gegner nicht einscheren und machte auch selbst keinerlei Anstalten dazu. Er fuhr den Zweiten Wagen. Seine Aufgabe war es, dem Führungsgespann seiner Partei den Sieg zu sichern. Und dazu musste er Crescens so lange wie möglich außen halten.

»Der andere Grüne kommt zu ihnen zurück«, sagte der Stallmeister heiser. Bonosus sah hinüber. Tatsächlich. Der Zweite Fahrer der Grünen steckte in einem Dilemma – sollte er den jungen Spitzenmann der Blauen verfolgen oder an die Seite seines eigenen Ersten Gespanns zurückkehren? – und hatte sich für die zweite Alternative entschieden. Wie man hörte, steigerte sich Crescens von Sarnica in wahre Tobsuchtsanfälle hinein, wenn die nachgeordneten Fahrer vergaßen, wer der Erste der Grünen war.

»Jetzt werden sie es auf den zweiten und dritten Platz anlegen«, sagte Bonosus mehr zu sich selbst.

»Er kann den Jungen noch einholen, wenn man ihm

schnell genug Platz macht. Wir haben noch nicht einmal eine Runde gesehen.« Man merkte dem Stallmeister die Aufregung deutlich an. Auch Bonosus fieberte mit. Da unten spielte sich ein Drama ab, das alles in den Hintergrund drängte, was heute noch bevorstand, sogar den Krieg, der die Welt verändern würde.

Die Nummer Zwei der Grünen wurde langsamer, ließ sich zurückfallen, schaute über die Schulter, schätzte den Winkel ab. Als die beiden berühmten Fahrer – immer noch außen, immer noch genau auf gleicher Höhe – aus der Wendung kamen, steuerte das Zweite Gespann der Grünen auf Scortius zu. Es hatte einen kleinen Vorsprung. Konnte vor ihm einscheren, ohne eine Strafe befürchten zu müssen. Die Aufgabe war schwierig – der Fahrer musste die blaue Quadriga behindern und zugleich eine Möglichkeit finden, für seinen eigenen Spitzenmann eine Lücke zu schaffen, damit der in scharfem Winkel an die Bande fahren und dem Jungen hinterherjagen konnte, der in Führung lag. Doch Zweite Gespanne und ihre Lenker wurden schließlich auf solche Manöver trainiert.

Die drei Quadrigen näherten sich einander und verschmolzen in Staub und Lärm zu einer einzigen sechsrädrigen Figur mit zwölf Pferden.

»Ich glaube«, sagte Bonosus plötzlich, »dass Scortius auch das einkalkuliert hat.«

»*Was?* Unmöglich«, sagte der Stallmeister und wurde im gleichen Augenblick durch die Realität widerlegt.

Er musste vorsichtig sein, *äußerst* vorsichtig. Wenn er jetzt einen Grünen rammte, wäre es mit dem Sieg der Blauen vorbei. Das war die große Gefahr für Zweite Fahrer oder Fahrer der zweitrangigen Parteien. Die gelb gekleideten Bahnwarte standen überall und hielten die Augen offen.

Außerdem war ihm schmerzlich bewusst, dass er es

zwar mit letzter Kraft schaffen konnte, die sieben Runden in aufrechter Haltung durchzustehen, aber kaum noch Energie für weitere Manöver hatte. Auch der flachste Atemzug bereitete ihm Höllenqualen. Wenn er sich nur vorstellte, das Gespann noch einmal hart herumreißen zu müssen, wäre er lieber bereits tot gewesen.

Er wusste, dass sich zu seinen Füßen eine Blutlache gesammelt hatte, in der er leicht ausrutschen konnte. Aber er schaute nicht hinunter.

Stattdessen beobachtete er das Zweite Gespann der Grünen, das jetzt zurückkam – genau wie er es erwartet hatte. Crescens versetzte seine Kollegen so sehr in Angst und Schrecken, dass sie ihm im Zweifelsfall immer zu Hilfe eilten. An sich war das nicht schlecht, aber manchmal konnte es ein Nachteil sein. Und dies sollte ein Beispiel dafür werden.

Er hatte sich diesen Moment ausgemalt, seit er die Bahn betreten und gesehen hatte, dass Crescens' neues rechtes Außenpferd auf der sechsten Bahn keine Scheuklappen trug.

Er kannte das Pferd, das sie gegen Taras getauscht hatten. Sehr gut sogar. Noch im Winter hatte er sich seine Besonderheiten eingeprägt. Es war bei den Rennen der vergangenen Woche offensichtlich nie ganz nach außen gekommen: Das Führungsgespann der Grünen ließ sich kaum jemals auf die Außenbahn abdrängen.

Doch jetzt war es jeden Moment so weit.

Das Zweite Gespann kam direkt zurück und blieb etwas vorn, aber nur so weit, dass es die Möglichkeit hatte, nach außen zu driften und damit auch Scortius abzudrängen. Auch Crescens war außen etwas vor ihm, wenn er also zu weit nach rechts geriet und das grüne Gespann streifte, könnte man das als Rammversuch werten. Die Grünen wollten ihn zwingen, seine Pferde zu zügeln. Sobald er das tat, würde das Zweite Gespann vor ihm genau das Gleiche tun, Crescens würde nach seiner Peitsche greifen und davonschießen wie ein Gefangener, dessen Zellentür aufgesperrt wurde – um dann nach innen zu scheren. Auf Spiele dieser Art waren sie trainiert. Es war schwierig, sie bei hoher Geschwindigkeit präzise durchzuführen, aber die beiden waren erfahrene Wagenlenker und arbeiteten bereits ein volles Jahr zusammen.

Doch das spielte keine Rolle.

Scortius ließ sein Gespann ein klein wenig nach außen driften. Crescens schaute rasch herüber und zischte einen Fluch. Wenn der Eindruck entstand, das zweite Grünen-Gespann habe Scortius abgedrängt, würde man ihm keinen Rammversuch vorwerfen. Immerhin war er der wiedererstandene Held: Alle drei wussten, dass beim heutigen Wettkampf auch das eine Rolle spielte.

Crescens fuhr in etwas steilerem Winkel auf die Außenbande zu.

Scortius und der andere Grüne zogen mit. Sie hatten inzwischen den größten Teil der Gegengeraden hinter sich. Wieder glitt Scortius um eine Winzigkeit nach rechts. Er musste *sehr* vorsichtig sein: Er kannte die Pferde nicht gut genug. Die drei Wagen waren sich jetzt beängstigend nahe. Hätten die Räder Sporne getragen wie im alten Rhodias, dann wäre schon jetzt ein Mensch aus einem zertrümmerten Wrack geflogen.

Crescens brüllte seinem Kollegen eine weitere Verwünschung zu und fuhr noch etwas weiter nach außen. So weit wie irgend möglich, um genau zu sein, bis er direkt an der Außenbande entlangraste. Alle Zuschauer waren auf den Beinen, schrien, tobten und schwenkten die Fäuste.

Das neue rechte Außenpferd der Grünen mochte es nicht, wenn neben ihm geschrien, getobt und Fäuste geschwenkt wurden. Ganz und gar nicht. Es war ein Pferd, das rechts dringend eine Scheuklappe gebraucht hätte. Aber es war nie außen gewesen. Crescens hatte es nie bis an die Bande gefahren, und dies war erst der zweite Renntag in diesem Jahr. Die Grünen waren auf diese Schwäche noch nicht gekommen.

Ein Fehler.

Scortius blieb, wo er war, und wartete den richtigen Moment ab. Crescens zeigte ein starres, verbissenes Lächeln. Die Quadrigen rasten vorwärts. Jetzt war er an der Bande; wenn Scortius noch weiter auf ihn zufuhr, *musste* man das als Rammversuch werten. Der andere grüne Wagen war immer noch vorn, er konnte gefahrlos etwas weiter nach außen driften und dabei langsamer werden, dann müsste Scortius hart in die Zügel greifen.

Bewährte Strategie, in sich durchaus logisch. Hätte Erfolg haben können, wenn das rechte Außenpferd nicht in diesem Moment in blinder Panik dicht neben der grölenden Menge den Kopf hochgerissen hätte und aus dem Takt gekommen wäre. Damit brachte es die anderen drei Pferde hoffnungslos aus dem Tritt, und das genau in dem Moment, als die Nummer Zwei der Grünen taktisch vollkommen korrekt etwas mehr nach rechts zog und etwas langsamer wurde.

Scortius zügelte seine Pferde so hart, wie man es sich nur wünschen konnte, sogar etwas früher, als die anderen erwartet hatten. Es sah fast nach Angst oder nach Schwäche aus.

Doch auf diese Weise konnte er den Zusammenstoß besonders intensiv und aus nächster Nähe verfolgen. Crescens' Quadriga bog, geschoben von dem verstörten und zweifellos sehr starken neuen rechten Außenpferd, zurück nach innen, während sich das andere Gespann noch immer auf dem Weg nach außen befand. Der Zusammenstoß war verheerend.

Zwei Räder flogen sofort weg. Eins wirbelte wie ein Diskus durch die Luft über die halbe Bahn in Richtung Spina. Ein Pferd wieherte erschrocken, stolperte und riss die anderen mit. Ein Wagen schlitterte seitwärts in die Bande und prallte zurück. Scortius zog (diesmal mit einem lauten Schmerzensschrei) sein Gespann scharf nach links. Er sah noch, wie Crescens mit blitzendem Messer die Zügel um seinen Oberkörper durchschnitt und sich mit einem verzweifelten Satz aus dem Wagen schnellte.

Dann war er vorbei und konnte nicht mehr beobachten, was mit dem anderen grünen Fahrer und seinen Pferden passierte. Aber er wusste, dass sie am Boden lagen.

Als er die Wendung hinter sich hatte, schaute er zurück. Rote und Weiße hetzten jetzt hinter ihm her, vier Gespanne dicht beieinander, alle gaben das Letzte. Wieder kam ihm ein Gedanke. Obwohl ihm der unheimliche rote Nebel aufs Neue den Blick trübte, beschloss er kurzerhand, auf seinem heutigen Weg zur Unsterblichkeit noch einen weiteren Schritt zu tun.

Vor ihm war der junge Taras langsamer geworden und sah sich um. Er hob die Hand mit der Peitsche und bedeutete Scortius, ihn zu überholen. Er bot ihm die Führung an, überließ ihm den Sieg.

Doch Scortius hatte mehr als einen Grund, nicht anzunehmen. Er schüttelte den Kopf, und als er an den anderen Fahrer herankam, schrie er auf Inicisch: »Ich kastriere dich mit einem stumpfen Messer, wenn du dieses Rennen nicht gewinnst! Fahr weiter!«

Der Junge grinste. Er wusste, was eben geschehen war. Ein glorreiches Manöver. Und er war schließlich Wagenlenker. Also fuhr er weiter. Passierte sechs Runden später die Ziellinie und gewann das erste große Rennen seines Lebens.

Es sollte der erste von eintausendsechshundertfünfundvierzig Siegen für die Blauen sein. Als sich der Junge im Ersten Wagen achtzehn Jahre später zur Ruhe setzte, gab es in der langen Geschichte des Hippodroms von Sarantium nur zwei Fahrer, die mehr Rennen gewonnen hatten, und nach ihm kam keiner mehr. Drei Statuen für Taras von Megarium sollten an der Spina stehen, um siebenhundert Jahre später bei den großen Umwälzungen mit allen anderen abgerissen zu werden.

Der Erste Wagen der Weißen ging in diesem Rennen als zweiter durchs Ziel, der Zweite der Weißen als dritter. Die Chronik dieses Tages, von den Bahnwarten mit gewohnter Sorgfalt geführt, verzeichnete, dass Scortius von den Blauen aus seinem einzigen Rennen an diesem Nachmittag mit weitem Abstand als Letzter hervorging.

Natürlich kann eine solche Chronik völlig neben der Wahrheit liegen. Deshalb kommt es sehr darauf an, was außerdem bewahrt wird, in Schriftstücken, in der Kunst, in zuverlässigen, falschen oder verschwommenen Erinnerungen.

Die Partei der Blauen belegte mit ihren weißen Partnern die Plätze Eins, Zwei und Drei. Und Platz Vier. Vierter in dem alles in allem wahrscheinlich spektakulärsten Rennen seiner gesamten Laufbahn war Scortius von Soriyya. Er hatte die weißen Gespanne durchgeschleust und an sich vorbeigelassen, während er mit aller Präzision die beiden bedauernswerten roten Wagenlenker blockierte, die als Einzige noch für die grüne Partei fuhren.

Nach diesem Rennen hätte er eigentlich sterben müssen. Später dachte er bisweilen in langen Nächten, es wäre in mancher Hinsicht tatsächlich besser gewesen, sein Leben als Wagenlenker mit diesem strahlenden Höhepunkt zu beenden.

Die Männer, die am Ende des Rennens auf ihn zugelaufen kamen, sahen die rote Pfütze unter seinen blutdurchtränkten Sandalen. Die ganze Plattform des Wagens war mit Blut verschmiert. Während der letzten

Runden war der Neunte Wagen an seiner Seite gefahren; als das fünfte Seepferdchen kippte, war er ihm sehr nahe gekommen, und auf der letzten Gegengeraden hätte er ihn fast gestreift. Doch obwohl er haltlos hin und her schwankte und kaum noch atmen konnte, hatte er die Roten zurückgehalten. Als er endlich davonzog, war er allein auf der Bahn. Die anderen Wagen seiner Farben waren bereits mit einer Runde Vorsprung im Ziel, und die roten Quadrigen fielen immer weiter zurück.

Er war allein bis auf jenen unsichtbaren Neunten, der Rad an Rad neben ihm fuhr, schwarz, wie es der Aberglaube wollte, aber auch blutig rot wie dieser ganze Tag. Doch dann war der Neunte unverrichteter Dinge abgezogen und hatte diesen Sterblichen im hellen Sonnenlicht zurückgelassen, aufgehoben und gehalten vom ohrenbetäubenden Lärm im Hexenkessel des Hippodroms.

Noch wusste niemand, noch konnte niemand von den mehr als achtzigtausend versammelten Menschen wissen, dass der Neunte an diesem Tag reichere Ernte halten wollte in Sarantium.

Für einen einfachen Wagenlenker blieb ihm immer noch Zeit.

Scortius wurde langsamer und konnte sich kaum noch auf den Beinen halten, als die Quadriga dicht hinter der Ziellinie schwerfällig zum Stehen kam. Er konnte nicht einmal mehr die Zügel lösen, die sich inzwischen ebenfalls mit seinem Blut vollgesogen hatten. Er war allein, zu keiner Bewegung mehr fähig.

Doch Hilfe war nahe. Schon kamen drei Männer über die Bahn gelaufen, während der Junge und die beiden weißen Gespanne noch ihre Siegesrunden fuhren. Astorgus und seine Begleiter schnitten ihn so vorsichtig frei, als wäre er ein Säugling. Überrascht sah er, dass sie weinten; auch den anderen, die hinter ihnen kamen, und sogar den Bahnwarten liefen die Tränen über das Gesicht. Er wollte sich noch dazu äußern, einen Scherz machen, aber er konnte nicht mehr sprechen. Jeder Atemzug war eine Qual. Er ließ sich unter die Tribüne helfen. Der rote Nebel hing über allem.

Sie kamen an Crescens vorbei, der auf dem Grünenabschnitt an der Spina stand. Er war offenbar unverletzt. Auch der zweite grüne Reiter war da. Ihre Gesichter zuckten so merkwürdig, als kämpften sie gegen starke Gefühle. Der Lärm war wirklich sehr stark. Noch stärker als sonst. Man führte – oder trug ihn eher – durch die Prozessionstore zurück in die matte Helligkeit des Lichthofs. Hier war es ruhiger, wenn auch nur ein wenig.

Der Bassanide wartete schon. Eine weitere Überraschung. Neben ihm stand eine Trage.

»Legt ihn hier ab«, fauchte er. »Auf den Rücken.«

»Ich dachte … Ihr hättet die Behandlung niedergelegt«, brachte Scortius heraus. Die ersten Worte. Die Schmerzen waren kaum zu ertragen. Jetzt hoben sie ihn auf die Trage.

»Stimmt«, sagte der grauhaarige Heiler aus dem Osten und warf wütend seinen Stock von sich. »Damit gibt es hier schon zwei Narren, nicht wahr?«

»O ja, mindestens«, sagte Scortius, und dann ließ Heladikos endlich Gnade walten, und er verlor das Bewusstsein.

KAPITEL V

Niemand kann bestreiten, dass die meisten Menschen die weltbewegenden Momente einer Epoche nur am Rande wahrnehmen. Ein berühmtes Drama aus den frühen Jahren des sarantinischen Ostreiches beginnt damit, dass einige Schäfer in Streit geraten, weil sie ihre Herden nicht mehr auseinander halten können. Plötzlich sieht einer im Osten ein Licht aufblitzen, etwas fällt vom Himmel. Der Streit wird kurz unterbrochen, die Männer auf dem Hang nehmen das Geschehen zur Kenntnis, kehren aber sofort wieder zu ihrem aktuellen Problem zurück.

Der Tod des Heladikos, der von seinem Vater das Feuer holte und mit seinem Wagen abstürzte, kann mit dem Diebstahl eines Schafes nicht mithalten. Das (später von der Geistlichkeit als ketzerisch verbotene) Drama von Sophenidos befasst sich nach dieser Anfangsszene mit Fragen des Glaubens, der Macht und der Herrlichkeit des Gottes und enthält auch den berühmten Botenmonolog über die Delphine und Heladikos. Aber es beginnt auf diesem Hang und endet auch dort. Das umstrittene Schaf wird geopfert – unter Verwendung des geschenkten Feuers.

Sophenidos' Beobachtung, dass die großen Ereignisse der Welt jenen, die sie miterleben, nicht als solche erscheinen, mag zeitlos gültig sein, doch mit gleichem Recht kann man feststellen, dass es Augenblicke und Orte gibt, die wahrhaftig das Herz einer Epoche bilden.

An jenem Tag zu Beginn des Frühlings gab es zwei solche Orte auf der Welt, und sie lagen weit auseinander. Einer befand sich in der Wüste von Soriyya. Dort hatte ein Mann die ganze Nacht gewacht und gefastet und zu den Sternen aufgeschaut und stand jetzt, den Zipfel seines Mantels vor den Mund gezogen, schweigend zwischen den Treibsanddünen.

Der zweite war ein Tunnel in Sarantium zwischen zwei Palästen.

Er ist in einer Biegung des Tunnels stehen geblieben, über ihm beleuchten die Fackeln den gemalten Nachthimmel an der Decke, zu seinen Füßen befindet sich ein Mosaik, das Hasen, Fasane und andere Waldtiere auf einer Lichtung darstellt: Der Handwerker wollte hier unter der Erde innerhalb der Stadtmauern die Illusion von freier Natur erzeugen. Er weiß, dass nach dem Glauben der Heiden finstere Mächte in der Tiefe wohnen. Auch die Toten werden in die Erde gelegt, wenn man sie nicht verbrennt.

Vor ihm liegen Menschen auf der Lauer, Menschen, die hier nichts zu suchen haben. Das haben ihm die gemessenen, bedächtigen Schritte verraten, die ihm folgen. Sie haben keine Angst, dass er ihnen entfliehen könnte.

Die Neugier, die er jetzt spürt, ist geradezu ein Wesensmerkmal des Kaisers von Sarantium. Die Fragen und Rätsel der Welt, die der Gott geschaffen hat, beschäftigen ihn unaufhörlich. Der Zorn ist weniger charakteristisch für ihn, aber im Moment nicht weniger stark, und die Trauer, die ihn immer wieder schüttelt wie ein dumpfer Herzschlag, kennt er sonst kaum.

Er hatte – er *hat* – noch so viel vor.

Nun ergreift er die Initiative. Er wartet nicht wie einer der Hasen, die wie erstarrt auf der Mosaiklichtung sitzen, sondern macht kehrt und geht seinen Verfolgern entgegen. Manchmal kann man den Zeitpunkt und den Ort seines Todes selbst bestimmen, denkt der Mann, der von seiner Mutter vor fast einem halben Jahrhundert in Trakesia den Namen Petrus erhielt und von seinem Onkel – einem Soldaten – als junger Bursche nach Sarantium gerufen wurde.

Das heißt nicht, dass er sich mit seinem Tod abgefunden hätte. Jad wartet auf jeden Mann, jede Frau, aber auf einen Kaiser kann er doch gewiss noch etwas länger warten. Oder etwa nicht?

Er glaubt, der Konfrontation gewachsen zu sein, wie sie auch ausfallen mag. Verteidigen könnte er sich nicht, er hätte allenfalls ein schlichtes, stumpfes Messer am Gürtel, mit dem er die Siegel an seinen Briefen erbricht. Aber das ist keine Waffe. Er ist kein Soldat.

Er weiß ziemlich genau, wer ihm hier auflauert, und bringt rasch seine Gedanken (*seine* Waffen) in Stellung, während er durch den Tunnel zurückgeht. Als er um die Kurve biegt, sieht er – eine kleine Genugtuung –, wie seine Verfolger jäh erschrecken und stehen bleiben.

Sie sind zu viert. Zwei Soldaten, die ihre Helme geschlossen haben, um unerkannt zu bleiben, aber er erkennt sie doch, es sind die beiden, die Wache haben. Der dritte ist ein Mann, der sich unter einem Kapuzenmantel verbirgt – warum müssen sich Meuchelmörder nur immer vermummen, auch wenn sie niemand sehen kann? Die Gestalt, die vorangeht, versteckt ihr Gesicht nicht, es strahlt geradezu von innen heraus. Valerius erkennt das flammende Begehren darin. Der Mann, dessen Anblick er so sehr gefürchtet hatte, ist nicht dabei.

Das erleichtert ihn, obwohl er auch bei denen sein könnte, die am anderen Ende des Korridors lauern. Zorn und Trauer.

»Könnt Ihr das Ende nicht erwarten?«, fragt die hoch gewachsene Frau, die jetzt dicht vor ihm steht. Sie hat den Schrecken rasch überwunden. Aus ihren Augen sprüht ein unheimliches blaues Feuer. Sie trägt ein rotes Gewand, einen goldenen Gürtel, das goldene Haar ist in einem schwarzen Netz zusammengenommen und schimmert im Schein der Fackeln.

Valerius lächelt. »Besser als Ihr, würde ich sagen. Warum tut Ihr das, Styliane?«

Sie stutzt, ist aufrichtig erstaunt. Sie war noch ein Kind, als es passierte. Das hat er immer bedacht und in seine Berechnungen mit einbezogen. Viel mehr als Aliana.

Er denkt an seine Frau. Im Herzen, in der tiefen Stille seines Herzens spricht er jetzt zu ihr, wo immer sie auch sein mag da oben unter der Sonne. Sie hat es für einen Fehler gehalten, diese Frau – ein Mädchen noch, als der Tanz begann – an den Hof zu holen, ja, sie überhaupt am Leben zu lassen. Die Tochter dieses Vaters. Flavius. Nun gibt der Kaiser von Sarantium der Tänzerin, die er geheiratet hat, im Stillen Recht und weiß, dass sie es bald schon spüren wird, auch wenn seine Gedanken nicht im Stande sind, die Mauern und Entfernungen zu überwinden, die ihn von ihr trennen.

»Warum ich das *tue*? Wozu wäre ich sonst auf dieser Welt?«, fragt Daleinus' Tochter.

»Um zu leben«, sagt er knapp. Ein Philosoph der heidnischen Akademien, der einen Schüler ermahnt. (Er hat die Akademien persönlich geschlossen. Mit Bedauern, aber der Patriarch hatte darauf bestanden. Zu viele Heiden.) »Um ein eigenes Leben zu führen mit den Gaben, die Ihr besitzt und die Euch geschenkt wurden. Ganz einfach, Styliane.« In ihren Augen blitzt es wütend auf. Er schaut an ihr vorbei. Übersieht es bewusst. Sagt zu den beiden Soldaten. »Ihr wisst doch, dass ihr hier nicht mehr lebend herauskommt?«

»Ich habe sie gewarnt, dass Ihr das sagen würdet«, wirft Styliane ein.

»Habt Ihr ihnen auch gesagt, dass es die Wahrheit ist?«

Sie ist klug und hat schon zu viel Hass erlebt. Der Groll der Überlebenden? Er hatte gedacht – sich darauf verlassen –, dass zuletzt doch ihre Klugheit den Sieg davontrüge. Er brauchte sie, hatte einen Platz für sie vorgesehen. Aliana hatte ihm immer widersprochen und ihm vorgehalten, er glaube, alles kontrollieren zu können. Ein charakteristischer Fehler.

Sie ist *immer noch* so jung, denkt der Kaiser und sieht einmal mehr die hoch gewachsene Frau an, die in die noch winterkalten Tiefen der Erde herabgestiegen ist, um ihn zu töten. Er will nicht sterben.

»Ich habe ihnen etwas anderes gesagt, das einleuchtender ist und immer war: Jeder neue Hof braucht Exkubitoren in den höchsten Rängen, die ihre Loyalität bewiesen haben.«

»Mit einem Verrat an ihrem Eid und ihrem Kaiser? Erwartet Ihr wirklich, dass ausgebildete Soldaten Euch das abnehmen?«

»Sie sind hier.«

»Ihr werdet sie töten. Was besagt ein Mord über ...«

»Richtig.« Der Mann im Mantel spricht endlich zum ersten Mal. Sein Gesicht liegt immer noch im Schatten der Kapuze, die Stimme ist heiser vor Erregung. »Ganz genau. Was *besagt* ein Mord? Auch noch nach vielen Jahren?«

Er nimmt die Kapuze nicht ab. Das ist auch nicht nötig. Valerius schüttelt den Kopf.

»Tertius Daleinus, Ihr wisst genau, dass Ihr die Stadt nicht betreten dürft. Gardisten, nehmt diesen Mann fest. Er wurde wegen Hochverrats aus Sarantium verbannt.« Seine Stimme ist energiegeladen; dieser herrische Ton ist allen bekannt.

Natürlich ist es Styliane, die den Bann bricht, indem sie laut lacht. *Es tut mir Leid,* denkt der Kaiser. *Liebste, du wirst nie erfahren, wie Leid es mir tut.*

Vom anderen Ende des Tunnels nähern sich Schritte. Er dreht sich um, die Angst ist wieder da. Eine böse Vorahnung, die ihm das Herz schwer macht.

Dann sieht er, wer gekommen ist – und wer nicht –, und der Druck weicht. Es ist ihm *wichtig,* dass dieser Jemand nicht hier ist, auch wenn es sich merkwürdig anhört. An Stelle der Angst tritt rasch etwas anderes.

Diesmal ist es der Kaiser von Sarantium, der laut auflacht, obwohl er von Feinden umringt ist und die Oberfläche der Welt, das milde Licht des Gottes so fern sind wie seine eigene Kindheit.

»Bei Jads Blut, du bist noch fetter geworden, Lysippus«, sagt er. »Dabei wäre ich jede Wette eingegangen, dass das nicht möglich ist. Du sollst doch noch gar nicht in Sarantium sein. Ich hatte dich erst zurückrufen wollen, nachdem die Flotte aufgebrochen war.«

»*Was!* Treibst du immer noch deine Spielchen mit mir? Spar dir das neunmalkluge Geschwätz, Petrus«, sagt der grünäugige Koloss, einstmals Quaestor des Kaiserlichen Schatzamtes, der nach den blutigen Krawallen und den Bränden vor mehr als zwei Jahren in die Verbannung geschickt wurde.

Alte Geschichten, denkt der Kaiser. Die alten Geschichten verfolgen uns, und wir werden sie nicht los. Nur eine Hand voll Männer und Frauen in der Welt nennen ihn noch mit dem Namen, den er bei seiner Geburt bekam. Dieser Fettwanst mit dem runden, fleischigen Mondgesicht, der immer noch von seinem vertrauten, allzu süßlichen Parfüm umweht wird, gehört dazu. Hinter ihm steht noch eine Gestalt, fast verdeckt von Lysippus' unförmiger Masse: Aber es ist nicht der, den Valerius fürchtet, denn auch dieser ist vermummt.

Das wäre Leontes nicht.

»Du glaubst mir nicht?«, sagt der Kaiser zu dem massigen, schwitzenden Calysier. Er braucht sich nicht zu verstellen, er ist aufrichtig gekränkt. Jetzt hat er der Frau, ihrem vermummten, feigen Bruder und den abtrünnigen Gardisten vollends den Rücken zugekehrt. Sie werden ihn nicht erstechen, davon ist er überzeugt. Styliane will nicht einfach einen Mord, sie will ein Drama, ein Ritual. Ein … Sühneopfer, das ein ganzes Leben aufwiegt? Und in die Geschichte eingeht. Noch ist der Tanz nicht zu Ende. Seine Tänzerin ist anderswo, hoch oben, im Licht.

Sie werden sie nicht am Leben lassen.

Schon deshalb wird er hier unten weiterhin alles versuchen, die Möglichkeiten ausloten, flink und gewitzt wie der Lachs, der im heidnischen Norden verehrt wird. Auch seine Vorfahren waren Heiden, bevor Jad zu ihnen kam. Und sein Sohn Heladikos, der vom Himmel stürzte.

»Ich soll dir glauben, dass du im Begriff warst, mich zurückzuholen?« Lysippus schüttelt den Kopf, und sein Doppelkinn wabbelt. Seine Stimme ist immer noch unverwechselbar, unvergesslich. Er ist überhaupt ein Mann, den man nie vergisst. Er hat abartige, widerwärtige Gelüste, aber er war der verlässlichste, der geschickteste Verwalter der Kaiserlichen Finanzen, den es jemals gab. Ein Widerspruch, der nie so ganz aufgelöst werden konnte. »Kannst du nicht wenigstens jetzt damit aufhören, alle anderen für dumm zu verkaufen?«

Valerius sieht ihn an. Als sie sich kennen lernten, war Lysippus ein stattlicher Mann, gut aussehend, kultiviert, ein Adliger, der für den jungen, bildungshungrigen Neffen des Kommandeurs der Kaiserlichen Garde den Gönner spielte. Er hatte im Hippodrom und anderswo die Fäden gezogen an jenem Tag, als Apius starb und die Welt sich veränderte, und wurde mit Reichtum und einer einflussreichen Stellung belohnt.

Außerdem drückte man beide Augen zu bei den Exzessen in seinem Stadtpalais oder in der Sänfte, in der er sich bei Nacht durch die Straßen tragen ließ. Nach den Krawallen musste man ihn wohl oder übel aus der Stadt verbannen und aufs Land schicken. Sicher hatte er sich dort gelangweilt. Er kommt eben nicht los von der Stadt, wo er seine dunklen Triebe, seine Blutgier befriedigen kann. Aus diesem Grund ist er hier.

Der Kaiser weiß, wie er ihn zu nehmen hat. Oder er wusste es einmal. »Warum nicht«, sagt er, »wenn sie sich wie Dummköpfe benehmen? Denk nach, Mann. Oder bist du auf dem Lande vollends verblödet? Warum sollte ich wohl Gerüchte ausstreuen lassen, du seist wieder in der Stadt?«

»Du lässt Gerüchte ausstreuen? Ich *bin* wieder in der Stadt, Petrus.«

»Und warst du das auch schon vor zwei Monaten? Wohl kaum. Geh in die Höfe der Zirkusparteien und frag nach, mein Freund.« Das letzte Wort lässt er ganz bewusst fallen. »Gesius kann dir Namen nennen. Ein halbes Dutzend. Erkundige dich, wann zum ersten Mal gemunkelt wurde, du könntest hier sein! Ich musste doch erst vorfühlen, Lysippus! Beim Volk und bei der Geistlichkeit. *Natürlich* will ich dich zurückhaben. Ich muss schließlich einen Krieg gewinnen – wahrscheinlich an zwei Fronten.«

Das ist für alle neu. Eine Andeutung, in die sie sich verbeißen können. Der Tanz muss weitergehen, wie auch immer. Er darf nicht aufhören. Danach wird man sie töten.

Er kennt Lysippus wirklich sehr gut. Da, wo sie stehen, leuchten die Fackeln so hell, dass er die Wirkung seiner Bemerkung beobachten kann. Er sieht, wie die Andeutung eine Kette von Vermutungen in Gang setzt und wie der erwartete Zweifel in die auffallenden grünen Augen tritt.

»Wozu die Mühe? Solche Erkundigungen erübrigen sich«, sagt Styliane Daleina hinter ihm. Die Spannung zerbricht wie ein Glas, das auf den Steinboden fällt.

Als sie weiterspricht, ist ihre Stimme so scharf wie ein Messer, wie das Beil des Henkers. »Soweit ist alles die reine Wahrheit. Jeder gute Lügner mischt ein Quantum Wahrheit in sein Gift. Als ich die Geschichten zum ersten Mal hörte und begriff, was vorging, erkannte ich darin die Gelegenheit, Euch zurückzuholen und in unseren Kreis aufzunehmen. Eine elegante Lösung. Wenn der Trakesier und seine Hure von Eurer Rückkehr hörten, würden sie annehmen, es handle sich um ihre eigenen falschen Gerüchte.«

So ist es tatsächlich gewesen. Er hört natürlich das Wort *Hure* und begreift, was sie so leidenschaftlich von ihm begehrt. Er wird es ihr nicht geben, aber er muss doch einsehen, dass sie wahrhaftig nicht nur raffiniert ist. Er dreht sich um. Die Soldaten haben die Helme nicht abgenommen, auch ihr Bruder trägt seine Kapuze noch. Styliane glüht förmlich vor Erregung. Er sieht sie an, hier unter der Erde, wo die alten Mächte hausen. Am liebsten, denkt er, ließe sie jetzt ihr Haar herunter und risse ihm mit den Fingernägeln das zuckende Herz aus der Brust wie in grauer Vorzeit die gottberauschten wilden Weiber auf den herbstlichen Hügeln.

Er sagt ruhig: »Für eine Frau von Welt pflegt Ihr eine unflätige Sprache. Aber ich muss zugeben, die Lösung war tatsächlich elegant. Ein Meisterstreich, zu dem ich Euch nur beglückwünschen kann. Wer kam auf die Idee? Tertius?« Sein Tonfall ist leicht sarkastisch, er gibt ihr nicht, was sie begehrt. »Den verhassten, gottlosen Calysier in die Stadt zu locken, um ihn zum perfekten Prügelknaben für den Mord an einem heiligen Kaiser zu machen. Soll er mit mir und den Soldaten hier unten sterben, oder wollt Ihr ihn von unserem armen Leontes nach der Krönung jagen und zu einem öffentlichen Geständnis zwingen lassen?« Einer der Helmträger hinter ihr tritt unruhig von einem Fuß auf den anderen. Er lässt sich kein Wort entgehen.

»Der arme Leontes?« Diesmal klingt das Lachen schrill. Sie findet das eigentlich nicht komisch.

Und deshalb geht er aufs Ganze. »Natürlich. Leontes weiß doch von alledem nichts. Er steht immer noch am Ausgang und wartet auf mich. Die Daleinoi haben das ganz allein eingefädelt. Und Ihr glaubt, hinterher könnt Ihr ihn nach Eurer Pfeife tanzen lassen? Wie sieht die Planung aus? Tertius als Kämmerer?« Ihr Blick wird unruhig. Er lacht laut auf. »Welch amüsante Vorstellung. Aber nein. Ich tue Euch Unrecht. Natürlich. Ihr handelt doch nur zum Wohl des Reiches, wie könnte es anders sein?«

Der feige Bruder, jetzt schon zum zweiten Mal beim Namen genannt, öffnet unter seiner Kapuze den Mund und schließt ihn wieder. Valerius lächelt. »Oder nein, nein. Wartet! Natürlich! Den Posten habt Ihr Lysippus versprochen, um ihn zu ködern, richtig? Er wird ihn nie bekommen, nicht wahr? Einer *muss* doch die Schuld auf sich nehmen und mit seinem Leben dafür bezahlen.«

Styliane starrt ihn an. »Ihr glaubt, dass jeder so skrupellos über seine Mitmenschen verfügt wie Ihr?«

Jetzt blinzelt er, zum ersten Mal aus der Fassung gebracht. »Und das von dem Mädchen, das ich allen Ratschlägen zum Trotz am Leben ließ, dem ich sogar die Ehre erwies, es an meinen Hof zu holen?«

Nun fällt Styliane mit eisiger Klarheit, langsam und unerbittlich wie der Zug der Sterne über den Nachthimmel, ein Urteil, hinter dem man den Hass vieler Jahre (wie vieler durchwachter Nächte?) spürt: »*Ihr habt meinen Vater lebendig verbrannt. Und mich wolltet Ihr mit einem Gemahl kaufen und mit einem Platz auf dem Podest hinter der Hure?*«

Es wird still. Der Kaiser spürt das Gewicht der Erde und des Steins, das sie alle von der Sonne trennt.

»Wer hat Euch *diese* absurde Geschichte erzählt?«, fragt er. Es klingt leicht dahingesagt, doch diesmal kostet es ihn nicht geringe Überwindung.

Dennoch reagiert er schnell, als sie ausholt, um ihn ins Gesicht zu schlagen. Er fängt ihre Hand ab, hält sie fest, obwohl sie sich heftig wehrt, und sagt seinerseits mit zusammengebissenen Zähnen: »Euer Vater trug am Tag, an dem ein Kaiser starb, auf offener Straße den Purpur. Er war auf dem Weg in den Senat. Jeder Mann in Sarantium, der Achtung vor der Tradition hat, hätte ihn töten können, und der Feuertod hätte zu so viel Pietätlosigkeit gut gepasst.«

»Er trug *keinen* Purpur«, sagte Styliane Daleina, als er ihre Hand loslässt. Ihre Haut ist von fast durchsichtiger Zartheit; die Spuren seiner Finger zeichnen sich rot auf ihrem Handgelenk ab. »Das ist eine *Lüge*«, beteuert sie.

Jetzt lächelt der Kaiser. »In des Gottes allerheiligstem Namen, Ihr überrascht mich. Ich hatte ja keine Ahnung. Wahrhaftig nicht. Nach all den Jahren? Ist das wirklich Eure ehrliche Überzeugung?«

Die Frau schweigt. Sie atmet schwer.

»*Es ist … ihre Überzeugung.*« Eine Stimme von hinten. Eine neue Stimme. »Sie ist falsch, aber das … ändert … nichts.«

Doch diese entstellte, pfeifende Stimme ändert alles. Der Kaiser fröstelt bis ins Mark; wie ein Wind aus der Zwischenwelt dringt ihm die Kälte unter die Haut. Der Tod scheint jetzt leibhaftig gegenwärtig in diesem Tunnel, wo Mauern, Mörtel und Farbe die grobkörnige Erde verdecken. Valerius dreht sich um, wendet sich dem Mann zu, der jetzt hinter dem breiten Rücken des Calysiers hervortritt.

Dieser Mann hält etwas in den Händen. Genauer gesagt, es ist ihm an die Handgelenke gebunden, denn seine Hände sind verstümmelt. Es sieht aus wie ein Schlauch und hängt an einem Gerät, das er auf einem kleinen Karren hinter sich herzieht. Der Kaiser erkennt es sofort wieder, er hat es nicht vergessen, und jetzt muss er sich eisern beherrschen, um keine Regung zu zeigen, sich nicht zu verraten.

Zum ersten Mal, seit er hörte, wie sich hinter ihm die Tunneltür öffnete, und begriff, dass er nicht mehr allein war, erfasst ihn die Angst. Die alten Geschichten haben ihn eingeholt. Das Zeichen des Sonnenkreises, das man vor vielen, vielen Jahren von einem Solar aus einem unten wartenden Mann gab. Hinterher die Schreie auf der Straße. Es ist kein schöner Tod, er weiß es wohl. Er wirft einen kurzen Blick auf Lysippus, und dessen Gesichtsausdruck verrät ihm noch etwas: Der Calysier ist so veranlagt, dass er schon allein deshalb gekommen wäre, um dieses Gerät im Einsatz zu sehen. Der Kaiser schluckt. Eine andere Erinnerung steigt auf, aus noch früherer Zeit, aus seiner Kindheit, eine Erinnerung an Märchen von alten, finsteren Göttern, die unter der Erde leben und nie vergessen.

Die neue Stimme, ein hohes Keuchen, klingt besonders erschreckend, wenn man sich – wie Valerius – noch erinnern kann, wie sie sich früher anhörte. Jetzt wird die Kapuze zurückgeworfen. Der Mann ist blind, sein Gesicht ist von den Flammen verwüstet. »Wenn er … den Purpur trug, um vor … das Volk zu treten, dann als … rechtmäßiger … Nachfolger … eines Kaisers, der … keinen Erben … benannt hatte«, sagt er.

»Er *hat* keinen Purpur getragen«, sagt Styliane noch einmal. Es klingt verzweifelt.

»Schweig, Schwester«, befiehlt die hohe, pfeifende Stimme mit überraschender Autorität. »Bring Tertius mit hierher … falls ihn seine Beine … tragen. Stellt euch hinter mich.« Der blinde Krüppel trägt ein billiges Amulett um den Hals, das ganz und gar nicht zu ihm passt. Es sieht aus wie ein kleiner Vogel. Jetzt lässt er seinen Mantel auf den Mosaikboden fallen. Vermutlich wünschen alle Anwesenden, er hätte die Kapuze auf dem Kopf gelassen. Bis auf Lysippus. Der Kaiser sieht, dass er Lecanus Daleinus' grässliche Fratze mit großen feuchten Augen so zärtlich betrachtet wie ein Schmuckstück, an dem sein Herz hängt.

Also alle drei Daleinoi. Die Fäden des Netzes zeigen sich mit erschreckender Deutlichkeit. Als der erste Valerius den Thron bestieg, hatte Gesius in diskret umschreibenden Worten darauf hingewiesen, dass man sich mit ihnen befassen müsse. Hatte empfohlen, die Daleinoi-Sprösslinge auf dem Verwaltungswege zu beseitigen, ohne den Kaiser oder seinen Neffen damit zu behelligen. Herrscher könnten sich nicht um alles kümmern, hatte der Kanzler gemurmelt; die Aufgaben, vor die das Volk und der Gott sie stellten, seien wahrhaftig groß genug.

Sein Onkel hatte die Entscheidung seinem Neffen übertragen, wie meistens in solchen Fällen. Petrus hatte es abgelehnt, die drei töten zu lassen. Aus verschiedenen Gründen.

Tertius war noch ein Kind und stellte sich später eindeutig als Feigling heraus. Er hatte nicht einmal bei den Siegeskrawallen mitgemischt. Styliane hatte der Kaiser von Anfang an für wichtig gehalten, und ihre Bedeutung war in mehr als zehn Jahren immer weiter gewachsen. Er hatte große Pläne für sie, in deren Mittelpunkt die Heirat mit Leontes stand. Vielleicht war es vermessen gewesen, aber er hatte gehofft, sie über ihre messerscharfe Intelligenz für seine großen Visionen gewinnen zu können. Er hatte auch Erfolge gesehen, hatte geglaubt, sie erkenne langsam die einzelnen Stufen der Entwicklung, an deren Ende sie doch noch zur Kaiserin werden konnte. Eines Tages. Er und Aliana hatten keine Erben. Er hatte geglaubt, sie hätte das durchschaut.

Bei Lecanus, dem Ältesten der drei, war es anders. Er war eine der Gestalten, die den Kaiser in seinen Träumen heimsuchten, wenn er denn schlief. Wie ein hässlicher schwarzer Schatten schob er sich vor das verheißene Licht des Gottes. Wurden Glauben und Frömmigkeit denn immer aus Angst geboren? War dies das Geheimnis, das alle Priester kannten, der Grund, warum sie jedem, der sich abwandte vom Licht des Gottes, mit der ewigen Finsternis und der eisigen Kälte unter der Welt drohten? Valerius hatte ausdrücklich befohlen, Lecanus nicht zu töten, was immer er auch tat, obwohl er wusste, dass der älteste Sohn von Flavius Daleinus, ein besserer Mensch, als sein Vater je gewesen, im Grunde mit diesem auf der Straße vor dem Haus der Familie umgekommen war. Er hatte nur weitergelebt. Tod im Leben, Leben im Tod.

Und was man ihm an die Handgelenke gebunden hat, damit er es besser bedienen kann, ist ein Saugheber. Damit zieht er aus dem Kanister auf dem kleinen Karren dasselbe flüssige Feuer, das an jenem Morgen vor langer Zeit dazu diente, ein Zeichen zu setzen, einen unüberhörbaren Kommentar zum Tod des alten und zur Ernennung des neuen Kaisers abzugeben, einen Kommentar, den jeder Mann, jede Frau im Reich verstehen mussten.

Valerius kommt es vor, als wären sie alle geradewegs von jenem längst vergangenen sonnigen Morgen hierher in diesen von Fackeln erhellten Tunnel versetzt worden, als wäre dazwischen nichts gewesen. Der Kaiser verliert jegliches Zeitgefühl, die Jahre verschwimmen. Er denkt an seinen Gott und seinen unvollendeten Tempel. So vieles hatte er noch vor, so vieles bleibt unvollendet. Und wieder denkt er an Aliana irgendwo da oben, wo es Tag ist.

Er will noch nicht sterben, und er will auch nicht, dass sie stirbt.

Er gebietet den ineinander fließenden Erinnerungen Einhalt und überlegt rasch. Lecanus hat seinen Bruder und seine Schwester zu sich gerufen. Ein Fehler.

»Nur die beiden, Daleinus?«, fragt Valerius. »Warum nicht auch die loyalen Gardisten, die Euch den Tunnel geöffnet haben? Habt Ihr ihnen gesagt, was geschieht, wenn man in den Feuerstrahl gerät? Warum zeigt Ihr ihnen nicht alle Eure Verbrennungen? Wissen sie überhaupt, dass Ihr mit Sarantinischem Feuer hantiert?«

Er hört einen Laut hinter sich. Einer der Soldaten.

»*Los* jetzt, Schwester! Tertius, komm her.«

Valerius starrt in die Mündung des schwarzen Schlauchs, der die schlimmste Todesart enthält, die er kennt. Doch er lacht wieder und wendet sich den beiden Geschwistern zu. Tertius hat zaghaft einen Schritt nach vorn getan, auch Styliane setzt sich nun in Bewegung. Valerius geht rückwärts, bis er neben ihr steht. Die Soldaten haben Schwerter. Lysippus hat sicher ein Messer. Der Koloss ist wendiger, als man ihm zutrauen würde.

»Nehmt sie fest, alle beide«, fährt der Kaiser die Exkubitoren an. »Im Namen des Gottes, seid ihr wirklich so dumm, freiwillig in den Tod zu rennen? Der Schlauch speit *Feuer!* Sie wollen euch verbrennen.«

Einer der Männer tritt einen zögernden Schritt zurück. Ein Dummkopf. Der andere tastet nach seinem Schwert.

»Habt ihr den Schlüssel?«, bellt der Kaiser. Der eine Gardist schüttelt den Kopf. »Sie hat ihn mir abgenommen. Gebieter.«

Gebieter. Heiligster Jad. Noch ist nicht alles verloren.

Plötzlich drängt sich Tertius Daleinus vorbei und schiebt sich an der Tunnelwand entlang, um zu seinem Bruder zu gelangen. Valerius lässt ihn gehen. Er ist kein Soldat, aber hier stehen nicht nur sein und Alianas Leben auf dem Spiel, sondern auch seine Vision einer neuen Welt, ein Vermächtnis, das noch im Werden begriffen ist. Er packt Stylianes Oberarm, bevor auch sie sich an ihm vorbeischieben kann, zieht mit der anderen Hand sein Messerchen und drückt es ihr in den Rücken. Seine Schneide kann kaum die Haut ritzen, aber das weiß niemand außer ihm.

Doch Styliane wehrt sich überhaupt nicht, sie hat nicht einmal versucht, seiner Hand auszuweichen. Sie sieht ihn nur an, und in ihren Augen steht ein Triumph, der an Wahnsinn grenzt. Der Kaiser fühlt sich abermals an jene Weiber auf den mythischen Hügeln erinnert.

Dann sagt sie beängstigend ruhig: »Ihr irrt schon wieder, wenn Ihr glaubt, dass mein Bruder Euch verschonen würde, nur um mich zu retten. Und mich kümmert es nicht, ob ich brenne, solange auch Ihr brennt wie einst mein Vater. Nur zu, Bruder. Mach ein Ende.«

Valerius ist so erschüttert, dass es ihm die Sprache verschlägt. Er erkennt, dass sie die Wahrheit spricht; sie spielt ihm nichts vor. *Mach ein Ende.* Totenstill ist es in seiner Seele, und in diesem Augenblick hört er leise und in weiter Ferne einen Laut, als schlage eine Glocke an.

Er hatte gedacht, hatte immer geglaubt, Intelligenz sei stärker als jeder Hass, wenn man ihr nur genügend Zeit gebe und ihre Entfaltung fördere. Zu spät sieht er jetzt ein, dass er sich geirrt hat. Aliana hatte Recht. Gesius hatte Recht. Styliane, dieser Brillant von einer Frau, hätte nichts dagegen, gemeinsam mit Leontes an der Macht zu sein, aber es ist ihr kein echtes Bedürfnis. Macht ist nicht der Schlüssel zu dieser Frau. Der Schlüssel ist das Feuer, das unter der eisigen Hülle brennt.

Der Blinde weiß unheimlich genau, wohin er den Saugheber richten muss. Die klaffende Wunde in seinem Gesicht bewegt sich. Valerius begreift, dass er lächelt. »Welche … Verschwendung«, sagt er. »Diese herrliche … Haut. Muss das sein … teure Schwester? Dann mag es geschehen.«

Und der Kaiser erkennt, dass er es tatsächlich tun wird. Er sieht die hemmungslose Gier im fetten Gesicht des Calysiers, der neben dem verstümmelten Daleinus steht, und unversehens reißt er der Frau mit einer heftigen Bewegung – unbeholfen, denn er ist eben kein Mann der Tat – die Tasche vom Gürtel und stößt sie von sich. Sie stolpert und fällt gegen ihren blinden Bruder. Beide stürzen zu Boden. Kein Feuer. Noch nicht.

Er geht rückwärts, hört, wie auch die beiden Gardisten hinter ihm den Rückzug antreten, und begreift, dass er sie abspenstig gemacht, auf seine Seite gezogen hat. Jetzt spräche er gern ein Gebet, aber die Zeit drängt. Sehr. »*Los!*«, faucht er. »Nehmt ihm den Schlauch ab!«

Beide Gardisten springen an ihm vorbei. Lysippus, noch nie ein Feigling und erst recht nicht jetzt, da er mit den Daleinoi steht und fällt, greift nach seinem Schwert. Der Kaiser sieht es, beschleunigt seine Schritte, sucht in Stylianes Stofftasche, ertastet einen schweren Schlüssel, erkennt ihn. Jetzt schickt er doch ein Dankgebet zum Himmel. Styliane ist bereits wieder auf den Beinen und will Lecanus in die Höhe ziehen.

Der erste Exkubitor erreicht die beiden und hebt sein Schwert. Lysippus tritt vor, schlägt zu, wird abgewehrt. Lecanus liegt immer noch auf den Knien, stammelt in höchster Erregung zusammenhanglose Worte. Greift nach dem Abzug, der die Flamme auslöst.

Und genau in diesem Moment, mit dieser Szene vor Augen, auf dem Weg zur Tür, hinter der ihn Sicherheit und Licht erwarten, spürt Valerius II., Kaiser von Sarantium, Jads Liebling und Allerheiligster Statthalter auf Erden, dreifach erhabener Hirte seines Volkes, wie ihm grellweiß ein sengender, tödlicher Schmerz in den Rücken fährt. Er stürzt ins Bodenlose, sein Mund öffnet sich, aber kein Laut dringt hervor. Den Schlüssel hält er in der Hand.

Nirgendwo steht geschrieben, denn niemand kann es

wissen oder wird es jemals erfahren, ob er im Augenblick des Todes in diesem Korridor unter Palästen und Gärten, unter der Stadt und der Welt jene unversöhnliche, gewaltige, unendliche Stimme hört, die zu ihm und nur zu ihm allein spricht: »*Leg ab die Krone, der Herr aller Herrscher erwartet dich.*«

Unbekannt ist auch, ob seine unbehauste Seele, als sie jetzt den Körper verlässt, auf ihrer langen Reise von Delphinen begleitet wird. Bekannt ist, aber nur einem einzigen Menschen in der Welt des Gottes, dass der letzte Gedanke des Sterbenden seiner Frau gilt. Sie weiß es, weil sie ihren Namen hört. Sie hört ihn – irgendwie hört sie seine Stimme – und begreift, dass er fortgeht von ihr. Er geht fort, er ist fort, der Tanz ist zu Ende, jener lichterfunkelnde Tanz, der vor langer Zeit begann, als er noch Petrus hieß und sie, blutjung, Aliana von den Blauen. Über Sarantium spannt sich ein wolkenloser Frühlingshimmel, und die Nachmittagssonne scheint hell auf sie und alle Menschen herab.

Sie ließ sich in einem kleinen Boot von der Insel zurückrudern. Unterwegs schnitt sie sich ihr langes Haar ab.

Falls sie Daleinus' Flucht und den Mord an den Wachen falsch gedeutet haben sollte, ließen sich die kurzen Stoppeln zunächst verstecken, bis sie wieder nachgewachsen waren. Doch sie glaubte auch draußen auf dem Meer nicht, dass sie sich getäuscht hatte. Unter der hellen Sonne, über den blauen Wellen hing eine finstere Wolke.

Sie hatte nur Mariscus' Messer zur Verfügung, und im Boot zu schneiden war nicht einfach. Sie säbelte verschieden lange Strähnen ab und warf sie ins Meer. Opfergaben. Ihre Augen blieben trocken. Als sie fertig war, beugte sie sich über die Bootswand und wusch sich Salben, Schminke und duftende Öle aus dem Gesicht. Das

Salzwasser überdeckte auch den Geruch ihres Parfüms. Ohrringe und Ringe steckte sie in eine Tasche (sie würde Geld brauchen). Doch einen Ring nahm sie wieder heraus und reichte ihn Mariscus, der sie ruderte.

»Ihr müsst wohl eine Entscheidung treffen«, sagte sie zu ihm, »wenn wir den Hafen erreichen. Ich verzeihe Euch, was Ihr auch tut. Nehmt dies als Dank für die Fahrt und für alles, was ihr voranging.«

Er schluckte hart. Als er den Ring nahm, zitterte seine Hand. Das Geschenk war mehr wert, als er bei der Kaiserlichen Garde in seinem ganzen Leben verdienen konnte.

Sie riet ihm, sich seines Lederpanzers, der Exkubitoren-Tunika und seines Schwerts zu entledigen. Er gehorchte. Alles ging über Bord. Er hatte die ganze Zeit mit voller Kraft gerudert, ohne ein Wort zu sprechen. Der Schweiß stand ihm auf der Stirn, Angst flackerte in seinen Augen. Der Ring wanderte in seinen Stiefel. Die Stiefel waren zu teuer für einen Fischer, aber sie würde nicht lange mit ihm zusammenbleiben und musste eben hoffen, dass niemand sie bemerkte.

Wieder nahm sie sein Messer, um ihre lange blaue Tunika auf Knielänge zu kürzen. Sie schnitt ungleichmäßig und riss Löcher hinein. Flecken und Risse sollten von dem feinen Gewebe ablenken. Sie zog die Ledersandalen aus und warf auch sie über Bord. Betrachtete ihre nackten Füße: Die Zehennägel waren bemalt. Beschloss, daran nichts zu ändern. Auch Straßenmädchen schminkten sich, nicht nur die Damen bei Hof.

Aber die Hände tauchte sie wieder ins Wasser und rieb sie, damit sie rauer würden. Dann zog sie den letzten ihrer Ringe vom Finger, den einen, den sie niemals abnahm, und ließ ihn ins Wasser gleiten. Er sank bis auf den Grund. Man erzählte sich, die Herrscher gewisser Meeresvölker hätten sich mit diesem Ritual dem Meer vermählt.

Sie hatte andere Gründe.

Bevor sie in den Hafen einfuhren, biss sie sich noch die Fingernägel ab, damit sie rissig wurden, befleckte das zerrissene Gewand mit Schmutz und Salzwasser vom Bootsboden und beschmierte sich damit auch die Wangen. Wenn sie Hände und Teint so ließ, wie sie waren, verriete sie sich sofort.

Sie musste sich vorsehen, denn ringsum waren inzwischen viele kleine Boote unterwegs. Fischerboote, Fähren, kleine Frachtkähne, die Waren von und nach Deapolis brachten, tummelten sich zwischen den riesigen Schiffen der Flotte, die darauf wartete, nach Westen in den Krieg zu segeln. Die Kriegserklärung war für heute geplant, aber das wusste hier draußen niemand. Nach dem letzten Rennen wollte der Kaiser mit allen Großen des Reiches in der Kathisma des Hippodroms erscheinen. Sie hatte ihre morgendliche Ausfahrt natürlich so gelegt, dass auch sie anwesend sein konnte.

Vorbei. Jetzt schlug ihr eine Aura des Todes entgegen, Endzeitstimmung. Als Sarantium vor zwei Jahren während der Siegeskrawalle brannte, hatte sie im Palast gesagt, sie wolle lieber in den Kaiserlichen Gewändern sterben, als zu fliehen und sich mit einem einfachen Leben zu begnügen.

Damals war das die Wahrheit gewesen. Jetzt war die Wahrheit eine andere. Noch kälter, noch härter. Wenn Petrus heute ermordet wurde, wenn die Daleinoi so weit gingen, dann wollte sie selbst so lange am Leben bleiben, bis auch die Mörder irgendwie den Tod gefunden hätten. Und danach? Das würde sich finden. Das Ende konnte auf die eine oder auf die andere Weise kommen.

Sie war sich ihres Aussehens wie immer sehr bewusst, aber sie konnte nicht wissen, wie sie in diesem Moment dem Soldaten erschien, der mit ihr im Boot saß und sie nach Sarantium ruderte.

Sie drängten sich durch das Gewimmel vieler kleiner Boote und steuerten einen Anlegeplatz am unteren Ende der Kaimauer an. Obszöne Scherze schallten von allen Seiten über das Wasser. Mariscus hatte Mühe, sich einen Weg zu bahnen. Als man sie lauthals beschimpfte, antwortete sie mit einem Strom von Verwünschungen und einem derben Kneipenscherz. So hatte sie seit fünfzehn Jahren nicht mehr gekeift. Der schwitzende Mariscus sah sie entgeistert an und beugte sich wieder über seine Ruder. Ein Mann im anderen Boot lachte laut auf, ruderte zurück und machte ihnen Platz, dann fragte er, was sie als Gegenleistung zu bieten hätte.

Ihre Antwort rief grölendes Gelächter hervor.

Sie legten an. Mariscus sprang hinaus und machte das Boot fest. Aliana folgte ihm, bevor er ihr die Hand reichen konnte. Dann flüsterte sie ihm hastig zu: »Wenn alles gut ist, stehe ich bis an mein Lebensende in Eurer Schuld und werde Euch über alle Maßen reich belohnen. Wenn nicht, dann habt Ihr genug getan, und ich verlange nicht mehr. Jad beschütze Euch, Soldat.«

Seine Lider zitterten. Sie erkannte – überrascht –, dass er mit den Tränen kämpfte. »Von mir erfahren sie nichts, Hoheit. Aber kann ich denn nichts mehr ...«

»Nein«, sagte sie kurz und ließ ihn stehen.

Er meinte es ehrlich, und er war ein tapferer Mann, aber sie würden *natürlich* erfahren, was sie wissen wollten, vorausgesetzt, sie wussten ihn zu finden und stellten die richtigen Fragen. Manche Männer hatten einen geradezu rührenden Glauben an die eigene Standhaftigkeit bei einem professionell geführten Verhör.

Sie ging allein die lange Kaimauer entlang. Ihre Füße waren nackt, den Schmuck hatte sie verschenkt, weggeworfen oder versteckt, die einstmals knöchellange Tunika war abgerissen und hatte Flecken (aber sie war immer noch zu fein für ihre neue Rolle, sie musste sich bald eine andere besorgen). Ein Matrose blieb stehen und starrte sie an. Das Herz blieb ihr stehen. Doch dann machte er ihr ein Angebot, und sie atmete auf.

»Nicht genug Geld und nicht genug Mann«, sagte die Kaiserin von Sarantium und musterte den Freier von Kopf bis Fuß. Dann schüttelte sie ihr kurzes struppiges Haar und wandte sich verächtlich ab. »Für den Preis kriegst du höchstens einen Esel.« Seinen empörten Protest übertönte sie mit ordinärem Gelächter.

Sie setzte ihren Weg durch das Gedränge fort. Im Hafen ging es laut zu, doch in ihrem Innern war es totenstill. Sie schlenderte eine schmale Straße entlang, die sie nicht kannte. Vieles hatte sich verändert in den letzten fünfzehn Jahren. Sie war lange nicht mehr barfuß gegangen. Die Füße taten ihr jetzt schon weh.

Vor einer kleinen Kapelle blieb sie stehen. Wollte gerade eintreten, um etwas Ordnung in ihre Gedanken zu bringen und ein Gebet zu sprechen, als – genau in diesem Moment – in ihrem Innern eine wohlvertraute Stimme ihren Namen rief.

Sie rührte sich nicht von der Stelle und sah sich nicht um. Die Stimme kam von überall und nirgendwo, und sie gehörte ihr allein. Hatte ihr allein gehört.

Wie ein feindliches Heer hielt die Leere Einzug in ihre Seele. Reglos stand sie auf der schmalen, steilen Straße mitten im Lärm und im Verkehr und nahm – unter dem Vornamen, nicht unter dem kaiserlichen Namen – Abschied von der geliebten Seele, die bereits von ihr und von der Welt gegangen war.

Sie hatte ihre Gemächer mit Delphinen schmücken wollen, obwohl sie verboten waren. Heute Morgen hatte sie den Mosaikmeister Crispin noch mit aufs Meer hinausgenommen, um sie ihm zu zeigen. Erst heute Morgen. Nun hatte Petrus … sie vor ihr gefunden. Oder war von ihnen gefunden worden. Seine Delphine waren kein Wandmosaik. Vielleicht waren sie jetzt mit ihm, mit seiner Seele schon auf dem Weg zu Jad, wo immer der Gott zu finden sein mochte. Sie konnte nur hoffen, dass sie gut zu ihm waren, dass die Reise nicht zu mühsam war, dass er nicht zu sehr gelitten hatte.

Niemand sah sie weinen. Sie hatte keine Tränen. Sie war nur eine Hure in der großen Stadt und musste töten, bevor sie selbst gefunden und getötet wurde.

Sie hatte keine Ahnung, wohin sie gehen sollte.

Die beiden Gardisten im Tunnel begingen einen unglaublich törichten Fehler. Sie schauten über die Schulter, als der Kaiser stürzte. Die Szene war so ungewohnt, so grauenvoll, dass sie alles vergaßen, was sie gelernt hatten, und steuerlos dahintrieben wie Schiffe im Sturm. Der Fehler kostete sie das Leben. Als der Blinde den Abzugshebel fand und das flüssige Feuer freisetzte, starben sie unter gellendem Geschrei. Lecanus Daleinus fluchte, weinte, stammelte, stieß schrille, unverständliche Laute hervor und heulte wie ein Wahnsinniger in Todesqualen, aber er lenkte den Strahl mit nachtwandlerischer Sicherheit vorbei an seiner Schwester und seinen Bruder genau auf die Soldaten.

Sie waren unter der Erde, fern vom Leben, fern von der Welt. Niemand hörte ihre Schreie, niemand hörte, wie zischend und brodelnd ihr Fleisch verschmorte, niemand außer den drei Daleinoi-Geschwistern und dem gierigen Fettwanst neben ihnen – und jenem anderen Mann, der hinter dem toten Kaiser stand, weit genug entfernt, um von dem Feuer aus uralter Zeit nicht einmal angesengt zu werden, obwohl er den feuchtheißen Luftschwall spürte, der durch den Tunnel jagte, und sich vor Angst fast selbst beschmutzte.

Als sich die Hitze verzog und die Schreie, das Schluchzen und Wimmern verstummten, erkannte dieser Mann, dass alle ihn ansahen. Die Daleinoi und der Koloss, an den er sich noch gut erinnerte. Er hatte nicht gewusst, dass dieser Mensch wieder in der Stadt war.

Es … kränkte ihn, dass so etwas ohne sein Wissen hatte geschehen können.

Aber es gab im Moment ganz andere Gründe, um erschüttert zu sein.

Er räusperte sich und betrachtete den blutverklebten Dolch in seiner Hand. Die Waffe war noch nie mit Blut in Berührung gekommen. Er trug sie nur zur Zierde. Dann schaute er auf den Toten zu seinen Füßen nieder.

Und schließlich stieß Pertennius von Eubulus tief erregt hervor: »Das ist schrecklich. Eine Katastrophe. Kein Chronist darf in das Geschehen eingreifen, das er beschreiben will, darüber ist alle Welt sich *einig*. Er untergrübe doch nur seine Autorität!«

Alle starrten ihn an. Niemand sagte ein Wort. Vielleicht hatte ihnen die Wucht seiner Worte die Sprache verschlagen.

Der blinde Lecanus weinte und stieß grässlich erstickte Laute hervor. Er lag noch immer auf den Knien. Der Geruch nach verbranntem Fleisch erfüllte den Tunnel. Die Soldaten. Pertennius fürchtete, sich übergeben zu müssen.

»Wie seid Ihr hier hereingekommen?« Das war Lysippus.

Styliane sah den Kaiser an. Den Toten zu Pertennius' Füßen. Sie hatte ihrem weinenden Bruder die Hand auf die Schulter gelegt, aber jetzt ließ sie ihn los, schob sich an den beiden verbrannten Leichen vorbei, blieb ein paar Schritte davor stehen und starrte dem Schreiber ihres Gemahls ins Gesicht.

Pertennius war ganz und gar nicht sicher, ob er einem Ungeheuer wie diesem Calysier überhaupt eine Antwort schuldig war. Der Mann war schließlich aus der Stadt verbannt. Aber solche Überlegungen weiter zu verfolgen, war im Moment wohl nicht ganz angebracht. Er wandte sich an die Frau, die Gemahlin seines Vorgesetzten, und sagte: »Der Strategos schickt mich. Ich sollte feststellen, wodurch der ... der Kaiser aufgehalten wurde. Es sind ... soeben ... wichtige Nachrichten eingetroffen ...« Wieso *stammelte* er eigentlich? Er holte Atem. »Es waren Nachrichten eingetroffen, über die der Kaiser informiert werden musste.«

Der Kaiser war tot.

»Wie seid Ihr hier hereingekommen?« Styliane stellte die gleiche Frage. Sie kam ihm verändert vor. Ihr Blick war verschwommen. Sie sah ihn gar nicht richtig an. Pertennius wusste, dass sie ihn nicht leiden konnte. Aber sie konnte niemanden leiden, deshalb hatte es bisher weiter keine Rolle gespielt.

Wieder räusperte er sich und strich sich die Tunika glatt. »Ich habe, zufällig, einige Schlüssel. Damit lassen sich ... Schlösser öffnen.«

»Wie könnte es auch anders sein«, sagte Styliane leise. Er kannte ihre Ironie zur Genüge, wusste, wie beißend sie sein konnte, aber diese Bemerkung klang leblos und mechanisch. Sie sah auch schon wieder auf den Toten hinab. Der in seinem Blut auf dem Mosaik lag. In unschöner Haltung. Alle viere von sich gestreckt.

»Es waren keine Gardisten da«, erklärte Pertennius, ohne dass ihn jemand gefragt hätte. »Niemand stand draußen im Korridor. Das ... war nicht in Ordnung. Ich dachte ...«

»Ihr dachtet, es sei etwas passiert, und wolltet nichts verpassen.« Lysippus. Unverwechselbar, kurz und bündig. Wenn er lächelte, verschoben sich die Fettwülste in seinem Gesicht. »Nun habt Ihr es gesehen, nicht wahr? Was jetzt, Geschichtsschreiber?«

Geschichtsschreiber. An seinem Dolch klebte Blut. Er hörte den Spott im Tonfall des Calysiers. Verbranntes Fleisch. Die Frau sah ihn wieder an. Wartete.

Und Pertennius von Eubulus erwiderte ihren und nicht Lysippus' Blick und tat das Nächstliegende. Er kniete neben der Leiche des gesalbten Kaisers nieder, den er verabscheut und getötet hatte, legte seinen Dolch aus der Hand und fragte leise: »Was soll ich dem Strategos sagen?«

Sie ließ den Atem ausströmen. Der Schreiber beobachtete sie genau. Sie schien in sich zusammenzufallen, eine leere Hülle ohne Kraft, ohne Leidenschaft. Höchst … bemerkenswert.

Sie antwortete ihm nicht einmal. Dafür hob ihr Bruder sein grässlich entstelltes Antlitz. »Ich habe ihn getötet«, sagte Lecanus Daleinus. »Ich allein. Mein jüngerer Bruder und meine Schwester … kamen dazu … und töteten mich dafür. Wie bewundernswert! Schreibt es auf … Chronist. Haltet es fest.« Das Pfeifen in seiner Stimme war ausgeprägter denn je. »Berichtet darüber … unter der Herrschaft … des Kaisers Leontes und seiner ruhmreichen Kaiserin … und der Daleinus … Kinder … die aus der Verbindung … hervorgehen werden.«

Ein Augenblick verstrich, ein zweiter. Dann lächelte Pertennius. Er verstand. Alles hatte sich zum Guten gefügt. Endlich. Der trakesische Bauer war tot. Auch die Hure war tot oder würde es bald sein. Das Reich kam – nach langer Zeit – endlich doch in die richtigen Hände.

»Das werde ich tun«, sagte er. »Glaubt mir, das werde ich tun.«

»Lecanus?« Das war wieder Lysippus. »Ihr habt es versprochen! Ihr habt es mir versprochen.« Die Gier in seiner Stimme war nicht zu überhören, er klang geradezu heiser vor Gier.

»Erst der Trakesier, dann ich«, sagte Lecanus Daleinus.

»Natürlich«, dienerte Lysippus. »Natürlich, Lecanus.« Er verneigte sich, zappelte mit Armen und Beinen, wand sich vor Hunger, vor Ungeduld wie in Krämpfen der religiösen Ekstase oder der Lust.

»Heiliger Jad! Ich gehe«, sagt Tertius hastig. Seine Schwester trat beiseite, der jüngste Daleinus strebte nahezu im Laufschritt zum Ausgang zurück. Sie folgte ihm nicht, sondern drehte sich um und betrachtete erst ihren verkrüppelten Bruder und dann den Calysier, der mit offenem Mund dastand und hechelte wie ein Hund. Dann beugte sie sich über Lecanus und flüsterte ihm etwas zu. Pertennius verstand nicht, was sie sagte, und das erboste ihn. Der Bruder gab keine Antwort.

Pertennius blieb lange genug, um zu sehen, wie der Blinde dem Calysier Schlauch und Abzugsmechanismus entgegenstreckte und wie der Calysier mit bebenden Fingern beides von Daleinus' verstümmelten Händen löste. Bevor ihn die Übelkeit überwältigen konnte, hob er sein Messer auf, steckte es in die Scheide und steuerte seinerseits mit raschen Schritten und ohne sich umzusehen auf die Tür zu, durch die er hereingekommen war.

Was nun kam, durfte er ohnehin nicht berichten. Es war kein Teil der Geschichte, es war nie *geschehen*, also brauchte er auch nicht Zeuge zu sein. Es zählte nur das, was schwarz auf weiß festgehalten wurde.

Irgendwo auf der Welt wurden Pferderennen gefahren oder Felder gepflügt, Kinder spielten oder weinten oder mühten sich ab mit schwerer Arbeit. Schiffe segelten. Es regnete, es schneite, Sand wirbelte durch die Wüste, Menschen aßen und tranken, scherzten, legten Gelübde ab oder lästerten im Zorn ihren Gott. Geld ging von Hand zu Hand. Eine Frau schrie hinter geschlossenen Fensterläden einen Namen. In Heiligtümern und Wäldern und vor sorgsam gehüteten heiligen Feuern wurden Gebete gesprochen. Ein Delphin sprang aus der blauen See. Ein Mann verlegte Mosaiksteine an einer Mauer. Ein Krug zerbrach am Brunnenrand, eine Dienerin wusste, dass sie dafür geschlagen würde. Männer gewannen oder verloren beim Würfelspiel, in der Liebe, im Krieg. Chiromanten bereiteten Täfelchen vor, um damit Liebesglut, Fruchtbarkeit oder unermesslichen Reichtum zu beschwören. Oder jemandem den Tod zu bringen, den man seit Ewigkeiten leidenschaftlich hasste.

Als Pertennius von Eubulus den Tunnel verließ, traf ihn ein zweiter feuchtheißer Luftschwall aus dem Innern, aber diesmal hörte er keinen Schrei.

Er kam wieder im Untergeschoss des Attenin-Palastes heraus. Eine breite Treppe führte nach oben, ein Korridor strebte nach beiden Seiten anderen Gängen, anderen Treppen zu. Weit und breit kein einziger Gardist. Tertius Daleinus war bereits nach oben gelaufen. Irgendwohin. Eine Nebenfigur, dachte Pertennius, banal und ohne Bedeutung. Ein Gedanke, den man natürlich nicht niederschreiben konnte, jedenfalls nicht in einem … für die Öffentlichkeit bestimmten Dokument.

Er holte tief Atem, strich sich die Tunika glatt und schickte sich an, die Treppe hinaufzusteigen, den Palast zu verlassen und durch die Gärten in den zweiten Palast zurückzukehren, um Leontes zu berichten, was geschehen war.

Doch den Spaziergang konnte er sich sparen.

Im gleichen Augenblick, als aus dem Tunnel hinter ihm ein erstickter Schrei und eine letzte Hitzewoge bis in den Korridor drangen, waren von oben polternde Schritte zu hören.

Er schaute nicht zurück. Er schaute die Treppe empor. Leontes kam ihm entgegen, wie immer mit raschen Schritten und wie immer mit mehreren Soldaten im Schlepptau.

»Pertennius! Wo bleibst du denn so lange, in des Gottes heiligem Namen, Mann? Wo ist der Kaiser? Warum ist die Tür … *wo ist die Wache?*«

Pertennius schluckte krampfhaft. Strich sich die Tunika glatt. »Mein Gebieter«, sagte er, »es ist etwas Schreckliches geschehen.«

»Wie? Da drinnen?« Der Strategos blieb stehen.

»Gebieter, geht nicht hinein. Es ist … entsetzlich.« Das war nur die reine Wahrheit.

Und sie wirkte wie erwartet. Leontes warf seinen Gardisten einen Blick zu. »Ihr wartet hier.« Der goldhaarige Feldherr der sarantinischen Armeen betrat den Tunnel.

Und deshalb musste natürlich auch Pertennius noch einmal hinein. Als Chronist musste er miterleben, was jetzt kam, obwohl vermutlich auch diese Szene nicht schriftlich festgehalten werden durfte. Sorgfältig schloss er die Tür hinter sich.

Leontes reagierte schnell. Als Pertennius zum zweiten Mal die Tunnelbiegung erreichte, lag der Strategos bereits neben dem verschmorten Leichnam seines Kaisers auf den Knien.

Eine ganze Weile bewegte sich niemand. Endlich tastete Leontes nach der Schnalle an seinem Hals, öffnete sie, nahm mit Schwung seinen dunkelblauen Mantel ab und deckte ihn behutsam über den Leichnam. Er schaute auf.

Pertennius stand hinter ihm und konnte sein Gesicht nicht sehen. Es stank durchdringend nach verbranntem Fleisch. Vor ihnen standen reglos die beiden Menschen, die das Massaker überlebt hatten. Pertennius hielt sich im Hintergrund und drückte sich in der Tunnelbiegung dicht an die Wand.

Er sah, wie der Strategos aufstand. Sah, wie Styliane ihn hoch erhobenen Hauptes ansah. Lysippus der Calysier stand neben ihr. Er hatte offenbar vergessen, dass er noch immer den Feuer speienden Schlauch in den Händen hielt. Nun ließ er ihn fallen. Auch sein Gesicht hatte einen sonderbaren Ausdruck angenommen. Neben ihm lagen drei Leichen, schwarz und verkohlt. Die beiden Gardisten. Und Lecanus Daleinus, der schon einmal vor vielen Jahren mit seinem Vater gebrannt hatte.

Leontes schwieg. Ganz langsam trat er vor. Blieb vor seiner Frau und dem Calysier stehen.

»Was treibt Ihr hier?«, wandte er sich an Lysippus.

Styliane war wie Eis, wie Marmor. Pertennius sah, wie der Calysier den Strategos anstarrte, als frage er sich, wo der so plötzlich hergekommen sei. »Was glaubt Ihr denn?«, fragte er. Die unvergessliche Stimme. »Ich bewundere das Fußbodenmosaik.«

Leontes, der Oberste Feldherr der sarantinischen Armeen, war aus anderem Holz geschnitzt als der tote Kaiser, der hinter ihm lag. Er zog sein Schwert, wie er es unzählige Male getan hatte, und stieß ohne ein weiteres Wort dem Mann, der neben seiner Gemahlin stand, die Klinge in den Leib, mitten ins Herz.

Lysippus hatte keine Möglichkeit, sich zu wehren. Er rührte keine Hand. Pertennius konnte sich nicht beherrschen, trat einen Schritt näher und sah noch den überraschten Blick des Calysiers, bevor die Klinge ruckartig herausgezogen wurde und der Koloss mit lautem Getöse zu Boden stürzte.

Während das Echo des Sturzes noch von den unterirdischen Wänden widerhallte, standen sich im Fleischgestank, umgeben von fünf Toten, ein Mann und eine Frau gegenüber. Pertennius überlief ein Schauer.

»Warum hast du das getan?«, fragte Styliane Daleina.

Die Ohrfeige von harter Soldatenhand traf sie mitten ins Gesicht und riss ihr den Kopf zur Seite.

»Knapp und präzise«, verlangte ihr Gemahl. »Wer war das?«

Styliane hielt sich nicht einmal die Wange. Sie sah ihren Gemahl nur an. Der Schreiber erinnerte sich, dass sie noch vor wenigen Augenblicken bereit gewesen war, sich bei lebendigem Leibe verbrennen zu lassen. Diese Frau kannte keine Angst.

»Mein Bruder«, sagte sie. »Lecanus. Er wollte Rache nehmen für unseren Vater. Heute Morgen ließ er mir mitteilen, er sei auf dem Weg hierher. Offenbar hatte er die Wachen auf der Insel und mit ihrer Hilfe die Exkubitoren hier an den Tunneleingängen bestochen.«

»Und du bist gekommen?«

»Natürlich. Aber zu spät, um ihn noch aufzuhalten. Der Kaiser war bereits tot und mit ihm die beiden Soldaten. Und der Calysier hatte Lecanus getötet.«

Mühelos kamen ihr die notwendigen Lügen über die Lippen. Die Worte, die einen Ausweg verhießen, Rettung für alle.

»Mein Bruder ist tot«, wiederholte sie.

»Seine schwarze Seele soll verbrennen«, sagte ihr Gemahl kalt. »Was hatte der Calysier hier zu suchen?«

»Eine gute Frage«, sagte Styliane. »Leider kann man sie ihm nicht mehr stellen.« Die linke Hälfte ihres Gesichts war gerötet von seinem Schlag. »Hätte jemand nicht voreilig sein Schwert gezückt, dann hätte er sie uns vielleicht beantwortet.«

»Nimm dich in Acht, Weib. Ich halte das Schwert noch in der Hand. Du bist eine Daleina, Angehörige einer Familie, die deiner eigenen Aussage nach soeben unseren heiligen Kaiser ermordet hat.«

»Ja, mein Gemahl«, sagte sie. »So ist es. Wirst du mich jetzt töten, mein Lieber?«

Leontes schwieg. Sah sich zum ersten Mal um. Bemerkte Pertennius, den Zeugen. Zuckte nicht mit der Wimper. Wandte sich wieder seiner Gattin zu. »Wir stehen unmittelbar vor einem Krieg. Heute. Heute sollte er erklärt werden. Inzwischen wurde bekannt, dass die Bassaniden im Norden die Grenze überschreiten und den Frieden brechen. Und der Kaiser ist tot. Wir haben keinen Kaiser mehr, Styliane.«

Styliane Daleina lächelte. Pertennius sah es genau. Eine Frau von atemberaubender Schönheit. »Wir werden wieder einen Kaiser bekommen«, sagte sie. »Schon sehr bald. Mein Gebieter.«

Und sie kniete – wie strahlendes Gold zwischen den geschwärzten Leichen – vor ihrem Gemahl nieder.

Pertennius löste sich von der Wand, trat ein paar Schritte vor, fiel ebenfalls auf beide Knie und berührte mit der Stirn den Boden. Im Tunnel war es lange still.

»Pertennius«, sagte Leontes endlich, »es gibt eine Menge zu tun. Der Senat muss zusammengerufen werden. Geh in die Kathisma im Hippodrom. Sofort. Bonosus soll mit dir hierher kommen. Sag ihm *nicht*, warum, aber mach ihm klar, dass er dich begleiten muss.«

»Ja, Gebieter.«

Styliane sah zu ihm auf. Sie lag noch immer auf den Knien. »Begreift Ihr? Ihr erzählt niemandem, was hier geschehen ist, auch nichts von dem Angriff der Bassaniden. Wir brauchen heute Nacht Ruhe und Ordnung in der Stadt, um die Lage in den Griff zu bekommen.«

»Ich habe verstanden.«

Leontes sah Styliane an. »Die Armee ist hier. Es wird nicht so sein wie … beim letzten Mal, als es keinen Erben gab.«

Seine Frau erwiderte den Blick, dann betrachtete sie ihren Bruder, der auf dem Boden lag.

»Nein«, sagte sie. »So wird es nicht sein.« Und sie wiederholte: »So wird es nicht sein.«

Pertennius sah, wie ihr der Strategos die Hand reichte. Sie stand auf. Die Hand wanderte nach oben und strich ihr sanft über die gerötete Wange. Sie bewegte sich nicht, aber ihre Augen hingen an seinem Gesicht. Ein goldenes Paar, dachte Pertennius. Zwei hoch gewachsene Gestalten. Bei ihrem Anblick ging ihm das Herz auf.

Er erhob sich, drehte sich um und verließ den Tunnel. Man hatte ihm Befehle erteilt.

Seinen blutigen Dolch hatte er vergessen. Den ganzen

Tag über dachte er nicht daran, ihn abzuwischen, aber da niemand auf ihn achtete, spielte es auch keine Rolle.

Er trat nur so selten in Erscheinung; er war Geschichtsschreiber, Chronist, ein grauer Schatten, stets präsent, aber keine Persönlichkeit, die jemals in irgendeiner Weise das Geschehen *beeinflusst* hätte.

Rasch stieg er die Treppe hinauf, eilte durch den Palast zu einer zweiten Treppe und betrat den geschlossenen Gang, der zur Rückseite der Kathisma führte. Unterwegs suchte er bereits nach passenden Formulierungen, einem geeigneten Anfang. Gleich zu Beginn einer Chronik den Ton zu treffen, die richtige Mischung aus Distanz und Reflexion, war ungemein wichtig. *Schon ein flüchtiger Blick auf die Ereignisse der Vergangenheit zeigt uns, dass Jads gerechte Strafe für die Gottlosen und die Übeltäter bisweilen lange auf sich warten lässt, aber ...*

Er blieb so abrupt stehen, dass ihm einer der Eunuchen im Korridor mit einem raschen Sprung zur Seite ausweichen konnte. Wo mochte die Hure sein? Sie hielt sich wohl kaum – nein, ganz gewiss nicht – in der Kathisma auf, obwohl *das* nun wirklich sehenswert gewesen wäre. Vielleicht lag sie im anderen Palast noch mit irgendeinem Soldaten nackt und glitschig in ihrem Bad? Er strich sich die Tunika glatt. Styliane würde sich schon um sie kümmern.

Wir brauchen heute Nacht Ruhe und Ordnung in der Stadt, hatte sie gesagt.

Er wusste natürlich, was sie meinte. Es lag doch auf der Hand. Als Apius gestorben war, der letzte Kaiser, der keinen Erben benannt hatte, war es im Hippodrom, auf den Straßen und sogar im Kaiserlichen Senatssaal zu gewalttätigen Unruhen gekommen. Schließlich hatte man einen unwissenden trakesischen Bauern auf einen Schild gehoben, ihm einen Porphyrmantel übergeworfen und ihn vom Pöbel zum Kaiser ausrufen lassen.

Ordnung war jetzt von ungeheurer Wichtigkeit; die achtzigtausend Menschen im Hippodrom mussten ruhig gehalten werden.

Wenn nichts dazwischen kam, schoss es ihm plötzlich durch den Kopf, müsste sich bis heute Abend auch seine eigene Situation erheblich verbessern. Er dachte an eine gewisse andere Frau und strich sich abermals die Tunika glatt.

Er war sehr glücklich – für ihn ein seltener, ja fast unbekannter Zustand –, als er, im Gürtel einen Dolch, an dem Blut klebte, mit seiner gewaltigen, welterschütternden Nachricht zur Kathisma schritt.

Die Sonne stand hoch über der Stadt, sie hatte den Zenit überschritten und sank dem Horizont entgegen, aber Sarantium hatte noch einen langen Tag – eine lange Nacht – vor sich.

Im Tunnel stand sich ein goldenes Paar zwischen den Toten gegenüber und sah sich schweigend an, dann gingen die beiden langsam durch die Tür und stiegen die breite Treppe hinauf – ohne sich zu berühren, aber Seite an Seite.

Zurück blieb auf den Steinen, den Mosaiksteinen, unter einem blauen Mantel Valerius von Sarantium, der zweite dieses Namens. Sein Körper. Oder was davon noch übrig war. Seine Seele war längst fortgegangen, zu den Delphinen, zum Gott – dahin, wo alle Seelen nach dem Tod landen.

Irgendwo auf der Welt wurde zur gleichen Zeit ein lange ersehntes Kind geboren, anderswo starb ein Landarbeiter, bevor man die Felder gepflügt und die Frühlingssaat ausgebracht hatte. Sein Tod riss eine schmerzliche Lücke. Es war eine Katastrophe ohnegleichen!

KAPITEL VI

Die Kaiserliche Jacht segelte über die Meerenge – diesmal ließ kein Delphin sich blicken – und legte nach allen Regeln der Kunst am Kai an. Die Besatzung war tief besorgt. Crispin war nicht der Einzige, der bei der Anfahrt ängstlich den Hafen beobachtete.

Auf der Insel waren Menschen getötet worden. Mindestens zwei Exkubitoren, Kameraden aus den eigenen Reihen, hatten sich als Verräter erwiesen. Daleinus war geflohen. Die Kaiserin hatte sie verlassen und war mit nur einem Mann an Land zurückgerudert. Der sonnige Tag war voller Gefahren.

Aber niemand wartete auf sie. Weder Freund noch Feind, niemand. Sie näherten sich der Kaimauer, die Hafenmannschaft vertäute die Jacht, trat beiseite und wartete, dass die Kaiserin aussteige.

Was immer man für heute auf der Insel oder im Kaiserlichen Bezirk geplant hatte, dachte Crispin, das Komplott war nicht genügend ausgefeilt. Es hatte nicht einkalkuliert, dass die Kaiserin mit einem Handwerker aus dem Westen eine Vergnügungsfahrt unternehmen könnte, um Delphine zu beobachten – und einen Gefangenen auf einer Insel zu besuchen.

Alixana hätte also doch mit ihnen nach Sarantium segeln können. Aber was dann? Sollte sie sich etwa in ihrer Sänfte zum Attenin- oder Traversit-Palast zurücktragen lassen, um sich zu erkundigen, ob Lecanus Daleinus und die bestochenen Exkubitoren ihren Gemahl bereits überfallen und getötet hätten und ob man sich schon überlegt habe, was man mit ihr anfangen wolle?

Es war wohl die Beteiligung der Exkubitoren gewesen, die ihr gezeigt hatte, dass es sich um ein weit gespanntes Netz handelte. Wenn Angehörige der Kaiserlichen Garde bestochen wurden, und seien es auch nur wenige Einzelne, dann musste man auf einen raschen und tödlichen Schlag gefasst sein. Es ging hier nicht nur um einen Gefangenen auf der Flucht in die Freiheit.

Nein, er verstand nur zu gut, dass sie ihren Mantel am Strand hatte liegen lassen, um ihren Weg unerkannt fortzusetzen. Ob er sie wohl jemals wiedersähe? Sie und den Kaiser? Und – der Gedanke drängte sich auf – was hatte er zu erwarten, wenn bekannt wurde – und das war unvermeidlich –, dass er heute Morgen mit der Kaiserin aufs Meer hinaus gefahren war? Man würde ihn fragen, was er wusste. Und er wusste nicht, was er sagen würde. Er wusste ja noch nicht einmal, wer ihm die Fragen stellen würde.

Er dachte an Styliane. Erinnerte sich an ihre letzten Worte in jener Nacht, bevor er sie verließ und aus dem Fenster in den Hof stieg. *Das bringt manches andere in Gang. Ich will nicht sagen, dass es mir Leid tut. Aber vergiss diesen Raum nicht, Rhodianer. Was immer ich auch tue.*

Er war nicht so naiv zu glauben, dass der Krüppel auf der Insel seine Flucht ganz allein in die Wege geleitet hatte. Nicht einmal mithilfe seiner Vogelseele. Crispin war erstaunt, denn der Zorn, der ihn zwei Jahre lang geprägt hatte, wollte sich nicht einstellen. Auch Zorn, dachte er, ist eine Art von Luxus. Er erlaubte eine einfache Sicht der Dinge. Doch hier war nichts einfach. *Eine einmal vollbrachte Tat zieht alles andere nach sich,* hatte sie gesagt.

Alles andere. Ein Reich, eine Welt mit allen Menschen, die darin lebten. Die Vergangenheit bestimmte die Gegenwart. *Ich will nicht sagen, dass es mir Leid tut.*

Er erinnerte sich an das Verlangen, das durch seine Adern gejagt war wie ein reißender Fluss, als er die dunkle Treppe hinaufstieg. Die Verbitterung, die Vielschichtigkeit dieser Frau. Erinnerte sich, wie er sich von jetzt an auch an Alixana erinnern würde. Bilder, die immer neue Bilder erzeugten. Die Kaiserin am steinigen Strand. *Die Hure,* hatte Pertennius sie in seinen geheimen Schriften genannt. Dieser Schmutz, dieser Hass. Zorn ist leichter zu ertragen, dachte er.

Er schaute hinab. Die Hafenmannschaft stand in Reih und Glied auf der Kaimauer. Sie wartete immer noch auf die Kaiserin. Die Exkubitoren und Matrosen an Bord sahen sich fragend an, dann richteten sich alle Blicke Hilfe suchend auf Crispin. Im Grunde war es komisch, aber wer wollte noch lachen in dieser Welt? Ihr Anführer war mit der Kaiserin gegangen.

Crispin schüttelte den Kopf. »Ich habe keine Ahnung«, sagte er. »Kehrt in Eure Kaserne zurück. Macht Meldung. Was man eben tut, wenn ... so etwas geschieht.« *Wenn so etwas geschieht.* Er kam sich vor wie ein Schwachkopf. Linon hätte ihn sicher so genannt.

Carullus hätte gewusst, wie man mit diesen Leuten redete. Aber Crispin war kein Soldat. Auch sein Vater war kein Soldat gewesen. Was Horius Crispus freilich nicht daran gehindert hatte, im Krieg zu fallen. Stylianes Vater war verbrannt. Das Monstrum auf der Insel war einmal ein stolzer, stattlicher Mann gewesen. Crispin sah das Bildnis an der Kuppel der sauradischen Kapelle vor sich. Den Gott mit dem grauen Gesicht, die Finger gebrochen im Kampf gegen das Böse.

Den Gott, der Steinchen um Steinchen zerfiel.

Die Matrosen senkten die breite Laufplanke auf die Kaimauer hinab. Den Teppich rollten sie nicht aus. Die

Kaiserin war nicht an Bord. Crispin ging an Land und tauchte unter im regen Treiben. Im Hafen bereitete man sich auf einen Krieg vor. Niemand hielt ihn auf. Man nahm ihn gar nicht wahr.

Als er sich vom Meer entfernte, hörte er aus der Ferne ein lautes Tosen. Das Hippodrom. Männer und Frauen, die sich noch für Pferderennen begeistern konnten. Düstere Vorahnungen lagen ihm wie ein Stein im Magen. *Das bringt manches andere in Gang.*

Er wusste nicht, wohin er gehen, was er tun sollte. In den Schenken wäre es ruhig, wenn alles im Hippodrom war, aber er wollte nicht irgendwo sitzen und sich betrinken. Noch nicht. Sicher ist auch Carullus bei den Rennen, dachte er, und Shirin. Artibasos war natürlich im Tempel und Pardos und Vargos wahrscheinlich auch. Er könnte zur Arbeit gehen. Das war immer möglich. Er *hatte* ja heute Morgen gearbeitet, als sie ihn geholt hatte. Er hatte versucht, die Distanz, die innere Klarheit zu finden, die er brauchte, um seine Töchter an der Kuppel zu verewigen oder ihnen zumindest so viel Dauer zu verleihen, wie es einem Handwerker möglich war.

Doch jetzt war ihm alles abhanden gekommen. Die beiden Mädchen, die Distanz und die innere Klarheit. Sogar der Zorn, der alles einfacher machte. Zum ersten Mal, seit Crispin denken konnte, stieß ihn der Gedanke ab, auf ein Gerüst zu steigen und sich in seine Arbeit zu vertiefen. Er hatte heute Morgen Menschen sterben sehen und selbst Gewalt angewendet. Jetzt die Leiter hinaufzusteigen, wäre … eine feige Flucht vor der Wirklichkeit. Was immer er heute anfinge, er würde es nur verpfuschen.

Wieder drang vom Hippodrom ein Aufschrei herüber. Er war auf dem Weg dorthin. Betrat das Hippodrom-Forum mit dem riesigen Rundbau, dem Tempel auf der anderen Seite, der Statue des ersten Valerius und dahinter den Bronzetoren zum Kaiserlichen Bezirk. Dort kam jetzt so manches in Gang. Oder war bereits vollendet. Er blieb mitten auf dem weiten Platz stehen und sah zu den Toren hinüber. Stellte sich vor, er ginge hin und begehrte Einlass. Er müsse dringend mit dem Kaiser sprechen. Habe eine Frage wegen seiner Kuppel, die Wahl der Farben, der Winkel der Tessellae. Ob man ihm wohl eine Audienz ermöglichen könne?

Crispin bemerkte, dass sein Mund wie ausgetrocknet war. Sein Herz pochte schmerzhaft gegen die Rippen. Er kam aus Rhodias, jenem gefallenen, besiegten Land, das Valerius abermals mit einem alles verwüstenden Krieg überziehen wollte. Er hatte entsprechende Botschaften nach Hause geschickt, an seine Mutter, seine Freunde, wohl wissend, dass sie nichts ändern, nichts bewirken konnten.

Er sollte den Mann hassen, der diese Flotte ausrüstete, seine Heerscharen sammelte. Aber er erinnerte sich an den Valerius im nächtlichen Tempel, der seinem Architekten mit mütterlicher Hand durch das wirre Haar fuhr und ihm riet – ja befahl –, nach Hause zu gehen und sich auszuschlafen.

Wären die Antae *besser* für die Halbinsel als Sarantium und alles, was es brachte? Besonders die Antae von heute, die Antae an der Schwelle eines barbarischen Bürgerkriegs? Der Tod würde in jedem Fall reiche Ernte halten, ob Valerius' Flotte nun in See stach oder nicht.

Andererseits gibt es Mordanschläge nicht nur unter Barbaren wie den Antae, dachte Crispin und betrachtete weiter die stolzen, prunkvollen Bronzetore. Ob Valerius wohl schon tot war? Wieder musste er an Alixana denken. Eben noch am Strand, die Kiesel glatt geschliffen von der Brandung: *Als Eure Frau damals starb ... wie konntet Ihr weiterleben?*

Woher hatte sie gewusst, welche Frage sie zu stellen hatte?

Er durfte sich das alles nicht so sehr zu Herzen nehmen. Er sollte sich nach wie vor als Fremder fühlen in dieser Stadt, der nichts zu tun hatte mit diesen schillernden Todesbringern und mit allem, was heute geschah. Diese Menschen – Männer wie Frauen – standen so hoch über ihm, dass sie in einem ganz anderen Bereich von Jads Schöpfung wandelten. Er war ein einfacher Handwerker, der mit Glas und Stein arbeitete. Wer immer an der Macht war, hatte er einst in einem seiner berüchtigten Zornesanfälle zu Martinian gesagt, für einen Mosaikleger würde es immer Arbeit geben. Was also gingen ihn die Intrigen in den Palästen an?

Er war eine Randfigur, ein zufälliger Beobachter ... und die Bilder drohten ihn zu erdrücken. Noch einmal betrachtete er zögernd die Bronzetore, noch einmal malte er sich aus, er ginge darauf zu, doch dann wandte er sich ab.

Er suchte eine Kapelle auf. Irgendeine, die erstbeste an einer Gasse, die bergab nach Osten führte. Die Straße war ihm fremd. Die Kapelle war klein und ruhig, fast leer. Nur eine Hand voll meist älterer Frauen, Gebete murmelnde Schattengestalten, kein Priester um diese Zeit. Die Wagenrennen hielten die Menschen von den Heiligtümern fern. Ein uralter Kampf. Der Sonnenschein wurde fast völlig aufgesogen von dem fahlen Zwielicht, das durch die viel zu kleinen Fenster am unteren Rand der flachen Kuppel einsickerte. Kein Schmuck an den Wänden. Mosaiken oder Fresken waren teuer. Man sah sofort, dass hier keine wohlhabenden Bürger verkehrten, die mit Spenden an die Priester ihre Seelen zu retten suchten. Vom Altar bis zu den Türen hing eine Reihe von Lampen von der Decke, aber nur wenige waren angezündet: Zum Ende des Winters sparte man am Öl.

Crispin stand lange vor dem Altar und der Scheibe, dann kniete er – Kissen gab es hier nicht – auf dem harten Boden nieder und schloss die Augen. Die betenden Frauen erinnerten ihn an seine Mutter: eine kleine, resolute Frau, stets nach Lavendel duftend, vollkommen in ihrer Art; so lange schon allein – seit dem Tod seines Vaters. Er fühlte sich sehr weit weg.

Jemand erhob sich, machte das Zeichen des Kreises und ging hinaus. Eine alte Frau, gebeugt von der Last der Jahre. Hinter Crispin wurde die Tür geöffnet und fiel wieder zu. Es war sehr still. Und dann begann in dieser Stille jemand zu singen.

Er blickte auf. Sonst regte sich niemand. Die zarte, klagende Stimme befand sich links von ihm. Er glaubte, an einem der Seitenaltäre, wo keine Lampe brannte, eine schemenhafte Gestalt zu erkennen. Vor dem Altar brannten etliche Kerzen, aber sie spendeten so wenig Licht, dass er nicht einmal sehen konnte, ob die Sängerin ein junges Mädchen war oder eine ältere Frau.

Doch nachdem er seine ziellos schweifenden Gedanken zur Ordnung gerufen hatte, fiel ihm etwas anderes auf: Die Stimme sang Trakesisch und das war sehr ungewöhnlich. Die Liturgie wurde hier immer auf Sarantinisch gesungen.

Crispin lauschte. Er beherrschte das Trakesische – die Sprache jenes alten Volkes, das vor Rhodias Herr über einen großen Teil der Welt gewesen war – nur mangelhaft, doch nach einer Weile ahnte er, dass es sich um ein Klagelied handelte.

Niemand sonst regte sich. Niemand trat ein. Er kniete in dem düsteren Heiligtum zwischen den betenden Frauen und lauschte einer Stimme, die in einer alten Sprache von ihrer Trauer sang. Dabei fiel ihm auf, dass die Musik zu den Dingen gehörte, die seit Ilandras Tod aus seinem Leben verschwunden waren. Das Schlaflied für die Mädchen hatte sie auch für ihn gesungen, wenn er irgendwo im Haus war.

Wer kennt die Liebe?
Wer glaubt, er kenne die Liebe?

Die Sängerin, kaum zu unterscheiden, eine körperlose Stimme, sang kein Kindath-Wiegenlied. Ihr Klagelied war – Crispin verstand endlich auch den Text – ganz und gar heidnischen Ursprungs: die Kornmaid und der gehörnte Gott, das Opfer und der Gejagte. Sie ließ in einer Jad geweihten Kapelle Bilder entstehen, die schon zu Trakesias Glanzzeit uralt gewesen waren.

Crispin fröstelte auf dem Steinboden. Schaute von Neuem nach links, versuchte, die Düsternis zu durchdringen. Nur ein Schatten. Kerzen. Nur eine Stimme. Niemand regte sich.

Doch die unsichtbaren Geister, die durch das Dunkel schwebten, weckten eine Erinnerung: Kaiser Valerius hatte einst Petrus von Trakesia geheißen, bevor er die nördlichen Gefilde verließ und zu seinem Onkel nach Süden kam. Er hätte dieses Lied sicher gekannt.

Der Gedanke führte zu einer Erleuchtung. Crispin schloss abermals die Augen. Wie hatte er nur so töricht sein können? Denn wenn dies stimmte – und natürlich stimmte es –, dann hatte Valerius *genau* gewusst, was der Bison in Crispins Skizzen für den Tempel zu bedeuten hatte. Er stammte aus dem nördlichen Trakesia, aus jenem Wald- und Ackerland, dessen Böden seit Jahrhunderten von heidnischen Wurzeln durchsetzt waren.

Valerius musste den *Zubir* in den Zeichnungen auf den ersten Blick erkannt haben.

Und er hatte nichts dazu gesagt, sondern die Skizzen für die Kuppel seines großen Vermächtnisses, seines Tempels von Jads Heiliger Weisheit, gebilligt und sie kommentarlos an den Patriarchen des Ostens weitergegeben. Die Erkenntnis durchfuhr Crispin wie ein Windstoß. Überwältigt raufte er sich mit beiden Händen das Haar.

Was war das für ein Mensch, der es wagte, im Laufe eines einzigen Lebens so vieles versöhnen zu wollen? Osten und Westen wieder zu vereinen, den Norden in den Süden zu holen, eine Tänzerin der Zirkusparteien zur Kaiserin zu machen. Die Tochter seines Feindes, des eigenen ... Opfers mit dem besten Freund und Strategos des Reiches zu vermählen. Den *Zubir* aus dem Aldwood, riesig und wild – die *verkörperte* Wildnis – an einer Jad geweihten Kuppel im Herzen der Stadt mit den Dreifachen Mauern erstehen zu lassen.

Valerius. Valerius hatte es versucht. Ein ... Muster begann sich abzuzeichnen. Crispin glaubte, es fast sehen, fast erfassen zu können. Er schuf ja selber Muster, Muster aus Mosaiksteinen und Licht. Der Kaiser hatte mit menschlichen Seelen und mit der Welt gearbeitet.

Und immer noch klagte die Stimme:

Soll die Maid nicht mehr wandeln übers goldene Feld?
Wo ihr Haar erglänzt wie das Korn?
Blau strahlt der Mond durch des Gottes Gehörn.
Wenn die Jägerin schießt, stirbt der Gott.

Wie können wir leben, wir Kinder der Zeit,
Wenn die beiden dem Tode geweiht?
Wer soll uns lehren, uns Kinder des Leids,
Was man preisgeben darf?

Wenn lautes Gebrüll aus den Wäldern erschallt,
Weinen die Kinder der Welt.
Tritt die Bestie sodann mit Gebrüll aus dem Wald,
Ist's geschehen um die Kinder des Bluts.

Er hatte Mühe, die trakesischen Verse zu verstehen, doch wenn er nur mit dem Gefühl lauschte, fand er leichter Zugang: Es war wie am Fest der Toten, als er in jener Kapelle in Sauradia zur Kuppel aufgeblickt und so vieles über Jad und die Welt erfasst hatte. Sein Herz war übervoll, als wolle es zerspringen. Mysterien fegten durch seine Seele. Er fühlte sich klein, sterblich und allein. Das Lied durchbohrte ihn wie ein Schwert.

Nach einer Weile kam ihm zu Bewusstsein, dass die Stimme verstummt war. Wieder sah er hinüber. Die Sängerin war verschwunden. Vor dem Altar stand niemand. Niemand. Rasch drehte er sich um und schaute zur Tür. Niemand ging hinaus. Nichts regte sich in der Kapelle, keine Schritte waren zu hören. Die anderen Besucher hatten sich die ganze Zeit nicht bewegt, auch während des Liedes nicht. Wie vorher standen sie im trüben Licht, als hätten sie nichts gehört.

Wieder überlief Crispin ein Schauer, er kam nicht dagegen an, ihm war, als würden er und sein Leben von unsichtbaren Schwingen gestreift. Seine Hände zitterten. Er starrte sie an, als gehörten sie nicht zu ihm. Wer hatte diese Klage gesungen? Worüber trauerte man mit heidnischen Worten in einem Jad-Heiligtum? Er dachte an Linon, wie sie im grauen Nebel im kalten Gras gelegen hatte. *Vergiss mich nicht.* Ließ einen die Zwischenwelt denn nie wieder los, wenn man sie einmal betreten hatte? Er wusste es nicht. Er wusste es nicht.

Er faltete die Hände und betrachtete sie – Kratzer, Schnitte, alte Narben – so lange, bis sie zu zittern aufhörten. Dann sprach er den Lobpreis an Jad in der halbdunklen Stille und machte das Zeichen des Sonnenkreises. Er erflehte die Gnade und das Licht des Gottes für die Toten und die Lebenden, die ihm nahe standen, hier und in weiter Ferne. Und schließlich erhob er sich und trat wieder in den Tag hinaus. Durch Straßen und Gassen, über Plätze, durch überdachte Arkaden ging er nach Hause. Der Lärm aus dem Hippodrom schallte hinter ihm her – sehr laut war er jetzt, irgendetwas war dort im Gange. Von allen Seiten kamen Männer gelaufen, mit Messern und Stöcken bewaffnet. Einer trug auch ein Schwert. Sein Herz schlug immer noch einen schmerzhaften Trommelwirbel in seiner Brust.

Jetzt fing es an. Oder, anders betrachtet, jetzt ging es zu Ende. Er durfte sich das alles nicht so sehr zu Herzen nehmen. Aber es ging ihm nahe, näher, als er sagen konnte. Es war Wirklichkeit, nicht zu bestreiten. Aber eine Wirklichkeit, in der er keine Rolle mehr zu spielen hatte.

Das sollte sich als Irrtum erweisen.

Als er sein Haus erreichte, wartete Shirin auf ihn. Sie trug Danis um den Hals.

Die Krawalle entzündeten sich mit unglaublicher Geschwindigkeit. Eben hatten die Blauen noch ihre Siegesrunde gefahren, im nächsten Moment war der Jubel in wütendes Gebrüll umgeschlagen, und das Hippodrom verwandelte sich in einen tobenden Hexenkessel.

Cleander stand unweit von Scortius im Tunnel und sah durch die Prozessionstore, wie die Menschen zuerst mit Fäusten und dann mit Messern aufeinander losgingen. Anhänger der Zirkusparteien drängten sich rücksichtslos durch die neutralen Tribünenabschnitte. Zuschauer wurden niedergetrampelt, bevor sie sich in Sicherheit bringen konnten. Ein Mann wurde durch die Luft geschleudert und landete mehrere Reihen tiefer auf den Köpfen der Menge. Eine Frau fiel bei dem Versuch, einer Horde von Gegnern auszuweichen, auf die Knie und wurde zu Tode getreten. Cleander glaubte – selbst auf diese Entfernung und in diesem Tumult –, ihre Schreie zu hören. Die verzweifelten Massen wälzten sich den Ausgängen zu und begruben alles unter sich.

Er sah seine Stiefmutter an, dann wanderte sein Blick zur Kathisma am anderen Ende der langen Geraden. Da oben war sein Vater, aber er war zu weit weg, er konnte ihnen nicht helfen. Er wusste ja nicht einmal, dass sie hier waren. Cleander holte tief Atem, warf einen letzten Blick auf die Ärzte, die sich über den verletzten Scortius beugten, und wandte sich ab. Er fasste seine Stiefmutter sanft am Arm und führte sie tiefer in den Tunnel hinein. Sie sagte kein Wort und leistete auch keinen Widerstand. Er war hier unten wie zu Hause. Bald erreichten sie eine kleine Tür, die versperrt war. Cleander knackte das Schloss (das war nicht weiter schwierig, und er tat so etwas nicht zum ersten Mal) und hob den Riegel an. Sie traten am Ostende des Hippodroms ins Freie.

Thenaïs ließ sich willig führen. Sie wirkte so teilnahmslos, als nähme sie die Panik ringsum gar nicht wahr. Cleander schaute um die Ecke. Bei ihrer Ankunft hatten sie die Sänfte unweit des Haupttors abgestellt, aber dahin zurückzukehren, kam nicht infrage, das sah er sofort: Der Aufruhr war bereits über das Hippodrom hinausgeschwappt. Die Parteien prügelten sich jetzt auf dem Forum. Immer neue Streithähne eilten herbei. Der Lärm aus dem Innern war beängstigend. Wieder ergriff er den Arm seiner Stiefmutter und zog sie in die entgegengesetzte Richtung, so schnell ihre Beine sie trugen.

Ein Bild wollte und wollte ihm nicht aus dem Kopf: Astorgus' Gesicht, als der gelb gekleidete Bahnwart vortrat und berichtete, was Cleander selbst gesehen, aber bewusst für sich behalten hatte. Astorgus war zusammengezuckt, seine Züge waren zur Maske erstarrt. Dann hatte sich der Faktionarius der Blauen wortlos auf dem Absatz umgedreht und war wieder auf die Bahn gegangen.

Draußen hatten die Blauen immer noch den jungen Fahrer gefeiert, der das Rennen gewonnen hatte und nun mit den beiden weißen Wagen die Siegesrunden fuhr. Scortius lag bewusstlos im Tunnel. Sein bassanischer Arzt und der Heiler der Blauen bemühten sich verzweifelt, die Blutung zu stillen, die Atmung in Gang zu halten, sein Leben zu retten. Alle beide waren inzwischen blutüberströmt.

Gleich darauf hörte man bis in den Tunnel, wie der Jubel auf den Tribünen umschlug in ein dumpfes, drohendes Grollen, und dann brachen die Kämpfe aus. Zu diesem Zeitpunkt wusste man dort noch nicht, warum und dass es Astorgus war, der diese Explosion ausgelöst hatte.

Cleander schob seine Stiefmutter rasch die Stufen zu den nächsten Arkaden hinauf, um eine Horde grölender junger Männer mit Keulen und Messern auf der Straße vorbeizulassen. Einer hatte sogar ein Schwert. Noch vor zwei Wochen wäre Cleander selbst mit der Waffe in der Hand zur nächsten blutigen Schlägerei geeilt. Jetzt fühlte er sich von diesen entfesselten, glutäugigen Subjekten bedroht. Etwas hatte ihn verändert. Er ließ den Arm seiner Stiefmutter nicht los.

Jemand rief mit lauter Stimme seinen Namen. Er fuhr herum. Eine Woge der Erleichterung überschwemmte ihn. Ein Soldat, Carullus, der Mann, den er vergangenen Herbst in der *Spina* kennen gelernt hatte und dem Shirin vor kurzem die Hochzeitsfeier ausgerichtet hatte. Carullus hatte den linken Arm um seine Frau gelegt, in der Rechten hielt er ein Messer. Die beiden kamen rasch die Stufen herauf.

»Du kommst mit mir, Junge«, befahl er entschieden, aber völlig ruhig. »Wir bringen die Frauen nach Hause, damit sie an diesem schönen Frühlingstag in aller Ruhe einen Schluck trinken können. *Ist* es nicht ein herrlicher Tag? Ich liebe dieses Jahreszeit.«

Cleander war ihm unsäglich dankbar. Carullus wirkte allein schon durch seine Größe einschüchternd, und er hatte das Auftreten eines Soldaten. Sie wurden nicht behelligt. Aber gleich neben ihnen auf der Straße hieb ein Mann einem anderen seinen Stock über den Kopf.

Der Stock zerbrach; der Geschlagene stürzte und blieb in unnatürlich verdrehter Haltung liegen.

Carullus zuckte zusammen. »Genick gebrochen«, stellte er sachlich fest und sah hinüber, ohne innezuhalten. »Der steht nicht wieder auf.«

Am Ende der Arkaden traten sie wieder auf die Straße. Über ihnen warf jemand einen Kochtopf aus dem Fenster, der sie nur knapp verfehlte. Carullus bückte sich und hob ihn auf. »Ein nachträgliches Hochzeitsgeschenk!«, grinste er. »Ist er besser als der, den wir zu Hause haben, Liebes?«, wandte er sich an seine Frau.

Die schüttelte den Kopf und rang sich ein Lächeln ab. Doch in ihren Augen stand die Angst. Carullus schleuderte den Topf über die Schulter. Cleander warf einen Blick auf seine Stiefmutter. Sie war nicht erschrocken. Sie zeigte *keinerlei* Reaktion. Die Begegnung mit ihren Begleitern, der Mann, der direkt neben ihnen niedergeschlagen und getötet worden war – an ihr war alles abgeprallt. Sie bewegte sich wie in einer anderen Welt.

Sie setzten ihren Weg ohne weitere Zwischenfälle fort, obwohl die Straßen voll waren von laufenden, schreienden Menschen. Cleander sah, wie die Ladenbesitzer hastig Schaufenster und Türen mit Brettern vernagelten. Als sie ihr Haus erreichten, hielten die Diener nach ihnen Ausschau. Gut ausgebildet, wie sie waren, hatten sie bereits damit begonnen, die Hoftore zu verrammeln, und diejenigen, die an der Tür warteten, hatten sich mit schweren Stöcken bewaffnet. Es waren nicht die ersten Krawalle, die sie erlebten.

Cleanders Mutter trat schweigend ins Haus. Sie hatte kein Wort gesprochen, seit sie das Hippodrom verlassen hatten. Seit das Rennen begonnen hatte, erinnerte sich der Junge. So blieb es ihm überlassen, sich bei dem Soldaten zu bedanken. Er stammelte ein paar Worte und bat das Paar ins Haus. Carullus lehnte lächelnd ab. »Ich muss mich beim Strategos melden, sobald ich meine

Frau nach Hause gebracht habe. Ein guter Rat, mein Junge: Du gehst heute Nacht besser nicht mehr auf die Straße. Die Exkubitoren werden unterwegs sein, und sie sind nicht zimperlich, wenn sie im Dunkeln zuschlagen.«

»Ich bleibe hier«, versprach Cleander. Er dachte an seinen Vater, doch um ihn brauchte er sich wohl weiter keine Sorgen zu machen: Von der Kathisma gab es eine direkte Verbindung zum Kaiserlichen Bezirk; sein Vater konnte dort die Nacht abwarten oder sich von einer Soldateneskorte nach Hause bringen lassen. Er selbst musste hier bei seiner Mutter und seinen Schwestern bleiben. Um sie zu beschützen.

Vierzig Jahre später bezeichnete Cleander Bonosus in seinen berühmten *Reflexionen* den Tag, an dem Kaiser Valerius II. von den Daleinoi ermordet wurde und seine eigene Stiefmutter sich im Bad das Leben nahm (sie öffnete sich mit einem kleinen Messer, von dessen Existenz niemand gewusst hatte, die Pulsadern), als den Tag, an dem er zum Mann wurde. Jedes Schulkind musste die berühmten Sätze abschreiben oder auswendig lernen: *So wie das Unglück den Geist eines Volkes stählt, so kann es auch die Seele eines Mannes stärken. Was wir gemeistert haben, wird unser Eigentum.*

Verworrene und manchmal weit zurückliegende Ereignisse zu durchforsten, um die Ursachen eines Aufstands zu bestimmen, ist keine einfache Aufgabe, aber sie fiel eindeutig in die Zuständigkeit des Stadtpräfekten. Der war dem Magister der Kaiserlichen Behörden unterstellt, und der wiederum wusste, wie man solche Dinge anpackte.

Natürlich standen ihm auch anerkannte Fachleute – und deren Werkzeuge – zur Verfügung, um entsprechenden Personen sachdienliche Fragen zu stellen.

Um die Ursachen der Krawalle am Tag der Ermordung des Kaisers Valerius II. aufzuklären, war es freilich nicht erforderlich, zu radikaleren Methoden zu greifen (was so manchen bitter enttäuschte).

Die Unruhe im Hippodrom brach aus, *bevor* irgendjemand vom Tod des Kaisers erfahren hatte. So viel war sicher. Der Anlass war ein Angriff auf einen Wagenlenker, und anders als zwei Jahre zuvor bei den Siegeskrawallen waren sich die Blauen und Grünen diesmal nicht einig. Eher im Gegenteil.

Das Verhör ergab, dass einer der Hippodromwarte gemeldet hatte, Scortius, der Spitzenmann der Blauen, sei unmittelbar vor dem ersten Nachmittagsrennen von Crescens von den Grünen brutal geschlagen worden. Crescens hatte offenbar als Erster mitbekommen, dass sein Rivale wieder aufgetaucht war.

Der Bahnwart hatte an den Prozessionstoren Dienst getan und sagte später unter Eid aus, was er gesehen hatte. Die Aussage wurde nach einigem Zögern vom Sohn des Senators Plautus Bonosus bestätigt. Der junge Mann hatte verdienstvollerweise zum Zeitpunkt der Tat Stillschweigen bewahrt, versicherte aber hinterher, er habe tatsächlich beobachtet, wie Crescens den anderen Wagenlenker mit dem Ellbogen in die Seite stieß, wo jener, wie er aus eigener Anschauung wisse, bereits einige Rippenbrüche erlitten hatte. Er habe jedoch geschwiegen, weil er geahnt habe, welche Folgen es haben könnte, wenn der Vorfall bekannt würde.

Der Junge wurde im offiziellen Bericht ausdrücklich belobigt. Man bedaure, dass der Angestellte aus dem Hippodrom nicht ebenso viel Vernunft bewiesen habe, man könne ihn aber für das, was er getan habe, auch nicht direkt *bestrafen*. Die Bahnwarte waren zu strenger Neutralität verpflichtet, aber das war reine Theorie. Wie sich herausstellte, war der Mann am Tor Anhänger der Blauen gewesen. Neutralität im Hippodrom war in Sarantium nicht leicht zu finden.

Damit war zur Zufriedenheit des Stadtpräfekten festgestellt – und wurde auch in seinen Bericht an den Magister der Kaiserlichen Behörden aufgenommen –, dass Crescens von den Grünen einen hinterlistigen Anschlag auf den verwundeten gegnerischen Wagenlenker verübt habe, in der Absicht, Scortius' dramatischem Auftritt etwas von seiner Wirkung zu nehmen.

Das mochte als Erklärung gelten, konnte aber keineswegs rechtfertigen, was offenbar als Nächstes geschehen war. Astorgus, der Faktionarius der Blauen, ein ehrenwerter und erfahrener Mann, der es wahrhaftig besser hätte wissen müssen, war quer über die Bahn gegangen und hatte Crescens, der nach seinem unglücklichen Sturz im letzten Rennen noch an der Spina stand, mit den Fäusten so heftig ins Gesicht und in den Leib geschlagen, dass er ihm die Nase brach und die Schulter ausrenkte – und das vor achtzigtausend ohnehin schon überreizten Zuschauern.

Er hatte natürlich seine Gründe gehabt – später sagte er aus, er habe geglaubt, Scortius liege im Sterben –, dennoch war seine Handlungsweise nicht zu verantworten. Wenn man jemanden zusammenschlagen wollte, dann tat man das als vernünftiger Mensch bei Nacht.

Crescens sollte fast zwei Monate lang kein Rennen mehr fahren, aber er blieb am Leben. Auch Scortius starb nicht.

Dafür gingen an diesem Tag und in der darauf folgenden Nacht im Hippodrom und auf den Straßen etwa dreitausend gewöhnliche Menschen zum Gott ein. Der Magister der Kaiserlichen Behörden verlangte wie immer genaue Zahlen, aber die waren wie immer schwer zu ermitteln. Der Blutzoll war hoch, hielt sich aber in Grenzen für einen Massenaufstand mit Plünderungen und Brandstiftungen, der sich bis in die Nacht hinein fortsetzte. Verglichen mit den letzten großen Krawallen, bei denen dreißigtausend Menschen ums Leben gekommen waren, konnte man geradezu von einer Bagatelle sprechen. Im Viertel der Kindath wurden wie üblich etliche Häuser in Brand gesteckt, außerdem wurden etliche Fremde – zumeist bassanidische Händler – getötet, aber damit war zu rechnen gewesen. Schließlich war am Abend zugleich mit dem Tod des Kaisers gemeldet worden, die Bassaniden hätten auf niederträchtige Weise den Immerwährenden Frieden gebrochen. Wenn die Menschen Angst hatten, geschahen oft unerfreuliche Dinge.

Die meisten Todesopfer gab es nach Einbruch der Dunkelheit zu beklagen, als die Exkubitoren mit Fackeln und Schwertern aus dem Kaiserlichen Bezirk marschierten, um auf den Straßen für Ruhe zu sorgen. Zu diesem Zeitpunkt war allen Soldaten bekannt, dass sie einen neuen Kaiser hatten und dass im Nordosten ein Überfall auf sarantinisches Gebiet stattgefunden hatte. Unter diesen Umständen war ein gewisser Übereifer, der einige Zivilisten und eine Reihe von Bassaniden das Leben kostete, ohne Zweifel verständlich.

An sich waren die Entgleisungen kaum der Rede wert. Man konnte nicht erwarten, dass das Heer mit randalierenden Zivilisten Nachsicht übte. Es gab keinerlei Kritik am Verhalten der Kaiserlichen Garde. Ihr Kommandeur wurde für die rasche Niederschlagung der gewalttätigen Unruhen sogar öffentlich belobigt.

Erst sehr viel später mussten sich Astorgus und Crescens wegen ihrer Angriffe vor Gericht verantworten: die ersten Prominentenprozesse unter der Herrschaft des neuen Kaisers. Beide Männer traten sehr würdevoll auf und erklärten, ihre Handlungsweise aufs Tiefste zu bedauern. Beide wurden gemaßregelt und zu Geldstrafen verurteilt: natürlich in gleicher Höhe. Damit galt der Fall als erledigt. Diese Männer hatten eine wichtige

Funktion im Staat. Sie mussten die Bürger im Hippodrom bei Laune halten. Sarantium brauchte sie lebend und bei guter Gesundheit.

Als zum letzten Mal ein Kaiser starb, der keinen Erben hatte, dachte Plautus Bonosus, hatte der Pöbel die Türen des Senatssaals eingerannt und sich so den Zutritt erzwungen. Diesmal tobten in der Stadt *echte* Krawalle, obwohl die Menschen auf den Straßen noch gar nicht *wussten*, dass der Kaiser tot war. Das ist Stoff für einen Aphorismus, dachte Bonosus ironisch, ein Paradoxon, das man festhalten sollte.

Doch Paradoxa sind im Allgemeinen vielschichtig, und Ironie kann zweischneidig sein. Er wusste noch nichts vom Tod seiner Frau.

Man wartete darauf, dass weitere Angehörige des erlauchten Gremiums den Gefahren auf den Straßen trotzten und sich bis in den Senatssaal durchschlügen. Die Exkubitoren waren unterwegs, um die Senatoren abzuholen und so schnell wie möglich hierher zu bringen. Die Eile war berechtigt. Bislang hatte noch kaum jemand in der Stadt vom Tod des Kaisers erfahren, doch das würde nicht lange so bleiben, nicht in Sarantium, nicht einmal, wenn Unruhen herrschten. Vielleicht gerade dann nicht, überlegte Bonosus und lehnte sich zurück.

In seinem Kopf flossen verschiedene Erinnerungsschichten ineinander. Daneben bemühte er sich – vergeblich –, die Tatsache zu verarbeiten, dass Valerius tot war. Mord an einem Kaiser. Das hatte es sehr lange nicht mehr gegeben. Bonosus hatte sich gehütet, Fragen zu stellen.

Die Soldaten hatten gute Gründe, das Zusammentreten des Senats zu beschleunigen. Unter welchen Umständen Valerius auch ums Leben gekommen sein mochte – angeblich waren der verbannte Lysippus und der verbannte und unter Arrest stehende Lecanus Daleinus wieder in der Stadt und in die Sache verwickelt –, wer die Nachfolge des ermordeten Kaisers antreten sollte, war eigentlich keine Frage.

Oder, um es etwas anders auszudrücken, dachte Bonosus, Leontes hat gute Gründe, schnell zu handeln, *bevor* entsprechende Fragen auftauchen konnten.

Der Oberste Strategos war immerhin mit einer Daleinus-Tochter verheiratet, und manch einer mochte sich Gedanken darüber machen, ob es richtig war, seinen Vorgänger auf dem Goldenen Thron ermorden zu lassen. Besonders, wenn der Ermordete der eigene Mentor und Freund gewesen war. Und wenn das Reich an der Schwelle eines Krieges stand. Man könnte sogar von schändlichem Verrat sprechen – doch dazu war Plautus Bonosus bei weitem nicht verwegen genug.

Bonosus' Gedanken wirbelten immer noch wild durcheinander. Zu viele Erschütterungen für einen einzigen Tag. Scortius' Rückkehr, das unglaubliche Rennen, der Triumph, der im nächsten Moment in einen Krawall ausartete. Und gerade als die ersten Schlägereien begannen, die Stimme von Leontes' fahlgesichtigem Sekretär im Ohr: »*Ihr werdet unverzüglich im Palast erwartet.*«

Er hatte nicht gesagt, von wem. Das spielte keine Rolle. Ein Senator tat, was man ihm sagte. Bonosus war schon aufgestanden, als er bemerkte, dass an der Spina etwas geschehen sein musste – die Einzelheiten sollte er erst später erfahren –, und den dumpfen Aufschrei aus vielen Kehlen hörte. Und in diesem Moment explodierte das Hippodrom.

Jetzt im Nachhinein vermutete er, Leontes (oder seine Frau?) hätten ihn, den Senatsältesten, zunächst lieber allein empfangen, um ihm vor allen anderen mitzuteilen, was geschehen war. Damit hätten sie Zeit gewonnen, um in aller Stille den Senat zusammenzurufen und die Schreckensnachricht erst nach und nach und kontrolliert bekannt werden zu lassen.

Doch das gelang nicht.

Als sich auf den Tribünen die aufgestauten Emotionen entluden und alles zu den Ausgängen drängte, erhoben sich auch die Insassen der Kaiserlichen Loge und stürmten gemeinsam auf die Türen zum Attenin-Palast zu. Im fahlen Gesicht des Sekretärs spiegelten sich unterschiedliche Reaktionen: Überraschung, Missbilligung, Angst.

Als Bonosus und Pertennius endlich den langen Gang durchquert und den Audienzsaal des Palasts erreicht hatten, drängte sich dort schon eine ganze Schar schwatzender, verschreckter Höflinge, die vor ihnen aus der Kathisma geflüchtet waren. Und immer neue kamen dazu. In der Mitte des Saales – dicht bei den beiden Thronen und dem Silberbaum – standen Leontes und Styliane.

Der Strategos bat mit erhobener Hand um Ruhe. Nicht der Magister der Kaiserlichen Behörden, nicht der Kämmerer. Gesius hatte eben erst durch die kleine Tür hinter den Thronen den Raum betreten. Da stand er nun und runzelte ratlos die Stirn. Leontes war es, der mit seiner Geste Stille schuf und dann mit schlichter Würde erklärte: »Ich bedaure, Euch eine traurige Nachricht bringen zu müssen. Wir haben heute unseren Vater verloren. Jads allerheiligster Kaiser ist tot.«

Alles redete ungläubig durcheinander. Eine Frau schrie auf. Neben Bonosus machte jemand das Zeichen des Sonnenkreises, andere folgten dem Beispiel. Jemand kniete nieder, dann fielen alle auf die Knie; es ging wie Meeresrauschen durch den Raum. Alle bis auf Styliane und Leontes. Und bis auf Gesius. Bonosus sah, dass der Kämmerer seine Ratlosigkeit überwunden hatte. Seine Miene hatte sich verändert. Er stützte sich mit einer

Hand auf einen Tisch dicht hinter den hoch gewachsenen goldenen Gestalten und dem Thron und fragte: »Wie? Wie konnte das geschehen? Und wie habt Ihr davon erfahren?«

Die dünne, scharfe Stimme fuhr wie ein Messer durch den Raum. Man war hier in Sarantium. Im Kaiserlichen Bezirk. Hier ließen sich gewisse Dinge nicht so ohne weiteres kontrollieren. Dafür gab es zu viele widerstreitende Interessen, zu viele kluge Männer.

Und Frauen. Styliane war es, die sich umdrehte und den Kämmerer ansah. Und Styliane sagte mit seltsam kraftloser Stimme – als wäre sie eben von einem Heiler zur Ader gelassen worden: »Er wurde im Tunnel zwischen den Palästen ermordet. Man hat ihn verbrannt, mit Sarantinischem Feuer.«

Bonosus erinnerte sich, dass er die Augen geschlossen hatte, als er das hörte. Vergangenheit und Gegenwart prallten so heftig aufeinander, dass ihm schwindlig wurde. Er schlug die Augen wieder auf. Pertennius kniete neben ihm. Er war totenbleich geworden.

»Wer hat das getan?« Gesius ließ den Tisch los und trat einen Schritt nach vorn. Jetzt stand er allein, abseits von allen anderen. Ein Mann, der drei Kaisern gedient, zwei Machtwechsel überlebt hatte.

Aber wahrscheinlich einen dritten nicht überstehen würde, wenn er in solchem Ton solche Fragen stellte. Doch vielleicht war dies dem greisen Kämmerer inzwischen einerlei.

Leontes sah seine Frau an, und wieder antwortete Styliane: »Mein Bruder Lecanus. Und der verbannte Calysier, Lysippus. Die beiden hatten offenbar die Gardisten am Tunneleingang bestochen. Und die Bewacher meines Bruders auf der Insel.«

Wieder erhob sich Stimmengemurmel. Lecanus Daleinus und Feuer. Die Vergangenheit ist mit im Saal, dachte Bonosus.

»Ich verstehe«, sagte Gesius. Seine papierdünne Stimme war so ausdruckslos, dass sie allein schon dadurch etwas ausdrückte. »Nur die beiden?«

»So sieht es aus«, sagte Leontes ruhig. »Das bedarf natürlich noch einer genaueren Untersuchung.«

»Natürlich«, nickte Gesius, und wieder war seiner Stimme nichts zu entnehmen. »Ein sehr wichtiger Hinweis von Euch, Strategos. Wir hätten womöglich nicht daran gedacht. Ich nehme an, die edle Styliane wurde von ihrem Bruder von dessen bösen Absichten unterrichtet, kam aber tragischerweise zu spät, um ihn an der Ausführung seiner Tat zu hindern?«

Das Schweigen war nur kurz. Zu viele Menschen hören zu, dachte Bonosus. Noch vor Sonnenuntergang würde es in der ganzen Stadt herum sein. Und in Sarantium herrschte schon jetzt die Gewalt. Ihm wurde himmelangst.

Der Kaiser war tot.

»Der Kämmerer ist wie immer weiser als wir alle«, bemerkte Styliane ruhig. »Es ist so, wie er sagt. Ihr mögt Euch meine Trauer, meine Scham vorstellen. Auch mein Bruder war bereits tot, als wir eintrafen. Der Strategos sah nur noch Lysippus, der sich über die Leichen beugte, und tötete ihn.«

»Tötete ihn«, murmelte Gesius und lächelte schmal. Ein Mann, der unendlich viel Erfahrung mit höfischen Gepflogenheiten besaß. »Soso. Und die Gardisten, die Ihr erwähntet?«

»Waren bereits verbrannt«, sagte Leontes.

Gesius sagte nichts mehr, er lächelte nur wieder und ließ die Stille für sich sprechen. In der Menge hörte man jemanden weinen.

»Wir müssen handeln. Im Hippodrom sind Krawalle ausgebrochen.« Endlich meldete sich auch Faustinus, der Magister der Kaiserlichen Behörden, zu Wort. Der Mann stand unter großem Druck. Bonosus sah ihm an,

wie verkrampft er war. »Und was ist mit der Kriegserklärung?«

»Es wird keine Kriegserklärung geben«, sagte Leontes knapp. Ruhig, sicher. Der geborene Führer. »Und die
Krawalle brauchen uns nicht weiter zu beunruhigen.«

»Nicht? Wieso nicht?« Faustinus musterte ihn arg-
wöhnisch.

»Weil die Armee hier ist«, murmelte Leontes und ließ
langsam den Blick über die versammelten Höflinge
schweifen.

Hinterher dachte Bonosus, dies sei der Moment gewesen, in dem er selbst begonnen habe, alles mit anderen Augen zu sehen. Die Daleinoi mochten den Kai-
sermord aus persönlichen Gründen geplant haben. Er
hatte nie daran geglaubt, dass Styliane wirklich zu spät
im Tunnel eingetroffen war. Ihr blinder, verkrüppelter
Bruder wäre allein niemals im Stande gewesen, von seiner Insel aus ein solches Komplott in die Wege zu leiten
und durchzuführen. Der Einsatz von Sarantinischem
Feuer legte vor allem den Gedanken an einen Racheakt
nahe. Sollten die Daleinus-Kinder allerdings angenommen haben, mit Stylianes Soldaten-Gemahl eine will-
fährige Marionette auf den Thron setzen zu können,
die ihren eigenen Machtgelüsten nichts entgegenzuset-
zen hätte ... dann, dachte Bonosus, könnten sie sich
getäuscht haben.

Styliane wandte sich nun dem hoch gewachsenen
Mann zu, den sie auf Valerius' Befehl geheiratet hatte.
Plautus Bonosus hatte scharfe Augen, schließlich muss-
te er seit vielen Jahren vor allem bei Hofe auf kleinste
Signale achten, und so sah er, dass sie soeben zu dem
gleichen Schluss gelangt war.

Die Armee ist hier. Vier Worte nur, die aber unendlich
viel bedeuten konnten. Die Armee konnte einen Bür-
geraufstand niederschlagen. Natürlich. Aber das war
nicht alles. Nach Apius' Tod war das Heer zwei Wochen

von der Stadt entfernt und unter mehrere Anführer auf-
geteilt gewesen. Jetzt war es in und um die Stadt versammelt und machte sich marschbereit für den Krieg
mit dem Westen.

Und der Mann, der die vier Worte sprach, der goldene Mann vor dem Goldenen Thron, war der Strategos, der Liebling aller Soldaten. Die Armee war hier, es
war seine Armee, und die Armee würde entscheiden.

»Ich werde mich um den Leichnam des Kaisers kümmern«, sagte Gesius sehr leise und zog damit wieder die
Blicke auf sich. »Jemand muss es tun«, fügte er hinzu
und ging hinaus.

Am selben Tag noch vor Einbruch der Dunkelheit ver-
sammelte sich der Senat von Sarantium zu einer drin-
genden Sitzung in seinem schönen Kuppelsaal. Der
Stadtpräfekt setzte, schwarz gekleidet und sichtlich be-
unruhigt, die Senatoren offiziell davon in Kenntnis,
dass Jads Liebling Valerius II. viel zu früh von ihnen gegangen sei. Anschließend fasste man durch Handauf-
heben den Beschluss, den Stadtpräfekten in Zusammenarbeit mit dem Magister der Kaiserlichen Behörden
mit einer eingehenden Untersuchung aller Umstände
des heimtückischen Meuchelmords zu betrauen.

Der Stadtpräfekt nahm den Auftrag an, verneigte sich
und verließ den Saal.

Während von der Straße Geschrei und Waffengeklirr
hereindrangen, eröffnete Plautus Bonosus nun in aller
Form die Sitzung und forderte den versammelten Senat
auf, seine Weisheit sprechen zu lassen und einen Nachfolger für den Goldenen Thron zu wählen.

Nacheinander meldeten sich drei Redner zu Wort
und traten auf den Mosaikstern auf dem Boden inmitten der kreisförmig angeordneten Sitzreihen. Zuerst
sprach der Quaestor des Heiligen Palastes, dann der
Oberste Berater des Patriarchen des Ostens und schließ-

lich Auxilius, der Kommandeur der Kaiserlichen Garde, ein kleiner, nervöser, schwarzhaariger Mann, der zwei Jahre zuvor zusammen mit Leontes die Siegeskrawalle niedergeschlagen hatte. Alle drei Sprecher empfahlen dem Senat mehr oder weniger wortreich ein und denselben Mann.

Als sie geendet hatten, bat Bonosus um weitere Beiträge aus den Reihen der Besucher. Niemand meldete sich. Dann forderte er seine Mitsenatoren auf, sich zu äußern. Vergeblich. Ein Senator stellte den Antrag, sofort abzustimmen. Dem Lärm auf der Straße nach zu urteilen, wurden die Kämpfe heftiger.

Als sich kein Widerspruch regte, gab Bonosus dem Antrag statt und schritt zur Abstimmung. Alle anwesenden Senatoren bekamen zwei Steinchen: Mit dem weißen Steinchen entschied man sich für den bisher einzigen Namen, mit dem schwarzen verlangte man Bedenkzeit und die Aufstellung weiterer Kandidaten.

Die Auszählung ergab neunundvierzig Ja-Stimmen und eine Ablehnung. Auxilius, der auf der Besuchergalerie gewartet hatte, verließ eilends den Saal.

Sobald das amtliche Ergebnis feststand, wies Plautus Bonosus die Senatsschreiber an, ein geheimes Dokument des Inhalts aufzusetzen, das erhabene Gremium des Sarantinischen Senats halte den Feldherrn Leontes, der derzeit das ehrenvolle Amt eines Strategos der Sarantinischen Armee bekleide, für den geeigneten Nachfolger des verstorbenen Valerius II. auf dem Thron von Jads Heiligem Kaiser, Statthalter des Gottes auf Erden. Der gesamte Senat hoffe inständig, der Gott möge ihm eine ruhmreiche, vom Glück begünstigte Regierungszeit bescheren.

Damit vertagte sich der Senat.

Noch in der gleichen Nacht wurde Leontes, oft ›der Goldene‹ genannt, in der Kapelle hinter den Mauern des Kaiserlichen Bezirks vom Patriarchen des Ostens zum Kaiser gesalbt. Saranios hatte die Kapelle einst bauen lassen. Seine Gebeine ruhten dort.

Man beschloss, falls die Stadt über Nacht zur Ruhe kommen sollte, den neuen Kaiser und seine Kaiserin am kommenden Nachmittag in einer öffentlichen Zeremonie im Hippodrom zu krönen. Das war so der Brauch. Die Menschen brauchten sichtbare Zeichen.

Als Plautus Bonosus an diesem Abend von einem Kontingent von Exkubitoren nach Hause geleitet wurde, spürte er in seiner Tasche den weißen Stein, den er nicht gebraucht hatte. Er überlegte eine Weile, dann warf er ihn im Dunkeln fort.

Inzwischen war es auf den Straßen tatsächlich sehr viel ruhiger geworden. Die Feuer waren gelöscht. Bei Sonnenuntergang waren vom Hafen und aus den provisorischen Kasernen vor den Mauern Truppen in die Stadt gekommen. Beim Anblick der schwer bewaffneten, im Gleichschritt marschierenden Soldaten hatte sich der Aufruhr im Nu gelegt. Diesmal war *alles* glatt und schnell vonstatten gegangen, dachte Bonosus. Anders als beim letzten Tod eines Kaisers ohne Erben. Er spürte eine tiefe Bitterkeit, die er selbst nicht ganz verstand. Es gab schließlich keinen anderen Kandidaten, der würdiger gewesen wäre als Leontes, die Porphyrgewänder des Reiches zu tragen. Aber darum ging es auch nicht. Oder doch?

Die Soldaten zogen immer noch in kompakten, schlagkräftigen Einheiten durch die Straßen. Er hatte noch nie erlebt, dass die Armee innerhalb der Stadt so deutlich Präsenz zeigte. Während er mit seiner Eskorte heimwärts ging (eine Sänfte hatte er abgelehnt), sah er, dass die Patrouillen an alle Türen klopften und die Häuser betraten.

Er wusste, warum, und das lag ihm schwer im Magen. So sehr er sich bemüht hatte, gewisse Gedanken zu verdrängen, es wollte ihm nicht gelingen. Zu gut durchschaute er, was sich abspielte. Es geschah immer, wenn es zu derart gewaltsamen Veränderungen kam, es war *unvermeidlich*. Valerius war nicht, wie vor ihm Apius oder sein eigener Onkel, in hohem Alter und in Frieden zu seinem Gott eingegangen und lag nun in heiterer Ruhe, gekleidet für die letzte Reise, auf einem Katafalk im Porphyrsaal. Er war ermordet worden. Gewisse Dinge – weitere Todesfälle, um ganz offen zu sein – mussten darauf folgen.

Insbesondere ein Mensch musste sterben.

Und deshalb schwärmten die Soldaten mit ihren Fackeln in der ganzen Stadt aus, durchkämmten alle Gassen, jeden Winkel im Hafenviertel, die Portiken der Reichen, das Labyrinth unter dem Hippodrom, sämtliche Kapellen, Schenken und Kneipen (auch jene, die auf Befehl von oben heute Nacht geschlossen waren), Gasthöfe, Gildenhallen und Werkstätten, Bäckereien und Bordelle, wahrscheinlich sogar die Zisternen unter der Stadt … und drangen in die Häuser der Bürger ein. Ein dumpfes Pochen zu nächtlicher Stunde.

Ein Mensch war verschwunden und musste gefunden werden.

Bonosus näherte sich seinem eigenen Haus und sah, dass es ordentlich gegen die Krawalle gesichert war. Der Führer seiner Eskorte klopfte, in diesem Fall sehr höflich, an die Tür und nannte seinen Namen.

Die Riegel wurden zurückgezogen, und die Tür öffnete sich. Bonosus stand seinem Sohn gegenüber. Cleanders Augen waren rot und verschwollen, er weinte. Bonosus fragte ahnungslos nach dem Grund. Cleander sagte es ihm.

Bonosus trat ein. Cleander bedankte sich, und die Gardisten zogen ab. Cleander schloss die Tür. Bonosus ließ sich schwer auf eine Bank im Flur fallen. Der Aufruhr in seinem Innern war verstummt. Er dachte gar nichts mehr. Er spürte nur eine große Leere.

Manche Kaiser starben viel zu früh. Aber nicht nur Kaiser. Nicht nur Kaiser. Das war der Lauf der Welt.

»Im Hippodrom sind Unruhen ausgebrochen. Und heute war ein anderer Vogel in der Stadt!«, rief Shirin, sobald Crispin sein Haus betrat, obwohl noch ein Diener im Korridor war. Sie wartete im Wohnraum und ging in höchster Erregung vor dem Feuer auf und ab.

›Ein anderer Vogel!‹, wiederholte Danis lautlos. Sie war kaum weniger verstört. Linon hätte *Blut und Mäuse* gerufen und ihn als Schwachkopf bezeichnet, weil er unter diesen Umständen allein durch die Straßen gegangen war.

Crispin holte tief Atem. Die Zwischenwelt. Konnte man sie jemals wieder verlassen, wenn man sie einmal betreten hatte? Oder ließ sie einen nie wieder los?

»Von den Krawallen habe ich gehört«, sagte er. »Inzwischen wird auch auf den Straßen gekämpft.« Er wandte sich um und entließ den Diener. Dann fiel ihm etwas auf. »Du sagtest, der andere Vogel *war* hier. Jetzt nicht mehr?«

›Ich spüre ihn nicht mehr‹, sagte Danis in seinem Geist. *›Er war hier, und dann war er plötzlich … fort.‹*

»Fortgegangen? Fort aus der Stadt?«

Der Vogel strahlte die gleiche Unruhe aus wie die Frau.

›Mehr als das, glaube ich. Ich glaube, er ist … ganz fort. Er wurde nicht leiser. Er war da, und dann war er … nicht mehr da?‹

Crispin sehnte sich nach einem Schluck Wein. Er sah, dass Shirin ihn beobachtete. Mit scharfen, wachen Augen. Ihre Verspieltheit, die sprühende Lebenslust waren wie weggeblasen.

»Du weißt Bescheid«, sagte sie. Keine Frage. Zoticus' Tochter. »Du bist nicht … überrascht.«

Er nickte. »Ich weiß etwas. Nicht sehr viel.«

Sie war bleich und fror, obwohl sie am Feuer stand. Sie schlang die Arme um sich und sagte: »Zwei meiner … Informanten haben mir getrennt voneinander eine Nachricht geschickt. Beide melden, dass der Senat zusammengerufen wird. Und beide … beide halten es für möglich, dass der Kaiser tot ist.« Es sah ganz so aus, als habe sie geweint. Dann hörte er Danis' stumme Stimme.

›Sie sagen, er wurde ermordet.‹

Crispin holte tief Atem. Sein Herz schlug immer noch zu schnell. Er sah Shirin an, dieses schlanke, grazile, verängstigte Geschöpf. »Ich fürchte … sie könnten Recht haben«, sagte er.

Wenn die Jägerin schießt, stirbt der Gott.

Er hätte nicht geglaubt, noch so viel Schmerz empfinden zu können.

Sie nagte an ihrer Unterlippe. »Der Vogel? Den Danis spürte? Sie sagte, er sei … böse.«

Es gab wirklich keinen Grund, alles für sich zu behalten. Mit ihr konnte er offen sprechen. Sie lebte in der Zwischenwelt, genau wie er. Ihr Vater hatte sie beide mit hineingezogen. »Er gehörte Lecanus Daleinus. Und der ist heute aus seinem Gefängnis ausgebrochen und in die Stadt gekommen.«

Shirin ließ sich auf die nächste Bank fallen. Sie hatte immer noch die Arme um den Körper geschlungen. Ihr Gesicht war totenbleich. »Der Blinde? Der Mann mit den Verbrennungen …? Er hat die Insel verlassen?«

»Er hatte natürlich Hilfe.«

»Von wem?«

Crispin holte noch einmal tief Luft. »Shirin. Meine Teure. Wenn dein Informant Recht hat und Valerius tot ist, wird man mich verhören. Weil ich heute Morgen an einem gewissen Ort war. Es ist besser … wenn du davon nichts weißt. Wenn du sagen kannst, du wüsstest nichts. Ich hätte dir nichts verraten.«

Ihre Miene veränderte sich. »Du warst auf dieser

Insel? O Jad! Crispin, sie werden … du wirst doch keine Dummheiten machen?«

Er rang sich ein schwaches Lächeln ab. »Du meinst, zur Abwechslung einmal nicht?«

Sie schüttelte heftig den Kopf. »Keine Scherze. Das ist bitterer Ernst! Wenn die Daleinoi Valerius tatsächlich getötet haben, werden sie …« Er sah, wie ihr etwas einfiel. »Wo ist Alixana? Wenn sie Valerius getötet haben …«

Sie vollendete den Gedanken nicht, ließ ihn verklingen. Menschen lebten und starben. Verklangen wie ihr Gedanke. Crispin wusste nicht, was er sagen sollte. Sagen durfte. Ein Mantel an einem steinigen Strand. Man würde ihn finden. Hatte ihn vielleicht schon gefunden. *Soll die Maid nicht mehr wandeln übers goldene Feld?*

»Du bleibst heute Nacht besser hier«, sagte er endlich. »Auf den Straßen bist du nicht sicher. Du hättest nicht ausgehen sollen.«

Sie nickte. »Ich weiß.« Und dann: »Was hältst du von einem Schluck Wein?«

Kluge Frauen waren ein Segen. Er rief den Diener und bestellte Wein und Wasser und etwas zu essen. Sein Personal war hervorragend geschult. Die Eunuchen hatten es für ihn ausgesucht. Es war später Nachmittag. Auf den Straßen wurde gekämpft. Soldaten holten Senatoren ab und geleiteten sie in den Senatssaal, dann kehrten sie zurück, um auf den unruhigen Straßen für Ordnung zu sorgen.

Nicht lange nach Einbruch der Dunkelheit war Ruhe eingekehrt, und die Soldaten wandten sich einer neuen Aufgabe zu.

Crispin hatte schon auf das dumpfe Pochen an der Tür gewartet. Er hatte Shirin kurz allein gelassen, um sich zu waschen und umzukleiden: Er trug immer noch den schlichten Arbeitskittel, in dem er auch auf der Insel gewesen war. Nun schlüpfte er ohne besonderen Anlass in seine beste Tunika und seine feinste Hose und legte einen Ledergürtel um. Als es klopfte, nickte er dem Diener zu, ging selbst an die Tür und öffnete. Im ersten Moment war er geblendet vom Schein der Fackeln.

Carullus stand auf der Schwelle. »Soll ich dich mit meinem Helm niederschlagen?«, fragte er.

Erinnerungen. Aufatmen. Gefolgt von jäher Trauer: zu viele Bindungen hoffnungslos durcheinander geraten. Er kam nicht einmal mit seinen eigenen Verpflichtungen klar. Carullus musste sich eigens darum bemüht haben, diesen Trupp zu seinem Haus führen zu dürfen. Wer mochte ihm wohl die Genehmigung gegeben haben? Und wo war Styliane in diesem Moment?

»Deine Frau«, sagte er ruhig, »wäre davon sicher nicht erbaut. Weißt du noch, wie entsetzt sie beim letzten Mal war?«

»Und ob ich das noch weiß.« Carullus befahl seinen Männern, auf der Schwelle zu warten. Er selbst trat ein. »Wir durchsuchen die ganze Stadt. Jedes Haus, nicht nur das deine.«

»Ach ja? Womit hätte mein Haus auch besondere Aufmerksamkeit verdient?«

»Du warst heute Morgen mit der Kai ... mit Alixana zusammen.«

Crispin sah seinen Freund an. Bemerkte die Sorge in seinen Augen, aber auch eine Erregung, die der Hüne kaum bezähmen konnte. Dramatische Zeiten, unerhört dramatische Zeiten, und er gehörte jetzt zu Leontes' Leibgarde.

»Ich war mit der Kaiserin zusammen.« Crispin betonte das Wort aus reinem Widerspruchsgeist. »Sie fuhr mit mir aufs Meer hinaus, um mir die Delphine zu zeigen, und dann weiter zur Gefängnisinsel. Am Vormittag besuchten wir Lecanus Daleinus, dann nahmen wir am Strand unser Mittagsmahl ein, und als wir wiederkamen, war er verschwunden. Zwei von den dienst-habenden Gardisten waren tot. Die Kaiserin ist mit einem weiteren Soldaten fortgegangen – allein. Sie fuhr nicht mit der Jacht zurück. Das sollte im Palast inzwischen bekannt sein. Was ist geschehen, Carullus?«

»Delphine?«, fragte der andere, als hätte er nur dieses Wort mitbekommen.

»Delphine. Für ein Mosaik.«

»Das ist Ketzerei. Verboten.«

»Wollt ihr sie deshalb verbrennen?«, fragte Crispin kalt. Er konnte sich nicht beherrschen.

Das Flackern in den Augen seines Freundes entging ihm nicht.

»Schluss mit dem Unsinn. Was ist geschehen?«, fragte Crispin. »Nun sag schon.«

Carullus trat an ihm vorbei in den Wohnraum und stutzte, als er Shirin am Feuer stehen sah.

»Guten Abend, Soldat«, murmelte sie. »Ich habe dich seit deiner Hochzeit nicht mehr gesehen. Wie geht es dir? Und Kasia?«

»Ich … ja, hm, ja, uns geht es gut. Danke«, stammelte Carullus, der ausnahmsweise nicht wusste, was er sagen sollte.

Sie kannte keine Gnade. »Ich habe gehört, der Kaiser sei heute getötet worden«, sagte sie. »Ist das wahr? Sag mir, dass es nicht wahr ist.«

Carullus zögerte, dann schüttelte er den Kopf. »Das kann ich leider nicht. Er wurde in einem Tunnel zwischen den Palästen verbrannt. Von Lecanus Daleinus, der heute tatsächlich von der Insel fliehen konnte. Und von Lysippus dem Calysier, der bekanntlich verbannt wurde, sich aber heimlich in die Stadt geschlichen hatte.«

»Sonst niemand?«

»Zwei … Exkubitoren waren auch dabei.« Carullus war verlegen geworden.

»Also ein großes Komplott. Nur diese vier?« Shirin sah ihn mit Unschuldsmiene an. »Dann sind wir jetzt in Sicherheit? Ich hörte, der Senat sei zusammengetreten.«

»Du bist gut informiert. Das ist richtig.«

»Und?«, fragte Crispin.

»Er hat sich bis morgen vertagt. Leontes wurde zum Kaiser gewählt und erhält noch in dieser Nacht die Salbung. Morgen früh wird die Ernennung bekannt gegeben. Danach werden er und die neue Kaiserin in der Kathisma gekrönt.«

Wieder hörte man die kaum unterdrückte Erregung in seiner Stimme. Carullus liebte Leontes, wer hätte das besser gewusst als Crispin? Der Strategos war sogar zu seiner Hochzeit gekommen, um ihm persönlich seine Beförderung mitzuteilen. Anschließend hatte er ihn zu seiner Leibgarde versetzt.

»Und jetzt«, sagte Crispin ohne seine Verbitterung zu verbergen, »suchen alle Soldaten in Sarantium nach der alten Kaiserin.«

Carullus sah ihn an. »Bitte sag mir, dass du nicht weißt, wo sie ist, mein Freund.«

Crispin lag das Herz so schwer wie ein Stein in der Brust.

»Ich weiß nicht, wo sie ist, mein Freund.«

Die beiden sahen sich schweigend an.

›Sie sagt, du sollst vorsichtig sein. Und fair.‹

Crispin hätte am liebsten laut geflucht. Aber er tat es nicht. Danis oder vielmehr Shirin hatte Recht. Er streckte die Hand aus. »Du kannst das Haus durchsuchen. Ruf deine Leute.«

Carullus räusperte sich und nickte. Crispin sah ihn an, dann fügte er hinzu: »Ich danke dir, dass du selbst gekommen bist. Musst du mich zum Verhör mitnehmen?«

›Nicht zu fair!‹, rief Danis scharf.

Carullus zögerte noch einen Moment, dann schüttelte er den Kopf. Er trat hinaus in den Flur, öffnete die Haustür und erteilte einige Befehle. Sechs Männer traten ein. Zwei stiegen die Treppe hinauf, die anderen nahmen sich die hinteren Räume des Erdgeschosses vor.

Carullus kam in den Wohnraum zurück. »Es könnte sein, dass man dich später verhören will. Ich habe im Moment keine weiteren Anweisungen. Du warst mit ihr auf der Insel, hast Lecanus besucht, dann war er verschwunden, und danach ist sie fortgegangen. Richtig?«

»Ich sagte es schon. Mit einem Exkubitor. Seinen Namen weiß ich nicht. Ich weiß nicht einmal, ob sie die Insel verlassen hat. Sie könnte auch noch dort sein, Carullus. Wenn man sie findet, wird man sie töten, nicht wahr?«

Sein Freund schluckte und sah ihn kläglich an.

»Ich habe keine Ahnung«, sagte er.

»Von wegen«, fuhr Shirin ihn an. »Du weißt es ganz genau. Du willst nur sagen, dass es nicht deine *Schuld* ist. Und Leontes kann natürlich auch nichts dafür. Er hat überhaupt nichts dazu getan.«

»Ich … ich glaube wirklich nicht, dass er an der Sache beteiligt ist«, stammelte der Soldat.

Crispin sah ihn an. Sein bester Freund in dieser Stadt. Kasias Ehemann. Der aufrichtigste, anständigste Mensch, den er kannte. »Nein, ich glaube, er wusste gar nichts davon.«

»Der arme, hilflose Mann!« Shirin war immer noch wütend. »Dann muss es Styliane gewesen sein. Sie ist die Einzige, die von den Daleinoi geblieben ist. Der eine Bruder ist blind und in Gefangenschaft, der andere ein ausgemachter Dummkopf.«

Crispin sah sie an. Carullus desgleichen. Dann wechselten die beiden Männer einen Blick, und Crispin sagte: »Nur eine Bitte, meine Teure. Sprich so etwas nicht außerhalb dieses Raumes aus. Du hast mich vorhin ermahnt, keine Dummheiten zu machen. Jetzt möchte ich dir den Rat zurückgeben.«

»Er hat Recht«, sagte Carullus sachlich.

›*Jad soll euch beide verbrennen!*‹, rief Danis in die Stille hinein. In der Vogelstimme lag der ganze Schmerz, den die Frau nicht zum Ausdruck bringen konnte.

»Wir sind heute Abend alle nicht glücklich«, fuhr Carullus fort. »Wir leben in schweren Zeiten.«

›*Nicht glücklich? Dass ich nicht lache! Der Mann schwebt doch auf Wolken!*‹, sagte Danis mit ungewohnter Gehässigkeit.

Es stimmte nicht oder nicht ganz, aber das konnte Crispin nicht laut sagen. Wieder sah er Shirin an. Der Schein der Lampe fiel auf ihr Gesicht. Erst jetzt bemerkte er, dass sie weinte.

»Ihr werdet sie zur Strecke bringen wie ein Tier«, sagte sie verbittert. »Alle miteinander. Ein ganzes Heer jagt eine Frau, deren Mann man eben ermordet hat, deren Seele mit ihm gestorben ist. Und wenn ihr sie gefunden habt? Schickt ihr sie dann zurück in eins von den Löchern im Hippodrom? Muss sie nackt vor euch tanzen? Oder tötet ihr sie nur ohne großes Aufsehen? Damit sich der arme, tugendsame Leontes die Hände nicht schmutzig zu machen braucht?«

Crispin verstand endlich, dass hier eine Frau sprach und eine Künstlerin. Sie hatte Angst, und bei dem Gedanken an die Tänzerin, die diese Stadt und diese Welt für alle Künstler geprägt hatte, erfasste sie ein unerwartet tiefer Groll.

Doch auch dieser Fall hatte verschiedene Schichten. Leontes mochte nichts gewusst haben, doch Styliane war nicht ahnungslos. Hier verfolgte nicht nur eine Horde Männer eine hilflose Frau. Hier fand auch ein Krieg zwischen zwei Frauen statt, von denen jetzt nur noch eine am Leben bleiben durfte.

»Ich weiß wirklich nicht, was man mit ihr vorhat«,

sagte Carullus, und selbst Shirin, die jetzt den Kopf hob, ohne ihre Tränen zu verbergen, konnte die Qual in seiner Stimme nicht entgangen sein.

Schritte näherten sich. Ein Soldat erschien am Eingangsbogen und meldete, weder im Haus noch im Innenhof halte sich jemand versteckt. Die anderen gingen an ihm vorbei wieder nach draußen.

Carullus sah Crispin an. Schien noch etwas sagen zu wollen, tat es aber doch nicht. Stattdessen wandte er sich an Shirin. »Dürfen wir dich nach Hause begleiten?«

»Nein«, sagte sie.

Er schluckte. »Alle Bürger sind angewiesen, ihre Häusern nicht zu verlassen. Auf den Straßen sind viele Soldaten unterwegs ... und einige ... sind nicht an städtische Verhältnisse gewöhnt. Du wärst sicherer, wenn ...«

»Nein«, wiederholte sie.

Carullus stutzte. Dann verneigte er sich stumm und verließ den Raum.

Crispin folgte ihm. An der Tür blieb Carullus noch einmal stehen. »Es ist, wie du sagst. Man will sie ... um jeden Preis noch heute Nacht finden. Ich fürchte, es wird bei der Suche zu unerfreulichen Szenen kommen.«

Crispin nickte. *Unerfreuliche Szenen.* Die Sprache eines Höflings. Vieles veränderte sich im Laufe dieser Nacht unter dem Licht der beiden Monde. Doch das war nicht Carullus' Schuld. »Ich ... verstehe. Ich bin dankbar, dass du es warst, der an meine Tür geklopft hat. Jad beschütze dich.«

»Auch dich, mein Freund. Und geh nicht mehr aus.«

»Versprochen.«

Er hatte es fest vorgehabt. Aber wer weiß schon, was das Leben noch an Überraschungen bereithält?

Vergangenen Herbst hatte ihn ein Kaiserlicher Kurier nach Sarantium gerufen. Heute erhielt er wieder einen Ruf, wenn auch auf andere Art. Nicht lange, nachdem die Soldaten gegangen waren, wurde abermals an die Tür geklopft, diesmal etwas leiser.

Wieder öffnete Crispin selbst. Diesmal blendeten ihn keine Fackeln, und er sah sich keinen Bewaffneten gegenüber. Nur eine einzelne Gestalt in Mantel und Kapuze stand auf der Schwelle. Eine Frau, atemlos vor Angst und vom schnellen Laufen. Sie fragte nach seinem Namen. Er antwortete und trat unwillkürlich beiseite. Sie warf hastig einen Blick über die Schulter in die Dunkelheit und eilte an ihm vorbei ins Haus. Er schloss die Tür. Im Flur reichte sie ihm wortlos einen Brief, dann suchte sie unter ihrem Mantel und zog einen Ring hervor.

Er nahm beides mit zitternden Händen entgegen. Der Ring war ihm bekannt. Sein Herz tat einen dumpfen, schmerzhaften Schlag.

Er hatte eine Person vergessen.

Der versiegelte Brief enthielt keine Bitte, sondern einen Befehl, und Crispin erkannte – während er dastand und spürte, wie sich sein Herzschlag wieder beruhigte –, dass er dem Absender Gehorsam schuldete, sosehr dieser schreckliche Tag, diese Nacht auch von bitteren Verwirrungen und zerrissenen Treuebanden geprägt sein mochten.

Doch das hieß, dass er sich noch einmal auf die Straßen hinaus wagen musste.

Shirin erschien im Eingang zum Wohnraum.

»Was ist?«

Er wusste nicht, was ihn dazu trieb, aber er sagte es ihr.

»Ich bringe dich hin.«

Er wollte abwehren. Vergeblich.

Sie habe eine Sänfte und die dazugehörigen Bewacher zur Verfügung, gab sie zu bedenken. Außerdem sei sie stadtbekannt, und das sei an sich schon ein Schutz. Wenn sie erkläre, mit einem Freund auf dem Weg nach

Hause zu sein, würde man sie trotz der Ausgangssperre durchlassen. Er hatte nicht die Kraft, ihr Angebot abzulehnen. Was sie denn tun solle? Etwa allein in seinem Haus bleiben, während er ausging?

Shirins Sänfte bot Platz für zwei. Crispin wies seine Diener an, sich um die Botin zu kümmern und ihr zu essen und auf Wunsch auch ein Nachtlager zu geben. Die Frau war sichtlich erleichtert; die Vorstellung, noch einmal auf die Straßen hinaus zu müssen, hatte sie in Todesangst versetzt. Crispin zog seinen Mantel wieder an und öffnete die Tür. Shirin stand neben ihm. Er wartete ab, bis es draußen für einen Augenblick ruhig war, dann trat er mit ihr hinaus. Von der sternklaren Nacht ging eine bedrückende Aura der Bedrohung aus, die so schwer auf der Stadt lastete wie die Erde auf den Toten. Carullus hatte gesagt, Valerius sei in einem Tunnel gestorben.

Die Träger traten mit der Sänfte aus den Schatten am Ende des Portikus. Shirin wies sie an, sie nach Hause zu bringen. Sie machten sich auf den Weg. Die beiden spähten durch die geschlossenen Vorhänge und sahen an jeder Ecke, von unsichtbarer Hand entzündet, die unheimlichen Flämmchen aufflackern, weiterhuschen und wieder verschwinden. Seelen, Geister, Reste von Heladikos' Feuer, unerklärlich.

Doch solche Flämmchen sah man in Sarantium jede Nacht.

Neu waren die Geräusche und die qualmenden Fackeln. Alles war in ein rötlich gelbes, unruhiges Licht getaucht. Stiefeltritte von allen Seiten – laufende Schritte, kein rhythmisches Marschieren – erfüllten die Nacht mit Unruhe und Hektik. Fäuste hämmerten gegen Türen, laute Stimmen begehrten Einlass. Man suchte nach einer Frau. Zwei Pferde sprengten vorbei, jemand fluchte, rief schroffe Kommandos. Crispin fiel plötzlich ein, dass die meisten Soldaten keine Ahnung hatten, wie Alixana aussah. Wieder dachte er an den kaiserlichen Mantel, den sie auf der Insel zurückgelassen hatte. Sie würde sicher nicht im prunkvollen kaiserlichen Ornat auftreten, und anders war sie nicht so einfach zu finden. Es sei denn, sie würde verraten. Das war natürlich eine Möglichkeit.

Sie versuchten nicht, sich zu verstecken, und wurden zweimal angehalten. Zum Glück beide Male von den Männern des Stadtpräfekten. Sie erkannten die Erste Tänzerin der Grünen sofort und gestatteten ihr, den Weg zu ihrem Haus fortzusetzen.

Doch das war nicht ihr Ziel. Kurz bevor sie ihre Straße erreichten, beugte sich Shirin aus der Sänfte, widerrief ihre Anweisung und schickte die Träger nach Osten zu den Mauern. Von jetzt an schwebten sie in größerer Gefahr, denn sie konnten nicht mehr behaupten, auf dem Nachhauseweg zu sein. Aber sie wurden nicht mehr angehalten. Offenbar waren die Suchmannschaften noch nicht so weit vorgedrungen: Die Soldaten waren vom Kaiserlichen Bezirk aus nach allen Richtungen und vom Hafen stadteinwärts ausgeschwärmt und durchkämmten nun im Dunkeln Straße um Straße und Haus um Haus.

Bald erreichte die Sänfte ein Gebäude unweit der Dreifachen Mauern. Shirin ließ die Träger anhalten. In der Sänfte wurde es still.

»Danke«, sagte Crispin nach einer Weile. Shirin sah ihn fest an. Danis hing stumm an ihrer Kette um den Hals der Tänzerin.

Crispin stieg aus. Betrachtete die geschlossene Tür und schaute zu den nächtlichen Sternen empor. Dann wandte er sich noch einmal um. Sie sagte noch immer nichts. Er beugte sich ins Innere der Sänfte und küsste sie sanft auf die Lippen. Der Tag fiel ihm ein, an dem sie sich kennen gelernt hatten, die leidenschaftliche Umarmung in der Tür, Danis' empörter Protest, Pertennius von Eubulus, der hinter ihr aufgetaucht war.

Das ist ein Mann, den die heutige Nacht sicher sehr glücklich macht, dachte Crispin plötzlich verbittert.

Dann wandte er sich ab und klopfte – noch ein dumpfes Pochen im nächtlichen Sarantium – an die Tür der Person, die ihn hatte rufen lassen. Ein Diener öffnete sofort; man hatte schon auf ihn gewartet. Crispin trat ein.

Der Diener winkte aufgeregt. Crispin folgte ihm.

Die Königin der Antae wartete im ersten Raum, der rechts vom Flur abging.

Er sah sie in gleißender Pracht vor dem Feuer stehen, geschmückt mit Ohrringen, Halskette, Ringen und Diadem, in einem goldenen, mit Porphyr besetzten Seidengewand. Königlicher Purpur für diese Nacht. Groß, blond und … überwältigend hoheitsvoll. Ein wildes Leuchten ging von ihr aus, als habe sie den Glanz der Juwelen in sich aufgenommen. Ihr Anblick war atemberaubend. Crispin verneigte sich, dann sank er etwas eingeschüchtert auf dem Holzboden in die Knie.

»Kein Mehlsack, Handwerker. Diesmal habe ich eine weniger drastische Methode gewählt.«

»Dafür bin ich Euch dankbar, Majestät.« Mehr wollte ihm nicht einfallen. Sie hatte auch damals seine Gedanken lesen können.

»Man sagt, der Kaiser sei tot.« Sie kam wie immer sofort zur Sache. Sie war eine Antae, keine Sarantinerin. Aus einer anderen Welt. West gegen Ost, Wald und Feld gegen Dreifachmauern, Bronzetore und Paläste mit goldenen Bäumen. »Ist es wahr? Valerius ist tot?«

Seine Königin hatte die Frage gestellt. Er räusperte sich. »Ich glaube schon«, sagte er. »Ich habe keine genauen …«

»Ermordet?«

Crispin schluckte. Dann nickte er.

»Die Daleinoi?«

Er nickte wieder. Sah kniend zu ihr auf. Sie stand vor dem Feuer. So hatte er sie noch nie gesehen. Noch niemand hatte so vor ihm gestanden wie Gisel in diesem Moment. Sie schien zu brennen wie die Flammen im Kamin, wie ein übermenschliches Wesen.

Sie sah ihn aus ihren legendären, weit auseinander stehenden blauen Augen an. Crispin wurde der Mund trocken. »Wenn das so ist, Caius Crispus«, sagte sie, »dann müsst Ihr uns in den Kaiserlichen Bezirk bringen. Noch heute Nacht.«

»Ich?«, fragte Crispin beredt wie immer.

Gisel lächelte schmal. »Mir ist sonst niemand eingefallen«, sagte sie. »Wem sollte ich vertrauen, eine hilflose Frau, allein und fern meiner Heimat?«

Wieder schluckte er krampfhaft. Wieder wusste er nichts zu sagen. Vielleicht, dachte er plötzlich, muss ich heute Nacht noch sterben, vielleicht war es ein Irrtum, diesen Schreckenstag und die darauf folgende Nacht als Krieg zwischen zwei Frauen zu deuten. Das war nicht richtig gewesen, er sah es jetzt ein. Es waren nicht zwei Frauen, sondern drei.

Man hatte sie tatsächlich vollkommen vergessen. Ein Fehler, der schwer ins Gewicht fallen und vieles in der Welt verändern konnte – wenn auch vielleicht nicht unmittelbar und für jedermann sichtbar. Etwa für die Familie des Ackerbauern im Norden, der soeben plötzlich und viel zu jung der beste Arbeiter gestorben war und die nun zusehen musste, wie sie die Frühlingssaat in die Erde brachte.

KAPITEL VII

Im Blauen-Hof herrschte ein Klima der Furcht, wie
Kyros es noch nie erlebt hatte. Alle benahmen sich wie
Pferde, die noch nicht eingefahren waren und vor Angst
schwitzten und zitterten.

Scortius war nicht der einzige Patient. Den ganzen
Nachmittag über waren Angehörige der Partei mit
harmlosen bis schweren oder gar tödlichen Verletzungen in den Hof gebracht worden. Alles ging drunter
und drüber. Die Versorgung der Verwundeten lag in
den Händen von Ampliarus, dem blässlichen neuen
Heiler der Partei, und von Columella, der eigentlich
Pferdearzt war, aber den meisten mehr Vertrauen ein-
flößte als Ampliarus. Außerdem war ein graubärtiger
Bassaniden-Heiler zugegen, den niemand kannte. Offenbar war Scortius in der Zeit seiner Abwesenheit irgendwo von ihm behandelt worden. Ein Rätsel, aber
niemand hatte Zeit, sich darüber den Kopf zu zerbrechen.

Bei Sonnenuntergang liefen vor dem Tor immer noch
Menschen vorbei; Stimmen waren zu hören, Marschtrit-
te, Waffengeklirr, Pferdegetrappel, manchmal schrie
auch jemand. Wer drinnen war, hatte strikten Befehl,
das Gelände nicht zu verlassen.

Es trug nicht gerade zur Beruhigung bei, dass Astorgus trotz der späten Stunde – im Westen über dem Wolkensaum leuchtete der Himmel purpurrot – noch nicht zurückgekehrt war.

Er war von den Männern des Stadtpräfekten bei Ausbruch der Krawalle festgenommen und zum Verhör gebracht worden. Und was einem Menschen widerfahren konnte, der in dem fensterlosen Gebäude auf der anderen Seite des Hippodroms verhört wurde, war allgemein bekannt.

In Abwesenheit des Faktionarius unterstand der Blauen-Hof gewöhnlich Columella, aber der hatte mit den Verletzten alle Hände voll zu tun. An seiner Stelle übernahm der rundliche kleine Koch Strumosus das Kommando. Er gab klare, ruhige Anweisungen, sorgte dafür, dass für die Verletzten immer genügend sauberes Linnen und Bettzeug bereit lagen, schickte jeden, der heile Glieder hatte – Pferdepfleger, Diener, Gaukler, Tänzer und Stallburschen – als Hilfskraft zu den drei Heilern und verstärkte die Wache am Tor. Alles hörte auf ihn. Die Sehnsucht nach Ordnung und Disziplin war groß.

Strumosus hielt auch seine eigenen Leute – Unterköche, Küchenjungen und Kellner – ständig auf Trab. Sie mussten Suppen kochen, Braten und Gemüse zubereiten und die Verletzten und Verzweifelten mit stark gewässertem Wein laben. In Krisenzeiten brauchten die Menschen gut zu essen, verkündete der Koch immer wieder. Für einen so notorisch jähzornigen Menschen wirkte er erstaunlich gefasst. Essen sättige nicht nur, sondern vermittle auch den Anschein von Normalität, dozierte er wie sonst nur an ruhigen Nachmittagen.

Er hat Recht, dachte Kyros. Das Zubereiten einer Mahlzeit hatte eine beruhigende Wirkung. Der Alltagstrott drängte die Angst in den Hintergrund. Man brauchte nicht zu denken, wenn man Gemüse für eine Suppe auswählte, hackte und würfelte, Salz und Gewürze dazu gab, kostete und abschmeckte, während ringsum auch alle anderen ihren gewohnten Tätigkeiten nachgingen.

Es war fast wie vor einem Bankett, wenn alle in hektischen Vorbereitungen steckten.

Aber nur fast. Draußen schrien die Menschen vor Empörung oder vor Schmerz, wenn sie aus dem Tumult auf den Straßen durch das Tor in den Innenhof geführt wurden. Kyros wusste bereits von einem Dutzend ihm bekannter Männer, die bei den Kämpfen im Hippodrom oder auf den Straßen ums Leben gekommen waren.

Rasic stand neben Kyros und fluchte ununterbrochen, während er mit mühsam unterdrückter Wut auf Zwiebeln und Kartoffeln einhackte, als wären es Angehörige der Grünen oder Soldaten. Er war am Vormittag bei den Rennen gewesen, hatte aber den Ausbruch der Krawalle am Nachmittag nicht miterlebt: Wer von den Küchenhelfern beim Losen den längeren Strohhalm zog und zu den ersten Rennen gehen durfte, war verpflichtet, vor dem letzten Vormittagsrennen zurückzukommen, um bei der Zubereitung des Mittagsmahles zu helfen.

Kyros achtete nicht auf seinen Freund. Er war nicht zornig, nur traurig und verängstigt. Draußen regierte die Gewalt. Menschen wurden schwer verletzt oder getötet. Er machte sich Sorgen um seine Mutter und seinen Vater, um Scortius, um Astorgus.

Und der Kaiser war tot.

Der Kaiser war tot. Als Apius starb, war Kyros noch ein Kind gewesen, und als der erste Valerius zum Gott einging, war er den Kinderschuhen kaum entwachsen. Beide waren friedlich in ihren Betten aus dieser Welt geschieden. Doch heute war ein grausamer Mord geschehen. Jads Gesalbter, der Statthalter des Gottes auf Erden, war Opfer eines meuchlerischen Anschlags geworden.

Das liegt wie ein Schatten über allem, dachte Kyros, wie ein Geist, den man nur aus dem Augenwinkel sah, ein Schleier über Arkaden und Kuppeln, der den Einfall des Sonnenlichts veränderte und die Stimmung dieses Tages und der kommenden Nacht prägte.

Als es dunkel wurde, zündete man Fackeln und Laternen an. Der Blauen-Hof sah nun aus wie ein nächtliches Heerlager. Als die Schlafsäle keine Verwundeten mehr aufnehmen konnten, hatte Strumosus die Tische im Speisesaal mit Laken abdecken lassen, um sie als Notbetten zu verwenden. Er war überall, flink, konzentriert, durch nichts zu erschüttern.

Auf dem Weg durch die Küche blieb er stehen und sah sich um. Dann deutete er auf Kyros, Rasic und zwei von den anderen. »Macht eine kurze Pause«, sagte er. »Esst etwas, legt euch hin oder vertretet euch die Beine. Wie ihr wollt.« Kyros wischte sich den Schweiß von der Stirn. Sie hatten seit dem Mittagsmahl fast ohne Unterbrechung gearbeitet, und jetzt war es völlig dunkel.

Kyros hatte keinen Hunger und wollte sich auch nicht hinlegen. Rasic ging es ebenso. Sie traten aus der heißen Küche in den kühlen Innenhof hinaus. Die Fackeln warfen unruhige Schatten. Kyros fror selten, aber jetzt wünschte er, sich einen Mantel über die verschwitzte Tunika geworfen zu haben. Rasic zog es zum Tor, und Kyros ging mit, obwohl es ihm mit seinem lahmen Fuß schwer fiel, mit seinem Freund Schritt zu halten. Am Himmel leuchteten die Sterne. Noch war keiner der beiden Monde aufgegangen. Im Moment lag tiefe Stille über dem Hof. Niemand schrie, niemand wurde hereingetragen, niemand lief vorbei, um für die Heiler in den Schlafsälen oder im Speisesaal etwas zu holen.

Sie erreichten das schwer bewachte Tor. Kyros sah, dass die Wächter wie Soldaten mit Schwertern, Speeren, Brustpanzern und Helmen ausgerüstet waren. Gewöhnliche Bürger durften auf der Straße weder Waffen noch Schutzpanzer tragen, aber auf dem Gelände der

Zirkusparteien galten eigene Gesetze, dort durfte man sich selbst verteidigen.

Auch hier war es ruhig. Sie schauten durch die Eisengitter die dunkle Gasse hinunter. Dahinter auf der Straße bewegte sich gelegentlich etwas, eine Fackel wurde vorbeigetragen, und vereinzelte Stimmen waren zu hören. Rasic fragte nach Neuigkeiten. Einer der Wächter berichtete, man habe den Senat zusammengerufen.

»Wozu?«, zischte Rasic. »Unfähige Fettärsche. Wollen sich wohl eine Extraration Wein und ein paar karchische Lustknaben bewilligen.«

»Sie wählen den Kaiser«, sagte der Torwächter. »Wenn dein Gehirn schon so klein ist, Küchenjunge, dann halt wenigstens den Mund, damit es nicht auffällt.«

»Du kannst mich mal«, fauchte Rasic.

»Klappe, Rasic«, sagte Kyros schnell. »Er ist ziemlich durcheinander«, erklärte er den Wächtern.

»Das sind wir alle«, gab ein Mann schroff zurück. Kyros kannte ihn nicht.

Von hinten näherten sich Schritte. Sie drehten sich um. Im Schein der Fackeln zu beiden Seiten des Tores erkannte Kyros einen Wagenlenker.

»Taras!«, murmelte ein anderer Wächter ehrfürchtig.

Die Nachricht war bis in die Küche gedrungen: Taras, ihr jüngster Fahrer, hatte in Zusammenarbeit mit dem wunderbarerweise wieder aufgetauchten Scortius das erste Rennen am Nachmittag gewonnen, eine Glanzleistung ohne Beispiel. Die Blauen hatten den ersten, zweiten, dritten und vierten Platz belegt und damit die grünen Siege des letzten Renntages und des Vormittages auf einen Schlag wettgemacht.

Während der Siegesrunden war es dann zu den ersten Gewalttätigkeiten gekommen.

Der junge Wagenlenker nickte, trat näher und stellte

sich neben Kyros ans Tor. »Was wissen wir über den Faktionarius?«, fragte er.

»Noch nichts«, entgegnete ein dritter Wächter und spuckte ins Dunkel. »Die Dreckskerle in der Stadtprä- fektur sagen kein Wort, nicht einmal dann, wenn sie hier vorbeikommen.«

»Wahrscheinlich wissen sie auch nichts«, wandte Kyros ein. Eine Fackel loderte auf, Funken sprüh- ten durch die Dunkelheit. Er wandte den Blick ab. Wa- rum musste er immer Vernunft predigen, wenn alle an- deren ihren Gefühlen freien Lauf ließen? Er versuchte sich auszumalen, wie es wäre, mit einem Schwert in der Hand durch die Straßen zu rennen und seine Wut hinauszuschreien. Schüttelte den Kopf. Ein anderer Mensch, ein anderes Leben. Und natürlich kein Klump- fuß.

»Wie geht es Scortius?«, fragte er und sah den Wa- genlenker an. Taras hatte eine Platzwunde auf der Stirn und einen hässlichen Bluterguss auf der Wange.

Er schüttelte den Kopf. »Angeblich schläft er jetzt. Sie haben ihm ein Mittel gegeben. Die Rippen waren schon vorher gebrochen, und er hatte sehr starke Schmerzen.«

»Wird er sterben?«, fragte Rasic. Kyros machte rasch im Dunkeln das Zeichen des Sonnenkreises. Zwei Wächter taten das Gleiche.

Taras zuckte die Achseln. »Sie wissen es nicht oder wollen es nicht sagen. Der Bassaniden-Heiler ist sehr aufgebracht.«

»Scheiß auf den Bassaniden«, sagte Rasic erwar- tungsgemäß. »Für wen hält er sich eigentlich?«

Vor dem Tor wurden Schritte laut, jemand schnarrte einen Befehl. Alle drehten sich rasch um und spähten die Gasse hinunter.

»Da kommen noch mehr von den Unseren«, sagte der Wächter. »Öffnet das Tor.«

Kyros sah, wie eine Gruppe – vielleicht ein Dutzend

Leute – von Soldaten unsanft durch die Gasse getrieben wurde. Ein Mann konnte nicht selbst gehen und wurde von zwei anderen gestützt. Die Soldaten drängten die Blauen mit gezücktem Schwert weiter. Einer holte sogar aus und schlug mit der flachen Seite der Klinge auf einen Taumelnden ein. Seine Flüche hatten einen nördlichen Akzent.

Als das Tor aufgezogen wurde, flackerten Fackeln und Laternen im Luftzug. Der Geschlagene stolperte und fiel auf das Kopfsteinpflaster. Der Soldat fluchte wieder und stieß ihn kräftig mit der Schwertspitze in die Rippen. »Steh auf, du stinkender Haufen Pferdescheiße!«

Der Mann stemmte sich mühsam zum Knien hoch, während die anderen durch das Tor eilten. Kyros überlegte nicht lange und hinkte hinaus.

Er kniete neben dem Mann nieder und legte sich dessen rechten Arm um die Schultern. Eine Wolke von Schweiß-, Blut- und Urindunst stieg ihm in die Nase. Kyros erhob sich mühsam und wäre beinahe selbst gestürzt, aber er ließ den Verwundeten nicht fallen. Im Dunkeln konnte er nicht erkennen, wer es war, aber auf jeden Fall war es ein Blauer wie sie alle, und er war verletzt.

»Nun mach voran, Klumpfuß! Sonst hast du das Schwert im Arsch!«, rief der Soldat. Jemand lachte. *Sie haben ihre Befehle*, dachte Kyros. *Es sind Unruhen ausgebrochen. Der Kaiser ist tot. Auch sie haben Angst.*

Bis zum Tor des Blauen-Hofes waren es nur zehn Schritte, aber die wollten kein Ende nehmen. Rasic kam ihm entgegengelaufen, um ihm zu helfen, doch als er sich den anderen Arm des Verletzten um die Schultern legen wollte, stieß der einen Schmerzensschrei aus. Erst jetzt erkannten sie, dass er an diesem Arm eine klaffende Schwertwunde hatte.

»Ihr Dreckskerle!«, fauchte Rasic und ging wütend

auf die Soldaten los. »Er ist unbewaffnet! Ihr Ziegen-
schänder! Wieso musstet ihr …«

Der Soldat, der zuvor gelacht hatte, wandte sich Rasic
zu und hob – diesmal mit völlig ausdruckslosem Gesicht – sein Schwert. So präzise, so mechanisch, als wäre
er kein Mensch.

»Nein!«, schrie Kyros, warf sich zur Seite, ohne den
Verletzten loszulassen, und griff mit der freien Hand
nach Rasic. Durch das Gewicht, die allzu schnelle Bewegung geriet er ins Stolpern und drohte das Gleichgewicht zu verlieren.

So kam es, dass am Todestag des Kaisers Valerius II.
kurz nach Einbruch der Dunkelheit auch dem jungen,
im Hippodrom geborenen Kyros von den Blauen, der
sich sicher nie für Jads Liebling gehalten und den allerheiligsten Statthalter des Gottes, den Dreifach erhabenen Hirten seines Volkes, nie aus der Nähe gesehen
hatte, grellweiß ein sengender Schmerz in den Rücken
fuhr. Er stürzte, wie Valerius gestürzt war, und auch
ihm schoss jäh so vieles durch den Kopf, was er sich
wünschte und noch nicht erreicht hatte.

Denn das kann zwei Menschen miteinander verbinden, auch wenn sie sonst nichts gemeinsam haben.

Taras verwünschte seine Unaufmerksamkeit, seine hoffnungslos langsame Reaktion, als er mit einem Satz auf
die Gasse sprang. Die Wächter wären sofort niedergestreckt worden, hätten sie sich mit ihren Waffen vor das
Tor gewagt.

Der junge Mann mit Namen Rasic stand da wie eine
Statue und starrte mit offenem Mund auf seinen Freund
hinab. Taras packte ihn an den Schultern und schleuderte ihn auf das Tor und die Wachen zu, bevor auch er
noch von einem Schwert getroffen wurde. Dann hob er
beschwichtigend die flachen Hände, kniete nieder und
hob den Mann, dem Kyros hatte helfen wollen, mit bei-

den Armen auf. Wieder stieß der Verletzte einen Schrei aus, aber Taras schleppte ihn mit zusammengebissenen Zähnen zum Tor und übergab ihn den Wachen. Dann drehte er sich um und wollte noch einmal zurückgehen, doch etwas ließ ihn innehalten.

Kyros lag mit dem Gesicht nach unten auf dem Kopfsteinpflaster und regte sich nicht. Wo ihm das Schwert in den Rücken gedrungen war, floss schwarz das Blut heraus.

Der Soldat, der den Jungen niedergeschlagen hatte, stand in der Gasse und schaute gleichgültig erst auf sein Opfer hinab und dann zum Tor hinüber, wo sich im flackernden Schein der Fackeln die Blauen drängten. »Jetzt hat es den falschen Pferdeapfel erwischt«, sagte er verächtlich. »Macht nichts. Lasst euch das eine Lehre sein. So redet man nicht mit einem Soldaten. Oder jemand bezahlt mit dem Leben.«

»Komm … her zu mir und … sag das … noch einmal, du arschfickender … Ziegenhirt! *Blaue! Blaue!*«, stammelte Rasic mit krampfhaft verzerrtem Gesicht. Tränen der Hilflosigkeit liefen ihm über die Wangen.

Der Soldat trat einen Schritt auf das Tor zu.

»Nein!«, rief ein anderer entschieden im gleichen harten Akzent. »Befehl ist Befehl. Du bleibst draußen. Wir ziehen ab.«

Rasic weinte noch immer, rief um Hilfe, schrie seine ohnmächtige Wut in einem Strom lästerlicher Flüche hinaus. Taras hätte am liebsten das Gleiche getan. Als sich die Soldaten zum Gehen wandten – einer von ihnen stieg einfach über den jungen Koch hinweg –, hörte er Schritte. Von hinten näherten sich weitere Fackeln.

»Was ist hier los? Was ist geschehen?« Es war Strumosus. Er wurde von dem bassanidischen Arzt und einer Reihe von Männern mit Laternen begleitet.

»Noch ein Dutzend von den Unseren sind eingetroffen«, meldete einer der Wächter. »Mindestens zwei

Schwerverletzte, wahrscheinlich Opfer der Soldaten. Und gerade eben ...«

»Es ist *Kyros!*«, schrie Rasic und packte den Koch am Ärmel. »Strumosus, seht doch! Gerade eben haben sie Kyros umgebracht!«

»*Was?*« Taras sah, wie sich das Gesicht des kleinen Mannes veränderte. »*Ihr da! Halt!*«, rief er, und die Soldaten in der Gasse drehten sich tatsächlich um – es war kaum zu glauben. »Wir brauchen Licht!«, rief Strumosus über die Schulter und ging ohne weiteres durch das Tor. Taras zögerte einen Augenblick lang, dann folgte er dem Koch in geringem Abstand.

»Du elendes Stück Dreck! Wer ist dein Anführer? Name und Rang!«, befahl der kleine Koch. Seine Stimme bebte vor Zorn. »Sofort! *Heraus damit!*«

»Was fällt Euch ein ...«

»Ich spreche im Namen der Blauen Zirkuspartei, und du räudiger Hund stehst in der Gasse vor dem Tor unseres Hofes. Hier gelten strenge Regeln, seit mehr als hundert Jahren. Wenn du der pickelige Anführer dieser Bande von Trunkenbolden bist, deren unsere Armee sich schämen sollte, will ich wissen, wie du heißt.«

»Kleiner Fettwanst«, lachte der Soldat, »du redest zu viel.« Damit drehte er sich um und ging davon, ohne sich noch einmal umzusehen.

»Rasic, Taras, erkennt ihr sie wieder?« Strumosus hatte die Fäuste geballt und knirschte mit den Zähnen.

»Ich denke schon«, sagte Taras. Als er in die Knie gegangen war, um den Verletzten aufzuheben, hatte er dem Mann, der Kyros niedergestochen hatte, von unten direkt ins Gesicht gesehen.

»Dann werde ich sie zur Rechenschaft ziehen. Diese unwissenden Rüpel haben ein Genie auf dem Gewissen.«

Taras sah, wie der Arzt vortrat. »Ist sein Tod schlimmer als der eines oder hundert gewöhnlicher Menschen?« Die leise Stimme mit dem bassanidischen Akzent klang unendlich müde. »Inwiefern ein Genie?«

»Er war auf dem besten Weg, ein Koch zu werden«, sagte Strumosus. »Ein wahrer Koch. Ein Meister.«

»Aha«, sagte der Arzt. »Ein Meister? Dafür ist er noch ziemlich jung.« Er sah auf Kyros hinab.

»Habt Ihr noch nie erlebt, wie eine große Gabe sich schon in jungen Jahren offenbart? Ihr seid doch selbst noch jung – trotz Eures grau gefärbten Haares und dieses lächerlichen Stocks!«

Der Bassanide hob den Kopf, und Taras sah im Schein der Fackeln und Laternen, wie eine Regung – eine Erinnerung – seine Züge veränderte.

Aber er erwiderte nichts. Seine Kleider waren über und über mit Blut bespritzt, sogar auf der Wange hatte er einen Fleck. In diesem Moment sah er tatsächlich aus wie ein alter Mann.

»Der Junge war mein Vermächtnis«, fuhr Strumosus fort. »Ich habe keine Söhne, keine Erben. Er hätte mich ... irgendwann übertroffen. Sein Ruhm wäre *unsterblich* gewesen.«

Wieder zögerte der Heiler und schaute zu Boden. Dann seufzte er. »Das ist immer noch möglich«, murmelte er. »Wer sagt, dass er tot ist? Er wird nicht überleben, wenn man ihn hier auf den Steinen liegen lässt, aber Columella müsste die Wunde reinigen und ordentlich verbinden können – er hat mir oft genug zugesehen. Und nähen kann er ja. Danach ...«

»Er lebt!« Rasic stürmte vor und warf sich neben Kyros auf die Knie.

»Vorsichtig!«, fuhr ihn der Heiler an. »Holt ein Brett und hebt ihn damit auf. Und was ihr auch mit ihm anstellt, verbietet diesem Narren von Ampliarus, ihn zur Ader zu lassen. Werft ihn aus dem Zimmer, wenn er nur davon spricht. Überlasst ihn Columella.« Er wandte sich an Strumosus. »Wo ist nun meine Eskorte? Ich möchte nach Hause. Ich bin … zum Umfallen müde.« Er stützte sich schwer auf seinen Stock.

Der Küchenchef sah ihn an. »Nur noch einen Patienten. Diesen hier. Bitte! Ich sagte Euch doch, ich habe keine Söhne. Ich glaube, er … ich glaube … Habt Ihr keine Kinder? *Versteht* Ihr denn nicht, was er mir bedeutet?«

»Ihr habt eigene Ärzte. *Kein Einziger* von den Leuten, die ich heute versorgt habe, war mein Patient. Ich hätte nicht einmal den Wagenlenker behandeln sollen. Wenn die Menschen sich unbedingt wie ausgemachte Narren benehmen müssen …«

»Die Menschen sind so, wie der Gott sie geschaffen hat oder Perun und die Göttin. Heiler, wenn dieser Junge stirbt, ist das ein Triumph für Azal. Bleibt. Macht Eurem Beruf Ehre.«

»Columella …«

»… ist der Heiler unserer Pferde. Bitte.«

Der Bassanide sah ihn lange an, dann schüttelte er den Kopf. »Man hat mir eine Eskorte versprochen. Dies ist nicht meine Art von Medizin und nicht meine Art zu leben.«

»Niemand von uns hat sich dieses Leben ausgesucht«, sagte Strumosus. So hatte ihn noch niemand reden hören. »Wer *möchte* schon im Dunkeln überfallen werden?«

Es wurde still. Der Bassanide verzog keine Miene. Strumosus sah ihn lange an. Dann sagte er fast flüsternd:

»Wenn Euer Entschluss feststeht, werden wir Euch natürlich nicht halten. Vergebt mir, was ich eben sagte, es war ungerecht. Die Blauen von Sarantium danken Euch für Eure Hilfe an diesem langen Tag. Sie soll nicht umsonst gewesen sein.« Er warf einen Blick über die Schulter. »Zwei von euch gehen mit Fackeln zur Straße hinunter. Aber verlasst die Gasse nicht. Ruft nach den Männern des Stadtpräfekten. Sie sind sicher nicht weit.

Sie können den Heiler nach Hause bringen. Rasic, du läufst hinein und holst vier Männer mit einer Tischplatte. Und sag Columella, er soll sich bereit halten.«

Das lebende Bild zerfiel. Die Befehle des Kochs lösten die Starre. Der Heiler wandte allen den Rücken zu und schaute auf die Straße hinaus. Taras sah an seiner Haltung, dass er zu Tode erschöpft war. Der Stock war keine Marotte mehr, sondern wurde dringend als Stütze benötigt. Taras kannte den Zustand: Am Ende eines Renntages brachte man oft kaum noch die Kraft auf, um die Bahn zu verlassen und durch den Tunnel zu den Umkleideräumen zu gehen.

Er schaute ebenfalls auf die Straße hinaus. Und genau in diesem Moment zog am Ende der Gasse eine prunkvolle Sänfte vorbei wie eine Geistererscheinung, ein Symbol dafür, dass es auch in Schreckensnächten wie dieser noch Anmut, Reichtum und Schönheit gab. Die beiden Fackelträger hatten das Ende der Gasse erreicht; die Sänfte wurde für einen Augenblick vom goldenen Lichtschein erfasst, dann glitt sie in Richtung auf das Hippodrom, den Kaiserlichen Bezirk und den Großen Tempel weiter und verschwand. Eine Vision, flüchtig wie ein Traum, ein Ding aus einer anderen Welt. Taras blinzelte erstaunt und schluckte.

Nun begannen die beiden Boten, nach den Männern des Stadtpräfekten zu rufen, die heute auf allen Straßen unterwegs waren. Taras wandte sich wieder dem Heiler aus dem Osten zu, und plötzlich – unbegreiflich – erstand vor seinem inneren Auge eine Kindheitserinnerung. Genau so hatte seine Mutter vor dem Kochfeuer gestanden, nachdem sie ihm eben verboten hatte, noch einmal hinauszugehen zu den Ställen oder ins heimische Hippodrom (weil dort ein Fohlen geboren oder ein Hengst an Zaumzeug und Wagen gewöhnt werden sollte oder sonst ein Ereignis bevorstand, das mit Pferden zu tun hatte) – und dann hatte sie tief Luft geholt, sich ihrem Sohn zugewandt und aus Liebe, aus Nachgiebig-keit, aus einem Feingefühl, das er noch immer nicht so recht verstehen konnte, ihre Meinung geändert und gesagt: *»Nun gut. Aber zuvor nimmst du einen Schluck von unserem Allheilmittel – und du ziehst den warmen Mantel an, es ist schon kalt ...«*

Der Bassanide holte tief Luft und drehte sich um. Taras sah im Dunkeln noch immer seine Mutter, weit weg, vor langer Zeit. Der Heiler sah Strumosus an. »Nun gut«, sagte er. »Noch *einen* Patienten. Weil auch ich ein Narr bin. Gebt Acht, dass sie ihn mit dem Gesicht nach unten und mit der linken Seite zuerst auf das Brett legen.«

Taras schlug das Herz bis zum Hals. Strumosus sah dem Arzt fest in die Augen. Flackernd huschte der Schein der Laternen über die Gesichter. Jetzt waren im Dunkeln vor ihnen Geräusche zu hören, und von hinten näherte sich Rasic mit den Helfern. Ein kalter Windstoß trieb den Rauch der Fackeln zwischen die beiden Männer.

»Ihr habt tatsächlich einen Sohn, nicht wahr?«, fragte Strumosus von Amoria so leise, dass Taras ihn kaum verstehen konnte.

Der Bassanide schwieg einen Augenblick, dann antwortete er: »Ja.«

Dann war Rasic da, und gleich darauf eilten vier Männer mit einer Tischplatte aus dem Speisesaal herbei. Kyros wurde vorsichtig aufgehoben und so, wie der Arzt es verlangt hatte, wieder abgelegt. Dann kehrten alle in den Hof zurück. Am Tor hielt der Bassanide inne und setzte den linken Fuß zuerst über die Schwelle.

Taras kam als Letzter. Er dachte immer noch an seine Mutter. Auch sie hatte einen Sohn.

Sie hatte das Gefühl, die meiste Zeit ihres Lebens hier in der Stadt, die man den Mittelpunkt der Welt nannte, irgendwo über einer Straße am Fenster zu stehen und hinauszuschauen, ohne wirklich etwas zu tun. Das muss nicht unbedingt schlecht sein, dachte Kasia – was sie im Gasthof der Poststation getan hatte oder vorher zu Hause (besonders nachdem die Männer tot waren), war keineswegs erstrebenswert, aber bisweilen kam es ihr doch seltsam vor, hier in diesem Zentrum, aus dem sich angeblich die Welt entfaltete, nur Zuschauerin zu sein. Als wäre ganz Sarantium ein Theater oder das Hippodrom und als säße sie auf ihrem Platz und schaute hinab.

Aber welche Möglichkeiten hatte man als Frau denn schon, sich aktiv am Geschehen zu beteiligen? Sie wollte auch wahrhaftig nicht behaupten, dass sie jetzt lieber auf den Straßen unterwegs gewesen wäre. In der Stadt herrschte so viel Betrieb, so wenig Ruhe, und es gab so viele fremde Menschen. Kein Wunder, dass alle so hektisch waren: Wo fand man denn hier Sicherheit oder Geborgenheit? Wenn der Kaiser auf unbegreifliche Weise der Vater seiner Untertanen war, dann mussten sie doch außer Rand und Band geraten, wenn er starb. Kasia beschloss an ihrem Fenster, möglichst bald ein Kind zu haben, am besten ein ganzes Haus voller Kinder. Eine Familie konnte einen vielleicht vor der Welt beschützen – und umgekehrt.

Es war dunkel geworden, über den Häusern leuchteten die Sterne, unten auf der Straße die Fackeln. Dort marschierten die Soldaten. Sie hörte ihre Stimmen. Der weiße Mond würde hinter dem Haus aufgehen; selbst hier in der Stadt wusste Kasia stets über die Mondphasen Bescheid. Der Aufruhr hatte sich mehr oder weniger gelegt. Man hatte die Schenken geschlossen und die Huren der Straße verwiesen. Wo mochten wohl die Bettler und die Obdachlosen Zuflucht finden? Und wann kam Carullus nach Hause? Sie wartete auf ihn, aber sie hatte in diesem Raum keine Lampen angezündet und war von unten nicht zu sehen.

Sie hatte weniger Angst, als sie gedacht hatte. Mit der Zeit verlor sich die Angst. Mit der Zeit konnte man sich offenbar an manches gewöhnen: an die vielen Menschen, die Soldaten, die Gerüche, den Lärm, das chaotische Treiben in der Stadt, das fehlende Grün. Sogar daran, dass es nirgendwo ein ruhiges Plätzchen gab, außer vielleicht untertags in den Kapellen, und in den Jad-Kapellen fühlte sie sich nicht wohl.

Sie konnte noch immer nicht begreifen, wie man so völlig darüber hinwegsehen konnte, dass jede Nacht flackernde Feuerbälle – äußere Zeichen einer Macht, die sich dem Einfluss des Jadditen-Gottes ganz und gar entzog – durch die Straßen huschten. Als brauche man etwas, das sich nicht erklären ließ, auch nicht zur Kenntnis zu nehmen. Als existiere es gar nicht. Die Menschen hier sprachen ganz unbefangen von Geistern und Gespenstern, und viele bedienten sich ohne Rücksicht auf die Priester der heidnischen Magie – aber niemand erwähnte die Flämmchen, die bei Nacht die Straßen unsicher machten.

Kasia beobachtete und zählte sie von ihrem Fenster aus. Heute schienen es mehr zu sein als sonst. Sie lauschte den Stimmen der Soldaten. Vorher hatte sie gehört, wie sie im Dunkeln an die Türen schlugen und dann ein Haus nach dem anderen betraten. Es lag etwas in der Luft, die Welt veränderte sich. Carullus war in heller Aufregung gewesen. Er liebte Leontes, und Leontes sollte der neue Kaiser werden. Sie hätten nur Gutes zu erwarten, hatte er gesagt, als er vor Sonnenuntergang kurz nach Hause gekommen war. Sie hatte gelächelt. Er hatte sie geküsst und war wieder gegangen. Sie suchten nach jemandem. Kasia wusste auch, nach wem.

Seither war einige Zeit vergangen. Kasia stand im Dunkeln an ihrem Fenster und wartete – und dann geschah etwas völlig Unerwartetes. In der kleinen, stillen

Straße tauchte eine goldene Sänfte aus der Dunkelheit auf, dieselbe Sänfte, die Taras wenige Augenblicke zuvor beobachtet hatte. Eine Vision wie die Feuerkugeln, etwas ganz und gar nicht in diese Nacht Passendes.

Kasia hatte natürlich keine Ahnung, wer in der Sänfte saß, aber sie war ganz sicher, dass die Insassen auf den Straßen nichts zu suchen hatten – und dass sie das auch genau wussten. Sie wurden nicht von Fackelträgern begleitet, wie es üblich gewesen wäre: Wer immer da unterwegs war, wollte möglichst unbemerkt bleiben. Kasia sah der Sänfte nach, bis sie das Ende der Straße erreichte, um die Ecke bog und verschwand.

Am nächsten Morgen traute sie ihren Erinnerungen nicht mehr. Sicher war sie am Fenster eingenickt, während unten die Soldaten vorbeimarschierten und fluchend gegen die Türen schlugen, und hatte die goldene Sänfte nur geträumt. Denn wie hätte sie ohne Licht erkennen sollen, dass sie golden war?

Zakarios, der erhabene, erleuchtete, viel gepriesene und hochverehrte Patriarch des Ostens, Diener des allerheiligsten Jad von der Sonne, lag zu dieser späten Stunde ebenfalls wach und quälte sich an Körper und Seele.

Die Residenz des Patriarchen lag außerhalb des Kaiserlichen Bezirks gleich hinter dem Großen Tempel – dem alten, der verbrannt war, und dem viel größeren, der nun an seiner Stelle errichtet wurde. Saranios der Große, der Gründer dieser Stadt, hatte es für sinnvoll gehalten, Geistlichkeit und Palastbürokratie auch äußerlich voneinander zu trennen.

In späteren Jahren hatte es viele Stimmen gegeben, die damit nicht einverstanden waren und wünschten, die Patriarchen fester unter dem Daumen zu haben, aber Valerius II. hatte diese Meinung nicht geteilt. Nun dachte Zakarios, der sich den aufgebahrten Leichnam des Kaisers im Porphyrsaal des Attenin-Palasts angesehen hatte und erst vor kurzem zurückgekehrt war, darüber und über den Mann im Allgemeinen nach. Man konnte auch sagen, er trauerte um ihn.

Wirklich gesehen hatte er den Leichnam eigentlich nicht. Das hatten wohl nur einige der Exkubitoren und danach der Kämmerer getan. Dann hatte Gesius entschieden, Valerius' Körper – mit einem Purpurmantel – vollständig zu verhüllen und nicht mehr zu zeigen.

Man hatte den Kaiser verbrannt. Mit Sarantinischem Feuer.

Zakarios mochte gar nicht daran denken. Kein Glaube, keine Staatsklugheit, keine Kombination von beidem konnten ihm helfen, sich mit einem Valerius abzufinden, der nur noch ein verkohlter Fleischklumpen war. Ein grausiges Bild. Schon die Vorstellung verursachte ihm Magenbeschwerden.

Nachdem er – wie es sich gehörte – im Porphyrsaal die feierliche Totenlitanei gesprochen hatte, war er zum Audienzsaal mit der hohen zweiflügeligen Silbertür gegangen, der ebenfalls in diesem Palast lag. Dort hatte er in einer nicht weniger feierlichen Zeremonie Leontes gesalbt, der kurz zuvor auf ausdrücklichen Wunsch des Senats zum Kaiser in Sarantium bestimmt worden war.

Der Patriarch hätte sich keinen frömmeren Mann auf dem Goldenen Thron wünschen können. Leontes war niedergekniet und hatte ohne Hilfe und tief bewegt die Responsorien gesprochen. Styliane, seine Gemahlin, hatte mit ausdrucksloser Miene etwas abseits gestanden. Alle hohen Beamten des Hofes waren anwesend; Zakarios fiel allerdings auf, dass Gesius, der greise Kämmerer (*er ist noch älter als ich*, dachte der Patriarch jetzt), ebenfalls abseits neben der Tür stand. Der Patriarch war lange genug im Amt, um zu wissen, dass in den kommenden Tagen noch vor Beendigung der Hoftrauer mit jähen Verschiebungen im Machtgefüge des Kaiserlichen Bezirks zu rechnen war.

Für morgen sei im Hippodrom die feierliche Krönung des Paares angesetzt, teilte der neue Kaiser seinem Patriarchen mit, als die Salbung vollzogen war. Er wolle Zakarios dringend bitten, sich zu diesem Anlass in der Kathisma einzufinden. In solchen Zeiten, murmelte Leontes, sei es besonders wichtig, dem Volk zu zeigen, dass Tempel und Palast an einem Strang zögen. Die Bitte war im Grunde ein Befehl. Leontes saß dabei zum ersten Mal auf dem Thron, hoch aufgerichtet, golden, mit ernstem Gesicht. Der Patriarch hatte seine Autorität mit gesenktem Kopf anerkannt und sich gefügt. Styliane Daleina, bald Kaiserin von Sarantium, hatte ihm kurz zugelächelt, zum ersten Mal in dieser Nacht. Sie war ihrem toten Vater wie aus dem Gesicht geschnitten. Das hatte er schon früher festgestellt.

Zakarios hatte von seinem Ersten Ratgeber, dem Priester Maximius, erfahren, dass Stylianes Bruder, der verbannte Lecanus, zusammen mit dem ebenfalls im Exil lebenden Lysippus – den die Geistlichkeit der Stadt aus gutem Grund fürchtete und verabscheute – die schändliche Tat geplant und ausgeführt hatte.

Beide Männer seien tot, hatte Maximius berichtet. Leontes, der große Krieger, habe den fetten Calysier mit eigener Hand niedergestreckt. Maximius ist heute Abend in Hochstimmung, dachte Zakarios. Er versuchte gar nicht, es zu verbergen. Trotz der späten Stunde hatte sich sein Ratgeber noch nicht zur Ruhe begeben. Maximius stand draußen auf dem Balkon und schaute über die Stadt. Jenseits der Straße ragte die Kuppel des neuen Großen Tempels in den Himmel. Valerius' Tempel. Sein großer, ehrgeiziger Traum. Einer von vielen.

Leontes hatte erklärt, man wolle den Kaiser dort beisetzen: Er finde es passend, gerade ihn als Ersten in seinem Tempel zur letzten Ruhe zu betten. Seine Trauer hatte aufrichtig gewirkt, und Zakarios wusste, dass an seiner Frömmigkeit kein Zweifel bestand. Der neue Kaiser vertrat zu verschiedenen strittigen Punkten des heiligen Glaubens eine entschiedene Meinung. Nicht zuletzt ist dies der Grund für Maximius' Genugtuung, dachte Zakarios, und eigentlich sollte auch er sich darüber freuen. Aber die Freude wollte sich nicht einstellen. Ein Mann, dem er großen Respekt entgegengebracht hatte, war tot, und Zakarios fühlte sich selbst mit der Unterstützung des Kaiserlichen Bezirks zu alt für die Kämpfe, die jetzt in Tempeln und Kapellen ausbrechen würden.

Der Patriarch zuckte zusammen. Schon wieder diese Magenschmerzen. Er erhob sich, zog sich die Klappen seiner Mütze über die Ohren und trat auf den Balkon hinaus. Maximius sah ihm lächelnd entgegen. »Auf den Straßen ist Ruhe eingekehrt, Heiligkeit, Jad sei gelobt. Ich sehe nur noch Soldaten und die Männer des Stadtpräfekten. Wir müssen dem Gott ewig dankbar sein, dass er in dieser Zeit der Gefahr seine Hand über uns hält.«

»Ich wünschte, er würde sich auch um meinen Magen kümmern«, nörgelte Zakarios.

Maximius sah ihn mitfühlend an. »Könnte eine Schale von dem Kräuter …«

»Ja«, unterbrach Zakarios. »Das wäre möglich.«

Sein Ratgeber war ihm heute ganz unerträglich lästig. Maximius war *zu* gut gelaunt. Immerhin war ein Kaiser tot, ermordet. Valerius hatte den Priester im Lauf der Jahre mehrfach auf seinen Platz verwiesen, obwohl das eigentlich Zakarios' Aufgabe gewesen wäre.

Maximius nahm die barsche Abfuhr hin, ohne eine Miene zu verziehen – das beherrschte er glänzend. Es gab so manches, was er glänzend beherrschte. Zakarios wünschte sich oft, er wäre auf den Mann nicht ganz so angewiesen. Maximius verneigte sich, kehrte ins Zimmer zurück und beauftragte einen Diener, den Trank zu bereiten.

Nun stand Zakarios allein an der Steinbrüstung und

schaute über die Stadt. Er fröstelte ein wenig, die Nacht war kühl, und er erkältete sich leicht; doch zugleich fand er die frische Luft anregend. Sie erinnerte ihn plötzlich daran, dass andere zwar tot waren, aber Jad in seiner Gnade ihn noch am Leben erhielt. Er konnte sein Amt weiter ausüben, spürte den Wind im Gesicht, sah die prachtvolle Kuppel vor sich, die Sterne und – gerade jetzt – im Osten den weißen Mond.

Und als er nach unten schaute, sah er noch etwas.

Die Soldaten hatten die dunkle Straße verlassen, doch aus einer schmalen Gasse erschien jetzt eine Sänfte. Sie wurde nicht von Fackelträgern begleitet und strebte rasch einer der kleinen Türen an der Rückseite des Tempels zu. Diese Türen waren natürlich immer abgesperrt. Die Bauarbeiten und vor allem die Innenausstattung waren noch nicht abgeschlossen. Im Innern waren Gerüste aufgestellt, dort lagerten auch Werkzeuge und Material, gefährliche und zum Teil kostspielige Dinge. Kein Unbefugter durfte den Tempel betreten, schon gar nicht bei Nacht.

Zakarios beschlich ein unheimliches Gefühl, als er sah, wie die Vorhänge der Sänfte zurückgezogen wurden. Zwei Personen stiegen aus. Nirgendwo brannten Lichter, außerdem waren sie beide in Mäntel gehüllt, der Patriarch sah also nur zwei schwarze Gestalten im Dunkeln.

Eine davon trat zu der verschlossenen Tür.

Die öffnete sich wenig später. Ein Schlüssel? Zakarios konnte es nicht erkennen. Die beiden traten ein. Die Tür wurde geschlossen. Die Träger warteten nicht, sondern kehrten mit der Prunksänfte den gleichen Weg zurück, den sie gekommen waren. Bald war die Straße wieder leer. Als wäre nichts geschehen, als wäre die kurze, rätselhafte Episode unter der Kuppel nur Blendwerk im trügerischen Schein des Mondes und der Sterne gewesen.

Maximius trat wieder auf den Balkon. »Der Aufguss wird bald fertig sein, Heiligkeit«, sagte er forsch. »Ich hoffe, er bringt Euch Linderung.«

Zakarios schaute unter seiner Mütze mit den Ohrenklappen nachdenklich in die Tiefe und antwortete nicht.

»Was gibt es?«, fragte Maximius und trat vor.

»Nichts«, sagte der Patriarch des Ostens. »Gar nichts.« Er wusste nicht genau, warum er das sagte, aber war es nicht die Wahrheit?

Genau in diesem Moment flackerte an derselben Straßenecke, hinter der die Sänfte verschwunden war, eins von den kleinen Feuerchen auf und war ebenfalls gleich wieder verschwunden. Wie immer.

Er hatte die beiden Schlüssel in den Schlössern umgedreht und die kleine Eichentür aufgezogen und war zurückgetreten, um ihr den Vortritt zu lassen. Dann war er ihr gefolgt und hatte die Tür rasch geschlossen und wieder versperrt. Gewohnheit, Routine, Tätigkeiten, die schon seit langem zu seinem Alltag gehörten. Einen Schlüssel umdrehen, eine Tür öffnen oder schließen, auf seinen Arbeitsplatz zugehen, sich umsehen, nach oben schauen.

Seine Hände zitterten. Bis hierher hatten sie es geschafft.

Er hatte nicht daran geglaubt. Nicht bei den Verhältnissen, die heute Nacht in der Stadt herrschten.

Gisel von den Antae stand vor ihm in einem kleinen Wandelgang unter einer der Halbkuppeln hinter der gewaltigen Kuppel, die Artibasos der Welt geschenkt hatte, und nahm ihre Kapuze ab.

»Nein!«, sagte Crispin scharf. »Behaltet sie auf!«

Goldenes, mit Juwelen geschmücktes Haar. Die blauen Augen klar wie Juwelen, förmlich aufglühend im stets beleuchteten Tempel. Überall Lampen, an den Wänden befestigt, an Ketten von der Decke und allen

Kuppeln hängend. Vor den Seitenaltären brennende Kerzen, obwohl Valerius' wieder aufgebauter Tempel noch gar nicht eröffnet oder eingeweiht war.

Ein kurzer Blick, doch dann gehorchte sie. Er war überrascht. Er hatte sie regelrecht angeherrscht. Aber aus Angst, nicht aus Vermessenheit. Wo mochte sein Zorn geblieben sein? Er hatte ihn wohl irgendwann verloren im Laufe dieses Tages, dieser Nacht, hatte ihn abgeworfen, wie Alixana auf der Insel ihren Mantel abgeworfen hatte.

Die Kapuze glitt auf den Kopf zurück, Gisels Züge lagen wieder im Schatten, das erschreckende Leuchten, das heute von ihr ausging, war verdeckt. Sie hatte den Tempel erhellt wie eine von den Lampen.

In der Sänfte war ihm bewusst geworden, dass er sie begehrte, ein Gefühl, so verboten, so völlig unmöglich wie für die Menschen das Fliegen oder das Feuer, bevor Heladikos es ihnen zum Geschenk machte: eine Regung wider alle Vernunft und doch völlig unverwechselbar. Diese Fahrt, die Nähe ihres Körpers erinnerten ihn an ihren Besuch kurz nach ihrer Ankunft in der Stadt. Er war allein auf dem Gerüst gewesen, und Gisel war vor den Augen der Zuschauer, die unten standen und gafften, zu ihm heraufgestiegen und hatte ihn veranlasst, die Innenfläche ihrer Hand zu küssen. Sie wollte ihm einen Vorwand liefern, einen Vorwand, so falsch wie Schwindelgeld, damit er sie besuchen konnte: eine allein stehende Frau ohne Ratgeber, ohne Verbündete, ohne Vertraute, verwickelt in ein Spiel zwischen Ländern, bei dem es um höchste Einsätze ging.

Mit der Zeit hatte er erkannt, dass es Gisel von den Antae nicht um ihren Ruf zu tun war. Das nötigte ihm Respekt ab, obwohl er sich zugleich darüber im Klaren war, dass sie ihn benützte, mit ihm spielte. Er hatte nicht vergessen, wie sie ihm in jener ersten Nacht in ihrem Palast mit der Hand durch das Haar gefahren war. Sie war eine Königin und setzte ihre Truppen ein, wo sie benötigt wurden. Er war nur ein Werkzeug für sie, ein Untertan, der präzise Befehle bekam, wenn er gebraucht wurde.

Und jetzt wurde er offenbar gebraucht.

Ihr müsst uns in den Kaiserlichen Bezirk bringen. Noch heute Nacht.

In einer Nacht, da die Straßen widerhallten von den Tritten der Soldaten, die nach einer vermissten Kaiserin suchten. Wenige Stunden, nachdem Sarantium von jäh aufflammenden Unruhen, von einem Mord erschüttert worden war. Während im Kaiserlichen Bezirk die Spannung auf den Siedepunkt stieg: ein Kaiser tot, sein Nachfolger kurz vor der Ernennung. Ein Einmarsch aus dem Norden, ausgerechnet an dem Tag, da der Krieg gegen Batiara erklärt werden sollte.

Gisels Worte waren ihm so unglaublich erschienen, dass er sie nur mit halbem Ohr mitbekommen hatte. Doch zu ihr hatte er nicht gesagt, was er schon so viele Male sich selbst und anderen beteuert hatte: *Ich bin nur ein einfacher Handwerker, nicht mehr.*

Nach allem, was heute Morgen geschehen war, wäre das eine Lüge gewesen. Er war unwiderruflich von seinem Gerüst hinabgestiegen, eigentlich hatte man ihn schon vor längerer Zeit heruntergeholt. Und in dieser Nacht des Todes, der Veränderungen hatte ihn die Königin der Antae, die man hier vergessen hatte wie einen unwichtigen Gast bei einem Festmahl, gebeten, sie zu den Palästen zu bringen.

Das bedeutete, im Dunkeln fast die ganze Stadt zu durchqueren, in einer vergoldeten, üppig gepolsterten und nach Parfüm duftenden Sänfte für zwei Personen, in der die Körper verwirrend nahe beieinander lagen. Ein Insasse war von brennender Entschlossenheit erfüllt, während der andere seine Angst nicht verleugnete, sich aber – mit einer Ironie, die seinem Wesen entsprach – daran erinnerte, dass ihm vor knapp einem Jahr das Leben noch so sinnlos erschienen war, dass er am liebsten den Tod gesucht hätte.

Der wäre heute Nacht nicht schwer zu finden, hatte er in der Sänfte gedacht. Er hatte den Trägern einen ganz bestimmten Weg vorgeschrieben und keine einzige Fackel gestattet. Sie hatten ihm gehorcht wie seine Lehrlinge. Doch die Situation war eine andere: Bei seiner Arbeit ging es um die Gestaltung von Wänden, Kuppeln oder Decken, um Dinge, die zwar mit der Welt zu tun hatten, aber von ihr getrennt waren. Diese Trennung war hier nicht gegeben.

Die Sänfte wurde rasch, fast lautlos durch die Straßen getragen. Die Träger hielten sich möglichst im Schatten der Gebäude, blieben stehen, wenn schwere Tritte zu hören oder Fackeln zu sehen waren, überquerten die Plätze nicht direkt, sondern auf dem längeren Weg durch die überdachten, schattigen Arkaden. Einmal hatten sie im Eingang einer Kapelle angehalten, als vier bewaffnete Reiter im Galopp über das Mezaros-Forum sprengten. Crispin hatte die Vorhänge der Sänfte zurückgezogen und hinausgeschaut. Danach warf er in Abständen immer wieder einen Blick auf die Sterne oder auf die verrammelten Türen und Fenster der nächtlichen Stadt. Er sah Sarantiums unheimliche Flämmchen aufleuchten und wieder erlöschen: Sie wurden nicht nur durch den Sternenschein der Wirklichkeit, sondern auch durch die Zwischenwelt getragen, und die Reise schien kein Ende nehmen zu wollen. Ganz Sarantium schien irgendwie der Zeit entrückt. Er hatte sich gefragt, ob die Sänfte tatsächlich hier war, ob man sie im Dunkeln überhaupt sehen konnte.

Gisel hatte ihm die ganze Zeit schweigend und fast reglos gegenüber gelegen, was den Eindruck der Unwirklichkeit noch verstärkte. Sie schaute nie hinaus, wenn er die Vorhänge zurückzog. Sie wartete nur, aufs

Äußerste gespannt, wie zum Sprung geduckt. Die Sänfte duftete nach Sandelholz und einem anderen Parfüm, das er nicht erkannte. Es erinnerte ihn an Elfenbein, so wie alles ihn an Farben erinnerte. Einer ihrer Knöchel berührte seinen Schenkel. Unbewusst: Er war fast sicher, dass keine Absicht dahinter steckte.

Als sie endlich die Tür an der Rückseite des Großen Tempels erreichten – die Zeit lief weiter, sobald sie die abgeschlossene Welt der Sänfte verließen –, hatte Crispin die nächste Phase seines rudimentären Plans eingeleitet –, falls von einem Plan überhaupt die Rede sein konnte.

Manche Rätsel waren nicht zu lösen, sosehr sie einen auch faszinierten. Andere konnten einen töten oder verletzen, wenn man sie zu lösen versuchte, wie die geheimnisvollen Kästchen aus Ispahani, aus denen scharfe Klingen sprangen, wenn man nicht vorsichtig war und sie in die falsche Richtung drehte.

Ein solches Rätsel hatte ihm Gisel von den Antae in die Hand gegeben. Oder – wenn er es anders betrachtete, wenn er das Kästchen etwas anders in die Hände nahm – sie *war* in dieser Nacht ein solches Rätsel.

Crispin holte tief Luft. Erst jetzt merkte er, dass Gisel nicht mehr bei ihm war. Sie war hinter ihm stehen geblieben und schaute nach oben. Er drehte sich um und folgte ihrem Blick hinauf zu Artibasos' Kuppel, die Valerius ihm zum Geschenk gemacht hatte – ihm, dem Witwer Caius Crispus, dem einzigen Sohn des Steinmetzen Horius Crispus aus Varena.

An den Silber- und Bronzeketten, die von der Decke hingen, und in den Haltern, die zwischen den Fenstern um den Kuppelrand angebracht waren, brannten die Lampen. Von Osten fiel das Licht des aufgehenden weißen Mondes gleich einem Segen auf das Werk, das er nach seiner Reise nach Sarantium hier geschaffen hatte.

Er würde nie vergessen, in alle Ewigkeit nicht, dass die Königin der Antae in der Nacht, da sie vor zielgerichteter Entschlossenheit glühte, als hätte man einen Sonnenstrahl durch ein Glas gebündelt und auf sie gerichtet, unter der Kuppel stehen geblieben war und im Schein der Lampen und des Mondes zu seinen Mosaiken aufgesehen hatte.

Endlich sagte sie: »Ich weiß noch gut, wie Ihr Euch über das mangelhafte Material für die Kapelle meines Vaters beklagt habt. Nun begreife ich, warum.«

Er schwieg. Nickte nur mit dem Kopf. Wieder schaute sie nach oben und betrachtete sein Jad-Bildnis über der Stadt, seine Wälder und Felder (frühlingsgrün an einer Stelle, rot, golden und braun wie der Herbst an einer anderen), seinen *Zubir* am Rand des dunklen Waldes, seine Meere und Segelschiffe, seine Menschen (Ilandra war bereits fertig und heute Morgen hatte er mit den Mädchen beginnen wollen, um seinen liebevollen Erinnerungen mit seiner Hände Arbeit Gestalt zu verleihen), seine fliegenden und schwimmenden Geschöpfe, die flüchtenden und die misstrauisch verharrenden Tiere, die Stelle (noch nicht ausgeführt, noch nicht), wo ein flammender Sonnenuntergang über dem zerstörten Rhodias die verbotene Fackel des stürzenden Heladikos andeuten sollte: Da oben war sein Leben, waren alle Leben unter dem Gott und in der Welt oder vielmehr alle, die er als sterblicher Mensch, in seinen eigenen Grenzen gefangen, wiedergeben konnte.

Vieles war bereits vollendet, so manches blieb noch zu tun. Unter seiner Leitung machten auch die anderen – Pardos, Silano und Sosio, die Lehrlinge, Vargos, der sich zu ihnen gesellt hatte – Fortschritte bei der Gestaltung von Wänden und Halbkuppeln. Doch die *Form* des Ganzen, der große Entwurf, war bereits zu erahnen, und Gisel stand davor und war wie gebannt.

Als ihr Blick zu ihm zurückkehrte, sah er, dass sie

zum Sprechen ansetzte, dann aber doch schwieg. Auf ihrem Gesicht lag ein Ausdruck, der ihn völlig überraschte, und erst sehr viel später glaubte er zu verstehen, was ihr in diesem Moment auf der Zunge gelegen hatte.

»*Crispin*! Beim Heiligen Jad! Du bist wohlauf! Wir hatten uns schon Sorgen gemacht ...«

Er hob die Hand, gebieterisch wie ein Kaiser an diesem Ort. Die Angst saß ihm im Nacken. Pardos war auf ihn zu gestürmt, nun blieb er abrupt stehen und verstummte. Vargos stand hinter ihm. Auch Crispin war momentan erleichtert: Sie hatten den Tempel offenbar den ganzen Tag und die ganze Nacht nicht verlassen und waren deshalb auch nicht in Gefahr geraten. Gewiss war auch Artibasos irgendwo in der Nähe.

»Ihr habt mich nicht gesehen«, murmelte er. »Ihr habt geschlafen. Geht jetzt. Schlaft weiter. Falls Artibasos sich hierher verirrt, gilt für ihn das Gleiche. Niemand hat mich gesehen.« Beide betrachteten die Gestalt an seiner Seite. »Nicht mich und niemanden sonst«, fügte er hinzu. Er konnte nur hoffen, dass Gisel unter ihrer Kapuze nicht zu erkennen war.

Pardos öffnete den Mund und schloss ihn wieder.

»Geht«, wiederholte Crispin. »Vielleicht findet sich später eine Gelegenheit, dann werde ich euch alles erklären.«

Vargos war an Pardos' Seite getreten: ein kräftiger, fähiger Mann, der Ruhe ausstrahlte, der Mann, mit dem Crispin am Fest der Toten dem *Zubir* begegnet war und der sie aus dem Aldwood herausgeführt hatte. Jetzt sagte er leise: »Können wir denn gar nicht behilflich sein? Worum es auch geht?«

Crispin hätte sich nur zu gern helfen lassen. Aber er schüttelte den Kopf. »Nicht heute Nacht. Ich bin froh, dass ihr in Sicherheit seid.« Er zögerte. »Betet für mich.«

So etwas hatte er noch nie gesagt. Er grinste ein wenig. »Auch wenn ihr mich nicht gesehen habt.«

Keiner der beiden Männer erwiderte sein Lächeln. Vargos raffte sich als Erster auf, nahm Pardos am Arm und verschwand mit ihm in den Schatten des Tempels.

Gisel sah ihn an. Sagte kein Wort. Er führte sie über die weite, marmorgepflasterte Fläche unter der Kuppel in einen Wandelgang auf der anderen Seite und weiter zu einer niedrigen Tür an der hinteren Wand. Dort holte er tief Atem und klopfte – viermal schnell, zweimal langsam. Einen Augenblick später wiederholte er die Prozedur. Erinnerungen, Erinnerungen.

Stille, Warten – es schien die ganze Nacht zu dauern. Crispin schaute nach rechts zu den vielen Kerzen vor dem Altar. Vielleicht wäre ein Gebet jetzt angebracht. Gisel stand reglos neben ihm. Wenn das nicht gelang, hatte er nichts mehr zu bieten.

Dann wurde auf der anderen Seite ein Schlüssel umgedreht. Und die kleine Tür, das Kernstück des einzigen Plans, den er zu Stande gebracht hatte, schwang auf. Der Priester in der weißen Kutte, der ihnen geöffnet hatte, einer von den Schlaflosen, stand in dem niedrigen Steinkorridor hinter dem Altar an der Rückseite der kleinen Kapelle, die in die Mauer des Kaiserlichen Bezirks hineingebaut war. Crispin erkannte den Mann wieder und schickte aus tiefstem Herzen ein Dankgebet an den Gott. Zum ersten Mal war er mit Valerius durch diese Tür gegangen. Jetzt war Valerius tot.

Auch der Priester hatte ihn erkannt. Crispin hatte das Klopfzeichen verwendet, das der Kaiser zuerst Artibasos und später ihm selbst beigebracht hatte. Wenn sie im Schein der Lampen am Werk waren, hatten sie Valerius im Lauf des Winters mehr als einmal diese Tür geöffnet. Er war gern am Ende seines arbeitsreichen Tages gekommen, um sich ihre Arbeit anzusehen. Und oft genug viel später als heute. Man hatte ihn den Kaiser der Nacht genannt und ihm unterstellt, er schlafe nie.

Der Priester schöpfte zum Glück keinen Verdacht, sondern zog nur stumm die Augenbrauen hoch. »Ich habe jemanden mitgebracht, der mit mir unserem Kaiser die letzte Ehre erweisen will. Wir möchten zuerst vor seinem Leichnam und dann noch einmal hier bei Euch unsere Gebete sprechen.«

»Er liegt im Porphyrsaal«, sagte der Priester. »Es ist eine schlimme Zeit.«

»O ja«, seufzte Crispin..

Der Priester gab den Weg noch nicht frei. »Warum trägt Eure Begleiterin eine Kapuze?«, fragte er.

»Damit das gemeine Volk sie nicht sieht«, murmelte Crispin. »Es wäre nicht schicklich.«

»Wieso?«

Es gab keinen Ausweg. Bevor Crispin sich ihr zuwenden konnte, hatte sie die Kapuze bereits abgestreift. Der Priester hielt eine Laterne in der Hand. Das Licht fiel auf ihr Gesicht, das goldene Haar.

»Ich bin die Königin der Antae«, sagte sie leise. Sie ist gespannt wie eine Bogensehne, dachte Crispin. Bei der leisesten Berührung würde sie zu schwirren anfangen. »Guter Mann, wollt Ihr wirklich, dass eine Frau sich in dieser Nacht auf den Straßen zur Schau stellt?«

Der Priester war zu Tode erschrocken – und wenn Crispin die Königin ansah, verstand er das nur zu gut. Er schüttelte den Kopf und stammelte: »Nein, natürlich nicht … nein, nein! Die Gefahren! Eine schlimme Zeit.«

»Kaiser Valerius holte mich in seine Stadt. Er rettete mir das Leben. Ihr wisst vielleicht, dass er mir sogar meinen Thron zurückgeben wollte. Ist es da nicht ein Jad wohlgefälliges Werk, ihm Lebewohl zu sagen? Versäumte ich das, ich könnte nicht mehr ruhig schlafen.«

Der kleine Priester in der weißen Kutte wich einen Schritt zurück, verneigte sich und trat zur Seite. Dann sagte er feierlich: »Es ist ein Jad wohlgefälliges Werk, Majestät. Der Gott sende Euch und dem Toten sein Licht.«

»Er sende es uns allen«, antwortete Gisel und ging voran. Geduckt betraten sie den niedrigen Steinkorridor und gelangten durch die kleine Kapelle in den Kaiserlichen Bezirk.

Sie waren am Ziel.

Als Crispin noch jünger war und bei Martinian sein Handwerk erlernte, hatte der Meister oft über die Tugend der Geradlinigkeit gesprochen, die es vermeide, allzu sehr zu verschlüsseln. Im Lauf der Jahre hatte auch Crispin die gleiche Ansprache vor einer Reihe von Lehrlingen gehalten. »Wenn ein Kriegsheld zu einem Bildhauer kommt und eine Statue zu seinen Ehren bestellt, wäre es einfach nur töricht, das Offensichtliche *nicht* zu tun. Setzt den Mann auf ein Pferd und gebt ihm einen Helm und ein Schwert.« Nach diesen Worten hatte Martinian gewöhnlich eine Pause eingelegt. Crispin hielt es genauso, um dann fortzufahren: »Es mag euch abgedroschen und übertrieben vorkommen, aber ihr müsst euch fragen: Was ist der *Grund* für diesen Auftrag? Was habt ihr erreicht, wenn sich der Kunde durch ein Werk zu seinen Ehren nicht geehrt fühlt?«

Raffinierte Entwürfe, brillante Neuerungen waren mit Risiken verbunden ... manchmal schoss man damit weit über das momentane Ziel hinaus. Genau darum ging es.

Crispin führte die Königin aus der Kapelle wieder in die Nacht hinein. Diesmal verlangte er nicht, dass sie die Kapuze wieder überstreifte. Sie bemühten sich nicht mehr, sich zu verbergen. Ganz offen gingen sie im Schein der Sterne und des Mondes mit knirschenden Schritten über gepflegte Kieswege, vorbei an (korrekt ausgeführten) Statuen von Kaisern und Feldherrn durch die Gärten. Sie sahen niemanden und wurden auch nicht aufgehalten.

Wer hinter diesen Mauern lebte, vermutete die Gefahren heute Nacht wohl eher draußen vor den Bronzetoren, im Labyrinth der Stadt.

In Crispins Ohren donnerte es wie Meeresrauschen, als er seine Königin, vorbei an einem Springbrunnen, der jetzt zu Beginn des Frühjahrs noch nicht sprudelte, und am langen Portikus der Seidenspinnergilde zum Eingang des Attenin-Palastes führte, der heute von vielen Laternen beleuchtet wurde. Hier stand eine Wache, aber die Doppeltüren waren weit geöffnet. Er stieg ohne Zögern die Stufen hinauf. Gleich hinter den Türen, hinter den Wachen stand ein Mann in der grün-braunen Livree der Eunuchen des Kämmerers.

Crispin blieb mit der Königin vor den Gardisten stehen. Sie beäugten ihn misstrauisch, aber er beachtete sie nicht, sondern deutete auf den Eunuchen. »Ihr da!«, fuhr er ihn. »Wir brauchen eine Eskorte für die Königin der Antae.«

Der Eunuch drehte sich um. Er bewies tadellose Manieren. Ohne die leiseste Überraschung zu zeigen, trat er auf den Portikus. Die Gardisten schauten von Crispin zur Königin. Der Mann des Kämmerers verneigte sich vor Gisel, und im nächsten Moment folgten auch die Gardisten seinem Beispiel. Crispin atmete auf.

»Rhodianer!«, lächelte der Eunuch und richtete sich auf. »Ihr braucht wieder eine Rasur.« Crispin erkannte das Gesicht und fühlte sich wie von einer himmlischen Macht gesegnet, beschützt, gerettet. Dieser Eunuch hatte ihm bei seinem ersten Besuch im Palast den Bart abgenommen.

»Schon möglich«, gab er zu. »Doch zuerst möchte die Königin den Kämmerer sprechen und Valerius die letzte Ehre erweisen.«

»Sie kann beides zugleich tun. Ich stehe zu Euren

Diensten, Majestät. Der Kämmerer befindet sich im Porphyrsaal und hält die Totenwache. Kommt. Ich bringe Euch zu ihm.« Gisels Haltung war so königlich, und ihr Begleiter strahlte so viel Selbstbewusstsein aus, dass die Gardisten sie ohne weiteres passieren ließen.

Sie hatten nicht weit zu gehen. Der Porphyrsaal, wo Sarantiums Kaiserinnen ihre Kinder zur Welt brachten und wo man Sarantiums Kaiser aufbahrte, wenn der Gott sie zu sich rief, befand sich auf dem gleichen Stockwerk auf halber Höhe eines einzigen schnurgeraden Korridors. In regelmäßigen Abständen brannten Lampen, dazwischen lauerten Schatten, alles schien verlassen. Der Kaiserliche Bezirk, der Palast, der Flur, alles war totenstill, wie unter dem Bann eines Alchimisten erstarrt. Sie hörten das Echo ihrer eigenen Schritte. Sie waren mit ihrer Eskorte allein auf dem Weg zu einem Toten.

Ihr Führer machte Halt vor einer silberbeschlagenen hohen Doppeltür, die mit einem Muster aus goldenen Kronen und Schwertern verziert war. Auch hier standen zwei Wachen. Sie schienen Gesius' Mann zu kennen. Nickten ihm zu. Der Eunuch klopfte leise an, dann öffnete er selbst die Tür und winkte die beiden hinein.

Wieder ging Gisel voran. Crispin blieb in der Tür stehen. Er war unsicher geworden. Der Saal war kleiner, als er erwartet hatte. Purpurfarbene Tücher an allen Wänden, ein künstlicher Baum aus gehämmertem Gold, ein Bett mit Baldachin an der hinteren Wand und in der Mitte ein verhüllter Körper auf einem Katafalk, umstanden von brennenden Kerzen. Davor kniete ein Mann auf einem Kissen. Zwei Priester sangen leise die Totenlitanei.

Der kniende Mann blickte auf. Crispin erkannte Gesius, bleich wie Pergament, dünn wie die Feder eines Schreibers, uralt. Er stutzte, als er die Königin sah.

»Es freut mich sehr, Euch hier anzutreffen«, sagte

Gisel. »Ich bin gekommen, um für die Seele von Valerius zu beten, der uns verlassen hat, und um mit Euch zu sprechen. Unter vier Augen.« Sie trat zu einem Ständer mit einem Krug, goss sich zur rituellen Reinigung Wasser über die Hände und trocknete sie an einem Tuch ab.

Crispin sah, wie ein Zucken über das Gesicht des alten Mannes lief.

»Natürlich, Majestät. Ich stehe stets zu Euren Diensten.«

Gisel warf einen Blick auf die Priester. Gesius hob die Hand. Sie brachen ihren Gesang ab und verließen den Saal durch eine Tür an der Rückwand neben dem Bett. Die Kerzenflammen bewegten sich im Luftzug der zufallenden Tür.

»Auch Ihr könnt gehen, Caius Crispus.« Die Königin drehte sich nicht einmal um. Crispin sah den Eunuchen an, der sie begleitet hatte. Der Mann machte kehrt, ohne eine Miene zu verziehen, und trat durch die Tür. Crispin wollte ihm schon folgen, doch dann zögerte er und kehrte zurück.

Er ging an Gisel vorbei, goss sich seinerseits Wasser über die Hände, murmelte dabei den Gruß an die Toten und trocknete sich ab. Dann kniete er neben dem Katafalk mit dem Leichnam des toten Kaisers nieder. Ein scharfer Brandgeruch wurde vom Weihrauchduft nur ungenügend überdeckt. Crispin schloss die Augen.

Es gab für solche Situationen feste Gebete, doch er sprach sie nicht. Zunächst war sein Kopf ganz leer, dann ließ er im Geist ein Bild von Valerius entstehen. Ein ehrgeiziger Mann, der mehr Ziele verfolgt hatte, als jemand wie Crispin vermutlich jemals würde fassen können. Rundes Gesicht, weiche Züge, sanfte Stimme, freundliches Wesen.

Crispin war sich – auch jetzt noch – bewusst, dass er

diesen Mann eigentlich hätte hassen und fürchten müssen. Doch wenn es da unten bei den Lebenden am Fuß des Gerüstes eine Wahrheit gab, die er verstand, dann lautete sie, dass Hass, Furcht, Liebe, dass alles nie ganz so einfach war, wie man es sich vielleicht wünschte. Ohne im eigentlichen Sinne des Wortes zu beten, nahm er schweigend Abschied von dem Bild in seinem Geist, zu mehr fühlte er sich nicht berechtigt.

Endlich erhob er sich und strebte zur Tür. Als er hinausging, hörte er Gisel leise zum Kämmerer sprechen (später sollte er sich immer wieder fragen, ob sie nur deshalb in diesem Moment etwas sagte, um ihm sozusagen ein Geschenk zu machen, indem sie ihn mithören ließ). »Die Toten sind von uns gegangen. Wir können nur noch überlegen, was jetzt geschehen soll. Dazu habe ich etwas beizutragen.«

Dann fiel die Tür zu. Crispin stand im Korridor und war mit einem Mal unsagbar müde. Er schloss die Augen. Schwankte hin und her. Der Eunuch war an seiner Seite und sagte mit einer Stimme so sanft wie ein Regenschauer: »Kommt mit mir, Rhodianer. Ein Bad, eine Rasur und ein Becher Wein werden Euch gut tun.«

Crispin schlug die Augen auf. Schüttelte den Kopf. Hörte sich jedoch gleichzeitig sagen: »Nun gut.« Er war am Ende. Und er wusste es.

Sie gingen den Korridor zurück und bogen erst um eine, dann um eine zweite Ecke. Crispin hatte die Orientierung völlig verloren. Sie kamen an eine Treppe.

»Rhodianer!« Crispin schaute auf. Ein hagerer Mann mit fahlem Gesicht kam mit forschen, etwas eckigen Schritten zielstrebig auf sie zu. Sonst war niemand im Korridor oder über ihnen auf der Treppe.

»Was habt Ihr hier zu suchen?«, fragte Pertennius von Eubulus.

Crispin war zum Umfallen müde. »Ich tauche immer wieder auf, nicht wahr?«

»Das kann man wohl sagen.«

»Ich wollte dem Toten die letzte Ehre erweisen«, sagte Crispin.

Pertennius zog hörbar die Luft durch die Nase. »Ehrt besser die Lebenden«, sagte er. Und lächelte mit seinem großen, dünnlippigen Mund. So hatte Crispin den Mann noch nie lächeln sehen. »Gibt es Neuigkeiten von draußen?«, fragte Pertennius. »Hat man sie schon gestellt? Natürlich kommt sie nicht weit.«

Es war unklug. Äußerst unklug sogar, das war Crispin klar, während er noch ausholte. Im Grunde war es reine, selbstmörderische Dummheit. Aber sein Zorn hatte sich zu guter Letzt doch noch wiedergefunden, und sobald er ihn entdeckt hatte, nahm er die Faust zurück und ließ sie mit aller Wucht nach vorn schnellen. Der Hieb traf den Schreiber des neu gesalbten Kaisers mitten ins Gesicht und warf ihn rücklings auf den Marmorboden, wo er reglos liegen blieb.

Sekundenlang war alles wie erstarrt, die Stille fast unerträglich.

Dann sagte der Eunuch sanft: »Eure arme, arme Hand. Kommt, kommt, sie muss verarztet werden.« Damit stieg er die Treppe hinauf, ohne den Bewusstlosen auf dem Boden eines Blickes zu würdigen. Crispin folgte ihm willenlos.

In den Räumen des Kämmerers und seines Gefolges wurde er freundlich empfangen. Viele der Eunuchen erinnerten sich mit Vergnügen an seinen ersten Abend hier vor einem halben Jahr. Er erhielt das versprochene Bad und den versprochenen Wein und wurde sogar rasiert, aber diesmal machte man sich nicht über ihn lustig. Jemand spielte ein Saiteninstrument. Crispin begriff, dass sich auch diese Männer – samt und sonders Gesius' Leute – auf tief greifende Veränderungen gefasst machen mussten. Wenn der Kämmerer gestürzt wurde, womit fast zu rechnen war, stand ihnen eine ungewisse

Zukunft bevor. Doch er sagte nichts. Was hätte er schon sagen können?

Endlich führte man ihn in einen ruhigen Raum mit einem guten Bett und ließ ihn allein. Und so verschlief er eine Nacht seines Lebens im Attenin-Palast von Sarantium ganz in der Nähe eines lebenden und eines toten Kaisers. Er träumte von seiner Frau, die ebenfalls tot war, aber auch von einer anderen Frau, die um ihr Leben rannte. Sie wurde in allzu hellem Mondlicht über einen endlosen, offenen Strand mit glatten, harten Steinen gejagt, während aus dem glänzenden schwarzen Meer vor der Küste die Delphine sprangen.

Hinter Crispin und dem Eunuchen schlossen sich die Türen des Saals mit den purpurverhangenen Wänden, dem goldenen Baum und dem verkohlten, in sein Tuch gehüllten Leichnam. Zurück blieb ein alter Mann, der geglaubt hatte, in dieser Nacht selbst sterben zu müssen, und den Tod hier in diesem Raum, wo er für drei tote Kaiser gebetet hatte, mit Würde empfangen wollte. Stattdessen lauschte er nun einer jungen Frau – einer Frau, die auch er in dieser Nacht vergessen hatte. Ihre Worte erweckten seine Willenskraft zu neuem Leben, und er begann, verschiedene Alternativen zu erwägen und ihnen bis in die feinsten Verästelungen nachzuspüren.

Als sie mit ihren lebhaft vorgetragenen Ausführungen zu Ende war und ihn erwartungsvoll ansah, war Gesius so weit, dass er ein Leben nach Sonnenaufgang doch noch für möglich hielt.

Für sich, wenn auch nicht für andere.

Und genau in diesem Moment, bevor er noch Zeit hatte, sich zu äußern, öffnete sich die kleine Innentür des Porphyrsaals, und ein hoch gewachsener, breitschultriger Mann mit goldenem Haar trat ein, ohne vorher anzuklopfen. Er war allein – als hätte in dieser

Nacht voller dunkler Geheimnisse eine höhere Schicksalsmacht eingegriffen und ihn hierher geschickt.

Der Dreifach Erhabene Leontes, soeben zum irdischen Statthalter des allerheiligsten Jad von der Sonne gesalbt, fromm wie ein Priester, hielt eine Sonnenscheibe in den Händen. Er war gekommen, um beim Schein der Kerzen die Seele seines Vorgängers mit seinen Gebeten auf ihrer Reise zu begleiten. Auf er Schwelle hielt er inne, warf einen kurzen Blick auf den Eunuchen, den er hier erwartet hatte, und einen längeren auf die Frau, die neben dem Katafalk stand und deren Gegenwart ihn völlig überraschte.

Gesius warf sich zu Boden.

Gisel von den Antae hatte es damit nicht so eilig.

Sie lächelte zunächst nur, dann sagte sie (immer noch stehend, mutig und aufrecht wie ein Schwert, ganz die Tochter ihres Vaters): »Erhabener Gebieter, ich danke Jad, dass Ihr gekommen seid. Der Gott erweist uns Unwürdigen eine große Gnade. Ich bin hier, um Euch zu sagen, dass der Westen jetzt Euer sein kann und dass Ihr Euch ein für alle Mal befreien könnt vom Makel der ruchlosen Tat dieser Nacht. Ihr braucht nur zu wollen.«

Leontes, der darauf überhaupt nicht vorbereitet war, schwieg lange. Dann sagte er: »Erklärt Euch näher, Hoheit.«

Sie hielt seinem Blick stand, ohne sich von der Stelle zu rühren, hoch gewachsen und blond, strahlend wie ein Diamant. Eigentlich ist sie selbst die Erklärung, dachte der Kämmerer. Er verhielt sich ganz still und wagte kaum zu atmen.

Erst jetzt sank sie anmutig in die Knie, senkte die Stirn auf den Boden und richtete sich wieder auf. Da kniete sie nun, angetan mit kostbarem Geschmeide, vor dem Kaiser und erklärte sich ihm.

Als sie fertig war, schwieg Leontes lange.

Tiefer Ernst lag auf den ebenmäßigen Zügen, als er

endlich zum Kämmerer hinübersah und eine einzige Frage stellte: »Ihr seht das auch so? Lecanus Daleinus konnte auf seiner Insel den Anschlag nicht allein geplant haben?«

Innerlich dankte Gesius dem Gott für seine unverdiente Großmut, doch äußerlich blieb er so ruhig und ungerührt wie ein schwarzer See an einem windstillen Morgen und sagte nur: »Nein, Erhabener. Das halte ich für ausgeschlossen.«

»Und Tertius ist bekanntlich ein Feigling und ein Dummkopf.«

Das war keine Frage mehr. Weder der Kämmerer noch die Frau sagte ein Wort. Gesius fiel das Atmen schwer, doch er bemühte sich, dies zu verbergen. Es war, als schwebe über den brennenden Kerzen eine Waage mit zwei Schalen in der Luft.

Leontes wandte sich dem Katafalk mit dem Leichnam in der seidenen Hülle zu. »Man hat ihn verbrannt. Mit Sarantinischem Feuer. Was das bedeutet, wissen wir alle.«

Natürlich hatten sie es gewusst. Die Frage war nur gewesen, ob Leontes es sich selbst jemals eingestehen würde. Gesius hatte diese Frage verneint, doch dann war die Frau – diese zweite blonde Frau mit den blauen Augen – gekommen und hatte alles verändert. Sie hatte den Kämmerer aufgefordert, mit dem neuen Kaiser zu sprechen, hatte ihm vorgegeben, was zu sagen war. Da er nichts mehr zu verlieren hatte, war er dazu bereit gewesen – doch dann war der neue Kaiser selbst erschienen. Der Gott war überwältigend in seiner Größe, unergründlich und geheimnisvoll. *Musste* der Mensch vor ihm nicht demütig sein?

Leontes ging auf den Katafalk zu, wo, von Kopf bis Fuß in purpurne Seide gehüllt, Valerius II. lag. Unter Tunika und Übergewand des neuen Kaisers zeichneten sich die schwellenden Muskeln ab. Der Kämmerer wusste, dass sich auch unter dem Tuch eine Sonnenscheibe befand: Er selbst hatte sie dem toten Valerius in die gefalteten Hände gegeben, als er ihm die Münzen auf die Augen legte.

Leontes blieb zwischen den hohen Kerzen kurz stehen, sah auf den Katafalk hinab und zog dann mit einer raschen Bewegung das Tuch vom Körper des Toten.

Die Frau drehte hastig den Kopf zur Seite, um sich das grauenvolle Bild zu ersparen. Auch Gesius wandte sich ab, obwohl er den Leichnam an diesem Abend schon einmal gesehen hatte. Nur der frisch gesalbte Kaiser von Sarantium, der als Soldat auf fünfzig Schlachtfeldern den Tod in so vielen Gestalten und Verkleidungen gesehen hatte, konnte den Anblick ertragen. Es scheint ihm geradezu ein Bedürfnis zu sein, dachte Gesius und starrte verbissen auf den Marmorboden.

Nach einer Weile hörten sie, wie Leontes das Tuch wieder hochzog und den Toten bedeckte.

Er trat zurück. Holte tief Atem. Ein letztes Gewicht senkte sich auf die imaginären Waagschalen und gab den Ausschlag.

Leontes sagte mit einer Stimme, die jeden Zweifel, jeden Fehler in dieser Welt ausschloss: »Es war eine schändliche Tat, ein ruchloser Frevel in Jads Augen. Er war der Gesalbte des Gottes, ein großer und geheiligter Mann. Kämmerer, schickt die Garde aus. Sie soll Tertius Daleinus aufspüren, wo immer er sich verbergen mag, und ihn in Ketten zur Hinrichtung führen. Und bringt mir auf der Stelle die Frau hierher in diesen Saal, die meine Gemahlin war, auf dass sie ein letztes Mal in dieser Nacht ihr Werk betrachte.«

Die meine Gemahlin war.

Gesius erhob sich so schnell, dass ihn ein Schwindel befiel, und eilte durch dieselbe Innentür hinaus, durch die der Kaiser eingetreten war. Die Welt hatte sich verändert und veränderte sich ein weiteres Mal. Kein

Mensch, auch der weiseste nicht, durfte sich rühmen, er wisse, was die Zukunft bringe.

Der Kämmerer schloss die Tür hinter sich.

Zwei Menschen blieben zurück in einem Saal, der für die Geburt und den Tod von Kaisern bestimmt war, allein mit dem Toten, den Kerzen und dem goldenen Baum.

Gisel lag noch immer auf den Knien und schaute auf zu dem Mann, der vor ihr stand. Keiner sprach ein Wort. In ihrem Innern brodelte es von Gefühlen, die in ihrer Heftigkeit fast schmerzhaft waren.

Leontes tat den ersten Schritt und ging auf sie zu. Sie wartete, bis er ihr die Hand reichte, dann erhob sie sich. Als er die Innenfläche ihrer Hand küsste, schloss sie die Augen.

»Ich werde sie nicht töten«, murmelte er.

»Natürlich nicht«, sagte sie.

Sie hielt die Augen fest, ganz fest geschlossen, um das wilde Leuchten zu verbergen, das in diesem Moment darin aufblitzte.

Nun hatte man sich mit den verwickelten Formalitäten der Eheschließung und der Thronfolgeregelung und mit zahllosen anderen juristischen und religiösen Details zu befassen. Amtliche Todesurteile waren in gebührendem Rahmen zu vollstrecken. Jeder Schritt, der zu Beginn einer neuen Regierungsepoche unternommen (oder unterlassen) wurde, wirkte noch lange Zeit nach.

Der erhabene Kämmerer Gesius, der noch in derselben Nacht in seinem Amt bestätigt wurde, kümmerte sich um alles – einschließlich der Hinrichtungen.

Es dauerte eine Weile, bis alle Anforderungen des Protokolls erfüllt waren. Deshalb fand die Kaiserkrönung im Hippodrom erst drei Tage später statt. Doch dann nahm Leontes der Goldene an einem glückverheißend sonnigen Morgen in der Kathisma unter dem frenetischen Beifall der Bürger von Sarantium – mehr als achtzigtausend aus Leibeskräften jubelnde Menschen füllten die Tribünen – den Namen Valerius an, eine demütige Verneigung vor seinem großen Vorgänger, und krönte seine goldene Gisel zur Kaiserin. Sie behielt den Namen bei, den sie von ihrem großen Vater bei ihrer Geburt in Varena erhalten hatte. Und als Valerius III. und Gisel gingen die beiden ein ins Buch der Geschichte, als der Chronist die Taten ihrer gemeinsamen Regierung festhielt.

In der Nacht, die diese neue Entwicklung einleitete, wurde im Porphyrsaal abermals eine Tür geöffnet. Der Mann und die Frau, die betend vor einem verhüllten Leichnam knieten, wandten sich um. Eine zweite Frau trat ein.

Sie blieb auf der Schwelle stehen und sah die beiden an. Leontes stand auf. Gisel blieb auf den Knien liegen, die Sonnenscheibe in den Händen, den Kopf in Demutshaltung gesenkt.

»Du hast mich rufen lassen? Was gibt es?«, wandte sich Styliane Daleina lebhaft an den Mann, dem sie heute auf den Goldenen Thron geholfen hatte. »Ich habe noch viel zu tun.«

»Du irrst dich«, sagte Leontes schroff und entschieden wie ein Richter. Und beobachtete, wie sie – schnell wie immer – die Bedeutung seines Tons erfasste.

Wenn er gehofft (oder befürchtet) hatte, Entsetzen oder Wut in ihren Augen zu sehen, wurde er enttäuscht (oder beruhigt). Etwas flackerte allerdings darin auf. Ein anderer Mann als Leontes hätte es als Ironie erkannt, als tiefschwarze Belustigung, aber der Mann, der dazu im Stande gewesen wäre, lag tot auf dem Katafalk.

Gisel stand auf. Außer dem Toten war sie die Einzige in diesem Saal, die den Königspurpur trug. Styliane sah sie lange an. Unerwartet war vielleicht die Ruhe, die sie an den Tag legte. Sie grenzte schon an Gleichgültigkeit.

Als sie den Blick von ihrer Rivalin abwandte, war es wie eine Entlassung. Zu ihrem Gemahl sagte sie: »Du hast einen Weg gefunden, Batiara an dich zu bringen. Wie klug von dir. Hast du das ganz allein geschafft?« Sie sah kurz zu Gisel hinüber, und wieder senkte die Königin der Antae den Blick auf den Marmorboden, nicht ängstlich oder verschüchtert, sondern um ihren Triumph noch ein wenig länger für sich zu behalten.

Leontes sagte: »Ich habe einen ruchlosen Mord aufgedeckt und will damit unter Jads Augen nicht leben.«

Styliane lachte.

Selbst in dieser Situation konnte sie noch lachen. Er sah sie an. Wie sollte ein Soldat, der die Welt so oft mit dem Maßstab des Mutes beurteilte, dieser Haltung seine Bewunderung versagen, was immer er auch sonst empfinden mochte?

»So«, sagte sie. »Damit willst du also nicht leben. Heißt das, du verzichtest auf den Thron? Verlässt den Hof? Trittst in einen geistlichen Orden ein? Setzt dich auf einen Felsen in den Bergen und lässt dir den Bart bis auf die Knie wachsen? Das hätte ich *nie* von dir gedacht! Jads Wege sind unerforschlich.«

»Das sind sie«, sagte Gisel, ihre ersten Worte. Sie veränderten die Stimmung sofort. »Das sind sie fürwahr.«

Wieder sah Styliane sie an, und diesmal hob Gisel die Augen und erwiderte den Blick. Es war nun doch zu schwierig geworden, den Triumph zu verbergen. Sie war vor dem Tod geflohen und ganz allein in diese Stadt gekommen, ohne Verbündete, denn die einzigen Menschen, die sie liebten, waren für sie gestorben. Und jetzt …

Der Mann sprach nicht. Er starrte die Aristokratin an, die ihm Valerius in Anerkennung seiner glänzenden Verdienste im Feld zur Gemahlin gegeben hatte. Er hatte sie in der Absicht rufen lassen, noch einmal das Tuch von dem Toten zu nehmen und sie zu zwingen, den grausig verstümmelten Körper zu betrachten, aber in diesen Moment sah er ein, dass solche Gesten keinerlei Bedeutung mehr hatten oder jedenfalls nicht die Bedeutung, die man erwarten konnte.

Er hatte Flavius Daleinus' Tochter ohnehin nie wirklich verstanden.

Er machte Gesius, der hinter ihr in der Tür stand, ein Zeichen. Seine Frau bemerkte es, sah ihn an und lächelte. Sie lächelte. Und dann wurde sie abgeführt. Im Morgengrauen wurden ihr von Männern, deren Beruf dies war, in einem unterirdischen Raum, aus dem kein Laut nach oben in die Welt dringen und sie beunruhigen konnte, die Augen ausgestochen.

In der gleichen Nacht wurde der Heiler Rustem von Kerakek zu später Stunde von Männern des Stadtpräfekten im Mondschein vom Blauen-Hof zu dem Haus nahe der Mauern begleitet, das er während seines Aufenthaltes bewohnen durfte. Fußsoldaten bevölkerten die Straßen, Berittene sprengten vorbei, Schenken und Kneipen waren verrammelt, an den Häuserfronten brannte kein Licht, die Kapellen waren dunkel, und die Bäckereien hatten die Glut ihrer Feuer mit Asche bedeckt. Wolken jagten über den Himmel, verdeckten die Sterne und gaben sie wieder frei.

Die Blauen hatten ihm ein Bett in ihrem Hof angeboten, doch man hatte Rustem vor langer Zeit gelehrt, dass ein Heiler möglichst nicht in der Nähe seiner Patienten schlafen sollte, um seine Würde nicht zu gefährden, die nötige Distanz zu wahren und sein Privatleben zu schützen. Und er pflegte an seinen Gewohnheiten festzuhalten, auch wenn er noch so müde war. (Er hatte noch drei weitere Verletzte behandelt, nachdem er die Rückenwunde des Jungen gesäubert und geschlossen hatte.) Also hatte er sich nach Osten gewandt und in einem stillen Gebet den Erfolg seiner Bemühungen in die Hände Peruns und der Göttin gelegt, um dann noch einmal um die längst versprochene Eskorte zu bitten. Wieder war man mit ihm zum Tor gegangen und hatte die Gardisten gerufen. Er hatte versprochen, am Vormittag wiederzukommen.

Die kleine Gruppe wurde nicht behelligt, obwohl die Soldaten auf den Straßen sehr erregt waren. Lautes Grölen schallte durch die Nacht, harte Fäuste hämmerten an die Türen der Häuser, und das Pflaster erdröhnte unter dem Trommeln der Hufe. Doch Rustem war zu erschöpft, um darauf zu achten. Inmitten seiner Eskorte setzte er mechanisch einen Fuß vor den anderen. Er sah kaum noch, wohin er trat, und benützte seinen Stock tatsächlich als Stütze, anstatt ihn nur zur Schau zu stellen.

Endlich standen sie vor seinem oder vielmehr Bonosus' kleinem Haus vor den Mauern. Einer der Gardisten klopfte, und die Tür wurde sofort geöffnet. Wahrscheinlich hat man die Soldaten schon erwartet, dachte Rustem. Die Suchtrupps. Der Hausverwalter stand mit besorgter Miene im Eingang, hinter ihm das Mädchen Elita. Erstaunlich, dass auch sie zu dieser Stunde noch wach war. Rustem trat mit dem linken Fuß zuerst über die Schwelle, murmelte ein paar Dankesworte an die Männer, die ihn hergebracht hatten, nickte dem Verwalter und dem Mädchen kurz zu und stieg die Treppe zu seinem Zimmer hinauf. Es schienen mehr Stufen als sonst zu sein. Er öffnete die Tür und trat mit dem linken Fuß zuerst in den Raum.

Am offenen Fenster saß Alixana von Sarantium und schaute in den Innenhof hinab.

KAPITEL VIII

Er wusste natürlich nicht, dass sie es war. Nicht, bevor sie ihn ansprach. Rustem, der sich vor Müdigkeit kaum auf den Beinen halten konnte, hatte nicht die leiseste Vorstellung, wer die unbekannte Frau in seinem Schlafgemach sein könnte. Im ersten Moment hatte er den vagen Verdacht, es könnte sich um eine von Bonosus' Bekanntschaften handeln. Aber hätte es dann nicht eher ein junger Mann sein müssen?

Dann glaubte er, sie doch schon einmal gesehen zu haben – war sie nicht eine der Patientinnen gewesen, die ihn gleich am ersten Morgen hier aufgesucht hatten? Aber das konnte nicht sein. Was hätte sie denn um diese Zeit in seinem Zimmer gewollt? Hatten diese Sarantiner denn gar kein Benehmen?

Dann stand sie auf und sagte: »Guten Abend, Heiler. Mein Name ist Aliana. Heute Morgen hieß ich noch Alixana.«

Rustems Beine gaben nach, er ließ sich mit dem Rücken gegen die Tür fallen und drückte sie zu. Das Entsetzen hatte ihm die Zunge gelähmt. Sie war abgerissen, schmutzig und völlig erschöpft, doch obwohl sie aussah wie eine Straßenbettlerin, kam er gar nicht auf den Gedanken, an ihren Worten zu zweifeln. Die Stimme, dachte er später. Es lag an der Stimme.

Sie fuhr fort: »Man sucht nach mir. Ich habe kein Recht, Euch in Gefahr zu bringen, aber ich tue es dennoch. Ich muss mich darauf verlassen, dass Ihr einer Frau, die – wenn auch nur kurz – Eure Patientin war, Euer Mitgefühl nicht verweigert. Und ich muss Euch sagen, dass ich ... dass ich sonst nirgendwo hingehen kann. Ich laufe schon die ganze Nacht vor den Soldaten davon. Ich war sogar in der Kanalisation, aber dort suchen sie jetzt auch.«

Rustem trat zu seinem Bett und setzte sich auf die Kante. Der Weg erschien ihm endlos weit. Dann fiel ihm ein, dass er in Gegenwart einer Kaiserin nicht sitzen durfte, er stand wieder auf und stützte sich mit einer Hand auf den Bettpfosten.

»Woher ... warum ... wieso *hier?*«

Sie lächelte ihn an. Doch in ihren Zügen war keine Spur von Erheiterung. Rustem war von Berufs wegen gewöhnt, sich Menschen sorgfältig anzusehen, und das tat er auch jetzt. Die Frau war am Ende aller Kräfte, sie hatte keine Reserven mehr. Er senkte den Blick. Sie trug keine Schuhe und blutete an einem Fuß; möglicherweise aus einer Bisswunde. Sie hatte die Kanalisation erwähnt. Das Haar war unregelmäßig abgeschnitten. Tarnung, dachte er. Sein Verstand nahm allmählich die Arbeit wieder auf. Auch ihr Gewand war dicht über den Knien abgetrennt. Die Augen lagen tief in den Höhlen und waren so schwarz, dass man glaubte, die Knochen dahinter sehen zu können.

Aber sie lächelte über sein unbeholfenes Gestammel. »Beim letzten Mal habt Ihr mir in sehr viel beredteren Worten erklärt, warum ich hoffen könnte, eines Tages ein Kind zu gebären. Warum ich hier bin? Aus Verzweiflung, ich gebe es zu. Elita ist eine von meinen Frauen, und ich kann ihr vertrauen. Ich hatte sie eigentlich auf Bonosus angesetzt. Es war natürlich recht nützlich zu wissen, dass der Senatsälteste so manches trieb, was lieber … nicht bekannt werden sollte.«

»Elita? Eine von …«

Jetzt war er in großen Nöten. Sie nickte. Sie hatte einen Schmutzfleck auf der Stirn und einen auf der Wange. Eine Gejagte. Ihr Gemahl war tot. Alle die Soldaten, die er heute beritten oder zu Fuß auf den Straßen gesehen hatte, alle die Männer, die an die Türen hämmerten, suchten nach ihr. Sie sagte: »Sie hat mir nur Gutes über Euch berichtet. Und natürlich ist mir auch bekannt, dass Ihr Euch geweigert habt, die Befehle aus Kabadh zu befolgen und die Antae-Königin zu töten.«

»*Was?* Ich … Ihr *wisst*, dass ich …?« Nun musste er sich doch setzen.

»Heiler, wir wären sehr pflichtvergessen gewesen, hätten wir über solche Dinge nicht Bescheid gewusst, meint Ihr nicht auch? In unserer eigenen Stadt? Der Händler, der Euch die betreffende Nachricht brachte … habt Ihr ihn noch einmal gesehen«?

Rustem schluckte hart und schüttelte den Kopf.

»Es war nicht allzu schwer, ihm alles zu entlocken. Von da an ließen wir Euch natürlich streng überwachen. Elita sagte, nachdem der Händler gegangen war, wärt Ihr sehr bedrückt gewesen. Die Vorstellung, einen Menschen zu töten, entspricht Euch nicht sehr?«

Sie hatten ihn die ganze Zeit beobachtet. Was mochte wohl aus dem Mann geworden sein, der ihm die Botschaft gebracht hatte? Er wollte nicht fragen.

»Einen Menschen töten? Natürlich nicht«, sagte Rustem. »Ich bin Heiler.«

»Wollt Ihr mich dann beschützen?«, fragte die Frau. »Sie werden schon bald hier sein.«

»Wie kann ich …?«

»Sie werden mich nicht erkennen. Das ist der Fehler in der Berechnung. Die meisten Männer, die man auf mich angesetzt hat, wissen nicht, wie die Kaiserin aussieht. Wenn niemand mich verrät, werden sie nur Frauen finden und zum Verhör mitnehmen, die sich nicht an dem Ort befinden, an den sie gehören. Sie werden mich nicht erkennen. Nicht so, wie ich jetzt bin.«

Wieder lächelte sie. Diese Trostlosigkeit. Dieser hohläugige Blick.

»Ihr seid Euch doch darüber im Klaren«, sagte die Frau am Fenster leise, »dass Styliane anordnen wird, mich in gewisse unterirdische Verliese zu werfen und mir zuerst die Augen auszustechen, die Zunge herauszuschneiden und die Nase aufzuschlitzen, um mich danach jedem Mann zu überlassen, der mich immer noch haben will. Anschließend werde ich bei lebendigem Leibe verbrannt. Es gibt … nichts Wichtigeres für sie.«

Rustem dachte an die aristokratische blonde Frau, die bei der Hochzeitsfeier, in die er an seinem ersten Tag hier hineingeraten war, neben dem Strategos gestanden hatte. »Ist sie jetzt Kaiserin?«, fragte er.

»Heute Nacht oder morgen«, sagte die Frau. »Aber irgendwann werde ich sie und ihren Bruder töten. Dann kann ich sterben, und der Gott mag über mein Leben und meine Taten richten, wie er will.«

Rustem sah sie lange an. Er erinnerte sich jetzt deutlicher, begann allmählich wieder logisch zu kombinieren und fand auch ein Stück seiner Gelassenheit wieder. Sie war tatsächlich an jenem ersten Morgen zu ihm gekommen, als er und das Gesinde noch dabei waren, die Behandlungsräume im Erdgeschoss einzurichten. Er hatte sie für eine einfache Frau gehalten und sich vorsichtshalber noch vergewissert, dass sie auch sein Honorar bezahlen konnte, bevor er sich bereit fand, sie zu untersuchen. Ihre Stimme … hatte anders geklungen. Natürlich.

Die Westländer hatten, genau wie sein eigenes Volk, nur begrenzt Einblick in die Zusammenhänge von Empfängnis und Geburt. Gewisse Dinge hatte Rustem erst in Ispahani erfahren: Seither wusste er, dass Kinderlosigkeit nicht immer auf die Frau zurückzuführen war, sondern manchmal auch auf den Mann. Im Westen wie in seinem eigenen Land wollten die Männer davon natürlich nichts hören.

Rustem hatte dennoch keine Hemmungen, dies den Frauen zu erklären, die zu ihm kamen. Was sie mit dem Wissen anfingen, war nicht sein Problem, dafür war er nicht verantwortlich.

Diese einfache Frau – die Kaiserin von Sarantium, wie sich jetzt herausstellte – war ein solcher Fall gewesen. Und sie hatte sich nicht überrascht gezeigt, als er nach seinen Fragen und seiner Untersuchung eine entsprechende Diagnose stellte.

Als Rustem nun genauer hinsah, war er aufs Neue erschüttert über die unerbittliche, die eiserne Härte, mit der sich die Frau beherrschte, während sie zugleich ganz nüchtern und sachlich von Mord und von ihrem eigenen Tod sprach. Sie stand kurz vor dem Zusammenbruch.

Laut fragte er: »Wer weiß, dass Ihr hier seid?«

»Elita. Ich bin über die Hofmauer geklettert und dann in dieses Zimmer eingestiegen. Sie fand mich, als sie heraufkam, um das Feuer zu schüren. Ich wusste natürlich, dass sie bei Euch schläft. Vergebt mir. Ich konnte nur hoffen, dass sie es wäre, die nach dem Feuer sah. Wäre eine andere Frau gekommen, dann säße ich bereits in Gefangenschaft. Auch jetzt genügt ein Schrei von Euch, und man wird mich sofort holen, versteht Ihr?«

»Ihr seid über die Mauer geklettert?«

Wieder dieses Lächeln, das kein Lächeln war. »Heiler, Ihr wollt gar nicht wissen, wo ich seit heute Morgen überall gewesen bin und was ich getrieben habe.«

Sie legte eine kleine Pause ein, dann sagte sie zum ersten Mal: »*Bitte!*«

Ein Wort, das keine Kaiserin je auszusprechen braucht, dachte Rustem. Doch unmittelbar zuvor hatten sie beide bis hier herauf gehört, wie jemand mit der Faust gegen die Eingangstür schlug. Rustem sah Fackeln im Garten vor dem Fenster und hörte Stimmen unten im Flur.

Ecodes von Soriyya, altgedienter Dekurio der Zweiten Amorianischen Infanterielegion und Berufssoldat, wusste sehr wohl, dass man im Haus eines Senators Ruhe zu bewahren hatte, auch in einer Nacht wie dieser, in der alles drunter und drüber ging, auch wenn man leichtsinnigerweise rasch zwei Becher getrunken hatte, nachdem man das Haus eines Landsmanns aus dem Süden durchsucht hatte. Und man hatte seine Männer im Zaum zu halten, auch wenn eine gewaltige Belohnung ausgesetzt war und sie bisher erfolglos waren und es eilig hatten.

Die zehn Männer arbeiteten rasch und sehr gründlich, aber sie belästigten das weibliche Gesinde nicht und sahen sich auch einigermaßen vor, um nichts zu zerbrechen, während sie Truhen und Schränke aufrissen und oben und unten alle Räume durchsuchten. Bei den ersten Haussuchungen, die sie durchführten, nachdem sie mitgeholfen hatten, das Parteiengesindel von den Straßen zu vertreiben, war einiges zu Bruch gegangen. Morgen früh würde es vermutlich Beschwerden geben, aber darüber zerbrach sich Ecodes nicht weiter den Kopf. Die Tribune der Zweiten Amorianischen waren im Großen und Ganzen gute Offiziere, die wussten, dass die Männer gelegentlich Dampf ablassen mussten. Außerdem nörgelten die verweichlichten Bürger immer an den ehrlichen Soldaten herum, die ihre Häuser und ihr Leben beschützten. Was bedeutete dagegen schon eine Vase oder eine Servierplatte? An welcher höheren Stelle wollte man sich beschweren, weil ein Soldat im

Vorbeigehen einer Dienerin an die Brust gefasst oder ihr die Tunika gelüftet hatte?

Andererseits gab es solche und andere Häuser, und für eine anstehende Beförderung wäre es nicht unbedingt günstig, einen richtigen Senator zu verärgern. Ecodes machte sich begründete Hoffnungen, insbesondere bei günstigem Kriegsverlauf bald zum Zenturio ernannt zu werden.

Falls es überhaupt einen Krieg gab. Es wurde viel geredet in dieser Nacht, wenn sich die Soldaten auf Sarantiums Straßen begegneten. Jede Armee hatte ihre Gerüchteküche, und neuerdings munkelte man, mit dem Zug nach Westen hätte es inzwischen keine Eile mehr. Der Krieg gegen Batiara war das wichtigste Projekt des letzten Kaisers gewesen, und der war heute ermordet worden. Zum neuen Kaiser war der eigene Feldherr, der viel geliebte Leontes, bestimmt worden, und wenn auch dessen Mut und Willensstärke nicht in Zweifel standen, konnte man sich doch vorstellen, dass ein neuer Mann auf dem Thron erst im eigenen Land einiges zu regeln hatte, bevor er seine Truppen über das Meer in einen Krieg schickte.

Ecodes war das im Grunde ganz recht, obwohl er es natürlich nie zugegeben hätte. Er hasste nämlich die Seefahrt und das Meer; die Angst davor saß ihm in den Knochen wie ein heidnischer Fluch. Die Vorstellung, Leib und Seele einer der trägen, plumpen Badewannen mit ihren betrunkenen Kapitänen und Mannschaften anzuvertrauen, die im Hafen herumlagen, schreckte ihn sehr viel mehr als jeder Angriff der Bassaniden oder der Wüstenstämme. Da zöge er noch lieber gegen die wutschäumenden Karcher, die er bei seinem bisher einzigen Einsatz im Norden erlebt hatte.

In einer Schlacht konnte man sich verteidigen oder notfalls den Rückzug antreten. Als erfahrener Soldat wusste man sein Leben zu schützen. Auf einem Schiff, das (was Jad verhüten mochte!) in einen Sturm geriet oder einfach nur steuerlos auf offener See dahintrieb, konnte man nichts weiter tun, als den Magen zu entleeren und zu beten. Und die Reise nach Batiara war weit. Sehr weit.

Nach Ansicht von Ecodes von Soriyya wäre es ganz und gar in Ordnung und ein Zeichen von Weisheit gewesen, wenn sich der Strategos – der ruhmreiche neue Kaiser – reichlich Zeit gelassen hätte, um über den Westen noch einmal nachzudenken, und seine Heere inzwischen in den Nordosten geschickt hätte (er hatte im Dunkeln läuten hören, die verdammten Bassaniden hätten den Frieden gebrochen und mit einer Streitmacht die Grenze überschritten).

Wie sollte man bei günstigem Kriegsverlauf zum Zenturio befördert werden, wenn man schon auf dem Weg in den Krieg ertrank?

Priscus meldete lapidar, Hof und Garten seien leer. Die Häuser wurden inzwischen mehr oder weniger systematisch durchsucht. Sie hatten genügend Übung gehabt in dieser Nacht. Die vorderen Räume im Erdgeschoss waren als Heilerpraxis eingerichtet, aber auch sie waren verlassen. Der Hausverwalter – ein hagerer Mensch, der sich vor Diensteifer fast überschlug – hatte auf Befehl alle drei Dienerinnen zusammengerufen und namentlich vorgestellt. Priscus ging mit vier Männern durch den Korridor nach hinten und kontrollierte die Räume des Gesindes und die Küche. Ecodes erkundigte sich so höflich, wie er nur konnte, nach den Bewohnern der oberen Räume. Bis heute Morgen hätten dort zwei Personen logiert, erklärte der Hausverwalter. Ein Patient und der bassanidische Arzt, der als Gast des Senators im Hause weile.

Ecodes unterließ es (aus Höflichkeit), bei der Erwähnung des Bassaniden auszuspucken.

»Was für ein Patient?«, fragte er.

»Keine Frau, ein Mann. Und wir haben Anweisung, darüber zu schweigen«, murmelte der Verwalter sanft. Dieser aalglatte Dreckskerl mit dem hochnäsigen Tonfall legte genau die Städtermanieren an den Tag, die Ecodes zutiefst verabscheute. Obwohl er nur ein Dienstbote war, trat er auf wie der Erbe von Olivenhainen und Weingärten.

»Steck dir deine Anweisungen sonstwo hin«, sagte Ecodes nicht unfreundlich. »Ich hab's heute ziemlich eilig. Wer war der Mann?«

Der Verwalter wurde blass. Eine der Frauen hielt sich die Hand vor den Mund. Ecodes hatte den leisen Verdacht, sie wolle ein Kichern verbergen. Musste wahrscheinlich mit dem fischblütigen Dreckskerl ins Bett gehen, um ihre Arbeitsstelle zu behalten. Wetten, dass sie nichts dagegen hätte, wenn er ein wenig ins Schwitzen käme?

»Kann ich davon ausgehen, dass das ein Befehl war?«, fragte der Verwalter. Was für ein Haufen Scheiße, dachte Ecodes. Jetzt will er sich absichern.

»Darauf kannst du sogar Gift nehmen. Und jetzt raus mit der Sprache.«

»Der Patient war Scortius von Soriyya«, sagte der Verwalter. »Rustem von Kerakek hatte ihn heimlich hier behandelt. Bis heute Morgen.«

»Heiliger Jad!«, keuchte Ecodes. »Du erzählst mir doch keine Märchen?«

Falls daran noch Zweifel bestanden haben sollten, wurden sie durch den empörten Gesichtsausdruck des Verwalters überzeugend widerlegt.

Ecodes fuhr sich unruhig mit der Zunge über die Lippen, während er diese Neuigkeit verarbeitete. Sie hatte zwar mit seinem Auftrag nichts zu tun, war aber hoch brisant! Scortius war zurzeit der berühmteste Soriyyaner weit und breit. Der Held jedes Jungen und jedes Mannes aus diesem Land am Rand der Wüste, Ecodes eingeschlossen. Viele Soldaten, die dienstfrei hatten, waren heute bei den Rennen gewesen. Daher wussten auch alle, die jetzt die Haussuchungen durchführten, wie der Spitzenmann der Blauen überraschend im Hippodrom aufgetaucht – und was dann geschehen war. Es gab Gerüchte, er würde seinen Verletzungen womöglich erliegen: Damit hätte das Reich an ein und demselben Tag seinen Kaiser und den größten Wagenlenker verloren.

Wie würde das auf alle abergläubischen Gemüter in einem Heer wirken, das an der Schwelle zu einem großen Rückeroberungskrieg stand?

Und Ecodes stand nun ausgerechnet in dem Haus, wo Scortius heimlich von einem Bassaniden behandelt worden war und sich von seinen Verletzungen erholt hatte! Das war vielleicht eine Geschichte! Er konnte es kaum erwarten, damit in die Kaserne zurückzukehren.

Doch zunächst nickte er nur würdevoll mit dem Kopf und machte ein ernstes Gesicht. »Durchaus verständlich, dass man dies geheim halten wollte. Keine Sorge – von uns erfährt niemand ein Wort. Sonst noch jemand im Haus?«

»Nur der Heiler selbst.«

»Der Bassanide? Und der ist im Moment …«

»Oben. In seinem Zimmer.«

Priscus kam durch den Gang zurück. Ecodes sah ihn an. »Den Raum nehme ich mir selbst vor. Ich möchte hier keinen Ärger haben.« Ein fragender Blick zum Verwalter.

»Die Treppe hinauf und dann die erste Tür links.« Der Mann konnte auch hilfsbereit sein, wenn man ihm erst die Spielregeln erklärt hatte.

Ecodes ging nach oben. Scortius war hier gewesen! Und der Arzt, der ihm das Leben gerettet hatte …

Er klopfte energisch an die erste Tür, wartete aber nicht ab, bis man ihn zum Eintreten aufforderte. Dies war immerhin eine Haussuchung. Der Mann mochte eine gute Tat getan haben, aber er war und blieb ein geiles Bassanidenschwein.

Eine treffende Beschreibung.

Die nackte Frau, die auf dem Mann im Bett ritt, drehte sich um, als Ecodes die Tür öffnete, schrie erschrocken auf und ließ dann einen Schwall von wüsten Beschimpfungen vom Stapel. Ecodes bekam nur ungefähr mit, was sie ihm an den Kopf warf: Sie sprach Bassanidisch.

Nun stieg sie aus dem Bett, wandte sich wieder der Tür zu und bedeckte ihre Blöße hastig mit einem Laken. Der Mann setzte sich auf. Er schien sehr empört – was unter diesen Umständen nicht ganz unverständlich war.

»Wie könnt Ihr es *wagen!*«, zischte er mit gedämpfter Stimme. »Weiß man in Sarantium nicht, was Anstand ist?«

Ecodes war tatsächlich ein wenig verlegen. Die Hure aus dem Osten – ein paar von der Sorte gab es immer in der Stadt, sie kamen aus der ganzen Welt – zeterte und fluchte, als hätte sie noch nie einem Soldaten ihre nackte Kehrseite gezeigt. Jetzt stellte sie auf Sarantinisch, mit starkem Akzent, aber durchaus verständlich, eine Reihe von gehässigen Betrachtungen über Ecodes' Mutter, gewisse Gassen hinter gewissen Kneipen und Ecodes' Herkunft an, die an Deutlichkeit nichts zu wünschen übrig ließen.

»*Halt den Mund!*« Der Heiler gab ihr eine schallende Ohrfeige. Sie wimmerte leise und verstummte. Frauen brauchen das manchmal, dachte Ecodes beifällig ... Das war wohl in Bassania nicht anders als irgendwo sonst auf der Welt. Warum sollte es auch?

»Was wollt Ihr hier?« Der graubärtige Arzt rang um einen Rest von Würde. Ecodes musste innerlich lachen: Es war nicht so einfach, Würde zu bewahren, wenn man dabei überrascht wurde, wie eine Hure auf einem herumturnte. Bassaniden. Nicht einmal Manns genug, um die Frauen unten zu halten, wo sie hingehörten.

»Ecodes, Zweite Amorianische Infanterie. Wir haben Befehl, alle Häuser in der Stadt zu durchsuchen. Wir fahnden nach einer flüchtigen Frau.«

»Weil keiner von euch eine Frau *kriegen* kann! Weil sie euch alle *davonlaufen!*«, kicherte die Hure neben dem Arzt und riss vor Bewunderung über ihren eigenen Witz den Mund weit auf.

Der Bassanide ließ sich nicht aus der Ruhe bringen. »Ich habe davon gehört«, sagte er. »Als ich im Blauen-Hof einen Patienten behandelte.«

»Scortius?« Ecodes konnte sich die Frage nicht verkneifen.

Der Arzt zögerte. Dann zuckte er die Achseln. *Nicht mein Problem.* »Unter anderen. Die Soldaten waren heute nicht gerade zimperlich.«

»Befehl ist Befehl«, sagte Ecodes. »Die Unruhen mussten niedergeschlagen werden. Wie geht es … dem Wagenlenker?« Das war wirklich ein Knüller.

Wieder zögerte der Arzt, wieder zuckte er die Achseln. »Die Rippen sind noch einmal gebrochen, die Wunde ist aufgerissen, starker Blutverlust, möglicherweise ein Lungenflügel zusammengefallen. Morgen früh weiß ich mehr.«

Die Hure starrte Ecodes immer noch wütend an, aber wenigstens hielt sie im Moment ihr Schandmaul. Soweit er hatte sehen können, hatte sie einen schönen, vollen Körper, aber das Haar war ungepflegt und verfilzt, die Stimme war entsetzlich schrill, und besonders sauber sah sie auch nicht aus. Als Soldat hatte man genug mit Dreck und mit Flüchen zu tun, fand Ecodes von Soriyya, wenn man zu einem Mädchen ging, suchte man … etwas anderes.

»Diese Frau ist …?«

Der Arzt räusperte sich. »Äh, ja, Ihr müsst verstehen, meine Familie ist sehr weit weg. Und als Mann hat man selbst in meinem Alter ...«

Ecodes grinste ein wenig. »Ich werde nicht nach Bassania reisen, um Euch bei Eurer Frau zu verpetzen, wenn Ihr das meint. Allerdings hättet Ihr hier in Sarantium etwas Besseres finden können, oder steht Ihr darauf, in Eurer eigenen Sprache mit Schmutz beworfen zu werden?«

»Fick dich doch selbst, Soldat«, fauchte die Frau in ihrem harten Akzent. »Sonst tut's wahrscheinlich auch keine.«

»Benimm dich!«, mahnte Ecodes. »Wir befinden uns immerhin im Haus eines Senators.«

»Ganz richtig«, sagte der Arzt. »Und gutes Benehmen ist im Augenblick Mangelware. Könntet Ihr freundlicherweise Euren Auftrag ausführen und Euch dann entfernen? Ich finde dieses Gespräch weder angemessen noch sonderlich unterhaltsam, wenn ich ehrlich sein soll.«

Das kann ich mir denken, du Bassanidenschwein, dachte Ecodes.

Laut sagte er: »Ich verstehe, Heiler. Aber Befehl ist Befehl, das seht Ihr doch sicher ein.« Er durfte seine Beförderung nicht in Gefahr bringen. Wenn das Schwein hier wohnte und Scortius behandelte, musste er ein wichtiger Mann sein.

Ecodes sah sich um. Ein Zimmer, wie es für dieses Viertel typisch war. Der beste Raum im Haus, mit Blick auf den Garten. Er trat ans Fenster. Der Innenhof war dunkel. Da unten hatten sie schon gesucht. Er kehrte zur Tür zurück, schaute noch einmal zum Bett hinüber. Das Pärchen saß schweigend Seite an Seite und schaute ihn an. Die Frau hatte das Laken weit hochgezogen, aber ihre Brüste nicht ganz bedeckt. Jetzt zwinkerte sie ihm zu, kokettierte mit ihm, obwohl sie ihn eben noch beschimpft hatte. Huren.

Eigentlich müsste man unter das Bett sehen – ein offensichtliches Versteck. Aber ein Dekurio (und künftiger Zenturio?) sollte auch seinen Verstand gebrauchen und keine Zeit verschwenden. Sie hatten vor Tagesanbruch noch viele Häuser zu durchsuchen. Die Befehle waren eindeutig gewesen: Man wollte, dass die Frau gefunden wurde, bevor die Zeremonie im Hippodrom stattfand. Ecodes war der festen Überzeugung, dass die Frau, die heute Morgen noch Kaiserin von Sarantium gewesen war, nicht unter dem Bett lag, auf dem die beiden Bassaniden ihre Spiele trieben.

»Zurück ans Werk, Heiler«, sagte er und grinste gönnerhaft. »Weitermachen.« Damit ging er hinaus und schloss die Tür hinter sich. Priscus kam ihm mit zweien der Männer auf dem Flur entgegen. Ecodes sah ihn an; er schüttelte den Kopf.

»Ein Raum war bewohnt, aber jetzt nicht mehr. Sah aus wie ein Krankenzimmer.«

»Gehen wir«, sagte Ecodes. »Das erzähle ich dir draußen. Verdammt, du wirst es nicht glauben.«

Die bassanidische Hure hat ein dreckiges Mundwerk, aber ein schönes rundes Hinterteil, dachte er, als er vor Priscus die Treppe hinunterstieg. Der überraschende Anblick, der sich ihm bot, als er die Tür öffnete, hatte ihn in Erregung versetzt. Ob wohl Aussicht bestand, in dieser Nacht selbst noch an ein Mädchen zu kommen? Wahrscheinlich nicht. Anständige Soldaten mussten ihren Dienst verrichten.

Er wartete im Vorraum neben der Eingangstür, bis seine Männer hinausgegangen waren, dann nickte er dem Verwalter zu. Immer höflich bleiben. Er bedankte sich sogar. Das Haus gehörte einem Senator. Und er hatte zuvor beim Eintreten seinen Namen genannt.

Im letzten Augenblick fiel ihm noch etwas ein. »Ach ja«, fragte er, »wann ist die bassanidische Hure da oben eigentlich gekommen?«

Der Verwalter war aufrichtig schockiert. »Das ist eine Unverschämtheit! Was habt Ihr nur eine schmutzige Phantasie! Der Bassanide ist ein bekannter Heiler und ein … ein geschätzter Gast des Senators!«, rief er. »Behaltet Eure unflätigen Verdächtigungen für Euch!«

Ecodes blinzelte, dann lachte er laut auf. So war das also. Welch ein Seelchen! Das war recht aufschlussreich gewesen. Ein Knabenfreund! Er nahm sich vor, sich etwas genauer nach diesem Senator Bonosus zu erkundigen. Gerade, als er eine Erklärung abgeben wollte, sah er, wie ihm die Frau hinter dem Verwalter zuzwinkerte und lächelnd den Finger an die Lippen legte.

Ecodes grinste. Ein hübsches Ding war das. Und der ach so sittenstrenge Verwalter hatte offensichtlich keine Ahnung, was in diesem Haus vorging.

»Schön«, sagte er und sah die Frau vielsagend an. Vielleicht konnte er später noch einmal wiederkommen. Unwahrscheinlich, aber man wusste ja nie. Der Verwalter warf einen Blick über die Schulter auf das Mädchen, aber das sah sofort ganz unschuldig drein und faltete demütig die Hände. Ecodes grinste wieder. Frauen. Die geborenen Betrügerinnen, eine wie die andere. Aber die Kleine hier war eher nach Ecodes' Geschmack, sie war reinlich und machte etwas her, ganz anders als die Hexe aus dem Osten da oben.

»Schon gut«, sagte er zum Verwalter. »Weitermachen.«

Diese Nacht raste vorbei wie die Wagen im Hippodrom. Bis Sonnenaufgang sollten sie die Frau gefunden haben. Man hatte eine außergewöhnlich hohe Belohnung ausgesetzt. Selbst wann man sie durch zehn teilte (wobei der Dekurio natürlich einen doppelten Anteil bekäme), könnte sich der ganze Trupp nach Ende seiner Dienstzeit zur Ruhe setzen und ein Leben in Saus und Braus führen. Mit eigenen, reinlichen Dienstmädchen oder Ehefrauen – vielleicht sogar mit beidem.

Aber wenn sie hier noch lange herumtrödelten, bestand dafür wenig Hoffnung. Seine Männer warteten schon ungeduldig auf der Straße. Ecodes drehte sich um und stieg die Stufen hinunter.

»Schön, Jungs. Nächstes Haus«, sagte er energisch. Hinter ihm schloss der Verwalter vernehmlich die Tür.

Es war ihm sehr peinlich, aber als sie sich auf ihn setzte, um eine Liebesszene vorzutäuschen, bekam er unter dem Laken tatsächlich eine Erektion. Sie hatte nicht zugelassen, dass er die Tür absperrte, und hinterher hatte er auch verstanden, warum: Das Zimmer wäre auf jeden Fall durchsucht worden, und sie legten es schließlich darauf an, in flagranti erwischt zu werden und sich über das Eindringen der Soldaten empören zu können. Ihre Stimme, dieses tiefe Knurren, das in ein näselndes Winseln umschlug, sobald sie in Rustems eigene Sprache wechselte und einen ganzen Schwall von unerhört vulgären Ausdrücken hervorstieß, hatte ihn kaum weniger erschreckt als den kleinen Soldaten, der völlig verwirrt in der Tür stand. Rustem wusste nur zu gut, dass es jetzt um sein Leben ging, und so fiel es ihm nicht schwer, den Entrüsteten zu spielen.

Dann war Alixana aus dem Bett gestiegen und hatte das Laken mitgenommen. Als sie eine neue Salve von Beschimpfungen auf den Soldaten abfeuerte, war Rustem so erschrocken, dass er sie ins Gesicht geschlagen hatte. Er war über sich selbst entsetzt.

Nun fiel die Tür ins Schloss. Nachdem er eine Ewigkeit gewartet hatte, hörte er endlich Stimmen, dann schwere Schritte auf der knarrenden Treppe. Schließlich sagte er leise: »Es tut mir Leid. Die Ohrfeige. Ich …«

Sie lag neben ihm und sah ihn nicht einmal an. »Nein. Das war eine gute Idee.«

Er räusperte sich. »Wenn es … echt gewesen wäre, schlösse ich jetzt die Tür ab.«

»Mir ist es echt genug«, flüsterte sie.

Alle Spannung war von ihr gewichen. Er war sich bewusst, dass sie nackt neben ihm lag, aber sein Begehren war erloschen. Jetzt spürte er nur noch eine tiefe Scham und eine Empfindung, die erstaunlich viel Ähnlichkeit mit Trauer hatte. Er stand auf und schlüpfte rasch ohne Unterwäsche in eine Tunika. Dann ging er zur Tür und schloss ab. Als er sich umdrehte, saß sie aufrecht im Bett und hatte sich das Laken ganz um den Körper gewickelt.

Rustem trieb orientierungslos auf offener See. Nach kurzem Zögern trat er zum Feuer und setzte sich davor auf eine kleine Bank. Er schaute in die Flammen und legte Holz nach, um irgendetwas zu tun zu haben. Endlich fragte er, ohne sie anzusehen: »Wann habt Ihr Bassanidisch gelernt?«

»War ich gut?«

Er nickte. »Ich könnte nicht so fluchen.«

»Natürlich könntet Ihr das.« Das klang kraftlos, gleichgültig. »Einiges habe ich aufgeschnappt, als ich noch jung war, vor allem die Schimpfwörter. Später lernte ich mehr, um mit den Gesandten verhandeln zu können. Männer fühlen sich geschmeichelt, wenn eine Frau in ihrer eigenen Sprache mit ihnen spricht.«

»Und die … die Stimme?« Sie hatte sich angehört wie eine verkommene Schlampe aus einer Hafenkneipe.

»Ich war früher Schauspielerin, wisst Ihr nicht mehr? Manche behaupten, das sei auch nichts anderes als eine Hure. Habe ich Euch überzeugt?«

Diesmal sah er sie an. Sie starrte mit leerem Blick auf die Tür, durch die der Soldat verschwunden war.

Rustem schwieg. Die Nacht war nicht nur dunkel, sondern so tief wie ein steinerner Brunnen. Er hatte einen endlos langen Tag hinter sich. Alles hatte damit begonnen, dass sein Patient verschwunden war und er Lust verspürt hatte, die Rennen im Hippodrom zu besuchen.

Für sie hatte es anders angefangen.

Er sah die viel zu reglose Gestalt in seinem Bett aufmerksam an und schüttelte den Kopf. Als Heiler kannte er diesen Gesichtsausdruck. »Hoheit«, sagte er, »vergebt mir, aber Ihr müsst weinen. Ihr müsst es zulassen. Ich spreche … als Fachmann.«

Sie bewegte sich nicht. »Noch nicht«, sagte sie. »Noch kann ich nicht.«

»Ihr könnt sehr wohl«, sagte Rustem eindringlich. »Der Mann, den Ihr geliebt habt, ist tot. Ermordet. Er ist nicht mehr da. Ihr könnt um ihn weinen, Hoheit.«

Endlich wandte sie sich ihm zu. Der Feuerschein hob ihre makellosen Wangenknochen hervor und warf Schatten über das kurz geschnittene Haar und die Schmutzflecken, konnte aber die Schwärze dieser Augen nicht aufhellen. Rustem spürte plötzlich das Bedürfnis – solche Gefühle waren bei ihm so selten wie Regen in der Wüste –, zum Bett zu gehen und sie in die Arme zu nehmen. Er widerstand.

Stattdessen murmelte er: »Wir sagen, wenn Anahita um ihre Kinder weint, kommt das Mitleid in diese Welt, in die Reiche des Lichts und der Finsternis.«

»Ich habe keine Kinder.«

Eine kluge Frau. Sie beherrschte sich eisern. »Ihr *seid* ihr Kind«, sagte er.

»Ich will kein Mitleid.«

»Dann gestattet Euch zu trauern, sonst müsste ich die Frau bemitleiden, die dazu nicht fähig ist.«

Wieder schüttelte sie den Kopf. »Ich bin keine gute Patientin, Heiler. Es tut mir Leid. Ihr habt eben so viel für mich getan, dass ich Euch gehorchen sollte. Aber ich kann noch nicht. Noch … nicht. Vielleicht wenn … alles andere getan ist.«

»Wohin wollt Ihr?«, fragte er nach einer kurzen Pause.

Ein rasches, mechanisches Lächeln, das nichts bedeutete, ein Relikt aus einer Welt geistreicher Wortgefechte. »Jetzt habt Ihr mich gekränkt«, sagte sie. »Seid Ihr Eurer Bettgespielin denn schon überdrüssig?«

Er schüttelte den Kopf und sah sie nur schweigend an. Dann wandte er sich langsam wieder dem Feuer zu und widmete sich den uralten Verrichtungen, die zu jeder Feuerstelle gehörten und von jeher, vielleicht sogar in diesem Moment irgendwo auf der Welt ausgeübt wurden. Er ließ sich viel Zeit.

Und nach einer Weile hörte er hinter sich einmal, zweimal ein hartes, heiseres Würgen. Es kostete ihn viel Überwindung, aber er starrte weiter in die Flammen und schaute nicht hinüber zu dem Bett, wo die Kaiserin von Sarantium im Dunkeln mit abgerissenen Lauten, wie er sie noch nie gehört hatte, ihrem Schmerz freien Lauf ließ.

Es dauerte lange. Rustem wandte kein einziges Mal den Blick vom Feuer, er wollte ihr wenigstens in so weit die Illusion von Ungestörtheit lassen, wie sie sich vorher den Anschein gegeben hatten, ein Liebespaar zu sein. Endlich, er legte gerade noch ein Holzscheit in die Flammen, hörte er sie flüstern: »Warum geht es mir jetzt besser, Heiler? Könnt Ihr mir das erklären?«

Er drehte sich um. Im Feuerschein glänzten Tränen auf ihrem Gesicht. »Hoheit«, sagte er, »wir sind sterblich. Kinder der Götter und Göttinnen, die wir verehren, selbst aber sterblich. Unsere Seele muss sich beugen, um nicht zu zerbrechen.«

Sie wandte den Blick ab, starrte ins Nichts. Schwieg eine Weile und sagte dann: »Und sogar Anahita weint? Weil es in den Reichen sonst kein Mitleid gäbe?«

Er nickte, tief gerührt, sprachlos. Eine solche Frau war ihm noch nie begegnet.

Sie wischte sich wie ein Kind mit beiden Händen die Tränen aus den Augen. Sah ihn wieder an. »Wenn das wahr ist, dann habt Ihr mir heute schon zum zweiten Mal das Leben gerettet, nicht wahr?«

Darauf wusste er nichts zu erwidern.

»Ihr wisst, wie hoch die Belohnung ist, die man auf mich ausgesetzt hat?«

Er nickte. Seit dem späten Nachmittag waren die Herolde unterwegs, um die Nachricht zu verkünden. Den Blauen-Hof hatte sie kurz vor Sonnenuntergang erreicht. Er hatte davon gehört, als er die Verwundeten behandelte.

»Ihr braucht nur die Tür zu öffnen und zu rufen«, sagte sie.

Rustem suchte nach einer Antwort. Er sah sie an und strich sich den Bart. »So überdrüssig bin ich Eurer Anwesenheit nun doch noch nicht«, sagte er und erzielte damit ein Lächeln, das sogar für einen Moment die schwarzen Augen erreichte.

Sie sagte nur: »Ich danke Euch. Ich habe bei Euch mehr gefunden, als ich mir erhoffen durfte.«

Aufs Neue verlegen, schüttelte er den Kopf.

Ihre Stimme wurde kräftiger. »Aber etwas von alledem müsst Ihr nach Kabadh melden. Irgendetwas müsst ihr liefern.«

Er starrte sie an. »Inwiefern liefern …?«

»Man hat Euch nicht ohne Grund in diese Stadt geschickt, Heiler.«

»Ich weiß nicht … ich kam hierher, um …«

»… vor Eurer Versetzung an den Hof etwas von der Medizin des Westens zu erlernen. Ich weiß. Die Heilergilde hatte einen Bericht eingereicht, und ich hatte ihn mir angesehen. Aber Shirvan spannt stets mehr als nur eine Sehne an seinen Bogen, und Ihr bildet da keine Ausnahme. Natürlich hat er Euch außerdem befohlen, die Augen offen zu halten, und man wird Euch danach beurteilen, wie viel Ihr gesehen habt. Wenn Ihr mit leeren Händen an den Hof geht, spielt Ihr Euren Feinden die Waffen zu, und diese Feinde liegen längst auf der Lauer. An einem Königshof bereits verhasst zu sein, bevor man eintrifft, ist nicht so schwer, wie Ihr vielleicht denkt.«

Rustem faltete die Hände. »Von solchen Dingen verstehe ich nicht viel, Hoheit.«

Sie nickte. »Das glaube ich Euch.« Sie sah ihn an, schien zu einer Entscheidung zu kommen und murmelte: »Hat man Euch gesagt, dass Bassania den Frieden gebrochen und im Norden die Grenze überschritten hat?«

Das wusste er noch nicht. Wer hätte es ihm auch mitteilen sollen? Er war doch nur ein Fremder unter den Westländern. Ein Feind. Rustem schluckte. Ein kalter Schauer überlief ihn. Wenn es zum Krieg kam, und er war immer noch hier …

Sie sah ihn an. »Die Gerüchte gingen den ganzen Nachmittag über in der Stadt um, und ich bin zufällig ganz sicher, dass sie der Wahrheit entsprechen.«

»Warum?«, flüsterte er.

»Warum ich sicher bin?«

Er nickte.

»Weil Petrus wollte, dass Shirvan so handelt, weil er ihn dazu manipulierte.«

»W-wieso?«

Wieder veränderte sich das Gesicht der Frau. Doch auf ihren Wangen glänzten noch die Tränen. »Weil *er* an seinem Bogen nie weniger als drei oder vier Sehnen hatte. Er wollte Batiara erobern, aber zugleich wollte er Leontes lehren, wie man an Grenzen stößt und sogar mit Niederlagen fertig wird, und wenn er das Heer teilen musste, um sich gegen Bassania zu verteidigen, wäre das ein Weg dahin gewesen. Außerdem konnte man sich auf diese Weise natürlich die Zahlungen an den Osten sparen.«

»Er wollte im Westen *verlieren?*«

»Natürlich nicht.« Wieder dieses schwache, kaum merkliche, erinnerungsselige Lächeln. »Aber man kann an mehreren Fronten zugleich siegen, und *wie* man triumphiert, spielt manchmal eine große Rolle.«

Rustem schüttelte langsam den Kopf. »Und wie viele Menschen wollte man für diese Siege opfern? Welche Eitelkeit! Wie können wir uns anmaßen, zu handeln wie ein Gott? Wir sind keine Götter. Die Zeit rafft uns alle dahin.«

»Der Herr aller Herrscher?« Sie sah ihn an. »Das ist wohl wahr, aber gibt es nicht Möglichkeiten, im Gedächtnis der Menschen weiterzuleben, Heiler, ein Zeichen zu setzen, das nicht in Wasser geschrieben, sondern in Stein gehauen ist? Ein Zeichen dafür, dass man einst ... hier war?«

»Für die meisten von uns nicht, Hoheit.« Noch während er das sagte, fiel ihm der Koch im Blauen-Hof ein: *Der Junge war mein Vermächtnis.* Ein Aufschrei aus tiefster Seele.

Ihre Hände, ihr Körper waren unter den Laken verborgen. Sie war selbst immer noch wie versteinert. »Ich will Euch zugestehen«, sagte sie, »dass Ihr soeben eine halbe Wahrheit ausgesprochen habt. Aber weiter gehe ich nicht ... Habt Ihr keine Kinder, Heiler?«

Er war merkwürdig berührt. Der Koch hatte ihm die gleiche Frage gestellt. Zum zweiten Mal in dieser Nacht ging es darum, was ein Mensch hinterlassen konnte. Rustem machte zum Feuer hin ein Zeichen zur Abwehr des Bösen. Das Gespräch hatte eine unerwartete Wendung genommen, aber er spürte, dass diese Fragen zum Kern des Geschehens an diesem Tag und in dieser Nacht vorstießen. Er sagte langsam: »Aber wer durch andere im Gedächtnis bleiben will, und seien es auch die eigenen Erben, läuft der nicht auch Gefahr ... in falschem Licht gesehen zu werden? Welches Kind kennt schon seinen Vater? Wer hat zu bestimmen, *wie* die Geschichte uns bewahrt oder ob sie es tut?«

Sie lächelte ein wenig, als habe ihr die scharfsinnige Argumentation gefallen. »Das ist wahr. Vielleicht sind die Chronisten, die Maler, Bildhauer, Historiker, vielleicht sind *sie* die wahren Herren aller Herrscher, die Herren über uns alle. Der Gedanke hat etwas für sich.«

Das Lob wärmte Rustem das Herz, doch es vermittelte ihm auch einen schwachen Eindruck, wie diese Frau gewesen sein mochte, als sie noch mit Edelsteinen geschmückt auf ihrem Thron saß und die Höflinge um ein anerkennendes Wort aus diesem Munde wetteiferten.

Beschämt senkte er abermals den Blick.

Als er aufschaute, war sie völlig verändert. Das kurze Intermezzo war vorüber. »Ihr wisst doch«, sagte sie, »dass Ihr von jetzt an sehr vorsichtig sein müsst! Wenn sich die Nachricht von dem Überfall im Norden herumspricht, werden alle Bassaniden in dieser Stadt einen schweren Stand haben. Haltet Euch an Bonosus. Er wird seinen Gast zu schützen wissen. Aber Ihr solltet Euch noch über etwas anderes im Klaren sein: Auch wenn Ihr in den Osten nach Kabadh zurückkehrt, könnte Euch der Tod erwarten.«

Rustem sah sie mit offenem Munde an. »Wieso?«

»Ihr habt einen Befehl verweigert.«

Er blinzelte. »Wie? Die … die Antae-Königin? Man kann doch nicht erwarten, dass ich so schnell, so mir nichts, dir nichts eine Königin ermorde.«

Sie schüttelte den Kopf – unerbittlich. »Nein, aber man könnte erwarten, dass Ihr inzwischen einen Versuch unternommen und mit dem Leben bezahlt hättet, Heiler. Ihr hattet Eure Anweisungen.«

Er schwieg. Eine Nacht, so tief wie ein Brunnen. Wie kletterte man jemals wieder heraus? Ihre Stimme verriet, dass sie unendlich versiert war im Spiel der Macht und der höfischen Gepflogenheiten.

»Der Brief enthielt eine Botschaft, er war ein eindeutiges Signal dafür, dass Rustem der Heiler in Kabadh dem König der Könige weniger wichtig war als Rustem der Meuchelmörder hier in Sarantium – ob mit oder ohne Erfolg.« Sie hielt inne. »Hattet Ihr das denn nicht selbst bedacht?«

Das hatte er nicht. Darauf wäre er nie gekommen. Er war ein Heiler aus einem Dorf am Rand der südlichen Wüste, über das die Sandstürme hinfegten. Er konnte Krankheiten heilen und Kinder zur Welt bringen, Wunden verbinden, den Star stechen und Durchfälle behandeln. Stumm schüttelte er den Kopf.

Alixana von Sarantium saß nackt, in ein Laken gewickelt wie in ein Leichentuch, in seinem Bett und murmelte: »Dann habe ich Euch einen kleinen Gegendienst erwiesen. Jetzt habt Ihr Stoff zum Nachdenken, wenn ich fort bin.«

Fort aus diesem Raum? Sie meinte mehr als das. Er hatte die Nacht mit einem Brunnenschacht verglichen, doch ihr Brunnen war noch viel tiefer. In diesem Augenblick entdeckte Rustem von Kerakek einen Mut, eine Kraft in sich, von denen er bisher nichts geahnt hatte (später dachte er, sie seien erst unter Druck aus ihm herausgepresst worden), und er murmelte bitter: »Heute Nacht habe ich doch recht gut auf mich aufgepasst, nicht wahr?«

Wieder dieses Lächeln. Er würde es nie vergessen.

Jemand klopfte leise an die Tür. Viermal schnell, zweimal langsam. Rustem stand rasch auf, sein Blick huschte durch den Raum. Es gab wirklich nirgendwo ein Versteck für sie.

Doch Alixana sagte: »Das wird Elita sein. Es ist alles gut. Man erwartet doch, dass sie hierher kommt. Ich denke, sie schläft mit Euch, nicht wahr? Ob sie wohl sehr verstört sein wird, wenn sie mich so sieht?«

Er ging zur Tür und öffnete. Elita trat hastig ein. Schloss die Tür hinter sich. Warf einen raschen, ängstlichen Blick auf das Bett. Sah, dass Alixana da war, fiel vor Rustem auf die Knie, nahm seine Hand in ihre beiden Hände und küsste sie. Wandte sich dann, ohne sich zu erheben, dem Bett und der ungepflegten, schmutzigen Frau mit dem kurzen Haar zu, die dort saß.

»O Hoheit«, flüsterte sie, »was sollen wir tun?«

Sie zog einen Dolch aus ihrem Gürtel, legte ihn auf den Boden und brach in Tränen aus.

Sie war lange Zeit eine der engsten Vertrauten der Kaiserin Alixana gewesen. War auf diese Stellung so unbändig stolz, dass es in den Augen Jads und seiner Priester sicher schon verwerflich war. Für Sterbliche, besonders für Frauen, war Hochmut eine schwere Sünde.

Aber sie kam nicht dagegen an.

Alle außer ihr waren schon zur Ruhe gegangen. Sie hatte sich erboten, unten das Feuer zu schüren und die Lampen zu löschen, bevor sie nach oben ins Zimmer des Heilers ging. Eine Weile hatte sie allein im Dunkeln im vorderen Raum gesessen und durch das hohe Fenster den weißen Mond betrachtet. Ringsum verstummten allmählich die Schritte, die anderen legten sich schlafen. Doch sie rührte sich nicht von der Stelle. Sie war unruhig. Sie musste warten, aber sie durfte auch nicht zu lange warten. Endlich war sie durch den Gang geschlichen und hatte lautlos die Tür zu einem der Schlafzimmer geöffnet.

Sie hatte sich eine – nicht sonderlich gute – Ausrede ausgedacht, falls er noch wach sein sollte.

Der Mann, der im Auftrag von Plautus Bonosus dieses Haus verwaltete, war tüchtig, aber nicht besonders klug. Doch bevor die Soldaten gingen, war es zu einem Missverständnis gekommen. Es hätte komisch sein können, aber dafür stand in dieser verzweifelten Situation zu viel auf dem Spiel. Wenn der Verwalter die Teile des Gesprächs neu zusammensetzte, konnte dies zu einer Katastrophe führen.

Man hatte eine Belohnung in immenser Höhe ausgesetzt, die Herolde hatten es den ganzen Tag lang überall in der Stadt verkündet. Wenn nun der Verwalter mitten in der Nacht aufwachte und eine blitzartige Erleuchtung hatte? Wenn ihm im Traum ein Dämon, ein Geist erschien? Wenn er im Schein der untergehenden Monde erkannte, dass der Soldat an der Tür nicht den graubärtigen Arzt als Hure bezeichnet hatte, sondern von einer Frau im oberen Stockwerk gesprochen hatte? Von einer Frau. Der Verwalter könnte, von Zweifeln geplagt, von Wissensdrang und Habgier gekitzelt, im Dunkeln erwachen, an seinem Feuer eine Lampe entzünden, durch den Flur schleichen und die Haustür öffnen. Könnte nach einem Gardisten der Stadtpräfektur rufen oder nach einem Soldaten. Es war ein Risiko. Ein großes Risiko.

Sie war, selbst so lautlos wie ein Gespenst, in sein Zimmer geschlichen und hatte auf ihn niedergeschaut. Er lag schlafend auf dem Rücken. Sie gab sich alle Mühe, ihr Herz zu verhärten.

Aus Loyalität, richtig verstandener Loyalität, musste manchmal auch ein Menschenleben geopfert werden. Die Kaiserin (denn das würde sie für Elita immer bleiben) war noch im Haus. In einer solchen Nacht ging man kein Risiko ein. Vielleicht kam man Elita auf die Spur und entlarvte sie als Mörderin des Verwalters, aber manchmal war es auch das eigene Leben, das geopfert werden musste.

»Hoheit, ich konnte ihn nicht töten. Ich habe es versucht, ich wollte es tun, aber …«

Das Mädchen weinte. Rustem sah, dass an der Klinge auf dem Boden kein Blut klebte. Er sah Alixana an.

»Ich hätte es wissen müssen«, murmelte Alixana, immer noch in das Bettlaken gehüllt. »Wie konnte ich dich nur zu den Exkubitoren schicken?« Sie lächelte schwach.

Elita blickte auf und nagte an der Unterlippe.

»Ich halte es nicht für unbedingt nötig, ihn zu töten, meine Liebe. Sollte der Mann doch noch mitten in der Nacht mit einer Erleuchtung aufwachen und zur Tür gehen, um einen Gardisten zu rufen … kannst du sie immer noch beide mit einem Schwert durchbohren.«

»Hoheit. Ich habe kein …«

»Ich weiß, Kind. Ich wollte nur sagen, dass dieses Risiko keinen Mord rechtfertigt. Wenn er über das Gespräch noch einmal nachdenken wollte, hätte er das inzwischen schon getan.«

Rustem, der etwas mehr von Schlaf und Träumen verstand, war sich dessen nicht so sicher, aber das behielt er für sich.

Alixana sah ihn an. »Heiler, würdet Ihr Euer Bett mit zwei Frauen teilen? Auch wenn es weniger aufregend sein dürfte, als es sich anhört?«

Rustem räusperte sich. »Ihr braucht dringend Schlaf, Hoheit. Legt Ihr Euch in das Bett. Ich nehme mit einem Sessel vorlieb, und Elita kann sich am Feuer auf ein Kissen legen.«

»Auch Ihr müsst Euch ausruhen, Heiler. Morgen früh liegen wieder Menschenleben in Eurer Hand.«

»Und ich werde mein Bestes tun. Es wäre nicht die erste Nacht, die ich in einem Sessel verbringe.«

Das war die Wahrheit. Es gab Schlimmeres als einen Sessel. Bei der Armee in Ispahani hatte er auf steinigem Boden im Freien geschlafen. Er war todmüde. Und sie auch, er sah es ihr an.

»Ich nehme Euch Euer Bett weg«, murmelte sie und legte sich zurück. »Das ist nicht richtig.«

Sie hatte den Satz kaum beendet, da war sie auch schon eingeschlafen.

Rustem sah die Dienerin an, die im Begriff gewesen war, für ihre Herrin einen Mord zu begehen. Sie schwiegen beide. Er wies auf eines der Kissen, sie nahm es, ging damit ans Feuer und legte sich nieder. Er trat an das Bett und deckte die Schlafende zu, dann nahm er eine zweite Decke und brachte sie dem Mädchen. Sie sah zu ihm auf. Er breitete die Decke über sie.

Danach trat er ans Fenster und schaute hinaus. Die Bäume im Garten glänzten silbern im Schein des weißen Mondes. Er schloss das Fenster, zog die Vorhänge zu. Der Wind war stärker geworden, die Nachtluft wehte kalt. Er ließ sich in den Sessel sinken.

Und nun sah er endgültig ein, dass er sein Leben noch einmal ändern musste, dass seine Zukunft anders aussah, als er gedacht hatte.

Er schlief ein. Als er erwachte, waren die beiden Frauen fort.

Fahlgraues Licht sickerte in den Raum. Er zog die Vorhänge auf und schaute hinaus. Es war kurz vor dem Morgengrauen, der Tag verharrte an der Schwelle. Jemand klopfte an die Tür, und er begriff, dass er davon wach geworden war. Er schaute hinüber. Die Tür war wie üblich unverschlossen.

Er wollte schon ›Herein‹ rufen, als ihm einfiel, wo er war.

Rasch erhob er sich. Elita hatte Kissen und Decke auf das Bett zurückgelegt. Rustem legte sich hin und schlüpfte unter die Laken. Schwach wie ein entschwindender Traum hing noch der Duft der Frau darin, die jetzt gegangen war.

»Ja?«, rief er. Er wusste nicht, wo sie war oder ob er es jemals erfahren würde.

Bonosus' Hausverwalter öffnete die Tür. Er war bereits untadelig gekleidet, gefasst und ruhig wie immer und steif wie ein Stock. Vergangene Nacht hatte Rustem hier im Zimmer ein Messer gesehen, das diesen Mann im Schlaf ins Herz treffen sollte. Er war dem Tode sehr nahe gewesen. Das galt auch für Rustem, auf andere Art – wenn nämlich sein Betrug gescheitert wäre.

Der Verwalter blieb ehrerbietig und mit gefalteten Händen auf der Schwelle stehen. Doch in seinen Augen stand ein sonderbarer Ausdruck. »Ich möchte mich vielmals entschuldigen, aber vor der Tür wartet eine Gruppe von Menschen.« Eine geschulte Stimme, unaufdringlich. »Sie behaupten, Eure Angehörigen zu sein.«

Er nahm sich kaum die Zeit, sich ein Gewand überzuwerfen. Zerzaust, unrasiert, mit geröteten Augen stürmte er an dem erschrockenen Mann vorbei den Gang entlang und die Treppe hinunter. Von würdevoller Gemessenheit konnte diesmal nicht die Rede sein.

Er sah sie schon vom ersten Treppenabsatz aus. Bevor die Treppe in die Gegenrichtung zurückführte, blieb er stehen und schaute hinunter.

Sie standen alle im vorderen Flur. Katyun und Jarita, die eine sichtbar verängstigt, die andere ebenso unruhig, aber beherrscht. Issa in den Armen ihrer Mutter. Shaski stand etwas vor den anderen und blickte mit großen Augen unverwandt nach oben. Auf seinem Gesichtchen lag eine erschreckende Spannung, die sich erst löste – Rustem sah es deutlich –, als sein Vater auf der Treppe erschien. In diesem Moment wusste Rustem so sicher wie nur irgendetwas auf Erden, dass Shaski der Grund, der *einzige* Grund war, warum die vier hier waren. Und diese Erkenntnis traf ihn mitten ins Herz.

Er stieg die restlichen Stufen hinunter und blieb mit ernstem Gesicht, die Hände gefaltet, in ganz ähnlicher Haltung wie der Hausverwalter, vor dem Jungen stehen.

Shaski schaute zu ihm auf. Er war weiß wie ein Fahnentuch, der kleine, zarte Körper straff wie eine Bogensehne. *(Wir müssen uns beugen, mein Kleiner, wir müssen lernen, uns zu beugen, sonst zerbrechen wir.)* Er sagte mit zitternder Stimme: »Hallo, Papa. Papa, wir können nicht mehr nach Hause.«

»Ich weiß«, sagte Rustem leise.

Shaski biss sich auf die Unterlippe. Starrte ihn an. Diese riesigen Augen. Das hatte er nicht erwartet. Wahrscheinlich hatte er mit einer Strafe gerechnet. *(Wir müssen lockerer werden, mein Kleiner.)* »Und … Kabadh? Wir können auch nicht nach Kabadh.«

»Ich weiß«, sagte Rustem wieder.

Er wusste es tatsächlich. Und erkannte nach allem, was er in der vergangenen Nacht erfahren hatte, dass Perun und die Göttin hier sehr viel entschiedener eingegriffen hatten, als er es verdiente. In seiner Brust hatte sich vieles angestaut, ein Druck, der nach Entlastung verlangte. Er kniete sich auf den Boden und breitete die Arme aus.

»Komm zu mir«, sagte er. »Es ist alles gut, mein Kind. Es wird alles gut.«

Shaski stieß einen Laut aus – ein Wimmern, einen Schrei aus tiefster Seele – und rannte zu seinem Vater. Ein kleines, erschöpftes Bündel, das nur noch in die Arme genommen und gehalten werden wollte. Er begann verzweifelt zu weinen, ein Kinderweinen, denn bei allem, was er war und dereinst sein würde, war er doch auch noch ein Kind.

Rustem drückte den Jungen fest an sich und ließ ihn auch nicht los, als er aufstand, auf seine beiden Frauen zuging und sie und mit ihnen seine winzige Tochter ebenfalls in die Arme schloss. Der Morgen brach an.

Sie hatten sich bei bassanidischen Handelsvertretern am anderen Ufer nach Rustem dem Heiler erkundigt und jemanden gefunden, der wusste, wo er wohnte. Die aus zwei Mann bestehende Eskorte, die mit ihnen vor Tagesanbruch auf einem Fischerboot die Meerenge überquert hatte (zwei weitere Soldaten waren zurückgeblieben), wartete draußen vor dem Haus.

Rustem ließ auch sie hereinholen. Nach allem, was er jetzt wusste, war es nicht ratsam, Bassaniden in diesen unruhigen Zeiten auf offener Straße herumstehen zu lassen. Erstaunt (er hatte doch geglaubt, inzwischen könne ihn nichts mehr überraschen) erkannte er in einem der Männer Vinaszh, den Garnisonskommandanten von Kerakek.

»Kommandant? Wie geht das zu?« Die eigene Sprache kam ihm ganz ungewohnt vor.

Vinaszh trug, der Göttin gebührte Dank, nicht seine Uniform sondern sarantinische Hosen und eine Tunika mit Gürtel. Er wirkte müde, aber zufrieden wie ein Mann, der ein schwieriges Unternehmen erfolgreich zum Abschluss geführt hatte. Er antwortete mit einem Lächeln.

»Euer Sohn«, sagte er, »besitzt viel Überzeugungskraft.«

Rustem hatte Shaski immer noch nicht abgesetzt. Der Junge hatte die Arme um den Hals und den Kopf auf die Schulter seines Vaters gelegt. Er weinte nicht mehr. Rustem wandte sich an den Verwalter und fragte auf Sarantinisch: »Wäre es möglich, meiner Familie und den Männern, die sie begleitet haben, eine Morgenmahlzeit anzubieten?«

»Natürlich«, sagte Elita, bevor der Verwalter antworten konnte. Sie lächelte Issa zu. »Ich werde mich darum kümmern.«

Der Verwalter warf ihr einen ärgerlichen Blick zu. Rustem hatte plötzlich ein lebhaftes Bild vor Augen: Elita, die sich mit einem Messer in der Hand im Dunkeln über diesen Mann beugte.

»Außerdem möge man dem Senator so schnell wie möglich mit meinen besten Empfehlungen folgende Botschaft übermitteln: Ich möchte ihn bitten, ihm im

Laufe des Vormittags meine Aufwartung machen zu dürfen.«

Die Miene des Verwalters wurde ernst. »Das dürfte nicht so einfach sein«, murmelte er.

»Inwiefern?«

»Der Senator und seine Familie empfangen heute und in den nächsten Tagen keine Besuche. Es ist ein Trauerfall eingetreten. Die edle Thenaïs ist tot.«

»*Was?* Ich war doch gestern noch mit ihr zusammen!«

»Das ist mir bekannt. Sie ging am Nachmittag nach ihrer Rückkehr zum Gott ein.«

»Wie?« Rustem war zutiefst entsetzt. Er spürte, wie Shaski sich versteifte.

Der Verwalter zögerte. »Man bedeutete mir, es handle sich um … eine Verletzung von eigener Hand.«

Neue Bilder. Vom gestrigen Tag. Ein halbdunkler, hoher Raum im Innern des Hippodroms, tanzende Stäubchen, wo das Licht einfiel, eine Frau, noch angespannter als er selbst, vor einem Wagenlenker. Auch in ihrer Hand ein Messer.

Wir müssen lernen, uns zu beugen, sonst zerbrechen wir.

Rustem holte tief Atem und überlegte fieberhaft. Bonosus durfte in seiner Trauer nicht gestört werden, aber er brauchte dringend Schutz. Entweder musste der Verwalter selbst dafür sorgen, dass das Haus von Gardisten bewacht wurde, oder …

Es gab eine Lösung. Sie bot sich geradezu an.

Wieder sah er den Mann an. »Ich bin tief erschüttert. Sie war eine Frau voller Anmut und Würde. Ich werde meinen Auftrag ändern. Jemand soll den kommissarischen Leiter der blauen Zirkuspartei aufsuchen und ihn bitten, mir, meiner Familie und unseren beiden Begleitern im Blauen-Hof Aufnahme zu gewähren. Natürlich brauchen wir auch eine Eskorte.«

»Ihr wollt uns verlassen?«

Der Mann verzog keine Miene. Es hätte nicht viel gefehlt, und er wäre vergangene Nacht im Schlaf getötet worden. Er wäre nie mehr aufgewacht. Dann hätte vielleicht in diesem Augenblick jemand an die Tür des Verwalters geklopft, seinen Leichnam entdeckt, ein großes Geschrei erhoben.

Die Welt war zu groß, als dass der Mensch sie jemals ganz begreifen konnte. So war sie nun einmal gemacht.

»Ich halte es für unumgänglich«, sagte Rustem. »Wie ich höre, herrscht wieder einmal Krieg zwischen unseren Ländern. Als Bassanide ist man in Sarantium nicht mehr sicher, auch wenn man sich nichts zuschulden kommen lässt. Im Hof der Blauen wären wir wohl besser geschützt, vorausgesetzt, sie nehmen uns auf.« Er sah den Mann an. »Hier brächten wir natürlich auch Euch in Gefahr.«

Das hatte der Verwalter – kein Mann von großen Geistesgaben – noch nicht bedacht. Man sah es ihm deutlich an.

»Die Botschaft wird auf den Weg gebracht.«

»Fügt noch hinzu«, fuhr Rustem fort, während er Shaski absetzte und dem Jungen nur noch den Arm um die Schultern legte, »dass ich den Blauen für die Dauer meines Aufenthalts selbstverständlich als Heiler zur Verfügung stehe.«

Er sah zu Vinaszh hinüber. Dieser Mann hatte an einem Wintertag, als der Wind aus der Wüste blies, die ganze Kette der Ereignisse in Gang gesetzt. Der Kommandant sprach offenbar Sarantinisch: Er hatte das Gespräch verfolgt. »Ich habe noch zwei Männer am anderen Ufer zurückgelassen«, murmelte er.

»Es könnte gefährlich sein, noch einmal zurückzukehren. Wartet ab. Ich habe auch für Euch um Aufnahme ersucht. Es handelt sich um ein bewachtes Gelände, und ich kann dort auf ein gewisses Wohlwollen hoffen.«

»Ich habe es gehört. Ich verstehe.«

»Andererseits kommt es mir nicht zu, so ohne weiteres über Euch zu verfügen. Ihr habt mir zu meiner großen Überraschung meine Familie genau in dem Augenblick zugeführt, als ich sie aus vielen Gründe gern bei mir haben wollte. Ich weiß nicht, wie ich Euch das jemals vergelten soll. Ich kenne Eure Wünsche nicht. Wollt Ihr nach Hause zurück? Fühlt Ihr Euch dazu wirklich verpflichtet? Habt Ihr ... ich weiß nicht, ob Ihr wisst, dass im Norden möglicherweise gekämpft wird.«

»Wir hörten vergangene Nacht entsprechende Gerüchte am anderen Ufer. Wie Ihr seht, haben wir uns daraufhin unauffällige Kleidung beschafft.« Vinaszh zögerte. Er nahm seine derbe Stoffmütze ab und kratzte sich den Kopf. »Ich ... ich sagte vorhin, Euer Sohn besitzt große Überzeugungskraft.«

Als der Verwalter hörte, dass sie Bassanidisch sprachen, wandte er sich höflich ab und winkte einen der jüngeren Diener herbei: den verlangten Boten.

Rustem sah den Kommandanten fest an. »Er ist ein außergewöhnliches Kind.«

Er hielt den Jungen immer noch fest, ließ ihn nicht von seiner Seite. Katyun schaute zwischen den beiden Männern hin und her. Jarita hatte ihre Tränen getrocknet und wiegte das Kind, das zu weinen angefangen hatte.

Vinaszh rang noch immer mit einer Entscheidung. Er räusperte sich mehrmals. »Er sagte ... Shaski sagte ... ein Ende zeichne sich ab. Für Kerakek. Sogar ... für Kabadh.«

»Wir können nicht nach Hause, Papa.« Shaskis Stimme war jetzt ganz ruhig und verriet eine Gewissheit, die einen frösteln machte, wenn man darüber nachdachte. *Perun beschütze dich, Anahita wache über uns allen. Azal erfahre niemals deinen Namen.*

Rustem sah seinen Sohn an. »Welches Ende?«

»Ich weiß es nicht.« Das Eingeständnis war dem Jungen sichtlich peinlich. »Es kommt aus ... der Wüste.«

Aus der Wüste. Rustem sah Katyun an. Sie zuckte die Achseln, er erinnerte sich noch gut an diese Geste.

»Kinderträume«, sagte er, doch dann schüttelte er den Kopf. Das war nicht ehrlich. Er durfte den Tatsachen nicht ausweichen. Nur Shaskis Träume hatten sie alle hier vereint. Und vergangene Nacht hatte er selbst – unmissverständlich und von jemanden, der es wissen musste – erfahren, dass er besser nicht nach Kabadh ging, wenn ihm sein Leben lieb war.

Er hatte es abgelehnt, einen Menschen zu ermorden. Er hatte einen Befehl des Königs verweigert.

Vinaszh Sohn des Vinaszh, der Festungskommandant von Kerakek, sagte leise: »Wenn Ihr die Absicht habt, hier zu bleiben oder an einen anderen Ort zu ziehen, bitten wir ergebenst, Euch eine Weile begleiten zu dürfen. Mag sein, dass unsere Wege sich später wieder trennen, aber zunächst bieten wir Euch unsere Unterstützung an. Ich glaube ... ich muss glauben, was das Kind sieht. In der Wüste gibt es immer wieder Menschen mit ... solchen Fähigkeiten.«

Rustem schluckte. »Wir? Sprecht Ihr auch im Namen der drei anderen?«

»Sie denken über den Jungen genau wie ich. Wir haben eine weite Reise mit ihm gemacht. Dabei sieht man so manches.«

So einfach war das.

Rustem hatte immer noch den Arm um Shaskis allzu schmale Schultern gelegt. »Damit begeht Ihr Fahnenflucht.« Ein hartes Wort. Aber es musste offen ausgesprochen werden.

Vinaszh zuckte zusammen. Dann richtete er sich auf und sah Rustem offen an. »Ich habe meinen Männern die ordnungsgemäße Entlassung aus dem Militärdienst versprochen. Als ihr Kommandant bin ich dazu befugt.

Ich lasse die entsprechenden Schriftstücke nach Hause schicken.«

»Und was ist mit Euch?«

Dem Kommandanten konnte niemand einen solchen Freibrief ausstellen. Vinaszh holte tief Atem. »Ich kehre nicht zurück.« Er sah lächelnd auf Shaski nieder. Mehr sagte er nicht.

Ein Leben hatte sich verändert, von Grund auf verändert.

Rustem sah sich um, sah seine Frauen an, seine kleine Tochter, den Mann, der sich soeben entschlossen hatte, ihr Schicksal zu teilen, und in diesem Moment – so sollte er jedenfalls sehr viel später die Geschichte erzählen – kam ihm die Erleuchtung, wohin er sie führen würde.

Er war bereits im fernen Osten gewesen, würde er seinen Gästen beim Wein in einem fremden Land erklären – was hinderte ihn, ebenso weit nach Westen zu reisen?

Jenseits, weit jenseits von Batiara gab es ein Land, das im Aufbau begriffen war und seine endgültige Form noch nicht gefunden hatte. Ein neues Land, von dem es hieß, es biete viel Raum und sei auf drei Seiten vom Meer umschlossen. Ein Land, wo man einen Neuanfang wagen, wo man unter anderem in Ruhe abwarten konnte, was aus Shaski wurde.

Und Heiler würden doch sicher auch in Esperana gebraucht.

Kurz vor Mittag wurden sie von einer Eskorte durch die Stadt zum Blauen-Hof geleitet. Die Straßen waren ungewöhnlich leer. Der Faktionarius Astorgus – der erst an diesem Morgen aus der Stadtpräfektur entlassen worden war – schickte ein halbes Dutzend Männer mit einer Nachricht von Vinaszh über die Meerenge nach Deapolis und ließ die beiden restlichen Soldaten aus ihrem Gasthof holen.

Im Blauen-Hof wurden sie mit großem Respekt empfangen und bekamen Zimmer zugewiesen. Bevor Rustem seine Patienten aufsuchte, erfuhr er von dem kleinen Koch, der vergangene Nacht das Kommando geführt hatte, dass die Suche nach der vermissten Kaiserin kurz vor Morgengrauen abgebrochen worden war.

Offenbar war es im Lauf der Nacht im Kaiserlichen Bezirk zu weiteren Veränderungen gekommen.

Die Pferde gefielen Shaski. Sie gefielen auch der kleinen Issa. Ein Pferdepfleger mit Stroh im Haar nahm sie lächelnd auf den Arm, stieg mit ihr auf eins der Tiere und ritt im Schritt um den Platz herum. Das Jauchzen des kleinen Mädchens schallte über den ganzen Hof. Die Menschen lächelten, während sie ihren Pflichten nachgingen. Es war ein schöner, sonniger Tag.

KAPITEL IX

Am Morgen erfuhr Crispin von den Eunuchen, die fast immer als Erste alle Neuigkeiten im Palast hörten, was sich in der Nacht zugetragen hatte.

Von der gedämpften, bedrückten Atmosphäre des Vorabends war nichts mehr zu spüren. Jetzt herrschte geradezu Hochstimmung. Rot wie ein überraschender Sonnenaufgang, wenn man solche Verbindungen herstellte. Was sie erzählten, tauchte alles in ein hartes, grelles Licht und vertrieb zusammen mit der hektischen Betriebsamkeit, die sie wie große Tücher um ihn herum entfalteten, Crispins Träume.

Er bat einen der Eunuchen, ihn noch einmal zum Porphyrsaal zu bringen. Er hatte im Grunde nicht erwartet, noch einmal eingelassen zu werden, doch eine Handbewegung seines Begleiters genügte, und schon öffneten die Gardisten die Türen. Auch hier hatte sich einiges verändert. Vier Exkubitoren in Paradeuniform und Helm standen wie Statuen in den vier Ecken des Saales. Überall waren Blumen verstreut, und auf einem Beistelltischchen stand, wie es Tradition war, ein Teller mit Wegzehrung für die tote Seele. Es war ein goldener Teller, und der Rand war mit Edelsteinen besetzt. Neben dem Katafalk mit dem verhüllten Leichnam brannten noch immer die Fackeln.

Es war sehr früh am Morgen. Sonst war niemand im Raum. Der Eunuch wartete höflich an der Tür. Crispin trat ein, kniete zum zweiten Mal neben Valerius nieder und machte das Zeichen des Sonnenkreises. Diesmal sprach er die Totenlitanei und betete um eine glückliche Reise für die Seele des Mannes, der ihn nach Sarantium geholt hatte. Er wünschte, er hätte mehr zu sagen gehabt, aber in seinem Kopf herrschte noch immer ein wüstes Durcheinander. Er erhob sich wieder, und der Eunuch führte ihn aus dem Palast und durch die Gärten. Man öffnete ihm die Bronzetore und ließ ihn auf das Hippodrom-Forum hinaus.

Hier gab es Anzeichen von Leben. Von Alltagsleben. Der Heilige Narr stand an seinem gewohnten Platz und ließ die altbekannte Litanei über die Torheit irdischer Macht und irdischen Reichtums vom Stapel. Zwei Essensbuden waren bereits aufgestellt, die eine hielt Spieße mit gebratenem Lammfleisch feil, die andere geröstete Kastanien. Beide hatten Kundschaft. Während Crispin noch wartete, traf ein Joghurtverkäufer ein, und unweit des Heiligen Narren postierte sich ein Gaukler.

Der Beginn eines neuen Anfangs. Langsam, fast zögernd, als wären die Schritte des Tanzes, der Rhythmus des Alltags über den gestrigen Gewalttätigkeiten in Vergessenheit geraten und müssten erst wieder neu gelernt werden. Crispin sah keine Soldatentrupps mehr durch die Straßen marschieren. So wie die Menschen geartet waren, würde die Stadt bald wieder die Alte sein. Die gestrigen Ereignisse würden verblassen wie die Erinnerung an eine weinselige Nacht, in der man Dinge getan hat, die man am besten vergisst.

Crispin holte tief Atem. Die Bronzetore lagen hinter ihm. Zu seiner Rechten erhob sich die Reiterstatue Valerius' I., vor ihm entrollte sich wie eine Fahne die Stadt. Wie so oft am frühen Morgen schien alles möglich zu sein. Die Luft war frisch, der Himmel klar. Der Duft der gerösteten Kastanien stieg ihm in die Nase; strenge Ermahnungen, der Welt zu entsagen und den Blick auf Jads Heiligkeit zu richten, drangen an sein Ohr. Das würde, das konnte nicht geschehen. Die Welt war so und nicht anders. Ein Lehrling machte sich an zwei Kellnerinnen heran, die mit ihren Wasserkrügen auf dem Weg zum Brunnen waren, und brachte sie mit ein paar Worten zum Lachen.

Die Jagd auf Alixana sei abgebrochen worden, hatten die Eunuchen gesagt. Es würde überall verkündet. Finden wolle man sie zwar immer noch, aber aus anderen Gründen. Leontes wünsche sie und mit ihr das Andenken an Valerius zu ehren. Ein frisch gesalbter, frommer Kaiser, der darauf bedacht war, seine Regierung in geziemender Weise anzutreten. Aber sie war nicht wieder aufgetaucht. Niemand wusste, wo sie war. Crispin sah jäh ein Bild aus seinem Traum vor sich: der mondbeschienene steinige Strand in den Farben Silber und Schwarz.

Heute im Lauf des Tages sollte Gisel von Batiara im Attenin-Palast feierlich mit Leontes vermählt werden. Gisel wurde Kaiserin von Sarantium. Die Welt hatte sich wahrhaftig verändert.

Er erinnerte sich, wie man ihn vergangenen Herbst, als die Blätter fielen, zu ihr in den Palast gebracht hatte. Die junge Königin hatte ihm eine Botschaft nach Osten mitgegeben, in der sie sich dem fernen Kaiser zur Gemahlin anbot. Zuvor hatte man den ganzen Sommer und Herbst lang in Varena Wetten darüber abgeschlossen, wie lange sie wohl noch zu leben hätte, bevor man sie vergiftet oder erstochen auffände.

Heute oder morgen würde man sie dem Volk im Hippodrom präsentieren und sie und Leontes zum neuen Kaiserpaar krönen. Es gebe noch so viel zu tun, hatten ihm die Eunuchen erklärt, während sie geschäftig umhereilten, *unglaublich* viele Einzelheiten, um die man sich zu kümmern habe.

Crispin hatte die Entwicklung ermöglicht – im wahrsten Sinne des Wortes. Er war der Mann, der sie in jener wilden Nacht durch die Straßen der Stadt geleitet, in den Palast eingeschleust und in den Porphyrsaal geführt hatte. Das konnte – *möglicherweise* – bedeuten, dass Varena, Rhodias, ganz Batiara jetzt vor einem Einmarsch sicher waren. Valerius war im Begriff gewesen, einen Krieg zu beginnen; die Flotte hätte dieser Tage in See stechen sollen, um den Tod in den Westen zu tragen. Leontes würde an Gisels Seite vielleicht anders entscheiden. Gisel bot ihm diese Möglichkeit, und das war uneingeschränkt gut.

Die Eunuchen hatten ihm auch erzählt, dass Styliane in der Nacht geblendet worden war.

Leontes habe sie verstoßen und die Ehe auf Grund ihres grausigen Verbrechens annullieren lassen. So etwas geschehe bei einem Kaiser sehr schnell. Ihr Bruder Tertius sei tot, man habe ihn in einem der Räume unter dem Palast, über die niemand gerne sprach, erdrosselt. Später solle sein Leichnam an den dreifachen Mauern öffentlich zur Schau gestellt werden. Auch darum habe sich Gesius zu kümmern. Nein, sagten die Eunuchen auf seine Frage hin, von Stylianes Tod sei nichts bekannt. Niemand wisse, wo sie sich befinde.

Crispin schaute zu der Reiterstatue auf. Ein Mann auf einem Pferd, ein martialisches Schwert, kraftvoll und majestätisch, eine Herrschergestalt. Dabei, dachte er, waren es eigentlich die Frauen, die das Geschehen bestimmt hatten, nicht die Männer mit ihren Heeren und ihren Waffen. Er wusste nicht, was er davon halten sollte. Wenn er sich nur aus diesem zähen Sumpf aus Blut und Zorn und Erinnerungen befreien könnte, der jede Bewegung lähmte.

Der Gaukler war sehr gut. Er jonglierte mit fünf verschieden großen Bällen und einem Dolch, der sich blitzend drehte. Die meisten Passanten eilten vorbei, ohne ihn zu beachten. Es war noch früh am Tag, man hatte viel zu tun. Am Morgen hielt sich kein Sarantiner lange auf.

Crispin schaute nach links, wo die Kuppel von Valerius' Tempel in heiterer Gelassenheit, fast verächtlich über allem thronte. Er betrachtete sie lange, schwelgte in der Schönheit von Artibasos' Werk, dann lenkte er seine Schritte dorthin. Seine Arbeit erwartete ihn. Ein Mann brauchte seine Arbeit.

Mit dieser Ansicht war er nicht allein, aber das überraschte ihn nicht. Silano und Sosio, die Zwillinge, standen in dem umzäunten kleinen Bauhof neben dem Tempel an den Öfen und rührten den Ätzkalk für den Untergrund an. Einer von ihnen (er konnte sie nie auseinander halten) winkte zögernd herüber, und Crispin nickte ihm zu.

Er trat ein und schaute nach oben. Vargos stand bereits auf dem Gerüst und trug da, wo Crispin am Vortag hatte arbeiten wollen, die dünne Feinschicht auf. Sein inicischer Freund von der Kaiserlichen Straße hatte sich unerwartet als fähiger Mosaikarbeiter herausgestellt. Ein weiterer Mann, der nach Sarantium gereist war und sein Leben verändert hatte. Vargos sprach nie darüber, aber Crispin vermutete, dass bei ihm – ebenso wie bei Pardos – die Freude an seiner Arbeit zu einem nicht geringen Teil seiner Frömmigkeit entsprang, dem Wissen, an einer heiligen Stätte zu arbeiten. Keiner der beiden Männer hätte die gleiche Befriedigung darin gefunden, in privatem Auftrag Speiseräume oder Schlafgemächer auszugestalten.

Sicher war auch Artibasos in der Nähe, obwohl seine Arbeit im Wesentlichen getan war. Aus baulicher

Sicht war Valerius' Tempel fertig gestellt, alles war für die Aufnahme des verunstalteten Leichnams bereit. Nur die Mosaiken, die Altäre und ein wie auch immer geartetes Grab- oder Denkmal harrten noch ihrer Vollendung. Dann konnten die Priester einziehen, ihre Sonnenscheiben aufhängen und zur Einweihung schreiten.

Crispin betrachtete sein Werk, für das er eine so weite Reise unternommen hatte. Tief im Innern, auf eine Weise, die er letztlich nicht erklären konnte, wurde er schon ruhiger, wenn er es nur ansah. Die Bilder vom Vortag – Lecanus Daleinus in seiner Hütte, die Männer, die davor auf der Lichtung starben, Alixana, wie sie ihren Mantel auf den Strand fallen ließ, die Schreie und die flackernden Feuerchen auf den Straßen, Gisel von den Antae mit ihren leuchtenden Augen zuerst in der dunklen Sänfte und dann in dem Saal mit den Purpurbehängen und dem Leichnam des Kaisers Valerius – traten in den Hintergrund, die wild durcheinander wirbelnden Visionen fielen von ihm ab, sobald er aufblickte zu den Bildern, die er geschaffen hatte. Hier hatte er, ein schwacher Sterblicher auf Jads Welt, alles gegeben, was er zu geben hatte.

Man muss leben, dachte Crispin, um etwas über das Leben *sagen* zu können, aber man muss auch Abstand vom Leben gewinnen, um eine Sprache dafür zu finden. Ein Gerüst von Schwindel erregender Höhe war dafür gut geeignet, besser vielleicht als die meisten anderen Orte.

Umgeben von den vertrauten, beruhigenden Arbeitsgeräuschen, ging er weiter. Jetzt dachte er an seine Mädchen, rief sich die Gesichter in Erinnerung, die er heute neben Ilandra abbilden wollte, nicht weit von der Stelle, wo Linon im Gras lag.

Doch bevor er die Leiter erreichte, bevor er Gelegenheit hatte, sich von der Welt zu entfernen, ließ sich hinter einem der riesigen Pfeiler eine Stimme vernehmen.

Crispin erkannte sie und drehte sich schnell um. Dann kniete er nieder und berührte mit der Stirn den spiegelblanken Marmorboden.

Gewöhnliche Sterbliche hatten vor Sarantiums Kaisern niedernzuknien.

»Erhebt Euch, Handwerker«, befahl Leontes energisch wie ein Soldat. »Ihr habt uns vergangene Nacht einen großen Dienst erwiesen. Wir sind Euch zu Dank verpflichtet.«

Crispin stand langsam auf und sah den neuen Kaiser an. Ringsum wurde es totenstill. Die anderen hatten gesehen, wer gekommen war, und beobachteten die Gruppe. Leontes trug hohe Stiefel und eine dunkelgrüne Tunika mit einem Ledergürtel. Sein Mantel wurde an der Schulter mit einer goldenen Zierspange gehalten, aber die Wirkung war im Ganzen eher schlicht. Ein weiterer Mann, der seine Arbeit tat. Hinter dem Kaiser standen ein Priester, an den Crispin sich nur dunkel erinnerte, und ein Schreiber, den er umso besser kannte. Pertennius' Unterkiefer war bläulich verfärbt und geschwollen. Der Blick, mit dem er Crispin ansah, war von eisiger Kälte. Kein Wunder.

Crispin war es einerlei.

»Meine Verdienste sind bescheiden«, sagte er. »Ich war bemüht, meiner Königin behilflich sein, als sie dem Toten die letzte Ehre erweisen wollte. Was daraus entstand, hat nichts mit mir zu tun, Majestät. Mich damit zu brüsten, wäre vermessen.«

Leontes schüttelte den Kopf. »Was daraus entstand, wäre ohne Euch nicht möglich gewesen. Vermessen wäre, dies zu bestreiten. Bestreitet Ihr eigentlich immer, das Geschehen beeinflusst zu haben?«

»Ich bestreite, das … Geschehen gezielt beeinflusst zu haben. Wenn man mich benützt, ist das der Preis, den ich bezahlen muss, um meine Arbeit tun zu können.« Er wusste nicht genau, warum er das eigentlich sagte.

Leontes sah ihn an. Crispin erinnerte sich an ein anderes Gespräch mit diesem Mann. Es hatte vor einem halben Jahr im Dampfraum eines Badehauses stattgefunden, und sie waren alle beide bis auf ein Laken nackt gewesen. *Was immer wir aufbauen – und das gilt auch für den Tempel des Kaisers –, schwebt in steter Gefahr und muss verteidigt werden.* Wenig später war ein anderer Mann in den Dampfraum gekommen, um Crispin zu töten.

Der Kaiser sagte: »Gilt das auch für den gestrigen Vormittag? Für die Fahrt zur Insel?«

Davon wussten sie also. Natürlich. Wie hätte es auch geheim bleiben sollen? Alixana hatte ihn gewarnt.

Crispin wich dem Blick der blauen Augen nicht aus. »Es gilt auch dafür, Majestät. Die Kaiserin Alixana bat mich, sie zu begleiten.«

»Warum?«

Er glaubte nicht, dass sie ihm jetzt noch etwas antun würden. Er konnte nicht sicher sein (wie denn auch?), aber er ging das Risiko ein. »Sie wollte mir draußen auf dem Meer die Delphine zeigen.«

»Warum?« Schroff und selbstsicher. Crispin hatte dieses ungeheure Selbstbewusstsein nicht vergessen. Es hieß, der Mann sei noch auf keinem Schlachtfeld besiegt worden.

»Das weiß ich nicht, Majestät. Andere Ereignisse kamen dazwischen und verhinderten eine Erklärung.«

Eine Lüge. Er hatte Jads gesalbten Kaiser belogen. Aber für sie würde er immer lügen. Delphine waren ketzerische Symbole. Er würde nicht derjenige sein, der sie verriet. Sie war fort, nicht wieder aufgetaucht. Hätte jetzt sicher keinerlei Macht mehr, selbst wenn sie den Beteuerungen vertraute und aus ihrem Versteck käme. Valerius war tot, vielleicht war sie für immer verschwunden. Aber er würde sie nicht, würde sie *nicht* verraten. An sich eine Bagatelle, aber in anderer Hinsicht auch wieder nicht. Man musste mit seinen Worten und seinen Taten leben können.

»Welche Ereignisse? Was geschah auf der Insel?«

Das konnte er beantworten, auch wenn er nicht wusste, *warum* Alixana ihm Lecanus Daleinus hatte zeigen wollen, warum er hören sollte, wie sie sich als seine Schwester ausgab.

»Ich sah … den Gefangenen dort. Wir waren auf der Insel, aber an einer anderen Stelle, als er die Flucht ergriff.«

»Und dann?«

»Wie Ihr wohl wisst, Majestät, versuchte man, die Kaiserin zu töten. Das Attentat wurde … von den Exkubitoren abgewehrt. Danach verließ sie uns und kehrte allein nach Sarantium zurück.«

»Wieso?«

Manche Menschen stellten gern Fragen, deren Antwort sie bereits kannten. Leontes gehörte offenbar zu dieser Gruppe. Crispin sagte: »Man hatte ihr nach dem Leben getrachtet, Majestät. Daleinus war entkommen. Sie war überzeugt, dass es sich um eine ausgedehnte Verschwörung handle.«

Leontes nickte. »Was natürlich auch der Fall war.«

»Ja, Majestät«, sagte Crispin.

»Alle Beteiligten wurden bestraft.«

»Ja, Majestät.«

Eine der Beteiligten, die Anführerin, war die Frau dieses Mannes gewesen, wie er eine goldene Gestalt. Ihrer Verschwörung hatte er es zu verdanken, dass er jetzt Kaiser von Sarantium war. Styliane. Sie war noch ein Kind gewesen, als alles begann, der Feuertod, der einen weiteren Feuertod zeugte. Erst vor kurzem hatte Crispin bei ihr gelegen, ineinander verschlungene Körper, ein verzweifelter Kampf im Dunkeln. *Vergiss diesen*

Raum nicht. Was immer ich auch tue. Die Worte fielen ihm wieder ein. Wenn er sich Mühe gab, könnte er wahrscheinlich jedes Wort wiederholen, das sie je zu ihm gesprochen hatte. Jetzt war sie von einer anderen Dunkelheit umgeben, falls sie noch lebte. Er fragte nicht. Er hatte nicht den Mut dazu.

Schweigen trat ein. Der Priester hinter dem Kaiser räusperte sich, und plötzlich fiel Crispin wieder ein, wer er war: der Ratgeber des Patriarchen des Ostens. Ein pedantischer, übereifriger Mensch. Sie hatten sich kennen gelernt, als Crispin seine ersten Skizzen für die Kuppel einreichte.

»Mein Schreiber … hat sich über Euch beklagt«, sagte der Kaiser und warf einen kurzen Blick über die Schulter. Ein Hauch von Spott in seiner Stimme, fast ein Lächeln. Die kleinen Reibereien unter dem Fußvolk.

»Er hatte allen Grund dazu«, sagte Crispin versöhnlich. »Ich habe ihn vergangene Nacht niedergeschlagen. Nicht gerade eine Ruhmestat.«

So viel konnte er sagen. Es war die Wahrheit.

Leontes winkte ab. »Pertennius wird Eure Entschuldigung annehmen. Der gestrige Tag war sehr belastend für alle … auch ich habe es gespürt. Ein schrecklicher Tag, eine schlimme Nacht. Kaiser Valerius war für mich wie … ein älterer Bruder.« Er sah Crispin fest in die Augen.

»Ja, Majestät.« Crispin senkte den Blick.

Wieder eine Pause. »Königin Gisel lässt Euch bitten, heute Nachmittag in den Palast zu kommen. Sie möchte, dass jemand aus ihrem Land bei unserer Trauung anwesend ist, und angesichts der Rolle, die Ihr – auch wenn Ihr es bestreitet – bei den Ereignissen der vergangenen Nacht gespielt habt, fände sich wohl in ganz Batiara so leicht kein geeigneterer Zeuge.«

»Es ist mir eine Ehre«, sagte Crispin. Es war tatsächlich eine hohe Ehre, aber in seinem Innern glomm immer noch dieser geballte Zorn. Er konnte ihn nicht erklären, nicht einordnen, aber er war da. Warum war alles so heillos ineinander verstrickt? »Noch dazu«, sagte er, »wenn der Dreifach erhabene Kaiser höchstselbst die Einladung übermittelt.«

Ein dreistes Spiel. Sein Zorn hatte ihn schon früher in Schwierigkeiten gebracht.

Doch Leontes lächelte nur. Dieses unvergessliche strahlende Lächeln. »Ich muss mich leider um viel zu viele Dinge kümmern, als dass ich nur deshalb hierher kommen könnte, Handwerker. Nein, nein, ich wollte mir den Tempel und die Kuppel ansehen. Ich hatte ihn bisher noch nicht betreten.«

Nur wenige hatten das Bauwerk bisher von innen gesehen, und gerade der Oberste Strategos hätte sich wohl kaum danach gedrängt, vorzeitig einen Blick auf Architektur oder Mosaiken werfen zu dürfen. Der Tempel war Valerius' und Artibasos' Traum gewesen und Crispins Traum geworden.

Der Priester hinter Leontes blickte auf. Der Kaiser desgleichen.

Crispin sagte: »Es wäre mir eine Ehre, Euch herumführen zu dürfen, Majestät, obwohl Artibasos – er muss hier irgendwo sein – Euch alles sehr viel besser erklären könnte.«

»Nicht nötig«, sagte Leontes. Energisch, sachlich. »Woran gearbeitet wird, sehe ich selbst, und so viel ich weiß, kennen sowohl Maximius als auch Pertennius die ursprünglichen Entwürfe.«

Zum ersten Mal überlief Crispin ein leiser Schauer. Er unterdrückte die Angst und sagte: »Wenn man mich also nicht weiter benötigt und ich am Nachmittag noch zur Verfügung stehen soll, möchte ich den Kaiser bitten, mich an meine Arbeit begeben zu dürfen. Man hat dort oben schon den Untergrund für den Abschnitt aufgebracht, der heute gelegt werden soll. Wenn ich zu lange zögere, wird er zu trocken.«

Leontes wandte sich von der Kuppel ab, und in diesem Moment sah Crispin in seinen Augen ein Flackern, das man – fast – als Mitgefühl hätte deuten können.

»Das täte ich nicht«, sagte der Kaiser. »An Eurer Stelle würde ich nicht mehr hinaufsteigen, Handwerker.«

Einfache Worte, sogar in halbwegs freundlichem Tonfall gesprochen.

Manchmal entfernte sich die Welt, die sinnlich wahrnehmbare Welt – Geräusche, Gerüche, Strukturen, Bilder – so weit, dass man sie wie einen einzigen Gegenstand durch ein Schlüsselloch betrachten konnte.

Dann fiel alles andere ab. Durch das Schlüsselloch war nur noch Leontes' Gesicht zu sehen.

»Warum nicht, Majestät?«, fragte Crispin.

Er hörte selbst, wie ihm die Stimme brach. Denn er wusste Bescheid. Noch bevor der Kaiser ihm antwortete, kam ihm die Erleuchtung. Er wusste, warum die drei Männer gekommen waren, er wusste, was sie vorhatten. Ein stummer Aufschrei löste sich aus seinem Herzen, als habe der Tod noch einmal zugeschlagen.

Du hast in mir eine bessere Freundin, als du ahnst. Habe ich dich nicht davor gewarnt, dein Herz allzu sehr an die Arbeit an dieser Kuppel zu hängen?

Styliane. Sie hatte ihn gewarnt. Schon beim ersten Mal, als sie in seinem Zimmer auf ihn gewartet hatte, und dann noch einmal, *noch einmal* in jener Nacht in ihrem eigenen Zimmer vor zwei Wochen. Eine zweifache Warnung. Doch er hatte sie nicht verstanden oder nicht beachtet.

Aber was hätte er denn tun können? So wie er geartet war?

Und deshalb stand er jetzt unter Artibasos' Kuppel im großen Tempel und hörte Leontes, den Kaiser von Sarantium, Jads Statthalter auf Erden, den Liebling des Gottes leise sagen: »Dieser Tempel soll eine heilige Stätte werden, aber Eure Bilder sind nicht heilig, Rhodianer.

Der Glaube verbietet es, an geweihten Orten Bilder des Gottes anzubringen oder zu verehren oder sterbliche Menschen darzustellen.« Ruhig und im Brustton der Überzeugung. »Die Bilder werden zerstört, hier und in allen Ländern, über die wir herrschen.«

Der Kaiser, hoch gewachsen und golden, stattlich wie ein Held aus den alten Sagen, hielt inne. Seine Stimme wurde sanft, fast gütig. »Es ist schwer, mit ansehen zu müssen, wie die eigene Arbeit zunichte gemacht wird. Ich habe das oft genug erlebt. Bei Friedensverträgen und Ähnlichem. Ich bedaure, Euch diese unangenehme Erfahrung nicht ersparen zu können.«

Unangenehm.

Unangenehm war es, wenn ein Wagen zu früh am Morgen vor dem Schlafgemach auf der Straße vorbeipolterte. Unangenehm war es, wenn einem auf winterlicher Straße Wasser in die Stiefel drang, wenn man stark erkältet war oder ein eisiger Wind durch die Ritzen in der Wand pfiff; unangenehm waren saurer Wein, zähes Fleisch, eine langweilige Predigt, eine endlose Zeremonie in glühender Sommerhitze.

Aber die Pest, die einem die Kinder nahm, das Sarantinische Feuer, das Fest der Toten oder der *Zubir* aus dem Alten Wald, der mit bluttriefenden Hörnern aus dem Nebel auftauchte, das waren keine bloßen Unannehmlichkeiten. Und auch dies nicht. Nein ... auch dies nicht.

Crispin wandte sich ab von den drei Männern und schaute nach oben. Sah Jad, sah Ilandra, sah Sarantium mit seinen dreifachen Mauern, sah das gefallene Rhodias, den Wald, die Welt, wie er sie kannte und da oben zum Leben erweckt hatte. *Die Bilder werden zerstört.*

Das war keine unangenehme Erfahrung. Das war der Tod.

Wieder sah er die Männer vor sich an. Er musste wohl totenbleich geworden sein, denn selbst der Priester erschrak, und Pertennius' neuerdings so selbstgefälliges Lächeln erlosch. Leontes selbst fügte rasch hinzu: »Ich möchte klarstellen, Rhodianer, dass man Euch nicht der Gotteslästerung beschuldigt. Das wäre ungerecht, und auf Gerechtigkeit legen wir großen Wert. Ihr habt im Einklang mit dem Glauben gehandelt, wie er … früher gesehen wurde. Solche Auffassungen können sich ändern, aber das soll keine Folgen haben für all jene, die getreulich und … im Vertrauen auf …«

Er brach ab.

Es fiel Crispin unglaublich schwer, sich zum Sprechen zu zwingen. Er öffnete den Mund, aber bevor er auch nur ein einziges Wort herauspressen konnte, ließ sich eine andere Stimme vernehmen.

»Seid Ihr denn Barbaren? Habt Ihr vollkommen den Verstand verloren? Wisst Ihr überhaupt, was Ihr da sagt? Wie kann man nur so unwissend sein? Welch hirnloser militärischer Schwachkopf!«

Schwachkopf. Das Wort war vertraut. Aber diesmal wurde es Crispin nicht von einer Vogelseele entgegengeschleudert, die ein Alchimist gestohlen hatte. Diesmal wurde es mit schriller, zornbebender Stimme von einem kleinen, zerknitterten Menschen gerufen, der barfuß und mit unglaublich wirrem Haar aus den Schatten stürmte. Es war im ganzen Heiligtum zu hören, und es galt dem Kaiser von Sarantium.

»Artibasos, nein! Hört auf!«, flehte Crispin heiser. Er hatte die Sprache wiedergefunden. Für diesen Ausbruch würde der kleine Mann mit dem Tod bezahlen. Es gab zu viele Zeugen. Und er sprach schließlich mit dem *Kaiser.*

»Ich höre *nicht* auf. Das ist eine Schande, ein Verbrechen! So handeln *Barbaren*, aber keine Sarantiner! Ihr wollt dieses Kunstwerk zerstören? Soll der Tempel nackt bleiben?«

»Am Gebäude selbst ist nichts auszusetzen«, sagte

Leontes. Crispin sah, dass er sich eisern beherrschte, aber die viel gerühmten blauen Augen waren hart wie Stein.

»Dafür bin ich Euch wirklich *sehr* dankbar.« Artibasos war völlig außer sich und schwenkte aufgeregt die Arme. »Habt Ihr eine Ahnung, könnt Ihr Euch *überhaupt* vorstellen, was dieser Mann geleistet hat? Nichts auszusetzen? *Nichts auszusetzen?* Soll ich Euch sagen, wie viel an einer kahlen Kuppel und kahlen Wänden auszusetzen sein wird, wenn Ihr die Mosaiken abreißen lasst?«

Der Kaiser hielt sich immer noch zurück. »Davon kann keine Rede sein. Die reine Lehre erlaubt durchaus, dass die Wände geschmückt werden … mit … Blumen oder Früchten, sogar mit Vögeln und anderen Tieren … was immer Ihr wollt.«

»Aha! *Das* ist also die Lösung! Natürlich! Die Weisheit des Kaisers ist groß!« Der Architekt tobte noch immer. »Ihr wollt diesen heiligen Raum, der nach einer erhabenen Vision ausgestaltet wurde, mit einer Pracht, die den Gott preist und jeden Besucher erhebt, mit … Gemüse und Kaninchen zukleistern? Wollt Ihr ein Vogelhaus? Oder einen Obstkeller? Beim Gott! Welche Frömmigkeit, Majestät!«

»Hütet Eure Zunge, Mann!«, fuhr ihn der Priester an.

Leontes selbst schwieg lange. Und unter seinem stummen Blick verstummte endlich auch der kleine Mann. Die windmühlenartig herumfuchtelnden Arme sanken herab. Aber er gab sich nicht geschlagen. Hoch aufgerichtet starrte er seinem Kaiser trotzig ins Gesicht. Crispin hielt den Atem an.

»Es wäre besser«, murmelte Leontes mit schmalen Lippen und ebenfalls hochrotem Gesicht, »wenn Eure Freunde Euch jetzt wegführten, Architekt. Ihr dürft Euch entfernen. Wir wollen zu Beginn unserer Regierung nicht den Eindruck entstehen lassen, wir gingen mit ungebührlicher Härte gegen verdiente Bürger des Reiches vor, aber eigentlich müsste ein solches Benehmen gegenüber Eurem Kaiserlichen Herrn mit Brandmarkung oder Hinrichtung geahndet werden.«

»Tötet mich doch! Dann brauche ich wenigstens nicht mit anzusehen, wie …«

»*Still!*«, schrie Crispin. Leontes *würde* den Befehl geben, so viel war sicher.

Er sah sich hastig um, stellte erleichtert fest, dass Vargos vom Gerüst herabgestiegen war, und nickte dem Hünen flehentlich zu. Vargos trat rasch näher und verneigte sich, ohne eine Miene zu verziehen. Dann hob er den kleinen Architekten ohne jede Vorwarnung einfach auf, warf ihn sich über die Schulter und verschwand, ohne auf sein Gestrampel und Gezeter zu achten, mit ihm im Halbdunkel des Tempels.

Der Tempel hatte eine ausgezeichnete Akustik – das Bauwerk war vorzüglich konstruiert. Man hörte den Architekten noch lange fluchen und schreien. Erst als irgendwo in einer Nische eine Tür geöffnet und wieder geschlossen wurde, trat Stille ein. Niemand regte sich. Die Morgensonne schien durch die hohen Fenster.

Wieder musste Crispin an das Badehaus denken, wo er inmitten von wogenden Dampfschwaden zum ersten Mal mit Leontes gesprochen hatte. Ich hätte es wissen müssen, dachte er. Hätte darauf gefasst sein sollen. Nicht nur Styliane hatte ihn gewarnt, auch Leontes selbst hatte an jenem Nachmittag vor einem halben Jahr eine entsprechende Andeutung gemacht: *Mein Interesse gilt Euren Ansichten über Abbildungen des Gottes.*

»Wie gesagt, was vor unserer Zeit geschah, wird keine Konsequenzen haben«, wiederholte der Kaiser. »Aber es haben sich Fehler eingeschlichen … Abweichungen vom wahren Glauben. Man soll sich *kein* Bildnis machen vom Gott. Jad entzieht sich jeder Beschreibung, er bleibt ein Geheimnis, ganz und gar unfassbar für uns Menschen. Kein Sterblicher darf es wagen, den Gott hinter der Sonne darstellen zu wollen, das ist Ketzerei. Und sterbliche Menschen an einer heiligen Stätte zu verherrlichen, ist sträfliche Vermessenheit. Das war immer so, unsere ... Vorgänger haben es nur nicht verstanden.«

Sie werden zerstört, hier und in allen Ländern, über die wir herrschen.

»Ihr wollt ... unseren Glauben verändern, Majestät.« Das Sprechen bereitete ihm größte Mühe.

»Ihr irrt, Handwerker. Wir verändern nichts. Wir gedenken lediglich, geleitet von der Weisheit des Patriarchen des Ostens und seiner Ratgeber – und wir rechnen auch mit dem Einverständnis des Patriarchen in Rhodias –, die *wahre* Glaubenslehre wieder herzustellen. Wir müssen Jad verehren und nicht sein Bildnis. Sonst sind wir nicht besser als die Heiden, die ihren Götzenbildern in den Tempeln opfern.«

»Niemand ... verehrt das Bildnis über uns, Majestät. Es erinnert nur an die Macht und Erhabenheit des Gottes.«

»Ihr wollt *uns* in Glaubensfragen belehren, Rhodianer?« Das war der Priester mit dem schwarzen Bart. Der Ratgeber des Patriarchen.

Viele Worte ohne Bedeutung. Gegen diese Entscheidung anzureden war, als wolle man gegen die Pest kämpfen. Sie war ebenso endgültig. Sosehr das Herz auch weinte, man konnte nichts tun.

Oder fast nichts.

Martinian pflegte zu sagen, es gebe immer *irgendeine* Alternative. Und hier und jetzt konnte man noch eines versuchen. Crispin holte tief Atem, denn was er vorhatte, ging ganz und gar wider seine Natur: wider seinen Stolz, seinen Zorn, seine tiefe Überzeugung, dass Betteln unwürdig sei. Doch jetzt stand zu viel auf dem Spiel.

Er schluckte, sah Leontes an, ohne den Priester zu beachten und sagte: »Erhabener Kaiser, Ihr hattet die Gnade zu erwähnen, Ihr wäret mir für meine Dienste … zu Dank verpflichtet.«

Leontes wich dem Blick nicht aus. Die Röte wich allmählich aus seinem Gesicht. »Ganz recht.«

»Dann habe ich eine Bitte, Majestät.« So sehr das Herz auch weinte. Er wandte den Blick nicht von dem Mann, der vor ihm stand. Wenn er nach oben schaute, könnte er die Tränen womöglich nicht mehr zurückhalten.

Leontes sah ihn wohlwollend an. Ein Mann, an den ständig Bitten herangetragen wurden. Er hob die Hand. »Handwerker, verlangt nicht, dass ich Euer Werk verschone … das kann nicht sein.«

Crispin nickte. Er wusste es. Er wusste es wohl. Er schaute nicht nach oben.

Er schüttelte den Kopf. »Es geht um … etwas anderes.«

»Dann sprecht«, sagte der Kaiser mit weit ausholender Gebärde. »Ihr habt unserem geliebten Vorgänger treu gedient und nach Euren Begriffen ehrenwert gehandelt.«

Nach seinen Begriffen.

Crispin sprach ganz langsam: »Es gibt an der Kaiserlichen Straße in Sauradia eine Kapelle der Schlaflosen. Nicht weit vom östlichen Heerlager.« Er hörte seine Stimme wie aus weiter Ferne. Vorsichtig, ganz vorsichtig und nur nicht nach oben sehen.

»Ich kenne sie«, sagte der Mann, der in dieser Gegend schon Soldaten befehligt hatte.

Crispin schluckte wieder. Beherrschung. Er durfte auf keinen Fall die Beherrschung verlieren. »Es ist eine kleine Kapelle, geführt von heiligen Männern von großer Frömmigkeit. Es gibt dort …« Er holte Atem. »Es gibt dort … ein Bildnis an der Kuppel, eine Darstellung Jads, vor langer Zeit geschaffen von Handwerkern, die in

einer Weise ... fromm waren, wie ... sie es verstanden ...
Heute kaum noch vorstellbar.«

»Ich glaube, ich habe das Bild gesehen.« Leontes runzelte die Stirn.

»Es ... zerfällt, Majestät. Seine Schöpfer waren begabt und gottesfürchtig über alle Maßen, aber ... die handwerkliche Technik ... war vor so langer Zeit noch nicht ausgereift.«

»Und?«

»Und deshalb ... meine Bitte an Euch, Dreifach Erhabener. Gewährt dem Bildnis des Gottes die Zeit, von selbst zu zerfallen. Auf dass die heiligen Männer, die dort in Frieden leben und für uns alle nächtelang ihre Gebete verrichten, und die Reisenden auf der Kaiserlichen Straße nicht mit ansehen müssen, wie die Kuppel ihrer Kapelle ihres Schmuckes beraubt wird.«

Der Priester setzte hastig zum Protest an, doch Leontes hob die Hand. Crispin fiel auf, dass Pertennius von Eubulus die ganze Zeit kein Wort gesagt hatte. Er äußerte sich nur selten. Er war lediglich Zeuge, Chronist von Kriegen und Bauvorhaben. Crispin wusste, dass der Mann noch andere Dinge für die Nachwelt festhielt, und wünschte, er hätte vergangene Nacht härter zugeschlagen. Ja, eigentlich wünschte er, er hätte ihn getötet.

»Und dieses Bildnis ... zerfällt?« Die Frage des Kaisers klang scharf.

»Steinchen für Steinchen«, sagte Crispin. »Die heiligen Männer wissen es. Es schmerzt sie, aber sie halten es für den Willen des Gottes. Vielleicht ... haben sie Recht, Majestät.« Er verachtete sich selbst für diese Worte, aber er wollte sein Ziel erreichen. Er *musste* es erreichen. Von Pardos, der den ganzen Winter mit der Restaurierung verbracht hatte, erwähnte er nichts. Doch was er gesagt hatte, war die reine Wahrheit.

»Das mag sein«, nickte der Kaiser. »Jads Wille. Ein Zeichen für uns alle, dass unser Vorhaben sein Wohlgefallen findet.« Er sah den Priester an, und auch der nickte gehorsam.

Crispin senkte die Lider. Schaute zu Boden. Wartete.

»Darum wolltet Ihr uns bitten?«

»Ja, Majestät.«

»Die Bitte sei gewährt.« Jetzt sprach wieder der Soldat, forsch, befehlsgewohnt. »Pertennius, du lässt die entsprechenden Dokumente aufsetzen und hinterlegen. Eines geht unter unserem eigenen Siegel an die Priester vor Ort und ist von ihnen aufzubewahren. Das Bildnis an dieser Kuppel darf ohne Einwirkung von außen zerfallen, es diene als heiliger Beweis dafür, wie fehlgeleitet solche Darstellungen tatsächlich sind. In diesem Sinne wirst du es in deiner Chronik unserer Regierung erwähnen.«

Crispin blickte auf.

Vor ihm stand der Kaiser von Sarantium in seiner goldenen Pracht – die Ähnlichkeit mit den Darstellungen des Sonnengottes im Westen war frappant –, doch im Geiste sah er das Jad-Bildnis in der kleinen Kapelle an der Straße vor sich, die durch die Wildnis führte, den bleichen, dunkelhaarigen Schmerzensgott, verstümmelt im grausamen Kampf für seine Kinder.

»Ich danke Euch, Majestät«, sagte er.

Und nun blickte er doch empor. Trotz allem. Er konnte nicht anders. Der Tod hatte zugeschlagen. Noch einmal. Styliane hatte ihn gewarnt. Er blickte auf, aber er weinte nicht. Geweint hatte er um Ilandra. Um die beiden Mädchen.

Und dieser Gedanke zeigte ihm, dass es doch noch eine letzte Kleinigkeit gab – winzig klein, nicht mehr als eine Geste –, die ihm zu tun blieb.

Er räusperte sich. »Darf ich mich zurückziehen, Majestät?«

Leontes nickte. »Gewährt. Ihr seid Euch doch bewusst, dass wir Euch sehr wohl gesonnen sind, Caius Crispus?«

Er hatte Crispin sogar beim Namen genannt. Crispin nickte. »Zu viel der Ehre, Majestät.« Er verneigte sich tief.

Dann drehte er sich um und ging auf das nur wenige Schritte entfernte Gerüst zu.

»Was habt Ihr vor?« Das war Pertennius. Crispin hatte die Leiter erreicht und stellte den Fuß auf die unterste Sprosse.

Er drehte sich nicht um.

»Ich habe zu arbeiten. Dort oben.« Seine Töchter. Sein heutiges Pensum, Erinnerungen, Handwerkskunst und Licht.

»Man wird nur alles zerstören!« Unverständnis klang aus der Stimme des Schreibers.

Nun drehte sich Crispin um und schaute über die Schulter. Die drei Männer und alle anderen im Tempel starrten ihn an.

»Das ist mir klar«, sagte er. »Aber man wird es *tun* müssen. Man muss zerstören. Ich werde an dieser zivilisierten, heiligen Stätte entstehen lassen, was ich kann. Den Befehl zur Zerstörung müssen andere geben. Wie die Barbaren, die einst Rhodias zerstörten … weil es sich nicht wehren konnte.«

Er sah den Kaiser an, der vor einem halben Jahr, von Dampfschwaden umwogt, genau davon zu ihm gesprochen hatte.

Er sah, dass auch Leontes sich daran erinnerte. Dieser Kaiser war nicht Valerius, bei weitem nicht, aber er besaß eine andere Art von Intelligenz. Nun fragte er leise: »Ihr wollt Eure Arbeitskraft vergeuden?«

Und Crispin sagte ebenso leise: »Sie ist nicht vergeudet.« Dann drehte er sich abermals um und stieg, wie schon so oft, hinauf zur Plattform unter der Kuppel.

Auf dem Weg nach oben, bevor er die Stelle erreichte,

wo der Untergrund für die Tessellae aufgebracht worden war und ihn erwartete, wurde ihm noch etwas klar.

Was er tat, war keine Vergeudung, es hatte einen Sinn, so viel Sinn, wie er einer einzelnen Handlung in seinem Leben nur mitgeben konnte, aber es war auch ein Abschluss.

Vor ihm lag eine neue Reise, eine Reise zurück in die Heimat.

Es war Zeit zu gehen.

Fotius der Sandalenmacher hatte seine allerbeste blaue Tunika angezogen und erzählte jedem, der es hören wollte, was genau an diesem Ort vor vielen Jahren geschehen war, als Apius starb und der erste Valerius den Goldenen Thron bestieg.

Auch damals habe es Mord und Totschlag gegeben, erklärte er weise, und auf dem Weg zum Hippodrom habe er an jenem Morgen ein Gespenst gesehen, das Unheil prophezeite. Und nun habe er, Fotius, vor drei Tagen am helllichten Tag wieder ein Gespenst gesehen, auf dem Dach eines Säulengangs, *genau* an dem Morgen, als der Kaiser dem verbrecherischen Anschlag der Daleinoi zum Opfer gefallen sei.

Und damit nicht genug, fuhr er fort. Viele Zuhörer zu haben, war immer eine Genugtuung. Alles wartete darauf, dass der Mandator in der Kathisma erschien – danach der Patriarch und die Hofbeamten. Und wenn schließlich das Paar auftrat, das heute gekrönt werden sollte, würden die mehr als achtzigtausend Menschen einen Lärm machen, bei dem man sein eigenes Wort nicht mehr verstand.

In jenen Tagen, erläuterte Fotius einigen jüngeren Handwerkern im Blauen-Abschnitt, habe man hier im Hippodrom den verabscheuungswürdigen Versuch unternommen, sich über den Willen des Volkes hinwegzusetzen – und schon damals hätten die Daleinoi die Fäden gezogen! Mehr noch, einer der Verschwörer sei ausgerechnet der Calysier Lysippus gewesen, der vor drei Tagen auch an dem Mord im Palast beteiligt gewesen war!

Und er, Fotius selbst, erklärte der Sandalenmacher voller Stolz, habe den schleimigen Calysier entlarvt, als der, als Gefolgsmann der Blauen verkleidet, die Partei aufstacheln wollte, Flavius Daleinus da unten auf der Bahn zum Kaiser auszurufen.

Er zeigte auf die Stelle. Er erinnerte sich genau. Dreizehn, vierzehn Jahre war es her, doch es kam ihm vor, als wäre es gestern gewesen. Gestern.

Der Kreis schloss sich, sagte er fromm und machte das Zeichen des Sonnenkreises. So wie die Sonne aufging, unterging und wieder aufging, so wiederholten sich auch die Wege, die Schicksale der Sterblichen. Das Böse kam immer ans Licht. (All das hatte er erst vor einer Woche den Priester in seiner Kapelle sagen hören.) Flavius Daleinus hatte an jenem längst vergangenen Tag im Feuer für seine Sünden gebüßt, und jetzt waren seine Kinder und der Calysier in gleicher Weise bestraft worden.

Aber, wandte jemand ein, warum musste Valerius II. im gleichen Feuer sterben, wenn alles nur eine Frage der Gerechtigkeit war?

Fotius sah den jungen Mann, einen Tuchweber, verächtlich an. Willst du dich etwa unterfangen, fragte er, die Wege des Gottes zu verstehen?

Nicht unbedingt, meinte der Tuchweber. Nur die der Menschen hier in der Stadt. Wenn der Calysier damals an der Verschwörung beteiligt war, mit der die Daleinoi den Thron an sich zu bringen suchten, warum wurde er dann erst unter Valerius I. und danach unter seinem Neffen Quaestor des Kaiserlichen Schatzamtes? Unter allen *beiden*? In die Verbannung schickte man ihn erst, als *wir* es forderten!, rief der Mann. Einige der Umstehenden wandten sich ihm zu. Wisst ihr nicht mehr? Vor noch nicht einmal drei Jahren.

Ein billiger rhetorischer Trick, dachte Fotius gekränkt. Als ob das irgendjemand vergessen könnte. Dreißigtausend Menschen waren damals ums Leben gekommen.

Manche Menschen, gab Fotius von oben herab zurück, hätten eben nur sehr beschränkt Einblick in die Pläne des Hofes. Er habe heute nicht die *Zeit*, sich um die Aufklärung der Jugend zu bemühen. Große Ereignisse stünden bevor. Ob der Tuchweber denn nicht wisse, dass die Bassaniden im Norden die Grenze überschritten hätten?

Aber ja doch, antwortete der Mann, das wisse doch jeder. Aber was habe das nun wieder mit Lysippus dem …

Trompeten erschallten.

Nun folgte eine Reihe von feierlichen Ritualen, die vor Jahrhunderten unter Saranios' Herrschaft entstanden und seither kaum verändert worden waren. Was wären das auch für Rituale, die sich ständig änderten?

Der Kaiser wurde vom Patriarchen gekrönt, danach wurde die Kaiserin vom Kaiser gekrönt. Die beiden Kronen, das Kaiserliche Zepter und der Ring stammten noch von Saranios. Er und seine Kaiserin hatten sie von Rhodias mit nach Osten gebracht. Die Insignien wurden im Attenin-Palast verwahrt und nur zu solchen Anlässen hervorgeholt.

Der Patriarch segnete die beiden Gesalbten mit Öl und Weihrauch und Meerwasser und erteilte auch den Massen, die der Krönung beiwohnten, seinen Segen. Die höchsten Würdenträger des Hofes traten – aufs Prächtigste gekleidet – vor den Kaiser und die Kaiserin hin und huldigten ihnen vor den Augen des Volkes mit der dreifachen Verbeugung. Ein greiser Vertreter des Senates überreichte dem neuen Kaiser das Siegel der Stadt und die goldenen Schlüssel zu den dreifachen Mauern. (Der Senatsälteste hatte wegen eines plötzlichen Todesfalls in seiner Familie die huldvolle Erlaubnis erhalten, der Zeremonie fern zu bleiben. Die Beisetzung hatte erst am Vortag stattgefunden.)

Gesungen wurden zunächst geistliche, dann weltliche Lieder, denn die Zirkusparteien nahmen aktiv am Geschehen teil, und die Offiziellen Musikmeister der Blauen und Grünen dirigierten die rituellen Sprechchöre. Wo sonst zumeist die Namen der Pferde und der Männer gerufen wurden, die hinter ihnen in den Streitwagen standen, erschallten nun die Namen Valerius' III. und der Kaiserin Gisel. Auf ein Tanzfest, ein Wagenrennen oder sonstige Lustbarkeiten wurde verzichtet: Ein Kaiser war meuchlings ermordet worden, und sein Leichnam war noch nicht beigesetzt. Er sollte seine letzte Ruhe in dem Großen Tempel finden, den er nach dem Brand des letzten Heiligtums hatte errichten lassen.

Allgemeine Zustimmung fand der Name, den sich Leontes erwählt hatte, um seinen Gönner und Vorgänger zu ehren. Wie ein Wunder wurde die Tatsache betrachtet, dass seine neue Gemahlin bereits Königin war. Besonders den Frauen auf den Tribünen gefiel das. Eine Romanze in königlichen Kreisen.

Mit keinem Wort (oder allenfalls im Flüsterton) wurde die verstoßene Gemahlin des Kaisers oder die Eile erwähnt, mit der er seine zweite Ehe eingegangen war. Die Daleinoi hatten sich einmal mehr als schändliche Verräter erwiesen. Welcher Kaiser wollte mit einer Mörderin an seiner Seite vor Jad und sein Volk treten, wenn er Saranios' Goldenen Thron bestieg?

Es hieß, er habe sie am Leben gelassen.

Im Hippodrom fand man allgemein, das sei mehr Gerechtigkeit, als sie verdiene. Die beiden Brüder und der verhasste Calysier dagegen waren tot. Niemand sollte in den Fehler verfallen, Leontes – Valerius III. – in irgendeiner Weise für weich zu halten.

Das Aufgebot bewaffneter Soldaten im Hippodrom machte dies überdeutlich.

Ebenso deutlich wie die erste öffentliche Verlautbarung des Mandators nach Abschluss der Krönungszeremonie. Seine Worte wurden von den offiziellen Sprechern aufgenommen und durch die riesigen Tribünen weitergegeben. Als alle verstanden hatten, war die Begeisterung groß.

Der neue Kaiser wollte nicht lange bei seinem Volk bleiben. Das Bassaniden-Heer stand in Calysium und hatte (wieder einmal) Asen überrannt. Nun marschierte es den Berichten zu Folge mit Fußsoldaten und Reitern auf Eubulus zu.

Der Kaiser, bis vor vier Tagen Oberster Strategos des Reiches, war nicht geneigt, dem tatenlos zuzusehen.

Er würde sich selbst an die Spitze der vereinigten Heerscharen von Sarantium stellen. Sie nicht über das Meer nach Rhodias führen, sondern in den Nordosten. Nicht über dunkle Gewässer voller Gefahren, sondern bei lindem Frühlingswetter über die breite, gut gepflasterte Kaiserliche Straße gegen König Shirvans feige, vertragsbrüchige Horden. Ein Kaiser, der selbst zu Felde zog! Das hatte es lange nicht mehr gegeben. Valerius III., das Schwert Sarantiums, das Schwert des heiligen Jad. Eine Vorstellung, die die Massen beeindruckte und in Erregung versetzte.

Die Ostländer hätten geglaubt, das Reich überrumpeln zu können, während Leontes und das Heer nach Westen segelten. Heimtückisch hätten sie den Immerwährenden Frieden gebrochen, den zu halten sie doch bei ihren eigenen heidnischen Göttern geschworen hatten. Sie sollten bald erkennen, wie sehr sie sich geirrt hätten, verkündete der Mandator und wartete, bis sich seine Worte durch das gesamte Hippodrom verbreiteten.

Man werde Eubulus verteidigen und die Bassaniden hinter ihre Grenze zurücktreiben. Aber damit nicht genug!, schrie der Mandator. Nun möge der König der Könige Mihrbor verteidigen. Möge *versuchen*, die massiven Truppenverbände abzuwehren, die Sarantium gegen ihn aufbieten werde. Die Zeit sei vorbei, da man Unsummen an Kabadh bezahlt habe, um den Frieden zu erkaufen. Shirvan solle um Gnade winseln. Solle zu seinen Göttern beten. Leontes der Goldene, der neue Kaiser, sei hinter ihm her.

Die Nachricht wurde mit stürmischem Jubel begrüßt. Das Geschrei war laut genug, um bis zum Himmel emporzuschallen und vom Gott hinter der strahlenden Sonne gehört zu werden.

Was nun Batiara angehe, fuhr der Mandator fort, als sich die Menge so weit beruhigt hatte, dass seine Worte wieder gehört und weitergetragen werden konnten, so brauche man sich nur anzusehen, wer jetzt Kaiserin von Sarantium sei. Wer dürfe mit mehr Recht über Rhodias und Varena verfügen als die eigene Herrin? Die Kaiserin, Tochter eines Königs und selbst Königin, habe ihre Krone mit eingebracht. Sarantiums Bürger könnten damit rechnen, dass Rhodias und der Westen dem Reich zugeschlagen würden, auch ohne dass tapfere Soldaten auf fernen westlichen Schlachtfeldern oder auf dem weglosen Meer ihr Leben lassen müssten.

Wieder brandeten Beifallsstürme auf, diesmal – wie aufmerksame Beobachter feststellten – angeführt von den oben erwähnten Soldaten.

Es war ein glanzvoller Tag, und so sollte es auch in den meisten Geschichtsbüchern stehen. Das Wetter war mild, der Gott ließ seine Sonne auf Sarantium scheinen. Ein strahlender Kaiser, eine neue, ebenso goldene Kaiserin, hoch gewachsen, von königlicher Haltung und königlichem Geblüt.

Zeiten des Umbruchs waren nie frei von Zweifeln und Ängsten. Die Zwischenwelt rückte näher. Wenn die Großen der Welt starben und ihre Seelen auf die Reise gingen, zeigten sich Geister und Dämonen, aber wer konnte hier im Hippodrom im Sonnenschein im Angesicht dieser beiden Lichtgestalten noch Angst vor der Zukunft haben?

Man trauerte um einen toten Kaiser und fragte sich, wo seine immer noch verschwundene Kaiserin geblieben sein mochte, jene ehemalige Tänzerin, die hier im Hippodrom geboren war (und mit der neuen Kaiserin nicht die geringste Ähnlichkeit hatte). Man machte sich seine Gedanken über den verheerenden Sturz der Daleinoi und den jähen Wechsel des Kriegsschauplatzes … doch die Hochstimmung auf den Tribünen, der Jubel waren mit Händen zu greifen. Ein neuer Anfang wurde gemacht, und dieser Anfang wurde mit einer spontanen Begeisterung begrüßt, die vollkommen aufrichtig war.

Als Nächstes verkündete der Mandator, die Rennen würden wieder aufgenommen, sobald die Trauerzeit vorüber sei, außerdem befinde sich Scortius von den Blauen auf dem Weg der Besserung, und Astorgus, der Faktionarius der Blauen, und Crescens von den Grünen hätten sich dem Richterspruch gebeugt und Frieden geschlossen. Auf einen Wink von ihm traten die beiden bekannten Persönlichkeiten im Abschnitt ihrer jeweiligen Parteien vor und bestiegen ein Podium. Vor aller Augen hoben sie die flache Hand zum Friedensgruß der Wagenlenker, dann drehten sie sich gemeinsam um und verneigten sich vor der Kathisma. Achtzigtausend Menschen gerieten außer Rand und Band. Der weißbärtige Patriarch sah mit mühsam bewahrtem Ernst zu, wie die Menge ihre Wagenlenker und ihre Pferde feierte. Damit war die Zeremonie zu Ende.

Weder der Mandator noch sonst jemand erwähnte an jenem Nachmittag, dass sich die Haltung der Jad-Lehre zu Abbildungen des Gottes an heiligen und anderen Stätten geändert hatte.

Dieses schwierige Thema wollte man dem Volk erst nach und nach in Tempeln und Kapellen nahe bringen. Das Hippodrom war an diesem Tag nicht der rechte Ort, um Feinheiten in der Auslegung der Lehre zu erörtern. Ein fähiger General wusste, dass die Wahl des Zeitpunkts bei jedem Feldzug der Schlüssel zum Erfolg war.

Die Gewänder der kaiserlichen Macht lasteten schwer auf den Schultern Valerius' III., doch er erhob sich so mühelos, als spüre er ihr Gewicht nicht, grüßte sein Volk und empfing seinen Gruß. Dann wandte er sich um, reichte seiner Kaiserin die Hand und verließ gemeinsam mit ihr durch die hintere Tür die Kathisma. Der Jubel folgte ihnen, auch als sie nicht mehr zu sehen waren.

Alles war gut. Alles würde gut werden, wie denn auch nicht? Fotius sah sich ganz unerwartet von dem jungen Tuchweber umarmt, dann wandten sich beide ihren Nebenmännern auf den Tribünen zu und umhalsten auch sie, und alle schrieen den Namen des Kaisers in den klaren, strahlenden Tag hinein.

Nach zehn strapaziösen Tagen im Blauen-Hof hatte Rustem von Kerakek eine Hypothese über die Sarantiner und ihre Heiler entwickelt. Sie lautete kurz gefasst, in dieser Stadt würden die Anweisungen der Ärzte angenommen oder missachtet, wie es den Patienten beliebe.

In Bassania war das ganz anders. Dort ging der Arzt ein Risiko ein, wenn er die Betreuung eines Patienten übernahm. Sobald er sich mit der bekannten Formel dazu bereit erklärte, setzte er seine irdische Habe und sogar sein Leben aufs Spiel. Hielt sich der Kranke nicht peinlich genau an die Anweisungen, dann war der Arzt diese Verpflichtung, dieses Risiko vergebens eingegangen.

Hier riskierten die Ärzte allenfalls einen schlechten Ruf, und nach allem, was Rustem hier (in zugegeben kurzer Zeit) gesehen hatte, schien man sich darüber keine allzu großen Sorgen zu machen. Das Wissen der Ärzte, die er bei der Arbeit beobachtet hatte, bestand aus einem nur halb verstandenen Sammelsurium von Lehren des Galinus und Merovius, ergänzt durch viel zu viele Aderlässe und selbst zusammengepanschte Arzneien, die meistens mehr oder weniger schädlich waren.

Unter solchen Umständen war es vielleicht sinnvoll, wenn der Patient selbst entschied, ob er auf seinen Heiler hören wollte oder nicht.

Rustem war daran nicht gewöhnt und wollte sich auch nicht damit abfinden.

So hatte er, ein *typisches* Beispiel, den Pflegern des Wagenlenkers Scortius von Anfang an eindringlich ans Herz gelegt, Besuche auf eine Person am Vormittag und eine am Nachmittag zu beschränken. Jeder Besuch habe nur kurze Zeit zu dauern, und Wein dürfe weder mitgebracht noch konsumiert werden. Zur Sicherheit hatte er diese Vorschriften auch an Strumosus (denn zumindest ein Teil des Weines stammte aus den Fässern neben der Küche) und an den Faktionarius Astorgus weitergegeben. Letzterer hatte mit ernstem Gesicht aufmerksam zugehört und versprochen, sein Bestes tun, um sie durchzusetzen. Rustem wusste, dass er an der Genesung des Invaliden aufrichtig interessiert war.

Das waren sie hier *alle*.

Das Problem war, dass der Patient sich selbst nicht als Invaliden betrachtete und nicht bereit war, sich allzu sehr zu schonen, obwohl er binnen kurzer Zeit zweimal nur knapp dem Tod entronnen war. Ein Mann, der mit gebrochenen Rippen und einer noch nicht verheilten

Wunde aus seinem Fenster steigen, einen Baum hinunter und über eine Mauer klettern und durch die ganze Stadt zum Hippodrom laufen konnte, um dort ein Wagenrennen zu fahren, ließ sich nicht so ohne weiteres vorschreiben, wie viel Wein er trinken oder wie viele vorwiegend weibliche Besucher an seinem Bett sitzen durften. Das sah Rustem auch ein.

Immerhin, darauf hatte Astorgus zynisch hingewiesen, war er im Bett geblieben – und das meistens allein. Rustem hatte freilich auch von nächtlichen Aktivitäten munkeln hören, die in einem Krankenzimmer völlig fehl am Platz waren.

Die starken Eindrücke der vergangenen Tage sowie die Ankunft seiner Familie machten dem Heiler nach wie vor zu schaffen, und so fiel es ihm ungewöhnlich schwer, mit der nötigen Autorität und Strenge aufzutreten. Außerdem war ihm nur allzu bewusst, dass er, seine Frauen oder Kinder den schützenden Hof nicht verlassen konnten, ohne Angriffe auf den Straßen befürchten zu müssen. Seit die Nachricht von dem Grenzzwischenfall die Runde gemacht hatte und das sarantinische Heer unter Führung des Kaisers nach Norden aufgebrochen war, lebte man als Bassanide in ständiger Gefahr. Es hatte schon Tote gegeben. Die schmerzliche Erkenntnis, dass der König der Könige den Angriff im Norden befohlen hatte, obwohl er genau wusste, welche Folgen das für seine im Westen befindlichen Untertanen (einschließlich seines Lebensretters) haben würde, bestärkte ihn noch in seiner persönlichen Entscheidung, nicht nach Hause zurückzukehren.

Rustem hatte der Partei der Blauen also viel zu verdanken.

Aber er machte sich auch nützlich. Er hatte die Opfer der Krawalle von früh bis spät betreut und war auch bereit gewesen, sich bei Nacht wecken zu lassen, wenn es nötig war. Sein Schlafmangel nahm bedenkliche Ausmaße an, aber er wusste, dass er noch eine Weile durchhalten konnte.

Besondere Freude bereitete ihm die Genesung des Jungen aus der Küche. Gleich zu Anfang hatte Verdacht auf eine schwere Infektion bestanden. Als sich die Farbe der Wunde veränderte und das Fieber stieg, hatte Rustem eine ganze Nacht am Bett des Kranken gewacht und um sein Leben gekämpft. Strumosus der Küchenchef war mehrmals gekommen, um schweigend zuzusehen, und Rasic, der zweite Küchenjunge, hatte sich tatsächlich draußen auf dem Flur ein Bett auf dem Fußboden gemacht. Auf dem Höhepunkt der Krise war auch Shaski aufgetaucht. Er war, von seinen Müttern unbemerkt, aus seinem Bett geschlüpft und mitten in der Nacht barfuß zu seinem Vater gelaufen, um ihm etwas zu trinken zu bringen. Irgendwoher hatte er gewusst, wo Rustem war. Woher auch immer. Rustem hatte – zunächst sprachlos – den Becher entgegengenommen und dem Jungen sanft über den Kopf gestrichen, dann hatte er ihm versichert, es sei alles gut, und ihn in sein Zimmer zurückgeschickt.

Shaski war wie ein Schlafwandler abgezogen, während alle Zeugen das Kommen und Gehen des Jungen mit stummen Blicken verfolgten. Daran musste man sich wohl gewöhnen, dachte Rustem. Nicht zuletzt deshalb wollte er mit seiner Familie von hier fortziehen.

Gegen Morgen sank das Fieber des jungen Kyros, und danach waren normale Heilungsfortschritte zu verzeichnen. Das größte Risiko war, dass Ampliarus, dieser medizinische Schwachkopf, sich unbemerkt in das Krankenzimmer schlich, um seiner wahnwitzigen Begeisterung für den Aderlass an bereits Verletzten zu frönen.

Rustem war dabei gewesen, als Kyros kurz vor Tagesanbruch wieder zu Bewusstsein kam, und hatte die Szene weidlich genossen. Rasic, der Freund, hatte inzwischen am Bett gesessen und einen lauten Schrei ausgestoßen, sobald der Junge die Augen aufschlug. Daraufhin war eine ganze Schar von Kollegen hereingestürmt, und Rustem hatte sich gezwungen gesehen, sie in strengem Ton des Zimmers zu verweisen.

Rasic hatte diesen Befehl offensichtlich nicht auf sich bezogen und war geblieben. Während er dem Patienten erzählte, was Strumosus vor den Toren gesagt hatte, als Kyros bewusstlos war und für tot gehalten wurde, trat der kleine Koch selbst ein. In der Tür blieb er kurz stehen.

»Er lügt wie gewöhnlich«, sagte er kategorisch. Rasic hielt erschrocken inne, doch dann grinste er. »Genau wie bei seinen Frauengeschichten. Warum könnt ihr die Welt nicht so nehmen, wie Jad sie geschaffen hat, anstatt euch in eine Traumwelt zu flüchten? Bei Kyros mag man noch ein gewisses Verständnis aufbringen, wenn man bedenkt, was unser Bassanide ihm an Tränken durch die Kehle gießt, aber Rasics Hirngespinste sind unverzeihlich. Ein Genie? *Dieser* Junge? Mein Vermächtnis? Das ist geradezu eine Beleidigung für mich! Du glaubst doch kein Wort davon, Kyros?«

Der verkrüppelte Junge – er war bleich, aber bei klarem Verstand – drehte verneinend den Kopf auf dem Kissen hin und her, aber er lächelte. Da musste auch Strumosus lächeln.

»Wirklich!«, fuhr der kleine Küchenchef fort. »Eine absurde Vorstellung. Wenn ich der Nachwelt überhaupt etwas vermache, dann doch ganz bestimmt meine Fischsauce.«

»Gewiss doch«, flüsterte Kyros. Er lächelte noch immer. Auch Rasic zeigte seine schiefen Zähne. Und Strumosus strahlte.

»Schlaf jetzt, mein Junge«, sagte der Koch. »Wenn du aufwachst, sind wir alle hier. Und du solltest auch zu Bett gehen, Rasic. Du musst morgen wahrscheinlich drei Schichten hintereinander arbeiten.«

Manchmal, so befand Rustem, hatte sein Beruf auch sehr schöne Seiten.

Doch es gab auch Momente, in denen er lieber mitten in einen Sandsturm hineinmarschiert wäre.

Scortius konnte solche Sehnsüchte wecken. Gerade jetzt zum Beispiel. Als Rustem das Krankenzimmer betrat, um den Verband zu wechseln – wie es inzwischen jeden dritten Tag fällig war –, saßen oder standen *vier* Wagenlenker um den Patienten herum. Dazu kamen nicht eine, nicht zwei, sondern drei Tänzerinnen. Eine davon gab – *mehr* als unzulänglich bekleidet – eine Vorstellung, die wahrhaftig nicht darauf angelegt war, für eine ruhige, von Aufregungen ungetrübte Atmosphäre zu sorgen.

Natürlich trank man Wein. *Und* – Rustem stellte es erst mit Verspätung fest – auch sein Sohn Shaski befand sich in dem überfüllten Raum; er saß in der Ecke auf dem Schoß einer vierten Tänzerin und sah dem Treiben lachend zu.

»Hallo, Papa!«, rief ihm sein Sohn ganz unbefangen entgegen. Rustem blieb in der Tür stehen und bedachte alle Anwesenden mit einem empörten Blick.

»Seht nur! Jetzt ist er böse. Hinaus mit euch!«, rief Scortius und reichte einer der Frauen seinen Weinbecher. »Nimm das. Jemand soll den Jungen zu seiner Mutter bringen. Vergiss deine Kleider nicht, Taleira. Der Heiler gibt sich solche Mühe mit uns allen, wir sollten ihn nicht noch mehr belasten. Schließlich wollen wir doch, dass er uns erhalten bleibt.«

Alles lachte und drängte zum Aufbruch. Der Mann im Bett grinste. Ein *schrecklicher* Patient in jeder Beziehung. Aber Rustem hatte Anfang der vorangegangenen Woche seinen Auftritt im Hippodrom miterlebt und konnte besser als jeder andere einschätzen, was dies an Willenskraft erfordert hatte. Er konnte dem Mann seine Bewunderung nicht versagen und wollte es eigentlich auch gar nicht.

Außerdem zogen die Besucher bereits ab.

»Shirin, bitte bleib noch. Ich habe ein oder zwei Fragen an dich. Gegen *eine* Freundin ist doch nichts einzuwenden, oder? Ihr Besuch ist eine große Ehre für mich, und ich hatte noch keine Gelegenheit, unter vier Augen mit ihr zu sprechen. Ich glaube, Ihr habt sie schon kennen gelernt. Das ist Shirin von den Grünen. Hatten die Mosaikleger Euch nicht zu einer Hochzeitsfeier in ihrem Haus mitgenommen?«

»An meinem ersten Tag«, bestätigte Rustem und verneigte sich vor der zierlichen schwarzhaarigen Frau, die auf ihre Art ungewöhnlich reizvoll war und einen sinnverwirrenden Duft verströmte. Der Raum leerte sich allmählich; einer der Männer trug Shaski huckepack. Die Tänzerin erhob sich und begrüßte ihn lächelnd.

»Ich erinnere mich gut. Einer von den jüngeren Grünen hatte Euren Diener getötet.«

Rustem nickte. »Das ist richtig. Aber seither hat es so viele Tote gegeben. Erstaunlich, dass Ihr das behalten habt.«

Sie zuckte die Achseln. »Bonosus' Sohn war in die Sache verwickelt. Das ist keine Bagatelle.«

Rustem nickte ein zweites Mal und trat zu seinem Patienten. Die Frau setzte sich wieder. Scortius hatte bereits das Laken zurückgeschlagen und präsentierte seinen muskulösen Oberkörper mit dem dicken Verband. Shirin von den Grünen lächelte und machte große Augen.

»Wie aufregend«, sagte sie.

Rustem schnaubte belustigt. Doch dann konzentrierte er sich auf seine Arbeit. Vorsichtig wickelte er die Verbandsschichten ab und legte die Wunde frei. Scortius lag auf der rechten Seite und sah die Frau an. Sie hätte aufstehen müssen, um den rötlichschwarz verfärbten Bereich um die zweifache Rippenfraktur und die tiefe Stichverletzung zu sehen.

Rustem säuberte die Wunde und trug seine Salben auf. Eine weitere Drainage war nicht nötig. Das Problem war noch immer das gleiche: eine Fleischwunde und Knochenbrüche an ein und derselben Stelle. Doch insgeheim war er sehr zufrieden, obwohl er nicht im Traum daran dachte, sich das vor Scortius anmerken zu lassen. Der Mann wäre vermutlich sofort aus der Tür und auf die Rennbahn gestürmt oder durch die nächtlichen Straßen von einem Bett zum anderen gewandert.

Man hatte ihm von den nächtlichen Streifzügen dieses Schwerenöters erzählt.

»Du wolltest mich etwas fragen«, murmelte Shirin. »Oder ist der Heiler …?«

»Mein Heiler ist so verschwiegen wie ein Eremit auf seinem Felsen. Ich habe keine Geheimnisse vor ihm.«

»Wenn Ihr nicht gerade vorhabt, ohne Erlaubnis Euer Krankenzimmer zu verlassen«, brummte Rustem, während er die Wunde spülte.

»Nun ja, das war eine Ausnahme. Aber sonst wisst Ihr alles. Ihr wart sogar … unter den Tribünen dabei, wenn ich mich nicht irre – kurz vor dem Rennen.«

Rustem bemerkte den veränderten Tonfall. Er hatte die Szene nicht vergessen. Thenaïs mit ihrem Messer, der Fahrer der Grünen, der genau im richtigen Moment dazukam.

»Ach? Was war denn unter den Tribünen los?«, fragte Shirin und flatterte mit den Augenlidern. »Das *musst* du mir erzählen.«

»Crescens erklärte mir, er sei unsterblich in mich verliebt, und als ich ihm sagte, ich zöge dich vor, hätte er mich mit seinem Ellenbogen fast umgebracht. Hattest du das noch nicht gehört?«

Sie lachte. »Nein. Nun komm schon, was ist wirklich geschehen?«

»Verschiedenes.« Der Wagenlenker zögerte. Rustem spürte, wie sich sein Herzschlag beschleunigte, aber er schwieg. »Sag mir eins«, murmelte Scortius, »liegen sich Cleander Bonosus und sein Vater noch immer in den Haaren? Hast du davon gehört?« Shirin blinzelte verdutzt. Mit dieser Frage hatte sie offensichtlich nicht gerechnet. »Der Junge hat mir sehr geholfen, als ich verletzt wurde«, fügte Scortius hinzu. »Er hat mich zu diesem Arzt gebracht.«

Der Mann schleicht um den heißen Brei herum, dachte Rustem. Das war sicher nicht die Frage, die ihn wirklich beschäftigte. Und weil er tatsächlich unter den Hippodrom-Tribünen gewesen war, hatte er auch eine Ahnung, wie die eigentliche Frage lautete. Reichlich spät fiel ihm dazu noch etwas ein.

Scortius fing es sehr geschickt an, aber er war in einem Punkt eindeutig ahnungslos. Rustem hatte das Thema natürlich nie berührt und allem Anschein nach auch niemand sonst. Es mochte Stadtgespräch sein, vielleicht war es in diesen turbulenten Zeiten auch schon wieder in Vergessenheit geraten, aber es war noch nicht bis in diesen Raum vorgedrungen.

»Der Junge?«, sagte die Tänzerin der Grünen. »Das weiß ich wirklich nicht. Aber was in diesem Haus passiert ist, hat vermutlich alles verändert.«

Ein Herzschlag. Rustem spürte ihn, zuckte zusammen. Er hatte Recht gehabt

»Was ist denn passiert?«, fragte Scortius.

Shirin sagte es ihm.

Wenn Rustem später an diesem Moment zurückdachte, war er immer wieder von Neuem beeindruckt von der Willensstärke dieses Mannes. Scortius hatte einfach weitergesprochen und mit konventionellen Worten sein Bedauern darüber geäußert, dass eine noch so junge Frau mit eigener Hand ihrem Leben sein Ende gesetzt hatte. Aber Rustem hatte seinen Körper unter den Händen gehabt und gespürt, mit welcher Wucht ihn die Eröffnung getroffen hatte. Stockender Atem, bedächtige, vorsichtige Atemzüge, unwillkürliches Zittern, rasendes Herzklopfen.

Rustem erbarmte sich, beendete den Verbandwechsel schneller als gewohnt (er konnte die Prozedur später wiederholen) und griff nach dem Tablett mit den Arzneien, das neben dem Bett stand. »Ich muss Euch jetzt das übliche Schlafmittel geben«, log er. »Ihr werdet Euch der Dame nicht mehr so widmen können, wie es sich gehört.«

Shirin von den Grünen erkannte mit der Routine der Schauspielerin ihr Stichwort und erhob sich. Ihr war offenbar nichts Ungewöhnliches aufgefallen. Neben dem Bett blieb sie stehen, beugte sich über den Patienten und küsste ihn auf die Stirn. »Wann hätte er sich einer Frau schon jemals so gewidmet, wie es sich gehört?« Sie richtete sich auf. »Ich komme wieder, mein Lieber. Ruh dich aus, damit du für mich bereit bist.« Damit wandte sie sich ab und ging.

Rustem sah seinen Patienten an und maß wortlos die doppelte Dosis seines bevorzugten Beruhigungsmittels ab.

Scortius sah mit starrem Blick zu ihm auf. Seine Augen waren pechschwarz, sein Gesicht kreidebleich. Er schluckte beide Portionen ohne Protest.

»Danke«, sagte er dann. Rustem nickte nur.

»Es tut mir Leid«, sagte er. Die Worte kamen wie von selbst.

Scortius drehte sich mit dem Gesicht zur Wand.

Rustem griff nach seinem Gehstock, verließ den Raum und schloss die Tür hinter sich. Man ließ den Mann jetzt besser mit seinem Kummer allein.

Er hatte gewisse Vermutungen, aber die verdrängte er. Was immer sein Patient vorhin gesagt hatte, es war nicht die Wahrheit. Sein Arzt wusste nicht alles, und das war auch gut so.

Auf dem Weg durch den Flur fiel ihm ein, dass Shaski wirklich besser beaufsichtigt werden musste. Es ging nicht an, dass ein kleiner Junge, noch dazu der Sohn des Arztes, mit anderen in den Krankenzimmern für Unruhe sorgte.

Er musste mit Katyun darüber sprechen und auch über einiges andere. Es war Zeit für die Mittagsmahlzeit, aber er suchte zunächst in den provisorischen Behandlungsräumen im Nebengebäude nach Shaski. Dort war der Junge am häufigsten zu finden.

Jetzt war er nicht dort. Dafür traf Rustem den rhodianischen Handwerker an – nicht den jungen Mann, der ihm auf der Straße das Leben gerettet hatte, sondern den zweiten, etwas älteren, der sie beide in weiße Kleidung gesteckt und mit auf eine Hochzeitsfeier genommen hatte.

Der Mann – er hieß Crispinus oder so ähnlich – sah ziemlich angeschlagen aus, aber Rustem hatte kein Mitleid mit ihm. Wer sich sinnlos betrank, noch dazu so früh am Tag, hatte sich die Folgen selbst zuzuschreiben.

»Guten Tag, Heiler«, sagte der Handwerker halbwegs verständlich und erhob sich von dem Tisch, auf dem er gesessen hatte. Immerhin stand er recht sicher auf den Beinen. »Störe ich?«

»Keineswegs«, sagte Rustem. »Wie kann ich …?«

»Ich wollte Scortius besuchen, aber ich dachte mir, ich frage zuerst seinen Arzt, ob er nichts dagegen hat.«

Der Mann mochte nicht ganz nüchtern sein, aber er wusste wenigstens, wie man sich in solchen Fällen benahm. Rustem nickte rasch. »Ich wünschte, auch andere Besucher wären so rücksichtsvoll. Gerade eben fand in seinem Zimmer ein Fest mit Tänzerinnen und Wein statt.«

Der Rhodianer – *Crispin* war sein Name – lächelte schwach. Über den Augen grub sich eine tiefe Falte in seine Stirn, und seine ungesunde Blässe verriet, dass er nicht erst seit heute Morgen trank. Das passte nicht zu dem tatkräftigen Menschen, den Rustem an seinem ersten Tag hier kennen gelernt hatte, aber der Mann war nicht sein Patient, und so behielt er seine Meinung für sich.

»Wer trinkt denn schon so früh am Morgen Wein?«, fragte der Rhodianer sarkastisch und rieb sich die Stirn. »Und er wurde von Tänzerinnen umschwärmt? Das klingt ganz nach Scortius. Habt Ihr sie hinausgeworfen?«

Rustem musste lächeln. »Klingt das etwa nach mir?«

»Nach allem, was ich höre, schon.« Auch der Rhodianer stellt sich nicht ungeschickt an, dachte Rustem. Er stützte sich ganz unauffällig mit der Hand auf den Tisch.

»Ich habe ihm eben ein Beruhigungsmittel gegeben, er wird jetzt eine Weile schlafen. Ihr kommt besser am späten Nachmittag wieder.«

»Soll mir recht sein.« Der Mann stieß sich vom Tisch ab, verlor fast das Gleichgewicht und lächelte kläglich. »Bedaure. Ich habe mich in meinem … Kummer wohl etwas gehen lassen.«

»Kann ich helfen?«, fragte Rustem höflich.

»Das wäre schön, Heiler. Aber nein. Ich … verlasse die Stadt. Übermorgen segle ich nach Westen.«

»Oh. Ihr kehrt nach Hause zurück? Gibt es hier nichts mehr für Euch zu tun?«

»So könnte man sagen«, nickte der Handwerker nach kurzem Zögern.

»Nun … dann wünsche ich Euch eine sichere Reise.« Der Mann war ihm wirklich fremd. Der Rhodianer nickte und ging festen Schrittes an Rustem vorbei und zur Tür hinaus. Der Heiler wollte ihm folgen, doch im Flur blieb der Mann stehen.

»Wisst Ihr, dass man mir Euren Namen genannt hat? Bevor ich von zu Hause fortging. Ich … bedaure, dass wir keine Gelegenheit fanden, uns einmal zu treffen.«

»Meinen Namen?«, wiederholte Rustem verwirrt. »Wieso?«

»Ein … Freund. Aber die Geschichte ist zu verworren. Ach ja … da drinnen liegt übrigens etwas für Euch. Einer von den Botenjungen hat es gebracht, während ich wartete. Es wurde offenbar am Tor abgegeben.« Er deutete in den hinteren der beiden Räume. Auf dem Untersuchungstisch lag ein in Stoff gewickelter Gegenstand.

»Danke«, sagte Rustem.

Der Rhodianer ging den kurzen Flur hinunter und trat ins Freie. Das Sonnenlicht, dachte Rustem, muss in seinem Zustand eine Qual für ihn sein. *Ich habe mich in meinem Kummer wohl etwas gehen lassen.* Nicht sein Patient. Er konnte sich nicht um alle kümmern.

Aber ein bemerkenswerter Mann. Auch ein Außenseiter, der die Sarantiner beobachtete. Er hätte ihn gern näher kennen gelernt. Doch jetzt reiste er ab. Es würde nicht mehr dazu kommen. Sonderbar, dass jemand ihm seinen, Rustems, Namen genannt haben sollte. Der Heiler ging in den hinteren Raum. Neben dem Päckchen lag ein Brief mit seinem Namen darauf.

Er befreite den Gegenstand von seiner Stoffhülle. Dann sank er überwältigt auf einen Hocker und starrte ihn an.

Niemand war in der Nähe. Er war ganz allein.

Endlich stand er auf und griff nach dem Brief. Er war versiegelt. Rustem erbrach das Siegel, entfaltete das Blatt und las. Und musste sich abermals setzen.

In Dankbarkeit, lautete die kurze Botschaft, *ein Beispiel für alles, was sich beugen muss, um nicht zu zerbrechen.*

Lange saß er so da, dann wurde ihm bewusst, wie selten er inzwischen allein war, wie selten er diese Stille, diese Ruhe genießen konnte. Er starrte die goldene Rose auf dem Tisch an, lang und schlank wie eine lebende Blume, die Blüten halb geöffnet, nur die allerletzte ganz oben voll erblüht, in der Mitte jeder Blüte ein Rubin.

In diesem Moment erkannte er mit jener beängstigenden, übernatürlichen Klarheit, die sonst nur Shaski gegeben war, dass er sie niemals wiedersehen würde.

Als er mit seiner Familie zu Schiff die weite Reise nach Westen antrat, in ein Land, wo solche Meisterwerke noch unbekannt waren, nahm er die Rose (gut verborgen) in seinem Gepäck mit.

Es war ein Land, wo fähige Heiler dringend benötigt wurden und wo sie in der noch nicht so fest gefügten Gesellschaft rasch zu hohem Ansehen gelangten. Seine ungewöhnlichen Familienverhältnisse wurden im entlegenen Grenzgebiet geduldet; man riet ihm jedoch schon bald, seinen Glauben zu wechseln. So bekehrte er sich zum Sonnengott und verehrte ihn so, wie es in Esperana üblich war. Immerhin hatte er Verantwortung zu tragen. Zwei Frauen und zwei Kinder (nicht lange, nachdem sie sich niedergelassen hatten, kamen noch zwei Knaben dazu) und vier ehemalige Soldaten aus dem Osten, die ihr ganzes Leben geändert hatten, um mit ihnen zu kommen, waren auf ihn angewiesen. Von den neuen Dienerinnen aus Sarantium hatten zwei sich überraschend ebenfalls entschlossen, mit seiner Familie in See zu stechen. Und sein ältestes Kind, sein Sohn, sollte sich möglichst anpassen – das war allen klar – um durch seine außergewöhnlichen Gaben nicht in Gefahr zu geraten.

Manchmal muss man sich beugen, dachte Rustem, um nicht zu brechen vor den Winden der Welt, ob sie nun aus der Wüste kommen, über das Meer oder über die weiten, wogenden Grasflächen im äußersten Westen.

Alle seine Kinder und eine seiner Frauen entpuppten sich als wahre Pferdenarren. Sein langjähriger Freund, der Soldat Vinaszh – er heiratete und gründete selbst eine Familie, blieb aber eng mit Rustems Sippe verbunden –, hatte ein gutes Auge für Pferde und eine gute Hand für die Zucht. Und er war ein tüchtiger Geschäftsmann. Das galt auch für Rustem, obwohl er darüber selbst sehr erstaunt war. Er beendete seine Tage als wohlhabender Pferdezüchter und Arzt.

Die Rose schenkte er seiner Tochter, als sie heiratete. Doch den Brief behielt er bis zu seinem Tode.

KAPITEL X

Crispin hatte geahnt, dass die letzten Tage hier schwierig werden würden, aber so schlimm hatte er es sich nicht vorgestellt. So war er nur sehr selten ganz nüchtern gewesen, seit er von der Kaiserlichen Hochzeit im Palast in den Tempel zurückgekehrt war, um im Schein von Laternen das Bildnis seiner Töchter zu vollenden, das man abreißen würde, kaum dass es fest geworden war.

Er war nicht glücklich darüber, dass er trank, um den Schmerz zu betäuben, aber er sah auch nicht, was er dagegen tun konnte.

Mit am schwersten zu ertragen war die Empörung seiner Mitmenschen. Sie hüllte ihn förmlich ein, und das war für einen so verschlossenen Menschen nicht einfach. Wohlmeinende Freunde (er hatte mehr Freunde in der Stadt, als ihm bewusst war; er machte sich nie die Mühe, sie zu zählen) bewirteten ihn in ihren Häusern oder in einer Schenke mit Wein und ereiferten sich dabei über den neuen Kaiser. Oder er saß spät nachts in der Küche des Blauen-Hofes und musste sich anhören, wie Strumosus von Amoria wortreich seinem Abscheu über das Eindringen der Barbarei in eine zivilisierte Welt Luft machte.

Crispin war zum Blauen-Hof gegangen, um Scortius

zu besuchen, aber der Wagenlenker hatte Beruhigungsmittel bekommen und geschlafen. Schließlich war er
lange nach Einbruch der Dunkelheit in der Küche ge-
landet, wo man ihm etwas zu essen vorgesetzt hatte.
Erst kurz vor seiner Abreise hatte er den Hof noch einmal besucht. Auch dieses Mal hatte Scortius geschlafen.
Crispin hatte ein paar Worte mit dem bassanidischen
Heiler gewechselt, dessen Namen und Adresse er von
Zoticus erhalten hatte, bevor der Mann überhaupt in
Sarantium gewesen war. Inzwischen hatte er es aufgegeben, nach einer Erklärung dafür zu suchen: Es gab
einfach Dinge in der Welt, die er nie verstehen würde,
und nicht alle hingen mit den Lehren des heiligen Glaubens zusammen.

Im Laufe dieses Abends war es ihm doch noch gelungen, Scortius Lebewohl zu sagen. Im Zimmer des Wagenlenkers ging es hoch her – das war anscheinend so
üblich. Er konnte sich ganz nebenbei verabschieden, das
machte es leichter.

Allzu leidenschaftliche Beteuerungen des Mitgefühls
fand er ermüdend und demütigend zugleich. Hier hatte es Tote gegeben. Unentwegt mussten Menschen sterben. Crispin hatte nur einen Auftrag verloren, weil man
mit seiner Arbeit nicht zufrieden war. So etwas kam vor.

Jedenfalls bemühte er sich, es so zu sehen und auch
andere zu dieser Einstellung zu bewegen. Doch es gelang ihm nicht.

Als er Shirin besuchte und sich in diesem Sinne äußerte, erklärte sie ihn für seelenlos (eine geistreiche Bemerkung zu ihrer Wortwahl wäre in diesem Moment
nicht am Platz gewesen), bezeichnete ihn als schamlo-
sen Lügner und stürmte mit tränenüberströmtem Gesicht aus ihrem eigenen Wohnzimmer. Der Vogel Danis,
den sie um den Hals trug, schalt ihn vom Flur aus lautlos einen Narren, unwürdig nicht nur seiner eigenen
Gaben, sondern aller Geschenke.

Was immer das heißen sollte.

Shirin kam nicht einmal mehr zurück, um ihn hinauszubegleiten. Eine der Dienerinnen brachte ihn zur Tür und schloss sie hinter ihm.

Artibasos, der Crispin am folgenden Nachmittag einen guten, reichlich gewässerten Candarier mit Oliven, frischem Brot und Olivenöl servierte, reagierte auf die Ansprache über abgeschlossene oder entzogene Aufträge wieder ganz anders.

»Hört auf!«, rief er. »Sonst muss ich mich noch schämen!«

Crispin verstummte und starrte in den dunklen Wein in seinem Becher.

»Ihr glaubt von alledem doch selbst kein Wort. Ihr redet nur so, damit *ich* mich besser fühle.« Dem kleinen Architekten stand das Haar so erschreckend steil nach allen Seiten ab, als wäre er eben einem Dämon begegnet.

»Nicht nur«, widersprach Crispin. Im Geiste sah er Valerius vor sich, wie er in jener Nacht, als er Crispin die Kuppel zum Geschenk machte, diese wirre Mähne glatt strich.

Unwürdig aller Geschenke.

Er holte tief Atem. »Nicht nur Euretwegen. Ich will auch mich selbst ... ich suche nach einem Weg, um ...«

Es half nichts. Man konnte so etwas nicht laut aussprechen, ohne seinen Stolz zu verlieren.

Denn sie hatten alle miteinander nur allzu Recht. Er versuchte, sich zu belügen. Manchmal brauchte man ein gewisses Maß an Unaufrichtigkeit auch gegenüber sich selbst, um ... weitermachen zu können. Natürlich verlor man als Handwerker Aufträge. Das passierte ständig. Der Kunde bezahlte nicht für die laufenden Arbeiten, er ging eine neue Ehe ein, überlegte es sich anders oder wechselte den Wohnort. Vielleicht starb er sogar, und seine Söhne, seine Witwe stellten sich die Gestaltung der Decke im Speisesaal oder der Wände im Schlafzimmer auf dem Landgut ganz anders vor.

Es war die reine Wahrheit, jedes einzelne Wort, und doch hatte er im Herzen gelogen.

Dass er jeden Tag schon am Morgen zu trinken anfing, genügte bei genauerer Überlegung als Beweis. Aber er *wollte* nicht überlegen. Er nahm den Becher, den Artibasos ihm eingeschenkt hatte, leerte ihn auf einen Zug und ließ sich nachschenken.

Der Tod hatte noch einmal zugeschlagen. Sein Herz weinte.

»Ihr werdet den Tempel nie wieder betreten?«, fragte der kleine Architekt.

Crispin schüttelte den Kopf.

»Aber Ihr habt es im Kopf? Alles?«

Crispin nickte.

»Ich auch«, sagte Artibasos.

Der Kaiser zog mit seinem Heer nordwärts nach Eubulus, aber die Flotte unter dem Oberbefehl des Strategos der Kriegsmarine stach trotzdem in See. Leontes, jetzt Valerius III., war kein Mann, einen solchen Truppenaufmarsch ungenützt zu lassen. Kein guter General hätte das getan. Die für den Krieg im Westen mit Proviant und Belagerungsmaschinen beladenen Schiffe wurden stattdessen durch das Calchas-Meer und dann nach Norden durch die Ferne Straße geschickt, um tief in bassanidischem Territorium vor Mihrbor vor Anker zu gehen. Sie hatten genügend Soldaten an Bord, um zu landen, einen Stützpunkt zu errichten und ihn auch zu verteidigen.

Das Landheer, das sich nach Batiara hatte einschiffen sollen, war weit größer als die Streitmacht, mit der Shirvan im Norden eingefallen war. Es war ein Heer für eine lange geplante Invasion, und so gedachte es der neue Kaiser auch einzusetzen – nur gegen ein anderes Ziel.

Die Bassaniden hatten den Frieden gebrochen. Ein Fehler, entstanden aus dem Wunsch, die Invasion im Westen zu behindern. Man hatte die Wünsche und Pläne Valerius' II. durchaus zutreffend interpretiert.

Doch Valerius II. war tot.

Die Folgen dieser Fehleinschätzung hatten sich die Bassaniden selbst zuzuschreiben.

Der Soldat Carullus, einst bei der Vierten Sauradischen Reiterlegion, dann für kurze Zeit zur Zweiten Calysischen versetzt, neuerdings Angehöriger der Leibgarde des Obersten Strategos, war keinem der beiden Truppenteile zugewiesen worden, weder den Reitern und Fußsoldaten noch der Flotte.

Er war darüber ausgesprochen unglücklich.

Der neue Kaiser vertrat weiterhin sehr strikt, ja mit geradezu religiösem Eifer die Ansicht, frisch verheiratete Männer gehörten nicht auf einen Kriegsschauplatz, solange es noch alternative Einsatzmöglichkeiten gebe. Und die gab es bei einer Armee dieser Größe immer.

Außerdem hatte man in den Reihen der Exkubitoren radikale Säuberungsaktionen durchgeführt, um alle Gardisten auszumerzen, die an der Ermordung des letzten Kaisers mitgewirkt hatten. Sicher waren unter den Hingerichteten auch einige unschuldige und sehr fähige Männer, aber das ließ sich nicht vermeiden. Bei einer so kleinen verschworenen Elitetruppe war es fast aussichtslos, die Wahrheit bis ins Letzte zu ergründen. Zumindest konnte man den Betroffenen vorwerfen, den Verrat unter ihren Kameraden nicht entdeckt zu haben, und auch dafür hatten sie Strafe verdient.

Natürlich war der neue Kaiser gerade durch das Komplott auf den Thron gekommen, aber das spielte – versteht sich – keine Rolle.

Carullus wurde trotz wortreicher Proteste einmal

mehr versetzt und befördert – man ernannte ihn zu einem der drei höchsten Offiziere, die dem Kommandeur der Kaiserlichen Garde direkt unterstellt waren. Diesmal stieg sein Sold ganz beträchtlich, denn jetzt war er in die Reihen der Hofbeamten aufgerückt.

»Hast du eine *Ahnung*«, tobte er eines Nachts, nachdem er einen Tag lang im Kaiserlichen Bezirk in seine neuen Aufgaben eingewiesen worden war, »wie viel Garderobe man in dieser Position braucht? Wie oft man sich jeden Tag umziehen muss? Wie viele Zeremonien ich lernen soll? Willst du wissen, was man trägt, um eine beschissene Abordnung der beschissenen Karcher zu eskortieren? Ich kann es dir ganz genau sagen!«

Und das tat er mehr als ausführlich. Es half ihm offensichtlich, sich seinen Kummer von der Seele zu reden, und Crispin tat es gut, sich mit den Problemen seines Freundes zu befassen (soweit hier von Problemen die Rede sein konnte).

Sie landeten jede Nacht mit Pardos und Vargos in der *Spina*. In ihrer Nische herrschte ein ständiges Kommen und Gehen. Inzwischen war es *ihre* Nische. Carullus war allgemein bekannt und beliebt, und auch Crispin hatte es offenbar zu einer gewissen Berühmtheit gebracht. Außerdem hatte sich herumgesprochen, dass er die Stadt verlassen wollte. Immer wieder blieb jemand stehen.

Pardos hatte sich sehr zu Crispins Überraschung entschlossen, in Sarantium zu bleiben und trotz des Wandels in Glaubensfragen weiter in seinem Beruf zu arbeiten. Später, bei eingehenderer Betrachtung sollte Crispin erkennen, dass er seinen ehemaligen Lehrling schon seit längerem falsch eingeschätzt hatte. Pardos, jetzt vollwertiges Mitglied der hiesigen Gilde, hatte selbst nur mit Unbehagen an gewissen Bildern gearbeitet.

Seine Einstellung habe sich bei der Arbeit an der Erhaltung jenes Jad-Bildnisses in Sauradia verändert, hatte er stockend erklärt. Dabei sei der Konflikt zwischen Frömmigkeit und Handwerkskunst aufgebrochen, und er habe gespürt, wie unwürdig er sei.

»Unwürdig sind wir *alle*«, hatte Crispin protestiert und mit der Faust auf den Tisch geschlagen. »Unter anderem geht es doch gerade darum!«

Doch als er Pardos' bestürztes Gesicht sah, hatte er die Sache auf sich beruhen lassen. Was brachte es ein, den Jungen unglücklich zu machen? Wer konnte schon die religiösen Ansichten eines Mitmenschen beeinflussen, selbst wenn es der beste Freund war?

Pardos fand es natürlich entsetzlich, was mit dem Mosaik an der Kuppel geschehen sollte (man würde mit Speerschäften und Hämmern darauf einschlagen, damit die Tessellae auseinander spritzten), aber er hatte nichts dagegen, seinen Lebensunterhalt im profanen Bereich zu verdienen und Staatsgebäude oder Wohnhäuser von Höflingen, Kaufleuten und Gildenangehörigen, die sich das leisten konnten, mit Mosaiken zu schmücken. Er könne sogar für die Zirkusparteien arbeiten, sagte er: Hippodrom-Szenen für die Wände und Decken in den Höfen der Grünen und Blauen. Nach der neuen Lehre seien Darstellungen von Personen nur in sakralen Gebäuden verboten. Und wohlhabenden Auftraggebern könne man als Mosaikleger schließlich auch Meereslandschaften, Jagdszenen oder Arabesken für Fußböden und Wände vorschlagen.

»Oder nackte Frauen und ihre Spielsachen für die Bordelle?«, hatte Carullus kichernd gefragt. Daraufhin war der junge Mann rot geworden, und Vargos hatte die Stirn gerunzelt. Dabei hatte der Soldat nur versucht, die Stimmung etwas aufzuheitern.

Vargos hatte sich spontan erboten, Crispin nach Westen zu begleiten. Das warf Probleme auf, mit denen man sich auseinander setzen musste.

Am nächsten Abend hatte Crispin noch halbwegs nüchtern mit Vargos einen Spaziergang durch die Stadt unternommen. In einem Gasthof nahe der Mauern, wo nicht damit zu rechnen war, dass irgendwelche Bekannten auftauchten, waren sie eingekehrt und hatten ein ausgedehntes und sehr persönliches Gespräch geführt.

Am Ende gelang es Crispin, nicht ohne Mühe und obwohl er es selbst bedauerte, den anderen von seinem Vorhaben abzubringen. Vargos war auf dem besten Wege, sich hier eine Existenz zu schaffen. Er brauchte nicht ewig als Handlanger zu arbeiten – Pardos würde ihn mit Freuden als Lehrling annehmen. Vargos hatte sich in der Stadt viel besser eingelebt, als er erwartet hatte, und Crispin drängte ihn, sich das einzugestehen. Er wäre nicht der erste Inicier, der sich die Aufnahme in die Kaiserliche Stadt ertrotzt und sie gezwungen hätte, ihm ein anständiges Leben zu ermöglichen.

Außerdem wusste Crispin noch nicht, was er zu Hause anfangen sollte, und das gab er auch offen zu. Er könne sich kaum noch vorstellen, die Wände eines Sommerhauses in Baiana oder Mylasia mit Fischen, Seetang und versunkenen Schiffen zu dekorieren. Er wisse nicht einmal, ob er in Varena *bleiben* werde. Er könne die Verantwortung für Vargos' Leben nicht übernehmen, könne nicht zulassen, dass der andere ihm folgte, wenn er selbst kein Ziel habe. Das sei keine Freundschaft mehr, sondern etwas ganz anderes, und Vargos sei hier ein freier Mann. Er sei doch von jeher sein eigener Herr gewesen.

Vargos sagte nicht viel, er diskutierte nicht gern und es war schon gar nicht seine Art, sich aufzudrängen. Auch seine Mimik verriet wenig, so viel Crispin auch auf ihn einredete, doch es war für beide eine schwierige Nacht. Sie hatten auf ihrer Reise hierher ein einschneidendes Erlebnis gehabt und waren seither miteinander verbunden. Zwar ließen sich solche Bande auch wieder lösen, doch das hatte seinen Preis.

Für Crispin wäre es nur allzu verlockend gewesen, Vargos mit in den Westen zu nehmen. In Begleitung dieses Mannes hätte er seiner ungewissen Zukunft viel ruhiger entgegengesehen. Aus dem stämmigen Diener mit der Narbe im Gesicht, den er an der Westgrenze von Sauradia als Führer über die Kaiserliche Straße angeheuert hatte, war ein Mensch geworden, der eine gewisse Stabilität in seine Welt brachte.

So also konnte es kommen, wenn man sich mit jemandem in den Alten Wald wagte und lebend wieder herauskam. Das Fest der Toten wurde mit keinem Wort erwähnt, aber es lag dem ganzen Gespräch zugrunde und vertiefte den Abschiedsschmerz.

Erst ganz am Ende holte Vargos die Erinnerung daran mit einer Bemerkung an die Oberfläche. »Du fährst zur See?«, fragte er, als sie ihre Zeche bezahlten. »Du wanderst nicht auf der Straße zurück?«

»Das würde ich nicht wagen«, antwortete Crispin.

»Carullus gäbe dir eine Eskorte mit.«

»Die schützt mich nicht vor dem, was ich fürchte.«

Und Vargos nickte.

»Man hat uns ... *freigegeben*«, murmelte Crispin und dachte an den Nebel am Fest der Toten, an Linon im dunklen, nassen Gras. »Das fordert man nicht heraus, indem man noch einmal wiederkommt.«

Vargos nickte erneut, und dann traten sie auf die Straße hinaus.

Wenige Tage später mussten sie Carullus fast aus der *Spina* tragen. Es war fast komisch, wie der Soldat von seinen Gefühlen hin und her gerissen wurde: seine Heirat, sein kometenhafter Aufstieg, der ihn gleichzeitig von einem ruhmreichen Krieg fern hielt, die Freude über das Schicksal seines geliebten Leontes und die Erkenntnis, welche Auswirkungen es auf das Schicksal seines geliebten Freundes hatte, dazu das Bewusstsein, dass Crispins Abreise in Windeseile näher rückte – er war völlig durcheinander.

In dieser Nacht hatte er noch mehr geredet als sonst. Die anderen kamen kaum zu Wort: Der Strom von Anekdoten, Scherzen, Kommentaren, Kriegserlebnissen, Erinnerungen an Rennen, die er vor Jahren gesehen hatte und nun Runde für Runde nacherzählte, wollte nicht abreißen. Beim Aufbruch schloss er Crispin weinend in die Arme, als wolle er ihn erdrücken, und küsste ihn auf beide Wangen. Seine drei Freunde führten ihn durch die dunklen Straßen heimwärts. Kurz vor seinem Haus stimmte er ein Siegeslied der Grünen an.

Kasia hatte ihn offenbar gehört und öffnete selbst die Tür. Sie war im Nachthemd und hielt eine Kerze in der Hand. Carullus salutierte vor seiner Frau und wankte dann – noch immer singend –, gestützt von Pardos und Vargos, die Treppe hinauf.

Crispin blieb allein mit Kasia im Flur zurück. Sie führte ihn in den Wohnraum. Keiner von beiden sprach ein Wort. Crispin kniete nieder und stocherte mit dem Schürhaken im Feuer herum, bis die beiden anderen herunterkamen.

»Das geht vorüber«, sagte Vargos.

»Natürlich«, sagte Kasia. »Ich danke euch.«

Alle schwiegen verlegen. »Wir warten auf der Straße«, sagte Pardos.

Sie gingen. Crispin hörte die Tür ins Schloss fallen. Er stand auf.

»Wann reist du ab?«, fragte Kasia. Sie sah großartig aus. War etwas voller geworden und hatte nicht mehr diesen verletzten Ausdruck in den Augen. *Sie werden mich morgen töten.* Die ersten Worte, die sie zu ihm gesprochen hatte.

»In drei Tagen«, sagte er jetzt. »Irgendjemand muss erwähnt haben, dass ich ein Schiff suche, das hat sich herumgesprochen und nun hat mir Senator Bonosus mitgeteilt, dass mich einer von seinen Kauffahrern mit nach Megarium nehmen kann. Wirklich sehr freundlich von ihm. Es ist kein schnelles Schiff, aber das spielt keine Rolle. Über die Bucht zu kommen, ist zu dieser Jahreszeit keine Schwierigkeit. Zwischen Megarium und Mylasia verkehren ständig Schiffe. Ich könnte natürlich auch zu Fuß gehen. Die Küste hinauf und wieder hinunter. Bis nach Varena.«

Er redete und redete. Sie musste lächeln. »Du bist genau wie mein Mann. So viele Worte auf eine ganz einfache Frage.«

Crispin lachte. Wieder trat Schweigen ein.

»Sie warten draußen auf dich«, sagte sie.

Er nickte. Mit einem Mal war ihm die Kehle wie zugeschnürt. Auch sie würde er niemals wiedersehen.

Sie brachte ihn zur Tür. Dort drehte er sich um.

Sie nahm sein Gesicht in beide Hände, dann stellte sie sich auf die Zehenspitzen und küsste ihn auf den Mund. Ihre Lippen waren weich und warm und verströmten einen schwachen Duft.

»Ich danke dir für mein Leben«, sagte sie.

Er räusperte sich. Wusste nicht, was er sagen sollte. Plötzlich wurde ihm schwindlig. Zu viel Wein. Komisch: zuerst dieser Redeschwall und dann kein einziges Wort. Sie öffnete die Tür. Er stolperte über die Schwelle. Am Himmel leuchteten die Sterne.

»Es ist richtig, dass du die Stadt verlässt«, sagte Kasia leise. Sie legte ihm die flache Hand auf die Brust und gab ihm einen kleinen Stoß. »Fahr nach Hause und schaff dir Kinder an, mein Lieber.«

Bevor er auf diesen erstaunlichen Rat etwas erwidern konnte, hatte sie schon die Tür geschlossen.

Er konnte es kaum fassen, dass es noch Menschen auf

der Welt gab, die so etwas zu ihm sagen konnten – und es auch taten.

Jedenfalls einen Menschen.

»Kommt, wir gehen ein Stück«, sagte er zu den beiden anderen, die unter der nächsten Laterne auf ihn gewartet hatten.

Zwei wortkarge Männer, die sich nicht aufdrängten. Sie hingen ihren eigenen Gedanken nach und überließen ihn den seinen. So wanderten sie schweigend durch die Straßen und über die Plätze. In ihrer Gegenwart fühlte Crispin sich sicher und nicht allein. Die Gardisten des Stadtpräfekten waren unterwegs, Schenken und Kneipen waren wieder geöffnet. Offiziell war die Stadt noch in Trauer, deshalb waren die Theater geschlossen, und es fanden keine Wagenrennen statt. Dennoch war Frühling in Sarantium, die Nächte waren erfüllt von Düften und Geräuschen, und immer wieder huschten Schatten durch die Lichtkreise der Laternen.

Aus einem Hauseingang wurden die drei Männer von zwei Frauen angerufen. In der Gasse dahinter sah Crispin ein Flämmchen aufflackern, eins von denen, die aus dem Nichts auftauchten und wieder verschwanden, sobald man sie gesehen hatte. Er hatte sich daran gewöhnt. Die Zwischenwelt war immer gegenwärtig.

Er führte die anderen zum Hafen hinunter. Die Flotte war ausgelaufen und hatte nur die übliche Hafenwache zurückgelassen. Kauffahrer und Fischerboote lagen am Kai. Seine Freunde waren etwas hinter ihm gegangen. Nun rückten sie näher. Drei kräftige Männer hatten selbst in dieser Gegend wenig zu befürchten.

Crispins Kopf war fast wieder klar. Er fasste einen Entschluss, an den er sich auch halten sollte: Wenn er morgen aufstand, wollte er eine Mahlzeit ohne Wein einnehmen und dann ein Badehaus aufsuchen und sich rasieren lassen (eine lieb gewordene Gewohnheit, die er erst auf See wieder aufgeben würde).

So viele Abschiede, dachte er. Kasias Worte klangen ihm noch im Ohr, während er mit seinen Freunden durch die nächtlichen Straßen ging. Er hatte noch nicht allen richtig Lebewohl gesagt, und bei manchen würde er auch nicht mehr dazu kommen.

Seine Arbeit war noch nicht vollendet und würde auch nicht mehr vollendet werden.

Die Bilder werden zerstört.

Er ertappte sich dabei, dass er in jeden Hauseingang, jede Gasse schaute. Wenn eine Frau ihn anrief und ihm höchstes Glück und Vergessen versprach, drehte er sich um und sah sie an, bevor er weiterging.

Am Wasser blieben sie stehen. Schiffstaue knarrten, klatschend brachen sich die Wellen an den Stegen. Die Monde schienen zwischen den schwankenden Masten hin und her zu schaukeln. Da draußen gibt es Inseln, dachte Crispin und schaute ins Dunkel, Inseln mit steinigen Stränden, die silbrigblau im Mondlicht glänzten.

Er kehrte dem Meer den Rücken, und sie stiegen die Gassen wieder hinauf. Das Schweigen seiner Begleiter war wie ein Geschenk. Er verließ Sarantium. Sarantium verließ ihn.

Zwei Frauen gingen vorbei. Eine blieb stehen und rief sie an. Crispin hielt ebenfalls an, musterte sie kurz, wandte sich ab.

Sie konnte ihre Stimme nach Belieben verändern. Und ihr Aussehen vermutlich auch. Schauspielerkünste. Falls sie noch am Leben war. Endlich gestand er sich ein, dass er nur einem Hirngespinst nachjagte: Er bildete sich ein, wenn sie noch hier wäre, wenn sie ihn sähe in der dunklen Stadt, spräche sie ihn vielleicht an, um ihm Lebewohl zu sagen.

Es war Zeit, zu Bett zu gehen. Sie schlenderten zu seinem Haus zurück. Ein schlaftrunkener Diener ließ sie ein. Er wünschte den anderen eine gute Nacht. Die beiden suchten ihre Zimmer auf. Er stieg hinauf in das seine. Shirin erwartete ihn.

Er hatte noch nicht allen richtig Lebewohl gesagt.

Er schloss die Tür hinter sich. Sie saß auf dem Bett, ein Bein elegant über das andere geschlagen. Bilder, die immer neue Bilder erzeugten. Kein Dolch diesmal. Es war nicht dieselbe Frau.

»Es ist sehr spät«, sagte sie. »Bist du nüchtern?«

»Einigermaßen«, antwortete er. »Wir haben einen langen Spaziergang gemacht.«

»Carullus?«

Er schüttelte den Kopf. »Wir mussten ihn praktisch zu Kasia nach Hause tragen.«

Shirin lächelte ein wenig. »Er weiß nicht, ob er sich freuen oder ob er trauern soll.«

»So ungefähr«, sagte er. »Wie bist du hereingekommen?«

Sie zog die Augenbrauen hoch. »Meine Sänfte wartet draußen auf der Straße. Hast du sie nicht gesehen? Wie ich hereingekommen bin? Ich habe angeklopft. Einer deiner Diener hat geöffnet. Ich sagte, ich hätte mich noch nicht von dir verabschiedet und ob ich warten könnte, bis du zurückkämst. Er führte mich in diesen Raum.« Sie deutete mit der Hand auf das Glas Wein neben sich. »Ich wurde sehr zuvorkommend behandelt. Wie kommen deine Besucher denn sonst herein? Dachtest du etwa, ich wäre durchs Fenster gestiegen, um dich im Schlaf zu verführen?«

»So viel Glück ist mir nicht beschieden«, murmelte er. Er musste sich setzen und wählte den Stuhl am Fenster.

Sie schnitt eine Grimasse. »Die meisten Männer sind besser, wenn sie wach sind«, sagte sie. »Wobei ich mir vorstellen könnte, dass es bei manchen von den Dummköpfen, die mir Geschenke schicken, anders aussieht.«

Crispin rang sich ein Lächeln ab. Shirin trug Danis an ihrem Riemen um den Hals. Sie waren beide gekommen. Schwierig. In diesen letzten Tagen war alles schwierig.

Dass er nicht einmal sagen konnte, *warum* er diese Begegnung so schwierig fand, war an sich schon ein Teil des Problems.

»Hat Pertennius dich wieder belästigt?«, fragte er.

»Nein. Er ist beim Heer. Das solltest du eigentlich wissen.«

»Ich kann mich nicht um jeden Einzelnen kümmern. Bitte verzeih mir.« Das klang schärfer als beabsichtigt.

Sie warf ihm einen bösen Blick zu.

Danis meldete sich zum ersten Mal. ›*Sie sagt, sie hätte gute Lust, dich umzubringen.*‹

»Sprich selbst mit mir«, fauchte Crispin. »Versteck dich nicht hinter dem Vogel.«

»Ich verstecke mich nicht. Im Gegensatz zu gewissen anderen Leuten. Aber so etwas … sagt man als höflicher Mensch nicht laut.«

Er musste unwillkürlich lachen. Die Umgangsformen der Zwischenwelt.

Auch sie musste lächeln.

Eine Weile war es still. Ihr Duft hing im Raum. Nur zwei Frauen auf der Welt trugen dieses Parfüm. Jetzt wahrscheinlich nur noch eine, denn die andere war tot oder versteckte sich noch immer.

»Ich will nicht, dass du fortgehst«, sagte Shirin.

Er sah sie wortlos an. Sie reckte das kleine Kinn vor. Er hatte schon seit langem festgestellt, dass ihre Züge in ruhigen Momenten zwar anziehend, aber nicht unwiderstehlich waren. Erst durch ihre Ausdrucksfähigkeit erwachte dieses Gesicht zum Leben. Wenn sie lachte, Schmerz, Kummer oder Angst – manchmal alles zugleich – zeigte, fesselte ihre Schönheit alle Blicke, alle Gedanken. Dann wurde sie begehrenswert. Oder wenn sie sich bewegte, mit tänzerischer Grazie und Geschmeidigkeit verhalten andeutete, dass kaum eingestandene körperliche Bedürfnisse von ihr befriedigt werden könnten. Sie war ein Wesen, das sich in einer statischen Kunstform nie vollends entfaltet hätte.

»Shirin«, sagte er, »ich kann nicht bleiben. Nicht mehr. Du weißt, was geschehen ist. Du selbst hast mich bei unserem letzten Gespräch als Lügner und als Narren bezeichnet, weil ich versuchte ... es herunterzuspielen.«

»Als Narren hat dich Danis bezeichnet«, verbesserte sie. Dann schwieg sie wieder. Doch nun sah sie ihn wenigstens an.

Crispin brauchte lange, doch endlich fasste er in Worte, was er dachte. »Ich kann dich nicht bitten, mit mir zu kommen, meine Teure.«

Das Kinn hob sich noch etwas höher. Aber sie sagte kein Wort. Sie wartete.

»Ich ... hatte daran gedacht«, murmelte er.

»Gut«, sagte Shirin.

»Ich weiß nicht einmal, ob ich in Varena bleiben und was ich in Zukunft tun werde.«

»Ach ja. Der ewige Wanderer. Und dieses harte Leben kann keine Frau mit dir teilen.«

»Nicht ... diese Frau«, sagte er. Er war jetzt völlig nüchtern. »Du bist fast so etwas wie Sarantiums zweite Kaiserin, meine Teure. Die neuen Herrscher brauchen dich dringend. Sie legen Wert auf Kontinuität, die Menschen sollen unterhalten werden. Du kannst damit rechnen, dass man dich noch mehr mit Ruhm überhäuft als bisher.«

»Und mir befiehlt, den Schreiber des Kaisers zu heiraten?«

Er blinzelte verdutzt. »Das glaube ich nicht«, sagte er.

»Ach ja. Das glaubst du nicht? Du kennst den sarantinischen Hof ja auch wie kein anderer.« Wieder ein böser Blick. »Warum bleibst du dann nicht hier? Wenn du dich kastrieren lässt, machen sie dich nach Gesius' Tod zum nächsten Kämmerer.«

Er sah sie schweigend an. Dann sagte er: »Shirin, sei ehrlich. Glaubst du wirklich, sie werden dich zwingen, jetzt sofort – irgendjemanden – zu heiraten?«

Stille.

›*Darum geht es doch nicht*‹, sagte Danis.

Dann hätte sie nicht davon anfangen sollen, dachte er. Aber er sprach es nicht aus, denn als er sie ansah, fuhr ihm ein Stich durchs Herz. Zoticus' Tochter, auf ihre Art ebenso tapfer wie ihr Vater.

Stattdessen fragte er: »Hast du … hat Martinian das Anwesen deines Vaters für dich verkauft?«

Sie schüttelte den Kopf. »Ich habe ihn nicht darum gebeten. Das hatte ich ganz vergessen, dir zu erzählen. Ich bat ihn, einen Pächter zu finden, damit es instand gehalten würde. Das hat er getan. Er hat mir einige Briefe geschrieben. So habe ich eine Menge über dich erfahren.«

Crispin blinzelte wieder. »Aha. Und du hast sicher vergessen, mir auch das zu erzählen?«

»Vermutlich haben wir einfach nicht oft genug miteinander gesprochen.« Sie lächelte.

›*Aus, fertig*‹, sagte Danis.

Crispin seufzte. »Zumindest das klingt wie die Wahrheit.«

»Freut mich, dass du meiner Meinung bist.« Sie nahm einen Schluck Wein.

Er sah sie an. »Ich weiß, du bist wütend. Was muss ich tun? Willst du, dass ich mit dir schlafe, meine Teure?«

»Um meinen Zorn zu lindern? Nein, danke.«

»Um deinen Schmerz zu lindern«, verbesserte er.

Sie schwieg.

›*Ich soll dir sagen, dass sie wünscht, sie wäre nie hierher gekommen*‹, meldete sich Danis.

»Das ist natürlich eine Lüge«, fügte Shirin laut hinzu.

»Ich weiß«, sagte Crispin. »Soll ich dich bitten, mit mir nach Westen zu gehen?«

Sie sah ihn an.

»*Möchtest* du denn, dass ich mitkomme?«

»Manchmal schon, ja«, gestand er, nicht nur ihr, sondern auch sich selbst. Es war eine Erleichterung, es auszusprechen.

Sie holte tief Atem. »Das ist doch immerhin ein Anfang«, murmelte sie. »Lindert auch den Zorn. Jetzt wärst du vielleicht sogar fähig, aus anderen Gründen mit mir zu schlafen.«

Er lachte. »Oh, meine Teure«, sagte er. »Glaubst du nicht, ich …«

»Ich weiß. Lass gut sein. Sprich es nicht aus. Du konntest an … so etwas nicht denken, als du kamst, ich kenne die Gründe. Und jetzt kannst du es wieder nicht … aus anderen Gründen. Die ich ebenfalls kenne. Was also willst du von mir?«

Sie trug eine weiche dunkelgrüne Mütze mit einem Rubin. Ihr Mantel lag neben ihr auf dem Bett. Ihr Gewand war aus Seide, grün wie die Mütze, mit goldenen Borten. Ihre Ohrringe waren aus Gold, und die Ringe an ihren Fingern blitzten. Er betrachtete sie und verinnerlichte das Bild. Niemals, dachte er, würde seine Gabe ausreichen, um sie so einzufangen, wie er sie in diesem Moment vor sich sah, obwohl sie ganz still saß.

Sehr behutsam sagte er: »Verkauf … das Anwesen noch nicht. Vielleicht möchtest du einmal … dein Gut in der Westprovinz besuchen. Falls der Westen zur Provinz wird.«

»Damit ist zu rechnen. Ich habe festgestellt, dass die Kaiserin Gisel weiß, was sie will, und wie sie es bekommen kann.«

Er dachte genauso. Aber er sprach es nicht aus. Die Kaiserin war jetzt nicht von Bedeutung. Er spürte, dass sein Herz schneller schlug. »Vielleicht könntest du …

sogar dort investieren, je nachdem, wie sich die Dinge entwickeln. Martinian kennt sich mit solchen Geschäften aus, wenn du einen Rat brauchst.«

Sie lächelte ihn an. »Je nachdem, wie sich die Dinge entwickeln?«

»Gisels ... Pläne.«

»Gisel«, murmelte sie. Und wartete wieder.

Er holte tief Atem. Vielleicht ein Fehler. Ihr Parfüm war allgegenwärtig. »Shirin, es gibt keinen *Grund* für dich, Sarantium zu verlassen, und das weißt du.«

»Ja?«, ermunterte sie ihn.

»Lass mich erst nach Hause kommen und sehen, was ... hm, lass mich ... Äh, ja, und solltest du hier doch jemanden heiraten, aus freien Stücken, dann wäre ich ... Jads Blut, Weib, was *soll* ich denn noch sagen?«

Sie stand auf. Lächelte. Ein vieldeutiges Lächeln, das ihn hilflos machte.

»Das genügt mir schon«, murmelte sie. Beugte sich über ihn, bevor er aufstehen konnte, und drückte ihm einen schwesterlichen Kuss auf die Wange. »Leb wohl, Crispin. Komm gut nach Hause. Du musst mir bald schreiben. Vielleicht über meine Besitzungen? Etwas in der Art.«

Etwas in der Art.

Er stand auf. Räusperte sich. Diese Frau war so begehrenswert wie das Mondlicht in dunkler Nacht.

»Du, hm, bei unserer ersten Begegnung hast du mich besser geküsst.«

»Ich weiß«, gab sie zuckersüß zurück. »Das war vielleicht ein Fehler.«

Sie lächelte wieder, ging zur Tür, öffnete sie und verließ den Raum. Er stand wie angewurzelt.

›Geh nur zu Bett‹, sagte Danis. ›Die Diener bringen uns schon zur Tür. Ich soll dir noch eine gute Reise wünschen.‹

›Danke‹, sendete er, bevor ihm wieder einfiel, dass

sie seine Gedanken ja nicht hören konnte. Aber er wäre ja schon froh gewesen, wenn er sich selbst verstanden hätte.

Er ging nicht zu Bett. Er hätte keinen Schlaf gefunden. Stattdessen saß er noch lange auf seinem Stuhl am Fenster. Sah ihr Weinglas und die Karaffe auf dem Tablett, griff aber nicht danach, trank nicht. Hielt das Gelübde, das er auf der Straße abgelegt hatte.

Am Morgen war er froh, einen klaren Kopf zu haben. Eine Botschaft – er hatte mehr oder weniger damit gerechnet – erwartete ihn, als er die Treppe hinunterstieg. Sie war bei Sonnenaufgang abgegeben worden. Er aß, besuchte spontan mit Vargos und Pardos eine Kapelle, ging dann ins Badehaus, ließ sich rasieren und machte im Blauen-Hof und anderswo einige Besuche. Registrierte den ganzen Tag über die Bewegung der Sonne am Himmel. Dieser Tag, diese Nacht, noch ein Tag, dann wäre er fort.

Noch nicht allen Lebewohl gesagt. Noch ein Abschied bei Einbruch der Dunkelheit. Im Palast.

»Ich hatte an einen Mehlsack gedacht«, sagte die Kaiserin von Sarantium. »Zur Erinnerung.«

»Ich bin Euch dankbar, Majestät, dass Ihr den Gedanken nicht weiter verfolgt habt.«

Gisel lächelte. Sie hatte an einem kleinen Schreibpult gesessen und mit einem Messerchen versiegelte Briefe und Berichte geöffnet. Jetzt erhob sie sich. Leontes befand sich mit dem Heer im Nordosten, aber das Reich musste weitergeführt und sicher durch die Zeit des Umbruchs geleitet werden. *Das ist vermutlich ihre und Gesius' Aufgabe*, dachte Crispin.

Sie ging durch den Raum und suchte sich eine andere Sitzgelegenheit. Das Papiermesserchen behielt sie in der Hand. Er sah, dass sein Elfenbeingriff die Form eines Kopfes hatte. Sie bemerkte seinen Blick. Lächelte. »Mein

Vater hat es mir geschenkt, als ich noch ganz jung war. Es ist sein Gesicht. Wenn man den Griff dreht, lässt er sich abnehmen.« Sie zeigte es ihm. Hielt das Elfenbein in einer, die Klinge in der anderen Hand. »Ich trug es unter meiner Kleidung auf der Haut, als ich das Schiff nach Sarantium bestieg, und versteckte es auch bei der Landung.«

Er sah sie an.

»Ich wusste ja nicht, was mich hier erwartete. Wenn ... alles aus ist, können wir manchmal nur noch bestimmen, wie wir enden.«

Crispin räusperte sich und sah sich um. Bis auf eine Dienerin waren sie allein in Gisels Gemächern im Traversit-Palast. Hier hatte Alixana gewohnt. Gisel hatte noch keine Zeit gefunden, die Räume neu zu gestalten. Andere Dinge hatten Vorrang. Die Rose war nicht mehr zu sehen.

Alixana hatte sich für diesen Raum Delphine gewünscht. War mit ihm aufs Meer hinausgefahren, um sie ihm zu zeigen.

Als Crispin sich an den Bronzetoren meldete, hatte ihn Gesius der Kämmerer bereits mit wohlwollendem Lächeln erwartet. Er hatte ihn persönlich zu Gisel geleitet und sich dann zurückgezogen. Crispin begriff, dass mit der Einladung nach Einbruch der Dunkelheit diesmal keine Hintergedanken verbunden waren. Die Arbeitszeiten im Kaiserlichen Bezirk waren lang, besonders in Kriegszeiten. Außerdem war man dabei, einen diplomatischen Feldzug für Batiara zu entwerfen. Die Kaiserin hatte ihn einfach dann zu sich bestellt, als sie in ihrem vollen Tagespensum ein paar Minuten erübrigen konnte. Um einen Landsmann zu verabschieden, der nach Hause zurückführte. Keine Versteckspiel mehr, keine Entführung im Dunkeln, keine geheime Botschaft, die ihn das Leben kosten konnte, wenn sie bekannt wurde.

Das war Vergangenheit. Er war hierher gereist, sie hatte eine noch weitere Reise auf sich genommen. Nun kehrte er zurück. Wie mochte Varena jetzt aussehen, die Stadt, in deren Schenken die Betrunkenen ein Jahr lang Wetten auf ihr Leben abgeschlossen hatten?

Die Wetten waren gewonnen und verloren worden. Und die Antae-Adligen, die versucht hatten, sie zu ermorden, um an ihrer Stelle zu herrschen ... was sollte aus ihnen jetzt werden?

»Hättet Ihr Euch mit Eurer Abreise ein wenig beeilt«, sagte Gisel, »dann hättet Ihr auf der Kaiserlichen Jacht fahren können. Sie ist vor zwei Tagen mit Botschaften an Eudric und Kerdas in See gestochen.«

Er sah sie an. Wieder dieses unheimliche Gefühl, als könne diese Frau seine Gedanken lesen. Ob sie anderen wohl auch so erschien? Wie hatte ein Mensch nur so töricht sein können, gegen sie zu wetten? Sie hatte sich kurz abgewandt und ihrer Hofdame einen Wink gegeben. Nun wurde ihm Wein serviert, auf einem edelsteinbesetzten Goldtablett. Sarantiums Reichtum, seine unermesslichen Schätze. Er schenkte sich ein und goss Wasser dazu.

»Ein vorsichtiger Mann, wie ich sehe«, bemerkte die Kaiserin mit vielsagendem Lächeln.

Auch er hatte die Worte nicht vergessen. Genauso hatte sie das erste Mal in Varena zu ihm gesprochen. Eine seltsame Stimmung durchzog diese nächtliche Audienz. Sie hatten beide einen weiten Weg zurückgelegt in diesem halben Jahr.

Er schüttelte den Kopf. »Ich glaube, ich sollte einen klaren Kopf behalten.«

»Habt Ihr den nicht immer?«

Er zuckte die Achseln. »Ich hatte eben selbst an die Thronräuber gedacht. Was wird aus ihnen? Wenn die Frage erlaubt ist, Majestät.«

Das war natürlich wichtig. Er kehrte in die Heimat

zurück, und dort waren auch seine Mutter, sein Haus, seine Freunde.

»Das hängt von ihnen ab. Hauptsächlich von Eudric. Ich habe ihm angeboten, als Statthalter des Kaisers Valerius III. die neue sarantinische Provinz Batiara zu verwalten.«

Crispin sah sie überrascht an, dann nahm er sich zusammen und schaute zu Boden. Er stand vor einer Kaiserin. Da glotzte man nicht wie ein Fisch.

»Ihr wollt den Mann belohnen, der ...«

»Mich töten wollte?«

Er nickte.

Sie lächelte. »Wer von den Antae-Adligen hätte mir im vergangenen Jahr *nicht* nach dem Leben getrachtet, Caius Crispus? Alle wollten sie mich tot sehen. Das wussten sogar die Rhodianer. Wer bliebe mir noch, wenn ich sie alle beseitigen ließe? Ist es da nicht besser, den Sieger zu stützen? Er hat sich immerhin als fähig erwiesen. Und er wird sich ... denke ich, nie ganz sicher sein können.«

Er starrte sie schon wieder an. Konnte nicht anders. Etwa zwanzig Jahre alt, schätzte er, vielleicht nicht einmal das. Aber so berechnend, so zielstrebig wie ... wie ein Monarch. Hildrics Tochter. Solche Menschen lebten in einer anderen Welt. Valerius war nicht anders, dachte er plötzlich.

Auch sein Verstand arbeitete fieberhaft. »Und der Patriarch in Rhodias?«

»Gut überlegt«, lobte die Kaiserin. »An ihn sind mit demselben Schiff eigene Botschaften abgegangen. Wenn er einwilligt, wird die Spaltung des Jad-Glaubens aufgehoben. Der Patriarch des Ostens wird seine Vorrangstellung wieder anerkennen.«

»Im Gegenzug ...«

»Gibt er verschiedene Erklärungen ab. Er bejaht die Wiedervereinigung des Reiches, erkennt Sarantium

als Sitz des Kaisertums an und unterstützt die Vorschläge des Kaisers in bestimmten Fragen der Glaubenslehre.«

Alles war bedacht, alles ging Schlag auf Schlag.

Er konnte seinen Zorn kaum noch beherrschen. »Wobei zu diesen Fragen natürlich auch die Darstellung
Jads in Kapellen und Heiligtümern gehört.«

»Natürlich«, murmelte sie ungerührt. »Gerade darauf
legt der Kaiser besonderen Wert.«

»Ich weiß«, sagte er.

»Das ist mir klar«, gab sie zurück.

Dann schwiegen sie beide.

»Ich rechne damit, dass sich die politischen Probleme
sehr viel einfacher lösen lassen als die religiösen. Das
habe ich auch zu Leontes gesagt.«

Crispin schwieg.

Sie wartete, dann fügte sie hinzu: »Ich bin heute Morgen durch den Gang, den Ihr mir gezeigt hattet, in den
Großen Tempel gegangen. Ich wollte mir Eure Bilder an
der Kuppel noch einmal ansehen.«

»Bevor sie abgeschlagen werden, meint Ihr?«

»Ja.« Sie nickte gelassen. »Vorher. Wie ich bereits neu-
lich nachts zu Euch sagte –, verstehe ich gewisse Dinge,
über die wir bei unserer ersten Begegnung sprachen,
inzwischen etwas besser.«

Er wartete.

»Ihr hattet Euch über unzulängliches Material beklagt. Wisst Ihr noch? Ich sagte Euch, es sei das beste,
das wir zu bieten hätten. Das Land sei von Pest und
Krieg geschwächt.«

»Ich entsinne mich.«

Gisel lächelte ein wenig. »Was ich damals sagte, war
die Wahrheit. Doch was Ihr sagtet, noch mehr: Ich habe
gesehen, was ein Meister mit angemessenen Mitteln zu
erreichen vermag. Bei der Arbeit am Heiligtum meines
Vaters wart Ihr behindert wie ein Strategos auf dem

Schlachtfeld, der nur Bauern und Feldarbeiter einzusetzen hat.«

Ihr Vater war so gewesen. Und er war auch so gestorben.

»Mit allem schuldigen Respekt, Majestät, der Vergleich behagt mir nicht.«

»Ich weiß«, sagte sie. »Aber darüber könnt Ihr später nachdenken. Ich fand ihn nicht schlecht, als er mir heute Morgen einfiel.«

Sie war die Freundlichkeit selbst, machte ihm Komplimente, empfing ihn in Privataudienz, nur um sich von ihm zu verabschieden. Er hatte keinerlei Veranlassung, den Griesgram zu spielen. Gisels Aufstieg zur Kaiserin war womöglich die Rettung für seine und ihre Heimat.

Er nickte. Rieb sich das glatte Kinn. »An Bord habe ich sicher genügend Muße dafür, Majestät.«

»Morgen?«, fragte sie.

»Übermorgen.«

Später (er hatte tatsächlich genügend Muße an Bord) erkannte er, dass sie den Termin gekannt und das Gespräch entsprechend gesteuert hatte.

»Aha. Ihr habt also noch geschäftliche Dinge zu erledigen.«

»Ja, Majestät. Aber ich denke, jetzt ist alles getan.«

»Man hat Euch den Betrag, der Euch zusteht, restlos ausbezahlt? Wir legen Wert darauf, dass alles korrekt abgewickelt wird.«

»Gewiss, Majestät. Der Kämmerer war so freundlich, sich persönlich darum zu kümmern.«

Sie sah ihn an. »Er verdankt Euch sein Leben. Auch wir … stehen natürlich tief in Eurer Schuld.«

Er schüttelte den Kopf. »Ihr wart meine Königin. Und seid es noch immer. Ich habe nicht mehr getan, als …«

»Ihr wart zweimal zur Stelle, als wir Euch brauchten, trotz persönlicher Gefahren. Ich will mich mit der leidigen Geschichte nicht zu lange aufhalten …« Er bemerkte, dass sie den amtlichen Tonfall aufgegeben hatte. »Aber mein Herz gehört noch immer dem Westen, und ich bin stolz auf alles, was wir dem Osten zu zeigen haben. Deshalb bedaure ich, dass … die Umstände die Zerstörung Eurer Arbeit hier unvermeidlich machen.«

Er senkte den Blick. Was gab es darauf zu erwidern? Es war der Tod.

»Nach allem, was ich in den letzten Tagen erfahren habe, könnte ich mir denken, dass es noch jemanden gibt, den Ihr vor Eurer Abreise gern aufsuchen würdet.«

Crispin blickte auf.

Gisel von den Antae, Gisel von Sarantium, sah ihn mit ihren blauen Augen fest an.

»Sie kann Euch allerdings nicht sehen«, sagte sie.

Die Delphine waren wieder da. Er hatte sich schon gefragt, ob er sie wohl zu sehen bekäme, und dabei war ihm aufgefallen, wie unglaublich eitel und töricht seine Zweifel waren: als ob es vom Tun der Menschen in ihren Städten abhinge, ob sich die Geschöpfe des Meeres zeigten oder verbargen.

Man konnte die Sache natürlich auch aus anderer (ketzerischer) Sicht betrachten: In diesen Tagen gab es in und um Sarantium Unmengen von Seelen zu befördern.

Er befand sich auf einer schnittigen kleinen Kaiserlichen Jacht. Gisels schmaler Dolch mit dem Elfenbeingesicht ihres Vaters hatte ihm Zutritt verschafft. Ein Geschenk, hatte sie erklärt, als sie ihm das Messer überreichte, ein Andenken an sie. Auch wenn sie damit rechne, in nicht allzu langer Zeit selbst nach Varena zu kommen. Wenn alles wie geplant verlief, sollte die Krönung auch in Rhodias feierlich begangen werden.

Die Besatzung war mit ein paar Zeilen davon unterrichtet worden, dass der Mann mit dem Bild des Vaters der Kaiserin die Erlaubnis habe, ein sonst verbotenes Ziel anzufahren.

Er war schon einmal dort gewesen. Styliane befand sich nicht in den Verliesen unter den Palästen. Jemand mit einem feineren Sinn für die Ironie des Schicksals und für angemessene Bestrafung – wahrscheinlich Gesius, der in seinem Leben so viel Gewalt gesehen und überstanden hatte – hatte einen anderen Ort gefunden, wo sie das geschenkte Leben beenden sollte. Der neue Kaiser hatte Gnade walten lassen gegenüber seiner ehemaligen Gattin, um dem Volk ein Zeichen seiner Güte zu geben.

Man braucht wirklich nur an Leontes auf dem Goldenen Thron und an Styliane auf ihrer Insel zu denken, dachte Crispin, während er vom Schiff aus den Delphinen zusah, um genügend Beispiele für die Ironie des Schicksals zu finden.

Sie legten an, das Schiff wurde festgemacht, die Besatzung ließ eine Planke für ihn hinunter. Für den einzigen Besucher, den einzigen Menschen, der hier jemals an Land ging.

Erinnerungen und Bilder. Sein Blick wanderte unwillkürlich zu der Stelle, wo Alixana ihren Mantel auf die Steine hatte fallen lassen, bevor sie weggegangen war. Immer wieder hatte er diesen Ort im Traum gesehen – im Schein des Mondes.

Zwei Exkubitoren erwarteten das Schiff. Einer von den Gardisten auf der Jacht ging an Land und sprach leise mit ihnen. Crispin wurde wortlos auf den Pfad durch die Bäume geführt. Die Vögel sangen. Schräge Sonnenstreifen fielen durch das Blätterdach.

Bald hatten sie die Lichtung erreicht, wo an Valerius' Todestag mehrere Männer umgekommen waren. Niemand sprach ein Wort. Crispin bemühte sich, seine Angst zu unterdrücken, aber sie war stärker als alle anderen Empfindungen.

Er fühlte sich nicht wohl hier. Konnte nicht einmal

genau sagen, warum er gekommen war. Seine Begleiter blieben stehen, einer zeigte auf das größte Haus auf der Lichtung. Der Hinweis war überflüssig.

Dasselbe Haus, in dem auch ihr Bruder gewohnt hatte. Natürlich.

Mit einem Unterschied. Jetzt waren alle Läden geöffnet, auch die vergitterten Fenster standen weit offen und ließen die Morgensonne herein. Erstaunlich. Crispin ging weiter. Vor dem Haus standen Gardisten. Drei an der Zahl. Sie sahen an ihm vorbei seine Eskorte an, erhielten wohl irgendein Zeichen. Crispin drehte sich nicht um. Ein Mann schloss ihm die Tür auf.

Kein einziges Wort. Hatte man ihnen verboten zu sprechen, um zu verhindern, dass sie verführt, bestochen wurden? Er trat ein. Hinter ihm wurde die Tür geschlossen. Er hörte, wie sich der Schlüssel drehte. Sie gingen kein Risiko ein. Sie wussten natürlich, was ihre Gefangene getan hatte.

Die Gefangene saß ruhig in einem Sessel an der hinteren Wand und wandte ihm ihr Profil zu. Keine sichtbare Reaktion darauf, dass jemand eingetreten war. Sobald Crispin sie ansah, fiel die Angst von ihm ab, und ein Wust von anderen, heillos verworrenen Empfindungen trat an ihre Stelle.

»Ich sagte doch, ich will nicht essen«, erklärte sie.

Sie wandte ihm das Gesicht nicht zu, sah ihn nicht an.

Konnte ihn nicht sehen. Schon von der Tür aus erkannte Crispin, dass man ihr die Augen ausgestochen hatte. Anstelle des strahlenden Blaus klafften schwarze Höhlen. Obwohl er sich dagegen sträubte, erschien vor seinem inneren Auge ein unterirdischer Raum mit Folterwerkzeugen, einem hellen Feuer, Fackeln und großen Männern, die sich mit dicken, geschickten Daumen ihrem Gesicht näherten.

Noch jemand, den Ihr gern aufsuchen würdet, hatte Gisel gesagt.

»Das kann ich dir nicht verdenken«, sagte er. »Das Essen ist vermutlich grauenvoll.«

Sie fuhr auf. Ein Mitleid erregendes Bild. Wie konnte eine Frau von so untadeliger Beherrschung, eine Frau, die durch nichts zu erschüttern war, allein auf eine unerwartete Stimme so heftig reagieren?

Crispin versuchte sich vorzustellen, wie es wäre, blind zu sein. Keine Farben, kein Licht, der Reichtum der Abstufungen, das Spiel der Schatten, alles dahin. Das Schlimmste, was einem Menschen widerfahren konnte. Schlimmer als der Tod, dachte er.

»Rhodianer«, sagte sie. »Willst du wissen, wie es ist, mit einer Blinden zu schlafen? Perverse Gelüste?«

Er bewahrte Ruhe. »Nein«, sagte er. »Keine Gelüste, genau wie du. Ich wollte dir nur Lebewohl sagen. Ich reise morgen nach Hause.«

»So früh schon fertig?« Ihr Tonfall hatte sich verändert.

Sie drehte den Kopf nicht. Das goldene Haar war der Schere zum Opfer gefallen. Bei jeder anderen Frau hätte dies die Schönheit zerstört. Bei Styliane trat die Makellosigkeit der Wangenlinie, der Knochenstruktur unter der immer noch blutunterlaufenen, leeren Augenhöhle nur noch deutlicher hervor. Man hat sie nicht gezeichnet, dachte er. Nur geblendet.

Nur geblendet. Und in dieses Gefängnis auf der Insel gebracht, wo ihr Bruder in ewiger Nacht seine Tage verlebt hatte, verbrannt und innerlich brennend, jeden Lichtstrahl ausschließend.

Gerade an diesem Gegensatz, dachte Crispin, lässt sich das Wesen dieser Frau, ihr Stolz ermessen: Nun flutete das Licht in den Raum, nutzlos für sie, doch ein Geschenk für jeden, der eintreten mochte. Nur die schweigenden Wärter kamen Tag für Tag – aber Styliane Daleina versteckte sich nicht, verkroch sich nicht im Dunkeln. Wer mit ihr zu tun haben wollte, musste ertragen, was es zu sehen gab. Das war immer so gewesen.

»Du bist mit deiner Arbeit fertig?«, wiederholte sie.

»Nein«, sagte er ruhig. Keine Bitterkeit mehr. Nicht hier, nicht vor diesem Anblick. »Du hattest mich gewarnt, schon vor langer Zeit.«

»Ach ja. Jetzt schon? Ich dachte nicht, dass es …«

»So schnell geschähe?«

»So schnell. Er hat dir gesagt, deine Kuppel sei Ketzerei.«

»Ja. Und er hat es selbst getan, das muss ich ihm lassen.«

Sie wandte sich ihm zu.

Und er sah, dass man sie *doch* gezeichnet hatte. Ihre linke Gesichtshälfte zeigte das Schandmal der Mörderin: ein tiefer Messerschnitt in einem Kreis, der für die Sonne des Gottes stand. Die Wunde war mit Blut verkrustet, die Haut ringsum entzündet. Sie braucht einen Heiler, dachte er. Aber dafür war hier wohl nicht gesorgt. Die Entstellung war beabsichtigt – die Brandnarbe sollte bleiben.

Auch hier war jemand mit einem makabren Sinn für Ironie am Werk gewesen. Vielleicht auch nur ein Mensch in einem verschlossenen, schalldichten Raum unter der Erde, der keinerlei Sinn für solche Feinheiten besaß, sondern sich nur genau an die juristischen Vorschriften im Kaiserlichen Bezirk von Sarantium hielt.

Er hatte wohl unbewusst aufgestöhnt. Sie lächelte, ein wehmütiges, wissendes Lächeln, an das er sich gut erinnerte. Es schmerzte ihn, es hier zu sehen. »Meine unvergängliche Schönheit trifft dich ins Herz?«

Crispin schluckte. Holte tief Atem. »So ist es«, sagte er. »Aber ich wünschte, es wäre nicht so.«

Das brachte sie zum Schweigen.

»Du bist wenigstens ehrlich«, sagte sie. »Ich erinnere

mich, dass du ihn gut leiden konntest. Ihn und auch sie.«

»Das wäre für einen Handwerker vermessen gewesen. Ich habe ihn sehr bewundert.« Er hielt inne. »Ihn und auch sie.«

»Und Valerius war natürlich dein Gönner; er stellte sicher, dass du arbeiten konntest. Diese Sicherheit geht jetzt verloren. Armer Rhodianer. Hasst du mich dafür?«

»Ich wünschte, ich könnte es«, sagte er nach einer langen Pause. So viel Licht im Raum. Eine kühle Brise, mit Walddüften geschwängert. Vogelgezwitscher in den Bäumen am Rand der Lichtung. Das grün-goldene Laub. Frühlingsjung, saftig grün im Sommer, braun und verdorrt im Herbst. *Hasst du mich?*

»Ist er schon auf dem Weg nach Norden?«, fragte sie. »Gegen Bassania?«

Ein Leben in den Hallen und Sälen der Macht. Ein Verstand, der die Arbeit nicht einstellen konnte.

»Ja.«

»Und … Gisel soll mit Varena verhandeln?«

»Ja.«

Gisel, dachte er, ist in dieser Beziehung ganz genau so. Solche Menschen lebten in einer anderen Welt. Unter derselben Sonne, den Monden, den Sternen, aber in einer anderen Welt.

Wieder verzog sie spöttisch den Mund. »Ich hätte es genauso gemacht, weißt du das? Ich hatte dir schon an unserem ersten Abend gesagt, dass einige von uns die Invasion für katastrophale Dummheit hielten.«

»Auch Alixana dachte so«, sagte er.

Das überhörte sie ohne Mühe.

»Er musste getötet werden, bevor die Flotte in See stach. Wenn du darüber nachdenkst, wirst du es einsehen. Leontes musste noch in der Stadt sein. Wäre er erst auf dem Meer gewesen, er wäre nicht mehr umgekehrt.«

»Wie bedauerlich. Valerius musste also sterben, um Leontes – und dich – an die Macht zu bringen.«

»Ich … das dachte ich, ja.«

Er schnappte nach Luft. »Du *dachtest?*«

Wieder verzog sie spöttisch den Mund. Diesmal zuckte sie zusammen, hob die Hand und ließ sie wieder sinken, ohne ihre wunde Wange zu berühren. »Nach dem Tunnel schien es mir nicht mehr so wichtig.«

»Ich verstehe nicht …«

»Ich hätte ihn schon vor Jahren töten lassen können. Aber ich war ein törichtes Kind. Ich dachte, ich müsste die Macht an mich reißen, ich hätte sie verdient wie einst mein Vater. Leontes wäre nach außen hin der Herrscher gewesen, aber er hätte sich mit der Liebe seiner Soldaten und seiner Frömmigkeit zufrieden gegeben, und meine Brüder und ich …« Sie brach ab.

Ich hätte ihn schon vor Jahren töten lassen können.

Crispin sah sie an. »Du glaubst, Valerius hat deinen Vater getötet?«

»Ach, Rhodianer. Ich weiß es doch. Ich wusste nur nicht, dass nur das allein zählte. Ich … hätte klüger sein sollen.«

»Und früher töten?«

»Ich war acht Jahre alt«, sagte sie. Und verstummte. Das Zwitschern der Vögel war sehr laut. »Ich glaube, damals ging mein Leben zu Ende. Sozusagen. Das Leben … auf das ich zusteuerte.«

Der Sohn des Steinmetzen Horius Crispus sah sie an. »Dann glaubst du, du hättest aus *Liebe* gehandelt?«

»Nein, ich glaube, es geschah aus Rache«, sagte sie. Und dann bat sie ganz unvermittelt: »Würdest du mich töten?«

Ganz unvermittelt, aber er konnte ja sehen, was man ihr unter dem Deckmantel der Gnade angetan hatte und noch antat. Er wusste, wie verzweifelt sie ein Ende dieses Zustands herbeisehnen musste. Nicht einmal Holz für ein Feuer gab es in diesem Raum, denn mit Feuer konnte man sich töten. Wahrscheinlich stopfte man ihr auch das Essen in den Mund, wenn sie die Nahrung verweigerte. Es gab entsprechende Verfahren. Leontes schenkte der Mörderin, die in Jads Augen seine Gemahlin gewesen, noch eine Gnadenfrist, um seine Großmut zu demonstrieren.

Seine Frömmigkeit war allgemein bekannt. Man könnte die Frau hin und wieder sogar an die Öffentlichkeit zerren, um sie zur Schau zu stellen.

Crispin sah sie an. Sprechen konnte er nicht.

Sie sagte so leise, dass die Gardisten es nicht hören konnten. »Du hast mich ein wenig kennen gelernt, Rhodianer. Wir haben für kurze Zeit … gemeinsame Freuden genossen. Willst du fortgehen und mich zurücklassen … in diesem Leben?«

»Ich bin …«

»Nur ein einfacher Handwerker, ich weiß. Aber …«

»*Nein!*« Er schrie es fast. Dann senkte er die Stimme. »Das ist es nicht. Ich bin … kein Mensch … der andere tötet.«

Der Kopf seines Vaters war von den Schultern geflogen, während aus dem Körper das Blut spritzte. Das hatten die Männer in einer Schenke in Varena erzählt. Ein kleiner Junge hatte die Geschichte mit angehört.

»Mach eine Ausnahme«, scherzte sie, aber er hörte die Verzweiflung unter dem Spott.

Er schloss die Augen. »Styliane …«

»Oder sieh es anders«, sagte sie. »Ich bin schon vor Jahren gestorben. Ich habe es dir gesagt. Du … unterzeichnest den Befehl nur im Nachhinein, er wurde längst ausgeführt.«

Wieder sah er sie an. Jetzt hatte sie sich ihm zugewandt, augenlos, entstellt, von unvergleichlicher Schönheit. »Sieh es als Strafe dafür, dass man dein Werk vernichtet. Oder für Valerius' Tod. Sieh es, wie du willst. Aber tu es, ich bitte dich.« Jetzt flüsterte sie nur noch. »Wer sollte es sonst tun, Crispin?«

Er sah sich um. Im ganzen Raum gab es nichts, was auch nur entfernt einer Waffe ähnlich gewesen wäre; alle Fenster hatten eiserne Gitter, und davor und hinter der verschlossenen Tür standen Wachen.

Wer sollte es sonst tun?

In diesem Augenblick fiel ihm wieder ein, womit er Zutritt zu dieser Insel erhalten hatte. Ein Aufschrei löste sich aus seinem Innern, aus seinem Herzen. Er wünschte, er wäre abgereist, hätte Sarantium hinter sich gelassen. Denn sie irrte sich. Es gab jemanden, der dazu bereit war.

Er zog das Messer heraus und sah es an. Der Elfenbeingriff mit den Zügen Hildrics von den Antae. Eine schöne Arbeit.

Er wusste nicht, wusste es wirklich nicht, ob er einmal mehr zum Werkzeug gemacht wurde oder ob dies ein ganz besonderes, ein furchtbares Geschenk für geleistete Dienste war. Die Liebesgabe einer Kaiserin, die selbst erklärt hatte, in seiner Schuld zu stehen. Er kannte Gisel zu wenig, um es beurteilen zu können. Beide Motive waren möglich, auch beide zugleich. Oder ein ganz anderes.

Er wusste, was die Frau in diesem Raum wollte. Was sie brauchte. Und als er sich umsah, als er sie ansah, da erkannte er auch, was richtig war für ihre und für seine Seele. Vielleicht hätte es auch Gisel von den Antae gewusst, die diese Waffe auf der Fahrt hierher am Körper getragen hatte.

Manchmal war der Tod nicht das Schlimmste, was einem Menschen zustoßen konnte. Manchmal war der Tod eine Erlösung, ein Geschenk, ein Opfer.

Und Crispin gebot all den sich drehenden Rädchen, all den Intrigen und Gegenintrigen, all den Bildern Einhalt, die immer neue Bilder erzeugten, und nahm die Verantwortung auf sich.

Er zog, wie Gisel es ihm gezeigt hatte, den Elfenbeingriff ab und legte die Klinge auf die Tischplatte. Ohne den Griff war sie so dünn, dass sie kaum zu sehen war.

Und dann sagte er in den strahlenden Frühlingssonnenschein hinein: »Ich muss jetzt gehen. Aber ich lasse dir etwas zurück.«

»Wie freundlich. Ein kleines Mosaik, um mich in meiner Dunkelheit zu trösten? Noch einen blitzenden Edelstein wie den ersten, den du mir geschenkt hast?«

Wieder schüttelte er den Kopf. Jetzt tat ihm das Herz weh.

»Nein«, sagte er. »Nichts von alledem.« Sie horchte auf, vielleicht, weil ihm das Sprechen so schwer fiel. Auch spät Erblindete lernten, ihr Gehör zu schärfen. Sie hob den Kopf.

»Wo ist es?«, fragte sie leise.

»Auf dem Tisch«, antwortete er und schloss kurz die Augen. »Auf meiner Seite, dicht an der Kante. Sei vorsichtig.«

Sei vorsichtig.

Sie stand auf, trat vor, tastete sich mit beiden Händen an der Tischkante entlang, fuhr mit den Handflächen stockend über die Platte – sie hatte noch wenig Erfahrung. Dann hatte sie die Klinge gefunden. Sie war so scharf und glatt, wie es der Tod manchmal sein konnte.

»Ach«, sagte sie. Und stand ganz still.

Er schwieg.

»Man wird dich natürlich zur Rechenschaft ziehen.«

»Mein Schiff sticht morgen früh in See.«

»Dann sollte ich wohl so rücksichtsvoll sein, so lange zu warten?«

Auch darauf sagte er nichts.

»Ich kann dir nicht versprechen«, sagte Styliane leise,

»dass ich die Geduld aufbringe. Wenn sie mich nun … durchsuchen und es finden?«

»Das wäre möglich«, sagte er.

Sie schwieg lange. Dann lächelte sie und sagte: »Das heißt, du hast mich doch – ein wenig – geliebt.«

Gleich würden ihm die Tränen kommen.

»Das heißt es wohl«, sagte er leise.

»Welche Überraschung«, murmelte Styliane Daleina.

Er rang um Fassung. Schwieg.

»Ich wünschte nur«, sagte sie, »ich hätte sie gefunden. So bleibt ein loses Ende. Ich weiß, ich sollte nicht so mit dir sprechen. Glaubst du, sie ist tot?«

Das Herz durfte weinen. »Wenn nicht, dann wird sie wohl sterben, wenn sie erfährt … dass du nicht mehr bist.«

Sie hielt inne. »Aha. Das kann ich verstehen. Das heißt, dein Geschenk tötet uns beide?«

Eine Wahrheit. So wie man die Dinge hier sah.

»Könnte sein«, sagte Crispin. Er schaute sie an und sah sie jetzt und so, wie sie gewesen war, im Palast, in seinem Zimmer, in ihrem eigenen, als ihr Mund den seinen berührte. *Was immer ich auch tue …*

Sie hatte ihn mehr als einmal gewarnt.

»Armer Mann«, sagte sie. »Du wolltest doch nur deine Toten hinter dir lassen und ein Mosaik schaffen.«

»Man sollte nicht … allzu ehrgeizig sein«, gab er zurück. Und hörte ein letztes Mal ihr anerkennendes Lachen.

»Dafür danke ich dir«, sagte sie. Für einen gelungenen Scherz. Es wurde still. Sie hob die silberne Klinge auf, mit ebenso schmalen, fast ebenso langen Fingern. »Und auch dafür und für … für manches andere aus der Vergangenheit.« Aufrecht stand sie vor ihm, ungebeugt. Sie machte keine Zugeständnisse … auf keinem Gebiet. »Komm gut nach Hause, Rhodianer.«

Er war entlassen, wurde nicht einmal mit seinem Namen verabschiedet. Plötzlich begriff er, dass sie nicht mehr warten konnte. Die Ungeduld war zu groß.

Er sah sie an. Sie hatte gewollt, dass es hell war, dass alle deutlich sehen könnten, was sie nicht sah, gleich einem Gastgeber, der für seine Freunde den besten Wein auftischt, obwohl ihm sein Arzt das Trinken verboten hat.

»Auch dir«, sagte er, »wünsche ich eine sichere Reise heim ins Licht.«

Er klopfte an die Tür. Man öffnete und ließ ihn hinaus. So verließ er das Haus, die Lichtung, den Wald, den steinigen, steinigen Strand und die Insel.

Am nächsten Morgen bei Tagesanbruch, als der Gott seine lange Reise durch die Dunkelheit beendet hatte und alle Farben, alle Schattierungen in die Welt zurückkehrten, verließ er mit der Flut auch Sarantium.

Crispin stand mit einer Hand voll anderer Fahrgäste im Heck des Schiffes, auf dem ihm Plautus Bonosus, trotz seines Kummers zu einer Gefälligkeit bereit, eine Passage verschafft hatte. In ihrem Rücken ging hinter einer tief hängenden Wolkenbank die Sonne auf. Sie schauten auf die Stadt zurück. Das Auge der Welt wurde sie genannt. Die Krone von Jads Schöpfung.

Er sah das bunte Treiben in der tiefen, geschützten Hafenbucht, die Eisenpfeiler mit den Ketten, die man in Kriegszeiten über die Einfahrt spannen konnte. Er sah kleine Boote durch ihr Kielwasser kreuzen, Fähren nach Deapolis, Fischer, die zum Morgenfang ausfuhren oder von nächtlichen Fischzügen auf den Wellen zurückkamen, Segel in vielen Farben.

Weit dahinter tauchten kurz die Dreifachen Mauern auf, die sich zum Wasser herabwölbten. Saranios selbst hatte die Linien dafür gezogen, als er zum ersten Mal hierher kam. Crispin sah die Stadt dem Meer entsteigen, sah die Dächer erglänzen im gedämpften Licht des frühen Morgens, die Kuppeln von Kapellen, Tempeln und Adelspalästen, die Giebel der Gildenhallen aufleuchten in goldener Pracht. Sah auch den massigen Block des Hippodroms, wo die Menschen ihre Wagenrennen veranstalteten.

Und als sie in südwestlicher Richtung aus dem Hafen ausfuhren und auf Westkurs gingen, als sie die höheren Wogen der offenen See erreichten und der Wind ihre weißen Segel füllte, da erblickte Crispin die Gärten des Kaiserlichen Bezirks, die Spielplätze und Paläste, ein Bild, das ihn ausfüllte und fesselte, bis es hinter ihm zurückfiel.

Dann ging es westwärts mit dem Morgenwind, die Matrosen erhoben ihre Stimmen, Befehle schallten in den aufkommenden Tag hinein. Die Erregung eines Neuanfangs war zu spüren. Der Beginn einer langen Reise. Crispin schaute immer noch zurück, auch die anderen Fahrgäste standen wie verzaubert am Heck und konnten sich nicht losreißen. Doch als sie sich schließlich noch weiter entfernten, sah Crispin nur noch eines, und dieses Letzte, in weiter Ferne, fast schon am Horizont, aber alles andere überstrahlend, war Artibasos' Kuppel.

Endlich stieg im Osten die aufgehende Sonne doch über die niedrigen Wolken empor und stand genau hinter der fernen Stadt. Crispin musste die Hand über die Augen legen und den Blick abwenden, und als er blinzelnd noch einmal zurückschaute, war Sarantium verschwunden, es hatte ihn verlassen, und ringsum war nur noch das Meer.

EPILOG

Ein alter Mann sitzt im Eingang einer Kapelle nicht weit vor Varenas Mauern. Früher einmal hätte er die Farbe der Wände studiert, die irgendwo zwischen Honig und Ocker liegt, und sich überlegt, wie man mit Glas, Stein und Licht arbeiten müsste, um diese Farbe genau so wirken zu lassen, wie sie jetzt im Schein der Spätfrühlingssonne erscheint. Das ist vorbei. Jetzt genießt er einfach den Tag, den Nachmittag. Wie viele alte Menschen beschleicht ihn manchmal die Erkenntnis, dass es keine Gewähr für einen weiteren Frühling gibt.

Er ist so gut wie allein, nur wenige Menschen halten sich im Hof oder in der unbenutzten alten Kapelle auf, die an das erweiterte Heiligtum angrenzt. Auch das Heiligtum ist nicht mehr in Gebrauch, obwohl ein König dort beigesetzt ist. Vergangenen Herbst hat in seinen Mauern ein Mordanschlag stattgefunden, und seither weigern sich die Priester, Gottesdienste abzuhalten. Sie wollen nicht einmal in ihrem Dormitorium bleiben, obwohl die derzeitigen Regenten im Palast massiven Druck ausüben. Der Mann in der Tür hat dazu seine eigenen Ansichten, aber im Augenblick genießt er nur die Ruhe. Er wartet auf jemanden. Seit einigen Tagen kommt er jetzt schon hierher, obwohl er sich immer wieder ermahnt, nicht so ungeduldig zu sein. Hat er denn die Lektionen seines langen Lebens noch immer nicht begriffen?

Er kippt seinen Hocker nach hinten, lehnt sich gegen die hölzerne Tür (eine alte Gewohnheit) und zieht sich seinen bemerkenswert formlosen Hut in die Stirn. An diesem Hut hängt er mit einer Zuneigung, die ganz unbegreiflich ist. Den Spott, die Sticheleien, die er hervorruft, erträgt er mit unerschütterlichem Gleichmut. Unter anderem deshalb, weil ihm diese Kopfbedeckung – die schon lächerlich aussah, als sie noch neu war – an einem Abend vor fast fünfzehn Jahren das Leben gerettet hat. Damals hielt ein Lehrling, der sich in der düsteren Kapelle fürchtete, den Meister, der ohne Licht kam, für einen Dieb. Der (schon damals sehr kräftige) junge Bursche war bereits im Begriff, seinen Stab auf den Kopf des Eindringlings niedersausen zu lassen, hielt aber im letzten Moment inne, als er den Hut erkannte.

Martinian von Varena lässt sich von der Frühlingssonne bescheinen. Bevor er sich ein Nickerchen gönnt, wirft er noch einen Blick die Straße hinunter.

Er sah ebendiesen Lehrling kommen. Oder, genauer gesagt, er sah viele Jahre später seinen einstigen Lehrling und jetzigen Kollegen, Partner und lange erwarteten Freund Caius Crispus den Weg entlangkommen, der zu der breiten, niedrigen Pforte in der Mauer um den Hof des Heiligtums mit seinen Gräbern führte.

»Verbrennen sollst du, Crispin«, schalt er sanft. »*Gerade* wollte ich ein Schläfchen halten.« Dann stellte er fest, dass er ganz allein war und niemand ihn hören konnte, und gestattete sich eine ehrliche Reaktion. Rasch kippte er den Hocker wieder nach vorn. Sein Herz schlug plötzlich sehr hart und schnell.

Staunen, Vorfreude und ein tiefes Glücksgefühl.

Im Schatten des Eingangs verborgen, beobachtete Martinian, wie Crispin – Haar und Bart kürzer als bei seiner Abreise, sonst nicht merklich verändert – den Riegel der Pforte anhob und den Hof betrat. Dann hob er die Stimme und rief die anderen Wartenden herbei. Es waren weder Lehrlinge noch Gesellen; hier wurde nicht mehr gearbeitet. Zwei Männer eilten um die Ecke. Martinian zeigte auf die Pforte.

»Da ist er. Endlich. Ich kann Euch nicht sagen, ob er wütend ist, aber im Allgemeinen empfiehlt es sich, davon auszugehen.«

Beide Männer fluchten wie er, aber mit mehr Inbrunst, und traten näher. Sie warteten nun schon seit fast zwei Wochen in Varena und waren ziemlich verärgert. Martinian hatte gemeint, es bestünden gute Aussichten, dass der Reisende, wenn er denn endlich käme, an der Kapelle vor den Mauern Station machen würde. Nun freute er sich, dass er Recht hatte, obwohl er wusste, dass der andere über das, was ihn hier erwartete, nicht glücklich sein würde.

Ohne den Eingang zu verlassen, beobachtete er, wie die zwei Fremden vortraten, um den aus weiter Ferne zurückkehrenden Reisenden als Erste zu begrüßen. Ironischerweise kamen beide aus dem Osten, der eine war Kaiserlicher Kurier, der andere Offizier im sarantinischen Heer. In dem Heer, das diesen Frühling in Batiara einmarschieren sollte und es nun doch nicht getan hatte.

Und das war die größte Veränderung von allen.

Die beiden Sarantiner hatten endlich in aller Form ihre Botschaften übermittelt und waren mit den Soldaten, die hier für sie Wache gehalten hatten, wieder abgezogen. Martinian wartete noch eine Weile, dann entschied er, Crispin habe nun lange genug allein an der Pforte gesessen, ganz gleich, wie die Nachricht auch ausgefallen sein mochte. Er erhob sich langsam und ging auf ihn zu. Seine Hüfte bereitete ihm wie üblich Beschwerden.

Crispin saß mit dem Rücken zu ihm und schien ganz

vertieft in den Dokumenten zu lesen, die man ihm gegeben hatte. Martinian hielt nichts davon, andere Menschen zu erschrecken, deshalb rief er ihn schon aus einiger Entfernung beim Namen.

»Ich habe deinen Hut schon gesehen«, sagte Crispin, ohne aufzublicken. »Eigentlich bin ich nur nach Hause gekommen, um ihn zu verbrennen.«

Martinian trat näher.

Crispin hob den Kopf. Er saß auf dem großen bemoosten Felsblock, der ihm schon immer gefallen hatte. Seine Augen strahlten wie früher. »Hallo«, sagte er. »Ich hätte nicht erwartet, dich hier zu finden.«

Auch Martinian hatte vorgehabt, einen Scherz zu machen, aber jetzt war er dazu nicht in der Lage. So beugte er sich nur wortlos vor und küsste den Heimgekehrten zur Begrüßung auf die Stirn. Crispin stand auf und schloss ihn in die Arme.

»Meine Mutter?«, fragte der Jüngere, als sie sich voneinander lösten. Seine Stimme war rau.

»Es geht ihr gut. Sie erwartet dich.«

»Woher habt ihr alle …? Ach so. Der Kurier und seine Leute. Deshalb wusstet ihr also, dass ich aufgebrochen war?«

Martinian nickte. »Sie sind schon vor einiger Zeit eingetroffen.«

»Ich hatte ein langsameres Schiff. Bin von Mylasia zu Fuß gegangen.«

»Immer noch eine Abneigung gegen Pferde?«

Crispin zögerte. »Nur gegen das Reiten.« Er sah Martinian an. Wenn er die Stirn runzelte, berührten sich seine Augenbrauen in der Mitte. Martinian erinnerte sich daran. Der alte Mann suchte angestrengt nach weiteren Besonderheiten im Gesicht seines Freundes. Die Unterschiede waren da, aber schwer festzumachen.

»Sie haben dir berichtet, was in Sarantium geschehen ist?«, fragte Crispin. »Was sich verändert hat?«

Martinian nickte. »Wirst du mir mehr erzählen?«

»Alles, was ich weiß.«

»Dir geht es ... gut?« Eine dumme Frage, aber anderseits die Einzige, die zählte.

Wieder zögerte Crispin. »Ziemlich. Es ist viel passiert.«

»Natürlich. Deine Arbeit ... hat dir Freude gemacht?«

Wieder eine Pause. Als müssten sie sich mühsam zu einem natürlichen Umgangston zurücktasten. »Sehr viel Freude, aber ...« Crispin setzte sich auf den Felsen zurück. »Sie wird abgeschlagen. Zusammen mit anderen, überall.«

»*Was?*«

»Der neue Kaiser hat ... eigene Ansichten über Jad-Darstellungen.«

»Unmöglich. Das muss ein Irrtum sein. Das ...«

Martinian verstummte.

»Ich wünschte, es wäre so«, sagte Crispin. »Auch unsere Arbeit hier wird vermutlich zerstört werden. Wenn alles so geschieht, wie die Kaiserin es will, gelten sarantinische Erlasse künftig auch für uns.«

Die Kaiserin. Das war bekannt. Man sprach bereits von einem Wunder des Gottes. Martinian hielt auch natürlichere Erklärungen für möglich. »Gisel?«

»Gisel. Ihr habt davon gehört?«

»Die Nachricht erreichte uns durch andere Kuriere auf demselben Schiff.« Martinian setzte sich auf den Felsblock gegenüber. Wie oft hatten sie hier oder auf den Baumstümpfen vor der Pforte zusammengesessen.

Crispin schaute über die Schulter zum Heiligtum. »Wir werden alles verlieren, was wir hier geschaffen haben.«

Martinian räusperte sich. Er musste ein Geständnis machen. »Einiges haben wir bereits verloren.«

»So bald schon? Ich hätte nicht gedacht ...«

»Nicht deshalb. Sie … haben Heladikos abgeschlagen, im Frühling.«

Crispin schwieg. Doch sein Gesichtsausdruck kam Martinian bekannt vor.

»Eudric wollte sich angesichts der drohenden Invasion die Unterstützung des Patriarchen in Rhodias sichern. Indem er sich von den ketzerischen Vorstellungen der Antae distanzierte.«

Heladikos und seine Fackel waren das Letzte gewesen, was Crispin vor seinem Weggang gelegt hatte. Der Jüngere saß ganz still. Martinian suchte immer noch nach Unterschieden, nach Dingen, die sich gleich geblieben waren. Es war ungewohnt, Crispin nach so vielen Jahren nicht mehr sofort zu durchschauen. Wenn Menschen fortgingen, veränderten sie sich; für die Zurückbleibenden war das nicht leicht.

Mehr Schmerz *und* mehr Leben, dachte Martinian. Beides. Crispin hielt immer noch die Dokumente des Kuriers in seinen großen Händen.

»Hat es ihm denn geholfen? Dass … er sich distanzierte?«, fragte Crispin.

Martinian schüttelte den Kopf. »Nein. Man hatte in einem Heiligtum Blut vergossen und dabei die Abgesandten des Patriarchen in Gefahr gebracht. Bis Eudric dort wieder in Gnaden aufgenommen wird, muss er noch lange warten. Und als er unsere Mosaiken abschlagen ließ, war die Empörung in Varena groß. Die Antae sahen darin einen Angriff gegen Hildric. Als hätte man seine Kapelle geplündert.«

Crispin lachte leise. Martinian versuchte sich zu erinnern, wann sein Freund in dem Jahr vor seiner Abreise zum letzten Mal gelacht hatte. »Armer Eudric. Der Kreis schließt sich. Nun protestieren die Antae gegen die Verwüstung einer heiligen Stätte in Batiara.«

Martinian lächelte schwach. »Das habe ich auch gesagt.« Jetzt war er es, der zögerte. Er hatte erwartet, dass

Crispin zornig aufbrausen würde. Er entschloss sich, das Thema zu wechseln. »Es hat den Anschein, als käme doch keine Invasion. Ist das richtig?«

Crispin nickte. »Jedenfalls nicht in diesem Jahr. Das Heer steht im Nordosten und kämpft gegen Bassania. Wenn die Verhandlungen Erfolg haben, werden wir zu einer sarantinischen Provinz.«

Martinian schüttelte langsam den Kopf. Er nahm seinen Hut ab, betrachtete ihn und drückte ihn wieder auf sein schütteres Haar. Keine Invasion.

Wer sich auf den Beinen halten konnte, hatte den ganzen Winter lang mitgeholfen, Varenas Mauern zu verstärken. Man hatte Waffen geschmiedet, sich in ihrem Gebrauch geübt, Lebensmittel und Wasser eingelagert. Die Ernte war schlecht gewesen, es gab nicht viel einzulagern.

Er hielt nur mit Mühe die Tränen zurück. »Ich hätte nicht gedacht, dass ich das noch erleben würde.«

Der andere sah ihn an. »Wie geht es dir?«

Ein angedeutetes Achselzucken. »Nicht schlecht. Die Hände. Manchmal auch die Hüfte. Inzwischen ist mehr Wasser als Wein in meinem Becher.«

Crispin verzog das Gesicht. »Bei mir auch. Carissa?«

»Geht es gut. Sie kann es kaum erwarten, dich wiederzusehen. Ist jetzt wahrscheinlich bei deiner Mutter.«

»Dann sollten wir gehen. Ich bin nur vorbeigekommen, um mir … die fertigen Arbeiten anzusehen. Das kann ich mir jetzt sparen.«

»Stimmt«, sagte Martinian. Er warf einen Blick auf die Papiere. »Was … was haben sie dir gebracht?«

Wieder zögerte Crispin. Er überlegte sich genauer als früher, wie viel er von seinen Gedanken preisgab. Ob man das im Osten lernte?

Dann reichte er Martinian wortlos den dicken Stapel. Der alte Mann nahm die Dokumente und las. Er leugnete gar nicht, dass ihn die Neugier fast auffraß: Die

Männer hatten lange auf den Empfänger dieser Schriftstücke gewartet.

Als er sah, worum es sich handelte, wich alle Farbe aus seinem Gesicht. Er deckte eine mit Brief und Siegel versehene Eigentumsurkunde nach der anderen auf, blätterte wieder zurück und zählte. Fünf, sechs, sieben. Außerdem eine Liste weiterer Gegenstände mit Angaben, wo sie zu finden und abzuholen seien. Das Atmen fiel ihm schwer.

»Wir sind recht wohlhabend«, sagte Crispin nachsichtig.

Martinian sah zu ihm auf. Crispin schaute nach Osten, zum Wald hinüber. Er hatte schamlos untertrieben. Und das ›wir‹ war eine unerhört großzügige Geste.

Die Papiere, die der Kaiserliche Kurier überbracht hatte, bestätigten die Übertragung von Geldern, beweglichen Gütern und Ländereien überall in Batiara an einen gewissen Caius Crispus, Handwerker aus Varena.

Die letzte Seite war ein persönliches Schreiben. Martinian sah Crispin fragend an. Crispin gab mit einem Nicken seine Zustimmung. Der kurze Brief war Sarantinisch geschrieben und lautete:

Wir hatten für den Fall, dass Eure Reise für uns von Erfolg gekrönt wäre, gewisse Versprechungen gemacht. Unser geliebter Vater hat uns beigebracht, dass Könige ihre Versprechen zu halten hätten. Auch der Gott verpflichtet uns dazu. Die in der Zwischenzeit eingetretenen Veränderungen haben darauf keinen Einfluss. Es handelt sich nicht um Geschenke, sondern um Euren verdienten Lohn. Über einen weiteren Posten hatten wir bereits in Varena gesprochen, wie Ihr Euch sicher erinnert. Er ist hier nicht enthalten, Ihr müsst selbst wählen – oder auch nicht. Die zweite Sendung mag als weiteres Zeichen unserer Wertschätzung verstanden werden.

Unterzeichnet war der Brief mit ›Gisel, Kaiserin von Sarantium‹.

»Jads Blut und Augen und Knochen, was hast du dort *getrieben*, Crispin?«

»Sie glaubt, ich hätte sie zur Kaiserin gemacht«, sagte sein Freund.

Martinian starrte ihn nur an. Crispin sprach in einem seltsam gleichgültigen Tonfall, als gehe ihn das alles gar nichts an.

Martinian begriff plötzlich, dass er sehr lange brauchen würde, um zu begreifen, was seinem Freund im Osten widerfahren war. Hier hatten tief greifende Veränderungen stattgefunden. Das ist zwangsläufig so, wenn man nach Sarantium reiste, dachte er. Ein Frösteln überlief ihn.

»Was ist der … nicht enthaltene Posten, den sie erwähnt?«

»Eine Frau.« Das klang müde. So kalt und trostlos wie vor einem Jahr.

Martinian räusperte sich. »Ich verstehe. Und ›die zweite Sendung‹?«

Crispin schaute auf. Jede Bewegung kostete ihn sichtlich Überwindung. »Ich weiß es nicht. Hier sind viele Schlüssel drin.« Er hielt eine schwere Lederbörse hoch. »Der Soldat sagte, sie müssten Wache halten, bis ich käme, danach liege die Verantwortung bei mir.«

»Ach so. Dann geht es um die Truhen in der alten Kapelle. Es sind mindestens zwanzig.«

Sie gingen nachsehen.

Schätze?, fragte sich Martinian. Goldmünzen und Edelsteine?

Das war es nicht. Crispin steckte die nummerierten Schlüssel nacheinander in die zugehörigen Schlösser und öffnete im trüben Licht der fast leeren alten Kapelle neben dem erweiterten Heiligtum Truhe um Truhe. Martinian von Varena, der nie nach Sarantium gereist war, seine geliebte Halbinsel nie verlassen hatte, fing nun doch an zu weinen, obwohl er sich seiner greisenhaften Schwäche schämte.

Denn solche Mosaiksteine hatte er nie gesehen und auch bis ans Ende seiner Tage nicht mehr zu sehen erwartet. Nachdem er ein Leben lang mit einem schmutzigen oder von Schlieren durchzogenen Abklatsch der leuchtenden Farben hatte arbeiten müssen, die seine Phantasie sich ausmalte, hatte er sich irgendwann abgefunden mit den Grenzen des Möglichen hier im geknechteten Batiara. Die irdische Welt war unzulänglich, und man blieb immer hinter seinen Idealen zurück.

Jetzt, weit jenseits der Jahre, da er sich noch mit Feuereifer in ein anspruchsvolles Projekt gestürzt hätte, das diesen leuchtenden, makellosen Glassteinchen gerecht werden konnte, waren sie gekommen.

Es war spät. Es war sehr, sehr spät.

In der ersten Truhe fand sich ein weiteres Schreiben. Crispin sah es an, dann gab er es weiter. Martinian trocknete sich die Augen und las. Dieselbe Hand, doch eine andere Sprache, Rhodianisch diesmal, und kein königliches Pathos, sondern in sehr persönlichem Ton gehalten.

Ich habe mir vom Kaiser ein Versprechen erbeten. Er gab mir sein Wort. Ihr werdet weder den Gott noch Heladikos darstellen. Was immer Ihr sonst in dem Heiligtum abbilden wollt, wo die sterblichen Überreste meines Vaters ruhen, fällt nicht unter die amtlichen Erlasse. Ich werde es vor der Zerstörung bewahren, soweit es in meinen Kräften steht. Vielleicht ist dies ein kleiner Ausgleich für ein gewisses Mosaik in Sarantium, das Ihr mit geeigneten Materialien schaffen, aber nicht behalten durftet.

Auch die Unterschrift war eine andere: Diesmal hatte sie sich mit ihrem Namen begnügt. Martinian legte den

Brief beiseite. Steckte langsam die Hand in die erste schwere Truhe, in die Tessellae – die hier in einem hellen Goldton gehalten waren, der so warm und fließend war wie Honig.

»Vorsicht. Die Kanten sind scharf«, warnte Crispin.

»Bürschchen«, schalt Martinian von Varena, »ich habe mir an diesen Dingern schon die Hände zerschnitten, als du noch gar nicht geboren warst.«

»Ich weiß«, sagte Crispin. »Genau das wollte ich sagen.« Er nahm den Brief wieder an sich. Und dann lächelte er.

»Wir können die Kuppel im Heiligtum noch einmal legen«, sagte Martinian. »Kein Jad, kein Heladikos, so steht es hier. Aber wir können bei der Ausgestaltung von Kapellen neue Wege gehen. Vielleicht beraten wir uns mit den Priestern? Hier und in Rhodias? Sogar in Sarantium?« Martinians Stimme zitterte vor Verlangen. Sein Herz raste. Der Drang, diese Tessellae immer wieder zu berühren, mit den Händen darin zu wühlen, ließ sich kaum beherrschen.

Es war spät, aber es war noch nicht *zu* spät.

Crispin lächelte wieder und sah sich in dem stillen, staubigen Raum um. Sie waren ganz allein. Zwei Männer, zwanzig riesige, voll beladene Truhen, nichts sonst. Niemand kam mehr hierher.

Wir müssen Wächter einstellen, dachte Martinian plötzlich.

»*Du* wirst sie neu legen«, sagte Crispin freundlich. »Die Kuppel.« Es zuckte leicht um seine Mundwinkel. »Mit den wenigen Leuten, die uns noch geblieben sind, nachdem du mit deinem tyrannischen Wesen alle anderen vertrieben hast.«

Martinian überhörte die Stichelei. Er reagierte nur auf die Güte. Eine lange verschüttete Eigenschaft war wieder aufgetaucht.

»Und du?«, fragte er.

Denn jetzt kam ihm der Verdacht, der Jüngere wolle womöglich gar nicht mehr arbeiten. Die Zerstörung seines Heladikos hatte ihn kaum berührt. Martinian glaubte zu verstehen. Wie hatte das nach allem, was sich im Osten ereignet hatte, überhaupt zu ihm durchdringen können?

Crispin hatte ihm einiges über die Kuppel in Sarantium und über den Entwurf geschrieben, mit dem er versuchen wollte, das Bauwerk angemessen zu schmücken. Die junge Frau, Zoticus' Tochter, hatte in einem ihrer Briefe an ihn die Kuppel und das, was sein Freund daraus machen wollte, ein Wunder der Erde genannt.

Und jetzt sollte dieses Mosaik zerstört werden. Martinian sah förmlich vor sich, wie Soldaten und Arbeiter mit Speerschäften, Äxten, Dolchen und anderen Werkzeugen die Oberfläche aufrissen und zerhackten. Wie ein endloser Regen von Mosaiksteinchen zur Erde fiel.

Wie *konnte* man danach noch arbeiten wollen?

Martinian nahm die Hände aus dem goldenen Glas in der Truhe und biss sich auf die Unterlippe. *Ein Wunder der Erde.* Er hatte endlich begriffen, dass sein Freund noch trauerte, während er hier frohlockte wie ein Kind über ein neues Spielzeug.

Aber er hatte Unrecht. Oder, wie er später erkannte, er hatte nicht völlig Recht.

Crispin hatte sich ein paar Schritte entfernt und betrachtete zerstreut die rauen Wandflächen über den knarrenden Doppeltüren auf beiden Seiten. Die kleine Kapelle war nach dem ältesten bekannten Grundriss erbaut: zwei Eingänge, in der Mitte ein Altar unter einer flachen Kuppel, im Osten und Westen gewölbte Nischen für stille Gebete und Meditation, davor Kerzenständer zum Gedenken an die Toten. Boden und Wände waren aus Stein, es gab weder Bänke noch Podest. Selbst der Altar und die Sonnenscheibe fehlten. Die Kapelle war mindestens vierhundert Jahre alt und ging zurück auf die Anfänge des institutionalisierten Jad-Glaubens in Rhodias. Mild und sanft wie kühler Weißwein glitt das einfallende Licht über den Stein.

Martinian beobachtete, wie der Blick seines Partners von Fläche zu Fläche wanderte und den Einfall des Sonnenlichts durch die verschmutzten, zerbrochenen Fenster verfolgte (Fenster konnte man säubern, Scheiben ersetzen), und sah sich seinerseits um. Doch nach einer Weile versank er in einer Stille, die fast wie reines Glück war, während Crispin sich immer und immer weiter drehte.

Endlich schaute Crispin wieder von Norden nach Süden auf das halbrunde Wandfeld unmittelbar über den beiden Türen. Martinian ahnte, dass er Bilder sah, die in dieser Welt noch nicht entstanden waren.

Er hatte das selbst oft genug erlebt. So fing es an.

»Ich werde hier etwas machen«, sagte Crispin.

Varenas uralte Kapelle mit dem Namen *Jad Vor den Mauern* wurde nicht mehr für sakrale Zwecke benützt, seit etwa zweihundert Jahre später gleich daneben das große Heiligtum errichtet worden war. Der Komplex war anschließend noch zweimal erweitert worden und umfasste nun auch Dormitorium und Refektorium, Backstube und Brauhaus sowie ein kleines Spital mit einem Kräutergarten. Die ursprüngliche Kapelle diente noch eine Weile als Lagerraum und später auch das nicht mehr. Staubig und unbewohnt, bot sie im Winter Mäusen, Ratten und anderen Tieren des Feldes Unterschlupf.

Sie trug die Patina des Alters und war bei aller Verwahrlosung von einer Aura des Friedens umgeben. Im Sonnenschein leuchteten die schönen Steine in stiller Heiterkeit. Wie die Kapelle bei ausreichender Beleuchtung im Dunkeln wirkte, wusste niemand. Es war lange her, seit sie von ausreichend vielen Lampen erhellt worden war.

Ein ungewöhnlicher Ort für zwei Mosaiktafeln, doch da weder Altar noch Sonnenscheibe vorhanden waren, konnte niemand Anstoß an dem ganz und gar profanen Charakter des Werkes nehmen, das – eine Ausnahme in diesem Handwerk – von einem Mann allein geschaffen worden war.

Zwei Bilder von bescheidener Größe, eines über jeder Tür.

Weder den Gott noch Heladikos. Was immer Ihr sonst abbilden wollt.

Sie hatte es versprochen. Ihr Vater hatte sie gelehrt, ihre Versprechen zu halten. Dies war einmal eine heilige Stätte gewesen, aber seit Jahrhunderten nicht mehr. Der Raum, die Steine, die Luft strahlten in der schräg einfallenden Morgen- oder Nachmittagssonne noch immer eine würdevolle Ruhe aus. Aber es war *kein* Heiligtum mehr, selbst wenn es also Verbote gegen die Darstellung menschlicher Gestalten an heiligen Stätten geben sollte, konnte dieser Ort auch ohne Gisels Versprechen davon nicht betroffen sein.

Darauf baute er, obwohl er eigentlich gelernt haben sollte, auf nichts mehr zu bauen. Alles, was ein Mensch schaffen konnte, konnte von einem anderen mit Feuer und Schwert oder mit Erlassen zunichte gemacht werden.

Andererseits hatte er eine schriftliche Garantie, von einer Kaiserin. Und das Licht hier – das hatte vorher niemand bemerkt – war ein Versprechen ganz eigener Art. So kam es, dass er hier ein volles Jahr gearbeitet hatte, den ganzen Sommer, den Herbst und, trotz der Kälte, auch den Winter hindurch. Er hatte alles selbst gemacht, wie er es sich vorgenommen hatte am Tag seiner Heimkehr, als er mit Martinian hier gestanden hatte. Alles: Er hatte die Kapelle ausgefegt und auf den Knien den Boden gescheuert, er hatte die zerbrochenen Scheiben ersetzt und die heil gebliebenen vom Schmutz befreit. Er hatte in den Außenöfen den Ätzkalk gebrannt und die Oberflächen aufgeraut, damit sie den Untergrund halten konnten. Er hatte sogar Hammer und Nägel zur Hand genommen, um zwei Gerüste und die dazugehörigen Leitern zu zimmern. Sie brauchten nicht hoch zu sein und konnten fest verankert werden. Er hatte keine Kuppel zu gestalten, sondern nur zwei Wände.

Drüben im großen Heiligtum erneuerten Martinian und die Gesellen und Lehrlinge das Kuppelmosaik. Sie hatten sich nach Absprache mit Sybard von Varena und anderen Priestern hier und in Rhodias vorgenommen, eine Landschaft abzubilden: einen Wald, der abgelöst wurde von Feldern und Bauernhäusern, Ernteszenen, im Grunde eine Erinnerung an den Weg der Antae. Keine religiösen Figuren, keine Menschen. Der Patriarch in Rhodias hatte sich im Rahmen der immer noch andauernden und sehr komplexen Verhandlungen zwischen Sarantium und Varena bereit erklärt, das Heiligtum nach Abschluss der Arbeiten neu zu weihen.

Immerhin war dieses Heiligtum Hildrics letzte Ruhestätte, und Hildrics Tochter war Kaiserin von Sarantium, zu dem jetzt auch Mihrbor und große Teile des nördlichen Bassania gehörten. Genaueres sollte in einem Friedensvertrag festgelegt werden, über den ebenfalls noch verhandelt wurde.

Die ungenützte ehemalige Kapelle hier in Varena war nirgendwo Gegenstand von Gesprächen. Dafür war sie zu unbedeutend. Man konnte das, was hier geschaffen wurde, sogar als sinnlos bezeichnen, denn gesehen würde es sicher nur von sehr wenigen Menschen.

Crispin war das nur recht. So hatte er das ganze Jahr über gedacht und dabei einen inneren Frieden verspürt wie selten zuvor.

Doch heute war es mit diesem Frieden vorbei. Es kam

ihm seltsam vor, dass die lange Zeit des Alleinseins zu Ende gehen sollte. Die anderen hatten ihn fast immer in Ruhe gelassen. Nur Martinian war gelegentlich am Ende des Tages herübergekommen und hatte sich schweigend umgesehen, aber er hatte sich nie geäußert, und Crispin hatte ihn auch nie darum gebeten.

Dies war sein Werk, und er war keinem lebenden Menschen darüber Rechenschaft schuldig. Er hatte keinen Auftraggeber, der die Entwürfe billigen musste, er brauchte keinem pompösen Bauwerk gerecht zu werden, keinen ehrgeizigen Bauherrn zu verstehen oder seine Vorstellungen mit ihm abzustimmen. Das ganze Jahr über hatte Crispin das merkwürdige Gefühl gehabt, er spreche nicht zu den Lebenden, sondern zu den Ungeborenen. Wenn Angehörige späterer Generationen in Hunderten von Jahren durch diese Türen traten – oder auch nicht – und zu den beiden Mosaiken aufschauten, mochten sie davon halten … was immer sie wollten.

In Sarantium war er an einem gewaltigen Projekt beteiligt gewesen, hatte mit anderen eine Vision in größtmöglichen Dimensionen geteilt, hatte nach dem Übermenschlichen gestrebt – und es nicht vollenden können. Sein Beitrag war inzwischen wohl zerstört.

Hier verfolgte er ein nicht weniger ehrgeiziges Ziel (er wusste es, und Martinian sah es, sooft er schweigend sein Werk betrachtete), aber in seinen Dimensionen war es ausschließlich und ganz entschieden menschlich.

Und gerade deshalb war es vielleicht von Dauer.

Er wusste es nicht. (Wer mochte es auch wissen?) Dennoch hatte Crispin hier in diesem sanften, freundlichen Licht etwas mehr als ein Jahr lang (es war wieder Sommer, die Bäume prangten in sattem Grün, über den Wiesen und in den Hecken summten die Bienen) Steinchen für Steinchen gelegt, um etwas zu hinterlassen, wenn er starb. Um den Nachkommenden zu verkünden, ein gewisser Caius Crispus von Varena, Sohn des Steinmetzen Horius Crispus, habe gelebt, habe die ihm zugemessene Zeit hier auf des Gottes Erde verbracht und etwas von der Natur des Menschen und von der Kunst gelernt.

Ein Jahr lang war er in seinem Schaffen aufgegangen. Doch jetzt gab es nichts mehr zu schaffen. Soeben hatte er den letzten Handschlag getan und etwas eingefügt, das es bisher in keinem Mosaik gab.

Er stand noch auf den Sprossen der Leiter unter der soeben vollendeten Nordwand und strich sich den Bart, der wieder gewachsen war – ebenso wie sein Haar. Beides war nicht so gepflegt, wie es sich für einen wohlhabenden, vornehmen Mann gehörte, aber er war ... zu beschäftigt gewesen. Er drehte sich um, einen Arm um den Holm gelegt, um das Gleichgewicht zu halten, und schaute hinüber zu dem Halbrund über dem Südtor, wo er das erste seiner beiden Bilder geschaffen hatte.

Nicht Jad. Nicht Heladikos. Nichts, was mit Religion, mit dem Glauben zu tun gehabt hätte. Da oben thronten in all ihrer Pracht, beschienen vom einfallenden Licht, dessen Winkel sich mit den Tages- und Jahreszeiten in genau zu berechnender Weise veränderte (er hatte eigenhändig die Halter für die Laternen angebracht, um den Raum bei Nacht zu beleuchten), Valerius III., Kaiser von Sarantium, einstmals Leontes der Goldene, und seine Kaiserin Gisel, die Crispin das Material (edelsteingleiche Tessellae) und das Versprechen geschickt hatte, das ihn von allen Fesseln befreite.

Sie waren umgeben von ihrem Hof, aber nur die beiden zentralen Gestalten besaßen Individualität und hatten ein eigenes, goldenes Leben (sie waren auch golden dargestellt – das Haar, der Schmuck, die golddurchwirkten Gewänder). Die Höflinge, Männer wie Frauen, waren einheitlich streng im alten Stil ausgeführt und zeigten kaum persönliche Züge. Lediglich kleine Unterschiede in Schuhwerk und Kleidung, Haltung und Haarfarbe vermittelten dem Auge den Eindruck von Bewegung, doch die führte immer wieder zu den beiden Gestalten im Zentrum zurück. Leontes und Gisel, hoch gewachsen, jung und schön, waren hier im Glanz ihres Krönungstages (den er nicht miterlebt hatte, aber das spielte keine Rolle, das spielte überhaupt keine Rolle) so lange bewahrt (erhielten ein eigenes *Leben*), bis Stein- und Glaswürfel sich lösten, das Gebäude verbrannte oder die Welt zu Ende ging. Der Herr aller Herrscher konnte und würde auch zu ihnen kommen, er mochte sie altern lassen und schließlich hinwegraffen, doch dieses Bild würde bleiben.

Das Feld war fertig gestellt. Er hatte es als Erstes gemacht. Es war … so wie er es haben wollte.

Er stieg von der Leiter und ging quer durch die kleine Kapelle, vorbei an der Stelle, wo vor langer Zeit der Altar des Gottes gestanden hatte, hinüber zur anderen Seite. Dort stieg er wieder auf die Leiter, zwei oder drei Sprossen nur, schwang sich herum und betrachtete aus der gleichen Perspektive die Nordwand.

Ein anderer Kaiser, eine andere Kaiserin mit ihrem Hof. Fast genau die gleichen Farben. Und doch ein Werk mit ganz anderer Aussage (für jeden, der Augen hatte zu sehen). Hier sprach die Liebe, und was sie sagte, war Welten von der Botschaft des ersten Bildes entfernt.

Wie Leontes an der gegenüberliegenden Wand, so stand hier Valerius II., der in seiner Jugend Petrus von Trakesia geheißen hatte, im Zentrum. Er war nicht groß, ganz und gar nicht golden und auch nicht jung. Er hatte (wie in Wirklichkeit) ein rundes Gesicht und sein Haaransatz wich (auch das wie in Wirklichkeit) weit zurück. Er schaute mit klugen grauen Augen belustigt auf Batiara herab, wo das Imperium seinen Anfang genommen hatte, jenes Imperium, von dessen Rückgewinnung er geträumt hatte.

Neben ihm war seine Tänzerin zu sehen.

Und dank gewisser Tricks der Linienführung, der Glaswahl und des Lichts wurde der Blick des Betrachters hier mehr noch als auf den Kaiser auf Alixana gelenkt und konnte sich nur mit Mühe von ihr lösen. *Schönheit ist viel,* mochte man denken, *doch sie ist nicht alles.*

Der Blick wanderte dennoch weiter (und kehrte wieder zurück), denn um die beiden herum, noch in Jahrhunderten zu sehen und zu durchschauen, waren die Männer und Frauen ihres Hofes. Und hier hatte Crispin anders gearbeitet.

In diesem Feld war jede Gestalt einmalig. Haltung, Gebärde, Augen und Mund. Ein erster flüchtiger Blick mochte die beiden Werke für austauschbar halten. Doch schon ein kurzes Innehalten musste zeigen, dass dem nicht so war. Hier waren Kaiser und Kaiserin die Edelsteine in einer Krone aus vielen anderen. Jeder ihrer Höflinge steuerte sein eigenes Licht, seinen eigenen Schatten bei. Und Crispin – ihr Schöpfer und hier auch ihr Herr – hatte ihre Namen auf Sarantinisch in den Fall, den Faltenwurf ihrer Kleidung eingefügt, auf dass alle, die nach ihm kamen, sie erkennen sollten: Denn zu benennen und damit zu bewahren war für ihn das Herz dieses Werkes.

Gesius der greise Kämmerer, blass wie Pergament, mit messerscharfem Verstand; Leontes der Strategos (auch hier vertreten und damit an beiden Wänden gegenwärtig); Zakarios, der Patriarch des Ostens, mit weißem Haar und weißem Bart, eine Sonnenscheibe in den langen, schmalen Händen. Neben dem heiligen Mann (nicht zufällig, hier gab es keine Zufälle) eine kleine, dunkle, athletische Gestalt mit silbernem Helm, in leuchtend blauer Tunika, eine Peitsche in der Hand.

Und eine noch kleinere Gestalt, überraschenderweise barfuß inmitten der Höflinge, hatte weit geöffnete braune Augen und grotesk zerzaustes Haar und war mit dem Namen ›Artibasos‹ gekennzeichnet.

Neben Leontes stand ein stämmiger Soldat mit schwarzem Haar und roten Wangen, nicht so groß wie er, aber breiter gebaut, nicht in höfischer Pracht, sondern in der Uniform der sauradischen Kavallerie, mit einem Eisenhelm unter dem Arm. An seiner Seite ein dünner Mann mit fahlem Gesicht (noch dünner und fahler durch den Kontrast zu seinem Nachbarn). Scharfe Züge, lange Nase und wachsame Augen. Ein beunruhigendes Gesicht, voller Verbitterung dem Paar in der Mitte zugewandt. Der Name des Mannes stand auf einer Pergamentrolle, die er in der Hand hielt.

Auf der anderen Seite waren die Frauen aufgereiht.

Der Kaiserin am nächsten, etwas dahinter, eine Hofdame, die noch größer war als Gisel an der gegenüberliegenden Wand, ebenso golden und womöglich noch schöner, zumindest in den Augen des Mannes, der sie beide abgebildet hatte. Hochmut in der Haltung, in der Neigung des Kopfes, ein wildes, unbeugsames Blau in den Augen. Um den Hals ein einziger kleiner Rubin. Ein seltsames Stück, sprühend vor innerem Feuer, aber auffallend schlicht verglichen mit dem Goldschmuck, den blitzenden Edelsteinen der anderen Damen an der Wand.

Eine davon stand dicht neben der goldenen Frau, nicht so groß wie sie, mit schwarzem Haar unter einer weichen grünen Mütze, in einem grünen Gewand mit edelsteinbesetztem Gürtel. Man sah sie lachen, eine Hand hielt sie voll Anmut in dramatischer Gebärde nach außen, nach oben gestreckt. Eine weitere Tänzerin, das war zu erschließen, noch bevor man den Namen las.

Ganz am Rand der Szene stand, seltsamerweise auf der Frauenseite, ein Stück von der nächststehenden

Hofdame entfernt, ein weiterer Mann. Nachträglich eingefügt, hätte man denken können, wäre die Präzision des Entwurfs nicht unverkennbar gewesen. Stattdessen gehörte er vielleicht … nicht dazu. Aber er war präsent. Er war da. Ein großer Mann, durchaus standesgemäß gekleidet, obwohl das Seidengewand nicht ganz korrekt fiel. Vielleicht war es das, was so sichtbar seinen Zorn erregte.

Er hatte rotes Haar und trug mit Ausnahme von Zakarios als Einziger einen Bart. Doch er war kein heiliger Mann.

Er schaute wie der Schreiber nach innen, zur Mitte hin, auf den Kaiser oder die Kaiserin (auf wen sein Blick sich genau richtete, war schwer zu sagen). Wenn man die Elemente der Komposition studierte, konnte man sehen, dass die Blicklinie dieses Mannes das Gegenstück bildete zum Blick des hageren, schmalgesichtigen Mannes auf der anderen Seite und dass er – vielleicht – gerade deshalb an diese und keine anderen Stelle gesetzt worden war.

Auch der Rothaarige trug ein Schmuckstück um den Hals. (Wie außer ihm nur die hoch gewachsene blonde Frau.) Ein goldenes Medaillon, auf dem, ineinander verschlungen, zweimal der Buchstabe C zu lesen stand. Was immer das bedeuten mochte.

Auch sein zweites Werk war vollendet. Nur an einer kleinen Stelle am unteren Rand, unterhalb des Kaisers waren die Tessellae eben erst aufgebracht worden und mussten sich noch fest mit dem grauweißen Untergrund verbinden.

Lange stand Crispin über dem Boden und betrachtete sein Werk auch in einem anderen Sinn von einer höheren Warte. Es war schwer zu begreifen, dass er ein für alle Male mit dieser Arbeit fertig sein sollte, fertig für alle Zeit, sobald er von dieser Leiter stieg. Die Zeit war wie aufgehoben in diesem Moment unmittelbar bevor die Arbeit und ihre Vollendung in die Vergangenheit oder in die Zukunft entrückt wurden, aber nie wieder im *Jetzt* existieren würden.

Sein Herz war voll. Er dachte an all die Mosaizisten der vergangenen Jahrhunderte … hier in Varena, in Sarantium, in Rhodias oder weit im Süden auf der anderen Seite des Meeres an den Küsten und in den Städten jenseits Candarias, im Osten im alten Trakesia oder auch in Sauradia (heilige Männer mit großen Gaben, deren Namen längst vergessen waren, hatten Jad auch dort in eine Kapelle gebracht) … an all die namenlosen, im Nebel der Vergangenheit entschwundenen toten Meister.

Ihre Werke (was davon geblieben war) mochten Wunder sein auf der Erde des Gottes, Geschenke seines Lichts, doch die Schöpfer selbst waren flüchtiger als Schatten.

Er schaute auf die Stelle ganz unten, wo die Steine frisch gelegt und noch nicht fest waren, und sah das Doppel-C seiner eigenen Initialen wie auf dem Medaillon, das er auf dem Bild trug. Im Gedenken an all die Meister, ob verschollen, ob lebend oder künftig, hatte er sein Werk an der Mauer signiert.

Hinter ihm wurde leise die Tür geöffnet. Feierabend, Ende des letzten Tages. Martinian wusste, wie dicht er vor dem Abschluss stand, und war gekommen, um sich das Ergebnis anzusehen. Er hatte seinem Freund, seinem Lehrer, nicht erzählt, dass er das Werk mit seinem Namen, seinen Initialen versehen hatte. Das war ein Geschenk, ein überwältigendes Geschenk vielleicht für einen gefühlsbetonten Menschen, der – besser als irgendjemand sonst – wusste, welche Überlegungen hinter den verschlungenen Buchstaben standen.

Crispin holte tief Atem. Es war Zeit, wieder hinabzusteigen.

Doch er hielt inne und bewegte sich nicht. Denn im Einatmen erkannte er, dass nicht Martinian eingetreten war und nun hinter ihm auf dem Steinboden stand. Er schloss die Augen. Ein Zittern durchlief die Hand, den Arm, mit dem er sich an der Leiter festhielt.

Dieser Duft. Unverwechselbar. Einst hatten ihn zwei Frauen in Sarantium getragen. Niemandem sonst war es gestattet. Die eine trug ihn, weil er ihr eigen war, die andere hatte ihn als Geschenk für ihre Kunst erhalten, die gleiche Kunst, die auch die Erste ausgeübt hatte, flüchtig wie ein Traum, wie das Leben. Was blieb von der Tänzerin, wenn der Tanz vorüber war?

Tot. Verschollen wie die Namen der Mosaikleger. Vielleicht für andere bewahrt in dem Bild, das er hier geschaffen hatte. Aber nicht mehr lebendig, nicht mehr in Bewegung auf Jads Erde. Dies war die Welt der sterblichen Menschen; sie schloss gewisse Dinge aus, auch wenn sie *Zubire*, alchimistisch eingefangene Vogelseelen, die Zwischenwelt, die Liebe zuließ.

Crispin wusste, dass er trotz allem wieder in dieser Welt leben würde, dass er sie sogar in seine Arme schließen konnte in den Jahren, die ihm noch blieben, bevor auch er abberufen wurde. Man wurde in einem tiefen und sehr konkreten Sinn von ihr beschenkt, begnadigt und entschädigt. Es reichte für ein dankbares Lächeln.

Ohne sich umzudrehen oder von der Leiter zu steigen, sagte er: »Hallo, Shirin, meine Teure. Hat Martinian dir gesagt, wann du kommen sollst?«

Und jetzt verändert sich die Welt, verändert sich von Grund auf, denn hinter sich hört er Alixana sagen: »Du meine Güte. Dann bin ich doch nicht erwünscht!«

Nicht erwünscht.

Man könnte zu atmen aufhören oder weinen, weil man sich so unwürdig fühlt.

Aber man kann sich auch allzu schnell umdrehen

und fast von der Leiter fallen, weil sich aus tiefstem Herzen ein Schrei löst, man kann in ihr Gesicht sehen und erkennen, dass es lebt. Davon hat man immer geträumt in der langen Zeit der Finsternis, aber man hat es nicht mehr für möglich gehalten.

Sie schaut zu ihm auf, und er sieht, dass sie (denn dies ist ihre Art) den wortlosen Schrei bereits in seinen Augen gelesen hat, wenn sie ihn denn nicht schon dem Bild an der Wand gegenüber entnehmen konnte.

Es wird still. Er sieht sie an. Sie erwidert seinen Blick, dann schaut sie an ihm vorbei und betrachtet, was er über den Nordtüren aus ihr gemacht hat. Und danach kehrt ihr Blick zu ihm zurück. Er steht immer noch über dem Boden auf der Leiter. Sie ist am Leben, sie ist hier, und er hat wieder einmal ganz falsch eingeschätzt, was in dieser Welt möglich ist.

»Ich hatte Euch für tot gehalten«, sagt er.

»Ich weiß.«

Wieder sieht sie zur Wand hin. Er hat sie ins Zentrum des Blickfelds gestellt, ins Herz des Lichts. Sie wendet sich zu ihm zurück und sagt mit einem unerwarteten Zittern in der Stimme: »Ihr habt mich … größer gemacht, als ich bin.«

Er sieht ihr in die Augen, als sie das sagt. Hört unter den schlichten Worten, dass sie ihm, ein Jahr und eine halbe Welt von ihrem früheren Leben entfernt, noch viel mehr mitzuteilen hat.

»Nein«, sagt er. Das Sprechen fällt ihm schwer. Er zittert immer noch.

Sie hat sich verändert. Niemand würde sie jetzt noch für eine Kaiserin halten. Wie anders hätte sie überleben und Länder und Meere überqueren sollen? Um hierher zu kommen, zu ihm. Vor ihm zu stehen und zu ihm aufzuschauen. Das schwarze Haar ist kürzer, aber es ist bereits nachgewachsen. Sie trägt ein Reisegewand aus gutem Stoff, dunkelbraun, mit einem Gürtel zusammengehalten, die weite Kapuze zurückgeschlagen. Sie hat sich (das sieht er) weder Lippen noch Augen oder Wangen geschminkt und trägt keinerlei Schmuck.

Er kann sich nur in Ansätzen vorstellen, welch ein Jahr hinter ihr liegt.

Er schluckt hart. »Hoheit …«

»Nein«, sagt sie rasch und hebt die Hand. »Das gilt nicht mehr. Nicht hier.« Sie lächelt schwach. »Da draußen hält man mich für ein liederliches Weib.«

»Das wundert mich nicht«, würgt er heraus.

»Das Euch mit östlicher Dekadenz ins Verderben zu locken sucht.«

Diesmal schweigt er und sieht sie nur an.

Ein Jahr ist es her, seit sie ihren Mantel auf einen steinigen Strand fallen ließ, seit sie ihren Geliebten schneller verlor, als ihn die Pest hätte dahinraffen können, seit sie ihrem früheren Leben entsagte. Sie sieht ihm forschend ins Gesicht. Er spürt ihre Unsicherheit, ihre Zerbrechlichkeit. Die Rose in ihren Gemächern fällt ihm ein.

Sie murmelt: »Auf der Insel sagte ich … ich würde Euch vertrauen.«

Er nickt mit dem Kopf. »Ich erinnere mich. Ich wusste nicht, warum.«

»Das weiß ich. Es war das zweite Mal, dass ich zu Euch gekommen war.«

»Ich weiß. Bei meiner Ankunft schon einmal. Warum? Damals?«

Sie schüttelt den Kopf. »Das kann ich Euch nicht sagen. Es hatte keinen bestimmten Grund. Ich dachte nur, Ihr würdet uns wieder verlassen, wenn Eure Arbeit getan sei.«

Er verzieht spöttisch das Gesicht. Jetzt kann er das. Genug Zeit ist vergangen. »Stattdessen habe ich Euch verlassen, obwohl meine Arbeit erst halb getan war.«

Sie bleibt ernst. »Man hat sie Euch weggenommen.

Manchmal lässt man uns nicht mehr als die Hälfte. Und manchmal nimmt man uns alles, was wir haben. Das wusste ich schon immer. Aber manchmal ... kann man einem Menschen auch folgen. Um ihn noch einmal herunterzuholen?«

Er zittert noch immer. »Dreimal? Dessen bin ich nicht würdig.«

Sie schüttelt den Kopf. »Wer wäre jemals würdig?«

»Ihr?«

Sie lächelt ein wenig. Schüttelt wieder den Kopf. »Ich hatte Euch gefragt, wie Ihr weiterleben konntet«, sagt sie. »Danach.«

Auf der Insel, am Strand. In seinen Träumen. »Und ich hatte keine Antwort. Ich wusste es nicht. Ich weiß es immer noch nicht. Aber es war nur ein halbes Leben. Ich war zu verbittert. In Sarantium änderte sich das allmählich. Doch auch dort wollte ich ... mich fern halten, für mich bleiben. Da oben.«

Diesmal nickt sie. »Und eine dekadente Frau hat Euch heruntergelockt.«

Er sieht sie an. Alixana. Sie steht vor ihm.

Er sieht, wie sie überlegt, wie sie jeder Schwingung nachspürt. »Werdet Ihr meinetwegen ... Schwierigkeiten bekommen?«, fragt sie. Es klingt immer noch unsicher.

»Daran zweifle ich nicht.« Er versucht zu lächeln.

Wieder schüttelt sie den Kopf. Ein besorgter Blick. Sie weist auf die Wand. »Nein. Ich meine, die Menschen könnten mich erkennen. Nach diesem Bild.«

Er holt Atem, lässt ihn wieder ausströmen. Begreift endlich, dass es seine Aufgabe ist, ihr diese Unsicherheit zu nehmen.

»Dann gehen wir an einen Ort, wo dich keiner kennt«, hört er sich sagen.

»Das tätest du?«

Damit zieht sie ihn wieder hinein in den reißenden

Strom der Zeit und der Welt, und er antwortet: »Es wird dir nicht leicht fallen, etwas zu finden, was ich nicht für dich täte.« Er umklammert die Leiter mit festem Griff. »Wird es … genug sein?«

Ihr Ausdruck verändert sich. Er sieht es genau. Wieder beißt sie sich auf die Unterlippe, aber diesmal hat es eine andere Bedeutung. Er weiß es, denn diesen Blick sieht er nicht zum ersten Mal.

»Nun ja«, sagt sie. Er hat nie aufgehört, ihre Stimme zu hören. »Ich will meine Delphine noch immer.«

Er nickt langsam, fast nachdenklich mit dem Kopf. Sein Herz ist voller Licht.

Sie hält inne. »Und ein Kind?«

Jetzt holt er Atem und steigt von der Leiter. Sie lächelt.

Aut lux hic nata est, aut capta hic libera regnat.
Wenn das Licht nicht hier geboren wurde,
so war es hier gefangen und darf nun frei herrschen.

Inschrift zwischen den Mosaiken von Ravenna

Wenn ich einen Monat an einem Ort meiner Wahl
in der Antike verbringen dürfte, ich glaube, ich
ginge nach Byzanz, in die Zeit unmittelbar bevor
Justinian die Hagia Sophia errichten ließ und Pla-
tos Akademie schloss. In einer kleinen Weinschen-
ke fände sich sicher ein philosophischer Mosaik-
leger, der mir alle meine Fragen beantworten
könnte, weil ihm das Übernatürliche näher läge …

W. B. YEATS, *Eine Vision*

Micha Pansi

Das Debüt einer hoch
begabten Autorin!
Das faszinierende Epos
einer archaischen Welt
auf den Trümmern
unserer Gegenwart!

»Geschickt vermischt sich
Realistisches mit
Visionärem ...
Ein gekonntes Spiel mit
kruder Lust am Kitsch
und viel Spannung.«

Neue Zürcher Zeitung

06/9111

HEYNE-TASCHENBÜCHER

Terry Pratchett

SCHEIBENWELT

»Ein Ende der Erfolgsstory der
Scheibenwelt ist nicht in Sicht.«
DER SPIEGEL

»Ein boshafter Spaß und ein
Quell bizarren Vergnügens«
THE GUARDIAN

06/4583

Das Licht der Phantasie
Band 1
06/4583
Im Heyne Hörbuch als
CD oder MC lieferbar.

Das Erbe des Zauberers
Band 2
06/4584

Gevatter Tod
Band 3
06/4706

Der Zauberhut
Band 4
06/4715

Pyramiden
Band 5
06/4764

Wachen! Wachen! (1991)
Band 6
06/4805

MacBest
Band 7
06/4863

Die Farben der Magie (1992)
Band 8
06/4912

Eric
Band 9
06/4953

HEYNE-TASCHENBÜCHER